mtb

Umwelthinweis:
Dieses Buch wurde auf chlor- und säurefreiem Papier gedruckt.

Lisa Jackson

Im Netz der Gefahr

Das Herz vergisst nie

MIRA® TASCHENBUCH
Band 25805
1. Auflage: Januar 2015

MIRA® TASCHENBÜCHER
erscheinen in der Harlequin Enterprises GmbH,
Valentinskamp 24, 20354 Hamburg
Geschäftsführer: Thomas Beckmann

Titel der nordamerikanischen Originalausgaben:

A Husband To Remember
Copyright © 1993 by Susan Crose
erschienen bei: Silhouette Books, Toronto

New Year's Daddy
Copyright © 1995 by Susan Crose
erschienen bei: Harlequin Books, Toronto

Published by arrangement with
Harlequin Enterprises II B.V./S.àr.l

Konzeption / Reihengestaltung: fredebold&partner GmbH, Köln
Umschlaggestaltung: pecher und soiron, Köln
Redaktion: Mareike Müller
Titelabbildung: Harlequin Enterprises II B.V./S.àr.l
Autorenfoto: © Harlequin Enterprises S.A., Schweiz
Satz: GGP Media GmbH, Pößneck
Druck und Bindearbeiten: CPI books GmbH, Leck – Germany
Printed in Germany
Dieses Buch wurde auf FSC®-zertifiziertem Papier gedruckt.
ISBN 978-3-95649-095-8

www.mira-taschenbuch.de

Lisa Jackson

Im Netz der Gefahr

Roman

Aus dem Amerikanischen von
Elisabeth Hartmann

mtb

PROLOG

Dampfschwaden stiegen von dem Dschungelboden auf. Die Erde roch nach Feuchtigkeit, obwohl die sengende Tropensonne erbarmungslos das dichte Laubdach durchdrang. Ihre Lungen brannten, ihre Wadenmuskeln schmerzten, und sie schluckte die Angst herunter, die sie höher und höher hinauf in das Hügelland der Insel trieb. Über ihr eigenes schweres Atmen hinweg hörte sie die Brandung tief unterhalb der Klippen ans Ufer donnern, doch sie lief immer weiter und horchte angestrengt auf etwaige Geräusche ihres Verfolgers.

Gott, hilf mir, bitte. Ihre Beine waren zerkratzt von Ranken und Dornen, in ihren Sandalen stolperte sie über frei liegende Wurzeln und Steine. Sie kletterte den überwucherten Pfad hinauf und hoffte, sich auf der Hügelkuppe, hoch über dem Meer, verstecken zu können oder auf eine Weggabelung zu stoßen, die ihr zumindest die Chance eines Entkommens bot.

„*Pare!*", befahl eine tiefe Stimme. „Bleib stehen!"

Er war dicht hinter ihr, viel zu dicht!

„*Dama! Por favor! Pare!*"

Panik erfasste sie. Der Weg führte hinaus aus dem dichten Wald, und sie fand sich auf den felsigen Klippen wieder. Die Sonne schien strahlend hell, das Wasser reflektierte das Licht und blendete sie beinahe. Sie hielt sich im Schatten der Bäume und rannte weiter aufwärts, nach Norden, fort von der Stadt.

Das nackte Entsetzen trieb sie vorwärts. Der Schweiß strömte ihr übers Gesicht; ihr Atem ging laut – zu laut. Ihr Herz raste, als sie die schmutzig-grauen, langsam verfallenden Mauern der alten Missionsstation erblickte. Die Mission war zwar seit Jahren verlassen, stellte jedoch ihre einzige Hoffnung dar. Immerhin bestand die geringe Chance, dass sie dort auf jemanden traf, vielleicht einen Touristen oder Einheimischen, der ihr helfen konnte.

Sie begann den Aufstieg auf den letzten Hügel. Um nicht zu schreien, biss sie sich auf die Lippe und preschte den Weg längs der Klippen entlang. Ihre Füße traten Kiesel los, die herabfielen in die wütende weiße Gischt, die tief unten gegen das felsige Ufer donnerte.

Nur noch ein paar Meter.

Es sei denn, dort ist niemand.

Es sei denn, mein Verfolger hält dort schon jemanden bereit, der mich in Empfang nimmt.

Hinter ihr hastete der Mann den Pfad hinauf und kam immer näher. *Schneller! Lauf! Lauf!*

Tränen brannten in ihren Augen, aber sie rannte weiter, hörte ihn laut atmen und hoffte, dass er nicht bewaffnet war.

„Bleib stehen!“, brüllte er noch einmal. So nah. So verdammt nah.

Eine riesige Hand packte sie an der Schulter, und sie verlor den Halt. Ihr Fuß knickte um, und sie schrie auf. Im Fallen versuchte sie, sich an vertrockneten Grasbüscheln und spitzen Steinen festzukrallen, doch ihre Finger griffen ins Leere. Ihr Körper stürzte über den Rand der Klippe und schwebte hoch über dem felsigen Strand.

Sie wollte schreien, aber schon umfing sie Dunkelheit.

1. KAPITEL

Stimmen, weit entfernt, wirr, lockend, hallten von irgendwoher aus der Dunkelheit, außer Reichweite. „Wachen Sie jetzt auf", sagte eine Frau mit starkem Akzent auf Englisch. „*Dios*, Sie haben genug geschlafen. *Señora*, hören Sie mich?"

Sie wollte antworten, konnte allerdings nicht, obwohl die Stimme inzwischen vertraut und freundlich klang, eine der Stimmen, die sie in den Momenten, wenn sie bei Bewusstsein gewesen war, gehört hatte. Sie hatte in der Dunkelheit oft viele Stimmen wahrgenommen und wusste, dass sie freundlich waren. Auf diese Stimmen konnte sie sich verlassen, sie würden ihr helfen – im Gegensatz zu den Stimmen in ihren Träumen, Stimmen, die sie in stummem Entsetzen schreien ließen, während vor ihrem inneren Auge immer und immer wieder die Hetzjagd durch den Dschungel ablief.

Wenn sie doch nur die Augen öffnen könnte.

„*Señora* – hören Sie mich? *Señora?*" Die Krankenschwester versuchte wieder, mit ihr zu reden. „Ihr Mann … er ist hier. Wartet darauf, dass Sie aufwachen."

Mein Mann. Aber ich habe keinen Mann …

Sie schluckte. Herrgott, hatte sie Sand in der Kehle? Und dieser Geschmack in ihrem Mund – eklig und bitter. Metallisch. Ihr Magen brannte. Für einen Moment gelang es ihr, die Lider zu heben. Licht drang in die zugeschwollenen Augenschlitze, was eine Explosion von Schmerzen in ihrem Gehirn auslöste. Sekundenlang sah sie eine korpulente Frau, die sich über sie beugte – eine Frau in Weiß, mit großen Brüsten, besorgter Miene, dunkler Haut und schwarzem Haar, das unter einem gestärkten weißen Schwesternhäubchen zu einem festen Knoten geschlungen war.

Kluge braune Augen blickten sie an, und die Schwester setzte zu einem Redeschwall auf Spanisch an, den sie nicht annähernd verstand. Wo war sie? In einem Krankenhaus vermutlich, aber wo?

Sie konnte sich nicht konzentrieren, konnte den Namen auf dem Schildchen auf dem mächtigen Busen der Frau nicht lesen. „Der Arzt, er ist auf dem Weg hierher, und Ihr Mann, wir haben ihm gesagt, dass Sie aufwachen."

Ich bin nicht verheiratet, wollte sie erwiderten, konnte die Worte jedoch nicht formen, und wieder überrollte sie eine Woge von Dunkelheit.

„Oh nein ... sie fällt wieder in ..." Die Schwester wechselte erneut ins Spanische und bellte Anweisungen.

Die Dunkelheit war friedvoll und ruhig und kühl.

„Wir verlieren sie wieder!", rief die Stimme der stämmigen Schwester aus der Finsternis. „*Señora! Señora!* Wachen Sie auf. Wachen Sie einfach wieder auf!" Sie spürte kräftige Finger an ihrem Handgelenk, die sich rasch bewegten und versuchten, sie zurück ins Bewusstsein zu holen, doch das Fallen hatte begonnen, und sie schwebte stetig der schwarzen Leere entgegen, dankbar für die Erleichterung, die sie brachte.

„Nikki!", sprach eine Männerstimme sie an, doch es war zu spät.

Nikki?

„Ihre Frau, sie wacht bald auf", erklärte die Krankenschwester.

Ich bin mit niemandem verheiratet. Ich bin ... Panik erfasste sie, als sie nach einem Namen suchte, nach einer Erinnerung, nach irgendetwas, was sie noch wusste. Aber da war nichts.

„Nikki, bitte. Wach auf." Erneut der Ehemann. *Ehemann?* Ihre Lider flatterten sekundenlang, und ihr Blick fiel auf ein sehr männliches Gesicht. Strenge, scharfe Züge, dichte Brauen und aufgewühlt blickende blaue Augen drangen in ihr umnebeltes Gehirn vor. Seine Lippen waren schmal und sinnlich, seine Nase ein wenig krumm, und sie war sicher, ihn nie im Leben gesehen zu haben.

„Nikki, komm schon. Wach auf."

Doch die Dunkelheit überspülte sie erneut, riss sie in ihren sicheren stillen Wirbel zu einem Ort, wo sie sich nicht nach ihrer

Vergangenheit fragen und nicht überlegen musste, warum dieser Mann, dieser Fremde, behauptete, mit ihr verheiratet zu sein.

Der Duft von Rosen und Nelken durchzog den allgegenwärtigen Geruch nach Antiseptika, und sie hörte Musik, eine sanfte spanische Ballade, hin und wieder unterbrochen von statischem Rauschen, während die Melodie durch ihren Schlaf wehte und sie langsam in den Wachzustand holte. Sie wollte sich recken, aber ihre Muskeln rebellierten, und sie hatte das Gefühl, als hätte sie Ewigkeiten so dagelegen. Alles tat ihr weh, und in ihrem Kopf – mein Gott, ihr Kopf – war ein pochender Schmerz, der ihr die Tränen in die Augen trieb.

Langsam und unter Schmerzen hob sie die Lider und schaute auf eine weiß verputzte Zimmerdecke. Es war dämmrig, doch durch ein einziges Fenster fiel schwindendes Tageslicht und hielt die völlige Dunkelheit aus dem Zimmer fern. Sie blinzelte und ließ den Blick durchs Zimmer schweifen – ein Krankenzimmer, wie es schien, mit weiß verputzten Wänden, gefliestem Boden und zwei Einzelbetten, von denen eines unbelegt und nicht hergerichtet war.

Sie spürte die Präsenz des Mannes, noch bevor sie ihn sah. Als sie leicht den Kopf drehte und gegen das brennende Stechen die Luft anhielt, erkannte sie einen Fremden, der auf dem einzigen Stuhl hockte. Er war unrasiert, die Ärmel seines zerknitterten Hemds waren hochgekrempelt, die Beine in seinen Jeans hatte er weit von sich gestreckt. Groß war er, mit finsteren, entschlossenen Zügen. Die Lippen bildeten einen harten, schmalen Strich. Er starrte an ihr vorbei auf die Tür zum Flur, hinter der Musik gedämpfte Stimmen und das Rasseln eines Wagens begleitete, der durch den Korridor geschoben wurde.

Böse Vorahnungen ließen ihre Nerven vibrieren, sowie sie ihn anschaute. Es musste einen Grund für seine Anwesenheit geben – aber welchen? Und wer war er? Er sah gefährlich aus mit dem kantigen Kinn, das Entschlossenheit verriet, und Schultern, so breit, dass sie die Stuhllehne verbargen, und er schien seit mindestens einer Woche nicht geschlafen zu haben. Zusätzlich zu seiner zerknitterten Kleidung war sein Haar zerzaust und reichte ihm bis zum Kragen, und der Typ strahlte etwas Bedrohliches aus.

Als ob er plötzlich spürte, dass sie ihn ansah, ließ er den Blick hastig zurück zum Bett schweifen, und Augen, blau wie die karibische See, fixierten sie mit so unbeirrbarer Eindringlichkeit, dass es ihr einen Angstschauer über den Rücken jagte. Sei nicht albern, ermahnte sie sich. *Er ist doch offensichtlich ein Freund.* Und dennoch hatte er etwas Beunruhigendes an sich, etwas, woran sie sich hätte erinnern müssen, etwas, das wichtig war. Etwas Verzweifeltes. Sie strengte ihr Gedächtnis an, aber Schmerzen schossen durch ihren Kopf.

Sie rechnete mit einem Lächeln von ihm, doch stattdessen verkniff er leicht die Mundwinkel, da er sah, dass sie wach war.

„Nikki."

War das ihr Name? Er erschien ihr passend, aber trotzdem ... Sie wollte etwas erwidern, ihn fragen, wer er war, allerdings versagte ihre Stimme, und es fühlte sich an, als hätte sie Sand in ihrem ausgetrockneten Mund. Sie strich mit der Zunge über die Lippen und versuchte, sich aufzurichten, aber erneut schoss ein brennendes Stechen durch ihren Kopf.

„Hey, Moment." Sofort war er auf den Füßen und drückte sie mit großen, schwieligen Händen sanft an den Schultern zurück ins Kissen. „Langsam, Nikki. Du wirst noch viel Zeit zum Reden haben, glaub mir."

Er kannte sie, doch sie war sicher, ihn nie zuvor gesehen zu haben ... Nein, einmal war sie kurz bei Bewusstsein gewesen, und da hatte eben dieser Mann mit den kalten blauen Augen forschend in ihre geblickt. Sie versuchte sich zu konzentrieren, verzog jedoch vor Kopfschmerzen das Gesicht und bekam einen Würgereiz. Es gab etwas über ihn, das sie hätte wissen müssen. Etwas Wichtiges.

Er bot ihr einen Schluck Wasser aus dem Glas auf ihrem Nachttisch an und knickte den Strohhalm, damit sie besser trinken konnte. Das Wasser war warm und schmeckte leicht metallisch, und nach ein paar Zügen schüttelte sie den Kopf, und er stellte das Glas zurück auf den Tisch.

„Wer … wer bist du?“, fragte sie mit heiserer, leicht piepsiger Stimme, die klang wie ein schlecht gestimmtes Musikinstrument.

Sekundenlang dachte sie zu bemerken, dass er argwöhnisch die Augen zusammenkniff. „Das weißt du nicht?“

„Nein … Ich …“ Voller Panik durchforschte sie ihr Gedächtnis oder vielmehr das, was davon übrig war. Sie fand nichts. *Nichts.* Nicht nur nichts über diesen Mann oder dieses Krankenhaus oder sich selbst. „Ich … ich kann mich nicht erinnern …“ Aber wie war das möglich? Sie versuchte, sich zu konzentrieren, aber ihr Gehirn förderte nicht ein einziges Ereignis aus ihrer Vergangenheit zutage – keine Person, keinen Ort, kein geliebtes Haustier oder Buch. Nichts. „Oh Gott“, flüsterte sie. Ihr Herz hämmerte, ihre Handflächen wurden feucht. „Ich erinnere mich nicht …“

Er strich ihr das Haar aus der Stirn und wollte offenbar etwas sagen, bremste sich aber, und der scharfe Blick, mit dem er sie bedachte, verriet, dass er ihr nicht glaubte.

„Wer *bist* du?“, fragte sie. Instinktiv wusste sie, dass sie diesem Mann gegenüber keinerlei Schwäche zeigen durfte.

„Ist das dein Ernst? Du leidest an Amnesie?“, spöttelte er leise.

„Ich kann …“

Plötzlich beugte er sich über sie, umfasste ihr Gesicht mit beiden Händen und küsste sie mit einer Intimität, die von Tausenden vorangegangenen Küssen sprach. Seine Lippen verschmolzen warm und besitzergreifend mit ihren, und ihr Herz, das angstvoll schlug, begann zu rasen, bis das Blut in ihren Adern pulsierte. Er stöhnte leise und flüsterte: „Du hast mir gefehlt, Nikki. Mein Gott, ich hatte solche Angst.“ Sein Mund suchte erneut ihren, so leidenschaftlich, dass sie zitterte und in dem Kuss versank, bevor sie ihren Verstand einschalten konnte.

Schluss mit diesem Wahnsinn. Schluss jetzt!

So überzeugend seine Lippen und seine Hände auch waren, auf diese Weise durfte sie nicht reagieren, denn tief in ihrem

Herzen war ihr klar, dass dieser Kuss nicht echt war – dass dieser Mann seine Leidenschaft und Fürsorge nur vorspielte. Das wusste sie instinktiv. Sie versuchte, sich zu wehren, aber die Kanüle in ihrem Arm behinderte sie, und sein Mund bewegte sich langsam und sinnlich auf ihren Lippen.

„Gott sei Dank, dass du wohlauf bist." Wieder küsste er sie.

Auf ein leises Hüsteln von der Tür her richtete er sich auf; die Röte kroch ihm in den Nacken. Verlegen lächelte er die Schwester an, die im Türrahmen stand. „Sie ist aufgewacht", meinte er und zuckte die Achseln mit der unschuldigen Hinterlist eines Kindes, das Kekse genascht hat. Jede Spur der Kälte, die sie bei ihm gespürt hatte, verbarg er schnell.

„*Dios*. Dank sei der Jungfrau Maria." Die Schwester, eine kräftige, vollbusige Frau mit Augen, so schwarz wie Obsidian, trat an Nikkis Bett. Sie unterdrückte ein Lächeln über die zärtliche Szene, die sie gerade beobachtet hatte, und scheuchte den Mann fort vom Bett, der plötzlich wie ein liebeskrankes Hündchen wirkte.

Nikki versuchte, eine Erklärung abzugeben. „Ich weiß nicht, was hier los ist, aber ..."

„Schsch, Señora. Bitte." Schwester Consuela Vasquez, was das Namenschild an ihrem üppigen Busen verriet, maß routiniert Nikkis Puls, den Blutdruck und die Temperatur. Nikki wollte protestieren, Fragen stellen, doch die Frau befahl ihr zu warten. „Zuerst müssen wir wissen, wie es Ihnen geht. Dann erzählen Sie uns alles. In Ordnung?"

Nikki wartete ungeduldig, wollte sich dem Blick des Fremden entziehen, der sie während der gesamten Untersuchung nicht aus den Augen ließ. Schließlich, nachdem Schwester Vasquez den Infusionsbeutel geprüft und Informationen in Nikkis Krankenakte gekritzelt hatte, schenkte sie Nikki ein ehrliches, erleichtertes Lächeln. „Nun, Señora Makinzee, Sie sind aufgewacht. *Qué tal?*"

Nikki zog die Brauen zusammen und schüttelte den Kopf. „Ich ... Ich verstehe nicht. Ich spreche kein Spanisch."

„Sie fragt, wie du dich fühlst", mischte sich der Mann ein.

„Als wäre ich von einem Sattelschlepper überfahren worden."
„*Cómo?*"
Die Mundwinkel leicht hochgezogen erklärte der Fremde es der Schwester, und Consuela Vasquez schmunzelte.
„*Sí.* Sie haben Glück, dass Sie noch leben. Ihr Mann … Er hat Ihnen das Leben gerettet."
Nikki schaute zu dem Mann, der sich übers Bett beugte. Er lächelte nicht mehr, und sein Blick war plötzlich undeutbar. Seine Mimik veränderte sich wie ein Chamäleon. „Ach, ja?", flüsterte sie. Ihr Herz hämmerte, der Schweiß lief ihr über den Rücken. Sie wollte sich der Schwester anvertrauen, ihr die beängstigende Schwärze erklären, die sich offenbar dort befand, wo ihr Erinnerungsvermögen hätte sein sollen, aber sie zögerte und fragte sich, ob es klug wäre, es einzugestehen, solange dieser Mann – dieser Mann, der sie so leidenschaftlich geküsst hatte, während sie hilflos im Bett lag – im Zimmer war. „Mein Mann? Aber ich bin nicht verheiratet."
Das Lächeln der Schwester erlosch. „Er ist Ihr Mann, *Señora.*"
Erneut schüttelte Nikki den Kopf, doch ein stechender Schmerz schoss durch ihr Gehirn und ließ sie nach Luft ringen. „Ich bin nicht verheiratet", wiederholte sie und begegnete dem Blick des Mannes, der Typ, der behauptete, sie wären ein Ehepaar. Bildete sie es sich nur ein, oder spannten sich seine Kiefer leicht an?
„Aber, Señor Makinzee …"
„McKenzie. Trent McKenzie." Sein Blick wurde nicht wärmer, während er nun hinzufügte: „Erinnere dich, wir haben geheiratet, kurz bevor wir nach Salvaje in die Flitterwochen geflogen sind."
Lieber Himmel, sagte er die Wahrheit? Warum sollte er lügen? Aber sie würde sich doch bestimmt an ihre eigene Hochzeit erinnern!
„Ich heiße …" Sie blinzelte gegen den rasenden Schmerz, als sie versuchte, einen Blick hinter die verschlossene Tür in ihrem Bewusstsein zu erhaschen.
„Nikki Carrothers", half Trent ihr auf die Sprünge.

Das hörte sich richtig an. Der Name passte wie ein lieb gewordenes altes Paar Hausschuhe.

„Nikki Carrothers McKenzie."

Die Hausschuhe waren plötzlich zu eng. „Das glaube ich nicht", erwiderte sie verunsichert. War es möglich, dass sie mit diesem Mann verheiratet war? Sie musterte ihn, stellte ihn sich ohne die Bartschatten vor, ohne die Falten der Erschöpfung um die Augen, mit gekämmtem Haar. Man konnte ihn wohl als attraktiv bezeichnen. Er war knapp einsneunzig groß, mit breitem Brustkorb, der sich zu schmalen Hüften verjüngte, und Muskeln, die bei jeder Bewegung deutlich zu erkennen waren. Geschmeidig und gefährlich. Denn seine Augen enthielten nicht die Spur von Wärme. Unsterbliche Liebe war sicher nicht der Grund, aus dem er an ihrem Bett stand.

„Keine Erinnerungen?", fragte die Schwester.

Versuch es, Nikki, versuch es. Sie senkte sekundenlang die Lider und strengte sich an, ihre Erinnerungen – ihr *Leben* – zurückzuholen. „Keine einzige. Ich … Ich … Ich kann mich einfach nicht erinnern", gestand sie widerwillig. Ihr Kopf dröhnte.

Consuelas Miene wurde noch besorgter. „Dr. Padillo kommt gleich. Er wird mit Ihnen reden." Sie schaute Trent fragend an und hastete dann, nachdem sie Nikki eine Wäsche, ein Frühstück und ein Schmerzmittel versprochen hatte, mit raschelnder Tracht zur Tür hinaus. Trent folgte der Schwester auf den Flur, und so sehr Nikki auch die Ohren spitzte, hörte sie doch nur Fetzen des im Flüsterton auf Spanisch geführten Gesprächs. Was wollte sie in diesem fremden Land – in einem Krankenhaus, um Himmels willen – ohne Erinnerungsvermögen?

Ihr Kopf pochte, und sie versuchte, die Arme zu heben. Der linke war am Bett fixiert, die Kanüle mit Pflaster an ihrem Handgelenk befestigt. Der rechte Arm war frei, schmerzte allerdings, wenn sie probierte, ihn zu bewegen. Und jetzt, nachdem die Kopfschmerzen in ein dumpfes Dröhnen übergegangen waren, stellte sie fest, dass ihr alles wehtat. Ihre Beine und ihr Rumpf – alles – fühlte sich zerschunden und zerschlagen an.

Ihr Mann. Er hat Ihnen das Leben gerettet.

Ihr schnürte sich die Kehle zu. Was hatte sie mit Trent McKenzie zu schaffen?

Sie blickte sich im Zimmer um, betrachtete die dicken verputzten Wände und das einzige Fenster. Verblassendes Sonnenlicht strömte durch die Wedel einer Palme, die sich direkt vor der Scheibe im Wind wiegte und an der Wand am Fußende ihres Betts ein Schattenspiel erzeugte. Das Fenster war einen Spalt geöffnet, und der Geruch des Meeres wehte durch den Raum und vermischte sich mit dem Duft der Rosen, zwei Dutzend rote Knospen, und der weißen Nelken, die in einer Vase auf dem Tisch standen.

Die Karte war geöffnet und an einer riesigen weißen Schleife befestigt, deren Aufschrift lautete: „In Liebe, Trent". Diese Blumen stammten von dem kalten Mann, der behauptete, mit ihr verheiratet zu sein? Nikki versuchte, sich Trent McKenzie in einem Blumenladen vorzustellen, wo er Vasen voller Schnittblumen – Lilien, Glockenblumen und Orchideen – begutachtete. Es gelang ihr nicht. Der Mann, der in ihrem Krankenzimmer Wache gehalten hatte, war hartgesotten und argwöhnisch, und sein Blick hatte etwas Grausames an sich. Ausgeschlossen, dass er die Blumen geschickt hatte. Und ausgeschlossen, dass sie ihn geheiratet hatte.

Aber warum sollte er lügen?

Wenn sie sich doch bloß erinnern könnte. Der pochende Schmerz in ihrem Kopf setzte wieder ein.

Irgendwo auf dem Flur stöhnte ein Patient, eine Frau weinte leise. Klingeln schrillten, Leute eilten durch die Flure. Mehrere Personen gingen an der Tür vorbei, sämtlich schwarzhaarig und mit dunklem Teint, Bewohner dieser Insel vor der Küste Venezuelas. Als Trent ihr gegenüber Salvaje erwähnte, hatte Nikki blitzartig ein Bild der Tropeninsel vor Augen gehabt. Es war ein Bild aus einem Reisekatalog, in dem Salvaje als Paradiesgarten, als fremdartige tropische Insel geschildert wurde, versehen mit Fotos, kleinen Bildern von weißen Sandstränden, üppigem, dichten Laubwerk, glücklichen Bewohnern und atemberaubend schönen zerklüfteten Felsen, die sich aus dem Meer zu erheben schienen. Nikkis Puls begann zu rasen, sowie sie sich an ein letztes Foto in dem Katalog erinnerte, das Bild einer Missionsstation, vor hundert Jahren auf dem höchsten Punkt der Insel errichtet. Die Mission mit dem zerfallenden Glockenturm und der verwitterten Madonnenstatue. Die Mission aus ihrem Albtraum.

Sie verkrampfte sich, ihr Herz pochte heftig. Was tat sie hier auf Salvaje, und warum behauptete dieser Mann, der einzige Amerikaner, den sie gesehen hatte, ihr Mann zu sein? Wenn sie sich doch erinnern würde! Sie schloss die Augen, kämpfte gegen die schwarze Leere in ihrem Bewusstsein und hörte das rhythmische Klacken von Stiefelabsätzen auf den Fliesen.

Er war zurück. Vor Angst spannten ihre Muskeln sich an, aber sie zwang sich, die Lider zu heben, und sagte sich, dass er ihr unbeabsichtigt einen Fetzen Erinnerung beschert hatte, als er Salvaje, die Wilde Insel, erwähnte. Wenn sie konnte, sollte sie versuchen, ihm noch mehr Informationen zu entlocken, in der Hoffnung, dass jedes kleine Stückchen vielleicht Weiteres aus ihrer Vergangenheit heraufbeschwor.

Er trat an ihr Bett und baute sich mit seiner zynischen Art und seinem lügenden Blick vor ihr auf. Nikki, am Bett fixiert, gezwungen, unter einer dünnen Bettdecke still zu liegen, fühlte sich unglaublich verletzbar und wusste instinktiv, dass sie sich vor dem Sturz nicht so gefühlt hatte. „Dr. Padillo ist informiert“, erklärte Trent etwas weniger barsch. „Er kommt binnen einer Stunde. Vielleicht können wir dich dann hier herausbringen.“

„Wohin gehen wir dann?“

„Zurück ins Hotel, wo wir unsere Koffer packen. Dann nehmen wir den ersten Flug nach Seattle, sobald du reisefähig bist.“

Seattle. Ihre Heimat war der Pazifische Nordwesten. Sie hätte ihm fast geglaubt. „Haben wir dort ein Haus?“, fragte sie und bemerkte, wie er die Zähne zusammenbiss und zögerte.

„Ich habe ein Haus. Du hast eine Wohnung, aber wir haben geplant, dass du nach unserer Rückkehr mit deinen Sachen bei mir einziehst.“

„Wir ... Wir haben in Seattle geheiratet?“

Der Blick, mit dem er sie forschend anstarrte, verriet seinen Verdacht, dass sie irgendwie beabsichtigte, ihm eine Falle zu stellen.

„Vor einem Friedensrichter. Eine kurze Zeremonie, bevor wir hierher in die Flitterwochen geflogen sind.“

Keine große Hochzeit? Eine heimliche Heirat? Was war mit ihrer Familie – ihren Eltern? Sie lebten doch sicher noch ... Ihr Magen zog sich zusammen, als sie versuchte, sich auf Seattle zu konzentrieren – die Stadt am Puget Sound. Vor ihrem inneren Auge sah sie graues Wasser, weiße Fährschiffe und kreisende Möwen an einem wolkenverhangenen Himmel. Erinnerungen? Oder eine Ansichtskarte, die irgendein Bekannter ihr geschickt hatte?

Trent massierte sich die Schultermuskeln, als würden sie ihm von seiner Wache schmerzen. Sie beobachtete die Bewegungen seiner Hand und fragte sich, ob genau diese Hände sie intim berührt hatten. Hatten sie über ihre Rippen gestrichen, waren sie besitzergreifend über ihren Schenkel gelitten, hatten sie sich um ihren Nacken gelegt und sie an seinen Körper gedrückt, mit einer Leidenschaft, so heiß wie ein Vulkan? Und hatte sie ihrerseits ihn berührt, ihn geküsst, mit ihm geschlafen? Hatte sie die Finger mit den dichten schwarzen Haarsträhnen in seinem Nacken verwoben? Hatte sie verwegen die Hand in den Bund seiner abgetragenen Jeans geschoben? Hilflos biss sie sich auf die Lippe. Trent war sexy, maskulin und gefährlich, und dennoch ... Wenn sie mit ihm geschlafen hatte, wenn ihr nackter Körper sich mit seinem vereinigt hatte, würde sie sich dann wirklich nicht daran erinnern?

Trent wandte sich zu ihr um, ertappte sie dabei, dass sie seinen Rücken musterte, und für eine Sekunde fiel die harte Schale von ihm ab, und in seinen Augen blitzte ein Funken von Bedauern auf. Nikki wurde es eng in der Brust; sie bekam kaum noch Luft, denn hinter dem Bedauern erkannte sie auch einen Hauch von körperlichem Verlangen. Hastig wandte er den Blick ab, als fürchtete er, seine Augen könnten seine Gefühle verraten.

„Wer bist du wirklich?“, fragte Nikki.

Er verzog den Mund. „Du erinnerst dich ehrlich nicht an mich?“

„Warum sollte ich lügen?“

„Warum sollte *ich* lügen?“

Sie hob leicht die ringlosen Finger ihrer linken Hand an und bewegte sie demonstrativ.

Er presste die Lippen zusammen. „Hausordnung. Dein Schmuck, inklusive Ehering, befindet sich im Safe.“

„Kein heller Streifen auf der Haut.“

„Keine Zeit zum Sonnenbaden. Wir sind erst ganz kurz vor deinem Sturz hier eingetroffen.“

„Ich bin gestürzt?“

„Auf den Felsen bei der alten Missionsstation. Du kannst von Glück sagen, dass du noch lebst, Nikki. Ich dachte … Du hättest tot sein können.“

Angst schnürte ihr die Kehle zu. „Ich kann mich nicht erinnern“, flunkerte sie ihn an, wollte keine Bestätigung hören, dass ihr Albtraum der Wirklichkeit entsprach, dass er kein Produkt ihrer allzu lebhaften Fantasie war.

„Hast du mich den Berg hinauf verfolgt?“, fragte sie. Es war kaum mehr als ein Flüstern.

Er zögerte, allerdings nur einen Herzschlag lang. „Du warst allein, Nikki“, sagte er, und sie erkannte, dass er sie nach Strich und Faden belog. „Niemand war bei dir.“

„Wo warst du?“

„Ich habe auf dich gewartet. In der Missionsstation. Ich habe nicht gesehen, wie du gestürzt bist.“ Sein Gesicht wurde kreideweiß, als würde er eine grausige Erinnerung noch einmal durchleben. „Ich glaube, es wäre am besten … für dich … nach Hause zu fliegen. Dort wirst du dich sicherer fühlen und den Unfall vergessen.“

Den Unfall? Kalte Angst packte sie, und sie wünschte, sie hätte wieder laufen können, dass ihr Körper ihr gehorchen würde und sie flüchten könnte … Aber wohin?

„Ich glaube nicht, dass ich mich sicherer …“

„Aber du wärst in Sicherheit. Bei mir.“

„Ich kenne dich nicht einmal“, erwiderte sie, und das nackte Entsetzen drückte ihr die Luft ab.

Er seufzte und strich sich mit der Hand durch seine widerspenstigen Haare. „Vielleicht sollten wir nicht über diese Dinge reden. Der Arzt will nicht, dass du dich aufregst.“

Jetzt riss ihr der Geduldsfaden, und sie schlug jegliche Vorsicht in den Wind. „Ich kann mich an gar nichts erinnern! Ich erinnere mich nicht an mein Leben, meinen Beruf, meine Eltern, meine Verwandten, und an dich erinnere ich mich erst recht nicht! Und da soll ich mich nicht aufregen?“

Sein Mund zuckte, und auf sein Gesicht trat wieder dieser kaltherzige Ausdruck. „Ich denke, wir sollten lieber auf Padillo warten. Hören, was er zu sagen hat.“

Beim Klang seiner Stimme brach sie in Angstschweiß aus. Sie konnte sich an keine ihrer früheren Beziehungen erinnern, hätte allerdings schwören können, dass keiner der Männer ein so grober Kerl mit Falkenaugen, kantigen Zügen und abgenutzten Stiefeln gewesen war. Sie bemerkte die abgetragene Lederjacke, die er nachlässig über die Stuhllehne geworfen hatte, und seine schief getretenen Stiefelabsätze. Er bewegte sich unruhig wie ein Mensch, der es gewohnt war, immer wieder einen Blick über die Schulter zu werfen. Vor Furcht war ihr Hals wie ausgedörrt. War er ein Betrüger? Jemand, der sie entführen sollte? Oder war er tatsächlich ihr Mann?

Tausend Gründe für eine Entführung schwirrten ihr durch den Kopf, doch sie glaubte nicht, dass sie reich oder berühmt oder die Tochter irgendeines Tycoons war. Sie fühlte sich nicht wie eine politische Extremistin oder eine Kriminelle oder dergleichen … Aber aus irgendeinem Grund wollte dieser Mann, dass sie oder die Leute in diesem Krankenhaus annahmen, er wäre mit ihr verheiratet.

Sie hatte kaum Erinnerungen, war allerdings überzeugt, dass dieser Schwindler *nicht* ihr Ehemann war.

Doch wer auf dieser Insel würde ihr glauben? Bestimmt nicht Schwester Vasquez, die offensichtlich der Meinung war, dass Trent in seine angebliche Frau vernarrt war. Aber vielleicht der Arzt. Wenn sie Dr. Padillo allein sprechen konnte, gelang es ihr vielleicht, ihn davon zu überzeugen, dass etwas nicht stimmte.

Trent schaute aus dem Fenster, als hielte er nach jemandem unten auf dem Parkplatz Ausschau.

„Ich bin mir sicher, wenn ich tatsächlich mit dir verheiratet wäre, dann wüsste ich es", erklärte sie.

„Du wirst dich erinnern", erwiderte er kühl. Er lehnte sich mit der Hüfte an die Fensterbank, und sein Blick wanderte von Nikki zu dem Kruzifix an der Wand, dem einzigen Schmuck in dem ansonsten kahlen Raum. „Sobald ich dich hier rausgeholt habe."

„Aber das kannst du nicht", sagte sie, und Verzweiflung drohte sie zu überwältigen. Allein mit diesem Mann – ohne Erinnerungen an die Vergangenheit?

„Ich bin dein Mann, Nikki, und nachdem du jetzt aufgewacht bist, werde ich den Arzt um deine Entlassung bitten, sobald du fliegen darfst."

2. KAPITEL

Sie ist also wach!“, sagte der Arzt, der den Kopf in Nikkis Krankenzimmer steckte. Er war klein und rundlich, hatte ein breites Lächeln, dunkle Augen und einen Halbkranz von grauem Haar. Selbstbewusst betrat er das Zimmer. „*Buenos días*, Sie sind unsere schlafende Schönheit, Dornöschen, *sí*?“

Nikki fühlte sich alles andere als schön. Sie hatte Schmerzen am ganzen Körper und wusste, dass ihr Gesicht zerkratzt und von Blutergüssen verunstaltet war. „*Buenos días*“, sagte sie leise, froh, endlich jemanden zu sehen, der ihr vielleicht helfen konnte.

Der Arzt nahm ihre Krankenakte aus der Halterung am Fußende des Betts und überflog die Eintragungen. Sein Arztkittel, eine Nummer zu klein, spannte über seinem Bauch, und als er den Kopf hob und lächelte, zeigte sich eine Goldumrandung an einigen seiner Zähne. Auf seiner platten Nase saß eine kleine Nickelbrille. „Ich bin Dr. Padillo“, sagte er, legte die Krankenakte beiseite, rückte mit seiner Stiftleuchte näher, zog behutsam Nikkis Augenlid zurück und richtete den schmalen Lichtstrahl auf ihr Auge. „*Cóme se siente hoy?*“

„Wie bitte?“

„Sie versteht kein Spanisch.“ Als sie Trents Stimme hörte, verkrampfte sie sich.

Da der Lichtstrahl Nikki blendete, konnte sie Trent nicht sehen, doch sie spürte, dass er seinen Posten beim Fenster nicht verlassen hatte. Stunden hatte er auf der Fensterbank sitzend oder mit rastlosem Auf-und-ab-Schreiten am Fußende des Betts verbracht.

„Dr. Padillo hat gefragt, wie du dich heute fühlst.“ Als die Stiftleuchte erlosch, erhaschte Nikki einen Blick auf ihn. Er lehnte an der Fensterbank, hatte eine Hüfte sexy vorgeschoben.

„Willst du die Wahrheit?“, fragte Nikki und blinzelte.

„Die Wahrheit und nichts als die Wahrheit“, antwortete Trent.

„Als hätte man mich zu Hackfleisch verarbeitet.“

Padillo zog die Brauen hoch und setzte seine Brille ab. „*Cómo?*“

Trent sagte etwas auf Spanisch, und der Arzt lächelte und polierte seine Brillengläser mit einem Zipfel seines Arztkittels. Er schob sich die Brille wieder auf die Nase. „Ihren Sinn für Humor haben sie anscheinend nicht verloren, wie?“

„Nur mein Gedächtnis.“

„Stimmt das?“, fragte er Trent, was Nikki ziemlich wurmte. Nicht Trent hatte das Gedächtnis verloren, sondern sie, und es passte ihr nicht, dass die beiden Männer über sie redeten.

„Ja, es stimmt“, sagte sie leicht verärgert.

Stirnrunzelnd prüfte Padillo ihr anderes Auge, knipste die Leuchte aus und sah Trent an, der sich aufgerichtet hatte und in Nikkis Blickfeld getreten war. Seine Miene war streng, seine gereizte Stimmung hatte sich nicht geändert. Dr. Padillo rieb sich das Kinn. „Sie haben sehr viel Glück gehabt, Señora McKenzie. Wir alle waren in großer Sorge um Sie. Besonders ihr Mann.“

„Krank vor Sorge“, fügte Trent hinzu, und Nikki glaubte, einen Hauch von Spott in seinem Tonfall zu entdecken. Er sah sie kühl an, dann wandte er sich wieder dem Arzt zu.

Nikki wollte sich anders hinlegen, verzog jedoch das Gesicht, als Schmerzen durch ihr Bein fuhren. „Ich fühle mich, als hätte ich mir jeden Knochen im Leib gebrochen.“

Padillo lächelte leicht, war wohl nicht sicher, ob sie scherzte. „Die Knochen – die sind in Ordnung. Abgesehen von Ihrem –“ er warf Trent einen Blick zu „– *tobillo*.“

„Von deinem Knöchel. Er ist verstaucht, aber nicht gebrochen“, erklärte Trent ihr, wenngleich sie es lieber vom Arzt persönlich als von ihm gehört hätte. Die Vorstellung, dass Trent und Padillo über ihre Verletzungen oder sonst etwas redeten, was sie betraf, verursachte ihr Magenschmerzen.

„*Sí*. Der Knöchel ist geschwollen, aber zum Glück nicht gebrochen.“

Wahrscheinlich sollte sie ihm das glauben, aber in ihrem Krankenbett, geplagt von Schmerzen am ganzen Körper, fühlte sie sich alles andere als glücklich.

„Ihre Muskeln schmerzen, und Sie haben Schnitt- und Schürfwunden – Prellungen. Fleischwunden. Sicher sind Sie …" Er zögerte.

„Blau und grün?", half Trent ihm aus.

Dr. Padillo grinste. „*Sí*. Viele Hämatome. Aber ich glaube, Sie werden es überleben." Seine dunklen Augen blitzten, als er sie leicht an den Armen und am Hals berührte und ihr Krankenhemd anhob, um die Hautabschürfungen in Augenschein zu nehmen, die sie auf ihrem Unterleib und dem Rücken spürte. „Diese Verletzungen müssen sauber gehalten und mit antibiotischer Salbe behandelt werden, damit sie heilen und sich nicht entzünden", ließ er Trent wissen. Um seinen Worten Nachdruck zu verleihen, deutete er auf einen Kratzer, der sich von ihrer rechten Achsel ausgehend über ihre Rippen zog, und ein Lufthauch streifte ihre Brust.

Peinlich berührt spürte sie, wie ihr die Röte über den Hals ins Gesicht stieg, was lächerlich war, falls Trent wirklich ihr Mann war. Bestimmt hatte er sie viel spärlicher als mit einem Krankenhemd bekleidet gesehen. Ihre Brüste waren nichts Neues für ihn. Trotzdem war sie froh, als der Arzt den dünnen Baumwollstoff wieder über sie legte und dem Anstand einigermaßen Genüge getan war.

Die Kopfschmerzen, die, solange sie wach war, nie ganz aufgehört hatten, steigerten sich wieder zu einem schmerzhaften Dröhnen. Alles tat ihr weh. Ihre gesamte rechte Seite war wund, und sie spürte das Pochen in ihrem Knöchel. Padillo horchte sie mit einem Stethoskop ab und bat sie, die Hand zur Faust zu ballen und sich aufrecht hinzusetzen. Sie tat, was er verlangte, gestattete sich dann einen Blick in Trents Richtung, in der Hoffnung, dass er so viel Anstand besaß, aus dem Fenster zu blicken, doch er fixierte sie, als hätte er jedes Recht zuzusehen, während der Arzt sie untersuchte.

„Uuh!", entfuhr es ihr, als Padillo ihren rechten Fuß berührte.

Der Arzt runzelte die Stirn. „*Tiene dolor aquí.*"

„Was?"

„Er sagt, dass du dort Schmerzen hast – im Fuß."

„*Mucho* Schmerzen", sagte sie und biss die Zähne zusammen.

„*Sí.*" Padillo zog das Laken und die leichte Bettdecke wieder über sie. „Der Fuß wird noch ein paar Tage lang ... schmerzempfindlich sein, doch gegen Ende der Woche werden Sie wieder damit auftreten können." Er schob die Hände in die Kitteltaschen und fügte hinzu: „Wir hatten uns schon gefragt, ob Sie überhaupt noch aufwachen."

„Wie lange war ich ...?"

„Du hast sechs Tage lang im Koma gelegen", sagte Trent, und so, wie er aussah, hatte er sich offenbar während der ganzen Zeit ihrer Bewusstlosigkeit nicht rasiert. Vermutlich war es ein Zeugnis seiner unsterblichen Liebe, dass er fast eine ganze Woche an ihrem Bett gewacht hatte, und trotzdem hatte er etwas beinahe Raubtierhaftes an sich.

Noch einmal musterte sie seine harten Züge und suchte in ihrer Erinnerung nach Hinweisen auf dieses markante Gesicht. Wenn sie ihn geheiratet hatte, würde sie ihn doch sicher lieben, mit ihm im selben Bett schlafen, sich an irgendetwas erinnern, was ihn betraf. Sie biss sich auf die Lippe, als er ihren Blick erwiderte, mit Augen von undurchsichtigem Blau, die nichts von seinen Gefühlen preisgaben. Verzweiflung erfüllte ihr Herz.

„Die Schwester gibt Ihnen ein Schmerzmittel", sagte Dr. Padillo, notierte etwas in ihre Krankenakte und lehnte sich dann mit der Hüfte gegen das Bett. „Erzählen Sie von Ihrer ... *Dios*", knurrte er und schnippte mit den Fingern.

„Amnesie", ergänzte Trent.

„*Sí.* Haben Sie überhaupt irgendwelche Erinnerungen?"

Nikki ließ den Blick von dem Arzt zu Trent und wieder zurück wandern. Sie brauchte Zeit allein mit Padillo, doch Trent machte keinerlei Anstalten, sich zu verziehen. „Können wir unter vier Augen reden?", fragte sie, und Padillo zog die Brauen zusammen.

„Wir sind doch unter uns ..." Sorgenvoll blickte er zu Trent auf.

„Bitte."

„Aber Ihr Mann …“

„*Bitte*, Doktor. Es ist wichtig!“ Sie krallte die Finger in den gestärkten Stoff seines weißen Kittels.

„Das ist vielleicht eine gute Idee“, sagte Trent und zuckte lässig die Achseln. Als hätte er nichts zu verbergen. „Sie ist im Moment ein bisschen durcheinander. Vielleicht können Sie so manches mit ihr klären und ihrer Erinnerung auf die Sprünge helfen.“

Wegen dir bin ich nicht durcheinander, dachte sie, hielt jedoch ihre Zunge im Zaum, denn es war nun einmal so, dass sie nicht das Geringste über sich selbst wusste.

Trent strich mit den Fingern an der Fußstange des Krankenbetts entlang. „Falls ich gebraucht werde: ich warte im Flur.“ Mit leisem Klacken seiner Stiefelabsätze verließ er das Zimmer, schloss die Tür hinter sich, und Nikki stieß einen langen Seufzer aus.

„Dieser Mann ist *nicht* mein Ehemann“, versicherte sie so nachdrücklich sie konnte.

„Nicht?“ Der Arzt zog skeptisch die Brauen hoch und musterte Nikki, als hätte sie tatsächlich den Verstand verloren.

„Ich … Ich bin mir ganz sicher.“

„Ihr Erinnerungsvermögen. Es ist zurück?“

„Nein, aber …“ Ach, es war hoffnungslos! Hilflos ballte sie eine Hand zur Faust, und Schmerz schoss in ihren Arm. „Ich würde mich doch an ihn erinnern. Ich weiß es genau!“ Ungebeten brannten heiße Tränen in ihren Augen, doch sie wollte nicht weinen.

Dr. Padillo tätschelte ihre Schulter. „Diese Dinge brauchen ihre Zeit.“

„Aber ich würde mich doch an den Mann erinnern, den ich geheiratet habe!“

„Wie Sie sich an Ihre restliche Familie erinnern?“

Sie antwortete nicht. Der Nebel, der ihre Vergangenheit einhüllte, wollte sich nicht lichten, und ihr blieben nur dunkle Schatten und verschwommene Gefühle, nichts Greifbares.

„An Ihr Zuhause? Ihr Haustier? Ihren Beruf? Erinnern Sie sich daran?"

Sie schloss die Augen und kämpfte gegen die Tränen, die hinter ihren verschwollenen Lidern brannten. Sie erinnerte sich an so wenig, und doch fühlte sie sich wie in der Falle, wie ein Insekt im klebrigen Netz einer Spinne, verletzlich und schwach. Sie blickte auf die Kanüle, durch die die Infusion in ihren Arm tröpfelte, auf das Metallgestell des Betts, den Verband an ihrem Arm und den winzigen Raum – ihr Gefängnis, bis sie wieder laufen konnte.

Wenn sie sich doch bloß erinnern könnte! Warum belagerte Trent wie ein aufmerksamer Wachtposten Tag und Nacht ihr Zimmer? Er konnte sich doch darauf verlassen, dass das Pflegepersonal sich um sie kümmerte. Oder war seine Besorgnis ganz anderer Art? Fürchtete er, dass sie flüchten könnte?

Sie schloss die Augen, während die Fragen in ihrem Kopf dröhnten. Warum zum Teufel befand sie sich auf dieser kleinen Insel vor der Küste Venezuelas? Und warum um Gottes willen glaubte der Arzt ihr nicht? Es musste doch eine Möglichkeit geben, ihn zu überzeugen!

„Ich habe Trent McKenzie zum allerersten Mal gesehen, als ich aufgewacht bin."

„Sehen Sie! Das stimmt nicht. Er hat Sie schließlich ins Krankenhaus gebracht." Padillo lächelte ermutigend. „Geben Sie sich Zeit, Señora McKenzie. Ihr Amerikaner! Immer in Eile."

„Nennen Sie mich bitte Nikki."

„Na gut, Nikki. Überstürzen Sie nichts", sagte Dr. Padillo sanft. „Sie haben … Glück gehabt. Der Unfall hätte viel schlimmere Folgen haben können."

Sein Tonfall ließ sie aufhorchen, und zum ersten Mal fragte sie sich, warum sie am ganzen Körper dermaßen zerschunden war. „Was ist passiert?", fragte sie, blickte zu dem Mann auf und wehrte sich gegen das grauenhafte Gefühl, dass der Mann, in dessen Hände der Arzt sie entlassen würde, von Natur aus gefährlich war.

„Ich habe mit Ihrem Mann und auch mit der *policía* gesprochen. Die Aussagen stimmen überein. Sie und Señor McKenzie sind in den Hügeln bei der Missionsstation gewandert. Diese Hügel sind stellenweise sehr … *escarpadas* … hm, spitz … nein …"

„Steil", kam sie ihm zur Hilfe, und ihr Albtraum stand ihr wieder lebhaft vor Augen. Die zerklüfteten Felsen. Die brüllende See. Die schwindelnden Höhen und die Missionsstation mit dem zerfallenden Glockenturm.

„*Sí.* Steil. Der Weg, auf dem Sie gingen, war schmal, führte am Rand der Felsen entlang, und Sie sind gestolpert, haben den Halt verloren und sind hinuntergestürzt. Glücklicherweise sind Sie auf einem … *saliente – Dios* … wie heißt das …"

„Auf einem Vorsprung gelandet", vervollständigte Trent den Satz, nachdem er die Tür geöffnet und die letzten Worte mitgehört hatte. Er nahm Nikki ins Visier, und sein Mund war ein schmaler Strich. „Du bist über den Rand gerutscht und ein Stück darunter auf einem Felsvorsprung gelandet. Wärst du nur einen Meter weiter gerutscht, dann wärst du über dreißig Meter tief ins Meer gestürzt."

Ein Ruck ging durch ihren Körper, als sie sich an den freien Fall erinnerte. *Der Albtraum entsprach demnach der Wirklichkeit. Gott steh mir bei!* Angst würgte sie, doch sie brachte in rauem Flüsterton hervor: „Und du hast mich gerettet?"

Seine Lippen spannten sich ein wenig. „Ich konnte dich nicht vor dem Sturz vom Felsen bewahren – ich befand mich bereits in der Missionsstation. Aber ich habe dich schreien gehört." Er biss die Zähne zusammen. „Ich folgte dem Schrei und rannte zu der Stelle, an der du abgestürzt warst. Zum Glück konnte ich zu dir heruntersteigen und dich zurücktragen."

Log er? „Wie bist du zu mir hinuntergekommen?"

„Es war heikel", gab er zu und krempelte den Ärmel seines Baumwollhemds auf. „Aber ich bin Bergsteiger."

„Du hast also nicht gesehen, wie ich gestürzt bin?"

Er hielt ihren Blick fest und zögerte Sekundenbruchteile lang. „Es tut mir leid. Ich hätte nicht vorausgehen sollen."

Nikki war nicht überzeugt, dass er die Wahrheit sagte, doch die Schmerzen machten ihr zu schaffen, und sie wusste, dass es sinnlos war, mit diesen beiden Männern zu diskutieren. War es möglich, dass Trent, wie er behauptete, ihr Retter war, oder war er der Mann, der sie verfolgt und vom Felsen gestoßen hatte? Doch wenn es so war, warum hätte er sie dann in ärztliche Obhut bringen sollen? Oh Gott, ihr Kopf tat so weh.

Schaudernd dachte sie an ihren Albtraum, wie ihre Füße auf dem steinigen Weg den Halt verloren und ihr Körper dem felsigen Strand tief unter ihr entgegenstürzte. Tief im Inneren hatte sie damit gerechnet, dass der grausige Traum Wirklichkeit war, trotzdem zitterte sie vor Angst, einer Angst so kalt wie der Meeresgrund. Sie war nicht abgestürzt, sie war gestoßen worden, gejagt von jemandem ... von jemandem, der düster und schlecht war. Sie blickte Trent ins Gesicht, in dieses ernste, entschlossene Gesicht. Es fiel ihr schwer, sich vorzustellen, dass er sie vor dem Tod bewahrt hatte ... Beinahe hätte sie aufgeschrien, doch sie kämpfte gegen das Schaudern an, das ihren Körper erfasst hatte. Vor diesem Fremden, der behauptete, ihr Mann zu sein, durfte sie keine Schwäche zeigen, und sie musste sich einen Plan zurechtlegen, eine Möglichkeit zur Flucht aus dem Krankenhaus suchen und herausfinden, wer sie war. Herrgott, wenn ihr Kopf nicht so entsetzlich schmerzen würde, wenn sie ihren Knöchel belasten könnte, dann würde sie einen Weg finden, um die Wahrheit ans Licht zu bringen.

Ein Schatten fiel auf ihr Gesicht, als Trent sich übers Bett beugte. „Ich bin gleich zurück“, versprach er, und sein Atem streifte ihr Gesicht. Er hauchte ihr einen Kuss auf den Mund, und in der Berührung seiner Lippen lag so viel Wärme, dass Nikkis Herz einen Schlag lang aussetze. War es denn möglich, dass sie sich in diesen dreisten, rücksichtslosen Mann verliebt hatte? Nikki hatte zwar keinerlei Erinnerung an ihre Vergangenheit, konnte sich jedoch nicht vorstellen, dass sie einen so furchteinflößenden Mann geheiratet hatte, einen Mann, der durch seine bloße Präsenz alle Menschen in seiner Umgebung unter seinen Willen zwang. Ganz sicher hätte sie sich für einen freundlicheren, klügeren Mann entschieden – für einen eher intellektuellen Mann.

Seine Lippen strichen über ihren Mund, und Nikki hatte Mühe, steif und ohne jede Reaktion im Bett liegen zu bleiben. Trent hob den Kopf, nahm die Schultern zurück, strich sein Hemd glatt und zwinkerte Nikki zu. Das Lächeln auf seinen Lippen war eindeutig anzüglich – als ob er und sie irgendein düsteres, unanständiges Geheimnis teilten. Er klopfte kurz ans Bettgestell und verließ mit dem Arzt das Zimmer.

Innerlich schäumend malte Nikki sich tausendfach aus, wie sie ihn erwürgen würde. Seine kleine Einlage für den Arzt war nur Theater. Oder? Sein Kuss enthielt keine Leidenschaft, im Gegensatz zu dem vorherigen, und dennoch hatte sie einen Hauch von Gefühl empfunden, eine Zärtlichkeit, die sie nicht mit Trent McKenzie in Einklang bringen konnte, ganz gleich, wer zum Teufel er war. Ratlos biss sie die Zähne zusammen, wollte ihre Erinnerungen zwingen zurückzukommen, doch ihr Bewusstsein gab nur verschwommene Bilder her. Sie erinnerte sich an eine Wiese und an ein Pferd, auf dem sie ritt – nein, ein Pony, ein geschecktes Pony. Sie ritt ohne Sattel. Beinahe vom hohen Gras verborgen folgte ein Hund dem stämmigen kleinen Pferdchen. In einer Ecke der Weide standen Apfelbäume – vielleicht befand sich dort eine alte Obstwiese – und jenseits des Zauns standen Eichen und Fichten.

Hatte das Pony ihr gehört? Sie stellte sich vor, dass auf der anschließenden stoppeligen Weide Vieh graste, doch das Bild verschwamm, und zurück blieb eine Leere, die Nikki nicht ausfüllen konnte. „Verdammt noch mal“, sagte sie leise, als sie vergeblich versuchte, weitere Gedanken an ihre Vergangenheit heraufzubeschwören.

Was ist mit Trent? Deinem Mann? An ihn blieb ihr jegliche Spur einer Erinnerung versagt.

Sie drehte sich leicht auf dem zerknitterten Laken und schnappte nach Luft, als stechender Schmerz durch ihren Knöchel zuckte. Im Flur hörte sie Trent und Padillo leise im typisch spanischen Rhythmus reden. Natürlich sprachen sie über Nikki, aber sie konnte sie weder richtig hören noch verstehen. Frustriert wollte sie sich aufsetzen, sank jedoch zurück in die Kissen. Könnte sie doch aus diesem Bett steigen, zur Polizei marschieren oder zum Flughafen oder der amerikanischen Botschaft, sofern es die auf dieser gottverlassenen Insel überhaupt gab, um zu erfahren, wer sie war und wie sie hierhergelangt war.

Tränen stiegen ihr in die Augen, und sie schaute auf das Kruzifix an der Wand. „Gib mir Kraft", flüsterte sie. Schwester Vasquez kam mit ihren Medikamenten. Nikki erwog, die Einnahme zu verweigern, weil sie einen klaren Kopf bewahren musste, doch die Schmerzen waren zu heftig, und sie war dankbar für den Schlaf, den die kleinen Pillen ihr schenken würden. Bereitwillig schluckte sie das Beruhigungsmittel und wartete darauf, dass der Schmerz allmählich nachließ und die Schläfrigkeit einsetzte. Als sie die Augen schloss, waberte eine alte Werbebotschaft durch ihr Hirn. *Wie auf Wolken schweben …*

Wenn sie wieder aufwachte … würde sie versuchen, sich zu erinnern.

„Ich will, dass sie so bald wie möglich entlassen wird." Trent musterte den kleinen Mann, der der angesehenste Arzt auf der Insel war. Allerdings praktizierten kaum mehr als drei Ärzte auf Salvaje. Deshalb hatte Trent nicht vor, lange hierzubleiben und zu hoffen, dass der Mann wusste, was er tat. Zu viel stand auf dem Spiel.

„Aber Sie haben doch Zeit … Sie sind auf Hochzeitsreise." Wissend grinsend tätschelte Padillo Trents Arm. „Haben Sie Geduld."

„Wir müssen zurück in die Staaten."

„Warum müssen Sie so früh abreisen?"

„Wir wollten nur eine Woche bleiben", erklärte Trent, bemüht, nicht die Beherrschung zu verlieren. Er war gewohnt zu tun, was er wollte. Dass Nikki im Krankenhaus der Insel gelandet war, kam ungelegen. Verdammt ungelegen. War wahrscheinlich sogar gefährlich. Nur die Ruhe bewahren, ermahnte er sich selbst, doch er hatte in den vergangenen fünf Nächten nicht viel

Schlaf bekommen, und seine Nerven waren zum Zerreißen gespannt. Im Augenblick hätte er den kleinen Arzt am liebsten geschüttelt, bis er zu Verstand kam und sich überzeugen ließ, dass er Nikki auf der Stelle entlassen musste. Doch er durfte sich nicht verraten. Noch nicht.

„Salvaje ist eine wunderschöne Insel. Sie sollten bleiben. Das Klima genießen", sagte Dr. Padillo. Eine Schwester im Empfangsbereich versuchte, durch Winken seine Aufmerksamkeit auf sich zu ziehen. „Ihre Frau ... Sie hat noch nicht viel von der Insel gesehen."

„Wir können zurückkommen."

„Ihr Amerikaner", sagte der Arzt und schnalzte mit der Zunge. „Immer in Eile."

Wenn du wüsstest.

„In drei Tagen kann ich sie entlassen", sagte Padillo, doch die steilen Falten zwischen seinen Brauen verrieten Trent, dass er nicht glücklich mit dieser Entscheidung war. „Aber es gehen nur wenige Flüge nach Amerika."

„Wir werden einen finden."

„Doktor", rief die Schwester, und Padillo winkte ab, als wäre sie ein lästiges Insekt.

„Dann bereite ich die notwendigen Papiere zur Unterzeichnung vor."

„Gut. Ach ja, und wenn Sie schon mal dabei sind, ich benötige die Handtasche meiner Frau und ihre persönlichen Sachen."

„Heute?"

„*Sí.* Ich schätze, sie würde gern alles durchsehen, bevor sie heimfliegt."

„Falls etwas verloren gegangen sein sollte, kann das Krankenhaus nicht verantwortlich ..."

„Keine Sorge", sagte Trent, in Gedanken schon wieder bei der hübschen Frau mit dem übel zugerichteten Gesicht, die ein paar Türen weiter den dunklen Flur hinunter in ihrem Krankenbett lag. „Geben Sie mir einfach ihre Habseligkeiten. Ich unterschreibe eine Empfangsbestätigung für alles."

Nikki war nicht sicher, wie spät es sein mochte. Sie hatte so lange geschlafen, dass sie den Überblick verloren hatte, doch ihr kam es vor, als wären zwei oder drei Tage vergangen, an denen Trent ständig bei ihr im Zimmer gewesen war, Schwestern hinein- und herausHuschten, sie fütterten, ihr Flüssigkeiten einflößten, sich an der Infusion zu schaffen machten, voller Sorge, dass sie Schaden nehmen könnte, und ihr versicherten, dass sie bald wieder gesund sein würde.

Sie fürchteten anscheinend eine Infektion, achteten streng auf Temperatur und Blutdruck, doch keine zeigte sich auch nur im Geringsten besorgt darüber, dass sie ihr Gedächtnis so gut wie verloren hatte.

Als Nikki sich bei Padillo über ihre Amnesie erkundigt hatte, beteuerte der, dass ihre Erinnerungen zurückkommen und ihre komplette Vergangenheit ihr wieder gegenwärtig sein würde, wahrscheinlich zunächst nur häppchenweise, aber dann würden sich allmählich alle Jahre ihres Lebens zu einem großen Bild zusammenfügen, und sie würde wieder wissen, wer sie war, wer ihre Verwandten waren, welchen Beruf sie ausübte. Sie würde sich auch erinnern, wie sie McKenzies Frau geworden war.

Da war sie nicht so sicher.

Als sie Trent zu ihrer Amnesie befragte, zeigte er sich nicht sonderlich gesprächig. „Keine Sorge“, sagte er. „Die Erinnerungen kommen wieder. Immer mit der Ruhe.“ Nikki fragte sich, ob die Krankenhausbelegschaft ihn auf diese Antwort eingeschworen hatte, oder ob er verhindern wollte, dass sie sich an ihre Vergangenheit erinnerte.

Trent gab seinen Wachtposten nicht auf. Er blieb in ihrem Zimmer, saß Tag und Nacht an ihrem Bett, verschmähte das für ihn bereitgestellte Bett und sah jedes Mal, wenn Nikki aufwachte, noch mitgenommener aus. Er verzichtete aufs Rasieren, schaffte es aber eines Tages immerhin, ein frisches Hemd anzuziehen. War er so aufopferungsvoll? Das nahm sie ihm nicht ab, doch sie war sicher, dass irgendetwas sie verband, etwas, was ihm viel wichtiger war als ein Ehering.

Hatte er sie entführt und auf diese winzige Insel vor der Küste Südamerikas verschleppt?

Nein – denn dann hätte er nicht die Polizei über ihren Unfall informiert, und auch Padillo hatte mit den Behörden gesprochen. Es sei denn, die *Policía de Salvaje* war zu unerfahren, um über die Verbrechenslage in den Staaten Bescheid zu wissen. Warum sollte man seine Aussagen in Zweifel ziehen? Nach außen hin gab er sich deutlich den Anschein, als würde sie ihm etwas bedeuten. Sie selbst dagegen konnte sich nicht daran erinnern, wo sie lebte. Natürlich würde man Trent glauben.

Ihr Kopf begann zu pochen, und Trent, der spürte, dass sie wach war, verließ seinen Platz am Fenster und setzte sich auf einen Stuhl am Fußende des Betts. Er stemmte die abgelaufenen Stiefelabsätze gegen die Matratze und verschränkte die Arme vor der Brust.

„Guten Morgen", sagte er gedehnt und lächelte sie aufreizend an.

Nikki warf einen Blick aus dem Fenster. „Es ist Nachmittag." Sie hatte einen grauenhaften Geschmack im ausgetrockneten Mund.

„Na, immerhin hast du dein Zeitgefühl nicht verloren."

„Sehr witzig", sagte sie und wünschte sich, ihre Zunge würde sich nicht so dick anfühlen. Sie bewegte den Arm und stellte überrascht fest, dass er kaum noch schmerzte. Entweder schritt die Heilung voran, oder das Schmerzmittel wirkte noch.

„Fühlst du dich besser?"

„Ich fühle mich scheußlich."

Er schmunzelte. „Wie schön zu sehen, dass dir dein sonniges Gemüt nicht abhanden gekommen ist."

„Nie und nimmer." Sie zwang sich, ihm in die Augen zu sehen, und fragte: „Wer bist du? Und –" sie hob den lädierten rechten Arm und wehrte mit der Handfläche ab, damit Trent sie nicht sofort mit vorgefertigten, vom Arzt abgesegneten Antworten abspeiste „– versuch nicht, mir einzureden, dass du mein Mann wärst."

Seine Lippen zuckten, seine Zähne blitzen sehr weiß im Kontrast zu seinem dunklen Teint, doch er legte keinen Widerspruch ein.

„Was machst du beruflich?“

„Ich arbeite für eine Versicherungsgesellschaft.“

„Ach, hör doch auf“, sagte sie und verdrehte die Augen zur Zimmerdecke. „Du – mit Schlips und Kragen? Ausgeschlossen.“ Holzfäller, Cowboy oder Rennfahrer hätte sie gelten lassen, aber Versicherungsvertreter?

„Warum nicht?“

„Unterschätz mich nicht, ja? Auch wenn ich mich kaum erinnern kann, bin ich doch nicht schwachsinnig.“

„Glaub, was du willst.“ Sein Grinsen war süffisant und spöttisch, und sie hätte etwas darum gegeben, es ihm aus dem Gesicht zu fegen.

„Ah, jetzt verstehe ich“, sagte sie und konnte sich nicht bremsen, ihn aufzuziehen. „Du hast den Großteil der vergangenen Woche in der unsinnigen Hoffnung an meinem Bett verbracht, dass ich dir beim Aufwachen eine Lebens- oder Unfallversicherung abkaufe.“

„Ich bin Ermittler.“

„Das klingt schon plausibler.“

„Für eine Versicherungsgesellschaft. Betrug, Brandstiftung, Selbstmord und dergleichen.“ Er neigte den Kopf zur Seite und fuhr fort: „Doch die Gesellschaft wüsste es sicherlich zu schätzen, wenn ich dir zu gewissen Bedingungen ...“

„Lass gut sein. Ich glaube dir.“ Nikki versuchte, sich aufzusetzen. Es gelang ihr nicht, und sie wies auf den Hebel am Fußende des Betts. „Würdest du bitte ...?

Trent stellte die Füße auf den Boden und griff nach dem Hebel. Im nächsten Moment saß Nikki nahezu aufrecht im Bett. „Besser so?“

Sie rieb ihren Handrücken, auf dem die Einstichstellen der Infusionsnadeln sich blau und grün verfärbten – passend zum Rest ihres Körpers. „Ja. Danke.“

An diesem Tag wirkte er nicht gar so feindselig, und seine bisher gewohnte Rastlosigkeit war nahezu verflogen. Als er die Füße wieder an der Matratze abstützte und tief in den Stuhl rutschte, erschien er beinahe harmlos, einfach wie ein besorgter Ehemann, der darauf wartete, dass seine Frau sich erholte. Nikki beschloss, seine gute Laune auszunutzen, denn sie glaubte nicht, dass die lange anhalten würde.

„Wie haben wir uns kennengelernt?"

„Ich hatte durch meine Arbeit bei der Versicherungsgesellschaft mit einer Kollegin von dir zu tun. Connie Benson."

„Connie?", wiederholte sie und schüttelte den Kopf, als keine Erinnerung in ihr aufstieg. Doch der Name klang richtig. „Connie Benson?"

„Ihr wart beide Reporterinnen beim *Observer.*"

„Ich bin ..."

„Beim *Seattle Observer.* Du hast gesagt, du würdest seit etwa sechs Jahren dort arbeiten."

Ein scharfer Schmerz quälte ihr Gehirn. Der *Observer.* Sie hatte davon gehört. Jetzt wusste sie es wieder. Ja, ja! Diese Tageszeitung in Seattle hatte sie ihr Leben lang gelesen ... Sie erinnerte sich, wie sie an einem Tisch saß ... Die Sonne schien durch das Erkerfenster in der Ecke ... Mit wem ... Oh Gott, mit wem hatte sie dort gesessen? Ihr Kopf zuckte hoch.

„Du erinnerst dich."

„Nur daran, dass ich diese Zeitung oft gelesen habe. Mit jemandem zusammen."

Trent hob beide Hände. „Nicht mit mir, fürchte ich."

Sie empfand leise Enttäuschung. Aus irgendeinem Grund hatte sie gehofft, dass seine Geschichte durch diesen kleinen Informationsfetzen bestätigt oder widerlegt werden könnte.

„Wir haben uns erst vor etwa fünf Wochen kennengelernt."

„Vor fünf Wochen?", wiederholte sie verblüfft.

„Eine stürmische Romanze, sozusagen."

„Klingt ja nach einem echten Orkan! Fünf Wochen? Nur fünfunddreißig Tage, und schon haben wir geheiratet?"

„So ungefähr."
„Oh nein." Sie schüttelte den Kopf, und sein Blick verdüsterte sich. „Ich glaube nicht, dass ich …"
„Doch, Nikki, verdammt noch mal! Wir waren so oft wie möglich zusammen, haben beschlossen zu heiraten, einen ortsansässigen Friedensrichter aufgesucht, der hat uns getraut, und dann sind wir hierher auf Hochzeitsreise gegangen."
Nikki schüttelte immer noch den Kopf. „Nein, ich bin ganz sicher …"
Geräuschvoll setzte er die Füße auf den Boden, und plötzlich beugte er sich drohend über sie, die Hände zu beiden Seiten ihres Kopfes aufs Laken gestützt, das Gesicht ganz dicht vor ihrem. „Hör zu, Lady, entschuldige, wenn ich all deine romantischen Träume zerstört haben sollte. Aber es ist nun mal so, dass wir keine lange Verlobungszeit und keine große, schicke Hochzeit gehabt haben."
„Warum nicht?"
Sein sinnliches Lächeln war unübersehbar anzüglich, und Nikki fragte sich, wie sie sich noch vor wenigen Minuten so unbefangen in seiner Gegenwart hatte fühlen können. Mit einem Finger zeichnete er die Knochen ihres Schlüsselbeins nach, eine träge erotische Geste, die ihr das Blut wild durch die Adern jagte. „Weil wir es nicht mehr erwarten konnten, mein Schatz", sagte er gedehnt. „Wir waren einfach zu scharf aufeinander."
„Lügner." Sie schob seine Hand weg, doch ihr Puls raste wie verrückt und verriet ihren Zustand.
„Aber so war es nun mal. Wenn du willst, kannst du der Sache einen romantischen Anstrich verpassen, mich auf ein weißes Ross setzen und in eine strahlende Rüstung stecken, aber das haut einfach nicht hin, Nikki. Ich bin kein strahlender Held."
Ihr Puls raste, ihr Atem ging keuchend. *Herr im Himmel!* Hatte sie diesen … diesen sexy, herablassenden Mistkerl tatsächlich geheiratet?
Er ließ den Blick unverfroren über ihren Körper wandern. „Ich könnte dich belügen. Zum Teufel, was soll's, du erinnerst

dich ja sowieso nicht, oder? Wenn du also Herzchen und Blumen willst, Mondschein und Champagner, Strandspaziergänge mit Händchenhalten, bitte schön."

„Warum tust du das?", presste sie zwischen zusammengebissenen Zähnen hervor.

„Ich will nicht, dass du dich irgendwelchen Illusionen über mich hingibst. Das ist alles."

„Was ist mit den Rosen?"

„Den was?"

Mit einer Handbewegung zeigte sie auf den Blumensockel neben ihrem Bett. Dabei streifte sie mit den Fingerspitzen sein Hemd, spürte die unter dem weichen blauen Denim verborgenen Muskeln. Er atmete tief ein und hielt eine Sekunde lang Nikkis Blick fest. Sie bekam einen trockenen Hals und stellte sich ihn auf einem anderen Bett vor, auf ihr liegend, schwitzend in wildem Auf und Ab. Hastig schloss sie die Augen und verdrängte die erotische Vorstellung. Es konnte nicht sein, dass er die Wahrheit sagte! Unmöglich!

„Ach, die Blumen. Nette Geste, findest du nicht?", fragte er mit unverhohlenem Spott.

„Was soll das heißen? Willst du sagen, die sind nur ein Scherz?"

„Ich dachte, sie würden dir gefallen. Das ist alles."

Ihr Mut sank, als er sich wieder auf dem Stuhl niederließ. Wieder kreuzte er die Fußknöchel auf der Bettkante, dann fragte er: „Willst du sonst noch was wissen?

„Nur noch eines", antwortete sie und riss sich zusammen. „Warum hast du mich geheiratet, wenn du mich doch so sehr hasst?"

Er presste die Lippen aufeinander. „Ich hasse dich nicht, Nikki."

„Du hast es darauf angelegt, mich lächerlich zu machen."

„Weil du dich nicht an mich erinnern kannst oder willst."

Es gab ihr einen Stich ins Herz, und sie zwang die Worte über ihre Lippen. „Liebst du mich?"

Er zögerte, sein Blick verschattete sich sekundenlang, seine Miene war undurchdringlich. Energisch fuhr er sich mit der Hand durchs Haar und verzog das Gesicht. „So könnte man es bezeichnen."

„Würdest du – würdest du es als Liebe bezeichnen?"

Ohne ihre Frage und den Schmerz zu beachten, den ihre Augen verraten mussten, stand er auf und reckte sich träge. Seine Muskeln dehnten sich, sein Körper erschien maskuliner und gefährlicher denn je.

„Liebst du mich?", fragte sie noch einmal, dieses Mal mit Nachdruck.

Ein trauriges Lächeln huschte über sein Gesicht. „So gut ich kann, Nik. Du wirst dich nicht erinnern, aber ich kann es dir auch gleich erklären. Ich glaube nicht unbedingt an Liebe."

„Warum hast du mich dann geheiratet?"

Er zögerte einen Moment. „Es erschien mir angebracht."

„Warum?"

Er schob die Hände in die Gesäßtaschen seiner Jeans und ging zur Tür. Dort hielt er inne und bedachte Nikki mit einem Blick, der ihr ins Herz schnitt. „Ich habe dich geheiratet, weil du es dir so sehr gewünscht hast, verdammt noch mal."

„Wie edel von dir."

„Du erinnerst dich tatsächlich nicht an mich, wie? Denn sonst würdest du wissen, dass ich alles andere als edel bin." Er schlenderte hinaus, sie blieb gekränkt zurück und lauschte seinen Schritten im Flur.

Dann stieß sie einen langen, herzzerreißenden Seufzer aus. Alles war ein einziges Chaos. Nichts ergab einen Sinn. *Denk nach, Nikki, denk nach! Trent McKenzie ist nicht dein Mann. Das kann nicht sein. Wer zum Teufel ist er dann und was will er?* Sie schloss die Augen und zwang sich, in Gedanken in der Zeit zurückzugehen. Trent hatte gesagt, sie würde in Seattle leben, und das fühlte sich richtig an. Er hatte erwähnt, dass sie bei einer Zeitung arbeitete – beim *Seattle Observer* – und auch das schien zu stimmen. Doch sonst schien nichts – nicht die überstürzte Liebesgeschichte, nicht die hastige Eheschließung vorm Friedensrichter anstelle einer Hochzeit, nicht der feindselige Mann selbst – Teil ihres Lebens sein zu können.

Wer war er, und warum beharrte er darauf, dass er mit ihr verheiratet war? Sie wollte ihr Gedächtnis zwingen, ballte vor Frust die Fäuste, doch ihr Bewusstsein war so weiß und nackt wie das Laken, unter dem sie lag.

Ratlos gab sie auf und blickte aus dem Fenster auf den blauen Himmel und das Laub, das sich in einer Brise regte. Vielleicht bemühte sie sich zu sehr. Vielleicht sollte sie sich an den Rat des Arztes halten und zulassen, dass ihr Gedächtnis sich langsam wieder einstellte, Stück für Stück.

Und was war mit Trent?

Herrgott noch mal!

„Señorita Carrothers!"

Die Frauenstimme ließ sie aufschrecken. Sie wandte das Gesicht zur Tür und sah ein hübsches Mädchen mit runden Wangen und kurzem schwarzen Haar. Das Lächeln verblich, als sie Nikkis lädiertes Gesicht bemerkte.

„*Dios!* Geht es Ihnen gut? Wir im Hotel haben uns solche Sorgen gemacht ..."

„Müsste ich Sie kennen?"

„*Sí*, als Sie sich eingetragen haben ..."

„Moment mal." Nikki wollte eine Hand heben, doch der Infusionsschlauch behinderte sie. Sie versuchte zu überlegen, sich zu erinnern. „Wollen Sie sagen, ich habe mich als Carrothers eingetragen? Als *Señorita* Carrothers?", fragte Nikki, und ihr Puls beschleunigte sich. Das hier war der erste Beweis dafür, dass Trent sie belog.

„*Sí.*"

„War ich allein, oder war mein Mann bei mir?"

„Ihr Mann?" Ein Ausdruck der Fassungslosigkeit huschte über das Gesicht des Mädchens.

Von irgendwoher auf dem Flur wurde in schnellem Spanisch auf das Mädchen an der Tür eingeredet, Schwester Vasquez erschien, quasi mit gesträubtem Schutzengel-Gefieder. Nikki verstand nicht, worüber geredet wurde, wohl aber, dass die Schwester das Mädchen gehörig herunterputzte.

„Moment“, sagte Nikki, als sie begriff, dass Schwester Vasquez ihre einzige Verbindung mit der Vergangenheit wegschicken wollte. „Wie heißen Sie? Wo arbeiten Sie?“ Doch das Mädchen war bereits aus ihrem Blickfeld verschwunden. Ihre Schritte hallten auf dem Flur wider. „Bitte rufen Sie sie zurück!“, flehte Nikki verzweifelt. Da verschwand ihre einzige Quelle, die zumindest ein paar Informationen zu haben schien, die ihr helfen konnten.

„Tut mir leid, Señora McKenzie. Strengste Anweisung vom Doktor. Sie dürfen nur Besuch von Familienmitgliedern empfangen.“

Nikki wollte aus dem Bett steigen. „Aber ...“

„Oh, Señora, bitte nicht! Sie müssen ruhen ... Nicht bewegen.“

„Lassen Sie sie nicht gehen!“, befahl Nikki, doch es war zu spät. Das Mädchen war fort, und Nikki blieb mit noch stärkerem Misstrauen gegen den Mann zurück, der vorgab, mit ihr verheiratet zu sein. Als die Schwester ihren Blutdruck maß, fragte Nikki: „Können Sie mir nicht wenigstens ihren Namen verraten?“

„Ich weiß ihn nicht.“

„Warum war sie hier?“

„Ich glaube, Sie hat Señora Martínez besucht.“

„Bitte, fragen Sie Señora Martínez nach dem Namen und der Arbeitsstelle des Mädchens.“ Die Schwester schien sich weigern zu wollen, doch Nikki packte sie am Ärmel und hielt sie verzweifelt zurück. „Bitte, Schwester Vasquez. Es ist wichtig.“

„*Dios*“, hauchte Schwester Vasquez. „Ich will sehen, was ich tun kann.“

„*Gracias.*“ Nikki drückte sich selbst die Daumen, dass Trent nichts von ihrer Bitte erfuhr. Zunächst einmal würde sie das Gespräch mit der Frau für sich behalten.

Binnen einer Stunde hörte sie Trents Schritte und wappnete sich für eine weitere Konfrontation. Mit zwei Bechern Kaffee tauchte er an der Tür auf. „Ein Friedensangebot", sagte er und stellte einen Becher auf den Nachttisch. Dann nahm er seinen Posten beim Fenster wieder ein. „Ich wollte dich nicht ärgern."

„Ich würde gern lügen und behaupten, mir ginge es gut, aber mir geht's nicht gut."

Er zuckte mit den Schultern und trank einen großen Schluck Kaffee. „Ich weiß. Ich wollte, ich könnte es ändern."

„Du musst nicht Tag und Nacht hier sein."

„Oh doch."

„Ich komme schon klar ..."

„Ich will aber nicht, dass meine junge Frau sich einsam fühlt." Er lächelte verschlagen, trank aus seinem Pappbecher und ließ sich vom Dampf das Gesicht wärmen.

„Ich fühle mich nicht einsam."

„Ich hatte gehofft, dass meine Nähe deinem Gedächtnis auf die Sprünge hilft."

Sie schüttelte den Kopf. „Ich will dich nicht kränken, aber ... Ich begreife nicht, dass ich jemals den Wunsch verspürt haben könnte, dich zu heiraten. Klar, ich kann mich nicht erinnern, aber du bist meiner Meinung nach überhaupt nicht mein Typ."

„War ich auch damals nicht." Er zog ein Knie hoch auf die Fensterbank und blickte durch die Scheibe. „Du hast sonst immer Kerle mit Schlips und Kragen bevorzugt."

„Warum soll ich mich dann mit dir eingelassen haben?", fragte sie.

„Es war die Herausforderung", antwortete er, und seine Augen blitzten verführerisch.

„Das glaube ich nicht."

„Dann irrst du dich." Er zog die Mundwinkel herunter. „Du warst schon immer sehr risikofreudig, Nikki. Eine Frau, die nie Angst davor hatte, immer genau das zu tun, was sie für richtig hielt. Dein Job beim *Observer* ist der Beweis dafür."

„Mein Job?", hakte sie nach.

„Mhm. Du bist Reporterin, und zwar eine verdammt gute."

Aus irgendeinem merkwürdigen Grund tat sein Kompliment ihr gut, doch sie blieb vorsichtig. Sie wusste instinktiv, dass McKenzie nicht der Typ war, der jemanden ohne Hintergedanken lobte. Ihre Schultermuskeln spannten sich an.

„Seit du bei der Zeitung angefangen hast, kämpfst du um anspruchsvollere Aufgaben und Themen für deine Artikel."

„Und habe ich sie bekommen?"

„Natürlich nicht. Ein paar Leute beim *Observer*, in erster Linie die in Machtpositionen, wollen vor allem den Status quo erhalten. Du weißt schon, Frauen sind zuständig für Unterhaltung, Haushaltstipps, lokale Neuigkeiten über die Schulen und Bürgermeisteramtskandidaten und wessen Kind den letzten Lesewettbewerb gewonnen hat. Solche Sachen halt."

„Über so etwas habe ich geschrieben?", fragte sie und zog die Brauen zusammen. Es klang plausibel, doch sie war sich nicht sicher.

„Meistens, aber du hast dich mehr für Politik interessiert, für die Gangs in den Ghettos, für Korruption bei der Polizei, eben für politische Themen." Er behielt sie fest im Auge, während er den starken Kaffee schlürfte.

„Wer war mein Chef bei der Zeitung?"

„Eine Frau namens Peggy Henderson … Nein, ich glaube, sie heißt Hendricks."

„Du weißt es nicht genau?", fragte sie ungläubig.

Er zuckte wieder mit den Schultern. „Ich habe sie nie kennengelernt." Als Nikki ihn skeptisch anschaute, schnaubte er verächtlich. „Wie gesagt, du und ich, wir kennen uns noch nicht lange." Wieder bedachte er sie mit diesem heißen Blick.

„Was ist mit meiner Familie?", fragte sie und krallte die Finger ins Laken. Er versorgte sie mit mehr Informationen, als sie verkraften konnte.

„Dein Vater hat eine Niederlassung in Seattle, er besitzt ein Import/Export-Unternehmen. Aber er hält sich nicht oft in der Stadt auf. Eher im Orient. Du hast eine Schwester an der

Ostküste und eine irgendwo in Montana, glaube ich, und deine Mutter lebt in L. A."

„Meine Eltern sind geschieden?" Herrgott, warum kam ihr nichts davon bekannt vor? Warum konnte sie sich das Lächeln ihrer Mutter, das Gesicht ihres Vaters, die Haarfarbe ihrer Schwester nicht vorstellen?

„Dr. Padillo will nicht, dass du etwas überstürzt", sagte Trent mit fester Stimme. „Er hält es für das Beste, wenn dein Gedächtnis von selbst zurückkommt."

„Und du bist anderer Meinung?"

„Ich weiß nicht, was ich denken soll, aber ich glaube, das Beste wäre, dich nach Hause zu bringen, zurück in die Staaten, wo du dich von einem amerikanischen Arzt, vielleicht auch von einem Psychologen oder Neurochirurgen, behandeln lassen kannst."

Sie spürte einen Kloß im Hals. „Könnte meine Amnesie von Dauer sein?", fragte sie, und ihr Herz schien einen Schlag lang auszusetzen. Die Vorstellung, den Rest ihres Lebens ohne Erinnerungen an ihre Kindheit, ihr Elternhaus und ihre Familie zu verbringen, war niederschmetternd. Verzweiflung wollte sie in einen dunklen Abgrund ziehen.

Trents Blick verschattete sich. „Ich weiß es nicht. Aber je eher wir nach Hause kommen, desto besser." Hier zeigte sich Trent von einer bisher unbekannten Seite. Er schien sich plötzlich um ihr emotionales Wohlergehen zu sorgen. „Morgen will Padillo dich entlassen. Ich hole unsere Sachen aus dem Hotel, wir treffen uns hier und nehmen dann den ersten Flug zurück in die Staaten."

„Ich würde gern telefonieren."

Er erstarrte. „Wo willst du denn anrufen?"

„Zunächst einmal bei der Zeitung. Dann vielleicht bei meiner Mutter." Bildete sie es sich nur ein, oder verkrampfte er sich ein wenig?

„Wenn der Arzt einverstanden ist."

„Warum denn nicht?"

„Wie gesagt, ich bin kein Mediziner. Aber ich sehe nach, ob ich hier ein kabelloses Telefon finde. Wenn nicht, kannst du den Münzfernsprecher am Ende des Flurs benutzen."

„Jetzt gleich?"

„Das halte ich nicht für eine gute Idee."

„Tja, ich aber." Sie richtete sich mühsam zum Sitzen auf, ohne den dumpfen Schmerz in Hüfte und Bein zu beachten, und glitt aus dem Bett. Als sie ihren rechten Fuß belastete, verzog sie das Gesicht, doch der Schmerz war nicht so intensiv, wie sie erwartet hatte. Sie kannte sich in diesem Krankenhaus nicht aus, hoffte aber dennoch, Mrs Martínez zu finden. Falls sie von Schwester Vasquez keine Informationen über das Mädchen aus dem Hotel bekam, würde sie sich an Mrs Martínez wenden. Viele Wege führen nach Rom.

„Leg dich wieder ins Bett", befahl Trent.

„Jetzt noch nicht."

„Bitte, Nikki ..."

„Hilf mir ins Bad", sagte sie, wischte sich das Haar aus dem Gesicht und griff nach dem leichten Bademantel am Fußende des Betts. Den hatte ihr das Krankenhaus bereitgestellt, und er war alles andere als kleidsam, bedeckte aber immerhin die Blöße, die das OP-Hemd offen ließ. Sie verlagerte ihr Gewicht so gut es ging auf den linken Fuß, schob die Hände durch die Ärmel und zog den Gürtel straff. „Komm schon, *teurer Gatte*."

Im ersten Moment schien er sich weigern zu wollen. „Das ist doch Wahnsinn."

„Die Schwester hat gesagt, ich könne aufstehen, sobald ich mich entsprechend fühle. Und jetzt ist mir danach."

Trent knurrte etwas über starrsinnige Frauen ohne einen Funken Verstand, beugte sich jedoch leicht vor, damit Nikki ihren Arm um seinen Nacken legen konnte. Er schlang seinen Am um ihre Taille und trug ihr Gewicht nahezu ganz allein. „Okay, gehen wir."

Zuerst war sie ein bisschen unsicher, doch sie schaffte die paar Schritte aus dem Zimmer bis zum Bad im Flur. Sie versuchte, nicht auf Trents warme Hände an ihrer Taille zu achten, und konzentrierte sich auf jeden einzelnen mühsamen Schritt. Das Gehen fiel ihr immer leichter, und sie wurde zuversichtlicher.

Wenn sie doch seinen Duft hätte ignorieren können, diesen Geruch nach Mann und Moschus und Leder, als sie vor der Tür zum Bad stehenblieben.

„*Señora McKenzie!*“ Eine zierliche Krankenschwester eilte den Flur entlang. Sie furchte besorgt die Stirn und hastete über den Fliesenboden. „*Espere!*“ Als sie näherkam, bedachte sie Trent mit einem wütenden Blick. „*Qué es esto?*“ Ihre schwarzen Augen sprühten Feuer, und sie presste die schmalen Lippen fest aufeinander.

„Sie will wissen, was hier los ist“, übersetzte Trent. Es folgte ein Wortwechsel in raschem Spanisch, und schließlich schob Schwester Lidia Sánchez die Badtür mit der Hüfte auf und half Nikki in den Raum. „Schätze, mein Verhalten am Krankenbett hat ihr nicht zugesagt“, bemerkte Trent, als die Tür zufiel.

Schwester Sánchez schimpfte immer noch leise und wütend auf Spanisch, und Nikki unternahm nicht einmal den Versuch, sie zu verstehen. Stattdessen betrachtete sie sich im Spiegel über dem Waschbecken. Ihr Herz setzte einen Schlag aus, und all die Tränen, die sie so tapfer unterdrückt hatte, drohten, nun geweint zu werden. Die Schwellungen waren inzwischen zurückgegangen, doch ihre Augen waren von Kratzern und Blutergüssen umrandet. Ihr Haar war schmutzig und verfilzt, und sie erkannte sich kaum wieder. Sie hatte nicht damit gerechnet, besonders gut auszusehen, doch dass es so schlimm sein würde, hatte sie nicht gedacht. Unter den Blutergüssen erahnte sie Spuren einer Frau, die als hübsch und lebhaft bezeichnet worden war, mit grünen Augen, einem gewinnenden Lächeln und hohen Wangenknochen. Ihr kinnlanges Haar, hellbraun mit honigblonden Strähnchen, ließ schwere Locken erahnen, doch an diesem Tag hingen die schmutzigen Strähnen schlaff und glanzlos herab.

Trent gab sich mit Sicherheit nicht als ihr Mann aus, weil er hingerissen war von ihrer Schönheit. Sie verzog das Gesicht, als sie ihren Augenwinkel berührte, wo der Schorf sich löste.

„*Pase*", verlangte Schwester Sánchez und hielt die Tür offen. „*Ahora.*"

Nikki leistete dem Befehl Folge, doch auf dem Weg hinaus blieb sie noch einmal vor dem Spiegel stehen und erhaschte einen Blick auf die Schwester, als sie versuchte, sich die Hände zu waschen. „Wissen Sie, in welchem Zimmer Mrs Martínez liegt?"

„*Sí*, in Zimmer sieben. Kennen Sie sie?", fragte sie skeptisch.

„Ich habe nur von ihr gehört", sagte Nikki, trocknete sich die Hände ab und folgte der Schwester zurück in ihr leeres Zimmer. Trent war nirgendwo zu sehen, und Nikki empfand eine Mischung aus Enttäuschung und Erleichterung. Sie hatte ihm fast vertraut, als das Mädchen aus dem Hotel all ihre Zweifel wieder wachgerufen hatte. Irgendwie musste sie eine Möglichkeit finden, mit Mrs Martínez in Zimmer sieben zu sprechen.

Ihr Bett war frisch bezogen worden, Nikki legte sich in die sauberen Laken und schloss die Augen. Ihre oberflächlichen Wunden verheilten. Selbst ihrem Knöchel ging es schon viel besser, doch in ihrem Gedächtnis herrschte immer noch dichter Nebel, der kam und ging wie die Gezeiten, flüchtige Einblicke in die Vergangenheit gewährte, sich jedoch nie ganz zurückzog.

Sie war sicher, sich an einen Golden Retriever namens Shorty zu erinnern und daran, dass sie sich nie mit ihren Schwestern verstanden hatte, die mehrere Jahre älter waren. Doch an ihre Namen oder Gesichter konnte sie sich nicht erinnern.

Instinktiv wusste sie, dass sie von Natur aus ehrgeizig war und selten ihre Zeit vertrödelt hatte – jetzt schon schienen die Wände ihres Krankenzimmers sie erdrücken zu wollen –, und doch konnte sie sich nicht auf den einfachen Umstand besinnen, dass sie mit einem Mann verheiratet sein sollte, der so unvergesslich war wir Trent McKenzie.

Sie befand sich in einer Zwischenwelt. Keine Vergangenheit. Keine Zukunft. Ein Mensch, der im Grunde gar nicht richtig existierte.

Als sie seine Stiefelschritte hörte, schlug sie die Augen auf und sah Trent am Fußende des Betts. Seine Miene war finsterer denn je. „Ich habe gute und schlechte Nachrichten“, sagte er und umklammerte den Metallrahmen des Betts so heftig, dass seine Fingerknöchel weiß wurden. „Die gute Nachricht ist, dass du aus dem Krankenhaus entlassen werden kannst. Padillo sagt, du kannst morgen gehen.“

„Und die schlechte?“

„Die Fluggesellschaft, bei der wir gebucht haben, hat gestern Insolvenz angemeldet.“

„Wie bitte?“

Er zog die Augenbrauen zu einem durchgehenden schwarzen Balken zusammen. „Die sind pleite. Alle, die einen Platz in der Maschine gebucht haben, bemühen sich um einen anderen Flug. Auf dem Flughafen herrscht Chaos, und ich schätze, in den nächsten zwei Tagen kommen wir hier nicht weg.“

„Zwei Tage?“, wiederholte sie.

„Kann auch länger dauern.“ Er biss wütend die Zähne zusammen, dann fügte er hinzu: „Ich habe ein neues Zimmer für uns gebucht und hatte Glück, noch eines zu bekommen. Vorsichtshalber habe ich für eine Woche im Voraus bezahlt. Nur für alle Fälle.“ Er kickte ein nicht vorhandenes Steinchen über den Boden. „Wie's aussieht, sitzen wir hier eine Weile fest, Mrs MacKenzie. Nur du und ich.“

3. KAPITEL

„Da sind wir – *Home, sweet home*." Trent stieß die Tür zu ihrem Hotelzimmer auf, und die Angst umklammerte Nikkis Herz wie eine kalte Hand. Sie saß fest. Allein mit ihrem Mann.

Nikki schluckte, hielt sich immer noch an Trents Arm fest, um das Gleichgewicht zu halten, und trat vorsichtig über die Schwelle des Zimmers im ersten Stock. Es war mit einem Doppelbett, einem kleinen runden Tisch mit zwei Sesseln bei der Terrasse und einer Kommode möbliert. Zu beiden Seiten des Bettes standen identische Nachttische in vage mediterranem Stil.

„Komm. Du solltest dich ausruhen."

„In den vergangenen Wochen habe ich nichts anderes getan als auszuruhen", widersprach sie, obwohl die Entlassung aus dem Krankenhaus, die Holperfahrt im Taxi und der Weg durch das große Hotel beschwerlich gewesen waren. Dr. Padillo hatte ihr versichert, dass sie sich jetzt mit jedem Tag besser fühlen würde, und darauf setzte sie ihre ganze Hoffnung.

Trent hatte nicht gelogen: Es war praktisch unmöglich, von der Insel herunterzukommen. Die einzige Fluglinie, die die Insel regelmäßig ansteuerte, befand sich in einem schwierigen Insolvenzverfahren, dessen Ende nicht in Sicht war. „Du hast noch keinen Flug für uns ergattern können?", fragte sie, obwohl Trents Schweigen während der Taxifahrt ihr verriet, dass seine diesbezüglichen Versuche erfolglos geblieben waren.

„Ich bleibe am Ball."

Er legte eine Hand fest unter ihren Ellenbogen, führte sie zum Bett, schlug die Decke zurück und half ihr, sich auf das saubere Laken zu legen. Sie kam sich unbeholfen und albern vor. Wäre er wirklich ihr Mann gewesen, hätte es sie nicht gestört. Falls aber nicht … Was wohl mit ihm hier allein auf engstem Raum passieren würde? Musste sie sich fürchten?

„Hier gibt es ein Telefon. Verbindung nach Übersee zu bekommen, ist allerdings Glückssache. Alle, die hier festsitzen, versuchen zu Hause anzurufen."

„Toll", murrte sie, obwohl sie nichts anderes erwartet hatte. Er hatte ihr helfen wollen, vom Münzfernsprecher im Krankenhaus aus ihre Mutter zu erreichen. Sie stopfte sich das zweite Kopfkissen hinter den Kopf und sah sich im Zimmer um. Es war luftig und sauber. An der Decke hing ein Ventilator, die bunt geblümten Bettdecken passten zu den Vorhängen. Die Schranktür stand einen Spaltbreit offen, und Nikki entdeckte ihre ordentlich auf Bügel gehängten Kleider – zumindest vermutete sie, dass es ihre waren. Ein gelbes Sommerkleid, eine Kaki-Jacke und ein weißer Rock waren zu sehen. Sie hatte gehofft, dass der Anblick ihrer eigenen Sachen ihrem Gedächtnis nachhelfen würde, wurde jedoch wieder einmal enttäuscht. Es sah so aus, als würde sie die schlichten Puzzleteile ihres Lebens nie wieder zusammensetzen können.

Als hätte er ihre Gedanken gelesen, öffnete Trent ein Schubfach der Kommode und entnahm ihm eine Lederhandtasche.

Blitzartig kam die Erinnerung. „Die habe ich in New Mexico gekauft", sagte sie, als Trent ihr die Tasche reichte, und strich über das glatte verzierte Leder. „Von Indios. Das war auf einer Reise … mit …" So schnell, wie die Tür zu ihren Erinnerungen sich geöffnet hatte, fiel sie auch wieder zu, und Nikki blieb mit einem leeren Gefühl unfassbaren Verlusts zurück. „Himmel, ich kann mich nicht erinnern."

„Mit einem Mann oder einer Frau?", fragte Trent in plötzlich scharfem Tonfall.

„Ich weiß es nicht." Sie schaute ihn an, hoffte, dass er die Lücken füllen würde, doch er zuckte nur mit den Schultern.

„Ich war nicht dabei. Das war vor meiner Zeit." Er ging zur Tür, schloss sie und betätigte einen Schalter, der den Deckenventilator in langsame, träge Drehbewegung setzte.

Nikki wollte sich nicht so leicht abwimmeln lassen. Sie hielt die Schlüssel zu ihrem Leben in der Hand und war entschlossen, über ihre Vergangenheit herauszufinden, was sie nur konnte. Sie lehnte sich an das Kopfteil des Betts, schlug die Klappe der Handtasche zurück und leerte deren Inhalt in ihren Schoß. Bürste. Kamm. Brieftasche. Taschentücher. Sonnenbrille. Die Taschenbuchausgabe eines spanisch-englischen Wörterbuchs. Ein Paar silberne Ohrringe. Mehrere Kulis. Adressbuch. Reisepass. Eine kleine Kamera.

„Sämtliche Hinweise auf meine Identität", sagte sie sarkastisch.

„Nicht ganz. Ich glaube, ich habe noch ein paar mehr." Er griff in seine Jeanstasche und zog einen versiegelten Plastikbeutel heraus. Er enthielt ein Paar goldene Kreolen, ein dazu passendes Armband und einen schmalen goldenen Ring.

Ihre Kehle schnürte sich zusammen, und sie unterdrückte einen Schrei beim Anblick ihres Eherings. Der Beweis für ihre Heirat. Mit zitternden Fingern nahm sie den Ring aus dem Beutel und schob ihn sich auf den Finger. „Den hast du für mich gekauft?", fragte sie und suchte Trents Blick.

„Bei einem Juwelier in der Nähe vom Pioneer Square."

Nikki fuhr sich mit der Zungenspitze über die Lippen und betrachtete ihre Hände. Der Ring war unübersehbar eine Nummer zu groß.

„Du wolltest ihn mitnehmen in die Flitterwochen, und wir hatten vor, ihn nach unserer Rückkehr in die Staaten ändern zu lassen."

„Ach ja?", fragte sie atemlos. Warum erinnerte sie sich nicht daran, vor einem Friedensrichter gestanden zu haben, mit klopfendem Herzen und strahlend glücklichem Lächeln, als die Liebe ihres Lebens ihr diesen glatten Ring auf den Finger schob? *Weil es nie geschehen ist!*

„Ich erinnere mich nicht ..."

„Du wirst dich erinnern", versprach er und sah sie mit festem Blick an.

Sie schüttelte den Kopf und betrachtete den Ring wie unter Hypnose. Ihr Kopf begann wieder zu dröhnen. „Ich müsste mich daran erinnern, Trent", sagte sie zunehmend frustriert. „Eine Hochzeit. Ganz gleich, wie schlicht. So etwas vergisst man nicht."

„Gib dir Zeit."

Gib dir Zeit. Nichts überstürzen. Du wirst dich an alles erinnern. Aber wann? Sie hatte das Gefühl, verrückt zu werden, und ihr Geduldsfaden riss. „Ich habe es satt, mir Zeit zu geben! Verdammt noch mal, Trent, ich will mich erinnern. Und zwar nicht an einen Fetzen hier und da. Ich will den Rest meines Lebens zurück, und das auf der Stelle!"

„Ich würde ihn dir geben, wenn ich könnte." Er fuhr sich hilflos mit beiden Händen durchs Haar. Dann fiel sein Blick auf ihre Brieftasche. „Hier." Er warf sie Nikki zu. „Vielleicht kann die dir weiterhelfen."

„Vielleicht", sagte sie, glaubte jedoch keinen Augenblick daran. Sie schickte ein stummes Gebet zum Himmel, öffnete die dicke Ledermappe und ging die Kreditkarten und Ausweise durch. Nichts konnte die Mauer durchbrechen, die sie von ihrer Vergangenheit trennte, und sie wollte schon aufgeben, als sie auf das erste Foto stieß.

„Dad", flüsterte sie, und ihr Magen krampfte sich zusammen, als sie das Foto eines distinguiert aussehenden Mannes mit stahlgrauem Schnauzbart und kantigem Kinn betrachtete. Sekundenlang entsann sie sich seiner in einem roten Samtanzug und mit langem weißen Bart und einer Nickelbrille auf der Nase, wie er sich jährlich für die Weihnachtsfeier des Unternehmens als Weihnachtsmann verkleidete ... Die Erinnerung verblasste, und Nikki bemühte sich vergebens, sie noch einmal heraufzubeschwören.

„Hey ... Immer mit der Ruhe." Plötzlich saß Trent auf der Bettkante und legte Nikki seine warme Hand auf die Stirn. „Es kommt schon alles zurück."

Wenn sie das doch nur glauben könnte! „Sagt sich leicht, wenn man selbst weiß, wer man ist."

„Du bist erst vor knapp einer Woche aus dem Koma erwacht."

Seine harten Züge strahlten jetzt etwas unglaublich Freundliches aus, und heiße Tränen stiegen Nikki in die Augen. Sie wehrte sich gegen den Zusammenbruch und das Weinen, weil sie Trent nicht trauen konnte – selbst seine Freundlichkeit konnte ja Theater sein. Ihre Brieftasche enthielt noch mehr Fotos, einige alt und verblichen, aber keines, das sie erkannte, bis sie auf das Familienfoto stieß, aufgenommen vor vielen Jahren vor der Trennung ihrer Eltern. Damals hatte ihr Vater noch schwarzes Haar; ihre Mutter, eine schmale Frau mit vorspringendem Kinn, war blond. Ihre älteren Schwestern – warum konnte sie sich nicht an ihre Namen erinnern? – waren anscheinend etwa vierzehn und zwölf Jahre alt, und Nikki selbst war höchstens acht, und ihre Zähne waren zu groß für ihren Mund.

„Janet", sagte Trent und zeigte auf das ältere Mädchen mit dem dunklen Haar. „Carole." Die mittlere Schwester mit der Zahnspange. „Deine Mom heißt Eloise. Sie und dein Dad …"

„Sind geschieden. Ich weiß", sagte Nikki, traurig, weil sie sich nicht an die Stimme oder das Lächeln ihrer Mutter erinnerte, nicht einmal an einen Streit mit ihren Schwestern. Hatten sie ein gemeinsames Zimmer gehabt? Hatten sie ein gutes Verhältnis? Warum fühlte sie sich so unglaublich allein, selbst wenn sie Familienfotos anschaute? Wenn sie das Flickwerk ihres Lebens doch zusammennähen und die Puzzelteile ihrer Erinnerung einordnen könnte!

„Hör mal, warum versuchst du nicht, deinen Dad anzurufen?", schlug Trent vor, doch sein Blick war immer noch verhangen von Vorsicht. „Er lebt noch in Seattle, und du hattest schon immer ein gutes Verhältnis zu ihm. Vielleicht hilft es dir, seine Stimme zu hören." Er klappte das Adressbuch auf, blätterte zur Rubrik „C" und überflog die Seite. „In Seattle ist es noch früh, wahrscheinlich erwischst du ihn noch zu Hause."

Er hob den Hörer ab und begann zu wählen, bevor Nikki protestieren konnte.

„Hast du mit ihm gesprochen?", fragte sie.

„Nein."

„Du hast ihn nicht angerufen, ihm nicht von dem Unfall erzählt?“

„Ich hielt es für besser, wenn er es von dir erfährt. Ich habe ihn noch nicht kennengelernt. Soweit ich informiert bin, weiß er nicht einmal, dass wir verheiratet sind, und da du nicht in Lebensgefahr warst, wollte ich ihn nicht in Panik versetzen.“

„Und meine Mutter …“

Er hob eine Hand. „*La telefonista? Quiero llamar Seattle en los Estados Unidos. Comuniqueme, por favor, con el número de Ted Carrothers …* “ Er rasselte die Nummer ihres Vaters auf Spanisch herunter, beantwortete noch ein paar Fragen und reichte Nikki dann mit einem leichten Stirnrunzeln den Hörer.

Nikkis Herz pochte heftig, ihre Finger, die den Hörer hielten, waren feucht von Schweiß. „Komm schon, Dad“, flüsterte sie, als auf dem fernen Kontinent das Telefon zu klingeln begann. Sie wollte schon aufgeben, als sich eine verschlafene Männerstimme meldete.

„Carrothers?“

„Dad?“, sagte Nikki mit heiserer Stimme. Tränen brannten hinter ihren Lidern, und eine Woge der Erleichterung überrollte sie. Sie hatte das Gefühl, dass sie im nächsten Moment zusammenbrechen und weinen würde.

„Hey, Nik, ich habe mich schon gewundert, wann ich mal wieder von dir höre.“

„Ach, Dad.“ Sie konnte nicht verhindern, dass ihre Stimme brach.

„Stimmt etwas nicht, Liebling?“

„Doch, doch, alles in Ordnung“, versicherte sie und warf Trent einen dankbaren Blick zu. „Aber ich hatte einen Unfall …“ Sie berichtete ihm alles, was sie über die Reise wusste, verschwieg ihm jedoch die Amnesie, damit er sich keine Sorgen machte. Während sie redete und erklärte, dass ein gewisser Trent McKenzie sie gerettet hatte, folgte sie Trent mit ihren Blicken, der sie allein ließ und hinaus auf die Veranda ging – sei es nun, damit sie wirklich allein mit ihrem Vater sprechen konnte oder einfach nur, weil er

Luft schnappen wollte,. Der Wind hatte aufgefrischt, wehte ihm das dunkle Haar aus dem Gesicht und blähte seine Jacke.

„Nikki! Du hättest umkommen können!", rief ihr Vater und klang auf einmal hellwach.

„Bin ich aber nicht."

„Gott sei Dank. Ich wusste ja, dass die Reise nach Salvaje keine gute Idee war. Ich habe versucht, dich zu warnen."

„Tatsächlich?"

„Erinnerst du dich nicht? Ich dachte, du hättest nicht angerufen, weil du mir immer noch verübelst, dass ich dir die Reise ausreden wollte."

Das war nicht der richtige Zeitpunkt, um ihren Gedächtnisverlust zu erwähnen. „Na ja, alles hat geklappt. Und ich habe Trent geheiratet."

„Du hast *was*?" Er fluchte leise. „Ich habe von dir noch nie eine Silbe über ihn gehört. Nikki, soll das ein Witz sein? Ich bin kurz vorm Herzinfarkt ..."

„Nein, kein Witz, Dad. Ich bin wirklich verheiratet." *Das behaupten zumindest alle hier*. Sie hörte, wie er nach Luft schnappte. „Es war ...es ging allles sehr schnell", sagte sie und reichte ihrem Vater damit die spärlichen Informationen weiter, die sie aus Trent herausbekommen hatte.

„Mit einem Kerl namens Trent McKenzie. Mit einem Mann, von dem ich noch nie gehört habe?" Jetzt geht sie los – die Standpauke, dachte sie. „Heilige Mutter Gottes! Ich kann es nicht glauben. Was ist mit Dave?"

„Dave?" Der Name stieß eine Tür in ihrem Gedächtnis auf.

„Dave Neumann. Der Mann, mit dem du drei Jahre lang zusammen warst. Ich weiß, dass ihr eine kleine Meinungsverschiedenheit hattet, und dass du gesagt hast, es wäre vorbei, aber, Nikki, zum Teufel, das war vor knapp sechs Monaten. Und jetzt bist du einfach mit diesem ... diesem Fremden durchgebrannt?" Wut und Überraschung drangen aus dem Hörer. „Du warst schon immer sehr spontan, ich weiß, aber ich muss schon sagen, das ist doch der Gipfel!"

„Du lernst ihn kennen, wenn wir zu Hause sind“, versicherte Nikki ihrem Vater mit einem flauen Gefühl im Magen.

„Das will ich hoffen. Weißt du, Nikki, achtzehn Jahre lang habe ich dich aus allen möglichen Problemen rausgeboxt – ob nun bei der Polizei oder in der Schule oder bei deinen Freunden oder was auch immer –, aber seit du erwachsen bist, bist du auf diesem Selbstständigkeits-Trip, und nichts, was ich sage, kommt bei dir an. Ich habe dich vor der Reise nach Salvaje gewarnt, oder? Ich wusste, dass es Probleme geben würde. Wenn du mir gesagt hättest, dass du in die Flitterwochen fliegst, oder mir wenigstens verraten hättest, dass du heiraten willst, wäre es vielleicht anders gelaufen, und du wärst nicht in diesem verkommenen miesen Krankenhaus geendet!“

Nikki nahm die Schultern zurück. „Was hätte es denn geändert, wenn du Bescheid gewusst hättest?“

„Weiß ich nicht, zum Teufel. Aber du bist so verdammt dickköpfig und verschlossen geworden. Verdammt, warum musstest du mir verschweigen, dass du heiratest? Schämst du dich für den Kerl?“

„Es ... es kam mir einfach romantischer vor“, versuchte sie sich an einer halbwegs plausiblen Erklärung.

„Romantisch? Dass ich nicht lache! Seit wann bist du romantisch? Ausgerechnet du, die Enthüllungsreporterin, die Rächerin der Unterdrückten, die Frau, die bei jedem verdammten Kreuzzug der Linken dabei ist? Erzähl mir bitte nicht, dass er einer von diesen langhaarigen radikalen Idioten ist, die sich an Atomkraftwerke ketten oder Nägel in Bäume schlagen, um die Holzfäller aufzuhalten.“

„Eher nicht, Dad!“, sagte Nikki und lächelte in sich hinein, als sie Trent ansah. Er lehnte am Geländer, seine breiten Schultern drohten die Nähte seiner Jacke zu sprengen. Nikki konnte sich ihn nicht wirklich auf einer Demo vorstellen.

„Gut.“ Es klang ein bisschen versöhnlicher, so, als hätte ihr Vater die Neuigkeit schließlich doch akzeptiert. „Ich verstehe nur nicht, warum du nie von ihm erzählt oder den Mut aufgebracht hast, ihn mir vorzustellen.“

„Es ist … Es ist ein bisschen kompliziert. Ich erkläre dir alles, wenn ich zu Hause bin.“

Am anderen Ende der Leitung entstand eine kleine Pause, dann folgte ein geflüsterter Fluch. „Gibt es sonst noch was, das ich wissen müsste?“

Nikki brach der Schweiß aus.

„Also, wenn du ein … ein Problem hättest, würdest du dich doch bei mir melden, oder?“

Sie biss sich auf die Lippe. Was wollte er damit sagen?

„Falls du in Schwierigkeiten steckst …“

Ach, Dad, wenn du wüsstest!

„Heutzutage *muss* kein Mensch mehr heiraten. Es gibt so viele Möglichkeiten …“ Er unterbrach sich, und Nikki, verstand nun, was er damit andeuten wollte.

„Ich bin nicht schwanger, Dad.“

Er stieß einen Seufzer der Erleichterung aus. „Na, immerhin etwas!“

„Ich rufe dich an, wenn ich zu Hause bin.“

„Tu das. Moment noch. Ich hole rasch meinen Kalender. Wo ist das verdammte Ding?“, fragte er sich selbst mit plötzlich gedämpfter Stimme. „Okay. Also, wann bist du zu Hause? Ich muss nächste Woche nach Tokio.“

„Wir kommen zurück, sobald wir einen Flug buchen können. Es gibt Probleme mit unserer Fluggesellschaft.“

„Ah ja, hab ich gelesen. Aber es gibt auch noch andere Flüge. Versuch bitte, noch vor meiner Abreise zu Hause zu sein, okay, Nik?“

„Mach ich“, versprach sie. Sie unterhielten sich noch ein paar Minuten, dann legte Nikki schließlich auf und war verzweifelter als vorher. Sie wollte sich ihrem Vater anvertrauen, ihm sagen, dass sie ihre Vergangenheit verloren hatte, sich nicht an den Mann erinnern konnte, der sich zu ihrem selbsternannten Leibwächter aufgeschwungen hatte – zu ihrem *Ehemann*, verdammt –, aber sie hatte den Mund gehalten. Sie war erwachsen und für sich selbst verantwortlich. Der Zorn ihres Vaters eben hatte eindeutig nicht nur mit ihrer heimlichen Hochzeit zu tun. Es musste da noch andere, ältere Probleme in der Familie geben.

Langsam erhob sie sich vom Bett und ging zur Veranda. Der warme Wind trug den Duft des Meeres herein, spielte mit ihrem Haar und strich über ihr zerschundenes Gesicht. Dicke Ranken kletterten an den weiß verputzten Mauern des Hotels hinauf, duftende Blüten wiegten sich im Wind. Das Hotel stand auf einem Hügel und bot einen eindrucksvollen Ausblick über die ganze Insel. Von der Veranda aus schaute Nikki über rote Dächer und üppiges Blattwerk hinweg bis zur Bucht. Fischerboote und Vergnügungsschiffe bewegten sich am Horizont, und als Nikki nach Norden blickte, sah sie die steilen Felsen aus dem Meer ragen, das raue Terrain, das sich zum höchsten Punkt auf Salvaje und zu den zerfallenden weißen Mauern des Turms der Missionsstation erstreckte.

Sie biss sich auf die Unterlippe. Die Angst hielt ihr Herz umklammert wie ein schwarzes, gesichtsloses Monster, und plötzlich konnte sie kaum noch atmen. Verzweifelt hielt sie sich am Geländer fest, weil ihre Knie nachzugeben drohten.

Trent hatte eine Pilotenbrille aufgesetzt, sein Gesicht wirkte verschlossen. „Gedächtnisblitz?“, fragte er und biss die Zähne zusammen.

Sie schüttelte den Kopf. „Eigentlich nicht.“

„Hat dein Vater dich aus dem Gleichgewicht gebracht?“

Sie schnaubte und blinzelte die plötzlich aufsteigenden Tränen fort. „Ein bisschen. Er ist nicht sonderlich glücklicher darüber, dass er dich nicht kennt.“

„Er wird darüber hinwegkommen.“

„Ich weiß nicht“, sagte sie. Sie stützte sich auf die Ellenbogen auf, ließ die Felsen links liegen und blickte hinaus aufs Meer, wo das Sonnenlicht auf den leichten Wellen glitzerte.

„Hör zu. Ich weiß, dass du dich nicht an mich erinnerst und mir nicht traust. Das ist schon in Ordnung. Ich kann unglaublich geduldig sein, wenn es sein muss.“ Das glaubte sie ihm durchaus. Wie ein Tiger, der seiner Beute auflauert, wusste Trent McKenzie, wann er warten und wann er zuschlagen musste. Der Gedanke war ganz und gar nicht beruhigend. Er presste die Lippen zu einem schmalen Strich zusammen. „Aber ich verspreche dir, dass ich dich beschütze", sagte er dann.

Sie wollte ihm gern glauben. Oh Gott, wenn sie ihm doch vertrauen könnte, doch sie musste an das Mädchen im Krankenhaus denken, die Freundin von Mrs Martínez, und wieder nagte der Zweifel an ihr. Sie fing seinen Blick ein und zitterte leicht. „Ich glaube, ich war eher der Typ, der selbst auf sich aufpasst."

Er verzog den Mund zu einem zynischen Lächeln. „Dann helfe ich dir dabei."

Ihr Herz öffnete sich ihm ein wenig, und sie betrachtete seine schönen Gesichtszüge unter dem Bartschatten und der Sonnenbrille. Es wäre einfach, sich jetzt in ihn zu verlieben, ihm zu vertrauen, weil sie kaum eine andere Wahl hatte.

Aber auch wenn sie durch unglückselige Umstände im Moment von ihm abhängig war, blieb sie eine selbstbewusste, eigenständige Frau. „Mein Vater hat meine Reise nach Salvaje erwähnt. Davon habe ich ihm erzählt. Aber von dir habe ich ihm nichts gesagt."

„Deine Entscheidung."

„Warum habe ich dich nicht erwähnt?"

„Weil du Angst hattest, er könnte versuchen, dir die Heirat auszureden", sagte Trent schlicht und blickte wieder auf den Horizont. „Du verstehst dich nicht immer gut mit deinem Dad, Nikki, und ihm passte es nicht, dass du auf irgendeine kleine Insel reisen wolltest, fern der Zivilisation, wie er sie kennt."

„Ich habe das also hinter seinem Rücken durchgezogen?", fragte sie ungläubig.

„Du hast einfach darauf verzichtet, mich zu erwähnen."

„Warum?"

Er schnaubte verächtlich und musterte Nikki mit kaltem Blick. „Weil du befürchtet hast, dass er gegen mich sein wird." Er lehnte sich mit der Hüfte ans Geländer und verschränkte die Arme vor der Brust. „Das wenige, was ich über deinen alten Herrn weiß, lässt mich übrigens stark vermuten, dass du da wahrscheinlich recht hattest. Ted Carrothers hätte mich auf den ersten Blick gehasst."

„Warum?"

„Weil er sich einen anderen Mann für dich vorstellt."

„Dave", sagte sie, ohne zu überlegen.

„Genau." Trent schob seine Ärmel hoch bis über die Ellenbogen. „Du erinnerst dich an ihn?" Nikki schüttelte den Kopf, und er grinste anzüglich. „Nun ja, er war der typische College-Streber. Groß, blond, immer blitzblanke Schuhe. Hatte ein Football-Stipendium für Washington State und wurde Jahrgangsbester. Dann hat er Jura studiert und ist in eine Firma eingestiegen, die sich auf Steuerrecht für große Firmen spezialisiert hat. Er fährt BMW und trainiert im hipsten Studio der Stadt."

„Mit so einem Typ war ich zusammen?"

„Du wolltest ihn heiraten", berichtigte er.

„Kennst ihn du ihn denn?"

„Vom Hörensagen."

Bildete sie es sich nur ein, oder verzog er das Gesicht?

„Woher?"

„Ich habe ihn überprüft", sagte Trent, nun deutlich gereizt.

„Wann?"

„Vor unserer Abreise aus Seattle."

Sie wollte erst nachbohren, doch etwas an seinem selbstbewussten Auftreten überzeugte sie, dass er die Wahrheit sagte und sie tatsächlich die Verlobte dieses Dave gewesen war. „Vermutlich weißt du auch, warum wir Schluss gemacht haben?"

Er zuckte mit der Schulter. „Der war dir zu konventionell. Aber dein Vater war begeistert von ihm. Sogar deine Mutter hielt ihn für eine großartige Partie. Leider wollte Dave, dass du auf deine Karriere verzichtest und dich lieber auf seine konzentrierst. Dazu warst du nicht bereit."

„Gott sei Dank", flüsterte sie, wurde sich bewusst, wie sich das anhörte, und hielt den Mund. Doch es war zu spät. Trents Augen glitzerten teuflisch, und Nikki hatte den deutlichen Eindruck, dass er sie hinters Licht geführt hatte.

Sie pflückte eine violette Bougainvilleablüte und zwirbelte sie zwischen den Fingern. Durfte sie Trent vertrauen? Wahrscheinlich nicht. Belog er sie? Zweifellos. Aber welche Wahl hatte sie denn?

Er schlug mit der flachen Hand auf das abblätternde schmiedeeiserne Geländer, als wäre er endlich zu einer wichtigen Entscheidung gekommen. „Ich muss kurz weg. Mich am Flughafen nach dem Stand der Dinge erkundigen. Willst du mit?"

Sie schüttelte den Kopf. „Ich möchte lieber duschen."

„Aber schließ die Tür hinter mir ab."

„Hast du Angst, dass ich weglaufen könnte?", fragte sie sarkastisch.

Er warf einen Blick auf ihren immer noch geschwollenen Knöchel. „Weglaufen? Nein. Aber weghumpeln – na ja, vielleicht. Aber selbst wenn, würdest du wohl nicht weit kommen. Außerdem gibt es auf dieser Insel nichts, wohin du laufen könntest."

Ihr wurde kalt. Ja, sie saß in der Falle. Ihr Mund wurde plötzlich staubtrocken.

Trent deutete mit einer Kopfbewegung auf die Fenstertüren. „Komm, ich helfe dir ins Bad."

„Das schaffe ich allein", sagte sie steif und verließ wie zum Beweis mit unsicheren Schritten die Veranda, ging ins Bad und schloss mit Nachdruck die Tür hinter sich ab. Ohne Zeit zu vergeuden, drehte sie die Wasserhähne über der Wanne auf und begann, sich auszuziehen. Als Dampf vom warmen Wasser aufzusteigen begann, blickte sie in den Spiegel, funkelte ihr Bild darin finster an und betrachtete die grünlich verfärbten Blutergüsse an Brust und Rücken. Der Schorf löste sich, doch unter der Haut hatte sich Blut an der Fußsohle und am Knöchel gestaut. „Du bist ja gerade Miss America, Carrothers", sagte sie zu sich selbst und hielt inne, als ihr bewusst wurde, dass ihr Name ja jetzt McKenzie war.

„Nikki McKenzie. Nicole McKenzie. Nicole Louise Carrothers McKenzie." Der Name kam ihr einfach nicht so ohne Weiteres über die Lippen. Sie legte sich in die Wanne und überließ es dem warmen Wasser, die Schmerzen in ihren Muskeln zu lindern. So gut sie konnte, wusch sie Haar und Körper und ließ das Wasser lauwarm werden, bevor sie aus der Wanne stieg und sich behutsam mit einem Badetuch abrubbelte.

Sie wickelte sich in das dicke Frotteetuch und ging ins Schlafzimmer, blieb jedoch abrupt stehen, als sie Trent auf seiner Bettseite liegen sah. Er hatte die Stiefel ausgezogen, die Beine an den Knöcheln gekreuzt und den Blick auf die Tür geheftet.

Seine Lider waren halb geschlossen, und sein Blick war mehr als nur interessiert, als er ihn von ihren Füßen über Knie und Körper bis zu ihrem Gesicht wandern ließ.

„Ich … Ich dachte, du wärst weggegangen“, stotterte sie und zog das Badetuch fest um sich, als wären sie Fremde.

„Ich warte doch lieber noch.“

„Warum?“

„Es wäre blöd gewesen, dich im Bad allein zu lassen. Du kannst ausrutschen und dir den Kopf stoßen oder so was.“

„Ich bin kein Pflegefall!“

„Das habe ich auch nicht behauptet.“

„Und ich brauche keinen Betreuer.“

Er überging diese Äußerung. „Ich wollte einfach nur da sein, falls es Probleme gibt.“

„Das einzige Problem für mich bist du“, sagte sie und zwang sich, zur Kommode zu gehen, um einer der Schubladen einen frischen Slip, BH, Shorts und T-Shirt zu entnehmen. Ihr schoss durch den Kopf, dass Trent ihre Sachen ausgepackt und ihre intimsten Kleidungsstücke berührt hatte, doch sie ignorierte die Verlegenheitsröte, die ihr unaufhaltsam den Hals hinaufkroch. Falls sie ihm glauben konnte, hatten sie schließlich noch viel intimere Dinge getan… Wen interessierte da noch die verflixte Unterwäsche?

Sie wollte gerade zurück ins Bad, als er sagte: „Meinetwegen brauchst du nicht zu gehen.“ Es leuchtete belustigt in seinen kobaltblauen Augen, ganz, als würde er ihr Unbehagen genießen.

„Du meinst, ich soll einfach das Handtuch fallen lassen und mich in aller Ruhe anziehen?“

„Prima Idee." Er schob die Hände hinter den Kopf und behielt Nikki im Auge. Wartete. Wie ein Löwe geduldig abwartet, bis die Gazelle die warnende Witterung ignoriert und friedlich wieder zu grasen beginnt.

Nur um das anzügliche Grinsen aus seinem Gesicht zu vertreiben, hätte sie das verdammte Handtuch am liebsten fallen gelassen, sich splitternackt vor Trent aufgebaut und ihn auf die Probe gestellt. Würde er sie dann weiter hochnehmen, schnell den Blick abwenden oder, noch schlimmer, die Kontrolle verlieren, Nikki in seine Arme reißen und sie zum Bett tragen? Wie sollte sie dann reagieren? Mit schmelzender Leidenschaft? Also wirklich!

Sie machte auf dem Absatz kehrt und marschierte, so stolz und aufrecht, wie es ihre Verletzungen erlaubten, erhobenen Hauptes ins Bad.

„Vergiss die antiseptische Salbe nicht", erinnerte er sie, als sie die Tür zuschlug. Sie rümpfte die Nase und imitierte ihn vor dem Spiegel. Sie versuchte, mehr zu sehen als die Abschürfungen und den Schorf in ihrem Gesicht. Ein paar von den kleineren Kratzern heilten bereits ab, und die Haut rund um ihr Auge war nicht mehr gar so verfärbt. „Und bleib im Hotel", befahl Trent hinter der Tür. „Der Arzt hat dir empfohlen, die Sonne zu meiden."

„Ja, Chef", knurrte sie leise. Sein Befehlston ließ sie mit den Zähnen knirschen. Ihr Leben lang schien sie immer irgendwer herumkommandieren zu wollen. Ihre Eltern, ihre älteren Schwestern, ihre Lehrer, der Zeitungsverleger, und jetzt Trent … Sie erstarrte, ihr Herz hämmerte wie wild. Nichts Greifbares, aber wenigstens Erinnerungsfetzen, unvollständig und unklar, hatten den Nebel in ihrem Bewusstsein durchdrungen. Bruchstücke ihrer Persönlichkeit schienen sich herauszubilden. Plötzlich war sie überzeugt, dass sie schon immer eigensinnig gewesen war und ihren Status als jüngste Schwester, als jüngste Mitarbeiterin beim *Observer* verabscheute.

Und sie fand es grässlich, dass man ihre Arbeit kontrollierte, nur weil sie jung war und manchmal auch, weil sie eine Frau war.

Sie war stolz auf ihre Artikel, war mit Leidenschaft Journalistin und unglaublich frustriert, weil sie nicht ernst genommen wurde.

Sie hätte Trent gern die Neuigkeit mitgeteilt, nämlich, dass sie tatsächlich anfing, sich wieder zu erinnern, doch sie hielt den Mund. An ihn hatte sie noch immer keinerlei Erinnerungen, genauso wenig wie an die Reise nach Salvaje, an die Gründe, aus denen sie ihn geheiratet hatte.

Und wenn ihr nun plötzlich wieder einfiel, dass er derjenige war, der sie gejagt und vom Felsen gestoßen hatte? Eigentlich konnte sie nicht glauben, dass er ihr etwas antun wollte, denn seit dem Unfall hatte er reichlich Gelegenheit dazu gehabt. Dennoch, etwas tief in ihrem Unterbewusstsein, etwas Dunkles, Dämonisches, Erschreckendes riet ihr, vorsichtig zu bleiben diesem Mann gegenüber. Falls er gefährlich war und ihr Erinnerungsvermögen ihr irgendwann doch offenbarte, dass er log, wurde er womöglich gewalttätig.

Ein Angstschauer lief ihr über den Rücken. Immer mit der Ruhe, Nikki, sprach sie sich Mut zu. Du kannst ihm nicht vertrauen. Noch nicht. Bis sie konkretere Beweise hatte, würde sie ihre kleine Entdeckung – dass ihr Erinnerungsvermögen zurückkam – für sich behalten.

Als Nikki sich schließlich angezogen, ihr Haar getrocknet und ihr Gesicht mit Salbe behandelt hatte, war Trent fort, und sie war froh, allein zu sein.

Mit Hilfe des Wörterbuchs telefonierte sie mit dem Zimmerservice und bestellte einen Krug Eistee. Sie fand ein paar Geldscheine in ihrer Brieftasche und gab dem Kellner ein saftiges Trinkgeld, bevor sie die Tür hinter ihm verriegelte.

Auf der Terrasse schenkte sie sich Tee ein und betrachtete noch einmal die Fotos aus ihrer Brieftasche. Eines hatte sie vorher übersehen – einen in der Wildnis aufgenommen Schnappschuss. Ein brausender Fluss und steile Berge bildeten den Hintergrund, vor dem sich zwei Menschen umarmten. In der Frau erkannte Nikki sich selbst, doch der Mann – blond und muskulös und mit regelmäßigen Gesichtszügen – war nicht Trent. Dave, sagte sie unhörbar, doch sie empfand überhaupt nichts, als sie sein Foto mit der Fingerspitze berührte. Keine Liebe. Keinen Hass. Keine Wut. Als wäre er für immer aus ihrem Bewusstsein und ihrem Herzen gelöscht.

„Was für ein Chaos", sagte sie zu sich selbst, entschied sich jedoch, nicht länger über ihr Pech nachzudenken. Fast eine Woche lang hatte sie sich selbst bemitleidet, doch jetzt wurde es langsam mal Zeit, ihr Leben wieder in die Hand zu nehmen. Sie war nicht mehr bettlägerig. Sie konnte laufen, wenn sie auch zugegebenermaßen noch kein Wettrennen gewinnen würde, doch sie war nicht mehr abhängig von Trent oder einer Schar Ärzte. Sie war eine erwachsene Frau und, wollte man den anderen glauben, eine willensstarke und unabhängige Person, die ihr Leben gut im Griff hatte. Eine Enthüllungsjournalistin, verdammt noch mal!

Da sollte sie doch wohl in der Lage sein herauszufinden, ob Trent der war, für den er sich ausgab. Nikki sah zu, wie die Zitronenspalte zwischen den Eiswürfeln in ihrem Glas tanzte, und beschloss, sofort mit der Recherche zu beginnen.

Bevor es vielleicht zu spät war. Bevor sie einen entsetzlichen, unwiderruflichen Fehler beging.

Bevor sie mit ihm schlief.

4. KAPITEL

Der Mann war bekannt als *El Perro*, der „Hund“, und Trent fand, der Name passte. *El Perro* war klein und drahtig und trug das lange schwarze Haar zu einem strähnigen Pferdeschwanz gebunden. Er lümmelte hinter dem Steuer eines zerbeulten alten Pontiac und blinzelte mürrisch durch den Rauch, der von der Zigarette in seinem Mundwinkel aufstieg. Seine schwarzen Knopfaugen hatten stets wachsam die leere, staubige Straße im Blick. Sengender Sonnenschein fiel auf die Kühlerhaube, brach sich Bahn durch den Schmutz auf der Frontscheibe und ließ die Temperatur im Inneren des Pontiacs auf nahezu vierzig Grad ansteigen, obwohl die Seitenfenster heruntergekurbelt waren.

Der Wagen parkte auf einem tristen Stück Ödland. Trockenes Unkraut wucherte zwischen den zwei staubigen Fahrspuren am Hügel. In der Ferne war das Meer zu erkennen. Weiter unten erstreckte sich die Stadt Santa María am Strand entlang, deren weiß verputzte Häuser nahezu blendend das Sonnenlicht reflektierten, und hoch oben auf dem Hügel waren durch den Baumbestand hindurch die Ruinen der Missionsstation zu sehen.

El Perro zog an seiner filterlosen Zigarette und saugte den Rauch tief in die Lungen. „Du willst also, dass ich die da beschatte.“ Er tippte mit schmutzigem Fingernagel auf das Foto von Nikki mit ihren Schwestern, das Trent kopiert hatte.

„Ja.“

„*Qué bonita.*“

Trent konnte nicht widersprechen. Nikki Carrothers war eine der schönsten Frauen, die ihm je begegnet waren. Ihr Lächeln war ansteckend, die grünen Augen blickten intelligent und warm, ihr Haar war dicht und glänzend. Doch es war nicht ihre Schönheit, die ihn fesselte. Nein. Seine Faszination ging viel tiefer. Zu tief. Es war, als würde er ertrinken. Nikki brachte seinen Verstand durcheinander. Das war so, seit er sie zum ersten Mal gesehen hatte. Er löste den Blick von dem Foto und biss die Zähne zusammen.

„Sie ist in Gefahr?"

„Sie ist in Gefahr, und sie ist gefährlich. Beides."

El Perro lachte leise. „Eine *tigresa, sí*? Wild wie diese Insel."

„Sie ist meine Frau", sagte Trent bedeutungsschwer und überbrückte damit die sprachliche wie auch die gesellschaftliche Barriere zwischen sich und dem Mann. Im Stillen verfluchte er den Umstand, dass er sich mit diesem zwielichtigen Typen abgeben musste. Doch *El Perro* war ihm wärmstens empfohlen worden. Er war der Beste auf Salvaje.

„Du brauchst einen anderen Mann, um deine Frau zu bewachen?" Mit verächtlichem Schnauben sagte der mürrische Mann: „Wenn's um meine Frau geht, traue ich niemandem außer mir selbst. Kein anderer Mann ..."

Trent packte *El Perro* bei der Hemdbrust und zerknüllte die verschwitzte Baumwolle zwischen den Fingern. Er kam dem Gesicht des Einheimischen so nahe, dass er jede Pore auf der Haut des kleineren Mannes sehen konnte und der Zigarettenrauch des *Hundes* in Trents Augen brannte. „Damit wir uns verstehen, *amigo*, du wirst sie nicht anrühren, du wirst nicht mit ihr sprechen, und sie wird dich nicht sehen. Kapiert?" Er ruckte am Hemd des Mannes.

El Perros Augen verengten sich zu Schlitzen, er zog heftig an seiner Zigarette. Wütend stieß er den Rauch durch die Nase aus. „Du machst mir keine Angst", fauchte er, doch seine Augen wurden schwarz wie die Tiefe der Hölle. „Für dein Geld beschatte ich deine Frau. Sie wird überhaupt nicht wissen, dass ich in der Nähe bin."

„Gut."

Trent ließ von dem Mann ab, lehnte sich zurück in die kaputte Polsterung des Wagens, griff in seine Jackentasche und zückte einen kleinen Umschlag. Er warf das Honorar auf den speckigen Sitz, stieg aus dem Pontiac und ließ die Tür offen. „Den Rest bekommst du, wenn der Auftrag erledigt ist."

„Woher weiß ich, dass er erledigt ist?"

„Ich finde dich", versprach Trent und war selbst verwundert über die Macht seiner Gefühle.

El Perro grinste träge und zeigte dabei eine kleine Lücke zwischen den verfärbten Schneidezähnen. „Es ist nicht immer einfach, die Fährte des Hundes zu finden, oder?" Er warf seine Zigarettenkippe aus dem Fenster.

„Ich finde dich", wiederholte Trent nur und verzog die Lippen zu einem grausamen Lächeln. „Darauf kannst du wetten."

Keine Anzüge!

Nicht einmal ein Sportsakko. Auf der Suche nach einem Hinweis auf Trents Identität durchsuchte Nikki die Kleidungsstücke im Schrank. Sie arbeitete rasch, griff in jede Tasche, kramte in einer Denimjacke, in zwei Jeans, einer Shorts und mehreren Hemden. Trotz aller Mühen fand sie nichts außer einem Päckchen Kaugummi, etwas amerikanischem Kleingeld und einem Nagelknipser.

„Okay, Nancy Drew, was kommt als Nächstes?", fragte sie sich selbst und humpelte ins Bad. Dort fand sie nichts von Trent als Rasierschaum, einen Rasierer, der offenbar nicht häufig benutzt wurde, ein Stück Seife, Zahnpasta und Zahnbürste. „Toll. Einfach toll", murmelte sie und fragte sich, wann er zurückkommen würde. Wie viel Zeit blieb ihr noch? Wenn sie ihm glauben konnte, wimmelte es auf dem Flughafen von besorgten Touristen auf der Suche nach einem Rückflug, und Trent würde stundenlang in der Schlange stehen.

Sie fühlte sich wie eine Verräterin, als sie den Telefonhörer abhob und mit Hilfe der Telefonistin das Krankenhaus an die Strippe bekam. Doch Schwester Sánchez hatte dienstfrei. Und Mrs Martínez konnte nicht ans Telefon kommen. Die Telefonistin des Krankenhauses versicherte Nikki in holprigem Englisch, dass Schwester Sánchez sie anrufen würde, sobald ihr Dienstplan es erlaubte.

„Toll", knurrte Nikki frustriert und ließ sich wieder aufs Bett sinken. Es musste doch eine Möglichkeit geben, Trent zu überprüfen. Irgendeine. Sie griff nach ihrem Adressbuch, blätterte darin und stoppte bei *M*, doch Trents Namen, Adresse oder Telefonnummer fand sie dort nicht.

Zwar war das Büchlein zur Hälfte voll mit Einträgen, doch der Mann, den sie geheiratet hatte, war nicht aufgeführt.

Verschwommen vertraute Namen schlugen Funken in ihrem Gedächtnis, die Gesichter aber, die vor ihrem inneren Auge auftauchten, waren flüchtig und verschwommen.

Unter *J* stieß sie auf Janet Jones und sah, dass die Anschrift durchgestrichen war, mit dem Hinweis, unter *C* nachzusehen, wo ihre Schwester Janet gelandet war, als sie ihren Mädchennamen wieder angenommen hatte.

Das Gesicht ihrer Schwester erstand in ihrem Bewusstsein, und sie erinnerte sich an ein tränenreiches Gespräch, in dem Janet ihr anvertraut hatte, dass ihr Mann, die Liebe ihres Lebens, sie wegen einer anderen Frau verlassen hatte, wegen einer Jüngeren ohne Kinder, aber dafür mit viel Geld. Janet war beinahe selbstmordgefährdet gewesen danach und hatte für den Rest ihres Lebens den Männern abgeschworen. Draußen hatte es heftig geregnet, das Wasser floss in Sturzbächen über die Fenster ihrer Wohnung …

Nikki holte scharf Luft. Plötzlich wusste sie wieder, wo sie lebte – in einer kleinen Wohnung ohne Fahrstuhl im Queen-Anne-Viertel von Seattle. Das weitläufige alte Haus stammte aus den Zwanzigerjahren und war später in vier Wohnungen unterteilt worden. Ihre eigene Atelierwohnung befand sich auf der obersten Etage, die vormals die Dienstbotenunterkünfte beherbergt hatte. Die Zimmerdecken waren abgeschrägt, die Fenster verglaste Gauben, doch es gab einen gemauerten Kamin, jede Menge Stauraum unter den Dachvorsprüngen des alten Herrenhauses und einen glänzend polierten Holzfußboden. Die Wohnung war lang und schmal und voller Pflanzen und Antiquitäten.

Mit rasendem Herzen erinnerte Nikki sich an den Webteppich, den sie auf dem Flohmarkt gefunden hatte, an eine alte Nähmaschine, die sie als Beistelltisch benutzte, und an einen

Rollschreibtisch beim Fenster. Ihr Computertisch stand in der Ecke neben einem eingebauten Bücherregal und ihrem wuchtigen Sofa aus dem Nachlass von … von … ach, Gott, wer hatte ihr das Sofa vermacht? Ihre Großtante Ora!

Warme Tränen standen in ihren Augen, als sie an ihre Verwandten dachte, die jetzt Gesichter und Namen hatten. Sie dachte an ihr Zuhause, an das sie sich endlich wieder erinnerte. Ihre Schwester Carole war auch bei dem tränenreichen Treffen dabei gewesen und hatte Janet geraten, sich von dem Penner scheiden zu lassen. Caroles Meinung nach konnte Janet ihren Tim jetzt „ausnehmen wie eine Weihnachtsgans“.

Hatte sie auch glücklichere Momente mit ihren Schwestern erlebt? Nikki konzentrierte sich, doch keinerlei Erinnerung an die beiden Frauen materialisierte sich aus dem Nebel der Vergangenheit.

Sie schniefte und versuchte, an Trent zu denken, daran, wie sie mit ihm zusammen gewesen war. Hatte er ihr in der winzigen Kochnische mal geholfen? Hatte er das Leck im Dach über einem der Fenster geflickt? Hatte er Nikki in die Arme gezogen und sie auf dem Teppich vor dem Kamin oder auf dem Tagesbett unter den Dachbalken geliebt?

Sie spürte einen Kloß im Hals, doch ihr fiel nichts anderes ein als das unablässige Trommeln des Regens, während ihre Schwester ihr Herz ausschüttete und abwechselnd weinte und fluchte wegen Timothy Jones – seines Zeichens Zahnarzt und Mistkerl.

Von diesem Durchbruch ermutigt, wurde Nikki ungeduldig und wollte mehr Erinnerungen erzwingen. Noch einmal durchforstete sie ihr Adressbuch und hielt unter der Rubrik *N* inne. Genau, da waren David Neumanns Name, Adresse und Telefonnummer fein säuberlich verzeichnet. Doch Trents Nummer hatte sie nicht einmal nachlässig in das Büchlein gekritzelt. Merkwürdig.

Sie warf das Adressbuch zur Seite, kramte in ihrer Brieftasche und nahm sich noch einmal das Familienfoto vor. Hatte Janet nach der Scheidung von Tim noch einmal geheiratet? Und Carole? Hatte sie einen Mann?

Hast du einen? fragte eine Stimme in ihrem Kopf. Sie blickte auf ihren Ehering, der höhnisch glitzerte und sich an ihrem Finger ungewohnt anfühlte. Warum erinnerte sie sich nicht daran, wie Trent ihr den kleinen goldenen Reif auf den Finger geschoben hatte? War die Trauungszeremonie von Musik begleitet gewesen? Vermutlich nicht. Hatte sie einen Brautstrauß gehabt? Ein Hochzeitskleid?

„Hör auf!", knurrte sie sich selbst an. Mit solchen Gedanken erreichte sie nichts außer gewaltigen Kopfschmerzen, und sie wollte doch keine Schmerzmittel mehr nehmen. Gerade jetzt, solange sie allein war, brauchte sie einen klaren Kopf.

Frustriert ging sie zurück zum Schrank, wühlte in ihren eigenen Kleidungsstücken und rechnete halb damit, ein cremefarbenes Leinenkostüm zu finden, das für eine Hochzeit geeignet war, oder eine Fülle von Negligés oder ... was? Als sie nichts davon entdeckte, wandte sie sich wieder dem Bett zu, und ihr Herzschlag drohte auszusetzen. Die Kamera! Sie biss sich auf die Lippe, nahm sich die 35-mm-Kamera auf und musterte die Rückseite. Neun Fotos waren darin gespeichert. Ihr Mund wurde trocken. Klar, wenn sie sich doch auf ihrer Hochzeitsreise befand, dann hatte sie bestimmt auch ein paar Schnappschüsse von Trent gemacht. Mit feuchten Fingern öffnete sie die Kamera, entnahm ihr den Film und verstaute ihn in ihrer Handtasche. Was sollte sie tun, wenn Trent auf keinem Foto verewigt war? Und was, wenn nun doch?

Die Schatten im Zimmer wurden größer, als die Sonne im Westen hinter den Bergen versank. Es war noch Tag, nach ihrer Uhr vier Uhr nachmittags. Trent würde bald zurückkommen, und sie hatte nicht viel erreicht. Ihr Magen knurrte und erinnerte sie daran, dass sie seit dem Frühstück im Krankenhaus nichts mehr zu sich genommen hatte, doch zum Essen hatte sie keine Zeit. Noch nicht.

Sie legte sich aufs Bett. Das Spanisch-Englisch-Wörterbuch befand sich aufgeklappt mit dem Rücken nach oben auf dem Nachttisch. Nikki nahm allen Mut zusammen und versuchte, ihre Mutter in Los Angeles anzurufen, doch die Telefonistin erklärte ihr, dass alle Leitungen in die Vereinigten Staaten überlastet seien.

Na wunderbar, dachte sie sarkastisch und überlegte, wen sie unbedingt anrufen musste. Ihre Familie natürlich, und ihre Chefin beim *Observer*, Peggy Hendricks. Außerdem Connie Benson, eine Kollegin und enge Freundin. Falls Nikki in den wenigen Wochen vor der Reise nach Salvaje bereits mit Trent zusammen gewesen war, hatte irgendeine Bekannte ihn doch mit Sicherheit kennengelernt – eine Freundin oder Kollegin, wenn schon kein Familienmitglied.

Sie musste sich beeilen. Ihre Suche nach einem zweiten Zimmerschlüssel blieb ergebnislos. Nun, das sollte sie nicht aufhalten. Sie legte sich den Riemen ihrer Handtasche über die Schulter, schloss die Tür hinter sich ab und ging den Flur entlang zum Aufzug.

Das uralte Getriebe ächzte, als der Aufzug ankam. Nikki stieg mit einem älteren Paar und einem in ein Strandtuch gehüllten halbwüchsigen Mädchen in die Kabine. Das Mädchen, tiefbraun und mit geübt gelangweilter Miene, warf einen Blick auf Nikki, verzog das Gesicht und wandte den Blick ab. Nikki wurde rot. Sie bemerkte, dass auch die kleine alte Dame mit dem apricotfarbenen Haar ihr nun ins Gesicht starrte.

„Du liebe Zeit, was ist Ihnen denn zugestoßen?“, fragte sie mit besorgtem Eulenblick hinter ihren Brillengläsern.

„Ich … Das war ein Unfall. Ich, hm, bin mit dem Fahrrad gestürzt“, antwortete Nikki. Sie fühlte sich nicht wohl bei dieser Lüge, wollte der mitfühlenden alten Dame aber auch nicht ihre Lebensgeschichte erzählen.

Die Frau schnalzte mit der Zunge. „Na ja, Sie sind glücklicherweise auf dem Wege der Genesung. In ein paar Tagen sehen Sie bestimmt schon viel besser aus. Aber achten Sie darauf, dass der Schorf weich bleibt. Mit Vitamin E …“

„Phyllis, bitte.“ Der Mann schüttelte den Kopf. „Entschuldigen Sie, Miss. Meine Frau war früher Krankenschwester und glaubt immer noch, sie sei ständig im Dienst.“

„Schon gut“, sagte Nikki und war froh, dass die beiden Englisch sprachen und auch Amerikaner waren.

„Gehen Sie sich nicht zu lang in die Sonne“, riet Phyllis ihr, als der Aufzug rüttelnd zum Stehen kam. „Setzen Sie einen Hut auf. Die Sonne tut sowieso nicht gut. Die macht nur Falten. Sehen Sie mich an.“

„Hör auf, Phyllis.“

Das junge Mädchen schlüpfte aus der Kabine, kaum dass die Türen sich geöffnet hatten, und der Mann führte seine Frau zur Eingangstür. Nikki ging zur Rezeption auf der anderen Seite des Foyers.

Das Hotel war alt, hatte verputzte Wände, Deckenventilatoren und bunte Teppiche auf kühlen Fliesenböden. In der Mitte des Foyers befanden sich in einer Art vergitterter Voliere leuchtend bunte Vögel und Kübel mit üppigen Tropengewächsen, die sich um einen Teich mit einem kleinen Wasserfall gruppierten. Goldfische und Koi-Karpfen schwammen unter Seerosenblättern, und aus einer Palme heraus kreischte ein Tukan.

Wie gern hätte Nikki bei dem Anblick Trent geglaubt, dass er ihr Mann war, und sich einfach wohlgefühlt in diesem schönen nostalgischen Hotel mit den dunklen Möbeln, trägen Ventilatoren und zierlichen Kunstschmiedearbeiten.

Sie ging zum Empfangstresen und versuchte, mit dem Mann dort zu reden, doch ihr stockendes Spanisch war nicht besser als sein Englisch. Er gab sich Mühe, die verkrusteten Verletzungen in ihrem Gesicht nicht anzustarren, lächelte gezwungen und winkte einem älteren Mann mit dichtem silbernen Haar, einer Brille und rotem Gesicht.

„Wie kann ich Ihnen helfen, *Señora*?“

Sie verbarg ihre Nervosität und erklärte, dass ihr Mann versehentlich den Zimmerschlüssel mitgenommen und sie sich nun ausgeschlossen hätte. Das Lügen fiel ihr leichter, je länger sie redete, und nach wenigen weiteren Erklärungen erhielt sie einen eigenen Schlüssel. Sie bat um Einblick in ihr Anmeldeformular, und der Hotelangestellte zog zwar leicht die weißen Brauen hoch, zeigte ihr jedoch das Dokument, das Trent unterzeichnet hatte. Die Kopie seiner American-Express-Karte wies ihn als Trent McKenzie aus. Nikki überflog den Rest der Informationen und erfuhr, dass er in Seattle lebte, doch die Anschrift sagte ihr nichts. Rasch merkte sie sich den Straßennamen und die Telefonnummer, dann fragte sie den Empfangschef nach einem Fotogeschäft oder einem anderen Laden, in dem sie ihre Fotos entwickeln lassen konnte.

„Einen Film?", fragte er, schob die Unterlippe vor und überlegte. „Unten am Strand. José. Er kann Ihre Fotos in zwei, drei Tagen fertig haben."

In drei Tagen! „Gibt es niemanden hier, der nur eine Stunde braucht?"

Der rotgesichtige Mann lachte. „Santa María ist nicht New York", sagte er. „Reden Sie mit José. Vielleicht kann er ... die Sache für Sie ein bisschen beschleunigen."

Sie drehte sich um und wäre beinahe über einen etwa fünfjährigen Jungen gestolpert, der sie anstarrte. Seine Augen waren groß und rund, und er zeigte mit dem Finger auf Nikkis Gesicht, bevor er loslief, um seine Mutter einzuholen, eine große, anmutige Frau in einem Voile-Kleid. Die Frau warf einen Blick auf Nikki, bedachte sie mit einem mitleidigen Lächeln und fing prompt an, ihren Sohn auszuschimpfen, weil er Nikki angestarrt hatte.

Nikki war das hochnotpeinlich. So konnte sie sich nicht öffentlich blicken lassen, ohne überall Aufmerksamkeit zu erregen. Zwar heilten die Kratzer, und ihr blaues Auge war beinahe verschwunden, trotzdem fiel sie auf, wo immer sie auftauchte.

Eine Tarnung musste her. Etwas Einfaches. Eine dunkle Sonnenbrille und ein Hut mit Schleier, den sie übers Gesicht ziehen konnte. Mit den Reiseschecks in ihrer Brieftasche konnte sie etwas Preiswertes kaufen. Dazu fehlte ihr nur noch ein Laden, und in einem Hotel von dieser Größe gab es doch sicher ein kleines Geschäft.

Sie bedankte sich bei dem Angestellten und ging, so schnell sie konnte, den Flur hinunter zum Ausgang, als sie spürte, dass jemand sie beobachtete. Ihr Herz hämmerte gegen ihre Rippen, sobald sie ihn entdeckt hatte. Er lümmelte träge in einem Sessel neben der Terrassentür, fixierte Nikki und hatte einen Fuß auf den Tisch gelegt. Langsam richtete Trent sich auf. Mit regloser Miene, völlig ungerührt näherte er sich und sagte nur „Ah, meine Frau."

„Du warst fleißig, wie?"

Oh Gott, hatte er gehört, wie sie nach der Filmentwicklung gefragt hatte? Ihr Mund war trocken wie Watte. „Im Zimmer habe ich es nicht eine Sekunde länger ausgehalten."

„Und deshalb hast du beschlossen, mich auszuspionieren."

Sie wollte es abstreiten, aber andererseits auch nicht lügen. Na ja, jedenfalls nicht so offensichtlich und schon gar nicht, wenn sie auf frischer Tat ertappt worden war. Sie hob das Kinn. „Hör zu, Trent, ich erinnere mich an so gut wie gar nichts, was meine Vergangenheit betrifft, ich erinnere mich nicht an dich und nicht daran, warum – oder *ob* – wir geheiratet haben. Außerdem habe ich das Gefühl, du verbirgst einiges vor mir. Warum also sollte ich da nicht versuchen, ein paar von den Puzzleteilen meines Lebens zusammenzusetzen?"

„Soll ich dir beweisen, dass wir frisch verheiratet sind?", fragte er und machte einen Schritt auf sie zu. „Ja? Wollen wir uns für drei, vier Tage im Schlafzimmer verbarrikadieren?"

„Nein, ich ..."

„Das lässt sich einrichten, weißt du? Komm, ich trag dich nach oben, und es geht sofort los."

„*Du* verstehst nicht ..."

„Nein, *du* verstehst nichts, verdammt noch mal! Ich habe mir große Mühe gegeben, dich zu nichts zu drängen, Nikki. Ich dachte mir, es wäre besser zu warten, bis dein Verlangen nach mir genauso groß ist wie meines nach dir." Er presste die Lippen aufeinander und fasste Nikki hart beim Ellenbogen. „Willst du nach oben? Jetzt? Nur du und ich?"

„Nein!“ Ihre Stimme klang erstickt.

„Das habe ich auch nicht erwartet.“ Verächtlich ließ er Nikkis Arm los und fuhr sich durchs Haar. „Diese Situation macht mich verrückt!“

„*Dich?* Du hast doch immerhin eine Vergangenheit.“

„Die wirst du auch wieder haben“, sagte er barsch.

„Du hast leicht reden.“

„Warum kannst du mir nicht vertrauen?“, fragte er. Seine Augen blitzten in faszinierendem Blau. Kurz sah Nikki etwas wie Verzweiflung in seinem Blick aufflackern, doch die wusste er schnell wieder zu verbergen.

„Ich kenne dich nicht.“

Er sah sie an, als hätte sie ihn geohrfeigt. „Ach, zum Teufel, darüber will ich nicht schon wieder diskutieren! Komm.“ Er griff sie beim Handgelenk und wollte zum Aufzug.

„Nein!“ Nikki rührte sich nicht von der Stelle und verlor fast das Gleichgewicht, als Trent an ihrem Arm zerrte. Einige alte Männer, die an einem Fenster geraucht hatten, drehten den Kopf in ihre Richtung.

„Gehen wir“, befahl Trent durch zusammengebissene Zähne.

„Ich sagte doch schon, ich will nicht zurück ins Zimmer.“

Seine Kiefermuskeln arbeiteten, an seiner Schläfe pochte eine Ader. „Entweder steigst du freiwillig in den Aufzug, oder ich trage dich eigenhändig nach oben.“

„Du kannst doch nicht …“

Er kam näher, bis seine Lippen beinahe ihr Ohr berührten. „Lass dir eines gesagt sein, Baby. Ich kann tun und lassen, was ich will. Du bist meine Frau, ich bin dein Mann, und falls du es noch nicht bemerkt haben solltest: wir befinden uns hier nicht in den guten alten Vereinigten Staaten.“

„Das heißt aber nicht …“

„Die Gesellschaft hier ist nicht so aufgeklärt wie wir. Frauenrechte kümmern absolut niemanden. Das Gesetz erlaubt einem Mann, mit der Frau nach der Heirat so ziemlich alles anzustellen, was er will.“

Ihr stockte der Atem. „Das ist finsterstes Mittelalter!“

„Willkommen auf Salvaje.“

„Ein tolles Ziel für eine Hochzeitsreise“, knurrte sie. „Wer hat diesen Urlaub geplant? Der Marquis de Sade?“

„Du.“

Ihr wurde innerlich kalt. Wer war dieser Mann, dieses Ungeheuer, das sie geheiratet hatte? Er versuchte, sie in Richtung Aufzug zu bugsieren, doch wenn er sie nicht über den Boden schleifen wollte, würde sie genau da bleiben, wo sie war. Sie hob rebellisch das Kinn und beschloss, ihn auf die Probe zu stellen. „Wenn du mich tragen willst, nur zu. Wenn nicht, dann lass mich in Ruhe!“

Zähneknirschend ließ er ihren Arm wieder los. „Was genau willst du von mir?“

„Antworten. Ehrliche Antworten.“

„Die habe ich dir gegeben.“

„Zu wenige.“

Er schloss für eine Sekunde die Augen und massierte seine Nasenwurzel zwischen Daumen und Zeigefinger. „Okay“, sagte er gedehnt, als müsste er sich zwingen, ruhig zu bleiben, „dann lass uns doch essen gehen, und dabei fragst du mich alles, was dein kleines Herz begehrt.“

Er machte sich über sie lustig, doch sie widersprach nicht. Sie wollte nichts als die Wahrheit. Wieder nahm er ihren Ellenbogen, diesmal jedoch nicht so grob, und führte sie durch die gläserne Doppeltür zu einem Restaurant mit Garten. Sie bestand darauf, draußen zu sitzen, und Trent widersprach nicht, obwohl er innerlich vor Wut zu kochen schien.

Der Oberkellner führte sie zwischen Kübelpflanzen hindurch zu einem privateren Tisch neben einer Mauer aus Feldsteinen. Dahinter öffnete sich der Blick aufs Meer, das sich mit Einbruch der Nacht langsam verdunkelte. Der Seewind brachte den Duft von Jasmin und Zitronen mit sich, und aus Lautsprechern, verborgen in den üppigen Ranken und Blumen rund um die Tische, perlte leise spanische Musik.

„Hier ist es wirklich schön“, sagte Nikki nervös. Sie hätte gern gewusst, wie sie ihre Umgebung empfunden hätte, wenn sie nicht von dem Felsen gestürzt wäre, ihr Gedächtnis nicht verloren hätte und schwer verliebt in diesen geheimnisvollen Fremden gewesen wäre, der behauptete, mit ihr verheiratet zu sein.

„Wenn du meinst.“

Ein Kellner in roter Hose und schwarzem Hemd erschien, und Trent bestellte Wein für Nikki und ein Bier für sich selbst. Der Kellner sah Nikki an, und sein seelenvoller Blick blieb ein bisschen länger als nötig an ihrem Gesicht haften, bevor er sich zurückzog.

„Willst du wirklich hier bleiben?“

„Natürlich.“

„Die Leute starren dich an.“

„Lass sie doch. Ich bin nicht ansteckend“, sagte sie, und Trent lehnte sich auf seinem Stuhl zurück. Zwar wirkte er äußerlich entspannt, doch Nikki wusste es besser. Unter der Oberfläche seiner zur Schau gestellten Ruhe brodelte ein Vulkan. Er stützte das Kinn auf die an den Spitzen zusammengelegten Finger und blickte Nikki vorwurfsvoll an. „Du hättest warten müssen, bis ich zurück bin, statt das Zimmer allein zu verlassen.“

„Ich sagte doch schon: die vier Wände hatten mir nichts mehr zu sagen.“

„Mit dem kaputten Knöchel kannst du jederzeit wieder fallen.“

„Meinem Knöchel geht’s schon bedeutend besser.“

Er erwiderte nichts, sondern schaute sich nur beiläufig im Garten um, als wäre er ein interessierter Tourist, doch Nikki konnte sich des Eindrucks nicht erwehren, dass er nach jemandem Ausschau hielt. Als würde eine Gefahr auf sie lauern.

Die Getränke wurden serviert, und nachdem Trent flüchtig in die Speisekarte geschaut hatte, bestellte er für sich und Nikki. Er wechselte ein paar Worte mit dem Kellner, sie lachten und dann bedachte der Kellner Nikki mit einem anzüglichen Blick.

Nikki ließ sich nicht einschüchtern, obwohl es nervös in ihrem Magen rumorte. Sie dachte an die Kamera in ihrer Handtasche und biss sich auf die Lippe. In Trents Gegenwart konnte sie den Film schlecht zum Entwickeln bringen; sie sah aber auch keine Möglichkeit, ihm an diesem Tag noch zu entkommen.

Sie breitete die Serviette über ihrem Rock aus und fing Gesprächsfetzen von den Tischen zwischen den üppig blühenden Topfpflanzen auf. Leise Unterhaltungen und Gläserklirren wurden unterbrochen von gedämpftem Gelächter. Menschen genossen entspannt und glücklich ihren Urlaub auf einer tropischen Insel.

„Du glaubst also, du bist schon so weit, dass du die Stadt unsicher machen kannst", sagte Trent und musterte sie.

„Die ganze Insel, wenn es sein muss."

Er trank einen Schluck Bier und zupfte am Etikett der langhalsigen Flasche. Langsam ließ er den Blick über den Garten wandern, als wollte er seine Gedanken ordnen, doch seine Augen blieben wachsam, sein Mund zu hart.

„Wie war's auf dem Flughafen?"

„Nicht so toll. Ich konnte Plätze in einer Maschine buchen, allerdings fliegt sie erst in ein paar Tagen."

Langsam verließ Nikki der Mut. Es war natürlich verrückt, denn sie wollte ja nach Hause und in ihr Leben zurückkehren, doch sie fühlte sich betrogen, als hätte sie diese karibische Insel mit einem Ziel aufgesucht, das sie noch nicht erreicht hatte. Selbst wenn sie nur eine Besichtigungstour geplant hatte, war der Trip ein Reinfall. Und wenn diese Reise tatsächlich ihre Hochzeitsreise sein sollte, war sie die reine Katastrophe: ihr angeblicher Mann war eher ihr Feind als ihre große Liebe.

Der Kellner kam mit dampfenden Schalen voll sämiger Fischsuppe, die Nikki in der Kehle brannte. Ihr Gespräch mit Trent geriet ins Stocken, und sie trank ihren Wein zu Schwertfisch, einem würzigen Reisgericht und gebratenem Gemüse.

Sie hatte ihr zweites Glas beinahe geleert, als der Kellner mit der Dessertkarte zurückkam. Nikki schüttelte den Kopf.

„Ich kann nicht mehr", beteuerte sie, und Trent grinste breit. „Ich dachte schon, du wärst ein Fass ohne Boden."

„Nach einer Woche voller wässriger Gelatine, klebrigem Haferbrei und welkem, geschmacksneutralem Gemüse im Krankenhaus kommt mir einfach alles verlockend vor."

„Außer dem Nachtisch."

Sie lächelte und leerte ihr Weinglas. „Später vielleicht."

„Im Bett?", fragte er und hielt ihren Blick fest. Nikki konnte sich sekundenlang nicht rühren und leckte unbewusst einen letzten Tropfen Wein von ihren Lippen. Sie dachte an den Film in ihrer Handtasche. Würden bei der Entwicklung Schnappschüsse von einem unbeschwert lächelnden Trent in den Flitterwochen herauskommen? Mit bloßem Oberkörper und unglaublich sexy, den Wind im Haar und mit heißer Leidenschaft im Blick? Plötzlich erschien ihr der Ring an ihrem Finger sehr schwer und zu eng.

Trent bezahlte die Rechnung und half Nikki beim Aufstehen.

„Ich … Ich will noch nichts ins Hotel", gestand sie.

„Bist du nicht müde?"

„Es ist noch nicht einmal acht Uhr", sagte sie. „Außerdem habe ich im Krankenhaus ewig lange im Bett gelegen."

„Nicht mit mir", sagte er, und ihr Puls begann zu rasen. Er nahm ihren Arm, und sie fragte sich, ob er zuvorkommend sein oder lediglich sichergehen wollte, dass sie nicht ausriss, ihm nicht abhandenkam.

Durch die Lücke in der Mauer gingen sie auf einen Sandweg hinaus, der über das Hotelgelände führte. Sie überquerten eine große gepflasterte Terrasse und passierten mehrere Tische unter Sonnenschirmen. Sturmlaternen brannten, ihre Flammen leuchteten warm in der aufziehenden Dämmerung.

„Ich habe heute versucht, meine Mutter und meine Schwestern anzurufen", gestand Nikki, als sie am Pool vorbeischlenderten. Im Wasser planschten immer noch Kinder, doch die Sonnenanbeter waren schon gegangen, die Sonnenliegen leer.

„Und?"

„Ich hatte Pech. Die Leitungen waren überlastet."

Er nickte. „Das Telefonnetz hier ist ohnehin nicht besonders belastbar, und seit dem Fiasko der Fluggesellschaft ist es nahezu unmöglich, im Ausland anzurufen. Wir hatten Glück, dass wir deinen Dad überhaupt erreicht haben."

Um sie herum rückte die Nacht näher. Insekten summten und flatterten um die Laternen herum, und Millionen Sterne glitzerten am dunkelblauen Himmel. Nikki schob die Hände in ihre Rocktaschen und sagte: „Erzähl mir genau, wie wir uns kennengelernt haben."

Er streifte sie mit einem Blick. „So aufregend war das gar nicht."

„Egal."

„Ich habe eine Schadensforderung für Connie Benson bearbeitet. Ihr Auto war gestohlen worden, und ich musste ihr ein paar Fragen stellen. Du warst bei ihr, als ich kam, und sie hat uns einander vorgestellt. Ein paar Tage später liefen wir uns in einem Restaurant am Meer über den Weg. Wir kamen ins Gespräch und redeten, bis das Lokal schloss. Von da an haben wir uns häufig gesehen." Er warf ihr einen verhaltenen Blick zu. „Du bist in der ersten Woche schon praktisch bei mir eingezogen."

„Nein!" Sie wurde rot, die Glut stieg ihr vom Hals in die Wangen. „Ich kann doch nicht so impulsiv sein."

„Ja, mein Gott, Nikki, warum sollte ich mir so etwas ausdenken?"

„Ich ... Ich weiß nicht", gab sie zu und wünschte sich nur, die Lücken in ihrer Erinnerung endlich schließen zu können. „Ich weiß, dass ich starrsinnig bin. ‚Willensstark', wie meine Mutter es wohl nennt, aber ich bin auch einigermaßen rational und vorsichtig und würde nie jemanden heiraten, den ich nicht sehr gut kenne."

„Es fühlte sich richtig an, Nikki. Mach es nicht komplizierter, als es war."

„Okay", gab sie nach. Sie stiegen die sandbedeckten Steinstufen hinauf. „Und was war mit dir? Du scheinst mir nicht gerade der heiratswütige Typ zu sein."

„Bin ich auch nicht." Er zuckte mit den Schultern. „Aber mit dir …" Er zögerte, blieb bei einer krumm gewachsenen Palme stehen und strich mit den Händen an Nikkis nackten Armen hinauf. „Bei dir habe ich den Kopf verloren." Es klang irgendwie verächtlich. „Glaub mir, ich habe mich gegen dich gewehrt, doch …" mit seinen rauen Händen umfasste er ihre Arme und zog Nikki an sich „… ich habe den Kampf verloren." Er küsste sie und presste sie enger an sich. Warnsignale schrillten in Nikkis Kopf, allerdings ignorierte sie sie und spürte, wie dieser Mann jeden Widerstand dahinschmelzen ließ. Seine Lippen waren zärtlich und fordernd zugleich, ein Versprechen noch nicht gelebter Leidenschaften. Nikki zitterte, und Trent drückte sie fester an sich. „Du bist mir ein Rätsel, Nikki. So habe ich noch nie empfunden. Du bringst mich dazu, Dinge zu tun, die mir völlig unvernünftig erscheinen, und trotzdem tu ich sie bereitwillig, *begeistert*, für dich." Sein Gesicht spiegelte seine Ratlosigkeit, als verstehe er sich selbst nicht mehr. „Als ich dich kennenlernte, glaubte ich, ich würde dich schnell vergessen. Dass es eine heiße Affäre wird, und das war's dann."

„Sehen so deine Beziehungen mit Frauen aus? Sind es nur ‚heiße Affären'?"

Er zog einen Mundwinkel hoch. „Eigentlich gehe ich überhaupt keine Beziehungen ein."

„Soll ich mich jetzt geschmeichelt fühlen?", fragte sie. Sie traute ihm nicht über den Weg. Nikki wollte von ihm abrücken, ein wenig Abstand zwischen ihren und seinen Körper legen, aber er hielt sie fest, presste sie an sich, ließ sie nicht los.

„Ich beantworte nur deine Fragen."

„Du stehst also auf One-Night-Stands?", stieß sie atemlos hervor und musterte seine Miene dabei.

„Ich ‚stehe' auf gar nichts."

„One-Night-Stands sind gefährlich, weißt du? In der heutigen Zeit."

„Halt mir keine Vorträge, Nikki, das bringt nichts. Bevor ich dich traf, bin ich gerannt, als ginge es um mein Leben, sobald ich eine Frau anziehend fand. Das Letzte, was ich in meinem Leben brauchte, waren emotionale Verstrickungen."

Das nahm sie so hin. Ihr Herz raste, und sie fühlte die Wärme seines Körpers. „Aber mir willst du einreden, wir wären verheiratet."

„Wir sind verheiratet."

„Das glaube ich nicht ..."

„Glaub es", befahl er, bevor er sie noch einmal küsste, mit der Zunge die Konturen ihrer Lippen nachzeichnete und sie zwang, den Mund zu öffnen, damit er sie intensiver schmecken konnte. Tief in einem dunklen Winkel ihres Bewusstseins war ihr klar, dass sie ihn stoppen musste, doch sie konnte es nicht, nicht, wenn er ein solch flammendes Begehren in ihr weckte und ihr Herz wild klopfte.

Er drückte Nikki so eng an sich, dass ihre Brüste schmerzten. Mit den Händen strich er sinnlich über ihren Rücken und ließ sie an der empfindlichen Stelle über dem Po verweilen.

„Das ... Das kann doch nicht wahr sein."

„Es ist wahr."

„Nein, bitte ..."

„Hör zu, verdammt noch mal!", sagte er und zuckte mit dem Kopf zurück, um ihr in die Augen zu schauen. „Etwas anderes kann ich dir nicht erzählen. Ich kann nicht erklären, *wie* es passiert ist. Es ist eben geschehen. Es ist ja nicht so, dass es geplant gewesen wäre. Ich habe dich angesehen und mir gesagt, nichts wie weg hier, aber aus unerfindlichen Gründen, die ich eben nicht erklären kann, bin ich dir in die Arme gelaufen statt in die entgegengesetzte Richtung. Vielleicht lag es daran, dass du anfangs kein Interesse gezeigt hast."

„Ich dachte, du hättest gesagt, ich wäre ... Wie hast du dich gleich noch so romantisch ausgedrückt? *So verdammt heiß*, nicht wahr?"

„Das war später." Er grinste und streichelte über ihren Rücken.

„Aber nicht sehr viel später."

„Ich war ganz schön hinter dir her. Zuerst hast du mir wegen Neumann die kalte Schulter gezeigt. Du warst noch damit beschäftigt, die Wunden zu lecken, die er dir zugefügt hatte."

Dave. Sie spürte einen Kloß im Hals. Sie hatte geglaubt, ihn zu lieben, hatte ihn heiraten wollen, aber die Absicht hatte er nie gehabt. Sie konnte sich nicht erinnern, wie er Schluss gemacht hatte, spürte allerdings plötzlich die emotionale Verlassenheit, den Schmerz und die Demütigung. Ihr Gedächtnis verspottete sie; Erinnerungen stiegen an die Oberfläche ihres Bewusstseins, nur, um gleich wieder unterzutauchen und sie traurig und leer zurückzulassen.

„Willst du damit andeuten, ich habe dich geheiratet, um mich über Dave hinwegzutrösten?", fragte sie verwirrt.

„Ich will sagen, du wolltest keine ernsthafte Beziehung, aber ich hab nicht aufgegeben, und als die Sache dann heiß und ernst wurde, hast du darauf bestanden, dass wir heiraten."

Ging das bei ihr wirklich so schnell? Ihr Vater hatte ihr erzählt, sechs Monate wären seit der Trennung von Dave vergangen. Hätte sie wirklich wie im Mittelalter von Trent verlangt, dass er sie heiratete und damit seine „ehrenhaften Absichten" unter Beweis stellte? „Und du hast natürlich bereitwillig meine Forderung erfüllt", erwiderte sie spöttisch. Sie wusste instinktiv, dass Trent McKenzie kein Mann war, der sich manipulieren ließ.

„Ich wollte dich. Basta." Seine Stimme klang rau und heiser, und der entschiedene Unterton schnitt ihr ins Herz. „Ich hätte alles getan, um dich zu bekommen. Alles."

„Du hättest mich sogar geheiratet."

„Auch das."

Ihr stockte der Atem, und als Trents Blick sie traf, brannte darin ein inneres Feuer, das jede Gegenwehr unmöglich machte, so viel Sinnlichkeit und Leidenschaft lagen darin.

Er senkte seinen Mund auf ihren und küsste sie zunächst zärtlich, dann jedoch immer fordernder. Seine Lippen strichen über ihren Mund, und seine Zunge folgte dem Umriss ihrer Lippen, die er tastend, lockend öffnete. Nikki schloss die Augen und stöhnte leise, erwiderte schließlich aber verlangend seinen Kuss.

Sie bekam weiche Knie, und Trent schlang beide Arme um Nikki, hielt sie und drückte sie eng an sich. Geschickt schob er mit dem Bein ihren Rock hoch, drängte ihre Oberschenkel auseinander und lehnte Nikki gegen den Stamm einer Palme. Flammende Begierde erfasste Nikki, ihr Atem ging flach und schnell, und die abwehrende Stimme in ihrem Kopf war fast völlig zum Verstummen gebracht.

Sie wusste, dass seine Küsse Gefahr bedeuteten, und doch konnte sie ihm nicht widerstehen. Ihr Körper verlangte nach ihm, ihre Brüste sehnten sich nach seiner Zärtlichkeit, und tief im Inneren fühlte sie sich wie die kochende Lava eines Vulkans kurz vor dem Ausbruch.

Als Trent den Kopf hob, ließ sie sich gegen seinen Körper sinken.

„Genauso war es immer zwischen uns“, sagte er heiser und schaute gequält drein. Er strich ihr eine Haarsträhne aus dem Gesicht. „Und deswegen, Lady, habe ich dich geheiratet.“

5. KAPITEL

Und jetzt? Los, Nikki. Du bist eine intelligente Frau. Oder warst zumindest mal eine. Also, was willst du jetzt tun?

Vertrau ihm. Lieber Himmel, Nikki, folge deinem Herzen und vertraue ihm!

Sie stand auf der Veranda und umklammerte das schmiedeeiserne Geländer. Der Wind spielte mit ihrem Haar und streichelte ihre Wangen. Durch die offene Tür des Hotelzimmers hörte sie Wasser rauschen. Trent stand unter der Dusche. Nikki versuchte, einen Plan zu ersinnen, und schaute auf die blinzelnden Lichter von Santa María. Wie eine Kette aus Juwelen säumten sie das Ufer des Meeresarms, spiegelten sich im Wasser und hielten die dunkle Nacht in Schach.

Nikki blieb nicht viel Zeit. Bald würde sie mit einem Mann schlafen, der mit einem einzigen Blick ihr Blut zum Pulsieren brachte. Mit einem mysteriösen Mann, der behauptete, er wäre mit ihr verheiratet. Mit einem Mann, den sie instinktiv als gefährlich einschätzte. Wenn sie ihm doch nur vertrauen könnte! Aber Vertrauen, das wusste sie aus verschwommenen Erfahrungen in der Vergangenheit, musste man sich verdienen, man bekam es nicht geschenkt. Nikki rieb ihre Arme, als wäre ihr plötzlich kalt, und dachte an die bevorstehende Nacht, in der sie in einem Bett mit ihm liegen, ihn ganz nahe bei sich haben würde. Ihr Magen zog sich zusammen. Nein, sie würde nicht mit ihm schlafen. Ob er nun ihr Mann war oder nicht, sie vertraute ihm nicht. Am besten vermied sie den Sex mit ihm, indem sie so tat, als würde sie sofort einschlafen. Er würde sicherlich verstehen, dass sie der Umzug ins Hotel nach den Tagen in der Klinik angestrengt hatte und sie erschöpft war.

In Wahrheit würde sie natürlich kaum ein Auge zu tun, wenn Trent nur Zentimeter entfernt neben ihr lag. So ein Mist, dachte sie, blies sich die Ponyfransen aus der Stirn und blickte hinunter auf die Terrasse, wo sich noch mehrere Leute aufhielten, lachten, redeten und Cocktails schlürften. Ältere Paare amüsierten sich bei einem Glas Wein, ein Pärchen Mitte dreißig ging händchenhaltend beim Pool spazieren. Verliebte, dachte Nikki mit einem Anflug von Neid.

Sie schüttelte die lästigen Gedanken ab, lief zurück ins Zimmer, und während sie aufs Wasserrauschen im Bad lauschte, schlüpfte sie rasch aus Rock und Bluse und zog einen Seidenpyjama an. Der Stoff schmiegte sich an ihre Brüste und Hüften, und der tiefe V-Ausschnitt zeigte mehr Haut, als ihr lieb war. Aber dieser pinkfarbene Pyjama war der am wenigsten erotische, den sie im Reisegepäck hatte. Ein Flanellnachthemd und Morgenrock zum Warmhalten im nassen und kalten Winter in Seattle wären schließlich auf einer tropischen Insel fehl am Platz gewesen. *Besonders auf der Hochzeitsreise.*

Das Wasserrauschen hörte auf, und Nikkis Herz pochte heftig. Oh Gott, schoss es ihr durch den Sinn. Sie konnte kaum schlucken, weil sich ihr die Kehle zuzuschnüren schien.

Leise schlüpfte sie unter die Bettdecke, legte sich auf die Seite und kehrte der anderen Betthälfte den Rücken zu. Sie schloss die Augen, nahm wahr, wie Trent wieder das Wasser anstellte, wahrscheinlich am Waschbecken. Er ließ sich verdammt viel Zeit, während sie um sofortigen Tiefschlaf betete. Herrgott, sie führte sich auf wie ein Kind, wie eine neurotische Jungfrau, aber da sie immer noch gehandicapt und traumatisiert war, hielt sie Täuschung für die beste Verteidigung. Nur, bis sie wieder voll einsatzfähig war. Sobald ihr Erinnerungsvermögen zurückgekehrt war, würde sie Trent offen entgegentreten.

Allerdings fiel ihr die Täuschung viel schwerer, als sie erwartet hatte. Nikki Carrothers war in ihrem alten Leben nie so tief gesunken, sich mit Lügen aus der Affäre zu ziehen, das wusste sie. Hier gelten mildernde Umstände, sagte sie sich, schüttelte ihr Kissen auf und versuchte, sich zu entspannen.

Plötzlich verstummte das Geräusch von fließendem Wasser. Nikki verkrampfte sich. Licht glitt ins Schlafzimmer, da Trent die Tür öffnete. Los, stell dich schlafend, befahl sie sich, kam sich dabei jedoch ziemlich blöd vor.

Trent sprach kein Wort. Sie hörte seine Schlüssel klimpern, sowie er sie auf dem Nachttisch auf seiner Bettseite ablegte, spürte, wie er die Decke zurückschlug, roch den Duft von Seife, Rasierschaum und Moschus, während er ins Bett schlüpfte. Die Matratze knarrte. Er schaltete das Licht auf seinem Nachttisch aus, rückte näher, und ihr Puls begann zu rasen.

Dann legte er lässig und vertraut den Arm um ihre Taille. Er schmiegte sich an sie, sein warmer Atem an ihrem Nacken, sein Brusthaar streifte die glatte Seide auf ihrem Rücken. „Wem willst du etwas vormachen?“, fragte er. „Ich weiß, dass du wach bist.“

Sie antwortete nicht. *Verstell dich! Atme einfach so natürlich ein und aus, als würdest du seinen warmen Körper gar nicht spüren!*

„Aber keine Angst. Ich zwinge dich zu nichts.“

Ihre Muskeln entspannten sich ein wenig, und Trent nutzte die Gelegenheit und drückte sie noch enger an sich. Seine Beine, nackt, wie sie durch den Pyjama hindurch spürte, lagen an ihren, und er passte sich ihr vollständig an, beugte Knie und Hüften in exakt dem gleichen Winkel wie sie. Sie versuchte, sich an dieses Gefühl von Nähe und Intimität zu erinnern, daran, dass sie schon früher mit ihm im Bett gelegen hatte, doch keine angenehmen, wohligen Bilder tauchten auf. Trent gab ihr einen Kuss auf den Nacken, und ihr Puls beschleunigte sich wie verrückt. „Kein Grund zur Eile, Schatz“, sagte er sinnlich-gedehnt, sodass ihr Magen kribbelte. „Wir haben ja noch den Rest unseres Lebens vor uns.“

Oh Gott, warum konnte sie sich nicht erinnern?

Trent war klar, dass er die Finger von ihr lassen sollte. Nikki so nahe zu sein, war gefährlich, und trotzdem konnte er nicht widerstehen. Ja, es stimmte, sie war die faszinierendste Frau, die jemals seinen Weg gekreuzt hatte. Seit er sie in Seattle zum ersten Mal gesehen hatte, wollte er sie.

Aber er musste sich zurückhalten. Sie hatte noch Schmerzen, war verwirrt und misstrauisch. Er hätte ihr gern so viel gesagt und durfte doch so vieles noch nicht preisgeben. Aber sobald sie zurück in den Vereinigten Staaten waren und er sie in Sicherheit wusste, würde alles besser werden. Trent roch den Fliederduft ihres Shampoos in ihrem Haar auf dem Kissen, und sein Verlangen wurde fast quälend. Es wäre so leicht, sie einfach zu küssen, ihre Brüste zu streicheln, sich an sie zu pressen und ihre Schenkel zu spreizen …

„Herrgott", stieß er hervor und zwang sich, sich umzudrehen und an die Bettkante zu rücken. Ein Held war er nie gewesen, und normalerweise war es ihm egal, was eine Frau von ihm dachte, bevor oder nachdem er mit ihr geschlafen hatte. Doch jetzt, mit Nikki, war alles anders. Kompliziert. Gefährlich.

Er verzog das Gesicht, starrte an die Decke, war sich hundertprozentig sicher, dass sie nicht schlief. Diese Nacht versprach, endlos zu werden!

Als das erste Morgenlicht durchs Fenster fiel, stieg Nikki aus dem Bett. Sie riskierte einen Blick auf Trent und schluckte, als sie sein Gesicht sah, glatt rasiert und völlig entspannt. Sein Kinn war ausgeprägt und kantig. Dunkle Wimpern umrandeten die Augen, und der zynische Zug um den Mund war verschwunden. Das schwarze Haar fiel ihm in die Stirn, und selbst schlafend wirkten seine nackten Schultern breit und muskulös. Ein schöner Mann, dachte Nikki, aber wer zum Teufel war er? Ihr Mann? Ihr Geliebter? Ihr Feind?

„Willst du den ganzen Tag da stehen bleiben und mich anschmachten, oder kommst du zurück ins Bett und setzt deine Gedanken in die Tat um?" Ohne die Augen zu öffnen, klopfte er auf die Stelle, wo sie gelegen hatte.

„Du …"

Provozierend lächelnd stützte er sich auf einen Ellenbogen auf. Die Bettdecke rutschte nach unten und gab den Blick auf sein Sixpack frei. „Ich, was?"

„Du bist wach“, erwiderte sie lediglich neutral.

„Mhm.“ Er reckte die Arme über den Kopf und ließ sich zurück ins Kissen sinken. „Du kannst froh sein, dass ich nicht versucht habe, unsere Situation auszunutzen.“

Nikki schluckte den Köder. „Vielleicht bist ja eher du derjenige, der froh sein sollte“, erwiderte sie, eilte ins Bad und sperrte die Tür hinter sich ab, bevor sie merkte, wie kindisch sie sich verhielt. Er war schließlich ihr Mann – vermutlich zumindest. Er durfte sie nackt sehen. Oder nicht? Sie holte tief Luft und schloss die Tür wieder auf. Wenn er wollte, sollte er den nächsten Schritt tun.

Sie sagte sich, dass alles so normal war, wie es unter den gegebenen Umständen nur sein konnte, legte sorgfältig ein leichtes Make-up auf und bemerkte zufrieden, dass ihr Gesicht allmählich abheilte. Einige Schorfkrusten lösten sich langsam ab, andere waren schon abgefallen und hatten rosa Haut hinterlassen, die in starkem Kontrast zu Nikkis Sonnenbräune stand. Die Verletzungen am ganzen Körper heilten, wie sie feststellte, als sie antibiotische Salbe und Vitamin-E-Öl auf die Schürfwunden auftrug. Wenn doch nur ihr Kopf auch heilen wollte …

Nachdem sie ihr Haar gebürstet und Shorts und ein T-Shirt angezogen hatte, ging sie zurück ins Schlafzimmer, wo Trent, nur mit einer abgetragenen Jeans bekleidet, Kaffee in zwei Becher einschenkte. „Sahne, kein Zucker, stimmt’s?“, fragte er.

„Ja.“ Seit Jahren versuchte sie, sich die Sahne abzugewöhnen, wie ihr jetzt einfiel, doch sie mochte den Kaffee einfach nicht schwarz. Trent war offenbar lange genug mit ihr zusammen, um ihre alltäglichen Gewohnheiten zu kennen. Es war frustrierend, dermaßen im Dunkeln zu tappen.

Trent reichte ihr einen Becher, setzte sich mit der Zeitung an den Tisch, und Nikki nahm zögernd ihm gegenüber Platz. Sie gab sich Mühe, nicht ständig seine scharfen Gesichtszüge zu fixieren, während sie in ihren Kaffee blies, doch sie beobachtete ihn in der Hoffnung, dass ein Blick, eine Geste, ein Wort Erinnerungen an ihre stürmische Beziehung und Heirat freisetzen würde.

„Erzähl mir von deiner Familie“, bat sie, während er die Titelseite überflog.

„Da gibt es nicht viel zu berichten.“

„Deine Eltern?“

„Sind noch miteinander verheiratet und leben in Toledo. Dad hat in einem Stahlwerk gearbeitet und ist inzwischen Rentner. Mom ist Krankenschwester. Sie geht in ein paar Jahren in den Ruhestand.“

„Brüder?“

„Nur eine kleine Schwester. Kate. Eigensinnig, unverheiratet und eine Nervensäge.“ Er hob den Blick und lächelte. „Sonst noch was?“

„Wie bist du nach Seattle gekommen?“

Er furchte die Stirn und legte die Zeitung säuberlich gefaltet auf den Tisch. „Was soll das werden? Das Interview?“

„Ja. Ein langes.“

„Ich wollte nicht so enden wie mein alter Herr, mit kaputtem Rücken und lädierter Hüfte, deshalb habe ich mich erfolgreich um ein Stipendium bemüht. Das hat mich, gepaart mit Nachtarbeit, durchs Studium gebracht. Ich habe meinen Abschluss in Jura gemacht, festgestellt, dass ich nicht unter einem Chef arbeiten kann, und mit dem Gedanken gespielt, Privatdetektiv zu werden. Bin viel herumgekommen. Die Lage war schlecht, und dann erfuhr ich von der Stelle bei der Versicherungsgesellschaft, wo ich mir die Arbeitszeit frei einteilen konnte, und griff zu. Damals wohnte ich in Denver und war längst scharf drauf weiterzuziehen.“

„Und das ist alles?“

„Mein Lebenslauf.“

Sie trank einen Schluck Kaffee und verbrühte sich die Zunge, während sie über seine Geschichte nachdachte – verschachtelt, wie sie war. Er hatte nichts gesagt, was sie hätte anfechten können, doch alles erschien ihr so kalt und steril – kein Hauch von Wärme, wenn er über seine Eltern sprach, kein Lächeln, als er seine Heimatstadt erwähnte, kein Wort über ein Haustier oder einen Freund oder irgendetwas, was einen Anflug von Gefühl gezeigt hätte. Als wäre seine Vergangenheit am Computer konzipiert und ausgedruckt worden.

Du lässt dich von deiner Fantasie mitreißen, sagte sie sich. *Warum sollte er lügen?*

Er schlug die Zeitung wieder auf und blickte düster auf die in Spanisch geschriebenen Artikel. „Da wünscht man sich den *Observer* herbei, nicht wahr?"

Krach!

Glas splitterte auf der Veranda.

Nikki zuckte zusammen, heißer Kaffee schwappte über ihre Hände und auf den Tisch.

Trent stieß seinen Stuhl zurück. „Bleib da", befahl er mit finsterem Blick. Auf den Fußballen, die Muskeln angespannt, die Zähne zusammengebissen, wiederholte er: „Bleib da!" Er stieß die Fenstertüren auf. Eine frische Morgenbrise wehte ins Zimmer, blähte die Vorhänge und ließ die Zeitung rascheln.

Trotz seiner Warnung schlich Nikki in Richtung Veranda und sah ein Meer von Glasscherben und die Überreste einer Sturmlaterne auf dem Boden.

Trent war, ohne auf die Scherben und seine bloßen Füße zu achten, bis an den Rand der Veranda gelaufen, von wo aus er die Umgebung und die nahen Brotfruchtbäume inspizierte, als rechnete er mit einem Herumtreiber, der sich gleich auf ihn stürzen würde.

Er wollte weitergehen, und Nikki schrie: „Pass auf, du wirst dich schneiden!"

„Ich habe doch gesagt, du sollst im Zimmer bleiben!"

„Ich lass mich nicht gern herumkommandieren."

„Es ist nur zu deinem Besten."

„Ich kann auf mich selbst aufpassen."

„Ach ja?" Nach einem hastigen Blick über die Schulter musterte er Nikki von Kopf bis Fuß und fixierte dann die Kratzer in ihrem Gesicht.

Sie nahm die Schultern zurück und hob das Kinn. „Wenn ich auch nicht viel über meine Vergangenheit weiß, bin ich doch sicher, dass ich immer mehr als eigenständig war!“

Der Blick, den er auf sie abschoss, sprach Bände.

„Ich wüsste sowieso gern mal, warum du dich so aufregst“, sagte sie und deutete auf die Glasscherben. „Das war nur der Wind.“

„Mag sein.“ Er schien sich überzeugt zu haben, dass niemand in der Nähe lauerte, bückte sich und hob die größeren Glasscherben auf.

„Hast du einen Angriff erwartet?“ Auch Nikki begann, Scherben aufzusammeln und in den Mülleimer zu werfen.

„Nein.“ Er schüttelte den Kopf, als müsste er sich selbst überzeugen.

„Wovor hast du dann Angst?“, fragte sie.

„Angst?“

„Du führst dich auf, als wäre jemand hinter uns her.“

Die Linien um seinen Mund wurden tiefer. „Ich hab mich erschrocken, sonst nichts.“ Verärgert warf er den Rest der zerbrochenen Laterne in den Mülleimer aus Metall, und das laute Klappern hätte Tote erwecken können.

„Auf mich wirkst du nicht gerade wie jemand, der sich leicht erschrickt. Komm schon, Trent, da ist doch was im Busch. Du willst mich so schnell wie möglich von der Insel schaffen. Du hältst mich quasi gefangen in diesem Hotelzimmer. Jedes Mal, wenn ich allein rausgehe, führst du dich auf, als würde gleich etwas Schreckliches passieren.“

Er folgte ihr ins Hotelzimmer und lehnte sich mit der Schulter gegen den Türrahmen. Die Arme vor der Brust verschränkt sah er Nikki an, mit aufeinandergepressten Lippen, die Augen leicht zusammengekniffen, als würde er mit einer schwierigen Entscheidung ringen. „Dir ist schon einmal was passiert, und du hast lange genug im Krankenhaus gelegen. Ich will einfach kein Risiko eingehen.“

„Meinst du, dass noch ein Unfall passieren könnte?“

Seine Lippen wurden schmal. Nikki wich instinktiv zurück und stützte sich auf die Kante der Kommode. Trent war ihr noch immer nicht geheuer, trotzdem beschloss sie, dass es Zeit für eine Art Entscheidungskampf war. Sie hatte die ganze Zeit einen Hochseilakt mit ihm vollführt, in ständiger Angst, dass ein einziger falscher Schritt sie in schwarze Vergessenheit stürzen würde, aus der es kein Entkommen gab. Das hielt sie keine Minute länger aus. „Ich habe das Gefühl, dass du etwas vor mir verbirgst."

„Nein."

„Lügner."

Er rückte ihr so nahe, dass seine nackten Zehen ihre berührten, die aus den Sandalen lugten. Zunächst sagte er kein Wort, musterte eindringlich ihr Gesicht, und Nikki stockte der Atem. Sie schaute in Augen von tiefem, geheimnisvollem Blau, Augen, die in die geheimsten Winkel ihrer Seele zu blicken schienen. Ihre Handflächen wurden feucht, und einen Atemzug lang fragte sie sich, ob Trent sie jetzt küssen würde. *Reiß dich zusammen, Nikki!*

„Ich will dich einfach von hier fortschaffen, bevor dir wieder was passiert."

„Du bist also abergläubisch."

„Ich kann dir nicht folgen."

„Weil der *Unfall* sich hier zugetragen hat, willst du abreisen. Das ist ziemlich unsinnig. Es sei denn, du glaubst, ich wäre nur hier auf Salvaje anfällig für Unfälle. Oder du weißt mehr, als du zugibst."

„Zum Beispiel?" Er runzelte die Stirn und schloss die Zimmertür hinter ihnen ab.

„Ich habe Albträume, Trent, und ich durchlebe den Sturz vom Felsen immer wieder, aber nicht so, dass ich einen falschen Schritt mache und durch eigene Schuld abstürze", meinte sie. Jetzt hatte sie seine ungeteilte Aufmerksamkeit. Sein Kopf zuckte hoch, seine Nackenmuskeln verspannten sich. „Ich weiß, dass jemand mich gejagt und vom Felsen gestoßen hat." Es war plötzlich so stickig im Zimmer, dass sie kaum noch Luft bekam. Trent kniff die Augen zusammen, rührte sich allerdings nicht.

„Wer?“

„Ich … Ich habe keinen Ahnung. Ich erinnere mich nicht. Aber es ist so wirklichkeitsgetreu, es muss wahr sein.“

„Du denkst, ich hätte dich gestoßen“, sagte er mit ausdrucksloser Stimme. Seine Nasenflügel bebten leicht.

Ihr Puls dröhnte in ihren Ohren. „Ich weiß nicht, was ich glauben soll. Doch ich weiß, dass du nicht völlig aufrichtig zu mir bist.“

„Herrgott“, stieß er tief seufzend hervor. Er rieb sich den Nacken und schüttelte den Kopf. Als er Nikki wieder ansah, war sein Blick streng. „Dein Traum entspricht teils der Wirklichkeit, teils nicht. Es stimmt, dass ich deinen Sturz vom Felsen nicht gesehen habe. Ich war bereits in der Missionsstation und habe auf dich gewartet. Aber wir sind nicht verfolgt worden.“

„Bist du sicher?“

Er antwortete nicht. „Warum hätte dich jemand stoßen sollen, Nikki?“

„Ich habe keinen Schimmer.“ Sie schüttelte den Kopf, versuchte, sich zu erinnern.

„Ach, Nikki.“ Er fluchte leise und stützte sich zu beiden Seiten ihres Körpers auf der Kommode auf. Er beugte sich vor, bis seine Nasenspitze fast ihre berührte. „Mir ist klar, dass dir die Vorstellung nicht gefällt, doch du musst mir vertrauen. Ich bringe dich nach Hause. Ich sorge dafür, dass du in Sicherheit bist.“

„Wirst du ehrlich zu mir sein?“

Er zögerte, jedoch nur kurz, dann zog er einen Mundwinkel zu einem spöttischen Lächeln hoch. „Natürlich, Schatz“, meinte er gedehnt, und Nikki wusste sofort, dass dieser Mann ein Lügner war, ein Mann, der alles sagen oder tun würde, um seine Ziele zu erreichen.

Trotz alledem, trotz ihres Bauchgefühls, das ihr riet, ihm nicht zu trauen, gab es auch einen Teil von ihr, der sich an ihn lehnen, sich auf ihn verlassen, ihm ihr Leben anvertrauen wollte. Wenn sie sich doch nur bei ihm sicher fühlen könnte! Er roch so angenehm und männlich und … Sie biss sich auf die Lippe, da Trent mit einem Finger ihr Kinn anhob und flüsterte: „Vertrau mir, Nikki. Bald sind wir zu Hause, und du kannst zu deinem Arzt. Du erlangst dein Gedächtnis zurück. Alles wird gut.“

Vertrau mir. Es versetzte ihr einen Stich ins Herz. Sie wollte ihm ja vertrauen. Mehr als alles auf der Welt wollte sie glauben, dass er ihr die Wahrheit sagte, dass sie verheiratet waren, dass auf Salvaje oder sonst irgendwo niemand ihr etwas antun wollte.

Dann küsste er sie. Langsam und mit Bedacht, die Hände an ihren Wangen, eng an ihren Körper geschmiegt. Seine Lippen waren warm und voller Überzeugungskraft, seine Zunge drängte sanft gegen ihren Mund. Nikki wusste, dass sie ihn aufhalten sollte, dass sie eine Katastrophe heraufbeschwor, wenn sie sich von ihm küssen ließ, und trotzdem schloss sie die Augen und öffnete bereitwillig die Lippen. Er strich mit beiden Händen zart an ihrem Gesicht herab, über ihre Schultern und bis zu ihrem Po. Sein nackter Brustkorb presste sich an ihr T-Shirt, und Nikki verlor sich in Trents Duft und der Nähe seines Körpers.

Stöhnend zog Trent sie fester an sich, drängte ihre Hüften gegen seine, damit sie den Beweis seines Verlangens auch spürte. Er vertiefte den Kuss, und das Blut rauschte leidenschaftlich durch ihre Adern.

So plötzlich, wie er sie an sich gerissen hatte, ließ er sie wieder los, fluchte und stemmte die Hände in die Hüften. Er schloss die Augen. „Verdammt noch mal. Oh, verdammt!“ Er glitt sich mit den Fingern durchs Haar. „Ich muss hier raus ... *Wir beide* müssen hier raus.“

Sie war völlig seiner Meinung. In dem kleinen Zimmer eingepfercht zu sein, zu zweit, das war ein Spiel mit dem Feuer.

„Komm“, sagte Trent und schlüpfte in ein verwaschenes Jeanshemd. „Lass uns frühstücken, und dann schauen wir uns Santa María an. Machen eine Besichtigungstour. Irgendwas. Moment.“ Er trat auf sie zu, das Hemd offen, und untersuchte ihre Verletzungen. Mit dem Daumen berührte er sanft den Kratzer auf ihrer Wange. „Aber wir dürfen nicht lange draußen bleiben. Der Arzt meint, du darfst nicht zu viel Sonne ...“

„Ich weiß. Ich nehme einen Hut mit“, erwiderte sie. Sie war wütend – ob nun auf ihn oder sich selbst, konnte sie nicht sagen.

„Ich will nicht, dass auf diesem schönen Gesicht Narben zurückbleiben.“

„Ich pass schon auf.“ Plötzlich erfasste sie ein Hochgefühl bei dem Gedanken, den Gefängnismauern des Hotels zu entfliehen: Das war ihre Chance, sofern sie mal allein war, den Film entwickeln zu lassen, der in der Kamera gesteckt hatte.

Gewissensbisse plagten sie, sie schob sie allerdings rasch beiseite. Sie hatte das Recht, alles über ihren „Mann“ zu erfahren, selbst wenn sie die Wahrheit hinter seinem Rücken auskundschaftete.

Trent streifte sich Shorts und ein T-Shirt über, setzte eine Pilotenbrille auf und ging nach draußen. Die Zufahrt vor dem Hotel wimmelte von Taxis und anderen Autos. Trent nahm Nikkis Hand und führte sie am Taxistand vorbei zu einer Bank im Schatten, auf der der Kutscher eines Pferdewagens saß und döste.

Beim Geräusch der sich nähernden Schritte schnaubte das Pferd – ein großer rotbrauner Wallach –, und der Kutscher öffnete seine Augen. „Ah, *señor*“, sagte er und schob seinen breitkrempigen Hut in den Nacken. „Eine Kutschfahrt für die Dame?“

„*Sí.*“ Trent holte einen Geldschein aus seiner Brieftasche und orderte eine Fahrt in die Innenstadt.

„Um das schöne Santa María anzuschauen? Heißt genauso wie das Schiff von Columbus, hm?“

„Genau“, meinte Nikki lächelnd. Es war ein gutes Gefühl, draußen im Sonnenschein zu sein, zu sehen, wie die Schatten der sich wiegenden Palmwedel am Boden spielten, mit jemand anderem als Trent zu reden, sich trotz des Gedächtnisverlusts jung und unbeschwert zu fühlen.

Trent half ihr auf den Ledersitz, und der Kutscher stieg auf seinen Bock und ließ die Peitsche über dem Kopf des Wallachs knallen. Die Kutsche setzte sich ächzend in Bewegung und holperte leicht auf dem abgenutzten Kopfsteinpflaster der unebenen Straße.

Dank des Huts, der ihr Gesicht überschattete, und der Sonnenbrille, die ihre Augen verbarg, kam Nikki sich beinahe normal vor. Als sie so neben Trent saß, sein Bein an ihrem spürte, seinen Duft nach Seife und Leder roch, hätte sie sich fast wie eine Braut auf Hochzeitsreise fühlen können. Fast.

Trent legte einen Arm hinter ihren Schultern auf die Sitzlehne, zog Nikki jedoch nicht an sich und trommelte ungeduldig mit den Fingern auf dem Polster, an dem ihr Kopf ruhte. Sein Blick hinter der Pilotenbrille war unruhig, wanderte unablässig umher. Sein Kinn war kantig, er presste die Lippen aufeinander und schien sich keine Minute entspannen zu können.

Es war, als würde er nach etwas Ausschau halten. Oder nach jemandem. Als rechnete er mit Gefahr. Er presste die Lippen zusammen, und seine Finger hörten nicht auf zu trommeln.

Nikki wollte sich nicht von seiner Stimmung anstecken lassen. Es war ewig lange her, dass sie unter Leuten gewesen war, und ihr war nicht bewusst gewesen, wie sehr sie sozialen Kontakt brauchte. Froh beobachtete sie Straßenverkäufer, die ihre Waren von beschirmten Schubkarren an den Straßenecken verhökerten. Fahrrad- und Motorradfahrer konkurrierten mit den wenigen Autos und uralten Lieferwagen, die die Straßen verstopften. Doch das alte Pferd stapfte voran, ohne sich vom Lärm und Gewimmel der Stadt beeindrucken zu lassen.

Über ihnen hingen Blumenkörbe voll flammender Farbenfülle von Laternenmasten. Tief violette Blüten und leuchtend pinkfarbene Knospen an langen Ranken flatterten im Wind und verströmten ihren Duft in die bereits mit dem Geruch von Salzwasser, Fisch und Seetang geschwängerte Luft.

Es war ein herrlicher Tag. Die Sonne brannte mit tropischer Glut, doch die Brotfruchtbäume und Palmen boten ein wenig Schatten. Als die Kutsche langsam hügelabwärts rollte, erhaschte Nikki gelegentlich einen Blick aufs Meer, azurblau und glitzernd. Schoner und Fischerboote glitten über die Bucht, und im Norden erhoben sich zerklüftete Felsen, eigenständige kleine Inseln, wie die knochigen Rücken unter Wasser verborgener uralter Seemonster.

Nikki schauderte unwillkürlich, und ihre gute Laune verflog im Wind. Sie blickte hinauf zu den Felsen über der Stadt und entdeckte den verfallenden Glockenturm der alten Missionsstation, kaum zu erkennen im dichten Baumbestand der Berge. Warum war sie den steilen Pfad hinaufgehastet, und wer hatte sie vom Felsen gestoßen? Denn trotz Trents gegenteiliger Behauptungen hatte jemand sie absichtlich gestoßen, um sie umzubringen.

Der Kutscher zügelte sein Pferd, und als Trent ihm das Trinkgeld gab, sprang Nikki, heraus, ohne den verletzten Fuß zu belasten. Kurz beschlich sie das Gefühl, beobachtet zu werden, und sie drehte sich rasch um und musterte das Touristengedränge auf der Straße. Fast rechnete sie schon damit, dem bösartigen Blick eines Fremden zu begegnen. Doch keiner der Touristen und Einheimischen, die durch einen Innenhof umringt von Läden und Cafés in der Nähe des Parks schlenderten, schenkte ihr auch nur eine Spur von Aufmerksamkeit. Die meisten gingen langsam, einige hatten einen Platz auf den verschnörkelten schmiedeeisernen Bänken gefunden und aßen, lasen oder rauchten, wieder andere fütterten die Vogelscharen, die sich im Schatten mehrerer Grapefruitbäume eingefunden hatten.

Werd mal nicht albern, schalt Nikki sich – Trent hatte sie anscheinend mit seiner Anspannung angesteckt, doch sie fand nicht zurück in die beschwingte Stimmung wie kurz zuvor.

Der Wind trug die Musik einer Steeldrum-Band herüber, als Trent auf der sandigen Uferpromenade voranging. Leute spazierten an den Docks entlang, blieben stehen, um an Buden und Karren zu feilschen, und schnatterten in verschiedenen Sprachen.

In einem kleinen Café bestellte Trent ein Frühstück aus frischem Obst, in der Pfanne gebratenem Brot und Jakobsmuscheln. Sie tranken frisch gepressten Orangensaft und starken Kaffee und blickten auf das in der Sonne glitzernde Meer hinaus.

„Du hast mir nichts von den Frauen in deinem Leben erzählt“, sagte Nikki, nachdem sie ihren Kaffee ausgetrunken hatte.

„Du hast mich nicht danach gefragt."

Sie stellte die Ellenbogen auf den Tisch, stützte das Kinn in die Hände und sagte: „Ich frage ich jetzt."

Trent grinste. Sein herausfordernder Blick ließ einen ganzen Schwarm Schmetterlinge in Nikkis Bauch aufflattern. „In allen grausigen Einzelheiten?"

„In allen", erwiderte sie, obwohl sie von einem Anflug von Eifersucht überrascht wurde. Die Vorstellung von Trent mit einer anderen Frau gefiel ihr nicht.

Er trank einen großen Schluck und blickte stirnrunzelnd auf den Kaffeesatz in der Tasse. „Da gibt es eigentlich nicht viel zu berichten. In Toledo hatte ich in der Highschool eine Freundin, die hat dann einen anderen geheiratet – einen, der mehr Geld hatte. Der Dad des Jungen hatte eines der größten Stahlwerke im Mittleren Westen. Ich zog von einem College zum anderen, schlug nirgends Wurzeln und habe auch nicht viele gebrochene Herzen hinterlassen."

„Du warst vorher nie verheiratet?"

Er schüttelte den Kopf.

„Auch nie kurz davor?"

„Nicht so kurz davor wie du", antwortete er, neigte den Kopf zur Seite und musterte Nikki. „Du erinnerst dich immer noch nicht an Dave?"

Sie dachte zurück, versuchte, Erinnerungen heraufzubeschwören, irgendeine Verbindung zu dem Mann, den sie beinahe geheiratet hätte. Er war sportlich und gut aussehend – so viel wusste sie von dem Schnappschuss, den sie in ihrer Brieftasche gefunden hatte. Doch er hatte etwas an sich, einen Charakterzug, der ihr jetzt erst wieder einfiel. „Nicht so richtig, aber ich habe das Gefühl, dass er sehr dominant war."

Trent zuckte die Achseln, doch Nikki kam in Fahrt. „Genau. Immer diese Andeutungen, die eigentlich Forderungen waren: Ich sollte mich anders kleiden, mondäner auftreten, mir einen Beruf suchen, der seiner Meinung nach besser zu einer Frau passt …" Sie spürte, wie alte Gefühle sich plötzlich wieder Bahn brachen. „Er … Er hat mich einmal eingeladen, in ein Konzert oder in die Oper oder so, und dafür hatte er mir ein Kleid gekauft, weil mein Stil ihm nicht gefiel." Aufgeregt hatte sie damals die Schachtel geöffnet, bis sie das schwarze Etuikleid sah – durchsichtige Ärmel und so kurz, dass sie darin nicht ohne Peinlichkeiten hätte sitzen können.

„Steht dir bestimmt toll", hatte Dave beteuert, und um ihm einen Gefallen zu tun, hatte sie das Kleid angezogen und sich sogar von ihm überreden lassen, das zu einem französischen Zopf geflochtene Haar aufzustecken. Den ganzen Abend lang hatte sie sich unwohl gefühlt. Dave hatte sie seinen Freunden vorgestellt, sie vorgeführt wie eine seiner neuen Errungenschaften, genauso wie seinen neuen Sportwagen oder die goldene Armbanduhr. Sie hatte ihm zwar etwas bedeutet, doch Nikki wusste immer, dass seine Liebe oberflächlich war. Er hätte sie keines Blickes gewürdigt, wenn sie hässlich gewesen wäre. Zynisch verzog sie den Mund und fragte sich, wie er wohl jetzt auf ihr lädiertes Gesicht reagieren würde.

„Ja, ich erinnere mich an Dave", sagte sie. „In mancher Hinsicht war er wie du."

Trent schnaubte abfällig.

„Du weißt schon – fordernd, arrogant, penetrant", zog sie ihn auf. Sie konnte nicht widerstehen.

Er nahm ihr Handgelenk. „Vorsichtig, Lady", warnte er sie, „oder du merkst gleich, *wie* penetrant ich sein kann." Sein Griff hatte nichts Aggressives, seine Finger waren warm, und sein Lächeln war verführerisch.

Sie schlenderten durch die kleine Stadt, und Nikki hielt unentwegt Ausschau nach einem Fotogeschäft. Als sie bei Schaufensterbummel anhielten, um ein paar Schmuckstücke aus Silber und Gold, Achat und Muscheln zu bewundern, dachte sie ständig an die Filmrolle in ihrer Handtasche.

Sie passierten mit Blumen, frischem Obst, handgefertigtem Schmuck, Pullovern und Drachen beladene Karren. In den Hafenanlagen saßen Fischer und rauchten, während sie ihre Netze flickten oder ihren Fang verkauften. Jenseits der Uferpromenade erstreckte sich halbmondförmig weißer Strand entlang der Bucht. Sonnenanbeter lagen auf Strandlaken, ließen sich bräunen und tranken aus hohen Gläsern. Kinder planschten in Ufernähe, Schnorchler wateten tiefer hinein in die glitzernde Gischt.

Ein Inselparadies, dachte Nikki. *Der ideale Ort für eine Hochzeitsreise.* Fast glaubte sie, dass es wahr war. Doch ein Blick auf Trent, und ihre romantischen Fantasien stürzten in sich zusammen. Sie hatte keinerlei Erinnerung an ihn. Wenn sie in sein schönes, markantes Gesicht blickte, kam ihr kein Bild vom Zusammensein mit ihm in den Sinn. Allmählich erhaschte sie flüchtige Blicke auf kleine, verschwommene Erinnerungsfetzen, doch Trent war in keiner der winzigen Skizzen ihrer Vergangenheit aufgetaucht. Warum nicht?

Weil er ein völlig Fremder ist, darum!

Der Gedanke traf sie wie ein Schlag. Sie hatte machte sich etwas vor! Das musste aufhören.

Die noch nicht entwickelten Fotos würden vielleicht nicht den Beweis erbringen, dass er nicht ihr Mann war. Dennoch war sie sicher, dass er es nicht sein konnte…

Am frühen Nachmittag wurde Nikki langsam müde. Sie machten Rast in einem Freiluftcafé am nördlichen Ende der Strandpromenade. Trent bestellte gerade Getränke, als Nikki ein Schild entdeckte, ein bemaltes Brett an einem kleinen verputzten Haus weniger als einen Straßenzug entfernt, das Josés Fotogeschäft beherbergte.

Sie zögerte, sagte sich dann aber, dass es vielleicht keine bessere Gelegenheit als diese mehr geben würde. Der Kellner stellte ein schäumendes Bier vor Trent und eine eisgekühlte Limonade vor Nikki auf den Tisch. Sie sprachen nicht viel, tranken nur langsam aus ihren Gläsern, beobachteten die Touristen, jung und alt, auf der Straße. Nikki glaubte fast, das Filmdöschen würde sich in ihren Schenkel brennen. Die Minuten verstrichen, während sie auf einen Vorwand wartete, um Trent allein zu lassen.

Eine lärmende Frau mit einem Strohhut, die einen schlanken

Jungen jagte, erregte ihre Aufmerksamkeit, bevor sie in der Menschenmenge auf der Straße untertauchte. Sekunden vergingen. Trent hatte sein Bier fast ausgetrunken.

Nikki ließ sich Zeit, schlürfte ihre Limonade ganz gemächlich und hoffte auf einen Grund, den Tisch zu verlassen. Sie sah einen Schwarzen ohne einen Zahn im Mund, der in einem Hauseingang auf der anderen Straßenseite Gitarre spielte. Zu seinen Füßen lag ein magerer alter Hund, sonnte sich und hob den Kopf nur manchmal, um eine Witterung aufzunehmen und sich dann mit leisem Knurren wieder abzulegen.

Nikki spürte Trents Blick auf sich und nahm noch einen Schluck. Doch ihre Kehle war wie zugeschnürt, das Trinken bereitete ihr Schwierigkeiten. An einem Tisch in der Nähe saß ein einzelner Mann vor seinem Bier, und obwohl er ihr den Rücken zukehrte, glaubte Nikki, ihn schon einmal gesehen zu haben … im Foyer des Hotels oder … Als hätte er gemerkt, dass sie ihn beobachtete, zahlte der Mann und ging, ohne sich noch einmal umzusehen.

Das ist nur Einbildung, sagte sie sich und wandte sich wieder dem Gitarrenspieler zu, der jetzt die sanfte Calypso-Melodie eines ihr unbekannten Songs spielte. Nikki betrachtete die Menschenmenge und bemerkte einen großen, schlanken Einheimischen in Weiß. Statt eines Gürtels trug er eine rote Schärpe, und auf seiner Schulter saß ein grüner Papagei.

Der Hund hob den Kopf, schnupperte, und als er den Vogel entdeckte, sprang er auf und bellte laut. Der Papagei schlug mit den Flügeln, krächzte und versuchte zu entkommen.

Nikki zuckte zusammen und stieß dabei ihr Glas und Trents Bier um. Alles wurde nass, Eiswürfel schlitterten über den Tisch, Bier mischte sich schäumend mit Limonade und tropfte vom Tischrand auf Nikkis Schoß.

„Was zum Teufel …?“, fuhr Trent auf und blickte von Nikki zu dem Hund, der jetzt von dem zahnlosen Mann ins Haus gezerrt wurde, und dem Papagei, der angeleint war und nicht wegfliegen konnte.

„Oh Gott, es tut mir leid“, entschuldigte sie sich und fing ihr Glas auf, bevor es vom Tisch rollen konnte. „Was für eine Schweinerei!“

Trent zuckte kaum mit der Wimper, rief nur nach einem vorbeigehenden Kellner, während Nikki mit einer Serviette den Tisch abtupfte. Ihre Shorts waren nass, ihre Bluse hatte Spritzer von Bier und Limonade abbekommen, und es tropfte immer noch durch die Ritzen im Tisch auf den Terrassenboden.

„*Señora, por favor …*“ Ein Kellner, Wischlappen in der Hand, eilte zu ihrer Rettung, und in all der Verwirrung zupfte Nikki an Trents Ärmel. „Ich versuche eben, das hier im Waschraum auszuspülen“, sagte sie und deutete auf ihre Kleidung. „Damit es keine Flecken gibt.“

„Lass uns einfach zurück ins Hotel gehen.“

„Nein!“ Sie umklammerte seinen Arm. „Wir haben uns so gut amüsiert, lass es uns jetzt nicht verderben. Bestell noch etwas zu trinken, und ich versuche, nicht so tollpatschig zu sein.“ Ohne seinen Protest abzuwarten, lief sie ins Gebäude und schaute sich ostentativ nach einem Waschraum um.

Sie nahm sich die Zeit, aus dem Fenster zu sehen, und sah, dass Trent mit dem Kellner sprach. Gut. So rasch wie möglich und ohne Aufsehen zu erregen huschte sie aus einer Seitentür und hastete auf der schattigen Seite der Straße zu Josés Laden. Ihr Knöchel begann zu pochen, doch sie lief weiter. Ein Glöckchen klingelte, als sie den Laden betrat. An der Kasse stand ein junges dunkelhäutiges Mädchen und bediente einen Kunden, einen Mann mit silbrigem Haar und einem Gehstock.

Nikki wartete ungeduldig, sie hätte den älteren Mann am liebsten zur Seite gedrängt. Als er seine Einkäufe bezahlt hatte, drehte er sich um und begegnete Nikkis Blick. Im ersten Moment glaubte sie, sie würde ihn kennen. Ihr wurde eiskalt, als sie in diese völlig ausdruckslosen Augen sah. Ihr Herz drohte stillzustehen. Der alte Mann lächelte gezwungen, ein unechtes, aber betont freundliches Lächeln. Das Kälte, die sie gepackt hatte, verschwand wieder. „Entschuldigen Sie, Miss“, sagte der Mann in perfektem Englisch. Er tippte sich an den Strohhut und ging langsam zur Tür hinaus.

Sie schaute ihm hinterher, hatte aber keine Zeit zu überlegen, wer er war – wahrscheinlich irgendein alter Kerl, den ihr lädiertes Gesicht geschockt hatte. Sie holte die Filmrolle aus der Tasche und legte sie neben die Kasse. Mit Hilfe des Wörterbuchs bat sie das Mädchen in stockendem Spanisch, den Film *pronto* zu entwickeln. Vor Nervosität blickte sie immer wieder auf die Uhr, während die hübsche Verkäuferin sich zum Ausfüllen des Auftragsscheins alle Zeit der Welt ließ. Nikkis Handflächen wurden feucht, doch irgendwann erklärte die junge Frau endlich, dass die Fotos in zwei Tagen abholbereit sein würden. Nikki bedankte sich hastig und eilte aus dem Laden.

Außer Atem schlüpfte sie wieder durch die Seitentür ins Café und dann in den Waschraum, wo sie Bluse und Shorts am Körper mit Wasser behandelte und den Stoff anschließend auswrang, so gut es ging. Sie sah reichlich derangiert aus, konnte sich aber darüber jetzt keine Gedanken machen. Sie zwang sich, ein paarmal tief Luft zu holen, und ging dann zurück zu ihrem Tisch, wo Trent sie bei einer frischen Flasche Bier erwartete.

Er warf einen Blick auf ihre nassen Sachen. „Alles okay?“

„Mhm.“ Ein frisches Glas Limonade erwartete sie auf dem sauber gewischten Tisch. Nikki nahm einen tiefen Zug und hoffte, dass sie ruhig wirkte, dass man ihr den Schmerz im Knöchel nicht anmerkte und ihr nicht ansah, dass sie gerannt war.

„Hat ja auch lange genug gedauert.“

„Es herrschte Hochbetrieb.“ Sie lächelte liebreizend, fischte eine Erdnuss aus dem Schälchen auf dem Tisch und schob sie sich in den Mund. „Anscheinend hatten sich noch mehr Frauen bekleckert.“

Er zog eine Braue hoch bis über den Rahmen seiner Sonnenbrille, schwieg jedoch. Nikki hätte sich unter seinem intensiven Blick beinahe gewunden, brachte aber ein Lächeln zustande und hob ihr Glas an die Lippen. Als sie spürte, wie ein Schweißtropfen von ihrer Schläfe rann, schickte sie ein stummes Stoßgebet zum Himmel und hoffte, dass Trent nicht merkte, wie nervös sie war.

„Prost", sagte sie und stieß mit ihrem Glas an den Hals seiner Bierflasche. „Auf die Flitterwochen."

Es zuckte in seinem Gesicht. „Prost", brummte er. Statt Nikki anzusehen, schweifte sein Blick über das Meer von Menschen, die an den beschirmten Tischen auf dem Vorplatz vorbeiflanierten.

Innerlich seufzte Nikki erleichtert auf. Die Limonade war herb und kühl, und nachdem ihre Mission nun ausgeführt war, konnte sie sich entspannen. Sie tranken aus, und trotz Nikkis Protest bestand Trent darauf, ins Hotel zurückzukehren.

Sie wollte nicht, doch er blieb hartnäckig und brachte sie zurück zur Kutsche. Nikki beschloss, jetzt lieber keinen Streit vom Zaun zu brechen. Außerdem brannte die Sonne erbarmungslos, und vom Kopfsteinpflaster stiegen Hitzewellen auf. Nur die vom Meer landeinwärts ziehende Brise brachte ein bisschen Erleichterung. Nikkis Gesicht begann wieder zu schmerzen, und ihr Knöchel pochte.

Trent half ihr in die Kutsche.

Zwei Tage, dachte sie, als das Pferd gemächlich den Hügel hinauftrottete. Nur noch zwei Tage. Dann konnte sie die Fotos abholen. Vielleicht erhielt sie dann endlich die eine oder andere Lösung der Rätsel, die Trent McKenzie ihr bisher aufgegeben hatte.

Und was würde sie tun, wenn sie auf den Fotos keine Spur von ihrem „Mann" entdeckte? Schlimmer noch, was würde sie tun, wenn er auf den Fotos abgelichtet *war*, ihre Hand hielt, sie küsste, sein sexy Lächeln der Kamera präsentierte?

Ihr wurde flau im Magen. Was, wenn sie herausfand, dass sie tatsächlich mit diesem Fremden verheiratet war?

6. KAPITEL

Ich möchte noch einmal zur Missionsstation", sagte Nikki ruhig, während sie die Karten mischte, mit denen sie seit fast einer Stunde spielte. Langsam, aber sicher verlor sie den Verstand auf so engem Raum mit diesem Mann. Seit ihrer Rückkehr von der Kutschfahrt hatte sie vorgetäuscht, Solitaire zu spielen, und Trent verstohlen unter gesenkten Wimpern hervor gemustert, um ihn für immer in Erinnerung zu behalten, während sie im Herzen doch wusste, dass man einen Mann wie Trent McKenzie niemals vergessen würde.

„Das ist nicht dein Ernst." Trent lag ausgestreckt auf dem Bett, verfolgte mit halbem Ohr irgendeine spanische Sendung im Fernseher und blätterte gleichzeitig in einer Sportzeitschrift, deren einziges Thema anscheinend Football war. Er war unruhig, so unruhig wie sie selbst, seit sie ins Hotel zurückgekommen waren. Die Spannung zwischen ihnen hatte sich drohend zusammengeballt wie Wolken am Tropenhimmel.

„Doch, Trent. Ich finde, ich sollte dort noch einmal hingehen."

„Hast du den Verstand verloren?" Er warf die Zeitschrift zur Seite.

„Welchen Verstand?", witzelte sie, doch der Scherz kam nicht an, und Trent fuhr sich mit gespreizten Fingern durchs Haar.

Sie wusste, dass die Missionsstation ein gefährliches Thema war, doch sie war fest entschlossen, noch einmal den Weg dort hinaufzugehen. Bevor sie die Insel verließen. Solange sie noch die Möglichkeit hatte.

Sie saß am Tisch neben den Fenstertüren und schaute über die Schulter zu Trent, der seinen langen Körper so unverschämt auf der zerwühlten Bettdecke ausstreckte. Bewusst versuchte sie, den Blick auf seine Beine und das Brusthaar auf der sonnenbraunen Haut im V-Ausschnitt seines Hemds zu vermeiden. Sie bemühte sich sogar, die Angst und Sorge auszublenden, die ihm den Blick verdunkelte.

Sie mischte ihre Karten, statt daran zu denken, wie heiß die Atmosphäre im Zimmer geworden war. Sie hatte ihn ertappt, wie er sie ansah, mit Blicken, die sich bis in ihre Seele einbrennen wollten. Sie drehte eine Karte um. Karo Bube. „Ich glaube, wenn ich noch einmal hinaufgehe, zum ‚Tatort' sozusagen, könnte ich mich vielleicht an irgendetwas erinnern. An etwas Wichtiges."

„Bis hinauf zur Missionsstation führt keine Straße. Du müsstest zu Fuß gehen, und dein Knöchel ..."

„Wir könnten doch fahren." Sie drehte eine weitere Karte um. Herz Dame.

„Fahren? Wie denn?"

„Mit Motorrädern."

„Zu holprig."

Sie deckte noch ein paar Karten auf. „Dann reiten wir eben. Irgendwie muss man doch auf diesen Berg."

„Ich glaube nicht, dass du schon in der Lage bist zu reiten."

„Was du glaubst, tut nichts zur Sache."

„Ach nee!" Er sprang vom Bett auf und durchquerte das Zimmer. Mit einer flinken Bewegung schob er Nikkis Karten beiseite, stützte sich mit den Handflächen auf den Tisch und hielt sein Gesicht ganz dicht vor ihres. „Du bist meine Frau, verdammt noch mal. Ich trage die Verantwortung für dich. Ich lasse nicht zu, dass dir noch einmal etwas zustößt, und ..."

„Ich bin ein selbstständiger Mensch!", schoss sie zurück und funkelte ihn Nase an Nase böse an. Zwischen ihnen schien es elektrisch zu knistern, und Nikki sah graue Schlieren in seinen blauen Augen. „Ob du nun mein Mann bist oder nicht, ich bin erwachsen. Fähig, eigene Entscheidungen zu treffen." Herrgott, diese Auseinandersetzung kannte sie von früher. Mit ... mit jemand anderem ... Mit ihrem Vater! Sie hatten gestritten – über Vertrauen und Verantwortung – und das Gesicht ihres Vaters war rot gewesen, die Lippen schmal vor Zorn über seine widerspenstige Tochter.

„Du kannst keine Entscheidungen treffen, solange du nicht gesund bist!"

Seine Worte holten sie ruckartig zurück in die Gegenwart, und all der alte Zorn mischte sich mit neuer Wut. „Und wer entscheidet das?“, wollte sie wissen und schob aufmüpfig das Kinn vor. „Du oder der liebe Gott?“

Seine Augen sprühten Funken. „Du bist das unausstehlichste Wesen, das mir je über den Weg gelaufen ist!“

„Toller Grund zum Heiraten, wie?“

Geschmeidig wie ein Panther fasste er Nikki. Er zog sie in seine Arme, suchte ihre Lippen und küsste sie mit heißem Begehren und so wild, dass sie sich nicht losreißen konnte. Das Blut rauschte ihr ohnehin schon in den Ohren, und jetzt brachte sein heftiger Kuss ihr Herz zum Rasen.

Sie wandte ruckartig den Kopf von ihm ab. „Lass mich los“, presste sie hervor.

„Erst, wenn ich vernünftig mit dir reden kann!“

Er küsste sie noch einmal. Noch wilder dieses Mal. Nikki versuchte, sich zu befreien, denn sie wusste, dass es ein nicht wiedergutzumachender Fehler war, ihn zu küssen, sich auf ihn zu verlassen, sich ihm hinzugeben. Aber sein Mund trieb ein Zauberspiel mit ihren Lippen, und er wäre beinahe über den Tisch gestiegen, um ihr körperlich so nahe wie möglich zu sein.

Erregende Schauer durchliefen sie. Weißglühendes Verlangen drohte sie zu verzehren.

„Herrgott, du machst mich wahnsinnig“, sagte Trent, als er schließlich aufsah und Nikki in die Augen schaute. Sein Brustkorb hob und senkte sich, sein Atem ging schwer.

„Du *bist* wahnsinnig.“

„Nur in deiner Gegenwart, Schatz.“ Er nahm die Hände runter. Seine blauen Augen versprühten immer noch feurige Begierde. Unter Aufbietung seiner geballten Willenskraft löste er sich von ihr und ging auf Abstand. „Nur in deiner Gegenwart.“

Nikki rieb ihre geschwollenen Lippen und verbiss sich eine weitere scharfe Entgegnung. Es war nicht der richtige Zeitpunkt, um sich die Worte von ihrem Temperament diktieren zu lassen.

Wenn er sich despotisch geben wollte, bitte schön. Das würde sie aussitzen. So schwierig dürfte es nicht sein. Es war ausgeschlossen, dass er den ganzen morgigen Tag im Hotel verbringen würde, und wenn er ging, würde sie genau das tun, was sie wollte.

Er ließ sich zurück aufs Bett fallen, griff nach dem Telefonhörer und bestellte ein Abendessen beim Zimmerservice. Während er den Hörer mit einer Hand abdeckte, fragte er: „Was möchtest du essen?“

„Alles, was du für mich bestellst, mein Herr und Meister.“

„Hör auf damit.“

„Ich habe kein Recht, Entscheidungen zu treffen“, sagte sie zuckersüß, obwohl ihre Blicke ihn hätten töten können. „Schon vergessen?“

Trent biss die Zähne zusammen, dann bestellte er auf Spanisch für sie, legte auf und sagte: „Hoffentlich magst du Leber mit Kichererbsen in scharfer Chilisoße.“

„Mein Leibgericht“, antwortete sie lächelnd.

Trent brummte etwas über undankbare Frauen, trat auf die Veranda hinaus, schlug die Tür hinter sich zu und blickte in den dämmerigen Himmel.

Leber mit Kichererbsen! Innerlich noch immer schäumend vor Wut, begab sich Nikki ins Bad, schloss die Tür hinter sich und nahm ein warmes Wannenbad. Sie war nicht sicher, ob sie es noch eine Minute länger mit Trent allein aushalten könnte.

Eine Dreiviertelstunde später kehrte sie erfrischt und kampfbereit ins Zimmer zurück und fand Trent wartend am Tisch vor. Der Zimmerservice hatte das Essen serviert; die Platten waren noch mit ihren Hauben bedeckt. Neben Nikkis Teller stand ein Glas funkelnder Weißwein, während auf Trents Platz eine langhalsige Bierflasche schwitzte. Außerdem war der Tisch mit Brot, Butter und Nachtisch gedeckt.

„Wollte ohne dich nicht anfangen“, meinte Trent und stieß mit dem Fuß ihren Stuhl zurück, als sie im Bademantel über dem Pyjama den Tisch umrundete.

„Wie edel von dir.“

Er schnaubte abfällig, und sie setzte sich ihm gegenüber. Sie spürte seinen Blick ein bisschen zu lange auf sich ruhen, bevor er sich abwandte. „Dann lass uns essen. Wir wollen doch nicht, dass diese scharfe Chilisoße kalt wird." Mit großer Geste hob er die Glocke von seinem Teller, und Dampf stieg von seinem Menü aus Weißfisch, sautiertem Gemüse und Pasta in einer Knoblauch-Sahne-Soße auf. „Die Spezialität des Hauses."

Nikki wappnete sich und deckte ihren Teller auf, um festzustellen, dass Trent für sie das Gleiche bestellt hatte. „Alles andere war aus", erklärte er und öffnete seine Bierflasche.

„Klar."

„Morgen vielleicht." Er zog sie auf, und seine Augen glommen verführerisch.

„Nach dem Ausflug zur Missionsstation."

„Fang mir nicht damit an", warnte er sie und zog die Mundwinkel herab.

„Okay, okay!" Sie hob die Hände, die Handflächen nach außen. „Friede!"

„Ist das möglich?"

„Das weiß Gott allein", sagte sie lächelnd, bevor sie das Weinglas an die Lippen hob.

Sie gab sich alle Mühe, ihn während des Essens nicht gegen sich aufzubringen. Sie speisten in geselligem Schweigen, und das Essen war köstlich. Der Fisch war zart und blättrig, der beste, den sie seit langer, langer Zeit gegessen hatte.

Sie bemühte sich, Trent nicht anzustarren, versuchte sich in Small Talk, aber viel gab es über das Hotel, das Wetter und die Stadt Santa María nun mal nicht zu sagen.

Nikki hatte fast schon das Gefühl zu platzen, als er die Hauben von zwei kleinen Tellerchen hob. „Ach, ich kann nicht mehr", sagte sie und schüttelte den Kopf, als sie das Schälchen mit Cremepudding sah, das mit in Schnaps eingelegten Bananenstückchen bedeckt war und von Soße triefte.

„Komm schon. Das ist eine Spezialität der Insel." Trent schenkte sich und ihr eine Tasse Kaffee ein und gab einen Schuss

Sahne in ihre. Nikki sah zu, wie sich träge weiße Sahnewolken an die Oberfläche erhoben, und fragte sich, wie oft Trent ihr wohl früher schon Kaffee eingeschenkt hatte. Wie oft mochten sie allein zu zweit wie an diesem Tag an einem Tisch gesessen haben? Wie oft waren sie ins Bett gesunken und hatten sich bis zum Morgengrauen geliebt?

Plötzlich wurde ihre Kehle trocken, und sie trank einen großen Schluck Kaffee. Sie durfte nicht ständig in dieser Weise an Trent denken – musste verhindern, dass ihre Fantasie so mit ihr durchging. Über den Rand der Tasse hinweg sah sie Trent an, und ein erregendes Prickeln durchlief sie. Trent blickte sie so eindringlich an, mit solch heißblütigem Verlangen, dass sie sich abwenden musste.

Nervlich angespannt nahm sie den Nachtisch in Angriff, aß einen großen Teil der Süßspeise und schob dann, übersatt, das Schälchen von sich. „Das reicht. Mehr geht nicht."

„Bist du sicher? Es gibt noch Kaffee ..."

„Ausgeschlossen. Greif du nur zu." Sie gähnte und reckte sich und bemerkte, dass Trents Blick zu ihrem V-Ausschnitt wanderte.

„Nein. Ich, hm, ich gehe duschen."

Er stand auf und ging geradewegs zum Bad. Er schloss die Tür hinter sich ab und fragte sich, wie zum Teufel er die nächsten paar Tage überstehen sollte. Wusste sie nicht, dass sie ihn an seine Grenzen trieb? War es ihr egal? Oder hatte sie sich seit dem Unfall so sehr verändert? Er wollte sich ihr nicht aufdrängen, solange sie noch nicht bereit war, aber, verdammt noch mal, ihr so nahe zu sein, in einem Bett mit ihr zu schlafen, um Gottes willen, und dabei die Finger von ihr lassen zu müssen, das brachte ihn fast um den Verstand.

Du drehst durch, Mann.

Leise vor sich hin schimpfend schaltete er die Dusche ein. Er zog die Sachen aus und stellte sich unter den eiskalten Strahl, schloss die Augen und hoffte, dass das kalte Wasser seinen Puls beruhigen und die Erektion abstellen würde, die jedes Mal entstand, wenn er mit Nikki allein war.

Das Wasser traf seine Haut wie mit spitzen kalten Nadeln. Trent lehnte sich gegen die Fliesen und wartete, zwang jeden Gedanken an Nikki aus seinem Kopf. Er hatte andere Sorgen. Gleich morgen musste er mit *El Perro* reden und sich vergewissern, dass Nikki keine Faxen machte. Bei dem Gedanken an den abstoßenden kleinen Mann verzog Trent das Gesicht und wünschte, er müsste sich nicht mit Gestalten wie dem Hund abgeben.

Leider gehörte es zum Spiel dazu.

Nikki nutzte die Zeit, die sie allein im Zimmer verbrachte. Noch immer ärgerte sie, dass Trent glaubte, ihr Vorschriften machen zu können. Tja, wenn er sich da nur nicht getäuscht hatte. Auch wenn sie sich nicht an ihre Vergangenheit erinnerte, war sie doch keine Schwachsinnige, die nicht wusste, was gut für sie war! Mit halbem Ohr lauschte sie auf das Wasserrauschen, während sie seine Jacke und seine Hosentaschen durchsuchte und seine Brieftasche fand.

„Bingo“, flüsterte sie und öffnete die lederne Mappe mit zitternden Fingern und einem selbstzufriedenen Lächeln. Was sollte sie tun, wenn sich herausstellte, dass er nicht Trent McKenzie war, dass er mehrere falsche Namen hatte, dass er sie belog? Ihr Herz klopfte so laut, dass er es doch sicher durch die geschlossene Tür und über das Prasseln der Dusche hinweg hören musste. Mit klammen Fingern und angehaltenem Atem durchsuchte sie die Brieftasche.

Sein Führerschein bestätigte, dass er tatsächlich Trent McKenzie hieß und dass seine Adresse mit der auf dem Anmeldeformular des Hotels identisch war. Sein Foto schaute sie an, sein harter Blick forderte sie heraus, und sie kam sich vor wie eine Diebin. Sekundenlang erwog sie, die Brieftasche zurückzustecken, doch sie wusste, dass sie womöglich keine zweite Chance bekam, um mehr über Trent zu erfahren.

Sie sagte sich, dass es zum Enthüllungsjournalismus, ihrem Beruf, gehörte, seine Sachen zu durchsuchen. Und wenn er tatsächlich ihr Mann war, dürfte es ihn nicht stören. Hastig überprüfte sie die Karten, die in gesonderten Fächern steckten: Versicherung, American Express, MasterCard, Visa, Puget-Sound-Versicherung und die auf Trent McKenzie ausgestellte Karte einer Ölgesellschaft. Die Brieftasche enthielt keine Fotos, keinerlei Hinweise auf das Wesen des Mannes, doch er trug mehrere Hundert Dollar in bar und Reiseschecks im Wert von beinahe zweitausend Dollar bei sich. Sie wollte die Brieftasche schon wieder zuklappen, entdeckte dann aber noch ein verborgenes Fach. Ihr Herz setzte einen Schlag aus, als sie die Erlaubnis las, eine verborgene Waffe zu tragen.

Weil er Privatdetektiv war. Das alles hätte sie beruhigen müssen, doch Angst schnürte ihr den Magen zusammen, und sie biss sich auf die Lippe, während eiskalte Panik sie erfasste.

Die Dusche hörte auf zu rauschen, und mit unbeholfenen Bewegungen schob sie die Brieftasche hastig zurück in seine Jacke. Sie schlüpfte unter die Bettdecke, knipste das Licht aus, schmiegte den Kopf ins Kissen und stellte sich schlafend. Diese Vorstellung würde sich nicht auf unbegrenzte Zeit aufrechterhalten lassen, das wusste sie, doch solange sie nicht bereit war, die Konsequenzen des Beischlafs mit ihrem „Ehemann" zu tragen, ließ sie sich ohne Weiteres zu diesem Theater herab.

Am nächsten Morgen ließ Trent sie allein. Irgendwann nach Mitternacht schlief sie erschöpft ein, obwohl Trent seinen kräftigen Arm um ihre Taille gelegt hatte und sie seinen warmen, regelmäßigen Atem im Nacken spürte. Einmal war sie mitten in der Nacht aufgewacht und hatte festgestellt, dass er ihre Brust umfasste, als hätte er das Recht, sie zu berühren, wie es ihm passte.

Sie hatte sich seiner Hand entzogen, doch ein Gefühl der Leere und Enttäuschung blieb zurück und der Wunsch – oh Gott, der *brennende* Wunsch – zu wissen, wer sie war.

Er hatte eine Nachricht auf dem Nachttisch hinterlegt, dass er vor elf Uhr zurück sein würde und sie wieder beim Zimmerservice etwas zu essen bestellen sollte.

„Nie im Leben", sagte Nikki und schlug die Bettdecke zurück. Sie musste sich beeilen. Als sie sich angezogen und das Haar gebürstet hatte, wählte sie die Nummer der Auslandsauskunft und ließ sich mit dem Büro des *Seattle Oberservers* in den Vereinigten Staaten verbinden. Mit etwas Glück hatte Connie Frühschicht. Nikki drückte sich die Daumen. Minuten später meldete sich nach fünfmaligem Klingeln aus Tausenden Meilen Entfernung eine kecke Frauenstimme. „Connie Benson."

„Hältst du die Stellung?", fragte Nikki leise, obwohl Trent erst in ein paar Stunden zurück sein würde.

„Wer spricht da?"

„Nikki. Nikki Carrothers."

„Machst du Witze?", fragte Connie mit plötzlicher freundlicher Stimme. „Ich dachte, du steckst irgendwo in der Südsee."

„In der Karibik", berichtigte Nikki und bemühte sich um eine feste Stimme. Sie holte tief Atem. „In den Flitterwochen."

„In den *was*?", kreischte Connie. „Hey, wer spricht da? Soll das ein Witz sein, oder was?"

„Es ist kein Witz", sagte Nikki und erklärte die näheren Umstände, so gut sie konnte, doch ihre Amnesie gestand sie nicht ein. Für den Augenblick galt, je weniger Leute davon wussten, desto besser.

„Ich fasse es nicht! Du. Verheiratet." Connie lachte leise, und Nikki sah das Bild einer rotblonden, schlanken Frau mit Sommersprossen und lachenden goldenen Augen vor sich. „Na ja, wie sagt man so schön: Sag niemals nie."

„Was soll das heißen?"

„Weißt du, nach dem Fiasko mit David hast du den Männern doch endgültig abgeschworen. Also, wer ist der Glückspilz, und wie hast du ihn kennengelernt?"

„Du kennst ihn", sagte Nikki und kreuzte die Finger. Hier war ihre erste Chance, Trent einer Lüge zu überführen. „Er heißt Trent McKenzie und arbeitet für ..."

„Die Versicherung? Puget Sound Insurance?", sagte Connie atemlos. „Himmel, der ist umwerfend!"

„Dann erinnerst du dich an ihn?“

„Wie könnte man einen solchen Mann vergessen?“, sagte sie. „Und du hast ihn *geheiratet*?“

Wenn ich das wüsste.

„Das lass dir gesagt ein, falls ich jemals solch einen Mann einfange, dann engagiere ich einen von diesen Piloten und lass es über Seattle an den Himmel schreiben, und ich veranstalte die größte Hochzeit, die diese Stadt je erlebt hat, nur um mit ihm anzugeben! Hör mal, Nikki, warum hast du mir nichts davon gesagt?“

Darauf war Nikki vorbereitet. „Ich wollte alle überraschen.“

„Lieber Himmel, wie romantisch!“ Wieder folgte ein langer, neiderfüllter Seufzer. „Warte, bis ich das Peggy erzähle. Sie flippt aus. Sie wird glauben, du würdest deinen Job aufgeben, zu Hause bleiben und an die fünfzig Kinder großziehen.“

„Wohl kaum“, sagte Nikki, musste aber grinsen. Es war ein gutes Gefühl, mit jemandem zu reden, dem sie vertrauen konnte. „Du erinnerst dich also daran, dass du ihn mir vorgestellt hast?“

„Aber natürlich. Es ging um den Versicherungsanspruch vor ein paar Monaten. Den hat er überprüft. Kam ins Büro, um mich zu sprechen, und du warst auch da.“

So weit, so gut. Trents Geschichte wurde bestätigt, aber trotzdem war etwas falsch, ungereimt. „Was macht die Arbeit?“

„Die alte Leier“, sagte Connie. „Anscheinend gab es eine Art Schwindel unten im Hafen. Einer der Gewerkschaftsbosse hat Beiträge abgesahnt, und in Tacoma arbeitet ein Drogenring, aber diese Aufträge haben natürlich John und Max eingesackt. Ich darf über die Ankunft von Jana berichten, dieses großartige Model aus Europa, aber abgesehen davon ist alles beim Alten. Du weißt schon, Regionales, Nachrichten aus dem Stadtrat, nichts Weltbewegendes. Was deinen Freund Crowley angeht, er treibt immer noch sein Unwesen, doch anscheinend kann ihm kein Mensch etwas nachweisen. Wenn du mich fragst, hat Max in diesem Fall Mist gebaut.“

Ein kleiner Erinnerungsfetzen blitzte auf. „Crowley?“, fragte sie beiläufig, obwohl ihr Herz hämmerte. Mit dem Namen hatte es etwas auf sich, etwas Wichtiges.

„Ja. Weißt du, Peggy hat sich dafür eingesetzt, dass du darüber berichtest, aber es waren die hohen Tiere. Frank Pianzani, er schult Max für seinen Job, deshalb hat er es abgelehnt, dass eine Frau über den Senator berichtet. Manchmal glaube ich, die Frauenbewegung hat es nie durch die Türen des *Observers* geschafft. Klar, wir können darüber reden, so viel wir wollen, und darüber berichten – wir kriegen Gott weiß alle Informationen in die Zeitung –, aber praktizieren? Das wird nie geschehen. Nicht, solange Pianzani und seine Kumpel das Sagen haben.“

Nikki zwirbelte nervös das Telefonkabel. „Gut, erzähl mir von Crowley.“

„Der gute Senator hat sich in den vergangenen paar Wochen nichts zuschulden kommen lassen, und sein Gesicht hat keine Zeitung mehr geziert“, sagte Connie. „Ich war zu beschäftigt, um groß auf ihn zu achten. Ich muss all die heißen Nachrichten über das Schulessen bringen, weißt du? Jemand muss schließlich melden, ob Hot Dogs oder Jo-Jos aufgetischt werden.“ Sie lachte, und Nikki lächelte. „Weißt du, meine interessanteste Story seit deiner Abreise beschäftigt sich mit der Frage, ob das Schulessen zu viel Fett enthält.“

„Drecksarbeit, aber irgendwer muss sie ja machen.“

Connie lachte.

„Ich glaube, ich komme nach Hause und nehme mir die Crowley-Story noch einmal vor“, sagte Nikki in der Hoffnung, Connie würde sie über die Details informieren.

„Ich habe nichts anderes erwartet.“

„Wie genau hat denn alles aufgehört?“, drang Nikki weiter in sie und drehte die Telefonschnur in den Händen. „Ich war so mit Heiraten und so weiter beschäftigt, dass mir kaum Zeit geblieben ist, darüber nachzudenken.“

„Wie ich schon sagte, er hält den Ball flach. Falls er in dunkle Machenschaften verwickelt ist, verbirgt er es gut. Ich warte jedenfalls, bis du zurück bist. Übrigens, du hast doch nicht vergessen, dass wir nicht am Bürotelefon darüber sprechen sollten?"

„Oh." Die Sache war also so bedeutend, dass andere Leute von der Zeitung ihre Gespräche nicht mithören sollten? Was konnte das sein? Sosehr sie sich auch bemühte, sie konnte sich nicht erinnern.

„Weißt du, all das Gerede um den Senator hat ungefähr zu der Zeit eingesetzt, als du Trent kennengelernt hast."

„Ich ... Ich weiß", sagte Nikki, obwohl sie sich fühlte, wie von einem Vorschlaghammer getroffen. Bestand eine Verbindung zwischen Trent und Senator Crowley, und wenn ja, welche? *Was ging da vor?*

„Hör zu, wir reden, wenn du wieder zu Hause bist. Und wenn du willst, höre ich mich um."

„Das wäre toll."

„Wird also gemacht!"

Nikki stand mehr denn je vor einem Rätsel. Wer zum Teufel war Senator Crowley?

Sie unterhielten sich noch ein paar Minuten, und Nikki erklärte, dass sie in ein paar Tagen zu Hause sein würde. Ihr blieb nicht mehr viel Zeit bis zu Trents Rückkehr, sie war aber immer noch nicht willens, die Verbindung zu ihrer Freundin und ihrer Vergangenheit zu unterbrechen.

Sie legte trotzdem auf und seufzte. *Trent hatte also nicht gelogen.* Sie wusste nicht, ob sie lachen oder weinen sollte. Eines war jedenfalls sicher, sie konnte den Versuch nicht aufgeben, sich so gut wie möglich an ihr Leben vor dem Unfall zu erinnern, und ganz oben auf ihrer Liste standen Trent McKenzie und Senator Crowley.

Mit einem Blick auf die Uhr entschied sie, dass ihr noch Zeit genug für ein Gespräch mit ihrer Mutter blieb. Falls sie denn eine Verbindung bekam. Sie hatte wieder Glück, und ein paar Minuten später tönte die hohe Stimme ihrer Mutter an ihr Ohr. Eloise war offenbar aufrichtig erfreut, von ihr zu hören. Obwohl die Hintergrundgeräusche laut waren und ihre Mutter mehr als einmal die Sprechmuschel abdecken und einen ihrer halbwüchsigen Söhne anschreien musste, war sie anscheinend erleichtert, von ihrer jüngsten Tochter zu hören.

„Gott sei Dank, dass du dich endlich meldest", schimpfte sie milde. „Dein Vater hat angerufen. Er hat mir von deinem Unfall erzählt, wusste aber nicht, wo du untergekommen bist. Dann ließ er die Bombe platzen, dass du irgendeinen völlig Fremden geheiratet hast. Nikki, ich kann einfach nicht glauben, dass du etwas so Überstürztes tust. Tja, Janet, das ist eine andere Geschichte. Als sie Tim geheiratet hat, wusste ich, dass es ein Fehler war. Mich würde gar nicht wundern, wenn sie aus Reno oder so anrufen und mir mitteilen würde, dass sie wieder geheiratet hat. Aber du ... Na ja, du warst immer die Vernünftige. Du weißt ja, ich habe Dave schrecklich gern gemocht ..."

„Ja, ich weiß, Mom", sagte Nikki und fand die Täuschung abscheulich. „Aber es hat nicht geklappt."

„Und dieser Trevor, ist er ..."

„Trent, Mom. Trent McKenzie."

„Ich könnte schwören, dass dein Vater gesagt hat, er hieße Trevor. Dieser Mann, glaub mir ...", brummte sie, sprach den Rest ihres Gedankens aber nicht aus. „Hör zu, komm einfach so schnell du kannst nach L. A. Ich möchte den Mann gern kennenlernen, und Fred auch. Er betrachtet euch Mädchen als seine Töchter, das weißt du ja."

Freds Zuneigung galt, wie Nikki sich erinnerte, allem anderen eher als seinen Stieftöchtern. Und ihre Mutter wusste das. Weshalb sie ständig versuchte, ihnen allen etwas vorzugaukeln, war Nikki unbegreiflich. Fred Sampas hatte für keine von Eloises Töchtern je einen Blick erübrigt. „Zusätzliche Belastungen", hatte er sich einmal bei einem Freund beklagt, und Carole, Nikkis zweitälteste Schwester, hatte die Bemerkung gehört. „Grüß Fred von mir", sagte sie und unterdrückte den Sarkasmus in ihrer Stimme.

„Mach ich, Schatz, aber jetzt erzählst du mir erst einmal alles über deinen Unfall. Dein Vater blieb sehr vage, aber er sagte, du bist wohlauf. Er hat doch nicht gelogen, oder? Er wollte mich nicht nur schonen?“

„Nein, Mom, mir geht's gut. Ich habe noch ein paar Kratzer und Blutergüsse, doch in ein, zwei Tagen sind auch die verschwunden.“ Sie berichtete Einzelheiten von ihrem Sturz und aus dem Krankenhaus, und ihre Mutter hörte sich über die knisternde Fernleitung ganz zufrieden an.

„Gott sei gedankt, dass dir nichts Schlimmeres passiert ist! Weißt du, Nikki, ich verstehe nicht, warum du es nicht ein bisschen langsamer angehen lässt. Nachdem du jetzt verheiratet bist, solltest du dir mehr Ruhe gönnen und nicht ständig versuchen, dich dieser verdammten Zeitung gegenüber zu beweisen.“

„Tue ich das denn?“

„Na ja, du willst, dass sie dich wie einen Mann behandeln, aber du bist kein Mann. Das dürftest du selbst wohl wissen.“

„Ich verlange weiter nichts als Gleichbehandlung.“

„Die gibt es nicht. Nicht auf dieser Welt. Genauso wenig wie Gerechtigkeit. Das weißt du so gut wie ich.“ Nikki verzichtete auf Widerspruch und erkannte, dass sie kein enges Verhältnis zu ihrer Mutter hatte und wohl nie gehabt hatte. Sie redeten noch ein paar Minuten, bis Nikkis Halbbrüder die Aufmerksamkeit ihrer Mutter einforderten und sie das Gespräch beenden mussten.

Nikki ließ sich rücklings aufs Bett sinken. Tränen brannten in ihren Augenwinkeln. Ihre Mutter und ihr Vater waren nie glücklich miteinander gewesen, so viel wusste sie, und die Scheidung hatte für sie eine Art Erlösung bedeutet, doch immer war auch ein bisschen Schmerz dabei gewesen, kleine Gewissensbisse, die Nikki nie hatte abschütteln können. Sie war alt genug zu verstehen, dass sie den tiefen, bösen Riss zwischen ihrer Mutter und ihrem Vater nicht verschuldet hatte, und trotzdem empfand sie echte Eifersucht, weil Eloise mit Fred und ihren neuen Söhnen so zufrieden lebte. Sie schauderte. „Hör auf, dich selbst zu bemitleiden“, schimpfte sie.

Jetzt war nicht der richtige Zeitpunkt, sich mit dem Kummer ihrer Vergangenheit zu befassen, und sie schob die schmerzlichen Erinnerungen – so winzig sie waren – an ihre Mutter beiseite und konzentrierte sich stattdessen auf ihren Anruf bei Connie. Das Gespräch hatte sie aufgerüttelt. Sie musste herausfinden, was sie nur konnte, und der sicherste Weg, um die dunklen Schatten ihres Albtraums loszuwerden, bestand darin, sich ihrer Vergangenheit und dem Unfall zu stellen. Der erste Schritt war die Missionsstation.

„Auf geht's!" Nikki, den Rock über die Oberschenkel hochgeschoben, hieb der Stute die Fersen in die scheckigen Flanken. Der kleine Grauschimmel schoss nach vorn und galoppierte den steinigen Weg zur Missionsstation hinauf. Die kurzen dunklen Beine griffen weiter aus, und die Stute legte die Ohren an. Verschwommen nahm Nikki wahr, wie der Wind, der vom Meer her landeinwärts blies, hohes Gras und Wildblumen wogen ließ und bedrohliche Wolken und drückende Hitze mitbrachte. Sie preschten an dem dunklen Wald entlang, wo sie in ihren Albträumen in einem Wettlauf auf Leben und Tod gejagt wurde, um ... Um was?

Nikki blickte nervös zum grauen Himmel auf. In Rock und T-Shirt war sie nicht für einen Tropensturm ausgerüstet. Außerdem musste sie sich beeilen. Fertig sein, bevor Trent sie einholte.

Es war nicht einfach gewesen, das Pferd zu mieten. Einer der Pferdekutscher hatte sie an einen Mann verwiesen, der Pferde besaß und tageweise vermietete, doch Nikkis stockendes Spanisch, ihr lädiertes Gesicht und ihr verzweifelter Tonfall hatten das Misstrauen des Besitzers geweckt. Erst als sie mehr als den geforderten Preis bezahlte, wurde ihr die feurige keine Stute anvertraut.

„Keine Sorge", beruhigte sie sich selbst. Doch sie hatte Angst, teils vor dem aufkommenden Sturm, teils, weil sie Trent schon wieder hinterging, und teils, weil sie das unheimliche Gefühl hatte, verfolgt zu werden, seit sie das Hotel verlassen hatte.

„Ach, sei nicht so ein Waschlappen!" Es lag einfach nur an dem Geruch nach Sturm und daran, dass ihre Nerven zum Zerreißen gespannt waren. Mehr nicht.

Sie ignorierte den Schmerz, der in ihrem Knöchel zu pochen begann, beugte sich tiefer über den Hals des Pferdes, roch den Tiergeruch und hörte das Atmen des Grauschimmels, als er bergauf kletterte.

„Wir sind fast da", sprach Nikki dem Pferd Mut zu. Der Wind in ihrem Haar und das Hufgetrappel auf dem kiesbestreuten Weg weckten tief in einem Winkel ihres Bewusstseins die Erinnerung an ein anderes Mal, an einen anderen Ritt. Sie war sicher, dass sie häufig ritt; die Lederzügel fühlten sich so gut in ihren Händen an. Sie bewegte sich instinktiv mit der Stute, nahm die subtilen Veränderungen im Gang des Pferds vorweg, konnte sich aber nicht genau an einen bestimmten Ausritt erinnern.

Das wird schon noch kommen, sagte sie zu sich selbst, enttäuscht, weil sie das Einsetzen ihrer Erinnerungen nicht kontrollieren konnte. Als sie eine Wegbiegung hinter sich ließen, kam die Missionsstation in ihr Blickfeld, deren vormals weiße Mauern grau waren und zu Ruinen zerfielen.

Der Weg bog scharf zum Abgrund hin ab.

Nikkis Herz blieb beinahe stehen, und sie zog heftig die Zügel an. Das Pferd schüttelte den Kopf und geriet ins Rutschen. „Hey, Mädchen, schon gut", sagte Nikki, sowohl um sich selbst zu beruhigen wie auch die mutige kleine Stute. Das Tier tänzelte und brach schnaubend zur Seite aus, als Nikki absaß. Nikki konnte kaum atmen, und das Donnern der Brandung, die zig Meter unter ihr auf Sand und Felsgestein prallte, hallte durch ihren Kopf.

Angst, eisig kalt und betäubend, stieg in ihr auf, doch sie tastete sich näher an den Rand des Abgrunds heran. Ihre Kehle fühlte sich wund und trocken an, ihre Finger umklammerten die Lederzügel, als sie näher kam und hinunterblickte. Oh Gott! Ihr Herz schien sich in das Wüten in der Tiefe stürzen zu wollen. Zackige schwarze Felsen stachen aus dem tosenden aquamarinblauen Wasser. Schaum und Gischt wirbelten ans Ufer.

Der Albtraum schien sie aufzusaugen. Sie spürte, wie sie abstürzte, ihr Blickfeld schien sich zu verschatten. Ihre Nackenhaare sträubten sich, und sie warf hastig einen Blick über die Schulter, überzeugt, dass sie jemanden sah, der sich im düsteren Wald versteckte und sie mit glühenden Augen beobachtete. Ihr Körper überzog sich mit einer Gänsehaut. Fast schon den ganzen Tag lang hatte sie das Gefühl, verfolgt zu werden, doch sie hatte auf ihrem Weg nie jemanden gesehen. Als sie jetzt allein direkt am Rand des Abgrunds stand, genau an der Stelle, an der sie herabgestoßen worden war, fühlte sie sich allein und erfüllt von namenloser Angst.

Sie blickte wieder aufs Meer hinaus. Eine Vogelschar in den Brutstätten an den höchsten Felsspitzen erhob sich plötzlich erschrocken in einer wilden Wolke zum Himmel. Nikki rieb sich die Arme und versuchte, sich an die Vögel zu erinnern. In ihren Albträumen war die lärmende Schar nicht aufgetaucht. „Los doch, Nikki, denk nach!“, flüsterte sie verzweifelt. Warum konnte sie keine Erinnerung heraufbeschwören, nicht eine einzige? Hilflos kickte sie einen Stein und blickte ihm nach, als er über den Felsrand kullerte.

Die Bilder in ihrem Kopf änderten sich plötzlich. Mit grausiger Klarheit erinnerte sie sich an die grobe Hand auf ihrer Schulter, an den Stoß, der sie ins Taumeln brachte und von der Klippe stürzte …

„Nikki!“

Sie fuhr heftig zusammen und schrie auf. Das Pferd schnaubte, wollte steigen, doch Nikki hielt es am Zügel zurück, fuhr herum und sah Trent auf einem Fuchswallach unter den dicht stehenden Bäumen auftauchen. Er war ihr also gefolgt! Kein Wunder, dass sie nervös war. Sie wappnete sich für eine neuerliche Standpauke, weil sie allein ausgegangen war, und sah dem Fuchs entgegen, der den Hügel hinaufraste.

Trent bewegte sich im Einklang mit dem Pferd, als wäre er ein Reiter mit jahrelanger Erfahrung. Sein schwarzes Haar flatterte wild im Wind, sein Gesicht war sonnenbraun und ernst, seine

Hemdschöße peitschten seinen Rücken. Er trug seine Pilotenbrille, trotzdem war die ernste Miene nicht zu übersehen. Man musste kein Genie sein, um zu verstehen, dass er verärgert war.

Er saß ab, als der Wallach zum Stehen kam, und Nikkis Herzschlag beschleunigte sich noch mehr.

„Was zum Teufel denkst du dir dabei?“, wollte er wissen, als er auf sie zukam.

„Was zum Teufel willst *du* hier? Du hast mich zu Tode erschreckt, als du dich angeschlichen und meinen Namen gerufen hast!“

„Ich dachte, du wolltest womöglich springen.“

„Bist du verrückt?“, fragte sie. Ihre Wut verrauchte ein wenig, als sie trotz der getönten Brillengläser die Angst in seinem Blick erkannte. Sie trat vom Abgrund zurück und atmete zur Beruhigung tief durch. Als sie das Haar zurückwarf, erinnerte sie ihn: „Ich habe doch gesagt, dass ich die Missionsstation noch einmal aufsuchen will.“

„Und ich habe gesagt ...“

„Ich weiß, was du angeordnet hast“, sagte sie und tippte wütend mit dem Zeigefinger gegen seine Brust. Ihr Pferd, das sie am Zügel hielt, folgte ihr. „Aber ich lasse mir weder von dir noch von sonst jemandem etwas befehlen.“

„Du hast dich hinter meinem Rücken fortgeschlichen!“ Zornig blickte er auf sie herab, doch sie ließ sich nicht einschüchtern.

„Genau! Weil du mich nicht begleiten wolltest.“ Ihre Wut loderte wieder auf. „Ich habe es satt, mir von dir sagen zu lassen, was gut für mich ist. Und ich habe es mehr als satt, herumzuliegen und zu versuchen, mein Leben zu rekonstruieren. Wenn wir verheiratet sind, und ich will damit nicht sagen, dass ich daran glaube, dann solltest du dir eines merken, Trent McKenzie. Ich bin nicht die Sorte Frau, die in Watte gepackt oder wie eine zerbrechliche Porzellanpuppe behandelt oder wie eine Sklavin herumkommandiert werden will!“

Trent sah sie an. Der Wind spielte mit seinem Haar, seine Augen lagen verborgen hinter den getönten Brillengläsern, den

Mund hatte er streng zu einem schmalen Strich zusammengekniffen. In verblichenen Jeans und einem weißen Hemd mit hochgekrempelten Ärmeln und wehenden Schößen sah er sexy und unberechenbar und geheimnisvoll aus. Braun gebrannt und stolz blickte er auf sie herab, und Nikki wusste nicht, was sie zu erwarten hatte.

„Und wenn dir nun etwas zugestoßen wäre?"

„Mir ist nichts zugestoßen. Was ich nicht dir verdanke."

„Niemand wusste, wo du steckst."

„Du hast mich gefunden", schoss sie frech zurück.

„Ich hatte Glück."

„Dann gibt es keinen Grund zu streiten!"

„Ach, nein? Für den Fall, dass du es noch nicht bemerkt hast: Vom Meer her zieht ein Unwetter auf."

„Ich habe schon andere Stürme überstanden."

„Wir sind hier nicht in Seattle."

„*Das* zumindest weiß ich noch." Wütend drehte sie die Zügel in den Händen, bis das Leder ihr in die Haut schnitt. „Du kannst mich begleiten oder zurück ins Hotel gehen. Ist mir egal", sagte sie, stellte den linken Fuß in den Steigbügel und saß auf. „Ich reite zur Missionsstation. Beim letzten Mal habe ich sie nicht zu sehen bekommen. Und ich will nicht zweimal den gleichen Fehler machen. Los!" Sie gab der Stute die Fersen, und das Pferd fiel in Galopp und ließ Trent im Staub zurück.

„Geschieht ihm recht", sagte Nikki zu dem Grauschimmel. „So einen überbehütenden, arroganten, wichtigtuerischen Macho habe ich noch nie erlebt! Ich *kann* nicht glauben, dass ich den geheiratet haben soll!"

Doch Trent war nicht der Typ, der sich von ein paar deutlichen Worten abschrecken ließ. Den Eindruck hatte Nikki zumindest, als sie sich näherndes Hufgetrappel hörte. Sie wagte einen raschen Blick über die Schulter und sah Trent, der ritt wie der Teufel. Sein kräftiger Wallach holte sie problemlos ein. „Wie finde ich das denn?", brummte sie und trieb ihr Pferd weiter an.

Es war eine merkwürdige Genugtuung für sie, dass er gezwungen war, ihr zu folgen. Aus irgendeinem Grund hatte er sich zu ihrem Beschützer aufgeschwungen oder hoffte zumindest, dass sie das glaubte.

Die Stute atmete heftig, als Nikki schließlich vor der Missionsstation die Zügel straff zog. Sie ließ sich zu Boden gleiten und nahm die Ruinen in Augenschein. Die Mauern der jahrhundertealten Kirche standen noch, waren aber rissig und verfallen vom aussichtslosen Kampf gegen das Wetter. Das Dach war schon vor langer Zeit eingestürzt. Hier und da waren noch Reste der roten Ziegelbedachung zu sehen, doch ein klaffendes Loch legte Querträger und verfaulende Dachsparren frei.

Der Glockenturm war dem Zerfall preisgegeben, die Steinmauer rund um die Missionsstation war eingestürzt. Es war ein gottverlassener Ort, in dem nur Geister zu hausen schienen. Nikki lief ein Schauer über den Rücken, als sie die Stute an dem tief hängenden Ast eines Brotfruchtbaums festband und durch einen eingesunkenen Torbogen einen Bereich betrat, in dem Unkraut alles überwucherte, was vormals ein gepflegter Garten gewesen sein mochte.

„Die Mönche, die hier gelebt haben, sind vor fast einem Jahrhundert fortgezogen", sagte Trent und band sein Pferd an, bevor er Nikki durch die Ruinen folgte. Sie schlüpfte durch eine Türöffnung ohne Tür und betrat den Vorraum der Kirche. Der Steinboden war rissig, und Unkraut wuchs aus den Ritzen der flachen Stufen zu einem Podest, auf dem der Altar gestanden hatte. Ranken krochen die Wände hinauf und bezeugten die Nutzlosigkeit der verbliebenen Dachreste.

„Warum sind sie gegangen?"

Trent zuckte mit den breiten Schultern. „Vermutlich hatten sie das Interesse verloren. Die Missionsstation benötigte damals schon umfangreiche Reparaturen, und die Mönche wurden immer weniger. Salvaje war nicht so dicht bevölkert wie einige andere Inseln. Die Lage abseits der Handelsrouten verzögerte die Entwicklung."

„Ich hätte gedacht, dass Mönche diese Art von Abgeschiedenheit mögen."

„Ein paar sind geblieben und irgendwann gestorben. Der letzte, Bruder Francis, hat bis 1930 hier gelebt, soviel ich weiß, wurde dann aber im Schlaf ermordet, von einer Frau, die schwor, er wäre der Vater ihres Kindes. Man munkelt, dass er heute noch nachts in den Ruinen umgeht."

Der Gedanke an die Schritte des geisterhaften Mönchs verursachte ihr eine Gänsehaut. „Du machst Witze", sagte sie. „Natürlich ist das ein Scherz."

„Ich selbst habe ihn nie gesehen, aber viele von den Einheimischen sind abergläubisch und überzeugt, dass seine Seele noch auf Erden weilt."

„Das ist irgendwie gruselig." Nikki strich mit den Fingern an der rauen Wand entlang und traf auf das Netz einer großen schwarzen Spinne. Hastig schob sie die Hand in ihre Rocktasche. „Warum wollten wir neulich diese Station besuchen?"

„Um sie zu besichtigen."

Sie furchte die Stirn, dachte an den Traum, in dem sie durch den dampfenden Dschungel gelaufen und stolpernd aus dem dichten Gestrüpp auf die grasbewachsene Landzunge hoch überm Meer gelangt war. Sie hatte eine Stimme gehört – eine raue Männerstimme, die sie auf Spanisch anrief.

Dama! Por favor! Pare! Sie war nur noch schneller gelaufen. Die Stimme ihres Verfolgers hatte sie den Weg zur Missionsstation hinaufgejagt, obwohl ihre Lungen mit jedem Atemzug brannten wie Feuer.

„Oh Gott", flüsterte sie und lehnte sich an die Wand. Ja, sie hatte den Weg gesehen, war ihm ein paar kurze Schritte weit gefolgt und dann hatte eine schwere Hand sie gestoßen, und sie war gestürzt, tiefer und tiefer …

„Nikki." Sie zuckte zusammen, als sie Trents Stimme hörte und seine Hand an ihrem Arm spürte. „Ist alles in Ordnung?"

Das Traumbild verblasste, und sie sah ihn an und zitterte trotz der drückenden Hitze, der Schwüle, die ihr Schweißperlen auf die Stirn trieb. „Ich muss immerzu an den Traum denken.“

„Es ist vorbei“, sagte er.

„Das glaube ich nicht.“ Sie rieb sich die Arme und ging zu einem Fenster ohne Scheibe, das Aussicht auf den wechselhaften Horizont bot. Schoner mit gestrichenen Segeln ankerten in der Nähe der Stadt, und der Strand war nahezu menschenleer. Die schweren, dickbäuchigen Wolken am Himmel hatten eine tiefviolette Farbe angenommen. Das Meer wogte mit dunklen, wütenden Wellen.

„Bald sind wir zu Hause.“

„Und dann ist alles wieder gut?“

„Das hoffe ich.“

Er wollte sie beschwichtigen, das spürte sie, und sie war zerrissen zwischen dem Wunsch, ihm ihr Leben anzuvertrauen, und dem Drang, vor ihm davonzulaufen, weil er ihr gefährlich werden konnte – wenn nicht in körperlicher Hinsicht, dann doch immerhin in emotionaler. Er brachte sie aus dem Gleichgewicht; eben noch fand sie ihn auf rein sinnliche Weise unglaublich attraktiv und im nächsten Moment fürchtete sie, er könnte an irgendeinem dunklen Plan beteiligt sein, der ihr Schaden zufügen sollte. Aber warum? Wer steckte hinter einem solchen Plan? Warum sollte jemand ihr etwas antun wollen? Warum fühlte sie sich wie ein Bauernopfer in irgendeinem politischen Intrigenspiel?

Der Gedanke traf sie wie ein Blitzschlag. *Politische Intrige. Politik!* Ihr war, als wäre sie unversehens über den Grund für ihre Anwesenheit auf der Insel gestolpert. Aber was war es ganz konkret? Wieder begann ihr Kopf zu dröhnen. Was hatte Connie gleich gesagt? Dass die Frauen beim *Seattle Observer* keinen Zugang zu den großen, berichtenswerten Storys erhielten? Dass man sie von politischen Skandalen und Korruption und allem, was das Pulitzer-Preis-Potenzial hatte, fernhielt? Der Gedanke war da, knapp unter der Oberfläche ihres Bewusstseins, und ließ ihr keine Ruhe. Er würde ihr mehr Klarheit über ihre Vergangenheit wie auch über ihre Gegenwart verschaffen. Sie konzentrierte sich, doch sosehr sie sich auch anstrengte, der Gedanke entzog sich ihr, schlüpfte zurück in die schwarze Vergessenheit, die ihre Vergangenheit verschlungen hatte. Verdammt noch mal! Warum konnte sie sich an etwas dermaßen Wichtiges nicht erinnern?

„Wir sollten zurückreiten." Trent zog sie leicht am Arm, doch sie befreite sich ruckartig. Sie betrachtete die leere, zerstörte Kirche und schüttelte den Kopf.

„Warum habe ich Salvaje als Ziel für die Flitterwochen ausgesucht?", wollte sie genauso unvermittelt wissen, wie die Frage ihr in den Kopf schoss.

„Weiß ich nicht. Vermutlich hat dir die Insel gefallen."

„Aber warum dann nicht Jamaika oder die Bermudas oder Hawaii? Warum eine dermaßen abgelegene Insel?" Sie durchschritt den bröckelnden Torbogen und betrachtete die Insel von ihrem höchsten Punkt aus. Salvaje war kaum mehr als die Spitze eines großen unterseeischen Berges und so wild, wie der Name nahelegte. Im Osten lag das Meer in tiefem Blau, so bedrohlich wie der sich verdunkelnde Himmel. Im Westen wartete der Dschungel, heiß und schwül und ungebändigt. Tief unten befand sich Santa María, ein kleiner Außenposten der Zivilisation. Nikki ging hinüber zur anderen Seite der Ruinen, wo die Pferde angebunden waren. Trent umschlang sie mit beiden Armen und verschränkte die Finger auf ihrem Leib.

„Du hast Gefallen an Salvaje gefunden."

„Ist dir das nicht sonderbar vorgekommen?", fragte sie, drehte sich in seinen Armen und hätte ihm am liebsten die Pilotenbrille von der Nase gerissen, um ihm in die Augen sehen – die Wahrheit suchen – zu können.

„Wir wollten allein sein." Eine steife Brise fuhr ihm in die Haare, und er zupfte seine Ärmel zurecht, die er bereits über die Unterarme herabgezogen hatte.

Ihr Magen vollführte einen merkwürdigen kleinen Hüpfer. „Aber hier sind Touristen, andere Menschen …" Er fixierte ihre Lippen, und sie musste sich gegen den Drang wehren, nervös über die Konturen zu lecken. Sie sah, wie Trent schluckte, und fragte sich, wie es wohl wäre, seine breite Brust zu berühren, über die kleine Narbe an seinem Haaransatz zu streichen, seine Lippen warm und feucht auf ihren zu spüren.

Als hätte er ihre Gedanken gelesen, lächelte Trent schief, und ihr Puls raste. „Wir sollten lieber aufbrechen. Da braut sich ein höllischer Sturm zusammen, und wir wollen doch nicht, dass er uns hier draußen überrumpelt."

„Nein?", fragte Nikki und schob das Kinn vor. Der Wind blähte ihren Rock. „Hast du nicht gesagt, wir hätten nie die Finger voneinander lassen können, wir wären so scharf aufeinander gewesen, dass wir heiraten mussten, und wir wären hierhergekommen, weil die Insel so verflixt abgelegen ist? Warum willst du dann jetzt, sobald wir allein sind und keine Menschenseele weit und breit zu sehen ist, zurück zum Hotel flüchten?"

Er biss die Backenzähne zusammen. „Ich bin nur auf dein Wohl bedacht."

„Tatsächlich?"

„Deine Verletzungen ..."

„Ich glaube dir nicht, Trent. Das alles haut nicht hin. Ich glaube, ich bin hierhergekommen, weil ich ... weil ich an einer Story für die Zeitung gearbeitet habe oder weil ich vor irgendetwas davongelaufen bin oder weil ich fortmusste, aber ich glaube nicht, dass ich hergekommen bin, um mit dir allein zu sein. – Oh!"

Sein Mund brachte sie zum Schweigen. Als der Wind zu heulen begann und die kleine Stute wieherte und stieg, zog er Nikki noch fester an sich und presste die Lippen auf ihre. Nikki rang nach Luft und wehrte sich, doch Trent ließ sie nicht los.

Mit der Zunge öffnete er sanft ihre Lippen und drang weiter vor. Nikki wusste, dass sie ihn hätte aufhalten sollen, dass sie mit dem Feuer spielte, wenn sie ihn anstachelte, doch sie konnte nicht anders. Ihre Knie wollten nachgeben. Sie stemmte sich nicht mehr abwehrend mit den Händen gegen seine Schultern, sondern krallte die Finger in sein Hemd und spürte seine warme Haut unter der Baumwolle.

Lass es nicht zu, Nikki! Mach diesem Wahnsinn ein Ende! schrie ihr Verstand, doch ihr Körper verlangte nach mehr. Sie konnte nicht genug kriegen von Trents maskulinem Duft, von seinen Händen auf ihrem Rücken, vom Geschmack seines Kusses.

Ihr Herz hämmerte, während er sich zusammen mit ihr auf den Boden sinken ließ. Er hob den Kopf, setzte die Sonnenbrille ab und schaute Nikki eindringlich an. „Du bringst mich dazu, Dinge zu tun, die ich besser lassen sollte."

„Wie zum Beispiel ... das hier?", fragte sie heiser. Der Blick seiner unwahrscheinlich blauen Augen hielt sie gefangen.

„Wie alles, was ich gemacht habe, seit ich dir zum ersten Mal begegnet bin."

Wolken zogen über den Himmel. Trent folgte mit dem Daumen ihrer Kinnlinie. „Ich habe mich von dir ferngehalten, weil du mir mehr Ärger bringst, als ich verkraften kann."

„Doch das hast du nicht durchgehalten", hakte sie nach.

„Ich konnte nicht."

Und trotzdem liebte er sie nicht. Sie schluckte, da er die Finger in ihrem Haar vergrub und sie erneut küsste. Mit wachsendem Verlangen erwiderte sie seine Leidenschaft.

Nikkis Blut rauschte heiß in ihren Adern. Ihr Körper schmerzte von einem eigensinnigen Bedürfnis, das an ihr Herz rührte und tief in ihr brannte. Trent hauchte Küsse auf ihre Augenlider, ihre Wangen und ihren Hals. Sie atmete so schwer, dass ihre Brüste sich hoben und senkten und sich nach Zärtlichkeiten sehnten. Die ersten Regentropfen spürte Nikki gar nicht.

Trent strich mit den Lippen an ihrem Hals hinunter, und seine Hände fanden den Saum ihres T-Shirts, glitten an ihren Rippen hinauf, und wo er sie berührte, begann Nikkis Haut zu glühen.

Tu's nicht, Nikki! Nein! schrie die Stimme der Vernunft, während ein anderer Teil von ihr jegliche Vorsicht in den Wind schlug. Bisher hatte sie Trent noch keiner Lüge überführt. Er war schließlich ihr Mann, und auch, wenn er nicht ihr Mann sein sollte, war er dennoch der verführerischste Mann, dem sie je begegnet war.

Er ließ die Zunge an ihrem Hals entlangwandern und entfachte damit flüssige Glut tief in Nikkis Innerem. Leise stöhnte sie auf, und er reagierte, indem ihr behutsam das T-Shirt auszog. Als die kühle Luft ihre nackte Haut streifte, spürte sie, wie ihre Brustwarzen sich aufrichteten, und die köstliche Wärme, die sich vom tiefsten Zentrum ihrer Weiblichkeit langsam ausdehnte, beraubte sie jedes vernünftigen Gedankens.

Trent küsste ihren Brustansatz, fuhr mit dem Mund die feine Spitze ihres BHs entlang. Hatte er sie früher schon einmal so geküsst? Sie konnte sich nicht erinnern, hinderte ihn aber nicht daran, einen Träger ihres BHs herunterzuschieben und ihre Brust zu entblößen. Die rosige Brustwarze wurde hart.

„Himmel, du bist hinreißend schön", flüsterte Trent. Sein heißer Atem glitt über die feuchten Spuren seiner Küsse auf ihrer Haut. „So verdammt schön." Nikki blickte zu ihm auf. Der verdunkelte Himmel bildete den Hintergrund für seine kräftigen, wie gemeißelt wirkenden Züge, die leicht schiefe Nase und das entschlossene Kinn. Sie streckte die Hand aus und zog Trents Kopf herab, bis seine Lippen sich um ihre Brustwarze schlossen.

Es durchfuhr sie wie ein Stromschlag. Trent kitzelte und reizte sie mit der Zunge, und sie reckte sich ihm entgegen, drängte ihre Hüften an seine. „Herrgott, Nikki, wir spielen mit dem Feuer", murmelte er, während er sie von ihrem BH befreite und ihre Brüste massierte und sein Gesicht dazwischen barg.

„Schon in Ordnung. Wir sind verheiratet", sagte sie. Sie war längst nicht mehr Herr über ihre Sinne, das Verlangen übertrumpfte den Verstand.

Aufreizend presste Trent die Lippen auf ihre, glitt mit einer Hand unter den Bund ihres Rocks hinunter bis zu ihrem Po, berührte sie tiefer und tiefer, bis sie sich unter ihm wand.

„Nikki", flüsterte er rau und zog die Finger zurück.

„Bitte." Sie bäumte sich unter ihm auf, und er stöhnte, sein Blick wurde verhangen.

„Das hier ist keine gute Idee."

„Du hast angefangen."

„Wir werden es beide bereuen."

„Warum?", presste sie hervor. Sie ahnte, dass er versuchte, ihr etwas Bestimmtes zu sagen, die Mauer der Leidenschaft zu durchbrechen, die ihren Verstand umgab.

„Der Arzt hat gesagt ..."

„Er ist nicht hier."

„Wir werden nass."

„Nicht zum ersten Mal. Wir sind aus Seattle, schon vergessen?" Sie lächelte ihn herausfordernd an. Regen prasselte auf den Boden.

Trent ließ den Blick von ihren frisch geküssten Lippen zu ihren Brüsten schweifen, und wieder wurden seine Augen dunkel vor Begierde. „Lieber Himmel", sagte er, bevor er den Mund wieder auf ihren senkte. Nikki tastete nach den Hemdknöpfen und öffnete sie, sodass sie sein schwarzes krauses Brusthaar unter ihren Fingerspitzen spürte, das Zucken seiner Muskeln fühlen konnte, als sie seine Brustwarzen streichelte. Sie beobachtete, wie er den Bauch einzog, um ihren Händen den Zugang zur Knopfleiste seiner Jeans zu erleichtern.

„Du machst mich verrückt", murmelte er heiser.

„Das beruht auf Gegenseitigkeit."

Mühelos streifte er ihr den Rock ab und entledigte sich seiner Hose. Nikki sah ihn zum ersten Mal, schlank und nackt und mit festen Muskeln. Er spreizte ihre Oberschenkel. „Bist du dir sicher?", fragte er.

„Trent, bitte."

Er schloss die Augen, brummte etwas Unverständliches und drang in sie ein. Nikki rang nach Luft, als sie ihn aufnahm und er sich in einem magischen Rhythmus in sie schob. Sie bewegte die Hüften im Gleichklang mit ihm und krallte die Fingernägel in seine Schultern, während eine Flut süßer Lust sie in Wellen durchströmte. Trents Stöße wurden immer schneller, und Nikki hielt mit ihm Schritt. Sie atmete wild, das Blut rauschte ihr in den Ohren, und Regen rann an seinen geschmeidigen Muskeln herab.

„Nikki!“, keuchte er und warf den Kopf in den Nacken. „Nikki, Nikki, Nikki!“

Als würde das Universum explodieren, zog sich ihr Körper zusammen. Ihre Gedanken wirbelten durcheinander. Sie erschauerte unter dem Nachbeben und seufzte, als er sich auf sie sinken ließ und ihren Namen flüsterte.

„Ach, Nikki“, murmelte er heiser und strich ihr zärtlich die nassen Haarsträhnen aus dem Gesicht. Regen lief über seinen Hals. Sein Gesicht wirkte gequält, während er sie auf den Mund küsste. „Was habe ich getan?“

7. KAPITEL

„… und bleib im Zimmer, bis ich zurück bin“, befahl Trent durch die offene Tür des Taxis. Regen rann ihm in den Nacken und unter den Kragen. Nikki saß im Fond eines zerbeulten alten Chevys, der nach Schimmel, Schweiß und abgestandenem Zigarettenrauch stank. Sie hatten die Pferde zurückgebracht, und jetzt schickte Trent sie ins Hotel. Allein.

„Wohin willst du?“

„Noch mal zum Flughafen, um mich zu erkundigen, wie schlimm dieses Unwetter eingeschätzt wird und ob unsere Maschine morgen startet.“

„Ich könnte mitkommen …“

In stummem Vorwurf presste er die Lippen zusammen. „Geh ins Hotel und trockne dich ab, bevor du dir eine Lungenentzündung einfängst.“

„Ich will aber nicht …“

„Ich komme so bald wie möglich zurück.“ Er schlug die Autotür zu, und der Taxifahrer gab Gas und ließ Trent in einer Regenpfütze und einer Abgaswolke zurück.

„Geschieht ihm recht“, knurrte Nikki, immer noch wütend. Nachdem sie sich geliebt hatten, war er nun wieder so mürrisch und grüblerisch wie zuvor und bestand darauf, dass sie die Pferde zurückbrachten und sie ins Hotel ging.

Der Wind pfiff durch die Palmen und Bananenbäume zu beiden Seiten der Straße, die weitgehend menschenleer war, da Fußgänger das Ende des Unwetters abwarteten.

Vor dem Hotel bezahlte Nikki den Taxifahrer und flitzte durch den Regen ins Foyer. Ihr Rock wies Schlammspritzer auf, ihr Haar war strähnig und tropfnass. Sie fuhr mit dem Aufzug in den ersten Stock und suchte ihr Zimmer auf. So schön Salvaje während des milden Wetters auch gewesen sein mochte, bei Sturm wirkte die Insel düster und bedrohlich.

Fröstelnd zog Nikki sich aus, stieg unter die heiße Dusche, seifte sich ein und shampoonierte energisch ihr Haar. Ihr Rock war vermutlich ruiniert, hatte Flecken bekommen, als sie mit Trent in der Wildnis Sex gehabt hatte. Die Leidenschaft zwischen ihnen war zutiefst erschütternd gewesen, und trotzdem hatte Trent sie hinterher nicht anders behandelt als zuvor. Er war nach wie vor ein zynischer, anmaßender Mistkerl.

Über BH und Slip zog sie einen Bademantel an, setzte sich vor den Frisierspiegel und kämmte die Knoten aus ihrem Haar. Die Frau, die sie aus dem Glas anblickte, sah besser aus als noch vor ein paar Tagen. Der Schorf auf den Gesichtsverletzungen war verschwunden, und wenn ihre Haut an diesen Stellen auch noch rosig war, würde sie mit geschickter Grundierung, Rouge, Lippenstift und Lidschatten doch beinahe wieder so aussehen wie vor ihrem Gedächtnisverlust.

Das Telefon klingelte. Beim dritten Ton hob Nikki den Hörer ab, überzeugt, dass Trent der Anrufer war, und meldete sich. „Hallo."

„Um Himmels willen, warum hockst du immer noch auf dieser gottverlassenen Insel?"

Sie musste unwillkürlich grinsen, als sie das Bild des bärbeißigen Mannes heraufbeschwor, der ihr Dad war. „Wahrscheinlich aus dem gleichen Grund, aus dem du ständig zwischen Seattle, Tokio, Seoul und Sydney hin- und herfliegst. Termine."

Er lachte leise. „Komm mir nicht so, Kind. Ich mache mir Sorgen um dich und bin erst wieder beruhigt, wenn du heimischen Boden unter den Füßen hast. Die Unwetterwarnungen und so weiter reichen, um mich in den Wahnsinn zu treiben. Es ist ein Glücksfall, dass ich dich überhaupt telefonisch erreicht habe."

„Schön, von dir zu hören, Dad", sagte sie, ließ sich rücklings aufs Bett fallen, blickte an die Decke und betrachtete die langsam rotierenden Ventilatorblätter.

„Dann bist du nicht mehr böse auf mich?"

„Aber nein", sagte sie und wünschte, sich erinnern zu können, worüber sie vor ihrer Abreise aus Seattle gestritten hatten. Ihr Vater hatte mehrmals erwähnt, dass er gegen ihren Flug nach Salvaje gewesen war, doch an den Grund erinnerte sie sich nicht.

„Gut. Denn du hast völlig falschgelegen."

„Falschgelegen?", hakte sie nach. „Das glaube ich nicht."

Sie hörte, wie er entnervt den Atem ausstieß. „Doch, natürlich. Jim ist über jeden Zweifel erhaben. Schon immer."

„Jim?", wiederholte sie. *Welcher Jim?*

„Wieso du meintest, nach all den Jahren seinetwegen recherchieren zu müssen … Ich weiß nicht, was in dich gefahren war."

Seinetwegen recherchieren? Nikki wollte sich nicht verraten, doch sie brannte darauf zu erfahren, von wem die Rede war.

„Er und ich, wir kennen uns schon endlos lange, kannten uns schon, bevor er gewählt wurde, und ich lasse nicht zu, dass du seinen guten Namen in den Schmutz ziehst."

Gewählt wurde? Ein Politiker? Du liebe Zeit. Ihr Gespräch mit Connie vom *Observer* kam ihr in den Sinn. „Du glaubst, ich agitiere gegen Senator Crowley", riet sie aufs Geratewohl.

„Ach, verflixt, gegen wen sonst?", knurrte er gereizt. „Was ist los mit dir?"

„Nichts", log sie und kreuzte die Finger.

„Na ja, du bist wohl verliebt, denn du benimmst dich, als hättest du den Verstand verloren."

Wenn du wüsstest, Dad. Sie hätte sich ihm gern anvertraut, ihm von ihrem Gedächtnisverlust erzählt, doch ein Gefühl, eine merkwürdige, unangenehme Warnung tief in ihrem Bewusstsein ließ sie den Mund halten. Es gab einen Grund; einen Grund, den sie nicht ermessen konnte, warum sie sich nicht bei ihrem Vater aussprechen konnte. Sie spürte es jetzt – diese unausgesprochene Barriere zwischen ihnen war schon immer da gewesen. „Wir hatten also Streit wegen Senator Crowley", sagte sie und versuchte vergebens, sich zu erinnern.

Am anderen Ende der Leitung entstand eine lange Pause, bevor ihr Vater fragte: „Schatz, ist alles in Ordnung mit dir?"

„Ja. Mir geht's gut", schwindelte sie. Warum hatten sie und ihr Vater Streit wegen des Senators? Connie hatte angedeutet, dass Nikki an irgendwelchen Machenschaften des Senators interessiert war, aber was ging das ihren Vater an? War ihr Vater oder sein Unternehmen darin verwickelt? Glaubte er, sie würde den Namen eines unbescholtenen Mannes in den Schmutz ziehen, oder hielt er den Senator für gefährlich und fürchtete um Nikkis Sicherheit? Oder war es noch etwas anderes … etwas, was sich viel tiefer in den Winkeln ihres Bewusstseins versteckte?

„Wann kommst du nach Hause?“ Ihr Vater klang besorgt.

„Morgen. – Es sei denn, der Flug wird abgesagt.“

„Dann reden wir.“

„Dad! Warte!“ Zum Glück hatte er noch nicht aufgelegt. „Ich … Ich habe mir bei dem Unfall den Kopf gestoßen“, gab sie zu, in der Hoffnung, dass sie ihrem Vater mit Hilfe der Wahrheit mehr Informationen entlocken konnte, die sie so dringend brauchte. „Deshalb kann ich mich nicht an alles erinnern.“

„Du erinnerst dich nicht? Herrgott, was ist los auf dieser Insel?“

„Ich habe eine leichte Amnesie“, gestand sie. Der Regen prasselte gegen die Fenstertüren, der Sturm rüttelte an den Fenstern. „Manche Dinge fallen mir nicht ein. Crowley zum Beispiel.“

Ihr Vater stieß leise Flüche aus. „Ich weiß nicht, ob ich vor Sorge umkommen oder erleichtert sein soll“, sagte er, was Nikki noch mehr verwirrte, „aber du steigst in die erste Maschine, die diese verdammte Insel verlässt, und kommst nach Hause. Ich rufe Tom an und …“

„Tom?“

„Tom Robertson. *Dr.* Robertson. Der Arzt, der dich dein Leben lang behandelt hat. Zum Teufel, Nikki, jetzt hast du mir wirklich Angst eingejagt.“

„Ich erinnere mich noch an *dich*, Dad“, sagte sie, um ihn ein wenig zu beruhigen.

„Gott sei Dank!“ Seine Stimme klang ein wenig erstickt. „Und ich sag dir, wenn ich deinen Mann kennenlerne, dann kann er sich auf einiges gefasst machen. Ich möchte mal wissen, was er sich dabei denkt, dich …“

„Dad, schon gut“, sagte sie rasch. „Dr. Padillo ist der Meinung, dass es sich um eine vorübergehende Amnesie handelt, und inzwischen weiß ich schon wieder viel mehr als kurz nach dem Sturz. Das wird schon wieder."

„Na, ich weiß nicht. Dieser Dr. Soundso, dem trau ich nicht. Womöglich ist er ein verdammter Quacksalber. Komm nach Hause, Nicole. Wir kümmern uns um dich."

Plötzlich war Nikki den Tränen nahe. Hier endlich fand sie ihren Fels in der Brandung. „In Ordnung, Dad."

„Das will ich meinen!"

Mit leisen Verwünschungen an die Adresse von Ärzten, die ihren Doktortitel in der Lotterie gewonnen hatten oder noch schlimmer, legte er auf. Nikki wusste, jede Erklärung, dass Dr. Padillo ihr volles Vertrauen genoss, wäre sinnlos gewesen. Der freundliche Arzt wirkte kompetent, sachkundig und fürsorglich, und wenn sein Englisch besser gewesen wäre, hätte Nikki sich bei ihm bestens aufgehoben gefühlt. Wie es aussah, hatte sich seine Prognose hinsichtlich ihrer Amnesie als zutreffend erwiesen. Ihre Verletzungen heilten gemäß seinen Zeitvorgaben, und ihre Erinnerungen stellten sich häppchenweise wieder ein.

Der einzige Unsicherheitsfaktor war bisher Trent. Ihr Mann. Der Mann, der mit einem einzigen dreisten Lächeln ihr Herz zum Rasen brachte. Der Mann, dem sie sich mitten in einem Wolkenbruch bereitwillig hingegeben hatte.

Morgen würde sie Antworten erhalten. Nach ihrem Besuch im Fotoladen würde sie wissen, ob sie schon vor dem Unfall mit Trent zusammen gewesen war. Und wenn nicht? fragte eine bohrende Stimme in ihrem Kopf. *Was dann? Wirst du dann noch mit ihm schlafen können? Wirst du ihn zur Rede stellen? Na?* Ohne diese Fragen beantworten zu können, dachte sie an den Flug nach Seattle. Die vertraute Umgebung würde ihrer Erinnerung bestimmt auf die Sprünge helfen.

Aber was sollte sie wegen Senator Crowley tun, und warum hatte sie das Gefühl, dass sie sich zum Teil auch Crowleys wegen für Salvaje als Reiseziel … als Ziel ihrer Hochzeitsreise … entschieden hatte?

Das Gespräch mit ihrem Vater hallte in ihrem Kopf nach; in der Trübnis ihres Bewusstseins schwebten Namen, die er genannt hatte. Dr. Robertson. Senator Crowley. Ein dünner Mann mit Nickelbrille, gewinnendem Zahnlückenlächeln und einer riesigen Nase kam ihr in den Sinn. Weil sie ihn sich mit einer weißen Jacke vorstellte, nahm sie an, dass es sich um den Arzt handelte. Was Crowley anging, hatte sie keinerlei Vorstellung von seinem Aussehen. Senator Jim – nein, James – Crowley. Woher kannte sie ihn? Warum interessierte er sie? Was für eine Story vermutete sie hinter ihm? Sie bekam eine Gänsehaut, als sie in Erwägung zog, dass Trent irgendwie mit dem Mann zu tun haben könnte. Vielleicht behauptete er deswegen, sie wären verheiratet. Ihr Kopf begann zu dröhnen. Nikki betrachtete ihren Ehering, einen Goldreifen, der zu groß für ihren Finger war, und der Ring schien sie zu verhöhnen.

Trotz allem hatte sie mit Trent geschlafen. Hatte sich ihm hingegeben, als wäre er tatsächlich der Mann, den sie liebte. Sie wurde unwillkürlich rot, als sie an die Intensität seiner Zärtlichkeiten und an ihre eigene wilde, schamlose Reaktion dachte. Sie hatte nur den Augenblick gelebt, hatte sich dem Mann völlig überlassen, und jetzt, als sie auf dem Bett lag, das sie mit ihm teilte, schloss sie die Augen und wusste mit schmerzhafter Gewissheit, dass sie wieder mit ihm schlafen würde.

Es war nur eine Frage der Zeit.

Sie war wohl eingeschlafen. Immer noch benommen lag sie auf dem Bett, als sie die Verandatür klappen hörte. Sie wälzte sich herum, versuchte, das Geräusch zu ignorieren, doch der Lärm war aufdringlich. Sie reckte sich, stieg aus dem Bett und stellte fest, dass es draußen dunkel war. Der Sturm tobte immer noch mächtig, und Trent war seit Stunden fort. Voller Sorge biss sie sich auf die Lippe, sagte sich aber, dass Trent ein Mann war, der auf sich aufpassen konnte, wahrscheinlich sogar besser als jeder andere Mann, den sie kannte. Natürlich, überlegte sie sarkastisch, erinnerte sie sich an die meisten Männer aus ihrer Bekanntschaft nicht mehr. Ihr Magen knurrte, und sie fragte sich, ob sie den Zimmerservice bestellen oder auf Trent warten sollte.

Wieder ertönte das Klappern. Nikki massierte ihren verspannten Nacken, ging zu der Glastür und streckte die Hand nach dem Türgriff aus, hielt jedoch mitten in der Bewegung inne. Sie erstarrte. Ihre Nackenhaare richteten sich auf. Ein unterdrückter Schrei entrang sich ihrer Kehle, als sie ihn sah. Da war jemand. Eine Gestalt auf der Veranda. Das Licht, das aus dem Zimmer fiel, und der prasselnde Regen verzerrten die Sicht, doch sie wusste genau, dass ein Mann auf ihrer Veranda stand, ein Mann mit dunklem Haar, einer nassen Jeans und einer feucht glänzenden Jacke. Sein Gesicht war verschwommen. Er hatte in etwa die gleiche Größe und den gleichen Körperbau wie Trent, doch … Er sprang über das Geländer und warf sich mit wehender Jacke gegen das Gebäude, wahrscheinlich um an den Kletterpflanzen herabzusteigen.

„Oh mein Gott“, flüsterte sie und wich zurück, tastete nach der Innentür, hielt dann aber plötzlich inne. Was sollte den Mann daran hindern, ins Foyer zu gehen und dort auf sie zu warten? Sie durchquerte hastig das Zimmer, prüfte, ob die Verandatür verriegelt war, und schloss die Jalousien. Sie lief zur Tür zum Flur, sah, dass sie verschlossen war, und wählte mit zitternden Fingern die Nummer der Zentrale.

„Ich möchte melden, dass ein Fremder sich draußen auf meiner Veranda herumtreibt, ein Spanner oder so …“

„*Señora, por favor …*“

„Holen Sie jemanden an den Apparat, der Englisch spricht. Oh Gott! Hm, *comprende usted*? Verstehen Sie? Da war ein Mann, ein verdammter Spanner oder Schlimmeres, auf meiner Veranda! *Habla usted inglés?* Ich brauche Hilfe!“

Das Schloss der Tür zum Flur rasselte. Nikki ließ den Hörer fallen. Mit klopfendem Herzen griff sie nach der Nachttischlampe – eine armselige Waffe, aber etwas anderes hatte sie nicht – und sah entsetzt zu, wie die Tür sich öffnete und Trent eintrat. Das nasse Haar klebte an seinem Kopf, die Schultern seiner Lederjacke waren durchweicht. Nikki brach beinahe zusammen, ließ sich gegen die Wand sinken und löste die Finger vom Lampenfuß. „Gott sei Dank", flüsterte sie.

Mit einem Blick in ihr Gesicht kniff Trent besorgt die Augen zusammen. „Was ist passiert?", fragte er und durchquerte das Zimmer. „Nikki, fehlt dir was?"

Sie schüttelte den Kopf, brachte aber kein Wort hervor, und als Trent sie in die Arme nahm, ließ sie sich wie ein dummes Weibchen, das nicht für sich selbst einstehen kann, gegen ihn sinken. Erleichtert klammerte sie sich an ihn, bemüht, sich nicht zu blamieren, indem sie in Tränen ausbrach. Er roch nach Draußen – nach Regen, Leder und salziger Luft – und obwohl sie sich gern wie eine liebeskranke Idiotin in seine Arme geschmiegt, ihm aus ganzem Herzen vertraut und aufgehört hätte, sich mit Bedenken seinetwegen zu quälen, straffte sie den Rücken und löste sich behutsam aus seiner Umarmung.

„Was ist los?"

„Ich habe jemanden auf der Veranda gesehen."

„Wen?"

Sie schüttelte den Kopf, versuchte, sich das Erscheinungsbild des Mannes zu vergegenwärtigen. „Ich weiß es nicht. Irgendein Mann. Es war zu dunkel, um ihn erkennen zu können, doch er war gebaut wie du, trug eine dunkle Jacke ... keine Kopfbedeckung ..." Sie registrierte Trents tropfnasses Haar und sein gerötetes Gesicht. Er schien schwer zu atmen, doch er hatte keinerlei Grund, ihr nachzuspionieren. Nicht den geringsten Grund. Nicht, wenn er doch einen Zimmerschlüssel besaß. Ihr krankes Bewusstsein spielte ihr wieder mal einen Streich.

Trent öffnete die Jalousien und stieß die Fenstertüren auf. Regen und Wind wehten ins Zimmer, als Trent nach draußen stürmte. Im gleichen Moment hämmerte jemand gegen die Tür. *„Señora McKenzie!"*

Mit drei raschen Schritten, die Hand Einhalt gebietend gegen Nikki erhoben, durchquerte Trent das Zimmer. „Wer ist da?"

„Policía!"

Trent riss die Tür auf, und zwei Sicherheitskräfte des Hotels stoben mit gezückten Waffen ins Zimmer.

„Es ist schon gut“, beschwichtigte Trent, und einer der beiden, der bulligere, ging zum Nachttisch, hob den Telefonhörer ab, knurrte etwas auf Spanisch und legte wieder auf.

Nikki umschlang mit beiden Armen ihren Oberkörper und setzte sich auf die Bettkante, während Trent dolmetschte. Sie berichtete ihm von dem Mann auf der Veranda, und er wiederholte ihre Aussagen auf Spanisch für die beiden Wachmänner. Die Fragen nach der Identität und einer Beschreibung kamen in rascher Folge, und Nikki musste eingestehen, dass sie die Gestalt durch die regennasse Scheibe nur dunkel und verschwommen gesehen hatte.

„Wir haben keine Ahnung, wer das war“, sagte Trent, als die Wachmänner ihre Befragung beendeten. „Ich zumindest nicht. Du, Nikki?“

Sie schüttelte den Kopf. Wer hätte ein Interesse daran, sie auszuspionieren? „Ich habe keine Ahnung.“

Die Wachmänner besprachen sich und redeten mit Trent, erzählten sogar einen Witz, von dem Nikki kein Wort verstand. Irgendwann gingen sie, baten Nikki um Verzeihung wegen des Schreckens, den sie davongetragen hatte, und versprachen, Ausschau nach Verdächtigen zu halten.

„Sie vermuten, dass es nur wieder ein Einbruchsversuch war“, sagte Trent, als er die Tür hinter den Männern geschlossen hatte. „Die häufen sich offenbar in den größeren Hotels der Gegend. Ein Einbrecherring, der es auf Geld und Schmuck reicher Touristen abgesehen hat.“

„Hier hätten sie nicht viel gefunden“, sagte Nikki nicht sehr überzeugt. Sie zog die Brauen zusammen. „Außerdem bin ich gar nicht so sicher, dass es etwas mit einem Raub zu tun hatte.“

„Wieso nicht?“ Er legte beide Riegel vor, bevor er sich auf die Bettkante setzte und seine Stiefel auszog.

„Weil ich das Gefühl hatte, dass mich jemand verfolgte.“

Er warf ihr über die Schulter hinweg einen interessierten Blick zu, sagte jedoch nichts.

„Früher am Tag. Als ich mit dem Pferd unterwegs war, habe ich es gespürt, und dann bist du aufgetaucht, und ich dachte, *du* wärst der Grund dafür, dass ich mich beobachtet fühlte. Aber jetzt ... Jetzt bin ich nicht mehr so sicher." Sie zog die Füße an den Körper und legte die Arme um ihre Knie.

„Du glaubst also, der Mann auf der Veranda könnte dich verfolgt haben?"

„Ja. Aber ich weiß nicht, warum!" Sie seufzte hilflos und beschloss, ein kleines Spiel zu wagen. „Ich glaube, es könnte etwas mit Senator Crowley zu tun haben."

Bildete sie es sich nur ein, oder spannten sich die Sehnen in Trents Nacken?

„Crowley? Wie kommt denn der plötzlich ins Spiel?"

„Ich weiß nicht", gab sie zu. „Aber ich habe mit Connie von der Zeitung gesprochen, und später hat dann mein Vater angerufen. Beide erwähnten unseren illustren Senator. Connie glaubt offenbar, ich hätte an einer Story über ihn gearbeitet, um irgendwelchen politischen Schmutz aufzudecken, und Dad ... Dad verhielt sich merkwürdig. Er benahm sich, als hätten wir vor meinem Aufbruch nach Salvaje Streit gehabt, und dieser Streit hatte offenbar mit Crowley zu tun." Sie reckte sich und bauschte mit leicht zittrigen Fingern ihr noch feuchtes Haar auf. „Das Dumme ist, ich weiß nicht einmal, wie der Mann aussieht. Ich konnte mich kaum an seinen Namen erinnern."

„James", informierte Trent sie und warf seine Stiefel in den Schrank. „Diamond Jim Crowley. Seines Zeichens Rechtsanwalt, Geschäftsmann und Senator. Ein Republikaner aus Tacoma." Er zog seine Jacke aus und hängte sie über den Stuhl vor der Kommode, bevor er sich neben Nikki auf dem Bett ausstreckte. „Connie hat recht. Du hast dich für ihn interessiert. Du hast geglaubt, er könnte in irgendwelche dunklen Geschäfte verwickelt sein."

„Was hat das mit Salvaje zu tun?"

„Nichts."

„Warum hatten mein Vater und ich dann Streit wegen ihm?"

„Weil dein Dad ein eingefleischter Republikaner mit eigenem Unternehmen ist. Du weißt es anscheinend nicht mehr, aber du und dein Vater seid euch von jeher politisch so fern, wie es nur denkbar ist." Er rückte näher an sie heran, legte den Kopf aufs Kissen neben ihrem Oberkörper. Nikki wollte von ihm abrücken, sagte sich, dass das allein vernünftig wäre, doch unwiderstehliche Sehnsucht hielt sie an ihrem Platz auf dem Bett.

„Wie dunkel?"

„Was?"

„Der Senator. Was habe ich vermutet?"

„Das weiß ich nicht. Du wolltest nicht darüber reden. Alles streng geheim. Mich wundert, dass dein Vater und Connie davon wussten."

Auch Connie hatte betont, dass es sich um etwas handelte, worüber sie Stillschweigen bewahren mussten. Aber was war es? Nikki zerbrach sich den Kopf und spürte Trents nasses Haar an ihrem Schenkel.

„Was hast du am Flughafen erfahren?", fragte sie, um einen klaren Kopf zu bewahren, doch er umfasste ihren nackten Knöchel. Nikkis Herz schlug schneller, sie konnte sich kaum auf etwas anderes konzentrieren als auf die warme Hand an ihrem Bein.

„Der Sturm soll sich legen, und unser Flug geht um drei. Wenn keine weiteren Katastrophen dazwischenkommen, sind wir morgen gegen Mitternacht zu Hause."

Erleichterung hätte sie überwältigen sollen. Stattdessen wollte das nagende Gefühl, etwas auf Salvaje zurückzulassen, etwas Unfertiges, nicht aufhören, sie zu quälen.

Trent ließ die Finger sanft an ihrer Wade hinaufgleiten. Nikki konnte kaum noch atmen. Sie biss sich auf die Lippe und blickte auf Trent herab. Er hatte den Kopf auf dem Kissen zu ihr gedreht und sah sie an.

„Ich glaube, das hier ist keine besonders gute Idee", sagte sie mit einer Stimme, die sie kaum als die eigene erkannte.

Er strich über ihr Knie und ließ die Hand weiter aufwärts wandern. „Das weiß ich."

„Vielleicht sollten wir aufhören – Oh!" Ihr Widerspruch endete abrupt, als Trent sich plötzlich über sie beugte und mit den Lippen ihren Mund fand, während seine Finger ihren Slip ertasteten.

„Ich kann nicht", gestand er und küsste sie mit der gleichen wilden Leidenschaft, die schon vor wenigen Stunden ihre Seele berührt hatte. „Weißt du das immer noch nicht? Wenn ich bei dir bin, kann ich einfach nicht aufhören."

Trent entdeckte *El Perro* an der Bar. Der Hund trank aus einem hohen Glas und versuchte, bei einer langbeinigen Rothaarigen zu landen. La Luna Plata, oder die Silbermond-Bar, war für den frühen Nachmittag gut besucht. Zigarettenrauch und Lachen, Gläserklirren und das Klimpern von Eiswürfeln lagen in der Luft, grobe Witze auf Spanisch flogen von einem zum anderen. Der Barmann, ein stämmiger Kerl mit einem gezwirbelten Schnauzbart, mixte eifrig Drinks. Kellnerinnen in kurzen Rüschenröckchen und tief ausgeschnittenen engen Bodys schlängelten sich geschmeidig zwischen den Nischen und runden Tischen hindurch.

Trent ließ sich auf einem freien Hocker neben dem Hund nieder. Ihre Blicke begegneten sich im Spiegel hinter dem Tresen. Als Trent ein Bier bestellte, flüsterte *El Perro* der Rothaarigen etwas ins Ohr, grinste über ihre Antwort und tätschelte ihr Hinterteil, als sie vom Hocker glitt. Erst als Trent sein Bier bezahlt hatte, zogen sich die beiden Männer in eine der hinteren Nischen in der Nähe eines geräuschvollen Pokerspiels zurück, das ihre Unterhaltung übertönte.

„Deine Frau, die ist listig wie ein Fuchs, wie?", fragte *El Perro*, und seine dunklen Augen blitzten vor boshaftem Vergnügen in dem dunklen Lokal.

Trents Blut geriet ein wenig in Wallung, doch er brachte ein schmales Lächeln zustande. „Sie ist nicht dumm."

„Zu klug für dich, was?“

„Mag sein“, räumte Trent ein und trank einen tiefen Schluck aus seiner Flasche.

El Perro lachte schnaubend und zündete sich eine Zigarette an. „Sie überlässt dir das Aufräumen und erledigt ihre Geschäfte allein.“

„Was für Geschäfte?“, fragte Trent, obwohl er vermutete, es längst zu wissen. „Meinst du den Fotoladen?“

Der kleinere Mann stieß eine Rauchwolke aus und wirkte leicht enttäuscht. „*Sí.*“

„Damit hatte ich gerechnet.“

„Weißt du, dass sie dem Silberhaarigen begegnet ist?“, fragte *El Perro* mit einem verstohlenen Blick ins Trents Richtung. „Dem Mann mit dem Gehstock?“

Trents Gelassenheit verließ ihn. Seine Muskeln spannten sich an, und er umklammerte die Bierflasche. „Crowley?“, flüsterte er heiser. „Sie ist Crowley begegnet?“

„*Sí.*“ *El Perro* hatte offensichtlich seinen Spaß an der Sache, doch Trent wäre ihm am liebsten an die Kehle gegangen.

„Und?“

„Und nichts. Sie hat ihn nicht erkannt.“

Das war keine Lösung des Problems. „Und er?“

„Er hat sie lange angesehen, aber nichts gesagt.“ Der Hund beugte sich über den Tisch vor. „Der Silberhaarige, dem traue ich nicht über den Weg, *amigo*. Seine Augen sehen aus wie tot.“

Amen. Trent ballte die Hände zu Fäusten. „Sonst noch was?“

„Nein, nichts.“

Trent zückte einen schmalen Umschlag und warf ihn auf den Tisch. „Du hast schlampig gearbeitet“, sagte er. „Sie hat dich auf der Veranda gesehen.“

Der dunkelhäutige Mann zog die Brauen zusammen. Er schob die Zigarette in den Mundwinkel und zählte die Geldscheine. „Schlampig. *El Perro* doch nicht.“ Zufrieden, weil die Summe stimmte, spähte er durch den dichten Zigarettenrauch. „Ich war nie auf eurer Veranda, *amigo*.“

Nikki blickte auf die Uhr. Trent war seit beinahe einer Dreiviertelstunde fort. Er hatte gesagt, er wolle hinunter ins Foyer gehen und mit dem Geschäftsführer über verstärkte Sicherheitsvorkehrungen sprechen, und Nikki erwartete ihn längst zurück.

Das Unwetter hatte sich über Nacht gelegt, und der Tag war klar und hell, die Nachmittagssonne fiel wieder durch die Fenster.

Nikki warf einen Blick aufs Bett und spürte, wie ihr die Röte heiß den Hals hinaufstieg. Wie oft hatten sie sich in der vergangenen Nacht geliebt? Dreimal? Viermal? Sie konnte sich nicht entsinnen. Nicht, dass es wichtig war, sagte sie sich, aber ihre Liebe war so wild … so … verzweifelt gewesen, als wüssten sie beide, dass sie bald ein Ende finden würde. *Dummes Weib mit albernen Kleinmädchenträumen*.

Trent hatte ihr versprochen, dass sie vor der Abreise in der Stadt noch ein paar Einkäufe in letzter Minute machen konnte – Nikki wollte die Fotos abholen. Sie musste eine Möglichkeit finden, Trent noch einmal zu entwischen, nur für ein paar Minuten, aber das dürfte nicht zu schwierig werden.

Sie hörte seinen Schlüssel im Schloss und lächelte, als Trent hereinkam. „Ich dachte schon, ich hätte dich verloren“, sagte sie, bemerkte dann aber seinen eiligen Schritt und den finsteren Zug um seinen Mund.

„Pech gehabt“, sagte er ohne den Hauch eines Lächelns. „Hast du gepackt?“ Er sah ihr Gepäck neben der Tür und nickte. „Gut. „Wir haben die Chance, einen früheren Flug zu erwischen, doch dann müssen wir in zwanzig Minuten auf dem Flughafen sein.“

Nikkis Mut sank. „Moment“, protestierte sie, als er nach ihrem Koffer und dem Kleidersack griff. „Ich dachte, wir wollten noch in die Stadt …“

„Keine Zeit.“

„Aber du hast es versprochen“, sagte sie verzweifelt. „Ich habe dir doch gesagt, dass ich noch einkaufen möchte und …“

„Tut mir leid.“

„Ich reise nicht ab, bevor ich …“

„Du reist ab, und zwar jetzt. Mit mir“, sagte er in einem Ton, der keinen Widerspruch duldete.

„Für den Fall, dass du noch nicht davon gehört hast: Wir leben nicht mehr im Mittelalter, McKenzie! Du kannst mich nicht herumkommandieren, als wärst du irgendein Adliger und ich kleines Dienstmädchen –“

Er fasste ihre Unterarme mit eisernem Griff. „Hier ist es nicht mehr sicher.“

„Was soll das heißen?“

„Der Mann auf der Veranda. Ich glaube, du hattest recht. Er war kein Einbrecher.“

„Was war er dann?“, fragte sie, bemüht, keine Angst zu zeigen.

„Das weiß ich nicht, aber wir bleiben nicht hier, um es herauszufinden.“ Er ließ ihre Arme los, als es an der Tür klopfte, und gestattete dem Pagen, beim Gepäcktragen behilflich zu sein.

Nikkis Verzweiflung wuchs. „Es würde doch nur eine Minute dauern.“

Das Telefon schrillte, und Trent griff nach dem Hörer. „Hallo?“

Das Gespräch war ziemlich einseitig. Trent hörte zu, sah Nikki aus schmalen Augen an und presste die Lippen zusammen.

„*Gracias*, ich werde es ihr sagen“, versprach Trent, bevor er langsam den Hörer wieder auflegte.

Nikki wurde innerlich kalt.

„Das war Schwester Sanchez aus dem Krankenhaus. Mrs Martínez’ Freundin ist ein Mädchen namens Rosa Picano. Sie arbeitet in einem Hotel am südlichen Ende der Bucht. Willst du mir von ihr erzählen?“

Nikki sah ihn fest an und sagte: „Ich will dir schon lange von ihr erzählen. Sie hat mich im Krankenhaus gesehen. Sie kannte mich. Nannte mich Señorita Carrothers. Nicht Señora McKenzie.“

Trent zog eine Braue hoch. „Und das wundert dich?“

„Ja. Warum nennt sie mich …“

„Weil es bei unserer Ankunft ein Missverständnis gab. In unserem ersten Hotel. Du hast uns registriert, während ich mich ums Gepäck kümmerte, und deine Kreditkarten, sämtliche Ausweise, selbst dein Pass lauten noch auf deinen Geburtsnamen. Es war einfacher, uns unter Carrothers einzutragen."

„Das Mädchen erinnerte sich nicht an einen Mann."

„Weil ich gleich den Geschäftsführer aufgesucht habe. Die Installationen in unserem ersten Zimmer funktionierten nicht."

Sie wollte ihm vertrauen, ihm glauben, konnte es aber nicht. Zu vieles blieb ungeklärt. „Sagst du mir die Wahrheit?"

„Ja, aber ich weiß nicht, was ich tun soll, um dich zu überzeugen", antwortete er gereizt. „Komm jetzt. Wir dürfen unseren Flug nicht verpassen." Er zog sie mit sich zum Lift und durch das Foyer vors Hotel, wo ein Taxi auf der halbkreisförmigen Zufahrt wartete. Ein braun gebrannter Fahrer verstaute ihr Gepäck im Kofferraum. „Das kannst du nicht machen", fauchte Nikki, als Trent sie in den Fond des Wagens schob, ebenfalls einstieg und den Chauffeur auf Spanisch anwies, sie zum Flughafen zu bringen.

„Oh doch."

„Ich schreie", warnte sie ihn.

„Nur zu. Wir sind verheiratet, und wie ich schon sagte, auf dieser Insel stellt kaum einer die Rechte eines Ehemanns infrage. Wenn ich sage, was gut für dich ist, dann ist es gut für dich, ob es dir passt oder nicht."

„Das ist barbarisch!"

Seine Augen funkelten zornig. „Natürlich. Deswegen funktioniert es ja auch."

„Aber …" Sie wollte Widerspruch einlegen, schreien, ihn mit ihren Fäusten bearbeiten, als der Taxifahrer auf die Betonpiste abbog, die an der Stadt Santa María vorbei direkt zum Flughafen führte. Nikki war so mutlos wie seit ihrem Erwachen im Krankenhaus vor all diesen Tagen nicht mehr. In diesem Augenblick hasste sie Trent.

„Ich will die Scheidung", platzte sie wütend heraus.

Seine Antwort war ein träges, sinnliches Lächeln. „Letzte Nacht warst du aber anderer Meinung."

Ohne zu überlegen hob sie die Hand, doch er hielt sie mitten in der Bewegung fest. „Das würde ich an deiner Stelle nicht tun."

„Du an meiner Stelle würdest mich wahrscheinlich mit dieser verdammten Knarre erschießen, für die du einen Waffenschein besitzt."

„Wahrscheinlich", räumte er ein und lächelte wieder. Die Palmen machten dem Flughafen Platz, der lediglich aus ein paar niedrigen Baracken und ein paar rissigen Startbahnen bestand. Nikki blieb nichts anderes übrig, als Trent in das Gebäude zu folgen. Sie konnte nicht schreien, dass sie entführt würde, denn er brachte sie ja nur nach Hause, und im Grunde glaubte auch sie, dass ihnen auf dieser Insel irgendeine Gefahr drohte. Warum sonst wäre er so nervös?

Doch hier auf Salvaje war noch etwas anderes, etwas, das sie zu diesem Fleckchen der Karibik gezogen hatte, irgendein Grund, aus dem sie überhaupt nur hierher hatte fliegen wollen, und was immer dieser Grund sein mochte, sie wusste tief im Inneren, dass sie ihn nicht gefunden hatte.

Sie kochte immer noch vor Wut, als sie an Bord des kleinen Flugzeugs gingen. Sie hatte einen Fensterplatz, schloss den Sicherheitsgurt über dem Schoß und lauschte den Sicherheitsinformationen der Flugbegleiterin. Sie wusste, dass Trent sie beobachtete, doch als sie abhoben, blickte sie aus dem Fenster auf die wilde Insel, wo sie ihr Gedächtnis verloren hatte, das Paradies, auf dem sie ihre Flitterwochen hatte verbringen wollen, den Ort, wo sie ihr Herz an einen Mann verloren hatte, den sie abwechselnd hasste und liebte. Ach, was für ein schreckliches Durcheinander!

Das Flugzeug flog eine Runde, und hoch über Salvaje sah Nikki Carrothers McKenzie herab auf die zerfallende Missionsstation inmitten uralter Palmen. Es versetzte ihr einen schmerzhaften Stich, als sie an ihren Albtraum und den Tag ihres Aufwachens im Krankenhaus dachte, wo sie sich plötzlich mit einem Mann verheiratet sah, an den sie sich nicht erinnerte. Sie spürte einen Kloß im Hals, als die Insel aus ihrem Blickfeld verschwand.

Sie verbrachten den Flug schweigend, bis sie Miami erreichten, wo sie die Zollschranke passierten, in eine andere Maschine umstiegen und nach Westen weiterflogen. Nikki schaute einen Film an, statt sich einer Unterhaltung mit Trent auszusetzen. Sie schlummerte ein, aß und befand sich nach einem letzten Umsteigen auf dem Weg nach Seattle.

Seattle. Die größte Stadt am Puget Sound, die sich am Lake Union und Lake Washington entlangzog mit einer Reihe von Autobahnen, die dem in den letzten Jahren ständig zunehmenden Verkehr kaum gerecht werden konnten. Sie hatte die Innenstadt als unglaublich hügelig in Erinnerung – schon vor langer Zeit hatte sie sich Autos mit Schaltgetriebe abgewöhnt – und den Uferbereich als kühl und windig.

Für den *Observer* arbeitete sie seit ... fünf oder sechs Jahren. Nikki lehnte sich zurück an die Kopfstütze, dachte an ihren Beruf und konnte sich an keinerlei besondere Vorkommnisse erinnern, wusste aber, dass ihre Arbeit sie nicht befriedigte und sie den brennenden Wunsch verspürte zu beweisen, dass sie genauso gut wie die meisten männlichen Mitarbeiter war. Langsam trieb eine Erinnerung an die Oberfläche ihres Bewusstseins.

„Du weißt doch, was man sagt: ‚Gegen die Stadtverwaltung kommt keiner an'", verkündete Peggy und warf einen Aktenordner auf Nikkis chaotischen Schreibtisch. Peggy, einssechzig groß und mit sieben Zentimeter hohen Absätzen, war ein zierlicher Rotschopf mit großen Augen, einer Brille auf der Nasenspitze und einem Temperament, das ihrer Haarfarbe entsprach. „Ich hab's versucht, Nikki."

„Ich habe die Story nicht bekommen."

„‚Mit organisierter Kriminalität', ich zitiere, ‚befassen sich am besten Männer. Die verleihen der Story die notwendige Schärfe.' Zitatende." Peggy griff in ihre Handtasche und suchte nach einer Schachtel Zigaretten, obwohl sie vor acht Monaten das Rauchen aufgegeben hatte. „Verdammt“, zischte sie leise. „Da will ich doch wie früher meinen BH verbrennen.“

Nikki brachte ein Lachen zustande, obwohl sie vor Wut kochte. „Wir dürfen uns nichts gefallen lassen.“

„Die glauben, sie tun uns einen Gefallen.“

„Ach, dann ist es jetzt wohl Kavaliersverhalten, uns die guten Storys wegzuschnappen.“ Nikki schäumte innerlich. „Tja, ich schätze, es ist an der Zeit, dass wir ihnen beweisen, wie sehr sie sich täuschen.“

„Nikki ...“ Peggys Tonfall enthielt eine Warnung.

„Ich finde, es ist Zeit für den Pulitzer-Preis.“

„Das alles gefällt mir nicht“, sagte Peggy und rümpfte die Nase. „Na ja, eigentlich doch, aber ich muss mich nach den Entscheidungen des Chefredakteurs richten. Das ist mein offizieller Standpunkt.“

Nikki zuckte die Achseln, wusste jedoch, was sie zu tun hatte. Die nächste große Story, die sich anbot, sollte ihr nicht entwischen. Sie sammelte ohnehin schon Informationen zu verschiedenen Themen, von denen eines recht vielversprechend war – nämlich die Story um Senator James T. Crowley. „Und was ist dein inoffizieller Standpunkt?“

Peggy schob sich die Brille zurück auf die Nasenwurzel und reckte entschlossen ihr kleines Kinn vor. „Ran an den Speck.“

Jetzt, während sie über Seattle kreisten, begann Nikkis Herz zu hämmern. Damit war also ihr Interesse am Senator geweckt worden, aber sie konnte sich nicht erinnern, warum. Er war in irgendwelche schmutzigen Geschäfte verwickelt, so viel war sicher, und irgendwie stand ihre Reise nach Salvaje – ihre Hochzeitsreise – mit der Story in einem Zusammenhang. Aber wie?

Das Flugzeug setzte zum Landeanflug an, und Nikki blickte aus dem Fenster. Als sie die Wolkendecke durchstießen, kamen Millionen von rasterförmig angeordneten Lichtern ins Blickfeld. Nikki zog den Sicherheitsgurt fest. Bald würde sie zu Hause sein. Bestimmt fand sie dann ihre Erinnerungen wieder. Sie warf einen Blick auf Trent. Das Geheimnis, das ihn umgab, würde bald gelüftet werden.

Ihr wurde flau im Magen. Was, wenn sie erfuhr, dass sie nicht verheiratet waren, dass er jetzt zurück in Seattle aus welchem Grund auch immer keine Verwendung mehr für sie hatte? Sicher, sie glaubte, dass sie ihm etwas bedeutete, und sei es nur ein bisschen, doch nicht ein einziges Mal hatte er gesagt, dass er sie liebte. Das gab ihr einen kleinen Stich ins Herz. Sei keine Heulsuse, Nikki! In den vergangenen zehn Tagen oder so war der Mann eine Plage für sie gewesen. Egal, dass sie dahinschmolz, wenn er sie küsste, egal, dass sie unwillkürlich immer wieder betrachten musste, wie ihm das Haar in die Stirn fiel, egal, dass ihre Haut jedes Mal prickelte, wenn er ihre Hand in seine nahm.

Romantische Fantasien! Mehr nicht. Sie war mit ihm allein auf einer tropischen Insel gewesen, mit dem Gefühl von Gefahr und Abenteuer. Natürlich hatte sie sich in ihn verknallen müssen.

Doch das war vorbei. Sie war zu Hause. Trent bedachte sie mit einem flüchtigen Blick, der ihre eigenen Gefühle spiegelte. Düster dreinblickend griff Trent in die Innentasche seiner Jacke und entnahm ihr einen Umschlag.

„Ich dachte mir, dass du die hier gern sehen würdest", sagte er geheimnisvoll und warf ihr den Umschlag in den Schoß. Nikkis Herz drohte auszusetzen, als sie erkannte, dass der Umschlag die Fotos von dem Film enthielt, den sie in Josés Fotoladen abgegeben hatte. „Nur zu, Nikki", sagte Trent ruhig. „Schau hinein."

8. KAPITEL

Nikki wurde so kalt, als hätte ein Geist nach ihrer Seele gegriffen. Nur sieben Fotos waren entwickelt worden, und diese waren in einer Stadt am Wasser aufgenommen, aber in einer modernen, geschäftigen Stadt, wie sie erkennen konnte, völlig anders als der ländliche karibische Ort Santa María. Sie blätterte die wenigen Fotos durch. Kein einziges Bild von Salvaje oder Trent.

„Sieht aus wie Victoria“, sagte er, als sie die Fotos nur anstarrte und spürte, wie ihr vor Verlegenheit die Röte in den Nacken stieg. „In British Columbia.“

Sie presste die Lippen aufeinander. Victoria. Sie war dort gewesen. Wahrscheinlich im letzten Urlaub, als sie die Kamera zuletzt benutzt hatte.

„All die Mühe umsonst“, bemerkte Trent, als sie die Aufnahmen zurück in den Umschlag schob.

Sie räusperte sich und warf ihm einen argwöhnischen Blick zu. „Hast du mir nachspioniert?“

„Ich habe nur versucht, auf dich achtzugeben.“ Sein Gesicht wirkte verschlossen und abweisend, als wollte er sie zum Widerspruch herausfordern. „Aber du glaubst mir ja nie.“

„Ich weiß nicht, was ich glauben soll“, gestand sie. Mit einem Ruck und singenden Reifen setzte das Flugzeug auf der Landebahn auf. Nikki verstaute die Fotos in ihrer Tasche. Da hatte sie sich ja als großartige Enthüllungsjournalistin erwiesen. Kein Wunder, dass sie bisher nur Storys über Jahrmärkte, Pfadfindertreffen und die Hochzeit der Gouverneurstochter hatte schreiben dürfen. Brandaktuell.

Jetzt war sie der Antwort auf die Frage, ob sie mit Trent verheiratet war, keinen Schritt näher gekommen.

In der Ankunftshalle holten sie ihr Gepäck ab und fuhren mit dem Shuttle-Bus zum Parkplatz, wo Trent seinen Jeep abgestellt hatte. Das Fahrzeug wies zahlreiche Beulen und Dellen auf und benötigte dringend eine frische Lackierung, doch es weckte keinerlei Erinnerungen. Nikki schlüpfte auf den Beifahrersitz, der unter ihrem Gewicht knarrte, wartete auf Trent und war überzeugt, nie zuvor in einem Jeep gesessen zu haben.

Doch jetzt war sie hier. Mit ihrem „Ehemann". Herrgott, wann würden die Erinnerungen endlich wieder einsetzen?

Reifen surrten über den Asphalt, der Jeep beschleunigte und mischte sich in den dichten Verkehrsstrom nach Norden ins Herz von Seattle. Dichter, für Washington typischer Nieselregen fiel vom Himmel, und die Scheibenwischer huschten hin und her, während Nikki verzweifelt durch die Scheibe spähte. Hier in ihrer Heimatstadt würde sie sich doch bestimmt erinnern. Sie wartete, kreuzte die Finger und betete stumm um eine Spontanheilung dank eines Adrenalinstoßes und dem vertrauten Anblick und Lärm von Seattle. Dann wäre ihr Leben wieder vollständig – bestehend aus Vergangenheit, Gegenwart und Zukunft.

Die regennassen Straßen wirkten anheimelnd. Die Geschäftigkeit, der Lärm und die hellen Lichter der Stadt riefen ein vertrautes Sehnen in ihrem Herzen hervor. Nebelschwaden waberten über das Pflaster. Der kühle Oktoberwind blies nach Osten über das dunkle Wasser der Meerenge hinweg und trieb in den schmalen steilen Straßen rund um Elliott Bay sein Unwesen.

Ja, diese Stadt war Nikkis Zuhause. Hier hatte sie ihr ganzes Leben verbracht und sie erinnerte sich an Fahrten in der Monorail mit ihrer Mutter und ihrer Schwester zu den Einkaufszentren der Stadt, wo sie durch die Läden streiften und sich zum Mittagessen mit ihrem Vater trafen. Diese fröhlichen Ausflüge hatte es nicht oft gegeben, und sie lagen lange zurück, in einer Zeit, bevor die Kluft zwischen Eloise und Ted Carrothers zu tief geworden war und sich nicht mehr überbrücken ließ. Nikki, der Jüngsten, war die unterschwellige Spannung zwischen ihren Eltern in den ersten Jahren entgangen, doch als sie älter wurde, in der Pubertät, bemerkte sie mehr und mehr, dass ihre Mutter todunglücklich war. Die Ehe mit einem Mann, der erwartete, dass allabendlich pünktlich um sechs Uhr das Essen auf dem Tisch stand, dass seine Hemden gewaschen, gestärkt und gebügelt und Haus und

Kinder picobello sauber gehalten wurden, für den Fall, dass er einen wichtigen Kunden zum Abendessen mitbrachte, hatte ihre Spuren hinterlassen.

Aus dem Glas Wein, das ihre Mutter vor dem Abendessen genoss, waren bald zwei geworden, dann drei. Manchmal hatte Eloise vor dem Essen schon eine ganze Flasche geleert, und sobald das Geschirr in der Spülmaschine eingeordnet war, zog sie sich mit „Kopfschmerzen" ins Obergeschoss zurück.

Irgendwann hatte sie beim Essen kaum noch die Augen offen halten können, und die Streitereien, die zwischen Nikkis Eltern ausbrachen, ließen die Wände ihres Hauses im Queen-Anne-Bezirk wackeln.

Nikki erinnerte sich, wie sie in ihrem Bett lag, die Bettdecke über den Kopf gezogen, um die wütenden Stimmen nicht hören zu müssen, die durchs Haus schallten. Selbst jetzt noch, mehr als fünfzehn Jahre später, gab ihr das einen Stich. Sie blinzelte die Tränen fort und sagte sich, dass sich alles ja zum Besten gewendet hatte. – Ihre Mutter war in Südkalifornien glücklich, hatte einen Grundstücksmakler geheiratet und lebte am Meer, und ihr Vater, immer noch Junggeselle, schien diesen Zustand zu genießen.

Trent steuerte den Jeep in die Zufahrt eines alten englischen Tudor-Hauses, das in Apartments unterteilt worden war. Das Fahrzeug rumpelte über mehrere Bremsschwellen, bevor es einen Parkplatz unter einer Eiche mit ausladenden Ästen und sprödem, welkem Laub fand.

Nikki musterte das Gebäude, als sie die Tür des Jeeps zuschlug. Ihr Zuhause. Der Anblick des alten Hauses hätte einen Ansturm von Erinnerungen auslösen müssen. Nervös ließ sie den Blick über das Gebäude schweifen, wollte hinter zur Nacht geschlossenen Jalousien der hell schimmernden Fenster blicken. Wer waren die Menschen, die so eng mit ihr zusammen wohnten? Ein alter weißer Pick-up und ein Ford Kombi waren in der Nähe des Jeeps geparkt, doch sosehr Nikki sich auch anstrengte, sie konnte die Gesichter der Leute nicht heraufbeschwören, denen die Autos gehörten und die unter einem Dach mit ihr lebten.

Enttäuscht folgte sie Trent, als er ihr Gepäck die Außentreppe hinauf zur Galerie des zweiten Stocks trug. Die Stufen waren mit Gummistreifen gegen die Ausrutschgefahr gesichert, das Geländer wirkte abgegriffen. Auf ihrer kleinen Veranda kramte Nikki nach ihrem Hausschlüssel, zog gegen den Regen die Schultern hoch und schloss die Tür auf.

Sie ließ Koffer und Handtasche auf den verblichenen Orientteppich fallen und atmete tief die dumpfe, abgestandene Luft ein. Wie aus Gewohnheit trat sie aus ihren Schuhen und ging auf Strümpfen durch den langen, schmalen Speicherraum, der ihr als Wohn- und Schlafzimmer diente. Sie strich über Stuhllehnen und die staubige Tischplatte, und fühlte sich hier daheim.

„Ist schön, zu Hause zu sein", gestand sie heiser und fühlte sich zum ersten Mal seit zwei Wochen nicht orientierungslos. Sie warf einen Blick auf den Quilt, der über die Rückenlehne ihres kamelbuckligen Sofas geworfen war, lächelte über die Blumen, die vertrocknet und ohne Blätter auf einem Tischchen vor einem der Fenster standen, und registrierte, dass ihr Teekessel leer auf dem Herd stand.

„Du erinnerst dich?", fragte Trent.

Sie schüttelte den Kopf und schaute sich nach ihm um. Entdeckte sie etwas wie Erleichterung in seinem Blick? „Nicht richtig. Keine Bilder. Nur Gefühle. Aber ... ich glaube, es kommt." Sie trat an ein Fenster, öffnete es und ließ einen Hauch von Frühherbstluft in das stickige Apartment, bevor sie zum Kamin ging. Kühle, feuchte Luft breitete sich im Zimmer aus und folgte Nikki, als sie mit dem Finger über den Kaminsims strich und eine feine Staubschicht aufwirbelte. Sie hielt Ausschau nach Fotos oder Andenken an den Mann, den sie geheiratet hatte. Da war nichts. Nicht ein einziger Schnappschuss, der seine Behauptung bestätigte.

Stirnrunzelnd musterte sie ihren Schreibtisch. Der Kalender war auf der Seite mit dem Datum von vor fast zwei Wochen aufgeschlagen. Nikki schmunzelte über den Gary-Larson-Cartoon und blätterte zwei Wochen weiter. Die Seiten waren leer. Sie blätterte ein paar Seiten zurück, registrierte ein paar Termine, die sie abgesprochen und wohl auch wahrgenommen hatte, fand aber nicht einen einzigen Eintrag, der Trent betraf. Nicht einmal seine Initialen. Keine Verabredung zum Abend- oder Mittagessen, kein Hinweis auf einen Kino- oder Barbesuch oder dergleichen. Als hätte er nie existiert.

Nikki hob den Kopf, rechnete halb mit irgendeiner Erklärung von Trent, doch seine Miene war undurchdringlich, was ihr gestattete, ganz nach Belieben ihre Schlüsse zu ziehen. „Sind wir nie ausgegangen?“, fragte sie. „Du weißt schon, zum Essen oder so … zu einem Rendezvous?“

Er zog die Mundwinkel hoch, und seine Augenfarbe wechselte zu rauchblau. „Wir haben die Dating-Phase einfach übersprungen.“

„Aber hier finde ich keinen Hinweis auf dich. Keinen einzigen …“

Er zuckte die Achseln, als hielte er ihre Sorge für angemessen, und lehnte sich an die gepolsterte Armlehne ihres Sofas. Seine Nackenmuskeln spannten sich an, und er schien nach den richtigen Worten zu suchen. „Bei uns lief alles sehr spontan ab. Ich habe das nie analysiert. Du auch nicht.“

Sie hatte keinen Anlass, ihm zu glauben, keinen Beweis zur Untermauerung seiner Worte. Sie massierte ihren verspannten Nacken, seufzte und blickte auf den Anrufbeantworter, dessen rotes Lämpchen ungeduldig blinkte. Unter bösen Vorahnungen betätigte sie die Abspieltaste, und das Band spulte rasch zurück.

Die ersten vier Anrufer legten einfach auf. Dann erklang Jans Stimme, erfüllt von der Sorge der großen Schwester. *Nikki? Ich bin's, Jan. Was zum Teufel ist los? Mom hat angerufen; sie sagt, du wärst auf irgendeiner Karibikinsel und hättest dort geheiratet. Herrgott noch mal. Irgendeinen Kerl, den niemand von uns je gesehen hat.* Nikkis Blick begegnete Trents. *Stimmt das alles? Ruf mich an, wenn du zurück bist, und erzähl mir alles! Himmel, Nikki, was ist mit dir passiert? Das alles ist so … ich weiß nicht … spontan. Ich dachte, du hättest all das endlich überwunden.* Eine Pause folgte, und Jan seufzte. *Hör zu, es klingt, als wäre das Kind längst in den Brunnen gefallen. Ich sollte dir wohl gratulieren … Na ja, ruf mich einfach an.*

„Wir haben keine Zeit für so etwas“, knurrte Trent, als ein paar weitere Anrufe einfach abgebrochen wurden.

„Aber sicher.“

Die nächste Stimme auf dem Anrufbeantworter hinterließ eine Computernachricht für ein sagenhaftes Angebot in Sachen Time-Sharing-Urlaub in Colorado, die folgende Nachricht war eine Umfrage über das Fernsehprogramm.

Der letzte Anruf klang dringlicher. *Nikki? Ich bin's, Dave.* Nikki erstarrte. Trent verzog den Mund zu einem humorlosen Lächeln. *Um Himmels willen, was ist los? Ich habe in deinem Büro angerufen und mit Connie geredet, und sie sagt, dass du mit einem Mann verheiratet bist, den du kaum kennst! Soll das womöglich ein Witz sein? Connie sagt, dass du dich kaum jemals mit ihm getroffen hast, bevor du zu dieser Insel geflogen bist. Um Gottes willen, Nikki, ruf mich an und sag mir, dass es eine Lüge ist oder ein Witz oder … oder was auch immer. Klar, wir hatten Probleme, aber ich dachte, wir brauchten nur ein bisschen Zeit und Freiraum, um die zu überwinden.* Eine längere Pause entstand, dann ertönte ein Seufzer. *Hör mal, wenn du wirklich verheiratet bist, dann hoffe ich nur, dass dieser Kerl es wert ist, denn du hast nur das Beste verdient …*

Nikki schloss die Augen und dachte an Dave, groß und blond, wie aus dem Ei gepellt, immer picobello. Früher einmal hatte er sie anscheinend sehr gemocht, doch die Bilder, die durch ihren Kopf zuckten, sprachen nicht von Liebe oder Zärtlichkeit oder Leidenschaft. Ihr wurde bewusst, dass sie ihn wohl nie wirklich geliebt hatte. Offenbar war er nur der richtige Typ zu einem falschen Zeitpunkt in ihrem Leben. Und er war derjenige gewesen, der „Freiraum“ und ein bisschen mehr „Zeit“ eingefordert hatte, wenn sie sich recht erinnerte.

Seine Stimme ertönte von Neuem. *Aber … wenn das alles nur eine gewaltige Lüge ist, ruf mich an. Oder wenn der Kerl doch nicht der Richtige ist, melde dich um Himmels willen … Ob du es glaubst oder nicht, Nikki, du fehlst mir. Bis jetzt war mir nur nicht klar gewesen, wie sehr … Wie lautet gleich diese Redensart über verpasste Gelegenheiten? Tja, die trifft anscheinend auf mich zu. Ich liebe dich, Nikki. Ich werde dich immer lieben.* Er legte abrupt auf, und seine Worte hingen in der Luft wie stille, unsichtbare Wächter, die stark wie ein stählerner Vorhang zwischen Nikki und Trent standen.

„Sehr wortgewandt", brummte Trent und verzog die Lippen zu einem harten, flachen Strich. „Vielleicht hast du den falschen Mann geheiratet."

„Vielleicht habe ich auch gar nicht geheiratet."

Er lächelte zynisch und fuhr sich frustriert mit gespreizten Fingern durch sein kohlschwarzes Haar. „Im Augenblick ist es mir verdammt egal, was du glaubst, aber wir müssen hier raus." Er hob den Koffer an, den sie abgestellt hatte, und warf sich den Trageriemen über die Schulter. Mit der anderen Hand packte er den Tragegriff des Kleidersacks und wies mit einer Kopfbewegung in Richtung Tür.

Nikki ließ sich nicht einschüchtern. „Wann haben wir geheiratet?", fragte sie und rührte sich nicht vom Fleck.

„An dem Freitag, als wir abgereist sind. Gegen Mittag."

Sie stand immer noch am Schreibtisch und blickte auf das entsprechende Datum in ihrem Kalender, doch der gab nichts her, außer einer Erinnerung daran, ihre Kleider aus der Reinigung zu holen, und der Startzeit ihres Flugs nach Salvaje. Als hätte Trent McKenzie, bevor er im Krankenhaus in Santa María an ihrem Bett auftauchte, gar nicht existiert. „Das habe ich nicht eingetragen."

„Natürlich nicht." Trent ließ beide Gepäckstücke fallen und schritt zum Schreibtisch, als wäre er schon tausendmal durch Nikkis Wohnung gelaufen. „Bis zu diesem Tag haben wir nicht gewusst, wann wir heiraten würden. Deshalb sind wir einfach zum Friedensrichter gegangen, und er vollbrachte die schmutzige Tat." Er blickte sie aus schmalen Augen an, als wollte er ihren Widerspruch herausfordern.

„Unsere Ehe ist also eingetragen."

„Bei der Stadt Seattle und beim King County“, antwortete er, griff um Nikki herum und zog sie in seine Arme. Er seufzte, strich ihr eine Haarlocke aus der Stirn und rang um Geduld. „Komm schon, Nik. Pack ein paar Sachen ein, dann fahren wir zu meiner Wohnung.“

„Ist das unser Plan?“

„Ich halte es für das Beste.“

„Wir können auch hier bleiben.“

„Nikki.“ Er lehnte seine Stirn gegen ihre. Seine Züge wurden weich vor Zärtlichkeit. „Wir sind beide müde. Lass uns nicht streiten – pack einfach deine Sachen und …“

„Moment mal.“ Sie durfte sich nicht von ihm einwickeln lassen. So warm und einladend seine Umarmung auch war, sie löste sich trotzdem von ihm und bemühte sich, klar zu denken. Im Moment stand sie unter Adrenalin und sie befand sich in ihrer eigenen Wohnung. Niemand, schon gar nicht ein Mann, an den sie sich nicht einmal erinnerte, durfte sie herumkommandieren. „Wir sind hier nicht auf Salvaje, Trent. Hier kannst du deine Höhlenmenschen-Taktik nicht gegen mich einsetzen.“

„Und ich dachte, ich wäre besonders nett zu dir“, sagte er und verdrehte die Augen zur Dachschräge.

„Ich verlange Antworten, Antworten, die du mir gleich am Tag meines Aufwachens hättest geben sollen.“

Er verzog den Mund. „Wenn wir in meiner Wohnung sind.“

„Warum nicht jetzt?“ Sie war in Fahrt und nicht zu bremsen. „Warum bist du mir gefolgt?“

„Was?“

„Auf der Insel“, sagte sie und rückte von ihm ab, um Abstand von seinem Körper zu gewinnen. Wenn er sie in den Armen hielt, war sie außerstande zu denken und einen kühlen Kopf zu bewahren. „Du bist mir doch gefolgt, oder?“

„Ich hatte Angst um dich.“

„Das ist keine Antwort.“

Er knurrte etwas und schob die Hände in die Taschen. „Ich hatte einen Mann zu deiner Überwachung angeheuert.“

„*Was* hast du?"

„Einen Privatdetektiv."

Ihre Wut loderte hoch. „Du elender, verlogener Scheiß…"

„Hör auf!", warnte er. Seine Nasenflügel blähten sich leicht, ein Zeichen, dass er mit seiner Geduld am Ende war. „Ich wollte dir ein bisschen Freiheit lassen, aber …"

„Aber nicht zu viel. Du hast mich einfach nur an der längeren Leine gehalten, wie? Warum? Damit ich mich daran stranguliere?" Sie stapfte auf ihn zu und hob das Kinn. „Du verbirgst etwas vor mir. Nein, das nehme ich zurück. Nicht etwas, sondern alles. Du hast dich deutlich bedeckt gehalten, als ich dich nach deiner Familie fragte, du bist Tausenden von Fragen nach unserer Beziehung ausgewichen, und du führst dich auf, als würden wir in schrecklicher Gefahr schweben. Sogar jetzt. Obwohl wir zu Hause sind. Du hast gesagt, man hätte mich nicht von dem Felsen gestoßen, und trotzdem bist du nervös wie eine Katze und stellst dich an, als wollte uns jemand – gut, mich zumindest – umbringen. Was ist los, Trent?"

„Ich sagte doch, ich erkläre es dir, wenn wir zu Hause sind."

„Wir *sind* zu Hause." Sie stemmte die Hände in die Hüften und beschloss, ihn in Zugzwang zu bringen. „Warum sagst du mir nicht, was all diese … Geheimniskrämerei und dieser Mantel-und-Degen-Kram mit Senator Crowley zu tun hat?"

Sein Kinn wurde kantig. „Du bist also immer noch hinter ihm her, wie?"

„Unbedingt." Sie umrundete Trent, ging zu ihrem Computer und schaltete ihn ein. Das Gerät erwachte summend zum Leben. „Schätze, ich finde alles, was ich über den guten alten Diamond Jim wissen und so einiges, was ich lieber nicht wissen will, in diesem Ding hier." Sie tippte mit dem Fingernagel auf die Oberkante des Monitors. „Vielleicht taucht auch dein Name auf."

„Wir haben keine Zeit …"

„Ach nein?" Sie fuhr zu ihm herum, dass ihr Haar ihre Wange peitschte. „Wie war das mit ‚alle Zeit der Welt'? Oder dem ‚Rest unseres Lebens'? Auf Salvaje wolltest du mir einreden, wir könnten es langsam angehen lassen, doch hier in Seattle heißt es immer nur husch, husch. Willst du mich nicht aufklären, Trent?“, fragte sie, als der Bildschirm hell wurde.

Entnervt ließ sie sich in ihren Schreibtischsessel fallen, drückte ein paarTasten und durchsuchte ihre Dateien. „Mal sehen, was wir zum Beispiel unter ‚Crowley‘ finden.“ Rasch tippte sie den Namen des Senators ein, doch das Gerät piepte und ließ sie wissen, dass eine Datei dieses Namens nicht existierte. „Okay.“ Sie furchte die Stirn und überlegte. „Wie wär’s mit ‚Regierung‘?“ Nur eine halb fertige Story über einen Bürgermeisterkandidaten. „Politik“ war auch nicht erfolgreicher. „Das kann nicht sein“, sagte Nikki und tippte hastig weiter. Eine Datei folgte der anderen. Sie überflog noch einmal die Liste ihrer laufenden Arbeiten. Kein Crowley. Kein Diamond Jim. Keine politische Intrige. Da stimmte etwas nicht. Nikki biss sich auf die Lippe, öffnete weitere Menüs und fand abgehakte Artikel. Aber keinerlei Hinweis.

„Wieso bist du so verdammt sicher, dass du an dieser Story gearbeitet hast?“, fragte Trent und warf einen skeptischen Blick auf den Bildschirm. Dann ging er zum Kamin und inspizierte die Fotos von ihrer Familie. Er betastete ein Farbfoto von Nikkis Schwester Carole.

„Die Story ist mir nicht zugewiesen worden – nicht offiziell –, aber ich habe so ein Gefühl, dass ich …“ Sie redete nicht weiter, als ihr auffiel, wie vertraut Trent sich in dem Zimmer bewegte, aus den Fenstern blickte, die Hände in die Gesäßtaschen schob, eine Schranktür mit defektem Schloss zuschob, als würde er seine Umgebung kennen wie seine Westentasche. Als ob er hierhergehörte.

Ihr wurde der Mund trocken. Hatte er ihre Story über Crowley womöglich gelöscht? All ihre Einträge über den Senator vernichtet?

Aber warum? Herrgott, ihr Kopf begann wieder zu dröhnen. Vielleicht war Crowley der Schlüssel zu Trents Behauptung, dass er ihr Mann wäre. Eine Gänsehaut überzog ihre Arme. Die gesamte Theorie war ihr nicht geheuer und ergab auch kaum einen Sinn. Nikki schluckte und fixierte den Bildschirm, wollte Trent nicht in die Augen sehen, aus Angst, er würde ihre Gedanken lesen. Sie wollte nicht glauben, dass er ihre Arbeit sabotierte. Warum hätte er ihr etwas vorlügen sollen, wenn es sich so leicht nachprüfen ließ? Was wäre der Sinn? Und falls er ihr etwas antun wollte ... Nun, dazu hatte er in einem fernen Land, in dem die Regierung der Vereinigten Staaten ihm nichts anhaben konnte, reichlich Gelegenheit gehabt. Ihre Handflächen waren feucht vor Angst. „Ich finde, wir müssen reden", sagte sie, schaltete den Computer aus und drehte sich in ihrem Sessel zu Trent um. Er fing ihren Blick in dem ovalen Spiegel über dem Kamin auf, während der Rechner herunterfuhr. Nikki spürte einen Kloß im Hals, und sein Blick, ausdruckslos und undeutbar, hielt ihren fest.

„Du hast recht. Aber dazu müssen wir in meine Wohnung."

„Warum?"

„Weil wir hier nicht sicher sind, Nikki."

„Hier ist mein Zuhause, und ..."

„Herrgott noch mal!" Er wirbelte herum und stürmte auf sie zu, zog sie auf die Füße. „Hol deine Sachen – sofort! Wir haben nicht viel Zeit."

„Ist das dein Ernst, dass wir nicht sicher sind?"

„Tödlicher Ernst."

„Und wenn wir in deiner Wohnung sind?"

„Dann kannst du mich alles fragen, was du willst. Aber setz dich jetzt in Bewegung, bevor es zu spät ist!"

Seine grimmige Miene überzeugte sie. Sie schluckte ihre Angst herunter, wankte zum Schrank, entnahm ihm ein paar Jeans und Sweater und stopfte alles in eine leere Tasche. „Wirst du mir sagen, wovor wir auf der Flucht sind?", fragte sie und griff nach ihrem Kosmetikköfferchen, während er den Koffer aufhob. Sie schlüpfte in ihre Reeboks und eine Jeansjacke und funkelte Trent böse an „Denn mein Erinnerungsvermögen kommt zurück, verdammt noch mal, und wenn ich dabei herausfinde, dass du ein Betrüger bist, Trent McKenzie, dann wirst du bitter dafür büßen!"

Trent hatte sich selten gescheut zu lügen, schon gar nicht, wenn die Situation erforderte, die Wahrheit ein bisschen zu modifizieren, doch dieses Mal hatte er zu hoch gepokert und war im Begriff, alles zu verderben. Er hatte sich selbst emotional so sehr in seinem eigenen Lügennetz verfangen, dass er in der Falle saß. Wie eine verdammte Fliege im Spinnennetz.

Innerlich verfluchte er sich selbst, nahm eine Kurve ein wenig zu schnell, und der alte Jeep geriet ins Schlingern, bevor die Reifen auf der glitschigen Straße wieder griffen.

Er warf einen Blick auf Nikkis zierliche Gestalt, die an der Beifahrertür lehnte. Sie schien verwirrt, litt unter dem Verlust ihrer Erinnerungen. Er umklammerte das Steuer, bis seine Finger schmerzten.

So hatte er das alles nicht geplant. Dass er Nikki so sehr mochte, war nicht vorgesehen. Als er sie kennenlernte, hatte er sie attraktiv gefunden, natürlich – zum Teufel, welcher körperlich gesunde Amerikaner hätte das nicht? Sie hatte eine tolle Figur, Rundungen an den richtigen Stellen, und ein Gesicht, das niemanden kalt ließ. Ob sie es wusste oder nicht, Nikki war hinreißend schön. Sogar jetzt, mit dem von den verheilten Unfallverletzungen teilweise rosa verfärbten Gesicht, sah sie umwerfend gut aus, schön auf eine Weise, die kein Modemagazin präsentierte.

Ihre Augen waren klar und konnten einem Mann bis auf den Grund seiner Seele blicken, ihr Haar war dicht und lockig, und ihr schön geschwungener Schmollmund weckte ungeahnte Empfindungen in Trent.

Ihr Aussehen hatte ihn angesprochen, auch ihre Persönlichkeit, teils Pitbull, teils stolzer Pfau und teils sexy Kätzchen, hatte ihn gefesselt. Er hatte oft genug mit schönen Frauen zu tun gehabt, ohne in die üblichen Fallen zu tappen, doch in Nikki Carrothers Fall war er kopfüber in einen Abgrund gestürzt und fiel immer noch. Geradewegs in die Tiefen einer emotionalen Hölle. Die Frau hatte eine Art, ihm unter die Haut zu gehen, dass er sie nicht wieder loswurde.

„Verdammt“, fluchte er leise. Sie blickte flüchtig zu ihm herüber und starrte dann wieder geradeaus durch die regennasse Frontscheibe auf die kurvenreiche Straße entlang dem Lake Washington.

Er manövrierte den Jeep aus dem Verkehrsfluss und bog in eine lange gewundene Zufahrt zwischen hohen Fichten und tropfnassen abgeblühten Rhododendronbüschen ein. Der Weg wurde von kleinen Lämpchen beleuchtet. Nach einer Biegung wurde das hell angestrahlte Haus zwischen den Bäumen sichtbar.

„Hier wohnst du?“, fragte Nikki ungläubig.

„Mein trautes Heim.“

Vor der Garage schaltete er den Motor aus, und Nikki betrachtete das Haus, ein weitläufiges, auf der einen Seite doppelstöckiges Landhaus.

„Irgendwie passt es nicht zu dem Jeep.“

„Es macht mir einfach Spaß, dich zu verwirren.“

„Das glaube ich dir gern“, antwortete sie, stieg aus seinem verbeulten Fahrzeug und zog ihr Make-up-Köfferchen mit sich. Sie setzte die Kapuze ihrer Jacke auf und stieß einen leisen Pfiff aus.

Trent zückte seinen Schlüsselring und schloss die Tür auf.

Drinnen roch es nach Reinigungsmittel, Wachs und Öl. Auf dem Weg durch holzgetäfelte Flure schaltete Trent zielstrebig Lampen ein, fand die Schalter im Dunkeln, doch Nikki fühlte sich innerlich kalt. Auch wenn sie sich nicht an ihre Vergangenheit erinnerte, war sie doch sicher, dass sie nie in ihrem Leben einen Fuß in dieses Haus gesetzt hatte. Das Wohnzimmer lag im rückwärtigen Teil des Hauses. Der Raum war mit Sesseln, Ottomanen und einem Sofa in Creme- und Blautönen eingerichtet und bot einen Panoramablick auf den See, auf dessen tintendunkler Oberfläche sich nur wenige Lichter spiegelten.

Nikki blickte aus dem Fenster und schlang die Arme um ihren Oberkörper. Messinglampen spendeten weiches Licht über Mahagonitischen, und ein schwacher Duft von Pfeifentabak und Asche im Kamin hing in der Luft. „Hier war ich noch nie“, sagte sie ausdruckslos.

„Du wirst dich erinnern."

„Ich glaube nicht." Ein kalter Schauer lief ihr über den Rücken. „Das hier hätte ich nicht vergessen. Ich würde mich daran erinnern, mit dir in diesem Haus gewesen zu sein!" Sie strich mit dem Finger über die Fensterbank und hob dann den gequälten Blick zu Trent, in der Hoffnung, ein Gefühl der Sicherheit, der Zugehörigkeit zu finden.

„Du bist einfach nur müde." Seine Stimme war rau wie Schmirgelpapier. Er biss die Zähne zusammen, nahm Nikkis Hand und ging durch einen kurzen, mit Teppich ausgelegten Flur zum Schlafzimmer, wo er ihren Koffer ans Fußende eines massiven Doppelbetts mit rechteckigen Pfosten und einem geschnitzten Kopfbrett stellte. Der Teppich war dick und burgunderrot, die Bettdecke braun, burgunderrot und waldgrün gemustert.

In einer Ecke befand sich ein Kamin, und Trent riss an seiner Schuhsohle ein Streichholz an und entzündete das trockene Holz auf den antiken Feuerböcken.

Nikki fühlte sich plötzlich beklommen, als sie sich in dem Zimmer umschaute. Irgendetwas stimmte nicht, das spürte sie genau.

Flammen knisterten in dem staubtrockenen Reisig, und Moos knackte, als das gierige Feuer es verzehrte.

Trent richtete sich auf, rieb sich das Kreuz und reckte sich. Nikkis Herz zog sich zusammen beim Anblick eines nackten Hautstreifens über seiner tief sitzenden Jeans, der sichtbar wurde, als Trent die Arme in Richtung Decke hob. Sie registrierte die geschmeidigen Rückenmuskeln und die Rinne der Wirbelsäule. „Es war ein langer Tag", sagte Trent, zog seine Jacke aus und warf sie lässig aufs Fußende des Betts. „Wir sollten schlafen gehen."

Der Raum kam Nikki plötzlich so eng vor, dass sie kaum noch atmen konnte. Im Hotel auf Salvaje hatte sie mit Trent geschlafen, hatte ihr schlechtes Gewissen jedoch damit beruhigt, dass sie keine andere Chance gehabt hatte. Sie hatte ihn wie ausgehungert geliebt, weil sie eine willige Gefangene war und der Rest ihres Lebens so fern und entlegen schien.

Doch jetzt waren sie zu Hause. Oder vielmehr an einem Ort, den Trent dafür ausgab. Die Aussicht, mit ihm ins Bett zu gehen, machte Nikki plötzlich Angst. Jetzt hatte sie die Wahl. Sollte sie zumindest haben. Eine Amerikanerin auf amerikanischem Boden in ihrer Heimatstadt. Trent fesselte sie nicht ans Bett und hatte sie nicht hierher verschleppen müssen. Sicher, es hatte ihn beträchtliche Überredungskünste gekostet, doch Nikki hatte genug Verstand, um Nein zu sagen, wenn sie das wirklich gewollt hätte.

Ehrlich gesagt, sie wollte ja bei ihm sein. Hier. Allein. So gefährlich er auch manchmal wirkte, konnte sie doch nicht aufhören, ihn zu begehren. Vielleicht hatte er nicht gelogen. Vielleicht war etwas Wahres an seiner Geschichte über ihre Beziehung. Dass sie heiß war, stimmte. Trent zog sein Hemd aus, und Nikki sah, wie der Feuerschein auf den festen, mit krausem Brusthaar gesprenkelten Muskeln spielte.

Trent schaute sie mit hochgezogener Braue an. „Möchtest du ein Bad nehmen oder so?“

„Du hast gesagt, du würdest mir jetzt meine Fragen beantworten.“

„Hab ich.“ Er ging langsam auf sie zu, griff nach dem Koffer in ihrer Hand und stellte ihn ab. Ohne den Blick von ihrem zu lösen, streifte er ihr die Jeansjacke ab und ließ sie zu Boden fallen. „Ich dachte nur, wir könnten vorher ein paar wichtigere Dinge erledigen.“

„Du hältst mich hin“, sagte sie. Ihre Stimme klang atemlos, und sie war wie gefesselt von seinem magischen Blick, während er ihr Gesicht betrachtete.

Er küsste sie, eroberte gierig ihren Mund. Nikki schloss die Augen und erwiderte den Kuss und krallte die Finger in seine harten Schultermuskeln.

„Nikki, ach, Nikki“, flüsterte er heiser. Ihre Gedanken wanderten zu einer Situation, als sie einen anderen Mann geküsst hatte, einen Mann, den sie zu lieben glaubte. Doch dessen Küsse hatten nichts von Trents Leidenschaft, und sie selbst hatte niemals diese wilde Hingabe empfunden wie jetzt. Trotzdem vermischte es sich in ihrem Kopf, das Damals und Heute, das Jetzt und Vorher. Trent oder Dave? Ihr Mann oder ihr Verlobter? Nikki konnte nicht klar denken und bemühte sich, einen klaren Gedanken zu fassen. „Dave?“, raunte sie, während er mit den Lippen über ihren Hals strich und die empfindliche Haut unter ihrem Kinn berührte.

Trent erstarrte. Nikki taumelte zurück und wäre beinahe aufs Bett gefallen. Sie war benommen, ihr Körper jedoch war immer noch voller Verlangen.

Trents Gesicht war wutverzerrt. „Wie hast du mich genannt?“

„Oh Gott“, sagte sie. Was hatte sie sich dabei gedacht? „Ich habe dich Dave genannt“, erwiderte sie und sah etwas wie Panik in seinen Augen aufblitzen. „Ich … ich war verwirrt.“

Trent schnaubte verächtlich und verschränkte die Arme vor der breiten Brust. „Du hast mich für Neumann gehalten.“

„Nein – eigentlich nicht“, sagte sie zitternd. Herrgott, warum war sie so durcheinander?

„Doch du hast mich …“

„Ich weiß. Es lag daran, dass ich mich erinnert habe“, entgegnete sie und schüttelte den Kopf, als wollte sie dadurch die schrecklichen Spinnweben loswerden, die durch ihr Bewusstsein waberten und die Vergangenheit verzerrten.

„Woran?“

„Wie ich Dave geküsst habe.“

„Toll“, sagte er, und seine Augen funkelten vor Zorn. „Und, halte ich dem Vergleich stand?“

„Vergleich … Nein, ich wollte nicht …“

„Sag einfach, was du gemeint hast!“, verlangte er. Seine Lippen bewegten sich kaum, als er sprach. Tiefe Falten gruben sich in seine Stirn, während sein Blick an ihr herabwanderte.

„Du solltest dich für mich freuen!“, konterte sie in aufloderndem Zorn und schob rebellisch das Kinn vor.

„Freuen!“

„Es ist schließlich ein Durchbruch.“

„Na, wunderbar.“ Er stieß hart die Luft aus. „Und wenn wir uns lieben, tust du dann so, als wäre ich Neumann? Und ich soll Beifall klatschen?“

„Mach, was du willst, verdammt noch mal!“

„Aber es könnte passieren, oder? Dass du mich mit ihm verwechselst?“

„Genau. Das Risiko müssen wir beide eingehen“, sagte sie. Ihre Brust hob und senkte sich unter ihren unregelmäßigen, wütenden Atemzügen. „Vielleicht solltest du mich nach Hause bringen.“

„Hier bist du zu Hause.“

„Beweis es mir“, brachte sie hervor, sah zu ihm hoch und ließ ihr Haar über eine Schulter fallen. „Zeig mir die Heiratsurkunde!“

Es wurde sehr still zwischen ihnen. Abgesehen vom Knistern des Feuers und dem leisen Prasseln des Regens gegen das Fenster war kein Laut zu hören. Nikki wusste, dass sie ihre Trumpfkarte auf den Tisch gelegt hatte, aber Trent zuckte nicht mit der Wimper, rührte keinen Finger.

„Die habe ich nicht“, sagte er, ihre Lippen fixierend. Sie versuchte, es zu ignorieren, senkte den Blick auf seinen kräftigen Brustkorb und tiefer, bis er an seiner riesigen silbernen Gürtelschnalle hängen blieb. Die Kehle wurde ihr eng. So klappte es nicht.

„Wo ist sie?“, fragte sie und zwang sich, wieder in seine rauchblauen Augen zu gucken.

„In meinem Büro.“

„Was?“

„In der Stadt. Dort haben wir sie auf dem Weg zum Flughafen zurückgelassen.“ Er rückte etwas näher an sie heran, nahe genug, dass sie sich gegen den Drang wehren musste, vor ihm zurückzuweichen. Es gab keinen Fluchtweg. Ihre Waden pressten sich bereits ans Fußende des Betts.

„Ich glaube dir nicht.“

„Egal.“ Er griff nach ihr, doch sie schlug seine Hand weg. „Du hast mir von Anfang an nicht geglaubt.“

„Es ist nicht egal. Ganz und gar nicht."

„Wir holen die verdammte Urkunde." Wieder streckte er die Hand aus und hakte einen Finger in den V-Ausschnitt ihrer Bluse ein. Dieses Mal wehrte Nikki ihn nicht ab. Sie konnte es nicht.

„Wann?", fragte sie und hoffte, dass sie nicht anfing zu stottern, aber sie konnte sich nur schwer auf das Gespräch konzentrieren. Trents Fingerspitze strich über ihre Haut.

„Morgen. Du willst du doch bestimmt zum *Observer*. Dann fahren wir kurz zu meinem Büro."

Lieber Himmel, wenn sie doch klar denken könnte! Aber Trents Berührung machte sie wild. Sie stand so dicht vor ihm, dass sie seinen Atem auf der Haut spürte, und erbebte, als er langsam, ach so langsam, anfing, die Knöpfe ihrer Bluse zu öffnen, jede einzelne kleine Perle aus ihrer Öse zu lösen.

Unter dem Aufgebot ihrer geballten Willenskraft fasste Nikki sein Handgelenk. „Du weichst vom Thema ab."

„Wir haben kein Thema." Er beugte sich vor und küsste ihr Ohr, und sie schmolz dahin.

„Du … könnte doch sein, dass du mich belügst."

„Könnte sein." Er bedeckte ihren Hals mit kleinen Küssen. Die Bluse glitt auf, und er legte die Hände auf ihren Oberkörper. Seine Finger fühlten sich warm und vertraut an, als er Nikki näher zog.

„Ich muss wissen, dass du mir die Wahrheit sagst", protestierte sie, obwohl sich in ihrem Kopf längst alles drehte. „Bitte …"

„Später."

„Trent, bitte …" Er brachte ihr Flehen mit den Lippen zum Schweigen; verlangend nahm er ihren Mund in Besitz. Doch Nikki leistete Widerstand.

„Komm schon", flüsterte er. „Lass dich gehen."

„Ich kann nicht …"

„Natürlich kannst du. Du bist so heiß und wild wie die Insel, von der wir gerade gekommen sind."

Sie seufzte und ließ ihn gewähren. Ihre Knie wurden weich, und von ihrer Mitte her breitete sich feuchte Hitze aus. Sie umschlang seinen Nacken, und er strich mit den Fingern an ihren Rippen hinauf bis zu ihren Brüsten.

Es war wie ein Stromschlag, als Trent ihr die Bluse von den Schultern schob und ihren Busen oberhalb des Spitzen-BHs küsste. „Herrgott, du bist hinreißend schön", flüsterte er dicht an ihrer Haut.

Nikki ließ den Kopf nach hinten fallen und bot ihm so ihren Hals dar. Er knabberte und leckte ihre Haut, bevor er sich wieder ihrem Busen zuwandte. Schnell befreite Trent eine rosige Spitze aus der lavendelfarbenen Spitze und liebkoste sie.

Nikki stöhnte und rieb sich an ihn. „Gut so, Süße, lass dich gehen..." Er verwob die Finger mit ihren honigfarbenen Locken. Sanft drückte er sie auf die kühle Bettdecke. Trent suchte wieder ihren Mund, glitt mit den Händen unter ihren Rücken und massierte ihren Po.

Nikkis Gedanken wirbelten wild durcheinander, ihre Gefühle verfingen sich in fernen Erinnerungen, die an die Oberfläche ihres Bewusstseins drangen, um gleich wieder unterzutauchen. Gott, wollte sie diesen Mann. Nikki senkte den Kopf und strich mit der Zunge über sein Kinn und seinen Hals. Trent atmete scharf ein, und Nikki bewegte sich weiter an ihm herab. Fasziniert sah sie, wie Trents flache Brustwarzen sich unter ihrer Berührung aufrichteten. Sie umschloss eine mit dem Mund, und Trent stöhnte auf. Seine Finger krümmten sich in ihrem Haar.

„Du bist gefährlich", flüsterte er.

„Du auch."

Er streifte ihr die BH-Träger von den Schultern und küsste das Grübchen am Schlüsselbein. „Du bringst mich dazu, Dinge zu machen, an die ich nicht einmal denken dürfte", sagte er mit rauer Stimme, bevor er sie noch einmal küsste. Er legte die Hände um ihre Brüste und ließ den Daumen um eine ihrer Spitzen kreisen.

Nikki wölbte ihm die Hüften entgegen, war verloren, sämtliche Zweifel verflüchtigten sich in der dunklen Nacht. Sie bohrte die Finger in seinen Rücken und verdrängte all ihre Bedenken und Ängste. Sie wollte diesen Mann, liebte ihn womöglich, brauchte ihn, wie sie ganz sicher nie einen anderen gebraucht hatte. Seine Zärtlichkeit weckte ein wildes Feuer in ihr, und die Leidenschaft, die in ihren Adern pochte, ließ sich nicht verleugnen.

Nikki vergaß die Zukunft, die Vergangenheit und lebte nur im Moment, für die Berührung seiner Lippen, die auf ihrer Haut brannte und ihr Herz schneller schlagen ließ.

Sie spürte, wie Trent ihr die Hose von den Hüften schob, und öffnete lang genug die Augen, um zu sehen, wie auch er sich seiner verwaschenen Jeans entledigte.

„Sag mir, dass du es willst“, raunte er.

„Ich will dich.“

Er stützte sich auf eine Hand und umfasste mit der anderen ihre Brust, sodass die Knospe sich wieder aufrichtete. „Sag's noch einmal.“

„Ich … ich will, dass du mit mir schläfst“, flüsterte sie. Er senkte den Kopf und ließ eine der harten Spitzen in seinen Mund gleiten. „Ohhh.“

„Ja!“ Sein Atem strich warm und aufreizend über die feuchte Stelle und fachte die verzehrenden Flammen an, die in Nikki loderten. Erneut bog sie den Rücken durch, rieb die nackten Hüften an seine. Er wanderte mit der Hand unter ihren Po und hielt Nikki einen Moment lang fest. „Oh, Nikki, ich möchte nie wieder aufhören“, gestand er, bevor er ihre Schenkel spreizte und sich über sie beugte.

„Niemals“, hauchte sie.

Regen rann über die Fensterscheiben, das Feuer brannte knisternd, als Trent sie in Besitz nahm. Er senkte die Lider, während Nikki zu ihm aufblickte, mit klopfendem Herzen. Sie hob die Hand und berührte sein dunkles Haar, ließ sich auf Trents Rhythmus ein und bewegte die Hüften im Gleichklang mit seinen.

Mit ihm auf der weichen Daunendecke zu liegen, fühlte sich so gut und richtig an. Der Feuerschein tanzte über seine Muskeln und malte rotgoldene Lichter in sein schwarzes Haar. Sein Gesicht war angespannt, kleine Schweißperlen standen ihm auf der Stirn, während er in sie hineinstieß, wieder und wieder.

Nikki schloss die Augen und gab sich ihm mit Leib und Seele hin, vertraute sich ihm an, während ihre Gedanken sich mehr und mehr ihrer Kontrolle entzogen. Sie spürte, wie ihre Welten kollidierten, wie es sie bis in die tiefste Seele erschütterte und in schwindelnde Höhen katapultierte, die vor ihr bestimmt noch nie eine Frau erreicht hatte.

Sie hörte eine Stimme, begriff, dass es ihre eigene war, und klammerte sich an Trent fest, als er auf sie sank, außer Atem und erschöpft.

„Nikki, süße Nikki“, murmelte er und drückte sie fest an sich. Sanft schmiegte sie sich an Trent. In dieser Nacht, dieser Nacht voller Leidenschaft, existierte nichts außer ihm und der überwältigenden Tatsache, dass sie ihn liebte.

Trent hielt sie in den Armen, doch die Dämonen seiner Gedanken ließen ihn nicht schlafen. Er hatte im Leben Fehler gemacht, zu viele, um sie zählen zu können. Und ihm war klar, dass er in Bezug auf Nikki mehr als genug Fehler begangen hatte, doch er konnte nicht anders.

Wenn es sein musste, würde er für sie lügen, stehlen, womöglich sogar töten. Aber er wusste, dass sie ihm, ganz gleich, wie oft er es ihr versicherte, niemals glauben würde.

Er presste sie enger an sich und küsste ihre Schulter. Sie murmelte seinen Namen. Es versetzte ihm einen Stich, denn er erkannte, dass es trotz all seiner Bemühungen sein Schicksal war, sie zu verlieren.

Er war zu weit gegangen, hatte sich von seinen eigenen Träumen einfangen lassen, weil er sich nicht vorstellen konnte, jemals ohne Nikki zu leben. Ja, er hatte gelogen, und eines Tages würde Nikki ihn mit Sicherheit in die tiefste Hölle verdammen, doch er hatte sich nicht bremsen können. Eine Frau wie sie war ihm noch nie begegnet, und er hatte ihr zwar widerstehen wollen, doch dieser Vorsatz hatte sich als unausführbar erwiesen.

„Ach, Nikki“, sagte Trent seufzend und hauchte ihr einen Kuss auf die Schläfe. „Wenn du wüsstest.“

9. KAPITEL

Heiße, stickige Luft brannte in ihren Lungen und überzog ihre Haut wie ein feuchter, unsichtbarer Film. Sie lief und lief, Ranken umschlangen ihre Beine, ihre Füße gerieten ins Stolpern, belaubte Zweige schlugen ihr ins Gesicht. Der Schweiß brach ihr aus allen Poren, und das Geräusch von Schritten, von schweren, bedrohlichen Schritten, schnell wie eine Dschungelkatze, folgte ihr.

Hilfe!

Das Meeresrauschen zog sie magnetisch an, obwohl sie wusste, dass die See keine Rettung brachte. Doch das Bösartige, dessen heißen Atem sie im Nacken spürte, jagte sie trotz ihrer kraftlosen Beine unaufhörlich den Berg hinauf. Die Angst dröhnte ihr in den Ohren, und immer wieder schickte sie ein Stoßgebet zum Himmel.

„Bitte, lieber Gott, hilf mir!“

„Pare!“, rief eine tiefe Stimme. Oh Gott, er war schon so nahe! Aus den Augenwinkeln sah sie seinen großen, schwarzen Schatten, der schnell näher kam.

Sie lief noch schneller, ihre Lungen brannten, ihre Beine schmerzten.

„Nikki! Nikki!“

Trents Stimme, irgendwo in der Ferne.

Der Schatten streckte den Arm aus, richtete eine Pistole auf ihren Rücken. Nikki wollte schreien, doch die Stimme blieb ihr im Halse stecken.

Der Schuss peitschte auf …

„Nikki! Nikki! Wach auf!“

Mit einem Schrei fuhr Nikki hoch und saß kerzengerade im Bett. Zitternd, heiser vom Schreien, ließ sie sich gegen Trent sinken und verlor den Kampf gegen die heißen Tränen der Angst.

„Alles ist gut“, flüsterte er in ihr Haar. Sie barg das Gesicht an seiner Schulter und grub die Finger in seine Haut. „Nikki, schsch. Du bist in Sicherheit.“ Trent zog sie an seine Brust, wiegte sie zärtlich und küsste ihr zerzaustes Haar, versuchte, sie zu beruhigen.

„Es war alles so echt“, flüsterte sie innerlich bebend. Mit den Fingerspitzen wischte sie eine Träne fort und kam sich reichlich dumm vor. Ihre Ängste hatten sich in dem Traum manifestiert, dem gleichen verdammten Albtraum, der sie seit zwei Wochen immer wieder heimsuchte.

„Du warst wieder auf der Insel“, sagte Trent und drückte sie an sich.

Sie nickte und schmiegte ihre Wange an seine glatte Haut. Über ihre eigenen Atemgeräusche hinweg hörte sie seinen regelmäßigen Herzschlag. Sie kämpfte einen neuerlichen Tränenstrom zurück, lehnte sich an Trent, umschlang seinen nackten Oberkörper und seufzte in sein krauses Brusthaar.

Trent hielt sie fest, bis sie ruhiger atmete, bis sie nicht mehr zitterte, bis die Gewissensbisse, die ihn plagten, nicht mehr zu ertragen waren. Er blickte auf die Uhr. Fünf Uhr morgens. Das Feuer war bis auf ein paar glühende Holzstücke zu kalter Asche verbrannt, der Regen hatte aufgehört. Aus dem Fenster sah er die ersten Lichter in den Häusern von Frühaufstehern am anderen Ufer des Sees.

Nikki umschlang ihn noch fester, und er biss die Zähne zusammen, weil sein Betrug ihn zerreißen wollte wie mit Tigerzähnen. Zwei Wochen lang hatte er sie belogen, und früher oder später würde er die Wahrheit gestehen müssen. Er hatte vorgehabt, alles richtigzustellen, sobald das Flugzeug auf dem SeaTac gelandet war, doch er hatte es nicht getan, teils aus Angst, teils aus Egoismus. Zum ersten Mal seit fünf Jahren spürte er das Verlangen nach einer Zigarette und einem guten Schluck Jim Beam, und er wünschte, dieses Sehnen, das sich hart zwischen seinen Beinen bemerkbar machte, würde verschwinden.

Die Zeit lief ihm davon, und die Lüge wurde immer größer.

Binnen Stunden würde Nikki in der Lage sein, die Tatsachen selbst zu überprüfen.

Trent hasste Schwäche, und was Nikki anging, war er schwach.

War von Anfang an schwach gewesen. Das zumindest war keine Lüge. Sein Verlangen nach ihr war überwältigend, und auf Kosten ihres Vertrauens hatte er der Fleischeslust nachgegeben. Herrgott, was für ein Chaos.

Der Zeitpunkt war richtig. Es gab kein Zurück. Langsam löste er sich aus Nikkis Umarmung. „Vielleicht solltest du versuchen, noch ein bisschen zu schlafen", schlug er vor und gab sich dann in Gedanken einen Tritt, weil er das Unvermeidliche hinauszuzögern versuchte.

Gähnend streckte sie sich, reckte die Hände in die Luft, und die Bettdecke rutschte herab und legte ihre Brüste frei, die um seine Aufmerksamkeiten baten. Die kleinen Brustspitzen waren hart vor Kälte, und Trent dachte daran, wie sie sich in seinen Händen anfühlen oder schmecken würden …

„Ich kann nicht schlafen", meinte sie und lächelte schwach.

Wusste sie eigentlich, wie verdammt sexy sie aussah, wenn das goldbraune Haar ihr in wirren Wellen sinnlich um die Schultern fiel und ihre Augen ihn immer noch dunkel und verschlafen anschauten?

Sein Verlangen wurde unerträglich. Er schlüpfte zur Bettkante, schwang die Beine von der Matratze und stieg in seine plötzlich sehr engen Jeans. Im Zimmer roch es nach verkohltem Holz, Parfüm und frischer Luft, durchzogen von dem berauschenden Duft nach Sex.

„Ich kann auch nicht schlafen", gestand er und war sich ihres Blicks auf seinem Rücken bewusst. Hätte er doch schon vor ein paar Wochen gewusst, wie sich diese Sache entwickeln würde, hätte er die Folgen seines Handelns erahnt, er hätte sich vielleicht anders verhalten. Jetzt war es natürlich zu spät. Viel zu spät. „Ich muss dir etwas sagen." Er blickte in die entgegengesetzte Richtung, spürte jedoch instinktiv, dass Nikki die Schultern zurücknahm. Aha, es war wieder Skepsis angesagt.

Zum Teufel, McKenzie, wie konntest du so dumm sein? Er drehte sich um und stützte sich mit Händen und Hüften an der Kommode ab. „Ich weiß nicht, wie ich es dir sagen soll", begann er leise und verhalten. „Aber du hattest recht. Wir sind nicht verheiratet."

Zunächst blieb alles still. Nichts veränderte sich, außer der Temperatur im Zimmer, die plötzlich auf den Gefrierpunkt zu sinken schien. Mit großen Augen blickte Nikki zu ihm auf, beinahe verständnislos und doch verletzt bis in die tiefste Seele. „Ich … Ich glaube, ich höre nicht …"

„Ich habe gelogen."

Sie holte scharf Luft, als hätte er sie geohrfeigt, dann schloss sie kurz die Augen und rang offensichtlich um Fassung. „Wir sind nicht verheiratet", wiederholte sie der Klarheit halber und öffnete die Augen. Ihr Gesicht war wutverzerrt und leichenblass. „Und waren es auch nie."

„Stimmt."

„Oh Gott", sagte sie matt und schaute gequält zur Decke. „Warum hast du es mir nicht gesagt? Warum nicht?"

„Ich konnte nicht."

Sie blinzelte heftig, spannte die Lippen, schob wütend das Kinn vor und flüsterte: „Wusste ich's doch. Ich habe es einfach gewusst und mich doch von dir reinlegen lassen!"

„Nikki …" Er machte einen Schritt auf sie zu, doch sie schaute ihn so zornig an, dass er stehen blieb.

„Du Mistkerl. Du elender, nichtswürdiger, verlogener Mistkerl! Du hast mich in dem Glauben gelassen …"

„Ich hatte keine Wahl."

„Keine Wahl?" Sie schleuderte ihm die Worte an den Kopf und stieg aus dem Bett. Im ersten Moment hatte sie sich nicht gerührt, schien wie erstarrt zu sein, doch jetzt stand sie auf und sammelte ihre Kleider zusammen. „Keine Wahl!" Sie schnaubte verächtlich über seine faule Ausrede.

„Sie wollten dich umbringen."

„Sie?", wiederholte sie unüberhörbar skeptisch.

„Die Männer, die dich gejagt haben."

„Ach, jetzt lautet die Geschichte plötzlich ganz anders. Du liebe Zeit, ich habe weiß Gott Dummheiten in meinem Leben gemacht – na ja, das *glaube* ich zumindest –, aber das hier schlägt dem Fass den Boden aus.“

„Ja.“

„Na toll“, sagte sie und zog Jeans, Bluse und den Pullover an. Auf Unterwäsche verzichtete sie. Sie packte den Tragegriff ihres Koffers und ging zur Tür.

Trent nahm ihr Handgelenk. „Wohin willst du?“

„Nach Hause“, sagte sie lapidar. „In das Zuhause, an das ich mich erinnere.“

„Das geht nicht.“

„Ich kann tun und lassen, was ich will, verdammt noch mal.“ Sie blickte höhnisch auf die Hand, die ihr Gelenk umklammerte. „Lass mich los, McKenzie. Es sei denn, du willst, dass ich die Polizei rufe und dich wegen Entführung, Geiselnahme und tätlicher Übergriffe verhaften lasse.“

„Ich habe dir nie etwas getan.“ Sie wurde noch blasser, und Trent fluchte leise. „Ich habe dich nicht körperlich verletzt.“

„Nimm einfach deine verdammte Hand weg, oder ich schreie“, drohte sie und kniff in unverhohlenem Hass die Augen zusammen. Der Blick schien seine Seele zu zerfetzen, doch er hielt stand, und sein Gesicht verzerrte sich gereizt.

„Du könntest mich wenigstens erklären lassen.“

„Du hast deine Chance gehabt. Immer und immer wieder. Ich habe dich *angefleht*, mir die Wahrheit zu sagen, habe um deine Aufrichtigkeit *gebettelt*, und wie hast du reagiert? Mit Lügen und Versprechungen und Gott weiß was sonst noch!“ Inzwischen schrie sie beinahe. Ihr Atem ging unregelmäßig, ihre Wut schien die Luft zum Knistern zu bringen.

„Und jetzt hast du keine Zeit für die Wahrheit.“

„Von dir? Niemals. Ich würde nicht wissen, was ich glauben soll.“

„Um Himmels willen …“

Da trat sie nach ihm. Mit der Spitze ihres weichen Turnschuhs. Sie traf sein Schienbein und zuckte zurück, doch er sprang sie an wie eine Katze und fauchte: „Moment mal, Süße.“

„Geh zum Teufel.“

„Nein, danke. Da war ich bereits“, schoss er zurück. Seine blauen Augen sprühten vor Wut, seine Nasenflügel bebten, sein kantiges Gesicht wurde rot.

„Ich auch.“ Sie fixierte ihn mit einem bösen Blick, riss sich von ihm los, zog den Ring vom Finger und warf ihn nach Trent. „Ich glaube, der gehört dir.“

Er fing den Ring auf, und sämtliche Gesichtsmuskeln spannten sich. „Ich habe dich lediglich beschützt. Es war die einzige Möglichkeit, dich ins Krankenhaus einweisen zu lassen, ohne dass tausend Fragen gestellt wurden, die einzige Möglichkeit, in deinem Zimmer bleiben zu können und aufzupassen, dass niemand an dich herankam …“

„Ach, was wird das denn jetzt?“ Sie wies mit einer Kopfbewegung auf das Bett. „Weißt du, das ist das erste Mal, dass ein Mann es auf sich genommen hat, mit mir zu schlafen, um mich zu ‚beschützen‘.“

Er knirschte mit den Zähnen. „Du bist unmöglich.“

„Immerhin greife ich nicht auf Lügen zurück, um jemanden ins Bett zu bekommen.“

„Das reicht!“ Er öffnete und schloss die Hände, und Nikki hatte den deutlichen Eindruck, dass er diese Hände am liebsten um ihren Hals gelegt und sie erwürgt hätte. Tja, sie hätte ihn auch am liebsten erwürgt! Und trotzdem war da etwas in ihr – etwas Dummes, Unvernünftiges, sehr Weibliches –, das ihn immer noch liebte. Herrgott, wie dumm sie war! *Sei stark, Nikki.*

„In dem Punkt hast du recht, McKenzie“, sagte sie, hob ihren Koffer wieder an und drückte sich an Trent vorbei. „Es reicht schon lange!“

Er sparte sich jeden Versuch, sie zurückzuhalten, und Nikki wusste nicht, ob sie froh oder traurig darüber sein sollte. Ein Teil von ihr sehnte sich immer noch danach, dass er sie in die Arme nahm, doch ihre realistische Ader vertrieb diese dumme Idee sogleich aus ihrem Kopf. Sie liebte ihn nicht. Sie konnte ihn nicht lieben. Sie würde ihn nie lieben und hatte ihn nie geliebt. Alles, was sie für ihn empfunden hatte, war ein vergeudetes, leeres Gefühl – eine Vorstellung, durch den der Sex mit ihm passend und schuldfrei wurde.

Mit dem Mann verheiratet! Man stelle sich vor! Trotz ihrer Gedächtnislücken hätte sie wissen müssen, dass er nicht ihr Typ war.

Sie stieß die Hintertür auf und trat hinaus in die graue Morgendämmerung. Nebel erhob sich in gespenstischen Schwaden, und der See unterhalb eines steilen Abhangs voller Fichten, noch immer nass vom nächtlichen Regen, lag ruhig und grau da. Das stille Wasser schien sich meilenweit bis zum jenseitigen Ufer auszudehnen, wo in den dunklen Hügeln erste Lichter in den Häusern zu schimmern begannen.

Eine Erinnerung blitzte auf. Nikki sah sich auf einem Segelboot. Ihr Vater stand am Steuer, ihre Schwestern – in neon-organgefarbenen Schwimmwesten – tobten übers Deck. Das Großsegel blähte sich, fing den Wind ein, und das Boot glitt schaukelnd über die unruhigen, gischtgekrönten Wellen.

Der Wind war rau und winterkalt, doch Nikki störte es nicht. Jan hatte sich beschwert, weil ihr Haar strähnig wurde. Carole war überzeugt, Frostbeulen davonzutragen, doch Nikki hatte dem Wind ins Gesicht gelacht und gespürt, wie er an ihrem Pferdeschwanz zerrte und auf ihren Wangen brannte.

„Lass uns bis nach Alaska segeln", rief sie und hielt sich am Auslegerbaum fest, als ginge es um ihr Leben.

„Aye, aye, Kumpel", antwortete ihr Vater, und sie liebte ihn mit der ganzen Kraft ihres jungen Herzens.

„Ich will nicht nach Alaska", schrie Jan über das Heulen des Winds hinweg. „Ich bin verabredet."

Nikki war nicht sonderlich beeindruckt. „Na und?"

„Nichts da, na und! Ich muss rechtzeitig zu Hause sein, um vorher noch mein Haar zu waschen und zu föhnen."

„Für Paul Jansen. Verschone mich." Nikki lachte.

„Das ist keine Verabredung. Das ist ein Todesurteil", fügte Carole hinzu und zwinkerte ihrer jüngsten Schwester zu. „Aber

Alaska ist zu kalt." Caroles Zähne klapperten inzwischen hörbar. Sie stieß die Worte abgehakt und unter weißen Atemwölkchen hervor. „K-können w-wir nicht lieber n-nach Hawaii oder L. A. o-oder …"

Als Los Angeles erwähnt wurde, machte Ted Carrothers' Grinsen einer düsteren Miene Platz. Ihre Mutter war bereits nach Südkalifornien gezogen und hatte ihren Töchtern gegenüber angedeutet, dass es einen neuen Mann in ihrem Leben gab. „Vergiss es einfach", antwortete er seinen Töchtern, den Möchtegern-Seglerinnen. Als er Jan entdeckte, fügte er hinzu: „Keine Angst, du bist rechtzeitig zu deiner Verabredung wieder zu Hause."

Sie warf ihr Haar in den Nacken und genoss ihren Sieg.

„Ausgeschlossen! Komm schon, Dad", bettelte Nikki, und ihre Träume zerbrachen. Sie brannte auf Abenteuer und wollte nicht zurück in das leere Haus, das ihre Mutter zwei Jahre zuvor verlassen hatte. „Lass uns in die Meerenge hineinsegeln."

Ihr Vater schaute zum bleigrauen Himmel auf, doch noch bevor er seine jüngste Tochter wieder ansah, wusste die, was er sagen würde. Die Stimmung war zerstört. „Ach, nein, kehren wir lieber um. Ich muss noch eine Menge Bürokram nachholen, damit ich nächste Woche auf die Konferenz in Seoul vorbereitet bin."

Jetzt stand Nikki da und blickte auf den stillen See, der die Dämmerung begrüßte. Stahlgrau und kalt. Sie schauderte und merkte erst, dass Trent neben ihr stand, als ein Zweig unter seinen Füßen knackte.

„Hast du's dir anders überlegt?", fragte er. Kein Zorn schwang mehr in seiner Stimme mit. Nur Bedauern.

Sie schüttelte den Kopf. „Nein, aber ich überlege." Sie staunte, wie schnell die Gedanken jetzt aufeinanderfolgten. Urplötzlich überfielen sie überstürzend klare, lebhafte Erinnerungen, die ihr in der vergangenen Woche noch verloren waren.

Er berührte ihre Schulter, und sie zuckte zusammen.

„Ich habe mein Auto nicht hier", sagte sie wie zur Erklärung. „Weil ich den Busfahrplan nicht kenne und Taxis zu so früher Morgenstunde in diesem Teil der Stadt nicht herumfahren …"

„Ich fahre dich."

„Kommt nicht infrage. Ich rufe ein Taxi."

„Sei nicht albern."

„Albern?" Sie lachte freudlos. „Ich habe mich schon reichlich veralbern lassen. Ob ich albern bin, interessiert mich nicht mehr."

„Du weißt, wie ich es meine. Steig in den Jeep."

Er wirkte tatsächlich besorgt. Aber er war ja auch ein perfekter Schauspieler. Hatte er ihr nicht sogar eingeredet, sie wäre mit ihm verheiratet? Sie würden einander *lieben*? Alles Lügen! Obwohl niemand aus ihrem Bekanntenkreis von ihrer Beziehung wusste, hatten sie sich verliebt, waren aufs nächste Standesamt geeilt, um sich trauen zu lassen, und dann in die Flitterwochen auf eine kleine abgelegene Insel der Kleinen Antillen geflogen. Dort war sie von einem Felsen gestürzt und beinahe ums Leben gekommen. Welch ein Glück für sie, dass Trent in der Nähe war und sie den Klauen des Todes entrissen, sie in sein Bett geholt und sie immer und immer wieder belogen hatte. Sie umklammerte den Riemen ihrer Handtasche.

„Komm schon, Nikki." Seine Stimme war ein Streicheln.

„Und wenn dein verdammter Jeep das letzte Fahrzeug auf der Welt wäre, nein." Sie schob sich den Riemen der Tasche weiter über die Schulter und stapfte in Richtung Hauptstraße. Wenn nötig, würde sie den Daumen heraushalten, obwohl das ein bisschen riskant sein würde.

Er nahm ihren Arm. „Steig in den Jeep."

„Lass das."

„Ich will dir einen Gefallen tun."

Sie schnaubte verächtlich. „Auf einen Gefallen von dir kann ich verzichten."

Er schob sie zum Auto, zerrte am Griff, und mit einem metallischen Knirschen öffnete sich die Beifahrertür. „Steig ein."

„Ich werde nicht …"

„Und wenn ich dein wunderschönes Hinterteil eigenhändig in den Sitz hieven muss, du steigst jetzt ein", warnte er, und sie glaubte ihm. Noch immer schwer in ihrem Stolz verletzt, stieg sie in den verflixten Jeep und biss die Zähne zusammen, als Trent die Tür zuschlug. Das war doch verrückt. Der nackte Wahnsinn.

Er glitt auf den Fahrersitz und drehte den Schlüssel im Zündschloss. Er schloss die Tür und legte den Rückwärtsgang ein. Sekunden später fuhren sie die regennassen Straßen entlang und mischten sich unter die ersten Autos und Lastwagen auf dem Weg zu den Wolkenkratzern längs dem Ufer von Elliott Bay.

Im Jeep war es stickig. Die Frontscheibe beschlug, und Trent schaltete das Gebläse ein. Nikki drückte sich rücklings gegen die Beifahrertür. Sie war doch wirklich ein Idiot erster Güte! Genervt verschränkte sie die Arme und sah Trent böse an. „Wer zum Teufel bist du?"

„Ich hab's dir doch gesagt."

„McKenzie ist dein richtiger Name?"

„Du hast meinen Ausweis gesehen, oder? Als du meine Brieftasche durchsucht hast." Das saß. Nun ja, ein Sherlock Holmes war nicht an ihr verloren gegangen.

„Ausweise kann man kaufen."

Seufzend klappte er den Sonnenschild herunter, riss die Zulassung aus der Halterung und hielt sie Nikki unter die Nase. „Ich habe kein Alias, okay?"

Das verbeulte Fahrzeug war auf Trent McKenzie zugelassen. Er bog in die Zufahrt zu ihrem Apartmenthaus ein.

„Gut. Dann kenne ich jetzt also deinen Namen." Sie zuckte die Achseln, als wäre es ihr gleichgültig, konnte sich jedoch nicht enthalten zu fragen: „Womit bestreitest du deinen Lebensunterhalt?"

„Ich bin freiberuflicher Detektiv. In erster Linie arbeite ich im Bereich Versicherungsbetrug. Das alles habe ich dir schon erzählt." Er schaltete den Motor herunter, und der Jeep fuhr langsamer.

„Du hast mir eine Menge erzählt."

Das Fahrzeug hielt an, wartete im Leerlauf vor dem Eingang zu einem der Apartments im Erdgeschoss. „Ich habe nicht gelogen, was unser Kennenlernen betrifft, Nikki." Er schaltete den

Motor aus, und als Nikki die Tür öffnen wollte, fasste er ihren Arm. „Hör mir einfach mal zu."

„Ich habe genug gehört. Zwei Wochen voller Lügen sind mehr, als ein Mensch schlucken sollte, meinst du nicht?" Es gelang ihr, den Türgriff zu drücken, wobei sie sich einen Nagel abbrach. Verdammt. „Du hast mich belogen, McKenzie, und schlimmer noch, als ich wusste, dass du nicht die Wahrheit sagtest, hast du immer noch mehr Lügen draufgesetzt." Die Worte sprudelten nur so aus ihr heraus. „Nicht nur das. Du hast mit mir geschlafen, hast mich unter Vorwänden hierher gebracht, mich *benutzt*, und erst, als du wusstest, dass dein Lügengebäude einstürzen würde, hast du endlich die Karten auf den Tisch gelegt. Aber erst, nachdem wir uns geliebt hatten! Verzeihung, ich wollte sagen: erst, als wir Sex gehabt hatten!" Vor Wut zitternd stieg sie aus dem Jeep, schnappte sich ihren Koffer und lief die nassen Stufen hinauf. Trent folgte ihr auf den Fersen, jagte ihr nach, stieg hinter ihr die Treppe hinauf.

Ihr Traum war wieder da, unwirklich, aber trotzdem angsteinflößend, als Trent ihr folgte. Es war, als hätten sie dieses Spielchen schon einmal gespielt. Auf dem Treppenabsatz wirbelte Nikki zu ihm herum. „Lass mich in Ruhe, Trent", verlangte sie, doch er war zu nahe. Er stemmte die Handflächen zu beiden Seiten ihres Gesichts gegen den Türrahmen und blockierte mit seinem Körper jeglichen Fluchtweg.

„Ich kann nicht, verdammt noch mal. Hör zu, Nikki, ich wollte nicht, dass es so endet." Selbstironisch zog er die Mundwinkel herab. „Ich hätte es dir früher sagen sollen, konnte aber nicht. Nach deiner Entlassung aus dem Krankenhaus wollte ich … wollte ich bei dir bleiben. Um dich zu beschützen."

„Um mit mir zu schlafen."

„Ja!"

Die Luft knisterte unter seinem Eingeständnis, und Nikki hatte plötzlich einen Kloß im Hals. „Tja, du Glückspilz", sagte sie böse, doch die unverstellte Ehrlichkeit in seinem Blick überwand ihre Schutzwälle. „Du hättest es beenden können", flüsterte sie.

„Das wollte ich."

„Klar", höhnte sie, und endlich brachte sie den Mut auf, die Frage zu stellen, die ihr unter den Nägeln brannte. „Vor wem meintest du denn, mich beschützen zu müssen?"

Er spannte ein wenig die Lippen. „Crowley."

Sie atmete tief durch. „Also hatte ich recht."

„Vielleicht."

Sie sah ein Bild des silberhaarigen Mannes mit dem polierten schwarzen Spazierstock vor sich. Dem war sie in dem Fotoladen begegnet! Ihr Herz setzte einen Schlag aus. Ja, er hatte etwas tödlich Gefährliches an sich, das Glimmen in seinen Augen war so kalt wie ein Eisblock. Doch sie glaubte nicht, dass er die Kraft oder die Ausdauer besaß, sie durch einen Dschungel zu hetzen. „Aber er hat mich nicht verfolgt."

„Ich wüsste nicht, dass dich überhaupt jemand verfolgt hätte."

Ihr war, als hätte ihr jemand einen Tritt in den Magen versetzt. „Aber mein Traum. Alles andere passt zusammen. Und wer war der Mann, der sich auf der Veranda herumgetrieben hat, hm? Warst du das?"

„Natürlich nicht."

„Sondern?"

„Ich dachte, es könnte der Mann gewesen sein, der dich beschatten sollte."

„Oh, toll! Einfach toll! Jetzt willst du mir weismachen, dass einer von den sogenannten Guten ein Spanner ist?"

„Nein. *El Perro* hat es abgestritten."

„Er heißt *El Perro*? Bedeutet das nicht Wolf oder so?"

„Hund."

„Ach, hör schon auf." Sie warf verzweifelt die Arme hoch. „Das alles ist unglaublich, verdammt noch mal."

„Ach ja?" Sein Gesicht kam ihr so nahe, dass sie die kleinen Fältchen um seinen Mund erkennen konnte. „Es ist ganz einfach, Nikki. Du schwebst in Gefahr. Durch Crowley selbst oder einen seiner Handlanger. Dass wir zurück in Seattle sind, heißt nicht, dass du dich in Sicherheit befindest. Ich habe gehört, wie du mit

Connie gesprochen hast. Ich wusste, dass du Diamond Jim auf der Spur warst. Da habe ich angefangen, über dich zu recherchieren – weil du etwas an dir hast, was ich nicht vergessen konnte. Der Senator ist gefährlich, Nikki."

Angst schnürte ihr die Kehle zu, doch Nikki verdrängte sie. Kein Mensch, schon gar nicht ein notorischer Lügner, sollte ihr sagen, wie sie ihr Leben gestalten musste. „Ich wüsste nicht, warum ich dir glauben sollte." Sie griff hinter sich, fand den Türknauf und drückte ihn. Nichts rührte sich.

„Warum sollte ich lügen?"

„Das hast du mich schon öfter gefragt, und ich habe zwei Wochen benötigt, um die Antwort zu finden." Sie kramte in ihrer Handtasche, fand ihren Schüsselring und schob den Wohnungsschlüssel ins Schloss. Es öffnete sich mit einem Klicken. Mit der Schulter stieß Nikki die Tür auf und blieb auf der anderen Seite der Schwelle stehen. „Ich würde an dieser Stelle gern etwas Tiefschürfendes sagen, etwas, was dich an mich erinnert, aber mir fällt einfach nichts ein. Deshalb einfach: Leb wohl."

„Ich gehe nicht." Um seinen Worten Nachdruck zu verliehen, schob er den gestiefelten Fuß in den Türspalt.

„Ich rufe die Polizei."

„Schön." Er rührte sich noch immer nicht von der Stelle, und sie spürte, wie es ihr heiß den Nacken hinaufkroch.

„Du hast mich die letzten zwei Wochen herumkommandiert, Trent McKenzie, doch das ist jetzt vorbei", schwindelte sie, denn sie wusste tief innerlich, dass es zwischen ihm und ihr nie vorbei sein würde. Doch genau daran durfte sie jetzt nicht denken. „Ich werde dich wegen Belästigung, Betrug und Entführung verklagen. Und wenn diese Vorwürfe nicht greifen, finde ich andere. Also mach lieber, dass du hier wegkommst."

Er schlüpfte ins Zimmer, lehnte sich an die Wand, verschränkte die Arme vor der Brust und wies mit einer Kopfbewegung aufs Telefon. „Jetzt glaube *ich dir* nicht."

Sie konnte ihre Drohung nicht in die Tat umsetzen, wagte es nicht, die Polizei anzurufen. Ganz gleich, an welcher Art von

Story über Senator Crowley sie arbeitete, sie war noch nicht reif für die Veröffentlichung, und Nikki musste achtgeben, dass Diamond Jim nichts spitzkriegte. Wenn sie Trent anzeigte, musste man mit Öffentlichkeit und Fragen zu ihrer Reise nach Salvaje rechnen. Ihre Story war halbgar und skurril, ihr Gedächtnis funktionierte noch nicht hundertprozentig. Nein, sie hielt die Polizei lieber aus dieser Sache heraus. Zunächst einmal. Nikki blickte in Trents versteinertes Gesicht und hätte ihn am liebsten geschüttelt. Er hatte sie in die sprichwörtliche Ecke gedrängt und wusste das ganz genau.

„Mach dich fertig für die Arbeit; ich fahre dich hin."

„Du brauchst mich nicht ..." Erst jetzt wurde ihr bewusst, dass ihr Auto nicht da war. Sie rannte beinahe zu einem Fenster, wischte die Scheibe mit dem Ärmel klar und blickte hinunter auf den ihr zugeteilten Parkplatz. Leer. Ihr rot-weißes Cabrio stand nicht am angestammten Ort. „Du weißt nicht zufällig, was aus meinem Auto geworden ist?"

„Ich vermute, es steht am Flughafen."

„Am Flughafen!", rief sie, und wieder kochte die Wut in ihr hoch. Wäre er früher ehrlich zu ihr gewesen, hätte sie jetzt über ihren eigenen fahrbaren Untersatz verfügen können.

„Vielleicht aber auch nicht. Du hattest keinen Parkschein bei dir."

„Woher weißt du das?", wollte sie wissen, doch die Antwort war ja sonnenklar. Im Krankenhaus, als sie in dem winzigen Zimmer lag und versuchte, die Puzzleteile ihres Lebens zu ordnen – versuchte, sich an die Trauung mit diesem geheimnisumwitterten, übellaunigen Mann zu erinnern, der behauptete, mit ihr verheiratet zu sein –, hatte man ihm ihre Handtasche ausgehändigt. Da hatte er Gelegenheit, ihrer Tasche zu entnehmen oder unterzujubeln, was immer er wollte. Daher auch der Ehering – dieses verflixte Symbol seines Betrugs. „Herrgott, was für ein Chaos", sagte sie, ließ sich seufzend aufs Sofa fallen und schloss die Augen. „Was soll ich meinen Leuten sagen? Meine ganze Familie hält mich für verheiratet. Connie auch. Was soll ich ihr sagen?" Sie warf Trent einen vorwurfsvollen Blick zu. „Wenn du planst, das Leben eines Menschen völlig auf den Kopf zu stellen, lässt du nichts aus, wie?"

Um Ruhe bemüht legte sie einen Fuß im Reebok-Schuh auf die Tischplatte und fragte sich, wie sie diesen Tag bewältigen sollte. Sie musste mit Fragen zu ihrem Unfall, den Verletzungen in ihrem Gesicht, ihren Flitterwochen, ihrem Ehemann rechnen. Was sollte sie sagen? Was konnte sie überhaupt sagen?

„Du brauchst niemandem zu sagen, was los ist."

„Ach ja? Als Nächstes schlägst du mir wohl vor, weiterhin vorzugeben, dass wir verheiratet wären." Sie lehnte den Kopf ans Rückenpolster und seufzte.

Sie hörte, wie er auf dem Weg zum Kamin den Tisch umrundete. „Warum nicht?"

„Es ist eine Lüge." Sie schlug die Augen auf.

„Das muss nicht sein."

Ihr Herz schien einen Schlag lang auszusetzen, bevor sie die Sprache wiederfand. „Oh doch", sagte sie leise. Ein Teil von ihr wollte den leichten Ausweg wählen, die Lüge aufrechterhalten, bis sich die Lage beruhigt hatte, und mit diesem gefährlichen, sinnlichen Mann zusammenbleiben. Dann konnte sie ihren Freunden und Verwandten die Wahrheit sagen. Später konnte sie ihn verlassen ... Aber würde sie je die Kraft finden, ihn loszulassen? Langsam schüttelte sie den Kopf und zwang sich, Trent anzusehen. „Dann würde alles nur noch schlimmer."

Als die Worte über ihre Lippen kamen, erinnerte sie sich an ihre ältere Schwester, Jan, auf den Knien, als sie eine Wunde an Nikkis Kinn untersuchte. Nikki saß bleich und zitternd auf dem Rand der Badewanne. „Ach, Gottchen, du siehst schlimm aus", hatte Jan gesagt.

„Danke", murmelte Nikki den Tränen nahe.

Ihr Ellenbogen schmerzte, und ihr Gesicht sah wahrscheinlich genauso aus, wie es sich anfühlte. Kleine Steinchen hatten sich an ihrem Unterarm in die Haut gegraben, und Blut war bis zum Handgelenk geflossen und getrocknet. „Also, was ist passiert?", fragte Jan, die anscheinend nicht wusste, ob wirklich Grund zur Sorge bestand.

„Ich bin mit dem Fahrrad gestürzt."

„Und wie." Jan entnahm der Hausapotheke eine gefährlich aussehende braune Flasche und Verbandmull.

Nikki traten Tränen in die Augen. Sie schmeckte Blut, hatte sich auf die Unterlippe gebissen. Dann erzählte sie Jan die Wahrheit. Nikki war mit ihrer Freundin Fahrrad gefahren. Terry Watson war ein unbekümmertes Mädchen, dessen Abenteuerlust Nikki imponierte. Sie hatte hellblondes Haar, blaue Kulleraugen und lachte gern. Sie war beliebt und stand in dem Ruf, ein bisschen waghalsig zu sein. An jenem Tag hatte Terry, als Nikki für einen Geschichtetest mit Terry arbeiten sollte, die Bücher von sich geschoben und Nikki einen Alternativplan vorgestellt. Ohne übermäßige Überredungskünste hatte Terry sie bald überzeugt, mit dem Fahrrad zum großen Safeway-Markt in drei Meilen Entfernung zu fahren. Das Problem war nur, dass dieser Supermarkt weit außerhalb der Grenzen lag, die ihre Eltern ihnen gesetzt hatten.

Die Mädchen fuhren los und waren aufgeregt, weil sie etwas leicht Ungezogenes taten. Sie wollten zurück sein, bevor Terrys Mutter von der Arbeit kam. Niemand würde je etwas erfahren.

Es herrschte starker Verkehr auf vier Spuren mit Tempo neunzig, und die Wolken, die sich schon den ganzen Tag zusammengeballt hatten, öffneten plötzlich ihre Schleusen. Der Regen verursachte kleine Bäche auf den Fahrbahnen, bevor das Wasser in die Gullis floss. Es wurde dunkel wie in der Nacht.

Scheinwerfer blitzten auf, Reifen sprühten Wasser auf die Gehsteige. Terry beschloss, nicht bis zum Zebrastreifen zu fahren, sondern im Zickzackkurs alle vier Fahrbahnen zu überqueren.

„Warte auf mich!", schrie Nikki, und Terry wandte den Kopf nach ihr um. Ein Fahrzeug, das um die Biegung kam, geriet ins Schleudern, als der Fahrer auf die Bremse trat. Hupen grölten,

Reifen quietschten. Nikki bremste. Das Fahrrad schlingerte auf Rollsplitt und rutschte zur Seite. Nikki war gestürzt, hatte sich Knie und Ellenbogen und Gesicht aufgeschürft, und ihr Fahrrad geriet unter die Räder des fließenden Verkehrs und wurde unter den Reifen eines Pick-ups zermalmt.

„Verrückte Kinder!“ Der Fahrer tobte vor Wut. „Ich hätte euch beide totfahren können!“ Er hatte den Körperbau eines Holzfällers, einen Vollbart und sprühende blaue Augen und trabte wutentbrannt auf Nikki zu. Da sah er die Schürfwunden in ihrem Gesicht und an den Armen. „Hey, Kleine, alles in Ordnung?“

„Ja“, brachte sie hervor, doch sie fühlte sich elend. Sie wusste allerdings, dass ihre Verletzungen nicht halb so schlimm waren wie die Angst, die sich in ihrem Herzen breitmachte. Ihre Eltern würden ihr den Kopf abreißen, wenn sie von dem Unfall erfuhren.

Eine Frau in einem langen Regenmantel und mit einer riesigen runden regenfleckigen Brille stieg aus einem Kleinwagen, auf dem Rotlicht blitzte. Sie zog in Abwehr gegen den Wolkenbruch die Schultern hoch und sagte: „Ich glaube, wir sollten den Rettungsdienst rufen.“

Nein! „Mir fehlt wirklich nichts.“ Nikki ließ sich ihre Schmerzen nicht anmerken und griff nach dem Lenker ihres Fahrrads. In diesem Moment kam Terry mit leichenblassem Gesicht hinzu.

„Wir müssen hier weg“, zischte Terry.

„Aber, Schätzchen, die Polizei …“

Das reichte. Nikki hatte ihr verbogenes Fahrrad aufgehoben und stieg auf. Das Hinterrad schleifte, der dritte Gang steckte fest, doch sie überlegte nicht lange, sondern fuhr einfach los wie der sprichwörtliche geölte Blitz und trat den ganzen Heimweg über in die Pedale, was ihre Beine nur hergaben.

„So war das wirklich“, gestand sie ihrer Schwester, als sie schwankend auf dem Wannenrand saß.

Jan verdrehte die Augen. „Das gibt Ärger, Nik. Gewaltigen Ärger.“ Sie tupfte Jod auf Nikkis Verletzungen, und Nikki sog scharf den Atem ein, durch Zähne, die lockerer zu sitzen schienen als noch am Morgen dieses Tages. „Dad bringt dich um“, prophezeite Jan.

Er hatte sie nicht umgebracht. Er war sogar geradezu lieb zu ihr, als er am Fußende ihres Betts saß, die Hände zwischen den Knien gefaltet, der Anzug von der Heimfahrt zerknittert. „Ich bin nur froh und dankbar, dass du lebst“, sagte er in vorwurfsvollem Tonfall.

Nikki hätte sich am liebsten die Bettdecke über den Kopf gezogen, um nie wieder zum Vorschein zu kommen. Sie hatte ihren Vater enttäuscht und fühlte sich elend. Tränen rannen über ihre Wangen; sie sog die Lippen ein und unterdrückte mühevoll ein Schluchzen.

„Ich hoffe, du hast deine Lektion gelernt. Ich habe darauf vertraut, immer zu wissen, wo du dich aufhältst. Ich habe gedacht, ich könnte dir glauben.“

Nikki blinzelte heftig und schluckte den immer größer werdenden Kloß in ihrem Hals herunter. Wenn sie ihre Tat doch ungeschehen machen könnte!

„Aber jetzt … tja, wir müssen von vorn anfangen, Nicole. Vertrauen wird nicht verschenkt – es muss verdient werden, weißt du?“

„Es tut mir leid, Dad. So sehr.“

„Mir auch, Süße, aber dieses Mal reicht es nicht, dass es dir leidtut. Du hättest ums Leben kommen können. Zunächst einmal wirst du Terry nur noch in der Schule treffen, und du hast Hausarrest, bis … Tja, bis ich dir wieder vertrauen kann.“

Ihre Zukunft dehnte sich endlos vor ihr aus. Sie war überzeugt, eine alte Jungfer zu sein, bevor er ihr wieder glauben konnte. Ach, sie wäre am liebsten auf der Stelle tot gewesen. *Nimm mich zu dir, oh Herr, ich bin bereit. Ich ertrage die Vorstellung nicht, hier eingesperrt zu sein, bis er mir wieder vertraut. Das wird er niemals tun. Nie, nie, nie im Leben.*

Himmel, das lag so lange zurück. Nikki rieb sich die Arme und bemerkte, dass Trent sie musterte. Auf ihre Reaktion wartete.

„Ich werde nicht lügen“, sagte sie und registrierte, wie lächerlich ihre Worte klangen. „Na ja, ich werde nicht mehr lügen. Ich sage einfach, es hat nicht funktioniert, wir haben überstürzt geheiratet und uns jetzt wieder getrennt.“ Innerlich wand sie sich, als sie sich vorstellte, wie ihre Verwandten und Freunde ihr in den Ohren liegen würden: „Ich hab's dir doch gesagt.“

Schmerz verdunkelte seinen Blick, und er räusperte sich. „Am besten wäre, wenn wir die Farce noch ein bisschen länger durchhalten“, sagte er leise.

„Warum?“

„Nur, bis diese Crowley-Geschichte ausgestanden ist.“

Kalte Angst kroch ihr über den Rücken, die sie jedoch verbarg. „Erzähl mir alles über den guten Senator. Und wenn wir schon nicht zusammen nach Salvaje geflogen sind, warum warst du dann dort? Ich kann mir nicht vorstellen, dass du deinen Urlaub in den Tropen verbringst und hoffst, dass irgendeine Frau ihr Gedächtnis verliert, damit du dich auf sie stürzen und sie ausnutzen kannst.“

Seine Augen blitzten gefährlich. Er rieb sich das Kinn und fluchte, als wollte er ihr nichts verraten. „Man munkelt, dass der Senator bestechlich ist. Nichts ist bewiesen, versteht sich, und im Umfeld von Regierungsbeamten wird immer viel spekuliert, aber unser guter Diamond Jim ist genauso schlüpfrig wie beliebt. Ihm kann man nichts anhängen – offenbar gelingt es ihm immer, einem Skandal auszuweichen.“

„Was geht dich das alles an?“

Er ballte die Faust; seine Nackenmuskeln spannten sich an. „Ich kenne den Senator. Ich habe ein Hühnchen mit ihm zu rupfen.“

„Was für ein Hühnchen?“, fragte Nikki, erstaunt, weil er sich ihr öffnete.

„Etwas Persönliches.“

„Meinst du nicht, dass ich mit drinstecke, *persönlich*?“

„Sagen wir einfach, ich würde ihm keine Träne nachweinen, wenn er in Flammen aufginge.“

„Du und ich, wir sind also unabhängig voneinander nach Salvaje geflogen."

„Stimmt. Deshalb hat Rosa, die Hotelangestellte, dich erkannt und mich nicht."

„Und dann?", fragte sie und sah, wie sich starke, wütende Gefühle in seiner Miene spiegelten.

„Wir saßen nicht in derselben Maschine. Ich bin Crowley schon früher gefolgt. Du bist ein paar Tage später aufgetaucht, und ich habe dich erkannt und fürchtete, du könntest dir Probleme aufhalsen. Ich wollte mich nicht zu erkennen geben, deshalb habe ich dich einfach nur im Auge behalten. Da ich dein Gespräch mit Connie beim *Observer* mitgehört hatte, dachte ich mir, dass du Jim Crowley auch auf der Spur warst."

„Du hast mich also ... beschattet."

„Dich und Crowley."

Sie schnalzte mit der Zunge. „Fleißiger Junge."

„Inzwischen hatte ich meine Recherchen zu deiner Person, zu deinem Vater, deinen Freunden und Interessen abgeschlossen. Ich wusste alles über dich."

„Entzückend", knurrte sie sarkastisch.

Er überging die Spitze. „Crowley wusste offenbar, dass du ihm auf den Fersen warst. Er muss dich erkannt haben, denn er ist ja eng mit deinem Dad befreundet. Aber ich glaube nicht, dass seine Gefühle für deinen alten Herrn seinen Zielen in die Quere kommen, und du, meine Liebe, warst und bist eine Bedrohung für ihn."

„Woher soll er das wissen?"

„Er ist ein mächtiger Mann und hat Beziehungen. Es würde mich nicht wundern, wenn einer deiner Kollegen dem Senator in den Hintern kriecht."

„Wer?"

„Das weiß ich nicht", gab er zu und runzelte leicht die Stirn. „Also habe ich dich überwacht, und ich wusste, dass du die Missionsstation besichtigen wolltest, weil ich gehört hatte, wie du den Portier im Hotel nach dem Weg gefragt hast. Ich bin dir vorausgegangen, und dann …" Sein Blick war schuldbewusst, und er fuhr sich mit der Hand über den Mund. „Ich war einen Augenblick unaufmerksam, und plötzlich hörte ich dich schreien. Ich bin gerannt, so schnell ich konnte, und fand dich auf der Felsnase. Den Rest kannst du dir denken."

„Und der Mann, der mich gestoßen hat?"

Trent schüttelte den Kopf. „Den habe ich nicht gesehen." Als er sah, dass sie widersprechen wollte, hob er eine Hand. „Ich sage nicht, dass er nicht existiert, ich sage nur, dass ich ihn nicht gesehen habe. Vermutlich hatte er sich versteckt. Ich habe nur daran gedacht, dich schnellstens in Sicherheit zu bringen.

„Und dann hast du beschlossen, dich als mein Mann auszugeben."

„Wie ich schon sagte, ursprünglich habe ich das getan, um in deiner Nähe sein und dich beschützen zu können. Das Krankenhaus verfügte nicht gerade über das beste Sicherheitssystem der Welt, und ich fürchtete, Crowley könnte einen von seinen Handlangern schicken, der dafür sorgt, dass du nie mehr jemandem was von deinen Erkenntnissen erzählen kannst. Tja, ich hab dich jedenfalls davor beschützt."

„Aber nur, weil ich mein Gedächtnis verloren hatte. Was wäre geschehen, wenn ich mich plötzlich an alles erinnert hätte?"

Ein Muskel zuckte in seiner Wange. „Dem Problem wollte ich mich erst stellen, wenn es auftaucht."

„Und deswegen hast du … im Schlafzimmer nichts überstürzt."

Er verzog den Mund. „Ich hatte mir vorgenommen, die Finger von dir zu lassen. Deine Verletzungen waren Grund genug."

„Aber …"

„Ach, zum Teufel, Nikki!", explodierte er. „Ich konnte nicht anders! Ich wusste, dass es nicht richtig war, aber schließlich habe ich dich nicht gerade vergewaltigt, oder?"

Sie errötete. „Du hast mich ausgenutzt."

„Dann verklag mich doch! Ruf die verdammte Polizei! Mach, was du willst, aber glaub mir, um Gottes willen! Ich konnte mich nicht zurückhalten. Ich wollte es ja. Verdammt, ich wusste, dass es ein Fehler sein würde, mit dir zu schlafen, doch das Risiko musste ich eingehen."

„Du *musstest* überhaupt nichts."

Er seufzte schwer. „Es ist passiert, Nikki."

Ihr wollte das Herz brechen, doch sie weigerte sich, in die Rolle des gekränkten Opfers zu schlüpfen. Leider ergab ein Teil dessen, was Trent gesagt hatte, durchaus einen Sinn, und in Wahrheit wollte sie ihn nicht verlassen. Noch nicht. Erst, wenn sie wieder bei Kräften war. Sie stand auf und sagte: „Okay, wir spielen diese Farce weiter, nur noch zwei Tage lang, bis ich weiß, wie zum Teufel wir die Scheidung ohne Aufsehen über die Bühne bringen. Und dann ein glatter Schnitt."

„Schön." Er wirkte erleichtert. Die Falten um seine Augen waren nicht mehr so deutlich.

„Aber ich werde arbeiten."

Er wollte widersprechen, überlegte es sich aber anders und nickte knapp. „Ich fahre dich hin und hole dich wieder ab, dann fahren wir zum Flughafen und suchen dein Auto." Es war sinnlos, auf diesem Punkt herumzureiten. Immerhin waren die Grundregeln aufgestellt, was nicht hieß, dass sie sich nicht jeden Augenblick ändern konnten. Nikki holte Handtücher aus einem Schrank, verkündete, dass sie duschen wollte, schloss die Badezimmertür hinter sich ab und drehte die Hähne auf. Dampf stieg in Richtung Zimmerdecke, als sie sich auszog. Sie war also nicht verheiratet. Schön. Bald würde Trent für immer aus ihrem Leben verschwinden.

Sie schob den Duschvorhang zur Seite und stieg unter den heißen Brausestrahl. Als sie nach dem Shampoo griff, fiel ihr Blick auf ihre ringlose linke Hand, und es fiel ihr schwer, nicht zu weinen. Was war los mit ihr? Er war ein Schwindler! Ein Betrüger! Ein Lügner! Keinen Deut besser als Judas!

Warum liebte sie ihn dann immer noch?

10. KAPITEL

Herzlichen Glückwunsch!" Connie hockte auf der Kante von Nikkis Schreibtisch und legte ein weißes Päckchen mit einer großen silbernen Schleife neben Nikkis Computer-Monitor. Sie war schlank und rotblond, in West Texas aufgewachsen, wie man noch immer deutlich bei jedem Wort hörte. Sie trug einen kurzen schwarzen Rock, ließ die Beine baumeln, und als sie lächelte, glitzerten ihre Augen wie flüssiges Gold.

„Was ist das?", fragte Nikki, obwohl sie es ahnte, und ihre Stimmung sank. Die silbernen Hochzeitsglocken auf dem Geschenkpapier verrieten alles.

„Mach's auf, dann weißt du's."

„Ich kann nicht."

„Oh doch." Connie gab sich gekränkt. „Es sei denn, du willst warten, bis Trent dabei ist ..."

„Nein!" Nikki griff nach dem Päckchen, las die Karte und entfernte Schleife und Papier. Das Päckchen enthielt eine Vase aus geschliffenem Kristall. „Oh Connie, wie schön", sagte sie und kam sich vor wie eine Diebin. „Ich ... Ich weiß nicht, was ich sagen soll."

Connie grinste. „Du brauchst nichts zu sagen. Und jetzt schau mal auf deinen Zeitplan. Ein paar von uns wollen dir eine verspätete Hochzeitsparty ausrichten, wahrscheinlich im nächsten Monat." Sie beugte sich über den Schreibtisch und blätterte durch die leeren Seiten in Nikkis Kalender. „Wie wär's mit dem zehnten?"

„Hm ... lieber nicht", sagte Nikki ausweichend. Sie fühlte sich wie eine Betrügerin und Schwindlerin, wie ein Mensch, der lügt, um zu bekommen, was er haben will.

„Das wird ein Spaß. Jennifer kennt einen Stripper und ..."

„Ach, Connie, wirklich, bitte nicht", flehte Nikki. Alles wuchs ihr über den Kopf, und sie hatte das Gefühl, ihr Leben würde aus den Fugen geraten. Sie strich über Connies Handrücken und beschloss, sich ihrer Freundin anzuvertrauen. „Hör zu, ich muss dir etwas sagen“, begann sie und warf einen Blick über die Schulter.

Max Van Cleve kam auf ihren Schreibtisch zu. Sein welliges blondes Haar war perfekt frisiert, das weiße Hemd gestärkt.

„Später“, sagte Nikki zu Connie. „Ich erzähle dir alles beim Mittagessen.“

„Worum geht's? Ärger?“, schloss Connie aus den Sorgenfalten, die sich anscheinend dauerhaft auf Nikkis Stirn einrichten wollten.

„Warte es einfach ab, ja?“ Sie wollte nicht, dass Max etwas von ihrem Gespräch mitbekam, und Connie hatte es zum Glück wohl verstanden.

„Wie ich höre, sind Gratulationen angebracht“, sagte Max und zeigte seine perfekten weißen Zähne. „Wie wär's mit einem Kuss für die errötende Braut?“ Er zog sie auf, das wusste Nikki. Er war seit drei Jahren mit seiner Frau Dawn verheiratet, und die beiden führten sich immer noch auf, als wären sie in den Flitterwochen. Bei dem Gedanken kribbelte es in ihrem Bauch. *Flitterwochen. Salvaje. Trent.*

„Erstens erröte ich nicht, und zweitens will ich Dawn nicht eifersüchtig machen“, konterte sie. Sie kam sich vor wie eine gemeine Betrügerin. Jahrelang hatte sie sich etwas auf ihre Ehrlichkeit zugutegehalten; das wusste sie, weil sie bei jeder Lüge ein schlechtes Gewissen hatte.

„Ich?“ Er tippte sich selbst auf die Brust. „Würde ich etwas tun, was meine Frau kränkt? Niemals. Trotzdem, du bist mir was schuldig.“ Er klopfte mit den Fingerknöcheln auf die Schreibtischkante und ging weiter in Richtung Empfangsbereich.

Nikki stieß einen Seufzer der Erleichterung aus, der ihren Pony flattern ließ. Es war gut, endlich allein zu sein, obwohl der Zustand weniger als eine Dreiviertelstunde anhielt. Dann kam Connie mit einem dampfenden Becher Kaffee und einem getoasteten Bagel zurück.

„Ganz frisch", sagte sie und deponierte den Bagel, eine Serviette, den Kaffee und ein Portionsdöschen Kaffeesahne auf einem von Nikkis Poststapeln.

„Du rettest mir grad das Leben." Nikki gab die Sahne in den Becher und probierte den heißen Kaffee.

„Ich bin nur froh, dass du wieder hier bist. Hier war es stinklangweilig, als du fort warst." Ein Set goldener Armreifen klimperte, als sie auf Frank Pianzanis verglastes Büro wies. „Schlimmer denn je. Frank glaubt anscheinend, die einzigen Storys, die ich bewältigen kann, drehen sich um Drillingsgeburten oder Lehrerentlassungen. Wirklich weltbewegend." Sie zwinkerte mit ihren stark getuschten Wimpern. „Irgendwer sollte dem Mann mal erklären, dass wir im einundzwanzigsten Jahrhundert leben."

„Ich kenne eine Frau, die dafür prädestiniert ist", sagte Nikki mit Nachdruck.

„*Moi?*" Connie deutete mit einem rot lackierten Fingernagel auf ihr Brustbein und schüttelte den Kopf. „Soll ich riskieren, meinen Job zu verlieren? Nee, nee. All diese mutigen und edlen Angelegenheiten überlasse ich gern jemand anderem. Ich bin nur eine Arbeitsbiene."

„Klar", sagte Nikki. Connie ging zurück zu ihrem Schreibtisch.

Nikki aß ihren Bagel, wischte sich die Finger ab und trank Kaffee, während sie fortfuhr, ihre Notizen zu überfliegen, ihre Post durchzusehen, die letzten paar Ausgaben des *Observer* durchzublättern und sich ganz allgemein auf den aktuellen Stand der Belegschaft zu bringen. Die Zeit schien ihr immer noch nicht wieder im Gleichgewicht zu sein, und ob es nun am Jetlag, an ihrer Amnesie oder ihrer stürmischen Beziehung mit Trent lag, jedenfalls konnte sie sich nicht voll auf ihre Arbeit konzentrieren. Beziehung. Ha! Was sie mit Trent verband, war nichts weiter als kalte Lüge und heißer Sex.

Der Gedanke machte sie nicht gerade glücklich, und sie trank den Rest Kaffee aus, zerknüllte den Becher und warf ihn in den

Mülleimer, bevor sie einen weiteren Umschlag aufriss. Doch die Arbeit fiel ihr nicht leicht. Sie war nicht an den Lärm und die Geschäftigkeit im Büro gewöhnt. Sekretärinnen in High Heels klackerten vorüber, Briefträger schoben ihre Karren durch die Gänge zwischen den Waben, in den sich die Schreibtische befanden, Telefone klingelten, Unterhaltungen drangen durch die schalldichten Barrieren und die Neonröhren unter der Decke summten und tauchten das Innenleben des *Observers* in surreales Licht.

Anscheinend konnte sie Trent nicht aus ihren Gedanken verbannen. Sein Gesicht stand ihr vor Augen, und seine verschwommenen Vorwürfe gegen Senator Crowley wiederholten sich in Nikkis Kopf wie eine defekte Schallplatte. Sie drehte einen Bleistift zwischen den Fingern und dachte über die Verbindung zwischen Crowley und Trent nach. Warum war Trent so versessen darauf, Crowley zu ruinieren?

Nikki kratzte sich mit dem Radiergummi-Ende ihres Bleistifts am Hinterkopf und öffnete die ersten Dateien mit den Storys, die sie vor ihrem Abflug nach Salvaje bearbeitet hatte. Der Großteil ihrer Arbeit war fertig und längst gedruckt: Schnee von gestern. Nur ein paar Artikel und Interviews waren noch nicht abgeschlossen, doch nichts davon hatte mit Politik oder Diamond Jim Crowley zu tun. Als sie ihre Arbeiten durchlas und versuchte, sich wieder in ihre Arbeit hineinzufinden, empfand sie eine unterschwellige Unzufriedenheit, eine Bestätigung ihrer Vermutung, dass sie mit diesem Job beim *Observer* unglücklich war.

Max hatte ein paar Wochen zuvor einen Artikel über Senator Crowley geschrieben, doch der las sich eher wie eine Wahlkampagne, nicht wie topaktueller Journalismus. Der Artikel enthielt wenig mehr als eine Erinnerung daran, dass James Thaddeus Crowley in Washington, D. C., hart für die Menschen im Bundesstaat Washington arbeitete. Für Jobs. Für die Wirtschaft. Für die Umwelt. Für jedermann. Unsinn! Da stank etwas zum Himmel. Dessen war sie sich sicher, und in einem Geistesblitz erinnerte sie sich, dass sie einen Enthüllungsbericht über Crowley geplant hatte, dass es etwas gegeben hatte … irgendeinen vertuschten Skandal. Was war das? Sie nagte an ihrer Unterlippe und versuchte, sich zu konzentrieren, erinnerte sich jedoch an nichts außer an den kalten Mann mit dem Gehstock in dem Fotoladen auf Salvaje. Trent hatte irgendetwas über Bestechung gesagt. *Denk nach, Nikki, denk nach!*

Ihr fiel nichts ein. Ihr kam nicht ein einziger armseliger Gedanke.

„Na, prima", knurrte sie angewidert und seufzte. Wütend über ihr versagendes Erinnerungsvermögen blätterte sie die neuen Storys durch, die ihr zugewiesen worden waren: die neuen Radwege beim Lake Washington, ein ausführlicher Artikel über den Leiter des Sinfonieorchesters, eine Story über die Import/Export-Wirtschaft in Seattle, mit dem Hinweis, dass sie ihren eigenen Vater als Quelle benutzen konnte, da dieser eines der größten Import/Export-Unternehmen an der Meerenge leitete.

Nichts Aufregendes. Kein Enthüllungsjournalismus. Kein Schmutz. Nichts, was wirklich wichtig war.

Kein Wunder, dass sie es auf Crowley abgesehen hatte. Nikki klopfte mit ihrem Bleistift auf den Schreibtisch und blickte auf ihren Monitor. Aber worin bestand Trents Beziehung zu dem Senator? Er war auf Salvaje gewesen, hatte Diamond Jim verfolgt, genauso wie sie selbst. Seine Sorge war so groß gewesen, dass er vorgegeben hatte, mit ihr verheiratet zu sein. Aber hatte er sich um ihre Sicherheit gesorgt? Oder darum, was sie über den Senator schreiben würde? Welches Hühnchen hatte er zu rupfen? Sie wusste es nicht, sagte sie sich, lehnte sich auf ihrem Stuhl zurück und blickte böse auf den Monitor, aber sie wollte es verdammt noch mal herausfinden!

„Ihr seid gar nicht verheiratet!" Connie verschluckte sich beinahe an ihrem Spinatsalat. „Aber – du hast angerufen und es mir erzählt." Verwirrt und tief gekränkt sah sie Nikki an.

„Versteh doch, es tut mir leid. Ich war nicht ich selbst." Nikki stocherte in ihrem Krabbensalat herum und vertraute sich Connie nun vorbehaltlos an. Sie verschwieg nichts, bis auf die äußerst schmerzliche Tatsache, dass sie sich in genau den Mann verliebt hatte, der diese Farce initiiert hatte. Sie berichtete ihrer Freundin sogar von ihrer Amnesie und gestand, dass ihre Erinnerungen äußerst lückenhaft waren.

„Du machst Witze!", flüsterte Connie in dem gut besuchten Restaurant. Sie warf einen Blick über die Schulter, als rechnete sie damit, inmitten von Reportern, Börsenmaklern, Sekretärinnen und Nachwuchs-Managern einen bewaffneten Auftragsmörder in einem Rattansessel vor einem Teller Fettuccine zu entdecken, dessen Waffe samt Schalldämpfer jedes Mal sichtbar wurden, wenn er die Hand nach dem Knoblauchbrot ausstreckte.

„Sieh mal, so schlimm ist das doch nicht."

„Nicht so schlimm? Hast du den Verstand verloren?", zischelte Connie.

Nikki spießte mit der Gabel eine Eischeibe auf.

„Du stürzt von einem Felsen oder *wirst* sogar hinuntergestoßen, kommst knapp mit dem Leben davon, kannst dich an gar nichts erinnern, und dein Retter, im Grunde ein völlig Fremder, behauptet, er wäre mit dir verheiratet. Später, *nachdem* du deinen Verwandten und Freunden von deiner Hochzeit berichtet hast, gibt er zu, dass es eine Lüge war. Und warum? Um dich zu schützen? Ich glaube, ich würde mich mit einem Barracuda in unmittelbarer Nähe sicherer fühlen."

„Aber du kennst ihn", wandte Nikki ein. Trotz allem hatte sie den Drang, Trent zu verteidigen. Sie ließ eine Olive über die Salatblätter rollen und versuchte zu erklären. „Hör zu, ich weiß, es hört sich schlimm an …"

„Schlimm trifft es ja wohl kaum. Abgefahren, schon eher. Unglaublich kommt der Sache ziemlich nahe, und einfach verlogen ist sogar noch besser. Herrgott, der Kerl hat Nerven. Und, nur, damit du es weißt, ich kenne ihn nicht. Ja, ich bin ihm begegnet, als ich diesen Versicherungsanspruch geltend machen wollte. Jemand hatte meinen BMW gestohlen, weißt du noch? Den meine Eltern mir zum Examen geschenkt hatten." Sie aß ein Blättchen

Salat. „Habe ich dir erzählt, dass er von einem Typ gestohlen wurde, der mit einem Ring von Autodieben zu tun hatte? Trent arbeitet für meine Versicherungsgesellschaft und hat die ganze Sache aufgeklärt."

„Dann ist er gar nicht so schlecht."

„Wenige Menschen sind nur schlecht. Und er ist nun wirklich eine Augenweide. Aber einem Lügner traue ich nicht, Nikki, und du solltest es auch nicht tun. Dieser Kerl hat dich belogen. Im großen Stil. Wenn es nach mir ginge, sollte man ihn aufhängen, an seinen ... Na ja, an den Füßen oder schlimmer!" Sie zupfte ein Stückchen Brot ab und beugte sich über den Tisch. „Nun erzähl mal: Als du geglaubt hast, du wärst mit ihm verheiratet ..."

Jetzt geht es los! Nikki griff nach ihrem Wasserglas und trank. Ihr Hals war trocken.

„Was habt ihr gemacht ... Na ja, angeblich wart ihr auf Hochzeitsreise. Wie bist du damit zurechtgekommen?"

Nikki hätte sich um ein Haar verschluckt, aber dieses Mal kam ihr die Lüge – oder vielmehr die Halbwahrheit – leicht von der Zunge. „Ich war verletzt. Im Gesicht, am Knöchel, am ganzen Körper. Trent hat sich verhalten, als wären meine Verletzungen Grund genug, sich nicht mit mir einzulassen. Außerdem hättest du mich sehen sollen. Schade, dass ich keine Fotos habe. Ich sah so hässlich aus, dass kein Mann sich für mich interessiert hätte."

Connie zog skeptisch eine Braue hoch, widersprach aber nicht, und Nikki fühlte sich schäbig. Warum konnte sie nicht einfach alles erklären? Weil es nun mal so war, dass sie sich in den Lump verliebt hatte.

„Deswegen kann ich das Hochzeitsgeschenk nicht annehmen", fügte sie hinzu und schob ihren halb gegessenen Salat beiseite. „Es ist wunderschön, aber ich bin nicht verheiratet."

Connie brachte ein Lächeln zustande. „Behalt es", sagte sie. „War's wert dafür, was ich alles von dir erfahren habe."

„Ich kann nicht."

„Betrachte es als verfrühtes Geburtstagsgeschenk."

„Ich habe im Mai Geburtstag."

„Dann eben als verspätetes."

Sie stritten, und schließlich gab Nikki nach, nur um Connie bei Laune zu halten.

„Und jetzt zu diesem Gedächtnisverlust. Vielleicht kann ich ein paar Lücken füllen", sagte Connie. „Du warst vor deiner Abreise richtig unglücklich, und du warst auf diesem ... ich glaube, du nanntest es Rachefeldzug, gegen Senator Crowley. Du wolltest eine Enthüllungsstory über den Mann schreiben, und Frank hat es dir nicht erlaubt. Selbst als Peggy sich für dich eingesetzt hatte, bestand er darauf, dass Max oder John die Story übernehmen, und wir wissen schließlich alle, dass Max denkt, Diamond Jim könne über Wasser wandeln. Als Peggy verlangte, dass du eine faire Chance bekommst, hat Frank ein Machtwort gesprochen. Etwa folgendermaßen, ich zitiere: ‚Männer haben in Bezug auf Politik einfach den besseren Durchblick.' Du weißt schon, irgendetwas Großspuriges und Blödes und völlig Abwegiges. Versteht sich von selbst, dass du total wütend warst." Connie bedachte Nikki mit einem listigen Lächeln. „Ich glaube, du hast trotzdem an der Story gearbeitet. So muss es gewesen sein, wenn du Crowley auf Salvaje gefunden hast. Was zum Teufel hat er dort getrieben?"

„Wenn ich das wüsste", sagte Nikki. Der Kellner brachte die Rechnung. Nikki nahm sie an sich. Sie war entschlossen, so viel sie konnte über Senator James Crowley wie auch über Trent McKenzie herauszufinden.

Spät am Nachmittag hatte der Nieselregen aufgehört. Die Sonne begann, das nasse Pflaster zu trocknen, und hinterließ nur in den tiefsten Ritzen und Löchern auf Gehsteigen und Straßen noch Pfützen.

Nikki trat aus der Drehtür und atmete die frische Luft von der Bucht her tief ein. Der Himmel war noch bedeckt, doch ein paar Sonnenstrahlen durchbrachen die Wolken und ließen den Asphalt glitzern.

Nikki klemmte sich den Schirm unter den Arm und entdeckte Trent, der, die Arme vor der Brust verschränkt, am Kotflügel seines Jeeps lehnte. Er hatte in zweiter Reihe in einer Gasse geparkt, schien sich jedoch keinerlei Sorgen wegen eines Strafzettels zu machen. Er hob die Hand, als er Nikki sah, und ihr dummes Herz vollführte bei seinem Anblick unwillkürlich einen Hüpfer. Als wären sie tatsächlich frisch verheiratet. Was für ein Witz! Wann sollte dieser Schwindel ein Ende haben? Sie schlang die Arme fest um ihren Oberkörper, als könnte sie so ihr unberechenbares Herz hüten, und wich den größten Pfützen aus.

Trent grinste, als er sie sah, setzte dieses sexy Lächeln auf, das seine Zähne blitzen ließ und das sie so nervtötend fand. „Hab dein Auto gefunden."

„Tatsächlich? Am Flughafen?"

„Da, wo du es abgestellt hast."

Sie stieg in seinen Wagen, als ob sie dort und nirgendwo sonst hingehörte, und der Duft von Leder und Öl erschien ihr plötzlich vertraut. Die Lage wurde allmählich gefährlich. Obwohl Trents Nähe sie immer ein wenig beunruhigte, gab sie ihr doch gleichzeitig ein Gefühl von Intimität und Geborgenheit.

Er stellte die Sitzhöhe ein, ließ den Motor an, setzte den Blinker und fädelte den Jeep in den Verkehr in südlicher Richtung um die Meerenge herum ein.

Trent hielt Wort und fuhr auf direktem Weg zu einem der Parkplätze beim Flughafen, wo ihr kleines Dodge-Cabrio eingequetscht zwischen einem Toyota Kombi und einem Cadillac stand.

„Wie hast du ihn gefunden?"

Er grinste. „Berufsgeheimnis."

„Hör doch auf." Nikki öffnete die Beifahrertür des Jeeps, doch bevor sie aussteigen konnte, berührte Trent sie am Handgelenk. „Wir treffen uns später in deiner Wohnung", sagte er, und ihr Pulsschlag beschleunigte sich ein wenig.

„Das halte ich nicht für eine gute Idee."

„Wir müssen schließlich den Schein wahren, oder?"

„Für wen?" Etwas in ihr brannte darauf, mit ihm allein zu sein, ihre kleine Lüge – nein, ihre *große* Lüge – fortzuführen, mit ihm in der Wohnung zu sein, mit einem Glas Wein vorm Feuer zu sitzen, ihn zu küssen und zu umarmen und überall zu streicheln, und doch war ihr klar, dass der Bruch irgendwann umso härter sein würde, je länger sie das Unvermeidliche hinauszögerte, je mehr Zeit sie damit vertat, die Verliebte zu spielen. Sie musste ihr Herz schützen.

Trent ging um den Kühler des Jeeps herum und blieb neben Nikki stehen, als sie den Schlüssel ins Schloss des Kleinwagens schieben wollte.

„Nicht“, warnte sie, bevor er sie auch nur angerührt hatte.

„Nikki …“ Er wollte nach ihr greifen, doch sie entzog sich ihm.

„Ich kann wirklich nicht mehr mit dieser Lüge leben“, sagte sie mit belegter Stimme. Herrgott, sie würde doch wohl nicht zusammenbrechen? Sie schob den Schlüssel mit Nachdruck ins Schloss und drehte ihn.

„Du musst aber.“

Sie hielt inne.

„Zu deiner Sicherheit.“

Das war zu viel. Nikki ließ den Schlüssel stecken und wirbelte zu Trent herum. „Himmelherrgott! Lass uns nicht wieder davon anfangen. Du weißt, wo ich wohne, wo ich arbeite, weißt alles über meine Eltern, meine Verwandten, sogar über meinen Exfreund, verdammt noch mal. Und was weiß ich über dich? Nichts! Überhaupt nichts. Aber bei dir soll ich mich ‚sicher‘ fühlen. Gib’s auf, McKenzie.“

„Du wirst mich nicht los.“

„Aber sicher doch. Von jetzt an sind wir geschieden.“

Er lachte laut, beinahe grausam, dann griff er nach Nikki und zog sie an sich. Sie schnappte nach Luft, als sein Mund ihre Lippen fand und er sie so heftig küsste, dass sie kaum atmen konnte. Ihre Knie wurden weich, in ihrem Kopf drehte sich alles. Lass nicht zu, dass er dich so behandelt! verlangte eine innere Stimme, doch ein anderer Teil von ihr seufzte zufrieden.

An ihr immer noch nasses Auto gelehnt versuchte sie, sich sämtliche Gründe vor Augen zu führen, weshalb sie ihn von sich stoßen, ihre nüchterne Haltung wiederfinden und darauf bestehen sollte, dass die Affäre ein Ende haben musste, doch ihr Herz pochte wild, ihr Körper sehnte sich nach Trents Zärtlichkeit, und ihre Entschlusskraft schien sie zu verlassen, Stück für Stück, wie die Sonne langsam hinter dem Horizont versank.

Ihre Sinne verschwammen, und es erschien ihr nur natürlich, die Arme um seinen Nacken zu legen und den Kopf zu heben, um seinen Kuss voll auskosten zu können. Mit der Zunge öffnete er ihre Lippen, und Nikki bebte voller Vorfreude.

Als er den Kopf hob, rang er nach Atem, und Nikki schluckte. Es fühlte sich so gut an, doch sie wusste, dass es völlig falsch war. Trent zu lieben würde ihr nur noch mehr Kummer einbringen.

Trent lehnte seine Stirn an ihre und drückte Nikki an sich. „Lass uns nicht mehr darüber streiten, ja? Wir treffen uns zu Hause.“

„Bei *mir* zu Hause“, stellte sie klar.

„Ja, Nikki, bei *dir*.“

Er rührte sich nicht, als sie in den Fahrersitz ihres Cabrios glitt. Die Polsterung passte sich ihren Körperformen an; der Sitz befand sich für ihre Beinlänge im passenden Abstand zu Gas und Kupplung. Nikki legte den Rückwärtsgang ein, manövrierte den Wagen aus der engen Parkbucht, schaltete und fuhr mit quietschenden Reifen über den Parkplatz.

Trent blickte ihr nach und fragte sich, wie zum Teufel er jemals wieder zu seiner alten Routine zurückfinden sollte. Sobald diese Crowley-Geschichte geregelt war, gab es keinen Anlass mehr, Nikki weiter zu sehen, keinen Grund, Vorwände für das Zusammensein mit ihr zu finden, keinen Grund, Nikki mit List in sein Bett zu locken.

Wütend auf sich selbst, auf die Welt im Allgemeinen und ganz besonders auf Diamond Jim, trat er gegen den Reifen des Jeeps, und ein scharfer Schmerz schoss von seinem Fuß bis in die Hüfte. Er fluchte leise. Seit er Nikki Carrothers das erste Mal gesehen hatte, schlug sein Herz anders, und er meinte, sie wäre anders als jede Frau, der er bisher begegnet war. Als er erfuhr, dass sie an einer Story über Crowley arbeitete, hatte er sich eingehend über sie informiert. Je mehr er über sie wusste, desto größer wurde seine Faszination, bis er, ähnlich wie von Crowley, auch von Nikki besessen war. Eine böse Besessenheit, eine gute. Im Gleichgewicht.

Doch Trent hatte nicht erwartet, im Laufe der Tage immer stärker in ihren Bann zu geraten. Sein Instinkt hatte ihn nicht getrogen, dachte er finster, als er in den Jeep stieg. Sie war anders. Eigensinnig, entschlossen, unerbittlich – nicht unbedingt weibliche Qualitäten, die er sich von seiner Ehefrau wünschen würde.

Mitten in seinem Griff nach dem Steuer hielt er inne. Ehe? Was dachte er da? Er wollte keine Ehe, hatte nie eine gewollt und schon gar keine mit einer dickköpfigen, arroganten Frau wie Nikki. Nein, er stand seit jeher auf den weichen, femininen Typ, kurvenreich, kokett, nicht allzu viel Grips. Derartige Beziehungen ließen sich leicht beenden.

In seinem Leben hatte es ein paar intelligente Frauen gegeben, Frauen, die ihn auf einer Ebene anzogen, der er nicht vertraute, Frauen, die die Chance hatten, mit seinem Herzen und seinem Verstand zu spielen, und die hatte er gemieden wie die sprichwörtliche Pest. Aber mit Nikki war alles anders.

Er schob den Schlüssel ins Zündschloss, trat auf die Kupplung und raste Nikki hinterher. Ein zynisches Lächeln umspielte seine Lippen. Anfangs hatte er die Rolle des Beschützers einzig zur Gewährleistung ihrer Sicherheit übernommen, doch als die Farce ihrer Heirat funktionierte und er zu engem Kontakt mit Nikki gezwungen war, hatte er sich unmöglich gegen ihre Anziehungskraft zur Wehr setzen können. Im Krankenhaus war sie allein und verletzlich gewesen, verängstigt, doch im Lauf der Tage und ihrer Genesung hatte Trent flüchtige Blicke auf die wahre Nikki erhascht, auf die Frau, die offenbar sein Herz fest in ihrer Hand hielt.

Herrgott, was für ein Chaos! Und jetzt jagte er ihr auch noch hinterher. Wie passend, dachte er ironisch lächelnd. Unwillkürlich fragte er sich, ob er ihr für den Rest seines Lebens hinterherjagen würde.

Nikki ging es wieder besser. Während sie einer endlosen Schlange von rot glühenden Rücklichtern folgte, sich von der Autobahn bis zur Ausfahrt vorarbeitete, Sender im Radio fand, die so vertraut waren wie ein alter Bademantel, wurde ihr klar, dass sie anfing, sich selbst zu verstehen. Gedächtnisblitze folgten so rasch aufeinander wie die Verkehrszeichen. Meilensteine ihrer Vergangenheit huschten durch ihr Bewusstsein.

Sie erinnerte sich an einen kleinen schwarzen Hund namens Succotash, an ihre Lieblingspuppe, an ihre Mutter, die sich eine Zigarette anzündete und ihr dringend riet, sich niemals das Rauchen anzugewöhnen, an die Streitereien, die Nacht für Nacht aus dem Elternschlafzimmer zu hören waren, als sie zur Highschool ging, an die zunehmende Begeisterung ihrer Mutter für Wein, an das Zerbrechen ihrer Familie. Ihr war, als wären die Grundmauern ihres ganzen Lebens geschleift worden, als wäre die Sicherheit, die sie kannte, ihr genommen worden. Dieser triste Abschnitt ihres Lebens war, wie sie sich erinnerte, der einzige, in dem sie ihren Vater weinen gesehen hatte. Ihr Kinn zitterte ein wenig, bevor ihre Gedanken sich glücklicheren Momenten zuwandten, ihrem Abschlussball und dem glitzernden weißen Chiffonkleid, das sie getragen und dann mit Orangenpunsch bekleckert hatte.

Tränen schimmerten in ihren Augen, als ihr Leben anfing, einen Sinn zu ergeben, und die Lücken und Löcher im Puzzle ihrer Existenz kleiner wurden. Sie hatte ein Leben – ein Leben, an das sie sich erinnerte.

Sie erinnerte sich an ihre Beziehung mit Dave Neumann. Dave. Er war ihr erster richtiger Freund, der erste Mann, den sie eventuell hätte heiraten wollen. Er sah gut aus und war geistreich, und sie hatten Stunden damit verbracht, eine Zukunft zu planen, die irgendwie keine rechte Form annehmen wollte. Er wünschte sich eine Eigentumswohnung in der Stadt, und sie ein Haus in einem Vorort. Er wollte mit Kindern mindestens noch zehn Jahre warten und war nicht sicher, ob Babys und Windeln und mitternächtliche Fütterungen jemals in sein wohlgeordnetes

Leben passen würden. Er passte seinen Urlaub seiner Arbeitsplanung an und bestand auf Reisen, die er geschäftlich „abschreiben“ konnte, statt Spaß und Abenteuer zu suchen.

Kein Wunder, dass die Beziehung einen langsamen, schmerzhaften Tod gestorben war.

Sie verließ in ihrem kleinen Dodge die Autobahn und betrachtete sich als Glückspilz. Sie und Dave hatten sich „vorübergehend“ getrennt, um „ihre Beziehung auf die Probe zu stellen“ und um „sicherzugehen, dass sie nicht einen großen Fehler machten“. Es war Daves Idee gewesen, und alles hatte sich sehr vernünftig angehört. So antiseptisch. So leidenschaftslos. Na, zum Teufel damit. Wenn Trent sie irgendetwas gelehrt hatte, dann war es die Tatsache, dass sie ein leidenschaftlicher Mensch war. Sexuell, intellektuell und moralisch. Dafür sollte sie ihm wohl dankbar sein.

Trent. Oh Gott, was sollte sie mit ihm machen? Der Umgang mit ihm war einfacher gewesen, als sie glaubte, er und sie wären verheiratet, doch jetzt, nachdem sie wusste, dass Entscheidungen anstanden – schwere, schmerzliche Entscheidungen, die ihre Zukunft bestimmten –, da hatte sie Angst. Nach dem Bruch mit Dave hatte sie sich gesagt, dass sie sich nie, *niemals im Leben* wieder mit einem Mann einlassen würde, der ihr Leben bestimmen wollte. Tja, Trent hatte da ganz sicher alle Schutzwälle, die sie errichtet hatte, niedergewalzt und gelogen, *gelogen*, um zu bekommen, was er wollte.

Sie biss die Zähne zusammen. Diese Täuschung traf sie immer noch.

Dann war da die Vertrauensfrage. Jahrelang hatte sie auf ihren Vater vertraut, sich auf ihn verlassen, hatte nie seine Meinungen infrage gestellt, doch kürzlich, vor der Reise, hatten sie gestritten, und es war nicht das erste Mal gewesen. Nikki erinnerte sich an Ted Carrothers’ Zorn, weil sie plötzlich zu einer Frau mit eigenem Kopf geworden war, als könnte er es nicht so recht hinnehmen, dass seine Kleine sich zu einer eigenständig denkenden Frau entwickelt hatte.

„Lass Jim in Ruhe“, hatte er sie kurz vor ihrer Abreise nach Salvaje gewarnt.

Als Nikki jetzt auf den Parkplatz abbog, schüttelte sie ihre Tagträume ab und trat hart auf die Bremse, um nicht die Seitenwand des Apartmenthauses zu rammen. Ihr Mund wurde staubtrocken, als sie an den Streit dachte. Sie hatten im Schatten eines gestreiften Sonnenschirms vor einem Restaurant am Wasser gesessen. Der Geruch von Salzwasser war durch den Bohlenbelag gedrungen, und der frische Wind zauste das Haar ihres Vaters. Sie und Ted Carrothers waren die einzigen Gäste auf der Terrasse; alle anderen waren vernünftig genug, sich einen Platz auf der anderen Seite der dicken Fensterscheiben zu suchen.

„Jim ist mit mir befreundet“, hatte ihr Vater gesagt. Er bestellte durch Handzeichen ein weiteres Glas Gin Tonic beim Kellner.

„Aber er ist in zahlreiche dunkle Geschäfte verwickelt, Dad“, erwiderte Nikki und hob entschlossen das Kinn. Der Wind wehte ihr eine lange Haarsträhne über die Augen.

„Er ist Politiker. Das gehört zu seinem Job.“

„Ausgeschlossen. Das glaube ich nicht. Wenn jemand in die Regierung gewählt wird, muss er nicht automatisch zum Gauner werden.“

„Die Versuchungen ...“

„Jeder Mensch ist Versuchungen ausgesetzt, Dad. Du in deinem Unternehmen, ich in meinem Job, in meinem Leben. Man braucht Charakterstärke, um ihnen zu widerstehen.“

Ihr Vater schüttelte den Kopf, verfiel dann in Schweigen, als der schlanke Kellner in einem grünen Polohemd, weißem Jackett und schwarzer Hose ihm einen frischen Drink vorsetzte. Ted trank in tiefen Zügen, presste die Lippen aufeinander und blickte an Nikki vorbei auf die Meerenge, über der lärmende Möwen auf unsichtbaren Luftströmungen hoch über dem Wasser schwebten und Fähren den dunklen Wasserspiegel aufwühlten und breite schäumende Heckwellen hinterließen. Vergnügungsboote und Frachter eiferten um Platz im bewegten Wasser, und Nikkis Vater lächelte traurig, als er ein Segelboot vorübergleiten sah. Er senkte den Blick auf sein Getränk. „Vor dreißig Jahren habe ich genauso gedacht wie du, Nicole, doch wenn man älter wird, Kinder hat, der Tatsache ins Auge sieht, dass die Welt nicht perfekt ist, dann nimmt man die Dinge hin, wie sie sind."

Nikki hatte nicht nachgegeben. Sie hatte ihren Vater nie als schwach eingeschätzt, nie in Betracht gezogen, dass er alt und lebensüberdrüssig wurde. „Ich werde niemals glauben, dass alle Mächtigen korrupt sind."

„Nicht korrupt, Nicole. Einfach nur menschlich. Hör auf meinen Rat. Lass Jim in Ruhe."

Jetzt, als sie das Auto verriegelte und die Stufen zu ihrer Wohnung hinaufstieg, verkrampfte sich schmerzhaft ihr Magen. Ihr war so kalt, als wäre der Nordwind heulend durch ihre Seele gezogen, und sekundenlang hatte sie wieder das beunruhigende Gefühl, das unheimliche Wissen, dass sie beobachtet wurde. Vielleicht sogar verfolgt wurde. „Das nennt man Paranoia, Carrothers", sagte sie zu sich selbst, doch sie bekam eine Gänsehaut und warf einen Blick über die Schulter, in der Hoffnung, das Motorengeräusch des Jeeps zu hören oder Scheinwerferlicht auf den Büschen rings um den Parkplatz zu sehen. Sie entdeckte keine Augen in dem dichten Rhododendron oder im Wein-Ahorn, keinen Hinweis darauf, dass jemand sie beobachtete. Trotzdem schauderte ihr, doch Trent erschien nicht wie ein mystischer Ritter des Mittelalters zu ihrer Rettung.

Himmel, jetzt wäre sie dankbar für sein Kommen, und bei diesem Gedanken blieb ihr fast das Herz stehen. Unvermittelt verhielt sie mitten auf der Treppe den Schritt.

Sie machte sich von ihm abhängig? Oh nein! Sie riss sich zusammen und stieg die restlichen Stufen hinauf, schloss die Tür auf, schaltete das Licht ein und warf ihren Mantel über die Sofalehne. Als sie den Kühlschrank öffnete, zuckte sie zurück und entnahm ihm einen Viertelliter saure Milch und verschimmeltes Brot. So viel zum Abendessen.

Sie entsorgte Klumpen saurer Milch und pelzige Weißbrotscheiben im Müllschlucker. Als der Küchendienst erledigt war, hörte sie ihren Anrufbeantworter ab und lauschte den Dutzenden von Fragen ihrer Schwester Jan auf dem winzigen Band. *Ich dachte, du wolltest mich anrufen. Mach schon, Nikki, ich brenne darauf zu erfahren, was los ist.*

Auch ihre Mutter hatte angerufen und ihrer Sorge wegen Nikkis Verletzungen und ihrer überstürzten Heirat Ausdruck gegeben. *Ich kann nur hoffen, dass du weißt, was du tust, und falls dein Vater beschließt, eine Art Empfang zu geben, möchten Fred und ich helfen. Schließlich bist du auch meine Tochter.*

Das klang merkwürdig aus dem Mund einer Mutter, die drei halbwüchsige Kinder zurückgelassen hatte, um in Los Angeles sich selbst und eine neue Familie zu finden.

Die letzte Nachricht stammte von Dave. *Ich weiß nicht, warum ich dich anrufe. Offenbar habe ich eine masochistische Ader. Aber ich muss dich sehen und wissen, dass du glücklich bist.* Ja, klar. Es war, wie Niki vermutete, wohl eher so, dass Dave sich plötzlich für sie interessierte, weil sie nicht mehr zur Verfügung stand. Jetzt, da jemand anderer sie begehrte, begehrte Dave sie auch. Sie lachte leise. Sie war nicht verheiratet. Ihre Beziehung mit Trent war dem Untergang geweiht, dennoch bestand nicht die geringste Chance, dass sie versuchen würde, sich wieder mit Dave auszusöhnen. Wenn sie etwas von Trent gelernt hatte, dann waren es das Bedürfnis nach Unabhängigkeit und die traurige Tatsache, dass sie als Lebenspartner einen stärkeren Mann als Dave benötigte.

Sie hatte keine Lust, die Anrufe zu beantworten, entschied aber dennoch, es gleich zu erledigen. Außerdem wollte sie lieber reden, wenn Trent nicht mithörte.

Sie wählte aus dem Gedächtnis und lächelte bei dem Gedanken, dass etwas so Einfaches so große Erleichterung brachte. Jan war nicht zu Hause, ihre Mutter war in Sorge, und Nikki hatte gerade eine knappe Nachricht auf Daves Anrufbeantworter gesprochen, als es kurz an der Tür klopfte. Dann klickte das Schloss, und Trent, zwei Tüten mit Lebensmitteln in den Händen, stand auf der Schwelle.

Erschrocken fragte Nikki: „Wie hast du das gemacht?", doch resigniert wusste sie die Antwort bereits, bevor er es sagte.

„Ich habe einen Schlüssel."

„*Wie* bitte?"

„Als wir auf Salvaje waren. Da habe ich einen anfertigen lassen."

Hilflos ballte sie die Fäuste. Auf der ganzen Welt existierte mit Sicherheit kein Mann, der sie wütender machen konnte. Aus schmalen Augenschlitzen musterte sie seinen hochmütigen Gesichtsausdruck. *Als ob er hierher gehörte!* „Du wohnst hier nicht."

Er verzichtete auf eine Antwort, stellte die Einkaufstüten auf den Tisch und fing an, Lebensmittel in den Kühlschrank und den Küchenschrank zu räumen. „Ich dachte mir, dass du wohl kaum noch etwas dahast."

„Hast du gehört?"

Über die Schulter hinweg bedachte er sie mit einem brennenden Blick. „Klar und deutlich, Süße."

„Du kannst hier nicht einfach antanzen, als würdest du hier wohnen, als wären wir *verheiratet*, zum Kuckuck. Kommt nicht infrage."

„Nur, bis Gras über diese Sache gewachsen ist."

„Wie bitte? Bis Gras über welche Sache gewachsen ist?", hakte sie nach und kam mit großen Schritten wütend auf ihn zu. „Crowley."

„Ganz recht."

„Was zum Teufel hast du damit zu schaffen?"

„Crowley ist gefährlich. Vermutlich hast du das auch schon herausbekommen." Er ließ den Blick über die Gesichtshälfte gleiten, die noch vor Kurzem so arg zerschunden war.

Unwillkürlich straffte sie die Schultern.

„Ich weiß, du meinst, einen verdammten Enthüllungsbericht über ihn verfassen zu müssen, doch ich bin der Meinung, du solltest Crowley lieber mir überlassen."

„Was hast du mit ihm vor?", fragte sie und schob eine Lebensmitteltüte aus dem Weg. Sie fasste Trent beim Arm und zwang ihn, sie anzusehen. Ein Salatkopf rollte vom Tresen und fiel zu Boden, aber sie störte sich nicht daran.

Trents Züge wurden hart. „Ich kümmere mich um ihn."

„Ach ja?", schoss sie zurück. Ihre Arbeit über Crowley schoss ihr durch den Kopf, eine Serie von Artikeln über Bestechung und Lobbyismus. Wenn ihre Quellen zuverlässig waren, sorgte der Senator nicht nur für die oberen Zehntausend, sondern nahm auch große Geschenke von Unternehmen überall im Staat Washington und im Pazifischen Raum an.

Nikki hielt immer noch Trents Arm fest. „Hör mal, Nikki, denk von mir, was immer du willst, es ist mir egal, aber ich will nicht, dass dir etwas zustößt." Seine Worte klangen beschwichtigend, und Nikki rückte von ihm ab, fort von dem Zauber seiner Stimme, fort von seinem verführerischen Blick.

„Fang nicht wieder damit an, okay?"

„Es stimmt, verdammt noch mal!" Leise schimpfend zog er Nikki in seine Arme, und sie erstarrte. Wie einfach hätte sie es zulassen können, dass ihre Knie weich wurden, sie sich auf ihn verließ, dass er die Entscheidungen für sie traf. Sie wollte ihn auffordern, sie in Ruhe zu lassen, die Finger von ihr zu nehmen, sich zum Teufel zu scheren …

Aber sie konnte es nicht. Sie stemmte sich an der Kühlschranktür ab und wandte den Kopf, sodass ihr Haar wie ein Vorhang über eine Schulter fiel. Trent nutzte das aus und strich mit den Lippen über ihren Nacken. Ihre Nerven vibrierten erwartungsvoll, als er die Arme um ihre Taille legte und Nikki an sich zog. Ihr Po schmiegte sich an seine harte Erektion unter seiner Jeans. Sie wollte mit ihm verschmelzen. Trent ließ den Mund über ihren Nacken gleiten und legte die Hände mit gespreizten Fingern auf ihren Körper. Mit den Daumen fuhr er an der Unterseite ihrer Brüste entlang.

„Nicht", flüsterte sie atemlos.

Er hörte nicht.

Sie schluckte den Drang hinunter, sich zu Boden sinken zu lassen und Trents Körper zu umschlingen und mit sich herabzuziehen, und schob seine Hände von sich. „Nicht“, sagte sie mit mehr Nachdruck, und er rückte widerwillig von ihr ab.

Nikki drehte sich um und lehnte sich rücklings an den Kühlschrank. „Setz bitte nicht Sex als Waffe ein.“

„Habe ich das getan?“

Sie funkelte ihn aus schmalen Augen an. „Du weißt genau, was du getan hast. Und ich kann dir in Sachen Crowley nicht zustimmen“, sagte sie, hob den Salatkopf auf und warf ihn in die Spüle. „Das ist zu wichtig.“

„Er ist nichts weiter als ein korrupter Senator.“

„Aber einer, um den ich mich kümmern kann.“ Sie warf ihr Haar über die Schulter zurück. „Ich muss wohl irgendetwas richtig gemacht haben, sonst hätte er auf Salvaje nicht versucht, mich aus dem Weg zu räumen.“

„Er ist gefährlich, Nikki, und anscheinend ist er verzweifelt. Du darfst kein Risiko eingehen.“

Sie tat die Einwände mit einer Handbewegung ab, ging zu ihrem Computer und schaltete ihn ein. „Irgendetwas muss doch vorhanden sein“, sagte sie und trommelte ungeduldig mit den Fingern, während der Rechner hochfuhr. „Hier drin. Wenn ich es doch nur finden könnte.“

Trent gab den Widerspruch auf, und als Nikki sich ihren Stuhl heranzog, lehnte er sich seitlich an den Schreibtisch, stützte sich mit den Händen ab, kreuzte die Fußknöchel und sah zu. Sie spürte einen Adrenalinstoß, als sie die Finger auf die Tastatur legte und anfing, Befehle einzugeben. Hinter dem Rücken ihres Verlegers hatte sie ein paar Wochen an dem Crowley-Thema gearbeitet. Unzufrieden mit dem Fortschritt ihrer Karriere hatte sie die Sache selbst in die Hand genommen, nachdem ihr wieder einmal die Chance versagt worden war, etwas Interessanteres als eine Story über die Sieger des Kuchenwettbewerbs zu schreiben.

Sie beabsichtigte, Frank Pianzani, dem Herrgott persönlich, zu beweisen, dass sie mit den großen Nummern mithalten konnte. Sie war zur Enthüllungsjournalistin ausgebildet und hatte nie zeigen dürfen, was sie konnte. Tja, dieses Mal sollten die Mitarbeiter beim *Observer* merken, wen sie vor sich hatten.

Es sei denn, ich lasse mich vorher umbringen, dachte sie und schauderte.

Sie sah ihre Dateien durch, fand aber nichts. Sie prüfte ihre Disketten, schob eine nach der anderen ins Laufwerk und ließ sich den Inhalt anzeigen. Immer noch null Ergebnis. „Wo ist es? Wo? Wo? Wo?“, knurrte sie und hätte fast vor Frust geschrien. Ungeduld schüttelte sie. Die Story und ihre Aufzeichnungen mussten hier sein. Irgendwo hier.

Es sei denn, alles war der Einfachheit halber gelöscht worden. Trent hatte einen Schlüssel und Zugang zu ihrer Wohnung, wenn sie nicht zu Hause war. Manchmal hatte sie ihn in diesem Zimmer allein gelassen. Wenn sie unter der Dusche stand, wenn sie zur Arbeit war ... Ratlos biss sie die Zähne zusammen. Er war erwiesenermaßen ein Lügner der schlimmsten Art und er würde alles tun, um sie matt zu setzen, aus welchen Gründen auch immer, ob sie nun edel waren oder sonst was.

Ihre Finger hielten inne, während sie diesen Gedanken nachhing.

„Probleme?“, fragte Trent, und als sie zu ihm aufblickte, erwartete sie, Spott in seinen blauen Augen zu entdecken, doch sie fand nur ehrliche Sorge.

„Ich kann die Datei einfach nicht finden.“

Trent rieb sich das stoppelige Kinn und fragte: „Darf ich mal nachsehen?“

„Tu dir keinen Zwang an.“ Müde rollte sie in ihrem Schreibtischstuhl zur Seite, stand auf und streckte den Rücken durch, während Trent sich vor den Computer setzte. Fasziniert sah Nikki zu, wie seine langen Finger flink über die Tasten flogen. Er war genauso vertraut mit dem Computer wie sie selbst. So sah es zumindest aus.

„Du wirst sie unter einem Codenamen abgelegt haben“, sagte er, und sie ließ ihn sitzen und schenkte ihm ein kleines bisschen Vertrauen. Während er ihren Computer durchsuchte, schlüpfte sie in die Rolle der Hausfrau, wusch den verdammten Salat und begann, aus den Lebensmitteln, die Trent mitgebracht hatte, ein Abendessen zu zaubern. Ihr Magen knurrte erwartungsvoll, doch ihre Gedanken waren beim Computer und ihren fehlenden Dateien.

Nikki kochte Linguine und bereitete eine Sahnesoße mit Shrimps und Knoblauch zu, während ihre Gedanken um Crowley kreisten. Wenn er hinter dem Überfall auf sie auf Salvaje steckte, dann hatte der gute alte Diamond Jim, der *Freund* ihres Vaters, versucht, sie umzubringen. Also wusste er, dass sie ihm auf der Spur war. Woher?

Sie warf einen Blick zu Trent hinüber, und es schnürte ihr die Kehle zu. Das würde er doch nicht tun? Sie leckte den Holzlöffel ab und überlegte. Was hatte Trent gesagt – über eine undichte Stelle beim *Observer*? Connie? Nein! Frank? Max? „Ich kann mich nicht an einen Codenamen erinnern“, sagte sie laut genug, damit Trent sie hörte. „Der gehört wohl zu den Details, die im Nebel bleiben.“ Es war so frustrierend. Verdammt noch mal. Ihre Erinnerungen waren größtenteils zurückgekehrt, und doch wollte ihr diese wichtige Information einfach nicht einfallen. „Komm, leg eine Pause ein. Ich lade dich zum Essen ein.“

„Du spielst die Hausfrau? Du?“ Er ließ die Fingerknöchel knacken und reckte sich. Er wirkte entschieden zu groß für Nikkis kleinen Schreibtischsessel.

„Ich dachte, das wäre ich dir schuldig, nachdem du dir die Mühe gemacht hast, die Vorräte aufzustocken.“ Sie wies ihm einen Platz an dem kleinen Tisch zu, auf dem sie Platzdeckchen ausgelegt und Kerzen angezündet hatte. „Gewöhn dich lieber nicht daran“, scherzte sie, doch bei dem Gedanken, dass ihre Beziehung nur eine vorübergehende war, blieb ihr das Lachen im Hals stecken. Erstaunlicherweise fuhr ihr ein Stich ins Herz, und sie verbarg die plötzliche Gefühlsaufwallung, indem sie ein Lächeln aufsetzte und eine Salatschüssel aus Holz zu der Pasta und der Soße auf den Tisch stellte.

Es war einfach albern. Sie setzte sich und wartete, während

Trent Wein einschenkte. Im klaren Chardonnay spiegelte sich der Kerzenschein.

Herrgott, sie würde Trent vermissen, erkannte sie mit einer Traurigkeit, die ihr ganzes Herz ergriff. Sie hatte sich an ihn gewöhnt, freute sich auf sein Lachen und auf seine Liebeskünste.

Er stieß behutsam mit seinem Weinglas gegen ihres. „Auf die Ehe", sagte er, und ihr Herz schien in tausend Scherben zu zerbrechen. Er meinte es natürlich nur im Scherz.

Noch einmal zwang sie sich zu einem Lächeln und sagte: „Und auf die Scheidung."

„Kannst es wohl nicht erwarten, mich loszuwerden, wie?", fragte er, und sie glaubte, flüchtig etwas wie Schmerz in seinen Augen zu sehen.

„Je schneller, desto besser." Sie trank den kühlen Wein und stellte sich den schmalen goldenen Ring an ihrem Finger vor. Die Kehle wurde ihr so eng, dass sie kaum schlucken konnte. Schmerz durchzuckte sie bei dem Gedanken, dass, komme, was wolle, Trent bald schon nur noch irgendeine verschwommene Erinnerung für sie sein würde.

Sie aßen schweigend zu Ende, jeweils in die eigenen Gedanken versunken. Als Nikki das Geschirr in die Spülmaschine räumte, machte Trent Feuer, und sie tranken den restlichen Wein gemütlich auf dem Sofa, während trockenes Moos in den Flammen knisterte.

Als Trent sich ihr zuwandte, passierte es so natürlich, wie der Wind übers Meer streift. Er küsste Nikki, und sie wehrte sich gegen die Tränen, die hinter ihren Lidern brannten. Seine Arme umfingen sie besitzergreifend.

Er öffnete die Knöpfe ihrer Bluse, und sie gab sich ihm hin, mit Leib und Seele. Tief in sich wusste sie, dass sie nie wieder einen Mann mit der blinden Leidenschaft lieben würde, die jetzt ihre Seele und ihr Leben beherrschte.

Sie war seine Frau. Wenn auch nur noch für ein paar Tage. Und sei es auch nur wegen der Lüge, die sie aneinanderfesselte und sie auch wieder auseinanderreißen würde, so sicher, wie der Mond die Gezeiten der Meere bestimmte.

Plötzlich war Nikki wach. Schweiß lief ihr über den Rücken, und ihr Herz hämmerte wie wild. Der Albtraum hatte sich in ihren Schlaf geschlichen, sich in ihr Bewusstsein gebrannt und sie in Angst und Schrecken versetzt. Selbst jetzt zitterte sie, obwohl sie an Trent geschmiegt dalag, der einen Arm um sie gelegt hatte. Würde die Angst denn nie verschwinden?

Sie warf einen Blick auf die Uhr und stöhnte. Halb fünf. Das Bett, in der Ecke unter dem Dachvorsprung, war warm, zerwühlt und roch nach Sex und Trent; durchs Fenster sah sie Sterne, hell und klar, über der Stadt glitzern.

Sie atmete tief aus und drängte sich an Trent, als die Erinnerung sie plötzlich wie ein außer Kontrolle geratener Güterzug überrollte. Sie wusste wieder, was sie mit der Crowley-Datei gemacht hatte. Die letzten Ausläufer der Angst verflüchtigten sich wie Tau vor der Sonne. Nikki schlüpfte aus dem Bett. Trent drehte sich brummend auf die andere Seite und atmete regelmäßig weiter. Nikki zog ihren Bademantel an und ging zum Computer, ohne Licht zu machen. Im Kamin schimmerten noch Glutreste und warfen rote Schatten auf die Kerzen, die zu blauen Wachslachen heruntergebrannt und längst verloschen waren. Die Weinflasche stand leer auf dem Tisch, die leichte Decke, auf der sie sich geliebt hatten, lag zerknüllt am Boden.

Ihr Herzschlag stockte einen Moment, bevor sie sich diese dummen romantischen Gedanken verbot. Sie hatte zu arbeiten. Am Tag vor ihrer Abreise nach Salvaje, genau an dem Tag des heftigen Streits mit ihrem Vater, hatte sie beschlossen, ihre Informationen über Crowley zu verbergen, nur für den Fall, dass jemand vom *Observer* oder einer von Crowleys Leuten wissen wollte, was sie im Schilde führte. Sie hatte sämtliche Notizen und ihre Diskette sorgsam in einer Kiste mit Weihnachtsschmuck tief in einem der Schränke unter den Dachgesimsen versteckt.

Leise öffnete sie die Schranktür und zog an der Kette, die von einem der frei liegenden Dachbalken hing. Im Licht einer nackten Glühbirne wich sie Mausefallen aus und zerrte eine schwere Kiste mit dem Christbaumständer aus dem Schrank, dann durchwühlte sie eine zweite Kiste voller Baumschmuck und Lichterketten.

Ganz unten fand sie die Diskette in einem Pappumschlag. Ein brauner Umschlag enthielt ihre Notizen. „Verdammt noch mal“, flüsterte sie, froh, dass ihre Erinnerungen endlich wiedergekommen waren. Sie ließ die Schranktür offen, trug ihre Ausbeute zum Schreibtisch und knipste die Arbeitslampe mit dem grünen Schirm an.

Trent schnarchte leise und wälzte sich wieder auf die andere Seite.

Nikki hatte beinahe Angst vor dem, was sie finden würde, als sie den Computer hochfuhr. Als er summend zum Leben erwachte, sah sie die Zeitungsartikel, die Ausschnitte aus Zeitschriften und ihre eigenen Aufzeichnungen durch. „Tolles Zeug“, gratulierte sie sich selbst. In einem plötzlichen Gefühl von Stolz auf ihre Arbeit und ihr Leben wollte sie Trent an alledem teilhaben lassen.

Sie warf einen Blick zum Bett hinüber. Trent beobachtete sie blinzelnd. Sein Haar war zerzaust, sein Bartschatten dunkel, sein nackter Oberkörper schimmerte bronzefarben im Schein der verlöschenden Glut. Er reckte sich, blickte auf die Uhr und stöhnte. „Du bist wahnsinnig, Carrothers“, sagte er und klopfte auf den warmen Platz im Bett, den sie kürzlich verlassen hatte.

„Ich weiß, aber ich habe mich erinnert!“

„Halleluja“, knurrte er sarkastisch und rieb sich den Schlaf aus den Augen. „Hatte das nicht noch Zeit?“

„Nein.“ Sie hielt die alten Artikel und Fotos in die Höhe. „Beweismaterial, McKenzie. Jawohl.“

Er stützte sich auf einem Ellenbogen auf und zog die Brauen zusammen. „Tatsächlich?“

„Ich glaube schon. Meiner Vermutung nach ist der gute alte Diamond Jim einigen der einflussreichsten Unternehmer in Tokio, Seoul und Hongkong Gefälligkeiten schuldig.“ Sie konnte ein stolzes Lächeln nicht unterdrücken, als sie Zeitungsartikel aus aller Welt durchblätterte.

„Das ist Schnee von gestern“, meinte Trent. „Seit Jahren versucht man, Crowley einen Schmiergeldskandal anzuhängen. Er kann sich immer wieder herauswinden.“

„Hier nicht“, sagte sie, während sie ihre Aufzeichnungen überflog. „Der große Zusammenhang wurde mir klar durch einen Tipp von jemandem, der mal für ihn gearbeitet hat. Er behauptet, dass der Senator all seine schmutzigen Geschäfte, die Annahme von Bargeld und die Geldwäsche zur Einzahlung auf ein Schweizer Konto über eine kleine Karibikinsel getätigt hat.“

„Lass mich raten“, sagte Trent. Sein Blick war inzwischen alles andere als verschlafen, jeder Muskel in Schultern und Brust war angespannt. „Salvaje.“

„Bingo“, flüsterte sie. „Deshalb bin ich auf die Insel geflogen.“ Sie blickte aus dem Fenster auf die Lichter der Stadt, die zwischen den Bäumen blinkten. „Deshalb wollte er mich umbringen lassen.“

„Du kannst ihm nichts beweisen.“

„Noch nicht“, sagte sie, entschlossen, den Bonzensenator zu überführen. Sie legte die Zeitungsausschnitte auf dem Schreibtisch unter die Lampe, und ein vergilbter Artikel löste sich aus dem Stapel. Zusätzlich zu dem Bericht enthielt er ein Foto von Senator Crowley mit dem Chef einer Autofirma mit Hauptsitz in Japan.

Sie griff nach dem Artikel, hielt jedoch mitten in der Bewegung inne. Das Foto zeigte noch einen weiteren Mann, einen Mann, der hinter dem kleineren Industriellen stand, einen Mann, den sie erkannte. Ihre Welt blieb stehen und geriet aus den Fugen, als ihre Zukunft und ihre Vergangenheit kollidierten. Sie schluckte und blickte in das unverwechselbare kantige Gesicht von Trent McKenzie.

11. KAPITEL

Nikki blickte fassungslos auf das Foto. Wut stieg in ihr hoch. Schon wieder hatte er sie belogen! Herrgott, warum hatte sie ihm vertraut, ihm geglaubt?

„Was ist los?“, fragte Trent mit verschlafen grollender Stimme.

„Ich, hm, ich habe etwas Interessantes gefunden.“ Ihr wurde innerlich kalt. Im ersten Impuls hätte sie ihm das belastende Beweisstück am liebsten unter die Nase gehalten, Antworten verlangt, über seinen Mangel an Ehrlichkeit und Gerechtigkeit gewettert und über den Schmerz in ihrem Herzen. Stattdessen mahnte sie sich zur Ruhe und zwang sich, das Foto mit zitternden Fingern tief in ihren Aufzeichnungen zu verstecken.

„Was denn?“

„Weiteres Beweismaterial. Ich muss mit einem der Leute sprechen, die für ihn gearbeitet haben. Barry Blackstone“, sagte sie, als der Name ihr wieder einfiel, der ihr häufig in ihren Notizen begegnet war. „Vor ein paar Monaten hat er seinen Job bei Crowley aufgegeben, und ich habe mir eine Notiz gemacht mit dem Hinweis, dass er mir Insider-Informationen geben kann.“

„Blackstone?“

Sie stand auf und ging mit hölzernen Schritten zum Bett, wo sie sich neben dem verlogenen Mistkerl auf die Bettdecke fallen ließ … neben dem Mann, den sie liebte. „Kannst du mir etwas über ihn sagen?“

Trent biss die Zähne zusammen, seine Miene wirkte angespannt. Er wollte nach Nikki greifen, doch sie schob seine Hände weg.

„Jetzt nicht“, sagte sie und verbarg, dass ihr gerade das Herz brach. Sie würde ihm nie wieder gestatten, sie in die Arme zu nehmen, sie würden sich nie wieder lieben. Hier und jetzt, obwohl der Duft von Sex noch in den Laken hing, schwor sie sich, ihm nie wieder in seine verführerische Falle zu tappen. Um außer Reichweite der Versuchung zu gelangen, ging sie zum Sofa und lehnte sich ans Polster. Eine Welt ohne Trent. Sie erschien ihr so trist und leer. Plötzlich der Welt überdrüssig, verschränkte sie die Arme vor der Brust. „Du hast doch sicher schon von ihm gehört."

„Ich kenne Blackstone", sagte Trent und sah sie verhalten an, als spürte er die stummen Vorwürfe, die im Raum standen. Er schlüpfte in seine abgetragene Jeans. Die Hose war an den Knien und am Hintern so fadenscheinig, dass sie zu reißen drohte, als er barfuß zum Kamin ging, sich hinhockte, um einen staubigen Eichenkloben auf den Rost zu legen, und in die Glut blies. Helle Funken sprühten und fanden Moos und trockene Rinde. „Ich habe mal für unseren Freund, den Senator, gearbeitet", gestand er schließlich und stocherte mit dem Schürhaken in der warmen Asche.

Nikki konnte sein Eingeständnis nicht fassen. Hatte er ihre Gedanken gelesen, gewusst, dass sie ihn schon wieder bei einem Ausweichmanöver ertappt hatte? Ihr Puls begann zu hämmern, und sie wusste nicht, ob sie den Rest der Geschichte hören wollte. Würde er die Wahrheit sagen oder lügen? Würde er zugeben, dass er mit dem Mann im Bunde war, der sie umbringen lassen wollte? „Darüber hast du nie ein Wort gesagt."

„Es war nie der richtige Zeitpunkt." Rot glühende Holzstückchen pulsierten an den angekohlten Kloben. „Vor ein paar Jahren war ich wenige Wochen lang einer von Crowleys Bodyguards."

Wie bequem. Offenbar hat er den Verdacht, dass du ein Foto von ihm entdeckt oder seinen Namen in einem der Artikel gelesen hast. Trotzdem spielte sie mit und fragte sich, ob er sich aufhängen würde, wenn sie ihm mehr Leine ließ. „Aber jetzt stehst du nicht mehr auf seiner Gehaltsliste?", fragte Nikki. Sein Vertrauensbruch legte sich wie eine Schlange um ihr Herz und drückte es ab.

„Nein." Er legte ein weiteres Holzscheit in die knisternden, gierigen Flammen. „Vor vier Jahren habe ich aufgehört."

„Warum?"

Er warf einen Blick über die Schulter in Nikkis Richtung. Er hatte den Mund zu einem harten, zynischen Strich zusammengepresst. „Mir passten die Arbeitsbedingungen nicht."

„Soll heißen?“ Ihr war klar, dass sie ihn bedrängte, doch sie konnte sich nicht zurückhalten. Nach diesem allerletzten Mal, das schwor sie sich, würde sie seine Halbwahrheiten und Lügen nie wieder anhören.

Trent erhob sich, wischte sich die Hände an der Hose ab und klatschte. „Soll heißen, dass sich mir der Verdacht aufdrängte, Jimbo könnte es mit der Wahrheit nicht so genau nehmen. Es hatte ein paar Vorfälle gegeben, die mir nicht passten. Ich hatte ihn in Verdacht, sowohl bei internationalen Lobbyisten wie auch bei Unternehmen hier in den Staaten die Hand aufzuhalten. Ich habe ihn zur Rede gestellt.“ Ein wehmütiges, aber zufriedenes Grinsen trat auf seine Lippen. „Da hat er mich in die Wüste geschickt.“

„Er hat dich gefeuert?“

„Er hat *das Arbeitsverhältnis aufgelöst*, wie er es formulierte“, erwiderte Trent. „Nett, nicht wahr?“

Nikki schauderte und rieb sich die Arme. *Glaub ihm kein Wort. Nicht ein einziges.*

„Aber es war sowieso zu spät. Ich hatte meine Kündigung längst eingereicht.“ Er schob die Hände in die Vordertaschen seiner Jeans und schlenderte auf Nikki zu. Der Feuerschein spielte mit rotgoldenen Schatten auf der glatten Haut und den geschmeidigen Muskeln seines Oberkörpers. Nikki versuchte, das schwarze Haar auf seiner Brust nicht zu beachten, das sich zu einem schmalen Strich verjüngte und verführerisch im Bund seiner Jeans verschwand. Sie mied den Blick auf seine schön definierten Schultermuskeln und in seine tiefblauen Augen, die nun auf sie gerichtet waren.

Ihr dummes Herz machte einen Satz, doch sie gestattete sich nicht mal ein Lächeln. „Du hast mich belogen.“ Ihr Flüstern hallte von den Dachbalken wider und umkreiste sie und Trent wie ein kalter Whirlpool.

„Das haben wir bereits festgestellt.“

„Nein, ich meinte, du hast mich schon wieder belogen. Du wolltest nicht, dass ich von deiner Verbindung zu Crowley weiß.

Warum nicht?" Sie sah mit trotzig erhobenem Kopf zu ihm auf, als er knapp vor ihr stehen blieb. Seine nackten Zehen berührten fast die ihren, sein Blick tauchte tief in ihren.

„Ich wollte nicht darüber reden."

„Und was ist mit mir? Konntest du dir nicht denken, dass ich das wissen wollte?", fragte sie. Zorn kochte in ihrem Blut und führte ihre Zunge. Der Mann hatte Nerven!

„Wozu wäre das gut gewesen?"

„Hier geht es nicht um gut oder schlecht, Trent! Hier geht es um Wahrheit und Lüge, um Vertrauen. Du verlangst, dass ich vorgebe, mit dir verheiratet zu sein, dich in meinem Haus zu beherbergen, dir einen Hausschlüssel zu überlassen, um Himmels willen, und du hältst es nicht einmal für nötig, mir von deiner Verbindung zu Crowley zu erzählen!"

„Du hast mich nicht danach gefragt."

„Doch", widersprach sie und verzog höhnisch den Mund. „Du hast gesagt, es wäre etwas Persönliches."

„War es auch."

Sie warf frustriert die Hände hoch und schüttelte den Kopf. „Wie konnte ich so dumm sein – so verdammt dumm?"

„Du bist nicht dumm." Er nahm ihren Arm. „Ich hätte reinen Tisch mit dir machen müssen, doch es erschien mir nicht wichtig."

„Nicht wichtig?" Sie entzog ihm mit einem Ruck ihren Arm und stapfte zum Kamin. Eine Woge von Kummer überspülte sie. Sie liebte Trent, und er hatte sie benutzt. Wieder einmal. Ausnutzen war die einzige Grundlage ihrer Beziehung. Mehr konnte nie daraus werden. „Wir reden hier über mein Leben. Wegen meiner Aktivitäten bin ich beinahe umgebracht worden, und dir erscheint es nicht wichtig."

Sein Blick verdunkelte sich. „Ich versuche, dich zu beschützen."

„Dann hör auf damit. Okay? Scher dich aus meinem Haus und aus meinem Leben! Lass mich in Ruhe, Trent." *Um Himmels willen, lass mich allein, damit ich meine Wunden lecken und von vorn beginnen kann.*

Doch das tat er nicht. Er fluchte leise und ging direkt auf sie zu. Sein Gesichtsausdruck zeigte eine Mischung aus Wut, Empörung und Angst. „Ich kann nicht, Nikki."

„Ach, verschon mich mit deiner Beschützernummer. Sie nutzt sich allmählich ab."

„Ich liebe dich."

Die Worte hallten durch ihre Wohnung und durch ihre Seele.

„Ich habe dich von Anfang an geliebt."

Er streckte die Hände nach ihr aus, und sie versetzte ihm eine schallende Ohrfeige. „Sag so was nicht, Trent. Ich will keine Lügen mehr!", schrie sie. Ein roter Abdruck bildete sich auf seiner Wange. Entsetzt darüber, dass sie ihn geschlagen hatte, wich sie einen Schritt zurück, doch er hatte bereits ihr Handgelenk gepackt und riss sie an sich. Seine Augen wurden zu schmalen Schlitzen, und Nikki dachte daran, dass sie ihn einmal für grausam gehalten hatte.

„Ich habe in mancher Hinsicht gelogen, Nikki, und ich bin nicht stolz darauf, und ich werde nicht behaupten, dass meine Gründe immer nur edler Natur waren, denn das waren sie nicht. Ich habe mit dir geschlafen, habe mit dir Liebe gemacht, weil ich mich nicht zurückhalten konnte, verdammt noch mal. Ich habe mir sogar eingeredet, es wäre notwendig, aber ich habe nicht damit gerechnet, dass ich mich in dich verlieben würde." Seine Finger gruben sich tief in ihr Fleisch. „Falls ich irgendwie hätte verhindern können, dass ich mich in dich verliebe, glaub mir, ich hätte es getan."

Nikki schluckte. „Ich glaube dir nicht", krächzte sie. Wie sollte sie einem Mann vertrauen, der log, um andere Lügen zu überdecken? Die Worte waren Musik in ihren Ohren, doch wie eine falsche Melodie würden sie rasch verwehen, verschwinden.

„Ich liebe dich, Nikki."

Schon wieder diese grauenhaften, wunderbaren Worte. Tränen stiegen Nikki in die Augen.

„Ich glaube, ich habe mich gleich bei unserer ersten Begegnung in dich verliebt." Er seufzte laut, lebte seine Rolle aus.

„Versteh mich nicht falsch. Ich bin kein sentimentaler Trottel. Diese Sache ist nicht typisch für mich, aber ich habe mich in dich verliebt, und ich schwöre, solange ich lebe, werde ich keine andere Frau lieben."

Oh Gott! Sie wollte ihm so gern glauben. Von ganzem Herzen wünschte sie sich, diesem Mann vertrauen und ihn lieben zu können, doch sie konnte es nicht. Tränen flossen in kleinen Bächen aus ihren Augen, sie stieß Trents Arm von sich und schüttelte den Kopf. „Und ich schwöre dir, Trent McKenzie, dass ich dir, solange ich lebe, niemals vertrauen werde." Mit dem Gefühl, innerlich in tausend Scherben zu zerfallen, rückte sie von ihm ab und wischte sich die Tränen von den Wangen. „Es ist zu spät."

„Nikki ..." Er streckte die Arme nach ihr aus, doch hölzern stand sie da und gestattete sich nicht, sich hineinzuschmiegen.

„Selbst wenn wir mal eine Chance gehabt haben sollten, ist sie jetzt vertan. Geh jetzt, Trent", beharrte sie und wehrte sich gegen den Drang, sich ihm in die Arme zu werfen.

„Aber ..."

„Leg den Schlüssel einfach auf den Küchentresen und geh. Da ist die Tür, verdammt noch mal!"

Er musterte eindringlich ihr Gesicht, machte dann auf dem Absatz kehrt, schnappte sich seine Jacke und verschwand aus ihrem Leben. Die Tür fiel krachend ins Schloss, und der Fußboden bebte.

Nikkis Knie wurden weich. Sie hielt sich an der Tischkante fest, und weil sie Angst hatte, zusammenzubrechen und Trent weinend zurückzurufen, lief sie ins Bad, verriegelte die Tür, drehte das Wasser in der Dusche auf und zog ihren Bademantel aus. Dampf wallte hoch und erfüllte den Raum und ihre Lunge, als sie unter den warmen Strahl trat und betete, dass das heiße Wasser den Schmerz in ihrem Herzen fortspülen möge. Sie liebte Trent, war vom Schicksal dazu bestimmt und verdammt, ihn ihr Leben lang zu lieben, doch sie würde ihn nicht wissen lassen, was sie empfand. Durch ihn hatte sie bereits zu viel Schmerz erfahren – nie wieder würde sie so dumm sein und ihm eine Gelegenheit geben, ihr noch einmal wehzutun.

Sie weinte unter der Dusche und schluchzte leise, während ihre Tränen sich mit dem Wasser mischten. Sie schwor sich, dass es die letzten Tränen um einen Mann sein würden, der sie ohne mit der Wimper zu zucken belügen und gleichzeitig behaupten konnte, er würde sie lieben.

Als sie schließlich die Wasserhähne zudrehte und sich das nasse Haar aus dem Gesicht wischte, fühlte sie sich besser. Sie würde überleben. Irgendwie würde sie jeden Tag ohne ihn leben, und der Schmerz würde nachlassen, nicht schnell, aber sie würde es ertragen und ihr Leben weiterleben. Schon vor langer Zeit, als ihre Eltern sich scheiden ließen, hatte sie erkannt, dass sie eine Überlebenskünstlerin war und so ziemlich alles erreichen konnte, was sie wollte. Im Augenblick wollte sie, dass Trent aus ihrem Leben verschwand.

Sie zog den Gürtel ihres Bademantels in der Taille fest, biss die Zähne zusammen und öffnete die Badezimmertür. Sie hielt inne, holte tief Atem, um Kraft zu schöpfen, und trat in einer Dampfwolke aus der Tür.

Trent war fort. Das wusste sie, noch bevor sie sich in der dämmerigen Wohnung umgesehen hatte. An der Atmosphäre im Zimmer spürte sie, dass er gegangen war. Und zudem erkannte sie, dass sie sich getäuscht hatte. War sie gerade noch dumm genug gewesen zu glauben, dass sie ab jetzt keine Tränen mehr für Trent McKenzie übrig hatte, so strömten sie jetzt doch zu Tausenden.

„Ich verstehe einfach nicht, warum ich diesen Mann, den du geheiratet hast, nicht kennenlernen kann." Ted Carrothers legte die Hand unter den Ellenbogen seiner Tochter und geleitete sie über die Straße. Er hatte Nikki beim *Observer* angerufen, und sie hatten vereinbart, zusammen zu Abend zu essen.

„Er ist beschäftigt", redete Nikki sich heraus, während sie sich durch die Scharen von eiligen Fußgängern auf den Gehsteigen schlängelten. Schirme, Stiefel, Zeitungen und Taschen unter den Arm geklemmt, legten alle mit wehenden Regenmänteln ein rasantes Tempo vor, als würde jeder Einzelne von ihnen in einem ganz privaten Rennen gegen die Welt antreten.

Im Gegensatz zu Salvaje, wo ein gemächliches Tempo herrschte und das Wetter warm und drückend war, wehte in Seattle ein frischer Wind vom Pazifik her. Nebel wallte durch die Straßen, Nieselregen hing in der Luft. Ted stieß die Tür zu seinem bevorzugten irischen Pub auf, und Nikki wurde begrüßt von Gelächter, Gläserklirren und dem Lärm eines Fernsehers, in dem ein Boxkampf übertragen wurde. Rauch hing über dem Tresen, und schwerer Bierdunst lag in der Luft.

„Weiter hinten. Rosie hat uns einen Tisch reserviert“, sagte ihr Vater, als sie an der lang gezogenen Mahagoni-Bar vorbeigingen, die seit dem großen Brand Teil von Rosies Bar war. „Bitte schön.“ Ted drängte sich zwischen den dicht besetzten Tischen hindurch und fand, wie versprochen, eine Ecknische nahe der rückwärtigen Wand.

Nikki nahm auf der Holzbank Platz, und Rosie brachte ungefragt zwei Krüge mit schäumendem Bier. Da Rosie nicht glaubte, dass irgendjemand außer ihr den Betrieb führen könnte, arbeitete sie Tag und Nacht als Kellnerin und Wirtin. „Gott segne dich, Rose“, sagte Ted und zwinkerte ihr zu.

„Du bist wohl öfter hier, wie?“, fragte Nikki scherzhaft und überflog die Speisekarte.

„So oft wie möglich. Und du brauchst keine Bestellung aufzugeben. Das ist bereits erledigt.“

„Meinst du nicht, ich würde gern selbst bestimmen, was ich esse?“

Seine blauen Augen glitzerten. „Nicht, wenn ich bezahle.“

„Wir leben im einundzwanzigsten Jahrhundert, Dad.“

„Aber ich bin eben altmodisch.“

Sie war nicht in Stimmung für einen neuen Streit. „Schon gut“, sagte sie und betrachtete das flackernde gläserne Windlicht, während sie redeten.

„Und nun zu Trent. Wer zum Teufel ist das?“

Gute Frage. „Ich habe ihn durch eine Freundin kennengelernt.“ Keine richtige Lüge, nur eine leichte Verfälschung der Wahrheit. Sie trank einen tiefen Zug von ihrem Bier. „Erinnerst du dich an Connie Benson? Ich arbeite mit ihr zusammen, und vor einiger Zeit wurde ihr Auto gestohlen …“ Sie spann die Lüge fort und brachte es nicht übers Herz, ihrem Vater zu beichten, dass ihre Ehe zu Ende war. Oder besser, dass sie nie bestanden hatte. Über einer Schale sämiger Muschelsuppe und knusprigem Brot sagte sie sich, dass ihr Liebesleben ihren Vater ohnehin nichts anging und sie allein mit Trent fertigwerden musste. Rosie räumte die leeren Flaschen und Schüsseln ab und kam mit einer Platte mit gegrilltem Lachs und Rosmarinkartoffeln zurück. Das Gespräch ging hin und her, und jedes Mal, wenn Trents Name fiel, verbarg Nikki die Tatsache, dass es ihr einen Stich in der Brust versetzte.

Als sie ihren Lachs zur Hälfte verspeist hatte, war Nikki kurz vorm Platzen.

„Und wo steckt Trent heute Abend?“, fragte ihr Vater, spießte eine Kartoffel auf und betrachtete sie eingehend. „Warum isst er nicht mit uns?“

„Er arbeitet bis in die Nacht hinein. Muss eine Menge nachholen.“

„Ein Privatdetektiv … Tja, ich dachte, zum Heiraten würdest du dir einen …“ Er suchte nach dem richtigen Wort, und Nikki spürte, wie Ärger in ihr aufstieg.

„Einen konventionelleren Mann aussuchen?“, fragte sie. „Jemanden wie Dave Neumann.“

Ihr Vater zuckte die mächtigen Schultern. „Er ist nicht übel, aber, hey, nachdem du nun ja verheiratet bist, halten wir ihn lieber raus aus unserem Gespräch.“

„Gute Idee.“ Nikki stocherte in dem rosa Lachs herum; ihr Appetit hatte sich verflüchtigt. Sie kam sich dumm und heuchlerisch vor, weil sie einen Mann verteidigte, der sie bedenkenlos belog.

Ihr Vater erkundigte sich nach ihrer Amnesie, stellte sie auf die Probe, sah zufrieden, dass ihr Gedächtnis funktionierte, und nickte vor sich hin. „Freut mich, dass es dir besser geht. Ich war in großer Sorge um dich, Nicole."

„Ich weiß. Aber mir geht's gut. Wirklich." Sie lächelten einander an, und etwas von den alten Gefühlen der Liebe zwischen ihnen machte sich wieder bemerkbar. Nikki dachte daran, dass sie ihm bedingungslos vertraut und seine vollendete Weisheit nie infrage gestellt hatte.

Schließlich schob ihr Vater den Teller von sich. Rosie stürzte herbei, als hätte sie auf der Lauer gelegen, und räumte das schmutzige Geschirr ab. Sie fragte, ob noch Getränke gewünscht würden, doch Nikki wie auch ihr Vater lehnten ab. Als sie endlich ging, stützte Ted die Ellenbogen auf den Tisch und legte die Fingerspitzen zusammen. „Abgesehen von den Flitterwochen und dem Unfall, wie war die Reise?"

„Salvaje ist eine interessante Insel. Subtropisch. Warm. Ich möchte gern irgendwann noch einmal dorthin."

Ihr Vater schob die Unterlippe vor. „Was ist mit Jim Crowley?" Nikki wurde flau im Magen, und sie blickte ruckartig auf, doch ihr Vater schien lediglich Konversation zu machen und ließ den Rest seines Biers im Krug kreisen. „Ich weiß, dass er zur gleichen Zeit wie du auf der Insel war. Ich dachte schon, du würdest ihn verfolgen."

„Ich war auf Hochzeitsreise, Dad", sagte sie. „Ich habe kein Wort mit ihm geredet." Nikkis Zunge arbeitete schwerfällig, als sie versuchte, das Problem zu umschiffen, ohne ihren Vater zu belügen.

„Er ist … Na ja, nicht unbedingt mein Freund, aber ich kenne ihn. Ich arbeite seit Jahren mit seiner Kanzlei zusammen. Ich habe mit seinem Sohn, James junior, zu tun. Ein Wahnsinnsanwalt. Einfach brillant."

„Dad, du verlangst, dass ich von einer Story über den Senator Abstand nehmen soll, nur weil Jims Sohn ein brillanter Anwalt ist? Insbesondere, wenn diese Story diesen Lieblingssohn in ein schlechtes Licht rückt?"

„Hör einfach auf, den Mann zu piesacken, Nikki." Ted trank den Rest Bier aus. „Ihr Presseleute, immer müsst ihr im Dreck wühlen."

„Er ist Politiker, Dad."

„Deshalb hat er es sich selbst zuzuschreiben?"

„Deshalb sollten ihm die Interessen seiner Wähler am Herzen liegen. Er kann nicht den Lobbyisten schöntun und er muss eine weiße Weste behalten. Das gehört einfach dazu."

„Ich finde, er ist ein guter Mann, Nikki. Ich möchte nicht, dass irgendwelche aus der Luft gegriffenen Anschuldigungen seinen Ruf zerstören. Das wäre nicht fair, und ich will nicht, dass meine Tochter an so etwas beteiligt ist."

„Ich bin Journalistin, Dad." Sie hob stolz das Kinn. „Ich tue mein Äußerstes, um die Wahrheit zu schreiben, ohne mich von Vorurteilen oder Dogmen beeinflussen zu lassen. Nun ja, angesichts meines Genpools ist das nicht leicht, aber ich kann dir bestenfalls versprechen, dass ich Crowley nicht belästige, wenn er keinen Dreck am Stecken hat."

Ihr Vater seufzte. „Mehr kann ich wohl nicht erwarten."

„Ganz genau."

Ihr Vater beglich die Rechnung und begleitete Nikki zu ihrem Wagen. Sie gab ihm ein flüchtiges Küsschen auf die Wange und fragte sich, wie sie beide, die einander früher so nahe gewesen waren, sich politisch so sehr voneinander hatten entfernen können. Wahrscheinlich lag es an seinem Alter. Er war desillusioniert.

Sie fuhr zu ihrer Wohnung und hatte das unheimliche Gefühl, verfolgt zu werden. Wieder einmal. Himmel, sie litt zunehmend unter Paranoia. Wenn sie nicht achtgab, würde sie auf der Couch irgendeines Seelenklempners landen und harte Dollars für die Erkenntnis bezahlen, dass sie aufgrund des Kindheitstraumas der elterlichen Scheidung unter Unsicherheit litt.

Und weil ein Mann dir eingeredet hat, du wärst mit ihm verheiratet.

Du liebe Zeit. Sie trommelte mit den Fingern auf das Lenkrad und sagte sich, dass sie Trent nie wiedersehen dürfte. Sollten die Erinnerungen von allein verblassen. Schlafende Hunde soll man nicht wecken.

Soweit sie sich zurückerinnern konnte, hatte sie aber niemals einen schlafenden Hund in Ruhe gelassen. Ihre Wissbegier, ihr Gerechtigkeitssinn, ihr Verlangen, Unrecht wiedergutzumachen, trübten manchmal ihr Urteilsvermögen. Sie war nicht der Typ, der sich für den einfacheren Weg entschied oder sich um ein Problem herumdrückte, und damit wollte sie auch jetzt nicht anfangen. Wenn sie vorhatte, die beste verdammte Reporterin beim *Seattle Observer* oder auch bei der *New York Times* zu werden, dann sollte sie lieber aufhören, wie ein Feigling zu denken.

Sie presste entschlossen die Lippen aufeinander, legte den Rückwärtsgang ein, wendete ihr Cabrio und fuhr mit quietschenden Reifen in Richtung Lake Washington. Sie würde ihre Angelegenheiten mit Trent McKenzie klären, so oder so.

Sie fuhr mit Bleifuß, wechselte ständig die Fahrspur, war plötzlich versessen darauf, Trent zu sehen. Wochenlang war sie durch ihre Verletzungen, ihre Amnesie, Trents Lügen und ihre neu erwachende Liebe zu ihm gefesselt, doch jetzt hatte sie das Ruder wieder fest in der Hand, auch wenn ihre Hände, die das Steuer hielten, jetzt leicht zitterten.

Ein Teil von ihr liebte ihn immer noch. Dieser dumme, weibliche, vertrauensselige Bereich ihres Gehirns beschwor immer noch sein Gesicht herauf und bebte unter der Erinnerung an seine Zärtlichkeit. „Idiotin", knurrte Nikki und hupte ungeduldig, als ein riesiger Lieferwagen vor ihr einscherte.

Was würde sie zu Trent sagen, wenn sie ihn zur Rede stellte? Sie wusste es nicht. Stirnrunzelnd sah sie ihr Bild im Rückspiegel und beschloss, als sie die Besorgnis in ihrem Blick erkannte, dass sie improvisieren würde. Es wäre nicht das erste Mal.

Sie fuhr bei Gelb über eine Ampel und bog von der Hauptstraße ab. Mit überhöhter Geschwindigkeit befuhr sie die kurvenreiche Straße über die Felsen rund um den See. Sie wappnete sich für eine weitere schmerzhafte Konfrontation und lenkte ihren sportlichen Wagen auf die Zufahrt zu Trents Haus.

Die Sonne, verborgen hinter einer hohen Wolkendecke und feinen Nebelfeldern, ging bereits unter, und die hohen Fichten rund um das weitläufige alte Haus wirkten düster und still. Nikki hielt bei der Garage und biss sich auf die Lippe. Trents Jeep stand nicht dort, wo er ihn am Vorabend geparkt hatte.

„Wunderbar", schimpfte sie, ging zur Haustür und klopfte energisch. Keine Antwort. Sie drückte kräftig auf den Klingelknopf und hörte das Läuten im Haus. Noch immer keine Schritte oder Rufe von drinnen.

Nikki rieb sich die Arme und fühlte tiefste Enttäuschung. „Hör auf", ermahnte sie sich selbst. Trent sollte sich nicht um diese Abrechnung herumdrücken, nicht, nachdem sie den Mut aufgebracht hatte, sich ihm zu stellen. Sie ging hinters Haus und fand einen Zettel an der Hintertür, den sie sich laut vorlas. „Warte auf mich."

Es schnürte ihr die Kehle zu. Er hatte sie erwartet. Oder jemand anderen. Ihre feinen Nackenhaare richteten sich auf, als sie die Tür öffnete und in die Küche trat. Nachdem sie Licht gemacht hatte, fühlte sie sich besser, doch bei einem Blick ins Schlafzimmer krampfte sich ihr Magen zusammen. Das große Bett war gemacht, das Feuer lange ausgebrannt, die Vorhänge waren zugezogen, doch vor ihrem inneren Auge sah Nikki das Zimmer so, wie es gewesen war. Ein warmes Feuer warf rote und goldene Schatten über das Bett, und das Bett war zerwühlt und warm. Trent lag ausgestreckt über ihr, seine Lippen streiften ihre Brust, seine Augen blickten tief in ihre.

Liebe oder Lust?

Verwirrt biss sie sich auf die Lippe. Was sie empfunden hatte, war Liebe. Seine Küsse waren ihr willkommen, sie hatte gern und bereitwillig mit ihm geschlafen, hatte ihm ihr Herz geschenkt und sie würde es immer wieder tun, falls sie je wieder die Gelegenheit bekam. Die Vorstellung war ihr zuwider, aber sie begriff, dass sie zu einer dieser Frauen geworden war, die sich unerklärlicherweise immer zu den falschen Männern hingezogen fühlen, zu Männern, die sie nur verletzten und benutzten, Männern, die leichtfertig mit ihrer Liebe umgehen und nie wirklich zulassen können, dass eine Frau ihre Seele berührt.

Willkommen in der Realität.

Motorengeräusch auf der Zufahrt riss sie aus ihren Gedanken. Trent! Wütend über die aufflackernde Vorfreude ging sie zur Haustür, in der Absicht, Trent persönlich in Empfang zu nehmen und ihm gehörig die Meinung zu sagen.

„Wo warst du, zum Teufel?", wollte sie wissen, als sie die Tür aufstieß.

Auf der Eingangsveranda stand, mit Augen von sprödem Blau und einem Gesichtsausdruck, der ihre eigene Überraschung spiegelte, niemand anderer als Senator James Thaddeus Crowley.

Es zerriss sie nahezu. „Ach", flüsterte sie.

Crowley stützte sich schwer auf seinen Gehstock. Sein Gesicht war faltig und wettergegerbt. Einen Schritt hinter ihm stand ein Mann, und als Nikki diesem ins Gesicht blickte, drehte sich ihr fast der Magen um. Sie sah ihrem Tod ins Gesicht. Dieser große Mann mit dem kurz geschorenen schwarzen Haar, den Raubtieraugen und der langen Nase war der Mann, der sie gejagt hatte, der Mann, dessen rasche Schritte ihr durch das dampfende Unterholz im Dschungel von Salvaje gefolgt waren. In einem Ansturm von Erinnerungen erkannte sie in ihm den Mann, der ihr seine fleischige Hand auf die Schulter gelegt und sie vom Felsen gestoßen hatte. Oh Gott!

„Miss Carrothers", sagte der Senator aalglatt. Er hatte sich wieder gefasst, während Nikki zu schwitzen begann. „Na, so was, was sagt man dazu? Zuerst auf der Insel und jetzt hier."

„Was wollen Sie?" Gefahr hing nahezu greifbar in der Luft um sie herum, und sie sah sich nach einem Fluchtweg um, doch die beiden Männer versperrten ihr den Weg zu ihrem Cabrio, und der silberne Mercedes des Senators stand Stoßstange an Stoßstange mit ihrem Fahrzeug. Kein Entkommen.

„Ich suche McKenzie." Crowley kniff leicht die kalten Augen zusammen. „Ihr Mann? Oder ist das nur ein hässliches Gerücht?"

„Er ist im Moment nicht zu Hause", sagte sie, vergeblich bemüht, ihr rasendes Herz zu beruhigen. Ihre Handflächen, die immer noch auf der Türkante lagen, wurden feucht.

„Nicht?" Crowley warf seinem Kumpan ein durch und durch böses Grinsen zu und sagte etwas auf Spanisch, was Nikki eine Gänsehaut verursachte. Sie verstand die Sprache nicht, doch die Bedeutung der Worte war klar und tödlich. Sie schlug die Tür zu, legte den Riegel vor und versuchte, sich zu erinnern, wo im Haus sich Außentüren befanden. Himmel, sie wusste es nicht. Sie wusste nicht, wie viele Eingänge es gab, wie viele Möglichkeiten für einen Mörder, ins Haus einzudringen.

Sie saß in der Falle. Die Angst hinterließ einen bitteren Geschmack in ihrem Mund. Sie bekam kaum noch Luft, als sie ins Schlafzimmer lief, das Telefon fand und eine Nummer eingab. „Bitte helfen Sie mir", flüsterte sie, als die Zentrale sich meldete. „Ich befinde mich in Lebensgefahr und ..." Sie sah das Gesicht von Crowleys Handlanger am Fenster, ließ den Hörer fallen und rannte zum anderen Ende des Hauses. Als sie eine Tür knarren hörte, verließ sie der Mut. Sie hatte die Küchentür nicht hinter sich abgeschlossen.

Es war nur eine Frage der Zeit, wann der Mann sie fand.

Angst ließ ihr Blut erstarren. Nikki konnte kaum einen Fuß vor den anderen setzen, zwang sich jedoch zu laufen. Sie fand die Tür zum Keller, ließ sie weit offen stehen und huschte geräuschlos die Treppe zum ersten Stock hinauf. Auf dem Absatz verharrte sie. Das Blut rauschte ihr in den Ohren. Mit angehaltenem Atem wartete sie auf das Verhängnis, und dann hörte sie ihn. Im Haus. Er schlich wie eine Raubkatze.

Trent, wo steckst du?

Sie hörte Stufen knarren, dann wurde die Kellertür weiter aufgestoßen.

Nikki bewegte sich flink und lautlos und huschte ins erstbeste Zimmer. Ein Schlafzimmer mit Etagenbetten und einem Fenster.

Ohne zu überlegen öffnete sie das Schiebefenster und kletterte hinaus auf ein leicht geneigtes Schindeldach. Auf dem Hinterteil rutschte sie über die Dachziegel und bremste ihre Fahrt an der Dachrinne ab. Sie hatte keine andere Wahl, als zu springen. Angestrengt hielt sie sich nahe bei einem Fallrohr am scharfen Metall fest, ließ sich behutsam herab, hörte die Dachrinne ächzen und ließ sich fallen. Sie landete auf allen vieren. Einen Fluchtplan hatte sie nicht, sie konnte nur darauf hoffen, zu einem Nachbarhaus zu gelangen. Doch die Nachbarn an diesem Teil des Seeufers wohnten weit voneinander entfernt, abgetrennt durch dichten Wald oder den See.

Nikki sprintete durch den Garten und stürzte sich in dichtes Gebüsch am Seeufer. In der Ferne hörte sie einen Motor aufheulen, und schon glaubte sie, der Senator hätte nur geblufft und würde jetzt wieder abfahren. Durch das Laub sah sie etwas Silbernes aufblitzen. Sein Mercedes. Gott sei Dank. Doch ihre Erleichterung hielt nicht lange vor. In einem Fenster im Obergeschoss des Hauses, dem Fenster, das sie geöffnet hatte, entdeckte sie ihren Henker. Sein Gesicht war vor Wut hässlich verzerrt; er ließ den Blick suchend über das Grundstück schweifen.

„Gott steh mir bei", flüsterte sie, als sie verstand, dass Diamond Jim diesen brutalen Mann zurückgelassen hatte, damit er sie erledigte. Er selbst würde Spuren hinterlassen, weit entfernt vom Tatort, wo ihr ein zweiter Unfall zustieß. Ihr Puls raste. Sie überlegte angestrengt. *Denk nach, Nikki, denk nach! Benutz deinen verdammten Verstand!*

Sie konnte es nicht riskieren, zur Vorderseite des Hauses zu laufen. Von seinem Aussichtspunkt aus konnte der potenzielle Mörder sie sehen. Ihre einzige Chance war der Wald. Sie würde doch sicher den Weg durch das Dickicht bis zum nächsten Haus finden.

Sie rannte, schob Äste und Dornenranken zur Seite, bahnte sich ihren Weg durch das Gestrüpp. Trockene Blätter und Spinnweben klebten in ihrem Gesicht, sie stolperte über Ranken und Wurzeln.

Sie hörte einen Ruf auf Spanisch, und ihr Herz drohte, stehen zu bleiben. Er hatte sie entdeckt! *Lauf, Nikki, lauf um dein Leben!*

Hinter ihr knackte ein Ast. Oh Gott. Er holte auf. *Lauf! Lauf! Lauf!* Sie mobilisierte ihre letzten Kraftreserven.

Déjà-vu! Genauso hatte sie sich in ihren Albträumen von Salvaje gefühlt. Sie rannte, rannte, gehetzt vom personifizierten Bösen. Hinter ihr dröhnten Schritte. Näher. Immer näher. „Bitte, lieber Gott, hilf mir!" Ihre Lungen schienen bersten zu wollen.

Ein Schuss peitschte durch die Luft, und Nikki stolperte, schürfte sich die Knie auf und rappelte sich wieder hoch.

Sie brach aus dem Dickicht und fand sich am Rand des Felsens wieder. Tief, tief unten lag der See. „Nein!", schrie sie, als die Schritte näher kamen.

Voller Entsetzen warf sie einen Blick über die Schulter und sah ihren Angreifer, groß und bedrohlich, das Gesicht, zerkratzt von Zweigen und Dornen, zu einem hässlichen Zähnefletschen verzogen.

„Jetzt entkommst du mir nicht mehr", sagte er lächelnd und schwer atmend.

Nikki wich zurück, spürte, wie ihre Füße den Halt verlieren wollten, hielt aber das Gleichgewicht.

Der Mann stürzte vor, und sie sprang zur Seite. „Du Scheißkerl", schrie sie und trat nach ihm, während sie stürzte.

„Nikki!"

Wieder ein Schuss. Der Knall dröhnte in ihren Ohren. Ihr Angreifer ging zu Boden. Nikki schrie, fühlte sich von starken Armen gepackt, die sie vor dem Sturz vom Felsen bewahrten. Trent zerrte sie zurück auf sicheren Boden. „Alles ist gut", flüsterte er. In einer Hand hielt er seine Waffe, den anderen Arm hatte er stahlhart um ihre Taille gelegt.

„Oh Gott, Trent!" Nikki klammerte sich an ihn, schluchzte und umarmte ihn. Unter Crowleys Handlanger breitete sich eine dunkelrote Lache aus. Er stöhnte und wand sich vor Schmerzen.

„Keine Bewegung!", warnte Trent ihn, und Nikki brach zusammen und barg das Gesicht an seiner Schulter. Trent roch nach

Leder und Schweiß und Schießpulver, und er zitterte genauso heftig wie sie. „Halte durch, Nikki, ich bin bei dir", flüsterte er in ihr Haar. „Und ich werde immer bei dir sein."

Sie konnte nicht loslassen. Zitternd klammerte sie sich an ihn, als hinge ihr Leben davon ab. Die Zeit dehnte sich endlos aus, die Minuten verstrichen, ihr Herzschlag beruhigte sich, der Mann am Boden stöhnte erbarmungswürdig.

Nikki lauschte auf Trents unruhigen Atem. In der Ferne heulten Sirenen, Menschen riefen, und irgendwann trafen Polizei und Nachbarn ein. Für Nikki spielten sich die Ereignisse wie in Zeitlupe ab. Sie erinnerte sich daran, dass Trent mit einem der Polizisten geredet, an einer Zigarette gezogen und in Richtung des Hauses gezeigt hatte.

Eine Polizistin nahm Nikkis Aussage zu Protokoll, und Nikki blieb dabei erstaunlich ruhig, obwohl ihre Gedanken rasten und sie Trent nicht aus den Augen ließ. Sie nahm wahr, dass ein Hubschrauber eintraf und die Sanitäter den Angreifer abtransportierten, ihn über den stillen See zu einem nahe gelegenen Krankenhaus flogen. Doch das alles erschien ihr unwirklich und wirr, und sie war dankbar, als Trent ihr in seinen Jeep half und mit ihr zur Polizeiwache fuhr.

Unter brutalem Neonlicht, in dem sie noch brutalere Fragen beantwortete, trank Nikki mehrere Becher bitteren Kaffee und erklärte immer und immer wieder, was passiert war. Die Polizisten redeten miteinander, als fänden sie ihre Aussage absurd, dann aber schließlich doch glaubwürdig. Der Mann im Krankenhaus hatte bereitwillig gesungen, wie es aussah. Er würde überleben, und seine Aussage bestätigte Trents und Nikkis Geschichte.

Nach den Worten des potenziellen Mörders hatte Crowley gewusst, dass Nikki ihm nach Salvaje gefolgt war, ausdrücklich in der Absicht, Informationen mit dem Ziel seiner Überführung zu sammeln. Crowley hatte den „Unfall" angeordnet, hatte sie umbringen lassen wollen, obwohl er ihren Vater kannte. Nikki war zu entschlossen, zu hartnäckig, und Crowley hielt sie zu

Recht für eine ernst zu nehmende Gefahr. Der Senator hatte von einem Freund erfahren, dass sie ihn bloßstellen wollte … von dem guten alten Max, der beim *Observer* arbeitete und neidisch auf Nikkis Ehrgeiz und ihre harte Arbeit war.

Irgendwann, Stunden später, durften sie und Trent nach Hause fahren.

„Alles in Ordnung?“, fragte Trent und legte ihr seine Jacke über die Schultern.

Erschöpft bis in die Knochen, schenkte sie ihm den Anflug eines Lächelns. „Ich glaube schon.“

Er half ihr in den Beifahrersitz des Jeeps, setzte sich hinters Steuer und hielt inne, bevor er den Zündschlüssel ins Schloss schob. Sekundenlang schloss er die Augen, dann wandte er sich Nikki zu und seufzte, während der Blick seiner blauen Augen sie streichelte. „Verzeih mir“, sagte er und strich über ihre Wange.

„Wofür?“

„Für alles. Ich hätte dich nicht allein lassen dürfen.“

„Du hattest keine Wahl. Ich musste zur Arbeit. Ich habe ein eigenes Leben. Du hättest mich niemals jede Minute des Tags im Auge behalten können.“

„Genau das hätte ich aber tun sollen.“ Man sah ihm das schlechte Gewissen an. „Ich hatte gehofft, dass du zurückkommen würdest, war aber nicht sicher. Deshalb habe ich die Tür offen gelassen und bin zu deiner Wohnung gefahren. Als du dort nicht aufgetaucht bist, habe ich mir Sorgen gemacht, bin nach Haus und sah, wie Crowley eilig verduftete. Dein Auto stand in der Zufahrt, und ich dachte …“, er biss die Zähne zusammen, „… ich dachte, ich käme womöglich zu spät. Nikki, wenn dir etwas zugestoßen wäre …“ Er lehnte sich schwer in den Sitz zurück. „Dieser Scheißkerl wird dafür büßen. Er hat ein Alibi, weißt du? Der gute alte gerissene Diamond Jim.“ Trent verzog den Mund zu einem zufriedenen Grinsen. „Allerdings ist sein Alibi nicht wasserdicht. Ich kenne den Kerl, der behauptet, sich mit ihm auf ein paar Drinks getroffen zu haben, und er wird sich dazu überreden lassen, die Wahrheit zu sagen.“

„Wie?“, fragte Nikki.

„Der Mann ist spielsüchtig. Hat Verbindungen zu den falschen Kreisen, hohe Schulden. Ich weiß das, weil ich in den paar Wochen mit ihm zu tun hatte, als ich für Crowley gearbeitet habe. Jimbo lässt nach. Er hätte sich eine bessere Geschichte kaufen können, dazu war jedoch nicht genug Zeit. Er wusste nicht, dass du in meinem Haus sein oder Rodriguez als den Mann erkennen würdest, der dich auf Salvaje vom Felsen gestürzt hatte.

Außerdem glaubte Jim, du würdest ihm dieses Mal nicht entwischen. Es sollte wie ein Unfall aussehen, wie schon beim ersten Mal.“ Er wandte sich Nikki zu und blickte ihr tief in die Augen. „Wir kriegen sie dran, Nikki. Zusammen. Damit hast du die Story deines Lebens.“

Die Story deines Lebens. Der Beweis, dass sie beim *Observer* auch eine große Nummer sein konnte. Warum erschien es ihr so unwichtig? „Und du. Was hast du davon?“

„Ich habe mich von einer Manie befreit. Anfangs, als ich für Crowley arbeitete, hielt ich ihn für ehrlich und aufrecht und für den besten Repräsentanten für die Wähler dieses Bundesstaats. Doch dann habe ich herausgefunden, dass er niederträchtig und korrupt ist, und die letzten paar Jahre war ich entschlossen, ihm das Handwerk zu legen.“

„Dann ist die Mission deines Lebens jetzt erfüllt“, sagte Nikki betont unbeschwert, während ihr in Wahrheit das Herz brach.

„Ja. So ist es wohl.“ Er trat aufs Gas und drehte den Zündschlüssel. Der Motor des Jeeps sprang an, und binnen Minuten steckten sie ihm zähen Verkehrsfluss stadtauswärts.

Trent fuhr durch die Nacht zu Nikkis Wohnung. Er parkte den Jeep ein und half Nikki die Treppe hinauf und ins Haus. „Warum bist du noch einmal zu mir gekommen?“, fragte er, als sie aus der Jacke schlüpfte.

„Ich dachte, wir sollten reinen Tisch machen.“

„Worüber?“

„Alles.“ Sie schaltete das Licht ein, versuchte, die Intimität, den Zauber seiner Nähe abzuschütteln. Sie sah ihm in die Augen und wünschte, zwischen ihnen wäre alles anders. „Du hast mich belogen."

„Und das wirst du mir nie verzeihen."

Sie biss sich in die Unterlippe. „Ich glaube nicht, dass ich es kann."

Er suchte nach Worten, überlegte es sich anders und wandte sich zur Tür. „Ich habe nicht gelogen, als ich sagte, dass ich dich liebe, Nikki. Und in meinem ganzen Leben habe ich nie solche Angst ausgestanden. Als ich dich auf dem Felsen sah ..." Er lehnte sich rücklings an die Tür und wurde kreideweiß im Gesicht.

Ihr wurde die Kehle eng. *Liebe ihn! Vertrau ihm! Vergib ihm! Er hat es für dich getan!*

„Als ich herausgefunden hatte, dass du auf Salvaje warst, um Material gegen Crowley zu sammeln, meinte ich, dich beschützen zu müssen. Ich habe nicht gelogen, als ich sagte, vorher in Seattle hätte ich, als ich dich zum ersten Mal sah, mein eigentliches Ziel aus den Augen verloren. Dich auf der Insel zu sehen, hat meine Gefühle nur noch verstärkt. Deshalb habe ich die Lügengeschichte über unsere Heirat erfunden. Ich wollte dich einfach in Sicherheit bringen und so schnell wie möglich von der Insel schaffen. Ich dachte, dass Crowley und seine Leute nicht so schnell Verdacht schöpfen würden, wenn wir zusammen reisen und uns als Mann und Frau ausgeben. Hätte auch klappen können, wenn das Unwetter nicht gewesen wäre." Er verzog den Mund zu einem traurigen Lächeln.

„Und wenn ich nicht das Gedächtnis verloren hätte?"

Ein Muskel zuckte in seiner Wange. „Ich weiß nicht. Ich hätte mir etwas anderes einfallen lassen."

„Du bist ein gewaltiges Risiko eingegangen."

Er sah sie an. Und die Worte *Ich habe es für dich getan* kamen ihm nicht über die Lippen. Stattdessen erkannte er die Kritik in ihren Augen, ließ den Blick noch einmal über ihren Körper wandern und sagte: „Du weißt, was ich empfinde, und du weißt, wo ich wohne. Ach, übrigens, es ist eigentlich nicht mein Haus."

Noch eine Lüge.

„Ich habe es von einem Freund gemietet."

Na ja, nicht ganz so schlimm.

Er öffnete die Tür. „Auf Wiedersehen, Nikki." Mit einem raschen Blick über die Schulter war er fort. Die Tür hatte sich hinter ihm geschlossen, und Nikki gab ihrer Erschöpfung nach, ließ sich auf den Boden sinken, vergrub das Gesicht in den Händen und weinte.

Nikki trank einen Becher Kaffee und blickte auf den kleinen Fernseher auf Frank Pianzanis Schreibtisch. Knapp eine Woche war seit der Veröffentlichung ihrer Story vergangen, und inzwischen war sie Franks neue Star-Reporterin. Max war wegen seiner Warnung des Senators gekündigt worden.

Frank war zufrieden mit sich selbst. Dank Nikki war der *Observer* allen Konkurrenten zuvorgekommen, und jetzt wurde das Ergebnis ihrer unglaublichen Arbeit in den Abendnachrichten gesendet.

Nikki blickte auf den Bildschirm und sah, wie Senator Crowleys Gesicht erschien. Seine Stimme klang immer noch wie die eines geschulten Rhetorikers, aber man spürte die Anspannung. „Ich weise die Vorwürfe strikt von mir. Sie sind durch und durch haltlos, und sämtliche Bürger des Staates Washington, die mich jahrelang gewählt haben, wissen, dass ich niemals Schmiergeld oder Geschenke von Lobbyisten angenommen habe."

„Was ist mit dem Mann im Krankenhaus? Felipe Rodriguez?"

„Ich weiß nicht viel über ihn. Er ist erst seit ein, zwei Monaten bei mir angestellt. Doch der Mann leidet offenbar unter Wahnvorstellungen. Seine Geschichte ist zu skurril, um glaubhaft zu sein. Werfen Sie doch einfach mal einen Blick auf meine Biografie ..."

„Rodriguez behauptet, er hätte sie auf Salvaje kennengelernt, Sie wären kürzlich dort gewesen und hätten ihn für den Mord an einer amerikanischen Staatsangehörigen bezahlt – an Nicole Carrothers, einer Reporterin beim *Observer*."

„Wie gesagt – Wahnvorstellungen. Seine Geschichte ist absurd. Wenn Sie mich jetzt bitte entschuldigen würden, ich gebe keine weiteren Kommentare ab."

Frank schaltete das Gerät aus. „Wie es aussieht, strebt Diamond Jim keine Wiederwahl an."

„Schön."

„Und das Ethik-Komitee des Senats will deine Anschuldigungen prüfen."

„Noch besser."

„Ja, es wird immer besser", sagte Frank, stand auf und reckte sich. Sein weißes Hemd war zerknittert, und er ließ glücklich seine Hosenträger schnappen. „Weißt du, ich glaube, ich habe dir hier bei uns nie genug zugetraut."

„Das stimmt", sagte Nikki.

Frank rieb sich den Nacken. „Tja, das will ich wiedergutmachen."

„Zu spät."

„Wie bitte?"

Nikki schenkte ihm ihr liebenswürdigstes Lächeln. „Ich kündige."

Frank sah aus, als hätte sie ihm einen Schlag mit der Keule versetzt. „Du kündigst? Du kannst doch nicht kündigen!"

Sie griff in ihre Handtasche und holte einen langen, schmalen Umschlag heraus. „Oh doch."

„Das hat irgendwie mit deinem Mann zu tun, oder? Nur, weil es zwischen euch nicht so richtig klappt …" Frank erkannte, dass er zu weit gegangen war, nahm seine Lesebrille vom Schreibtisch und setzte sie sich auf die Nase. „Sag jetzt nicht, die *Times* bietet dir mehr Geld."

Sie grinste, doch die tiefe Befriedigung, die sie sich erhofft hatte, blieb aus. Wie sollte sie erklären, dass sie mit dieser Story ihren Standpunkt klargemacht, Stellung bezogen hatte und jetzt vorankommen wollte? Ihr Leben war in der letzten Woche auf den Kopf gestellt worden, und sie hatte Trent nicht ein einziges Mal gesehen.

Alle möglichen Leute, aber nicht Trent. Ihr Vater, ihre Mutter und ihre Schwestern hatten sich in der Zeit um sie geschart. Sie hatten angerufen und sie besucht, waren krank vor Sorge gewesen bei der Vorstellung, dass sie beinahe ums Leben gekommen wäre. Sie hatten unzählige Fragen nach ihrem Mann gestellt, und Nikki war ihnen ausgewichen, hatte behauptet, die Ehe hätte noch keinen festen Boden unter den Füßen, und nach den Ereignissen der letzten paar Wochen hätten sie beide beschlossen, dass sie Abstand brauchten.

Ihre Verwandten fanden diese Reaktion merkwürdig, doch Nikki hatte sich durchgewurstelt, hatte sich den Fragen der Polizei, anderen Reportern, Interviews und ihrer Arbeit gestellt. Während der ganzen Zeit hatte sie sich einsam und innerlich leer gefühlt.

Tja, an diesem Tag sollte ihr Leben sich ändern. So oder so. Sie schnappte sich ihren Mantel, fuhr im Lift ins Parkhaus und stieg in ihr kleines Cabrio. Auf dem Rücksitz lag der Krimskrams, der ihren Schreibtisch gefüllt hatte: Aufzeichnungen, Stifte, Papier, Rekorder, Rotationskartei, Bücher und andere Utensilien, die sich in ihrer Zeit beim *Observer* angehäuft hatten.

Es war Zeit, nach vorn zu schauen. Sie holte tief Luft, dann legte sie den Gang ein und hoffte, dass sie das Richtige tat.

Du weißt, wo ich wohne.

Ihre Nerven waren zum Reißen gespannt, als sie sich in den Verkehrsstrom einfädelte, das Radio einschaltete und die Melodie eines alten Songs von Bruce Springsteen mitsummte. Doch ihre Gedanken folgten nicht dem Text oder der Musik; ihre Gedanken waren bei Trent und dem, was sie ihm sagen wollte.

Sie bog in die Zufahrt zu dem Haus am Lake Washington ein, und ihr Herz sank. Sein Jeep war nicht da, und das Haus sah leer und kalt aus, als wäre es unbewohnt. Das Flatterband, das den Tatort abgesperrt hatte, war entfernt worden, doch nichts deutete auf Trents Anwesenheit hin.

Sie klopfte energisch an die Haustür und wartete.

Nichts. Kein Lebenszeichen. Trockenes Laub raschelte in den alten Eichen, schwebte zu Boden und tanzte kurz in einer leichten Brise. So wie wir, dachte Nikki und sah traurig zu. Sie und Trent hatten ein paar Wochen getanzt und wurden dann vom Wind auseinandergeweht.

Stimmt nicht. Du hast ihn von dir gestoßen. Sie ging um das Haus herum, und ein Gefühl des Unbehagens überkam sie, als hätte ein Geist sie berührt. Sie rieb sich die Arme, folgte dem Weg, den sie am Tag des Mordversuchs genommen hatte, sah die geknickten Zweige im Wald, bemerkte die Fußabdrücke und den dunklen Flecken auf Gras und trockenem Laub, wo ihr Angreifer in seinem Blut gelegen hatte.

Trent hatte sein Leben aufs Spiel gesetzt, um sie zu retten.

Fröstelnd sagte sie sich, dass sie Glück gehabt hatte. Sie blickte über den See, über das stahlgraue Wasser zum jenseitigen Ufer mit den Häusern im immergrünen Wald.

„Nikki?" Der Wind trug Trents Flüsterstimme an ihr Ohr. Sie drehte sich um und sah, wie er auf sie zukam. Der Wind zauste sein Haar, die altbekannte Lederjacke war am Hals offen. „Was tust du hier? Ich habe dein Auto gesehen und …" Er unterbrach sich, fing ihren Blick auf und hielt ihn fest.

„Ich denke, wir haben noch etwas zu klären", sagte sie und verspürte den albernen Drang, in Tränen auszubrechen. Herrgott, sobald sie in seiner Nähe war, schien sie jedes Mal in die Knie zu gehen. Sie blinzelte die Tränen weg, ging zu Trent und hakte sich bei ihm unter. „Komm, hier wollen wir nicht bleiben."

Sie folgten dem Weg bis zu einer Stelle, die von dem Bösen, das ihnen von Salvaje bis nach Seattle gefolgt war, unberührt geblieben war. „Ich, hm, ich habe nachgedacht", sagte sie und wandte sich ihm zu, ohne seinen Arm loszulassen. Der Wind spielte in ihrem Haar, blies es ihr ins Gesicht, ließ es ihre Wangen streicheln.

„Wann hast du dazu Zeit gehabt?"

Also hatte er die Nachrichten gesehen. Hatte ihr aufregendes neues Leben im Auge behalten. „Ja, es war eine hektische Zeit“, gab sie zu, „aber ich hatte trotzdem viele Stunden Zeit für intensive Gewissenserforschung.“

„Ach ja?“ Er glaubte ihr anscheinend nicht. „Wie ich hörte, hast du eine Belobigung und eine Beförderung erhalten.“

Sie zuckte die Achseln. „Ich habe gekündigt.“

Er sagte kein Wort, stand lediglich hölzern da, nahm sie nicht in die Arme, obwohl sie ihn ohne Worte darum bat.

„Es war Zeit für eine Veränderung.“

„Hast du eine neue Stelle?“

Sie schüttelte den Kopf. „Noch nicht.“

„Vermutlich hast du ja jetzt die freie Auswahl.“

„Egal.“ Sie spürte, wie seine Hand sich verkrampfte, und drückte sie fester. „Ich will keine neue Stelle, Trent. Ich will nur dich.“ Als er nicht reagierte, nahm sie sein Gesicht zwischen ihre Hände und zwang ihn, ihr in die Augen zu sehen. „In den Stunden meiner Gewissenserforschung war ich allein. In meinem Bett, wo ich mir die Augen ausgeweint habe. Ich bin zu dem Schluss gekommen, dass ich, wenn ich mich nicht noch länger in meinem eigenen Elend suhlen wollte, der Wahrheit ins Gesicht sehen muss, und die Wahrheit ist …“, sie holte schaudernd Atem, bereit, ihre Seele zu entblößen, „… dass ich dich liebe, Trent McKenzie, und dass ich dich heiraten will.“ Er biss die Zähne zusammen. „Falls du mich haben willst.“

Sie schluckte den Stolz herunter, der ihr wie ein Kloß die Kehle füllte, griff in ihre Handtasche und zückte ein Päckchen. „Tickets nach Salvaje“, sagte sie. „Für dich und mich.“

Trent verzog den Mund zu einem dünnen, skeptischen Lächeln. „Du willst noch einmal auf die Insel?“

„Mhm.“

„Wann?“

„Gleich, nachdem wir beim Standesamt waren und uns trauen lassen haben.“

Sein Lächeln wurde ein wenig heiterer. „Und wenn ich nicht heiraten will?“

Es gab ihr einen schmerzhaften Stich ins Herz, doch sie hob trotzig das Kinn. „Dann komm als mein Lover mit."

Er lachte kurz auf und rückte von Nikki ab. „Du bist unglaublich", sagte er, stemmte die Hände in die Hüften und schüttelte den Kopf.

Enttäuschung machte sich in ihr breit.

„Ich dachte, du wolltest mich nie wiedersehen."

„Ich habe es mir anders überlegt." Als er nichts erwiderte, strich sie sich das Haar aus dem Gesicht. „Verdammt noch mal, Trent, das hier fällt mir weiß Gott nicht leicht. Ich habe meinen Stolz heruntergeschluckt, habe dir gesagt, dass ich dich liebe, habe dich beinahe angefleht, mich zu heiraten, und du hast nichts dazu zu sagen?"

„Aber sicher doch."

Jetzt kommt's. „Und was genau?" Ihre Augen sprühten Feuer.

Er schob einen Finger in seine Jeanstasche und zog den schmalen goldenen Ring heraus, den Ring, der auf Salvaje ihr Ehering gewesen war. „Ich habe mich nur gefragt, wieso du so lange gebraucht hast."

Sie holte tief Luft. „Du hast darauf gewartet, dass ich hierher zurückkomme. Du hast gewusst, dass ich kommen würde, stimmt's?"

„Ich habe die Möglichkeit in Betracht gezogen."

„Du hochnäsiger, aufgeblasener …"

Er erstickte ihre Beleidigungen mit einem Kuss. „Würdest du mal einen Moment still sein?", fragte er und schob den Ring auf ihren Finger, den er perfekt auf ihre Größe hatte umarbeiten lassen. „Dieses Mal muss ich es unbedingt richtig machen." Er blickte ihr tief in die Augen und umfasste ihr Gesicht. „Heirate mich, Nikki", flüsterte er und spürte, wie sie erbebte, als sie sich an ihn schmiegte.

Er nahm sie fest in die Arme, seine Lippen fanden ihre, und er wusste, dass Nikki jetzt und bis in alle Ewigkeit seine ganz besondere Frau sein würde.

– ENDE –

Lisa Jackson

Das Herz vergisst nie

Roman

Aus dem Amerikanischen von
Eva Repolusk

1. KAPITEL

Ich habe einen Brief an den Weihnachtsmann geschrieben!", rief Amy schon an der Tür aufgeregt. Die Vierjährige mit den dunklen Locken warf ihren Schulrucksack in eine Ecke und schälte sich noch im Gehen aus der Jacke.

Veronica – von ihren Freunden und ihrer Familie Ronni genannt – stand auf und ging zur Tür, vor der mit laufendem Motor der alte Kombi ihrer Schwester Shelly stand. Auf der Koppel nebenan suchten Ronnis Pferde im Schnee nach ein paar Grashalmen.

„Ich muss gleich weiter, Ronni, die Zwillinge haben Hunger!", rief Shelly aus dem eilig hinuntergelassenen Autofenster.

„Alles klar! Morgen bin ich mit Abholen dran!" Ronni winkte, als Shellys Kombi vom Hof rollte und eine Auspuffwolke hinterließ. Sie schloss die Tür und beobachtete ihre Tochter, die in ihrem Rucksack grub. „Wie war das?", fragte sie nach. „Wem hast du einen Brief geschrieben?"

„Dem Weihnachtsmann", antwortete Amy prompt und hielt ein Stück Papier hoch, auf das sie in ihrer ungelenken Kinderhandschrift einige Zeilen gekritzelt hatte. „Los, Mommy, lass uns den Brief in einen Umschlag stecken und zur Post bringen."

„Jetzt ziehst du dir erst mal die Stiefel aus und erzählst mir, wie es in der Vorschule war, und den Brief verschicken wir dann gleich morgen früh als Erstes." Ronni schenkte sich eine Tasse Kaffee ein, setzte sich auf die Couch und klopfte einladend mit der Hand auf den Platz neben sich.

Sie war froh, dass Amy zu Hause war. Es war Anfang Dezember, und sie hatte bei ihrer Arbeit auf dem Berg heute den ganzen Tag über ein schlechtes Gefühl gehabt. Sie war bei der Bergwacht tätig, wo sie auf den Skipisten für Ordnung sorgte, Verletzten Erste Hilfe leistete und sich um ihren sicheren Transport ins Tal kümmerte.

In diesem Jahr hatten sie in den Cascade Mountains schon mehrere ungewöhnlich schwere Schneestürme zu verzeichnen gehabt. Gleichzeitig hatten die Besucherzahlen einen historischen Höchststand erreicht, und mehr Skifahrer denn je vergnügten sich auf den schneeweißen Hängen des Mount Echo.

Glücklicherweise hatte es trotz ihrer düsteren Vorahnung heute keinen schweren Unfall auf dem Berg gegeben.

Amys Augen, die sie von ihrem Vater hatte, leuchteten. „Versprichst du, dass wir den Brief auch wirklich verschicken?"

„Aber sicher, mein Schatz! Großes Indianerehrenwort", versicherte Ronni dem kleinen Wirbelwind lachend. Egal, wie niedergeschlagen sie sich fühlte, ihrer Tochter gelang es doch immer wieder, sie aufzumuntern.

„Okay." Amy hüpfte wie ein Gummiball durch den Raum. Das Erdgeschoss der Blockhütte, in der sie lebten, bestand streng genommen nicht aus mehreren Räumen, sondern nur aus einem einzigen, der durch Möbel und Teppiche in einzelne Bereiche unterteilt wurde. Alles auf dem blau-weiß-gemusterten Teppich galt als Wohnzimmer. Außerdem befanden sich im Erdgeschoss die offene Küche und die Essecke. Im Dachgeschoss gab es ein kleines Bad und zwei winzige Schlafzimmer für Ronni und Amy.

Die Blockhütte war zwar weder besonders groß noch besonders luxuriös, doch sie gehörte Ronni und war ihr und ihrer Tochter ein gemütliches Zuhause.

„Miss Jenni hat mir mit dem Brief geholfen!"

Miss Jenni war Amys Vorschullehrerin. Eine geduldige junge Frau, etwa fünfundzwanzig Jahre alt, die Ronni als Geschenk des Himmels empfand, weil sie Amy gut aufgehoben wusste, während sie von der Garage aus ihr kleines Versandgeschäft betrieb.

„Und, was hast du dir dieses Jahr vom Weihnachtsmann gewünscht?", fragte Ronni, während ihr Blick an den Schachteln mit Weihnachtsdekoration und Lichterketten hängen blieb, die sie vorher aus dem Schuppen geholt hatte. Weihnachten. Früher war ihr das die liebste Zeit im Jahr gewesen, doch seit Hanks Tod …

Sie schloss einen Moment lang die Augen und versuchte, ihren Gedanken eine andere Richtung zu geben.

„Ich wünsche mir ein Hundebaby“, verkündete Amy und kletterte auf den Schoß ihrer Mutter.

„Oh, was für eine Überraschung“, witzelte Ronni und küsste Amy auf ihren Lockenkopf. „Wenn es um dieses Hundebaby geht, klingst du wie eine Schallplatte mit einem Sprung. Aber wir haben doch schon zwei Pferde. Muss es denn wirklich auch noch ein Hund sein?“

Amy nickte entschieden: „Unbedingt!“

„Steht sonst noch etwas auf deinem Wunschzettel?“, versuchte sie ihre Mutter abzulenken.

„Ja, ein Daddy.“

„Ein was, bitte?“ Ronni betete im Stillen, dass sie sich verhört hatte.

„Ein Daddy. Alle meine Freundinnen haben einen“, erklärte Amy ernsthaft. „Dann müsstest du auch nicht immer allein sein.“

„Aber ich bin doch nicht allein“, widersprach Ronni. „Ich habe ja dich.“ Sie kitzelte ihre Tochter, bis diese vor Vergnügen quietschte, sich aus ihrer Umarmung wand und ins Bad lief. Ronni blieb auf der Couch zurück, einen Zettel mit Weihnachtswünschen in der Hand, die sie nicht einmal annähernd erfüllen konnte. Sie seufzte. Früher oder später hatte das ja kommen müssen, aber sie hatte eben auf später gehofft. Viel später.

Sie hatte Hank Walsh geheiratet, ihre Highschool-Liebe. Drei Jahre später war sie schwanger gewesen, und ihr gemeinsames Glück war vollkommen.

Tränen traten Ronni in die Augen, als sie sich an Hanks Reaktion erinnerte, nachdem sie ihm gesagt hatte, dass er bald Vater werden würde. Er hatte gestrahlt, sie umarmt und herumgewirbelt. Und sie hatte gewusst, dass sie zu den glücklichsten Menschen auf der Welt gehörte, weil sie den Partner, der für sie bestimmt war, so schnell und einfach gefunden hatte.

Amys Geburt war ein Erlebnis gewesen, das sie – wenn überhaupt möglich – noch stärker zusammengeschweißt hatte. Als Hank seine kleine Tochter zum ersten Mal im Arm hielt, hatte er Freudentränen vergossen.

Kaum ein Jahr später war er umgekommen und hatte Ronnis Leben in einen einzigen großen Scherbenhaufen verwandelt.

Sie schüttelte den Kopf. Vielleicht durfte es einfach nicht sein, dass jemand so glücklich war, wie sie es gewesen waren. Wahrscheinlich musste jeder leiden. Aber es war einfach nicht fair. Der große, blonde, liebevolle, anständige Hank hätte mindestens neunzig Jahre alt werden sollen. Stattdessen endete sein Leben schon mit sechsundzwanzig. Vor drei Jahren.

Vor drei langen, einsamen Jahren. Er war einfach unersetzlich.

Ronni blinzelte, um die aufsteigenden Tränen zu vertreiben. Auch wenn Amy sich noch so sehr einen Daddy wünschte, diesen Wunsch konnte sie ihr leider nicht erfüllen. Sie musste ihrer Tochter eben Mutter und Vater zugleich sein, das hatte sie schon vor langer Zeit beschlossen.

Als sie die Kaffeetasse hochhob, stellte sie erstaunt fest, wie ihre Hand zitterte. Doch ihr blieb keine Zeit, darüber nachzudenken, denn Amy war zurück und sprang mit Anlauf zu ihr auf die Couch.

„Hast du dir auch die Hände gewaschen?“, fragte Ronni wie immer.

Amy nickte eifrig, und Ronni bemerkte, dass ihre Tochter immer noch nasse Hände hatte. Sie musste lachen. Alles schön der Reihe nach! Schließlich konnte man nicht einfach so erwarten, dass sich eine Vierjährige die Hände nicht nur wusch, sondern danach auch noch unaufgefordert abtrocknete.

„Schau mal, da!“, rief Amy plötzlich aufgeregt. An die Rückenlehne gelehnt, balancierte sie auf Zehenspitzen auf der Couch und sah dahinter zum Fenster hinaus.

Ronni drehte sich um, um ihrem Blick zu folgen.

Vom Dach der Veranda hingen Eiszapfen, in der Fensterscheibe bildeten sich Eisblumen. Der Mond tauchte die Landschaft in ein silbernes Licht.

„Lichter“, sagte Amy. „Da sind neue Lichter.“

„Tatsächlich. Jemand muss im alten Johnson-Haus sein.“ Dieser Gedanke störte Ronni mehr, als sie zugeben wollte. Aber es war einfach immer schon ihr Traum gewesen, das alte Anwesen mit dem kleinen Schwimmteich eines Tages zu kaufen und in eine Frühstückspension zu verwandeln. Mit dem Johnson-Haus verband sie nur angenehme Erinnerungen.

Ihr Vater war dort Hausmeister und Mädchen für alles gewesen, und sie und ihre Schwester hatten dort eine rundherum glückliche, unbeschwerte Kindheit verbracht. Im Sommer waren sie im Teich geschwommen und hatten am Ufer Fangen gespielt, im Winter hatten sie mit ihrem Vater Lagerfeuer gemacht und waren mit Langlaufskiern über die Hügel gezogen.

„Puh, dort spukt es!“ Amy schüttelte sich.

Ronni lachte. Wieder einmal war es Amy mit ihrem kindlichen Charme gelungen, sie aus ihren trüben Gedanken zu reißen. Erstaunlich, wie unterschiedlich sie und Amy dieses Haus sahen. „Nein, dort spukt es doch nicht. Das Haus wirkt nur unheimlich, weil es so groß und ein bisschen baufällig ist und schon so lange leer steht. Glaub mir, mit etwas Geld und Mühe könnte man das Haus wunderbar herrichten.“

Amy rümpfte die Nase. „Aber es hat so viele kaputte Fenster und ist voller Spinnweben. Und vielleicht gibt es sogar Fledermäuse und Schlangen und Geister!“

Das Johnson-Anwesen stand schon seit fast einem Jahr zum Verkauf. Ronni wusste das, weil sie es am liebsten selbst gekauft hätte, doch ihr war klar, dass sie den Kaufpreis auf keinen Fall aufbringen konnte. Trotz seines schlechten Zustands waren das Haus und das dazugehörige Grundstück über eine halbe Million Dollar wert. Von den Kosten für die Renovierung und Instandsetzung ganz zu schweigen.

Es ging ihr zwar finanziell nicht schlecht, aber solche hochfliegenden Pläne musste sie sich trotzdem ein für alle Mal aus dem Kopf schlagen.

„Ich frage mich, wer dort jetzt wohl lebt“, dachte sie laut. „Geister und Hexen“, antwortete Amy unbeirrt. „Die leben dort.“

„Das glaube ich nicht." Ronni kratzte sich gedankenverloren am Kinn. Wer zog mitten im Winter in ein zugiges, renovierungsbedürftiges altes Haus? Vielleicht war es gar nicht verkauft worden, sondern nur über Weihnachten an ein exzentrisches Aussteiger-Paar oder einige Jugendliche vermietet worden? Möglich war natürlich auch, dass die neuen Bewohner sich gar nicht offiziell dort aufhielten, sondern das Gebäude unbefugt betreten hatten. Vielleicht war es ein Landstreicher? Oder ein jugendlicher Ausreißer?

Aber dann gäbe es dort wohl keinen Strom für die Lichter, die sie sahen. Ronni schüttelte unwillkürlich den Kopf, weil ihre Fantasie wieder einmal mit ihr durchgegangen war. Sie war ja fast so schlimm wie Amy!

Amy hatte inzwischen die Schachteln mit der Weihnachtsdekoration bemerkt. Sie zog eine rote Glittergirlande heraus und wickelte sie sich um den Hals wie eine Federboa. „Schau, Mommy, ich bin ein Weihnachtsbaum."

Ronni lächelte. „Niemals. Aber ein Weihnachtsengel."

„Nein, ein Weihnachtsbaum", blieb Amy hartnäckig.

„Aber müsstest du dann nicht einen Stern am Kopf tragen?"

Amy machte große Augen. „Haben wir einen?"

„Ich glaube nicht. Soweit ich mich erinnere, ist er mir letztes Jahr beim Abräumen runtergefallen und kaputt gegangen. Wir werden wohl einen Neuen kaufen müssen."

Der Gedanke daran stimmte sie melancholisch. Ihren gesamten Weihnachtsschmuck hatte sie gemeinsam mit Hank gekauft. Ihr erster Weihnachtsbaum war eine winzige Tanne gewesen, die sie nur mit einer einzigen Lichterkette und ein paar roten Kugeln geschmückt hatten. Danach hatten sie jedes Jahr einen größeren Baum und einige zusätzliche Kugeln gekauft.

Am Heiligabend hatte ihr Hank immer noch ein ganz besonderes Stück Weihnachtsbaumschmuck mit eingraviertem Datum geschenkt, das sie feierlich an den Baum gehängt hatten, bevor sie sich im Kerzenlicht auf das Schaffell darunter legten, Glühwein tranken und sich bis in den Weihnachtstag hinein liebten.

Wie immer um diese Jahreszeit überkam Ronni eine tiefe Trauer. Ohne Amy würde sie Weihnachten bestimmt nicht feiern. Ihrer Schwester Shelly wäre das zwar vermutlich gar nicht recht, doch sie würde sich durchsetzen und während der letzten beiden Wochen des Jahres irgendwo am Meer Sonne tanken, Eistee nippen und so tun, als gäbe es Weihnachten überhaupt nicht.

„Darf ich den neuen Stern aussuchen?"

„Sicher, wenn du willst." Ronni versuchte, möglichst fröhlich zu klingen. „Vielleicht finden wir einen beim Weihnachtsbasar der Gemeinde. Und jetzt komm und hilf mir beim Abendessenkochen."

Amy folgte ihr brav in die Kochnische. Die Girlande schleifte sie dabei auf dem Boden hinter sich her wie die Schleppe eines Brautkleids.

„Machen wir Käsemakkaroni?", fragte Amy wie schon an den fünf Abenden zuvor.

„Ich wollte eigentlich Hühnersuppe und frische Brötchen machen. Schau, ich habe gerade die Karotten geschnitten, als du nach Hause kamst."

Amy zog ein enttäuschtes Gesicht. „Aber ich mag …"

„Dafür nehmen wir diese Nudeln als Suppeneinlage", schlug Ronni ihrer Tochter schnell vor. „Hier, sieh sie dir an!" Sie griff in den Schrank und zog eine Packung roter, grüner und gelber Nudeln in der Form von kleinen Weihnachtsbäumen heraus.

Amy machte große Augen. „Darf ich sie in den Topf schütten?"

„Aber sicher. Wir müssen damit nur noch warten, bis die Suppe kocht. Und du musst ganz vorsichtig sein, damit du dich nicht verbrennst."

„Oh, ja", versprach Amy bereitwillig. Sie wickelte sich die Girlande noch einmal um den Hals, damit sie sie nicht so weit hinter sich herzog, und zerrte einen Stuhl vom Tisch an den Herd. Dabei sang sie immer und immer wieder die erste Zeile von „Oh, Tannenbaum, oh Tannenbaum".

„Das kann doch gar nicht sein, dass es hier kein Kabelfernsehen gibt", beschwerte sich Bryan nun schon mindestens zum zehnten Mal. Mit seinen vierzehn Jahren hielt er es für ein Grundrecht, rund um die Uhr MTV sehen zu dürfen. Er rückte seine Baseballkappe zurecht, deren Schild cool nach hinten zeigte.

„Kein Fernsehen. Ende der Diskussion", erklärte ihm sein Vater zum gefühlten hundertsten Mal. Währenddessen schleppte er einen Korb Kleinholz zum Feuermachen durch den Raum und stellte ihn neben dem steinernen, zwei Stockwerke hohen Kamin ab, der das Wohnzimmer des alten Hauses beherrschte.

Das Haus war schmutzig, kalt und zugig und würde, bis es wohnlich war, so viel Arbeit erfordern, dass Travis Keegan zum ersten Mal an seiner Entscheidung zweifelte. Die Zimmer waren kahl und leer, und der Umzugswagen mit ihren Möbeln würde erst in ein paar Tagen ankommen.

Travis hatte sich vorgenommen, das Haus bis dahin mit seinem Sohn Bryan zusammen so gut wie möglich in Schuss zu bringen. Doch das Vater-Sohn-Vorhaben kam nicht so recht in die Gänge. Das lag vor allem daran, dass sich der Sohn denkbar wenig dafür interessierte.

Als Ziele für die nächsten Tage hatte sich Travis die Abstützung der durchhängenden Bodenbretter der Veranda und die Reinigung der Böden und der Fenster gesetzt. Außerdem musste festgestellt werden, wie viel professionelle Hilfe von Elektrikern und Installateuren sie zur Instandsetzung des alten Hauses benötigen würden. Hauptsächlich aber ging es darum, sich als Vater und Sohn zusammenzuraufen und damit zu beginnen, die Versäumnisse der vergangenen Jahre aufzuholen.

Bryan knallte seinen Brennholzkorb neben dem Kamin unsanft auf den Boden, stützte die Hände in die Hüften und starrte hinauf zu dem rustikalen, Spinnweben verhangenen Hirschgeweih-Kronleuchter an der Decke. „Dieses Haus ist ein Albtraum", murrte er. „Als wäre es direkt aus dem Film Addams Family."

„Hast du vielleicht etwas gegen das Spukhaus-Ambiente?", fragte Travis seinen Sohn grinsend und wischte sich die staubigen Hände an der Hose ab. Er versuchte sein Möglichstes, um Bryan aus der Reserve zu locken, damit dieser endlich die miserable Stimmung aufgab, die er schon seit einer Woche demonstrativ zur Schau stellte.

„Ich hasse es, kapiert?"

Bryan forderte ihn regelrecht heraus. Das war Travis klar, obwohl seine Erfahrungen als Vater ansonsten recht beschränkt waren. Trotzdem zwang er sich dazu, ruhig zu bleiben. „Ich finde, du solltest dem Haus eine Chance geben. Könnte doch sein, dass du eine Überraschung erlebst!"

„Du spinnst wohl", schimpfte Bryan. „Es ist ein Rattenloch. Oder etwas noch Schlimmeres. Man hätte es schon vor fünfzig Jahren für abbruchreif erklären sollen. Hat man vielleicht sogar!" Bryan warf sich auf eine der beiden Matratzen, die sie zum Schlafen mitgebracht hatten. Er schob sich seinen zusammengerollten Schlafsack unter den Kopf und starrte so finster vor sich hin, als hätte man ihn in eine winzige Gefängniszelle gesperrt.

„Reiß dich zusammen", warnte ihn Travis, obwohl auch ihm klar war, dass die Instandsetzung des alten Hauses kein Kinderspiel werden würde.

Spinnweben hingen von den Decken, und der Boden und die Fensterbänke waren von einer dicken Schicht aus toten Insekten, Mäusekot und Staub bedeckt.

Die Rohre ächzten, die Stromversorgung war unzuverlässig, und der alte Holzboden würde zumindest gründlich abgeschliffen, wenn nicht sogar herausgerissen und erneuert werden müssen.

Die einst weiße Keramik der Toilette und der Waschbecken war ungleichmäßig gelb verfärbt, und der Fugenmörtel zwischen den Fliesen, die unter all dem Schmutz wunderschön zu sein schienen, bröckelte.

Wahrscheinlich würde die Sanierung des Hauses noch einmal genauso viel Geld verschlingen wie der Kauf. Aber das ist es wert, sagte sich Travis im Stillen, während er das Holz neben dem Kamin stapelte. Keine Summe war zu hoch für die Rettung seines Sohnes!

Unauffällig beobachtete er Bryan – seinen mürrischen Blick, die zusammengebissenen Zähne, die umgekehrte Baseballkappe und die verschlissenen schwarzen Klamotten, die ihm mindestens drei Nummern zu groß waren. Doch sein Modegeschmack war nur ein kleiner Teil des Problems. Auch der Ohrring und die blond gebleichte Strähne in Bryans ansonsten dunkelbraunem Haar störten Travis als Vater nicht. Ganz im Gegensatz zu seiner negativen Einstellung, die äußerst anstrengend war. Die musste sich ändern, und zwar so schnell wie möglich.

„Ich bin sicher, dass es dir hier gefällt, sobald wir es uns gemütlich gemacht und uns eingelebt haben." Travis zündete den Haufen, den er aus Papier, Kleinholz und einigen Holzscheiten im Kamin kunstvoll aufgeschichtet hatte, mit einem Streichholz an.

„Träum weiter", sagte Bryan verächtlich.

„Bemüh dich doch wenigstens ein bisschen", bat Travis geduldig. „Ich habe gehört, dass es hier in der Gegend Adler und Hirsche, vielleicht sogar Wapitis und Kaninchen gibt. Interessieren die dich gar nicht?"

„Nicht die Spur."

Das Feuer loderte hoch, während das Papier verbrannte. „Wir waren uns einig, dass sich etwas ändern muss."

„Nein, Travis", widersprach Bryan, der seinen Vater seit der Scheidung nur noch mit dem Vornamen anredete. „Ich", er tippte sich mit dem Daumen auf die Brust, „ich war mir mit dir über gar nichts einig. Das alles war deine Idee, nicht meine. Ich wollte in Seattle bleiben, bei meinen Freunden."

Travis verbiss sich einen Kommentar über die Wahl seiner Freunde. Gerade die Freunde waren einer der Gründe, weshalb er sich entschlossen hatte, mit Bryan nach Oregon aufs Land zu ziehen: Einer von ihnen hatte sich mehrfach beim Rauchen von Marihuana erwischen lassen, ein anderer hatte einen Selbstmordversuch unternommen, während ein Dritter einige Mitschüler dazu überredet hatte, ihn auf einer Spritztour mit dem

Wagen seiner Eltern zu begleiten, statt in die Schule zu gehen. Fast überflüssig zu erwähnen, dass diese Spritztour mit einem Totalschaden des Wagens geendet hatte, der sich auf mysteriöse Art um einen Laternenpfahl gewickelt hatte …

„In Seattle zu bleiben, war keine Option“, sagte Travis daher nur.

„Genau, weil mich keiner fragt, was ich eigentlich will.“

„Das stimmt nicht, Bryan.“

Sein Sohn schnitt eine Grimasse und drückte mit einer Hand auf die andere, dass die Fingerknöchel nur so knackten. „Hat mich jemand gefragt, bei wem ich leben will, als du und Sylvia euch scheiden habt lassen?“

„Deine Mutter und ich …“

„… haben geheiratet, weil sie mit mir schwanger war, ich weiß. Und danach habt ihr herausgefunden, dass ihr euch nicht liebt. Ihr seid nur meinetwegen so lange beisammengeblieben. Phh“, machte Bryan verächtlich. „Keine Ahnung, warum ihr das getan habt.“

Das Gespräch wurde immer schwieriger. Travis befand sich auf unsicherem Terrain. Er setzte sich auf seine Matratze, die nur einen halben Meter von Bryans entfernt lag, und sah seinem Sohn in die Augen. „Deine Mutter und ich waren wirklich kein Traumpaar, das ist wahr. Und weil sie schwanger war, haben wir schneller geheiratet, als wir eigentlich vorhatten. Aber geheiratet und Kinder bekommen hätten wir auf jeden Fall, auch wenn du nicht gewesen wärst. Es hat nur einfach nicht funktioniert.“

Bryan presste die Lippen zusammen.

„Bitte glaub mir, dass wir alles versucht haben.“

„Mir doch egal.“

„Aber mir nicht. Mir tut es sehr leid, dass du verletzt wurdest.“

„Ich bin nicht verletzt.“

Travis hätte am liebsten aufgegeben, aber das durfte er nicht.

„Ich möchte einfach nur zurück nach Hause.“

„Dein Zuhause ist jetzt hier.“

„Nur über meine Leiche.“

„Schau, mein Sohn, ich weiß, dass dir das schwerfällt, aber du musst mir glauben, dass Sylvia und ich dich sehr lieben."

Bryan rollte sich zur Seite und stützte sich auf seinen Ellbogen, um seinem Vater ins Gesicht sehen zu können. „Klar, deshalb ist sie auch nach Frankreich abgehauen."

„Sie brauchte Zeit und Abstand."

„Das ist drei Jahre her!"

„Es gefällt ihr eben dort."

„Ja, weil sie dort weit weg von mir ist. Sie braucht keine Verantwortung für mich zu übernehmen und kann sich mit diesem Gigolo – wie hieß er noch gleich, Jean-Pierre oder so – eine schöne Zeit machen."

Travis seufzte. Seine Exfrau war kein schlechter Mensch, nur manchmal ziemlich egozentrisch. Einiges von dem, was Bryan da sagte, stimmte leider. Auch ihm fiel es oft sehr schwer, ihre Launen und Ideen zu ertragen oder gar anderen gegenüber zu verteidigen.

Doch an der Scheidung trug sie natürlich nicht allein die Schuld. Travis musste zugeben, dass er seine Familie vernachlässigt hatte. „Deine Mutter ist nur einfach in manchen Dingen etwas eigen. Das war sie schon immer."

„Wenn ‚eigen' in deiner Sprache ‚unmöglich' heißt, stimme ich dir zu."

„Nein, das heißt es nicht."

„Ach, dann heißt es wahrscheinlich, dass ich ihr vollkommen egal bin."

„Bryan hör mal …"

„Ach, vergiss es doch einfach." Bryan ließ sich zurück auf den Rücken fallen und starrte wieder an die Decke. „Ich habe sowieso keine Lust, an sie zu denken. Oder an sonst jemanden oder etwas."

„Wird schon werden", meinte Travis und ärgerte sich im selben Moment darüber, wie herablassend das klang. „Du wirst dich an Oregon gewöhnen, und vielleicht wird es dir hier irgendwann sogar gefallen."

„Warum? Welchen Grund sollte ich haben, in diesem Niemandsland wohnen zu wollen?“

„Du hast eine Veränderung gebraucht.“

„Du meinst wohl, *du* hast eine Veränderung gebraucht“, sagte Bryan abfällig, und Travis fiel plötzlich auf, wie merkwürdig er in den Jeans und dem bunt karierten Flanellhemd in den Augen seines Sohnes aussehen musste. Schließlich hatte Bryan ihn von klein auf immer nur in dunklen Anzügen gekannt.

Er konnte nicht abstreiten, dass er in der Vergangenheit viel zu wenig für seinen Sohn da gewesen war. Dass das ein riesiger Fehler gewesen war, hatte er längst eingesehen. Aber ändern ließ es sich nun nicht mehr. Er konnte nur versuchen, Bryan ab jetzt ein besserer Vater zu sein.

Travis wechselte bewusst das Thema: „Weil wir heute schon so fleißig waren – was würdest du davon halten, morgen Ski fahren zu gehen?“

„Was? Kein Holz hacken? Keine Fenster putzen? Keine Böden wischen?“, fragte Bryan höhnisch.

„Sei vorsichtig, oder ich lasse mir umgehend eine Arbeit für dich einfallen“, warnte Travis seinen Sohn, wenn auch mit einem Lächeln. „Lass uns den Mount Echo erkunden. Das ist schließlich unser neuer Hausberg. Was hältst du davon?“

„Alles ist besser, als hier herumzuhängen“, stimmte Bryan schließlich mit gespielter Gleichgültigkeit zu. Doch Travis hatte den Funken Interesse, der in seinen Augen aufgeblitzt war – den ersten, seit sie hergezogen waren – sehr wohl bemerkt.

Am nächsten Tag packten Travis und Bryan ihre Skier in den Wagen und fuhren zusammen zum Mount Echo. Nachdem sie einige Zeit gemeinsam die Pisten unsicher gemacht hatten, beschlossen sie, sich zu trennen und um zwei Uhr mittags im Gipfelrestaurant wieder zu treffen.

Nun stand Bryan allein oben an der Devil's Spine, der steilsten Abfahrt des ganzen Skigebiets, von der ihm sein Freund Marty Sinclair schon in Seattle vorgeschwärmt hatte. Genauer gesagt hatte er behauptet, an einer bestimmten Stelle über einen sechs Meter hohen Felsvorsprung gesprungen und mindestens eine Minute durch die Luft geflogen zu sein. Gleichzeitig hatte er sich einen Joint gedreht und Bryan den ersten Zug angeboten. Als er ablehnte, wurde er dafür mit einer Rauchwolke belohnt, die Marty direkt in sein Gesicht blies.

Nicht zuletzt deshalb hatte Bryan beschlossen, dass er die Devil's-Spine-Abfahrt unbedingt meistern musste. Was Marty konnte, konnte er schon lange!

Da war es auch egal, dass sein Dad ihn vermutlich bereits im Restaurant erwartete, dass die Piste offensichtlich gesperrt war, dass er sich quer durch einen Tiefschneehang kämpfen musste, um sie zu erreichen, dass er fror und müde war und, wenn er ehrlich sein sollte, vielleicht auch ein bisschen Angst hatte.

Aber das konnte ihn nicht daran hindern, es allen zu zeigen: Marty, seinem Dad und besonders sich selbst.

Bryan nahm die Felsschanze in Augenschein und stellte fest, dass sie nicht einmal annähernd sechs Meter hoch war. Bestenfalls die Hälfte – und wahrscheinlich noch nicht einmal das.

Er atmete tief durch, nahm allen Mut zusammen, rammte die Skistöcke in den Schnee und stieß sich ab. Rasch gewann er in dem steilen Gelände an Geschwindigkeit. Schneller und immer schneller glitten seine Skier über die Piste, die aus harten, scharfen Eisplatten zu bestehen schien. Doch es gab kein Zurück mehr.

In einer engen Durchfahrt schlugen ihm Tannenzweige ins Gesicht, aber das störte ihn nicht. Viel zu rasch erreichte er die Felsschanze. Vor ihm tat sich der Abgrund auf. Eine gefühlte Ewigkeit lang war er schwerelos und sah nichts außer dem Himmel.

Adrenalin brachte das Blut in seinen Adern zum Rauschen, als er bei einem flüchtigen Blick unter sich Tannenwipfel erkannte. Als er es endlich wagte, hinunterzusehen, blieb ihm fast das Herz stehen. Er konnte nichts anderes tun, als sich auf die Landung vorzubereiten, indem er den Kopf einzog und alle Muskeln anspannte.

Rumms. Bryans Skier knallten auf den Boden. Sein ganzer Körper wurde durch den Aufprall gestaucht, aber er hatte es geschafft! Doch das ungeheure Glücksgefühl, das er empfand, wurde schlagartig unterbrochen, als er mit dem rechten Ski einen aus dem Schnee ragenden Felsblock streifte und das Gleichgewicht verlor.

Verzweifelt versuchte er, seine Position zu korrigieren, doch noch bevor er so recht wusste, wie ihm geschah, stürzte er kopfüber und kugelte den Steilhang hinunter.

Eine Bindung löste sich, und der Ski sauste davon. Gleich darauf öffnete sich auch die andere Bindung. Bryan versuchte noch, den Sturz mit den Armen abzufangen, doch vergeblich.

Himmel und Schnee wurden eins, und Bryan spürte Schnee in seinem Mund.

Mit einem lauten Aufschrei krachte er in eine Tanne. Augenblicke später durchzuckte ein greller Schmerz wie ein Blitzschlag sein Bein, und ihm wurde schlagartig klar, dass er sich vollkommen allein in einem gesperrten Bereich eines großen Skigebiets befand und es schon bald anfangen würde, dunkel zu werden.

Bryan wollte um Hilfe schreien, doch ihm wurde schwarz vor Augen. Er wusste, dass er kämpfen musste, um wach zu bleiben. Trotzdem verlor er das Bewusstsein. Sein letzter Gedanke war, dass er hier sterben würde. Allein. Aber das kümmerte ohnehin niemanden.

2. KAPITEL

Während Ronni auf Skiern den frischen Schnee durchpflügte, starrte sie hinauf zum zerklüfteten Gipfel des Mount Echo, der an diesem düsteren Tagen von Wolken fast verdeckt war. *Ein Gebiet von wilder Schönheit* hatte ein Journalist vor Jahren einmal geschrieben. *Trügerisch. Unversöhnlich. Grausam.* „Ich hasse dich", flüsterte sie.

Aber das musste aufhören. Sie konnte nicht ihr ganzes Leben damit verbringen, dem Berg die Schuld an Hanks Tod zuzuschieben. Das war nun drei Jahre her. Sie musste nun endlich ein neues Leben anfangen.

Doch das war leichter gesagt als getan. Noch immer hatte sie oft das Gefühl, dass ihr etwas so schwer auf der Seele lag, dass sie zu ersticken drohte. Sie hatte monatelang eine Trauergruppe besucht, sich an der Schulter ihrer Schwester ausgeweint und sich wegen Amy zusammengerissen. Trotzdem war sie bis heute nicht mit der Tatsache im Reinen, dass Hank tot war und niemals zu ihr zurückkehren würde.

Ronni wandte sich nach links in eine Senke, die in steiles, schwieriges Gelände führte, in dem es häufig zu Unfällen kam.

Als Teil des Rettungsteams der Bergwacht war es ihre Aufgabe, auf den Pisten zu patrouillieren und Skifahrer, die sich nicht mehr zurechtfanden oder verletzt hatten, sicher zurück ins Tal zu bringen.

Vor Hanks Unfall hatten sie und Hank diesen Job gemeinsam gemacht. Nach seinem Tod war sie beim Team geblieben, weil sie sich geschworen hatte, alles dafür zu tun, dass der Mount Echo keine weiteren Opfer mehr forderte. Sie betrachtete diesen Kampf gegen die Natur als ihre persönliche Mission.

Alles in allem war es glücklicherweise ein ruhiger Tag gewesen. Doch jetzt, am späten Nachmittag, fielen die Temperaturen, und der Wind frischte auf. Die präparierten Pisten am Osthang waren eisig. *Trügerisch. Unversöhnlich.*

Seit Jahren versuchte sie, diesen Nebenjob aufzugeben. Mit dem kleinen Geschenkeversand, den sie von ihrer Garage aus betrieb, und ihren Mutterpflichten war sie eigentlich mehr als ausgelastet. Trotzdem konnte sie nicht aufhören. Der Kampf gegen den Mount Echo war wie ein innerer Zwang, der sie einfach nicht losließ.

Inzwischen befand sie sich auf dem letzten Hang, der direkt hinunter zur Talstation führte, wo sich schon zahlreiche Skifahrer zum Après-Ski eingefunden hatten. Manche zogen sich in das geheizte Restaurant zurück, aus dem laute Musik dröhnte, andere standen im Freien an der Schneebar. Auf der Terrasse des Restaurants wurden Hähnchen gegrillt. An den Ticketschaltern, den Sesselliften und den Schleppliften standen trotz der Uhrzeit noch immer Warteschlangen.

Doch das interessierte Ronni wenig. Sie wandte sich dem Stützpunkt der Bergwacht zu, in dem sich die Mitglieder des Rettungsteams umzogen, von dem aus die Einsätze koordiniert wurden und an dem Verletzte in einer Notfallambulanz erstversorgt werden konnten.

Als sie vor dem Gebäude ihre Bindungen löste und aus den Skiern stieg, steckte Bobby Sawyer den Kopf zur Tür heraus. „Du kannst gleich draußen bleiben, Ronni, gerade sind zwei Notrufe hereingekommen." Er verschwand wieder, um seine Handschuhe zu holen. Während er sie anzog, erklärte er: „Beide Verletzten sind drüben an der Nordseite. Einer auf Double Spur, der andere auf Devil's Spine."

„Okay, los geht's." Ronni schnappte sich ihre Skier und kletterte hinter Bobby auf das bereitstehende Schneemobil.

Bobby musste gegen das Motorengeräusch und den Fahrtwind anschreien, um sich während der Fahrt mit Ronni zu verständigen: „Ich fahre hinauf zur Double-Spur-Abfahrt. Dort ist ein kleines Mädchen über den Pistenrand hinausgeraten und abgestürzt. Kann sein, dass wir sie mit dem Notarzt-Helikopter ins Krankenhaus fliegen müssen."

„Oje." Ronni hoffte inständig, dass der Berg nicht noch ein Leben fordern würde. Besonders nicht das eines Kindes.

„Der andere Verletzte ist ein Jugendlicher, der über ein paar Felsen auf der Devil's Spine gesprungen und in einem Baum gelandet ist. Ich lasse dich oben an der Bergstation absteigen, und du fährst zu ihm. Tim ist mit dem Rettungsschlitten auch bereits auf dem Weg."

„Wann ist es passiert?", erkundigte sich Ronni.

„Der Notruf kam vor etwa zehn Minuten herein", antwortete Bobby.

„War die Devil's Spine nicht heute gesperrt?"

„Doch, aber du weißt ja, wie die Leute sind."

Es gab immer Menschen, die das Gefühl hatten, dass die Regeln für alle anderen galten, aber nicht für sie. Inzwischen hatten sie die Bergstation erreicht, und Bobby hielt. Ronni stieg ab, schnallte sich die Skier an und fuhr zur Devil's Spine. Dabei wurde ihr schnell klar, dass die Abfahrt aus gutem Grund gesperrt worden war. Die Piste war steinhart und eisig.

Schon von Weitem sah sie den Verunglückten, der reglos im Schnee zu liegen schien. Er hatte beide Skier verloren, einer davon war zerbrochen, der andere hing in den Zweigen der Tanne, in der der Junge gelandet sein musste.

„Halt durch!", rief Ronni aufmunternd schon von Weitem.

Als sie bei ihm angelangt war, sagte sie: „Hallo, wie geht es dir?"

Doch er rührte sich nicht.

Innerhalb von Sekunden hatte sie die Skier abgeschnallt und sich über ihn gebeugt. „Kannst du mich hören? Wach auf!", versuchte sie ihn zu wecken. „Los, sprich mit mir!"

Plötzlich schlug er die Augen auf. Ein gutes Zeichen.

„Na, wie fühlst du dich?", fragte sie und beobachtete, wie er langsam wieder zu sich kam.

„Grauenhaft", krächzte der Junge. Er versuchte sich zu bewegen, gab aber sofort stöhnend auf.

„Du musst ziemlich schlimm gestürzt sein", begann Ronni eine Unterhaltung, um den Jungen zu beschäftigen, damit er nicht wieder bewusstlos wurde. „Am besten bleibst du ruhig liegen. Hilfe ist schon unterwegs."

„Mein Bein." Er blinzelte schnell, während sich in seinen unglaublich blauen Augen Tränen bildeten.

„Psst. Ganz ruhig. Ich werde es mir einmal ansehen."

Der Junge versuchte wieder, sich zu bewegen. Panik ergriff ihn. „Ich kann nicht aufstehen."

„Mach dir keine Sorgen. Ich kümmere mich um alles. Du musst nur ruhig liegen und dich entspannen."

„Es tut weh", sagte er leise. Er wirkte klein und ängstlich wie ein verwundetes Tier. Ronni tat er leid.

„Bestimmt tut es das", tröstete sie ihn lächelnd. „Aber du wirst sehen, bald haben wir dich unten an der Talstation, wo dich unser Arzt versorgt. Dann wird es dir gleich besser gehen. Hast du sonst noch irgendwo Schmerzen?"

Auf der Suche nach anderen Verletzungen tastete sie vorsichtig seinen Kopf ab. Am Kinn bildete sich ein blauer Fleck, doch davon abgesehen, konnte sie nichts feststellen.

„Nein."

„Auch kein Kopfweh?"

„Nein."

„Aber du warst bewusstlos."

„Ja." Verwirrt sah er sich um und blinzelte. „Ich schätze schon."

Zwar schien er sich, außer am Bein, nirgendwo verletzt zu haben, aber sie musste seinen Körper trotzdem genau auf Verletzungen absuchen. Die Tatsache, dass er das Bewusstsein verloren hatte, war in diesem Zusammenhang kein gutes Zeichen. Entweder hatte er sich den Kopf gestoßen, oder er hatte Todesangst ausgestanden.

„Was ist mit deinem Rücken, deinem Hals und deinen Armen?"

„Ich habe mir nur den Fuß gebrochen, okay?!", schrie er unbeherrscht, bevor er sich wieder unter Kontrolle bekam und sich erschrocken die Hand vor den Mund hielt. „Tut mir leid", entschuldigte er sich.

„Schon gut", beruhigte ihn Ronni schnell. Dieser Ausbruch zeigte ihr, welche Angst dieser Junge hatte. Er war hochgewachsen, etwa eins fünfundsiebzig groß und altersmäßig wahrscheinlich zwischen zwölf und vierzehn, doch er benahm sich wie ein Kind. „Wie lange liegst du schon hier?"

„Keine Ahnung. Nicht lange."

Ein Glück. Er schien auch warm angezogen zu sein, sodass er wohl keine Erfrierungen hatte. Doch jeder Versuch, sein Bein zu bewegen, bereitete ihm offensichtlich große Schmerzen. Er musste sich auf die Unterlippe beißen, um nicht laut aufzuschreien.

Ronni warf einen prüfenden Blick nach oben. Der Himmel wirkte drohend, und der Wind war so stark, dass kein Schnee auf den Bäumen in der Umgebung liegen blieb.

„Meine Skier ..."

„Die nehmen wir auch mit." Jedenfalls das, was davon übrig ist, dachte sie im Stillen. „Wie heißt du eigentlich?"

„Bryan."

„Hast du auch einen Nachnamen, Bryan?", fragte sie. Dabei beobachtete sie ihn genau, um festzustellen, ob er Anzeichen eines Schocks aufwies. Hoffentlich beeilte sich Tim!

„Keegan", antwortete er.

„Okay, Bryan Keegan. Ich werde jetzt versuchen, dich aus dieser Tanne zu befreien. Sag mir, wenn du schlimme Schmerzen hast."

„In Ordnung." Tränen traten ihm in die Augen, während sich Ronni an den Zweigen zu schaffen machte, die ihn gefangen hielten. Er wischte sie mit dem Handrücken ab, wenn er sich unbeobachtet fühlte, doch er gab keinen Laut von sich.

In der Ferne hörte Ronni das Motorgeräusch eines Schneemobils und das Heulen einer Ambulanzsirene. Kurz darauf hörte sie einen Hubschrauber. Das kleine Mädchen auf der Double-Spur-Abfahrt hatte anscheinend weniger Glück gehabt als Bryan.

Sie schickte ein stummes Gebet für das Kind zum Himmel, bevor sie sich wieder ganz Bryan widmete.

„Der Hubschrauber kommt nicht deinetwegen", beruhigte sie ihn. „Ich bin übrigens Ronni Walsh von der Bergwacht", sagte sie, um ihn abzulenken, obwohl beides auch auf ihrer roten Skijacke stand. „Bist du eigentlich allein hier oder mit einer Gruppe?“, plauderte sie weiter.

„Mit meinem Dad. Er muss irgendwo in der Nähe sein. Wir wollten uns im Gipfelrestaurant treffen.“

„Alles klar.“ Sie hoffte, dass ihr Tonfall optimistisch klang. „Wir werden ihn suchen und informieren. Dann kann er nachkommen in die Notfallambulanz. Wie heißt denn dein Vater?“

„Travis.“

„Und mit Nachnamen? Auch Keegan, so wie du?“ Heutzutage konnte man da nicht mehr sicher sein.

„Ja.“

„Okay.“ Inzwischen hatte Ronni ihn aus dem Baum befreit. Sie richtete sich auf und sah ihn an. Langsam kehrte auch etwas Farbe in sein Gesicht zurück. „Weißt du, welcher Tag heute ist?“

„Sonntag.“

„Und wo sind wir hier?“

„Am Mount Echo, auf der Devil’s Spine.“

„Richtig.“ Er schien nicht unter Gedächtnisverlust zu leiden. Das war schon einmal eine gute Nachricht. „Sobald mein Partner da ist, laden wir dich auf den Rettungsschlitten und bringen dich ins Tal in die Notfallambulanz. Dort wirst du behandelt, und inzwischen versuche ich, deinen Vater zu finden. Na, wie klingt das für dich?“

„Nicht schlecht“, antwortete er zögernd, aber immerhin brachte er dabei ein schwaches Lächeln zuwege.

Gleich darauf kam Tim Sether mit dem Rettungsschlitten. Gemeinsam halfen sie Bryan darauf, deckten ihn mit einer Thermodecke zu und gurteten ihn an. Danach ging Tim neben dem Jungen in die Hocke, um ihm zu erklären, was nun passieren würde: „So, Bryan. Ab jetzt kannst du alles uns überlassen und brauchst nichts mehr zu tun. Ronni fährt vor dem Schlitten und ich dahinter. Entspann dich einfach und genieß die Fahrt.“

„Okay“, murmelte Bryan mit klappernden Zähnen – ob vor Kälte oder vor Angst, war nicht ganz klar.

Für die Fahrt zog Tim seine warme Strickmütze vorsorglich tiefer ins Gesicht.

„Los geht's!", kündigte Ronni an. Sie mussten eine Strecke von mehreren Hundert Metern in schwierigem Gelände hinter sich bringen, bevor sie wieder auf die gesicherte Piste stießen, doch alles ging gut. Danach dauerte es nur noch einige Minuten, bis sie an der Talstation ankamen, wo sich die kleine Notfallambulanz befand, in der Bryan versorgt werden konnte.

Vor dem Eingang wartete schon ein Rettungswagen mit blinkendem Blaulicht auf das kleine Mädchen, das mit dem Hubschrauber vom Berg gerettet worden war.

Dr. Fletcher sprach kurz mit dem Mädchen und seinen Eltern, bevor der Rettungswagen eilig davonbrauste.

Danach wandte er sich Bryan zu. „Was haben wir denn hier?", erkundigte er sich.

„Eine Verletzung am rechten Knie", erklärte Tim, der bereits seine Skier ausgezogen hatte und nun damit beschäftigt war, Bryans Gurte zu lösen. „Möglicherweise auch eine Kopfverletzung. Er war bewusstlos, als Ronni ihn gefunden hat. Aber er ist stabil. Keine Anzeichen für eine Gehirnerschütterung."

Dr. Fletcher nickte. Er beugte sich zu Bryan hinunter und untersuchte mit geübten Händen seinen Kopf. Anschließend leuchtete er ihm mit seiner Taschenlampe in die Augen und stellte ihm einige Fragen. Schon bald hatte er sich davon überzeugt, dass Bryans Verletzungen nicht schlimmer waren, als Tim angekündigt hatte.

„Dann ist es also wirklich nur das Knie", sagte Dr. Fletcher freundlich zu dem Jungen. „So einen Unfall hatte ich heute noch nicht. Du hast die Ehre, der Erste damit zu sein."

Bryan war anzusehen, dass er auf diese Ehre gern verzichtet hätte. Aber Dr. Fletcher schenkte ihm ein so gewinnendes Lächeln, dass der Junge das Gefühl hatte, in guten Händen zu sein.

Während Tim und der Arzt Bryan aus dem Rettungsschlitten hoben und zu einem Rollstuhl trugen, der gleich hinter der Tür zur Ambulanz bereitstand, ging Ronni zum Telefon und rief im

Gipfelrestaurant an der Bergstation an. Dort trug sie einer der Kellnerinnen auf, Travis Keegan ausrufen zu lassen. Sobald er sich meldete, sollte sie ihm ausrichten, er könne seinen leicht verletzten Sohn in der Notfallambulanz abholen.

Nun konnte sie eigentlich nur noch warten, bis Mr Keegan auftauchte. Sie ging in den Behandlungsraum. Dort lag Bryan auf einer der Behandlungsliegen. Eine der Schwestern, Linda Knowlton, kam gerade mit seinen Röntgenbildern herein und schob sie für den Arzt in den beleuchteten Röntgenbildbetrachter.

„Sehr schön, nichts gebrochen", verkündete der Arzt fröhlich. „Du bist vielleicht ein Glückspilz!"

„Ich fühle mich nur leider gar nicht so."

Dr. Fletcher musste lachen. „Okay, verständlich."

Ronni war erleichtert. Ein Glück, dass nichts Schlimmeres passiert war. Es reichte schon, dass offenbar das kleine Mädchen schwere Verletzungen davongetragen hatte. Der Berg forderte immer wieder Opfer. Egal, ob jung oder alt, Mann oder Frau.

Ronni warf einen Blick auf die Uhr. Kurz nach vier. Ihre Schicht war offiziell zu Ende. Sie konnte gehen und Amy aus dem Kinderparadies abholen, wo sie nach dem Kinderskikurs, der am frühen Nachmittag stattfand, zusammen mit anderen Kindern bestens betreut wurde.

Gerade als sie sich zur Tür wandte, wurde diese so schwungvoll aufgestoßen, dass es knallte. Der Neuankömmling war ein großer Mann, dem Aussehen nach etwa Mitte dreißig, mit scharf geschnittenen Gesichtszügen und dunklem Haar. Sobald er eingetreten war, beherrschte er den gesamten Raum.

„Ich suche …" Er brach ab, als er Bryan auf einem der Betten liegen sah. „Ein Glück!", rief er erleichtert aus. „Da bist du ja." Der Mann ballte seine Hände, die in Skihandschuhen steckten, kurz zu Fäusten. „Verdammt, Bryan, du hast mir den Schrecken meines Lebens eingejagt! Ich hatte solche Angst, dass du tot oder bewusstlos irgendwo im Schnee liegst!"

„Wäre auch egal", antwortete der Junge trotzig.

„Tut dir etwas weh?", fragte Mr Keegan seinen Sohn.

„Das Knie“, mischte sich Dr. Fletcher ein und streckte Mr Keegan die Hand entgegen. „Aber Bryan kommt bestimmt bald wieder auf die Beine.“

Das Telefon klingelte schrill.

Schwester Linda hob ab und winkte Dr. Fletcher. Er entschuldigte sich bei den Keegans und eilte zum Telefon, während sich Schwester Linda um eine ältere Dame kümmerte, die auf ihren Mann wartete und um eine Schmerztablette bat.

Travis Keegan wandte sich seinem Sohn zu. „Wir wollten uns doch im Gipfelrestaurant an der Bergstation treffen.“

Bryan verzog das Gesicht. „Ich habe die Zeit vergessen.“

„Du hast eine Armbanduhr, und an allen Liften gibt es jeweils an der Berg- und an der Talstation Uhren.“

„Ich sagte doch, dass ich die Zeit vergessen habe“, wiederholte Bryan stur.

Unschlüssig massierte sich Keegan mit einer Hand den Hals. Er war sichtlich frustriert.

„Ist ja egal. Hauptsache, es geht dir gut. Nur das zählt. Aber jetzt wüsste ich gern, was eigentlich passiert ist und wie du hier gelandet bist.“

„Ich bin gestürzt“, antwortete Bryan knapp.

„Wo warst du?“

Bryan schwieg.

Ronni hatte das Gefühl, sich einmischen zu müssen. Sie wollte den Jungen nicht in Schwierigkeiten bringen. Vor allem, weil die Geduld seines Vaters schon ziemlich strapaziert zu sein schien. Doch andererseits galt es, Vater und Sohn klarzumachen, dass das Fahren auf gesperrten Pisten sehr gefährlich und alles andere als ein Kavaliersdelikt war.

„Ich habe ihn auf der Devil's Spine gefunden“, erklärte sie und stellte sich auf die andere Seite von Bryans Bett.

„Devil's Spine?“, wiederholte Travis Keegan langsam. Dabei musterte er Ronni, die er bisher übersehen hatte, mit seinen grauen Augen von oben bis unten.

„Mein Name ist Ronni Walsh, ich arbeite bei der Bergwacht.“

„*Sie* haben Bryan gefunden?“, fragte Keegan verblüfft.

„Ja.“ Sie unterdrückte den Anflug von Ärger, der sie immer überkam, wenn sich jemand darüber wunderte, dass Frauen in diesem anspruchsvollen Job bestehen konnten. Hoffentlich war dieser Keegan nicht so chauvinistisch, wie er wirkte. Aber wahrscheinlich machte er sich nur Sorgen wegen seines Sohns.

„Wo ist die Devil's Spine?“, erkundigte er sich.

„Am Nordhang“, antwortete Bryan, bevor Ronni etwas sagen konnte.

„Das ist richtig“, ergänzte sie. „Aufgrund von starkem Wind und Vereisungen wurden Teile des Nordhangs heute nicht präpariert, und die Devil's-Spine-Abfahrt, die vom Schwierigkeitsgrad her zu den schwarzen Pisten zählt, war geschlossen.“

„Geschlossen!?“, wiederholte Travis Keegan empört, während Bryan ein Gesicht machte, als hätte er Zahnschmerzen.

Ronni fühlte sich wie eine schäbige Verräterin, doch sie musste ihre Pflicht tun. „Ich denke, Bryan ist über einen hohen Felsvorsprung auf dieser Piste gesprungen, und bei der Landung lief etwas nicht nach Plan.“ Auffordernd sah sie den Jungen an. „Na, habe ich recht?“

Bryan zuckte mit den Achseln.

Sein Vater presste die Lippen zusammen, bis sie wie ein schmaler Strich aussahen. Ronni wurde unwillkürlich an den Berg erinnert: *trügerisch, unversöhnlich, grausam.*

„Was in aller Welt hast du dir nur dabei gedacht, Junge?“, holte Travis Keegan zu einer längeren väterlichen Standpauke aus.

Doch Ronni unterbrach ihn schnell. Ihr war nur wichtig gewesen, dass er wusste, dass sich sein Sohn falsch verhalten hatte. Aber dass Keegan daraus eine große Sache machte, musste auch nicht sein. „Es ist ja noch einmal alles gut gegangen“, versuchte sie die Wogen zu glätten. „Bryan hatte großes Glück.“

„Glück?“, brummte Bryan missmutig und verdrehte die Augen. „Warum behaupten eigentlich alle, ich hätte Glück gehabt? Ich fühle mich in letzter Zeit so unheimlich glücklich, ich halte es schon fast nicht mehr aus …“

„Genug!“, schnitt ihm Travis das Wort ab, peinlich berührt von der Undankbarkeit seines Sohnes. „Es wäre das Mindeste, wenn du dich bei den Menschen hier bedanken würdest, die dich gerettet und betreut haben, anstatt dich ständig über alles und jeden zu beschweren.“ Er holte Luft und fügte wider besseres Wissen hinzu: „Wie kommst du überhaupt dazu, auf einer gesperrten Piste zu fahren? Und das auch noch zu einem Zeitpunkt, zu dem du dich schon mit mir treffen solltest?“

Kaum hatte er das gesagt, hätte er seine Worte am liebsten wieder zurückgenommen. Der Junge hatte ohnehin schon Schmerzen, und er schimpfte auch noch mit ihm. Dabei war er doch eigentlich noch ein Kind, dem man solche Fehler nachsehen musste.

„Mr Keegan? Ich bin Linda Knowlton.“ Die Krankenschwester stellte sich mit einem Klemmbrett neben ihn. „Wären Sie so freundlich, mir einige Formulare auszufüllen?“

„Können wir jetzt endlich gehen?“, wollte Bryan wissen.

„Einen Augenblick noch.“ Linda zwinkerte ihm aufmunternd zu. „Warum? Gefällt es dir nicht bei uns?“

„Gefallen? Phhh. Worauf warten wir denn noch?“

„Zum Beispiel darauf, dass diese Formulare ausgefüllt werden, und dann darauf, dass der Arzt sein Okay gibt“, antwortete Travis, so sachlich er konnte. Er war ohnehin viel zu erleichtert, dass Bryan nichts passiert war, um ihm ernsthaft böse zu sein.

In der Zeit, in der er vergeblich auf seinen Sohn gewartet hatte, hatte er sich wahre Horrorszenarien bis hin zu seinem Tod ausgemalt. Als dann plötzlich im Gipfelrestaurant sein Name ausgerufen wurde, schienen seine schlimmsten Befürchtungen wahr zu werden, und ihm war fast das Herz stehen geblieben.

Der Arzt beendete endlich sein Telefongespräch und kam zurück an Bryans Bett. „Ich bin Dr. Fletcher. Bryan geht es den Umständen entsprechend gut. Gebrochen ist nichts, auf den Röntgenbildern sind jedoch eine Zerrung der Bänder und ein möglicher Knorpelschaden sichtbar. Beides muss von einem Orthopäden abgeklärt und weiterbehandelt werden.“

Dr. Fletcher ging zu seinem Schreibtisch, öffnete eine Schublade und nahm drei Visitenkarten heraus, darunter auch seine eigene. „Sollten Sie keinen Orthopäden kennen, kann ich Ihnen einen von diesen dreien empfehlen."

„Vielen Dank." Travis nahm die Visitenkarten entgegen.

Ronni nutzte den Moment, um sich zu verabschieden. „Alles Gute, Bryan. Ich hoffe, du wirst schnell wieder gesund." Dann wandte sie sich an die anderen Personen im Raum: „Auf Wiedersehen, Mr Keegan. Linda, Doc, ich bin für heute fertig. Die nächsten Opfer bringt euch jemand anders."

Sie winkte zum Abschied. „Bis nächstes Wochenende!"

„Da bin ich nicht da!", kündigte Linda an. „Ich habe bis nach Weihnachten frei und verreise. Nancy und Cal machen alle Feiertagsdienste."

„Du verreist?" Ronni freute sich ehrlich für die Freundin.

„Ja, Ben und ich fahren nach Las Vegas. Wir wollen heiraten."

Ronni musste lachen, weil Linda so begeistert und glücklich klang. Sie war fünfundvierzig Jahre alt und ihre Kinder waren erwachsen. Doch ihr erster Mann hatte sie verlassen, als die Kinder noch klein gewesen waren, und ihr Leben als alleinerziehende Mutter war nicht immer einfach gewesen. Für ein Liebesleben hatte sie nie Zeit gehabt, weil sie ihre gesamte Freizeit und Energie in ihre Kinder investiert hatte.

Doch vor zwei Jahren hatte sie über eine gemeinsame Bekannte Ben kennengelernt. Und nun würden die beiden heiraten. Solche Dinge waren es, die einem den Glauben an die Liebe zurückgeben konnten. Jedenfalls beinahe.

„Wie schön!", rief Ronni. „In diesem Fall gratuliere ich dir ganz herzlich und wünsche dir außerdem fröhliche Weihnachten und ein gutes neues Jahr!"

„Danke, dir auch. Und für Amy hoffe ich, dass ihr der Weihnachtsmann alle ihre Wünsche erfüllt!"

Ronnis Lächeln nahm einen etwas gequälten Ausdruck an. „Sie wünscht sich ein Hundebaby", erzählte sie. „Ich weiß noch nicht, was ich machen soll."

„Ich kenne jemanden, der gerade einen Wurf Spanielmischlinge hat. Sie sind unheimlich süß. Ruf mich an, wenn du Interesse hast."

„Ich nicht, aber Amy, fürchte ich", meinte Ronni düster. „Grüß Ben von mir. Und sag ihm, er kann sich glücklich schätzen, dich zur Frau zu bekommen!"

„Das sage ich ihm ohnehin täglich", versicherte ihr Linda.

Travis hatte die Unterhaltung verfolgt und sah Ronni nach, als sie schließlich ging. Die Frau hatte etwas.

Das fiel sogar ihm auf – einem Mann, der nach einer schmerzlichen Scheidung den Frauen abgeschworen hatte und fest entschlossen war, nie mehr einer Frau zu vertrauen.

3. KAPITEL

Guck mal, Mommy!“ Amy setzte ihr buntes Plastikschiffchen auf den Berg von Badeschaum, der Ronni umgab, während sie ihre strapazierten Muskeln in einem heißen Bad besänftigte.

Amy stand auf Zehenspitzen auf dem Badvorleger und lehnte sich gefährlich tief in die Wanne. Noch ein paar Zentimeter weiter, und sie würde kopfüber hineinfallen und gleich noch einmal nass werden, obwohl sie gerade schon gebadet und die Haare gewaschen hatte.

„Sei vorsichtig“, mahnte Ronni.

Nett sah die Kleine aus, wie sie in dem rot-weißen Weihnachtspyjama, den Ronni im Ausverkauf erstanden hatte, zufrieden im warmen Badewasser Bötchen fuhr.

„Pass auf, dass du dich nicht nass machst!“

Amy kicherte ungerührt.

Seufzend stand Ronni in der Badewanne auf. Ein entspannendes Bad mit einem kleinen Kind in der Nähe – sie hätte wissen müssen, dass das nicht funktionieren konnte. „Was hältst du von einer Tasse heißem Kakao vor dem Schlafengehen?“ Sie drückte ihrer Tochter einen Zeigefinger voller Badeschaum auf das winzige Stupsnäschen.

Amy lachte schelmisch. „Oh, ja, schnell, Mommy, komm heraus aus der Wanne!“ Sie machte auf dem Absatz kehrt und lief voraus ins Wohnzimmer, das tropfende Schiff in der Hand.

Ronni zog den Badewannenstöpsel und griff sich ein Handtuch. „Amy, liest du mir nach dem Kakao dann noch eine Gutenachtgeschichte vor?“, rief sie der Kleinen nach.

Auf dem Gang erklangen Schritte, und kurz darauf steckte Amy den Kopf zur Tür herein: „Mommy, du bist so komisch!“

„Du auch.“ Nachdem sich Ronni erst abgetrocknet und anschließend gründlich die Haare abgerubbelt hatte, hängte sie das Handtuch zum Trocknen auf. Dann zog sie ihren bequemen Frotteebademantel an.

Inzwischen war Amy schon wieder verschwunden, und Ronni hörte das typische Geräusch, das die Kühlschranktür beim Öffnen machte.

„Warte, bis ich da bin!“, rief sie hinunter, während sie den Gürtel zuband.

Barfuß folgte sie der Tropfspur, die Amy mit ihrem Bötchen auf dem Gang hinterlassen hatte.

Unwillkürlich musste Ronni lächeln. Das kleine Mädchen war noch so jung, so unverdorben, so zufrieden mit sich und der Welt …

Völlig anders als dieser Junge, den sie heute vom Berg geholt hatte. Unvorstellbar, dass Amy, bis sie in ein paar Jahren das Teenageralter erreichte, vielleicht auch so unzugänglich und verstockt wurde! Hoffentlich würde ihr das erspart bleiben!

Nicht, dass der Junge völlig hoffnungslos war. Ronni hatte seine ruppige Art durchschaut. Hinter seiner rauen Schale war er ein Kind, das seinen Platz im Leben einfach noch nicht gefunden hatte.

Was sie dagegen von seinem Vater halten sollte, diesem Travis Keegan, darüber war sie sich nicht ganz im Klaren.

Er war hin- und hergerissen gewesen zwischen dem Ärger auf seinen Sohn und der Erleichterung darüber, dass bei dem Abenteuer nicht mehr passiert war.

Doch darüber hinaus … Auf jeden Fall wirkte dieser Keegan ungeheuer männlich, um nicht zu sagen sinnlich. Groß, schlank, dunkelhaarig und mit breiten Schultern. Er war einfach ein Bild von einem Mann. Auch wenn Ronni das aus irgendeinem Grund ungern zugab. Nicht einmal die von seiner Skimütze etwas zerzausten Haare hatten den attraktiven Gesamteindruck stören können.

Davon abgesehen wirkte er ziemlich resolut. Ein Managertyp. Ein Mensch, der seine ganze Umgebung herumkommandierte und bestimmt nicht einfach im Umgang war. Sie würde jede Wette eingehen, dass er beruflich in einer leitenden Funktion tätig war. Aber das würde sie nie erfahren. Und es war ja eigentlich auch völlig egal.

Zu seinen Gunsten musste man immerhin sagen, dass ihm sein Sohn nicht gleichgültig war. Das trug ihm bei Ronni wichtige Punkte ein.

Als ob das eine Rolle spielte, rügte sie sich selbst für diesen Gedanken. Sie würde ihn ohnehin nie wiedersehen. Trotzdem hatte dieser Keegan sie den ganzen Nachmittag beschäftigt. Was hatte er nur an sich, das sie nicht losließ?

„Lächerlich", murmelte sie und schüttelte unwillig den Kopf.

„Was ist lächerlich?", fragte Amy sofort. Dabei zog sie der Reihe nach von unten nach oben die Küchenschubladen auf, die nächsthöhere immer etwas weniger weit als jene davor, bis sie eine Treppe ergaben, über die Amy auf die Arbeitsplatte klettern konnte.

„Du weißt, dass du das nicht tun sollst", lenkte Ronni sie schnell vom Thema ab. Sie nahm zwei Tassen aus dem Schrank, füllte sie mit Milch und rührte in jede einen gehäuften Teelöffel Kakao, bevor sie sie gemeinsam in die Mikrowelle stellte.

Während sie darauf wartete, dass die Milch heiß wurde, musste sie wieder an Travis Keegan denken. Er hatte in seiner Vaterrolle ziemlich verloren gewirkt. So als fühlte er sich am Kopfende eines Konferenztischs mehr in seinem Element als in der Gegenwart seines Sohnes.

„Ich trage die Tassen zur Couch, und du suchst dir inzwischen ein Buch aus", schlug sie Amy vor.

Es dauerte nur Sekunden, bis Amy ihre fünf liebsten Bilderbücher anschleppte.

Doch bevor Ronni mit dem Vorlesen beginnen konnte, fiel Amy etwas anderes ein. „Wir haben den Weihnachtsbaum noch gar nicht geschmückt!", beschwerte sie sich. Sie stellte sich auf der Couch auf und presste das Gesicht ans Fenster. Draußen am Geländer der Veranda lehnte das Bäumchen, das sie vor einigen Tagen zusammen bei Shellys Mann Victor gekauft hatten.

„Ich weiß. Das erledigen wir morgen." Bei ihnen war es Tradition, den Baum schon einige Tage vor Weihnachten aufzustellen, aber allzu früh war auch nicht gut.

„Ich will es aber jetzt."

„Nein. Ich hatte einen anstrengenden Tag am Berg, und danach musste ich mich auch noch um den Stall und die Pferde kümmern. Jetzt bin ich endlich wieder sauber, und mir ist warm, da gehe ich bestimmt nicht noch einmal nach draußen. Außerdem wollten wir doch Kakao trinken und Gutenachtgeschichten lesen."

Doch Amy hörte ihr gar nicht zu. Wenn sie sich erst einmal etwas in den Kopf gesetzt hatte, war es schwierig, sie wieder davon abzubringen. „Aber der Daddy von Katie Pendergrass hat den Weihnachtsbaum schon am Sonntag nach der Kirche aufgestellt."

„Glaubst du, er würde herkommen und das für uns erledigen?", scherzte Ronni.

„Bestimmt. Ich werde Katie morgen fragen."

Ronni musste lachen. „Besser nicht. Er hat sicher Wichtigeres zu tun."

„Du kannst ihn ja anrufen."

„Kommt gar nicht infrage. Wir stellen unseren Weihnachtsbaum selbst auf. Aber erst morgen."

Amy war sichtlich enttäuscht. Ronni machte sich auf eine längere Diskussion gefasst. Obwohl Amy erst vier war, war sie eine wahre Meisterin darin, ihre Wünsche durchzusetzen. Wenn man nicht wie ein Schießhund aufpasste, manipulierte sie einen, bevor man wusste, wie einem geschah.

„Ich will aber einen Baum."

„Du bekommst auch einen. Da draußen steht er schon." Sie deutete auf das Fenster. Dabei fiel ihr wieder auf, dass die Lichter im alten Johnson-Haus an waren. Noch immer hatte sie keine Ahnung, wer dort lebte, warum und wie lange.

„Ich will ihn aber heute." Amy gab nicht auf.

„Nein. Morgen. Ende der Diskussion." Plötzlich kam ihr eine Idee. „Aber weißt du was? Wir könnten ja wenigstens die

Weihnachtsstrümpfe heute schon über den Kamin hängen“, schlug sie rasch vor.

Das reichte, um die Sturmwolken in den Augen ihrer Tochter so schnell verschwinden zu lassen, wie sie gekommen waren.

„Wirklich?“

„Ja, wirklich. Schau doch mal, ob du sie findest.“

„In einer der Schachteln?“ Amy sprang so eilig von der Couch, als hätten die Weihnachtsstrümpfe Beine und würden vor ihr weglaufen.

„Genau.“

Amy begann, in den Schachteln zu graben.

Ronni trank inzwischen einen Schluck Kakao, beschloss jedoch angesichts des Eifers ihrer Tochter, ihr doch besser beim Suchen zu helfen. Andernfalls würde bergeweise Weihnachtsschmuck achtlos auf dem Boden landen und vielleicht sogar kaputt gehen. „Langsam, langsam“, bremste sie die vor Energie sprühende Kleine. „Die Strümpfe müssen in einer weißen Schachtel sein.“

„Hier!“ Amy riss zwei Weihnachtstrümpfe aus einer Schachtel und hob sie triumphierend hoch. Einer war rot und mit kleinen Filzengeln, Pailletten und Stechpalmenzweigen dekoriert, der andere war grün und zeigte einen Weihnachtsmann mit seinem Rentierschlitten.

Ronni wurde das Herz schwer, als sie ihn sah. Hanks Strumpf. Sie hatte ihn selbst gemacht, wie auch ihren eigenen und Amys. An jenen langen Winterabenden in ihrem ersten Ehejahr, als Hank so viele Überstunden machen musste.

„Ist da nicht noch ein dritter Strumpf, Amy? Ein weißer?“ Amy ließ den roten und den grünen Strumpf fallen und zog den weißen aus der Schachtel, auf den ein Schaukelpferd, ein Teddybär und ein Mistelzweig aufgenäht waren.

„Das ist meiner!“, kreischte Amy und winkte dabei mit dem Strumpf wie mit einem Fähnchen.

„Lass uns deinen und meinen an den Kamin hängen“, schlug Ronni mit rauer Stimme vor und steckte Hanks Strumpf wieder zurück in die Schachtel. Sie brachte es einfach nicht fertig, ihn wegzuwerfen. Aber vielleicht würde es ihr besser gehen, wenn er ihr nicht jedes Jahr um diese Zeit wieder in die Hände fallen würde.

Beide hängten ihre Strümpfe an die Nägel am Kamin, und Ronni versuchte krampfhaft, den dritten Nagel zu ignorieren, der leer bleiben würde.

Vielleicht war es doch eine gute Idee, Amy einen Welpen zu schenken. Dann konnte sie dem Hündchen für nächstes Jahr einen eigenen Strumpf basteln, der dann am dritten Nagel hängen würde.

„Die sind aber schön“, hauchte Amy andächtig, als die paillettenbesetzten Strümpfe am Kamin glitzerten und funkelten.

„Und stell dir vor, wie festlich es erst aussieht, wenn wir den Kamin noch mit Mistel- und Tannenzweigen dekorieren! Aber komm jetzt, es ist wirklich Zeit für dich, ins Bett zu gehen.“

Zu Ronnis Erstaunen folgte ihr Amy ohne Widerspruch die Treppe hinauf ins Obergeschoss, wo sie sich im Bad die Zähne putzte und das Gesicht wusch. Dann gingen sie gemeinsam in Amys Zimmer. Dort kniete sich die Kleine neben ihr Bett und sprach das übliche kurze Gebet, in das sie Tante Shelly, Onkel Vic, ihre beiden Cousins und Ronni mit einschloss. Danach überlegte sie kurz, bevor sie hinzufügte: „Und bitte, lieber Gott, schenk mir ein Hundebaby und einen neuen Daddy für meine Mommy, damit sie nicht mehr so traurig ist. Amen.“

Anschließend kletterte sie ins Bett und kroch unter die Decke.

Ronni rührte sich nicht. Ihr Herz lag wie ein Bleiklumpen in ihrer Brust. „Ach, Schätzchen, ich bin doch gar nicht traurig“, flüsterte sie. „Ich habe doch dich.“

„Aber du vermisst Daddy.“

„Ja, und das wird auch immer so bleiben.“ Sie küsste Amy auf den Kopf. „Aber das macht nichts. Außerdem erinnerst du mich jeden Tag an ihn.“

Amy unterdrückte ein Gähnen und kuschelte sich an ihren einäugigen Stofftiger. „Dann ist ja alles in Ordnung.“

„Schlaf gut. Bis morgen früh.“ Ronni strich ihrer Tochter über den Kopf, bevor sie auf Zehenspitzen aus dem Zimmer schlich.

Entschlossen, ihre Trauer über den Verlust ihres Mannes endlich zu bezwingen, ging sie nach unten und setzte sich an ihren Schreibtisch, auf dem sich die Arbeit nur so stapelte.

Sie musste Anfragen beantworten, Bestellungen sichten und Rechnungen zahlen. Eigentlich sollte sie sich freuen, weil ihr kleines Unternehmen erste Erfolge verbuchen konnte, doch manchmal wuchs ihr alles über den Kopf. Während sie sich um die kreativen Aspekte wie die Suche nach neuen Anbietern und Produkten und die Zusammenstellung des Katalogs kümmerte, erledigte Shelly das Verpacken und den Versand der Bestellungen.

Neben der Betreuung von Amy und den Pferden und ihrer Arbeit für den Versand und bei der Bergwacht hatte sie wirklich keine Zeit mehr, sich noch um einen jungen Hund zu kümmern. Von der Suche nach einem neuen Daddy für Amy ganz zu schweigen.

Aber wozu auch? Sie musste ihrer Tochter eben Mutter und Vater gleichzeitig sein.

„Alles kommt wieder in Ordnung“, versicherte Travis seiner geschiedenen Frau. Er nutzte die erste Telefonzelle, die er nach dem Besuch beim Orthopäden in Portland fand, für den Anruf. „Der Arzt, der Bryan zuerst versorgt hat, hielt die Verletzung für schlimmer, aber der Spezialist, bei dem wir heute Abend waren, ist optimistischer. Er meint, Bryan solle eine Woche liegen und danach wieder vorsichtig mit dem Laufen beginnen. Am besten unter Aufsicht eines Physiotherapeuten.“

„Stimmt das auch wirklich?“, fragte Sylvia weinerlich. „Oder sagst du das nur, damit ich mich besser fühle?“

Travis zählte leise bis fünf, um nicht zurückzufragen, warum eine Frau, die ihren Sohn und ihren Ehemann vor Jahren ohne Ankündigung über Nacht verlassen hatte, sich schlecht fühlen sollte, nur weil sich der Junge am Bein verletzt hatte. „Nein. Ich dachte nur, du würdest es wissen wollen.“ Mist, wie spät war es eigentlich jetzt in Frankreich? Vielleicht hatte sein Anruf Sylvia aus dem Tiefschlaf gerissen.

„Warum hast du eigentlich nicht schon früher angerufen? Der Unfall ist doch schon vorgestern passiert“, erkundigte sich Sylvia.

„Ich wollte nicht, dass du dir Sorgen machst.“

„Aha, und deshalb wartest du auch bis mitten in der Nacht, um mich anzurufen.“ Sie gähnte hörbar.

„Tut mir leid.“ Travis warf einen Hilfe suchenden Blick in den schwarzen Nachthimmel. Es war ihm zu anstrengend, ihr zu erklären, dass er zu beschäftigt gewesen war. Er hatte sich gestern nicht nur um Bryan kümmern müssen, sondern außerdem Gespräche mit mehreren Handwerkern geführt und die Männer des Umzugsunternehmens beaufsichtigt, die endlich seine und Bryans Möbel und sonstigen Habseligkeiten aus Seattle angeliefert hatten.

„Kann ich ihn sprechen?“, wollte Sylvia wissen.

Regen trommelte auf die kleine, an einer Seite offene Telefonzelle. Travis versuchte, die Entfernung zu seinem Jeep abzuschätzen. „Jetzt nicht. Ich stehe in einer Telefonzelle, es regnet, und das Ein- und Aussteigen tut ihm weh. Aber er ruft dich an, sobald wir im Haus Telefon bekommen.“

„Sag Bryan, dass ich ihn liebe“, trug ihm Sylvia noch auf.

„Okay wird erledigt. Dann bis zum nächsten Mal.“ Mit einem Seufzer der Erleichterung legte Travis den Hörer zurück auf die Gabel.

Er zog sich die Jacke über den Kopf und sprintete die paar Meter zu seinem Wagen, der im Takt hämmernder musikalischer Rhythmen beinahe zu vibrieren schien.

Als Erstes stellte er das Radio leiser. Er brauchte sein Trommelfell schließlich noch. „Alles klar. Deine Mutter ist informiert und lässt dich grüßen. Du sollst sie anrufen, sobald wir ein Telefon haben.“

Bryan gab einen abfälligen Laut von sich.

„Bryan ...“

„Sie ist abgehauen, nicht ich!“, sagte er wütend.

„Ja, aber das ist doch schon lange verjährt“, versuchte Travis, ihn zu beschwichtigen. Doch eigentlich konnte er den Jungen verstehen. Offenbar fühlte er sich noch immer im Stich gelassen.

Schließlich hatte Sylvia über Nacht ihre Koffer gepackt und war auf Nimmerwiedersehen nach Paris verschwunden. Trotzdem sah er, Travis, dass sie den Jungen auf ihre eigene, merkwürdige Art liebte. Bryan dagegen schien das nicht glauben zu können. Und genau das war vermutlich der Kern seiner Probleme.

Je weiter sie sich von Portland entfernten, desto weniger Verkehr war auf den Straßen. Die stillen, schneebedeckten Hügel übten eine beruhigende Wirkung auf Travis aus, und er fragte sich, wie er es so lange in der Großstadt ausgehalten hatte. Warum hatte er dem Geldverdienen einen so hohen Stellenwert eingeräumt? Wann hatte er vergessen, welche Dinge wirklich zählten im Leben?

„Erzähl mir mehr über die Frau, die dich vom Berg geholt hat“, forderte er seinen Sohn auf. Merkwürdigerweise hatte er in den vergangenen Tagen mehrfach an sie denken müssen.

„Was ist mit ihr?“

„Sie heißt Ronni, richtig?“

Bryan zog ein Gesicht. „Ronni.“ Er beugte sich vor, um die Lautstärke des Autoradios höher zu drehen, doch ein warnender Blick von Travis ließ ihn seufzend zurück in den Sitz sinken. „Warum willst du das wissen?“

„Weil ich finde, dass ich mich bei ihr bedanken sollte.“

„Dann schick ihr doch eine Karte.“

„Ich möchte aber lieber persönlich mit ihr sprechen.“

„Oh, Mann. Wieso denn?“

Gute Frage. Travis stellte sie sich selbst schon die ganze Zeit, seit sie ihm dieses Lächeln geschenkt hatte, das Gletscher zum Schmelzen bringen konnte. „Keine Ahnung. Nur aus Neugier schätze ich.“

„Sag jetzt nicht, dass du auf sie abfährst."

„Nein, ich fahre nicht auf sie ab, wie du das so schön nennst." Travis konnte angesichts der Wortwahl seines Sohnes ein Grinsen nicht unterdrücken.

„Gut, sie ist nämlich nicht dein Typ."

„Nein? Und wer ist mein Typ?"

Bryan überlegte, bevor er antwortete. „Weißt du, Dad, wenn man sich dein Liebesleben in den letzten Jahren so ansieht, glaube ich fast, du hast gar keinen Typ."

Da konnte Travis leider nicht widersprechen. Die wenigen Verabredungen mit Frauen, die er seit seiner Scheidung von Sylvia gehabt hatte, konnte man nur als Fiasko bezeichnen.

Aber darum ging es ja gar nicht. Schließlich war er nicht auf der Suche nach einer Beziehung. Er wollte einfach nur dieser Ronni dafür danken, dass sie seinen verletzten Sohn gerettet hatte. Mehr war da nicht. Schon gar nichts, was man auch nur im weitesten Sinne als romantisches Interesse bezeichnen konnte.

Wenn es die Liebe überhaupt gab, dann war sie nichts für ihn.

Keine Frau der Welt – nicht einmal, wenn sie so attraktiv war wie diese Ronni mit dem vollen, dunklen Haar und dem warmen Lächeln – konnte daran etwas ändern.

„Dann können wir also zu Weihnachten mit Amy und dir rechnen?", hakte Shelly nach, während sie die letzte Schachtel in den Kofferraum ihres alten Kombis quetschte. Sie und Ronni hatten die letzten zwölf Stunden damit verbracht, alle Bestellungen versandfertig zu machen, die noch vor Weihnachten zugestellt werden mussten.

„Sicher", antwortete Ronni. „Warum nicht?"

„Weil du Weihnachten nicht leiden kannst", erklärte Shelly. Dabei grub sie in den Tiefen ihrer Handtasche nach dem Autoschlüssel.

Shelly war zehn Zentimeter kleiner, aber dafür zehn Kilo schwerer als ihre Schwester. Gemeinsam hatten sie hingegen ihr dickes, glänzendes Haar und die schwarzen Augen.

„Ich liebe Weihnachten", verteidigte sich Ronni mit wenig Überzeugung.

„Sicher. Deshalb drohst du auch jedes Jahr, im nächsten Jahr über die Feiertage nach Mexiko, Brasilien oder auf die Bahamas zu fahren."

„Ach, das sind leere Drohungen", schwächte Ronni ab.

„Ich weiß. Ich wollte nur sicher sein, dass du da bist. Vic und ich zählen auf dich, und die Jungs wollen unbedingt, dass Amy Weihnachten bei uns verbringt."

„Klar feiern wir mit euch", versicherte Ronni ihrer Schwester. „Ich bringe einen Kuchen, einen Salat und Glühwein mit."

„Nicht nötig", wehrte Shelly ab. „Bring besser einen Mann mit", ergänzte sie grinsend. „Das wäre mir viel lieber."

„Einen Mann?" Ronni lachte laut auf. Der Gedanke war vollkommen absurd. Auf eine so verrückte Idee konnte auch nur Shelly kommen. „Am Weihnachtsabend? Sicher, kein Problem. Lass mich nur schnell einen Blick in mein kleines schwarzes Buch werfen."

„Komm schon, Ronni." Shelly schloss den Kofferraumdeckel und ging zur Fahrertür. „Bei deinem Job bei der Bergwacht musst du doch haufenweise reiche, attraktive Junggesellen treffen."

„Massenhaft. Aber die meisten bieten ein Bild des Jammers und sind eine Stunde nach dem Kennenlernen bis zum Hals eingegipst", scherzte Ronni.

„Überleg es dir." Shelly gab nicht so schnell auf, wenn sie sich etwas in den Kopf gesetzt hatte.

„Sicher." Sie sagte es nur, um sich weitere sinnlose Diskussionen zu ersparen.

Shelly zog die Fahrertür zu und drehte den Zündschlüssel, bis der Wagen ächzend ansprang und langsam vom Hof rollte.

Ronni sah ihm gedankenverloren nach. Von ihrer Schwester konnte sie sich einiges abschauen. Sie hatte eine unnachahmliche Art, das Leben immer von der positiven Seite zu sehen. Sogar jetzt, wo ihr Mann Vic schon seit Monaten arbeitslos war. Er hatte in dem Sägewerk in Cascadia gearbeitet, das vor fast einem Jahr seine Pforten für immer geschlossen hatte.

Seitdem hielt er sich und seine Familie nur mit Gelegenheitsjobs über Wasser. Er hackte oder transportierte Brennholz, arbeitete als Aushilfe an der Tankstelle und im Augenblick als Christbaumverkäufer an einem Stand im Ort.

Trotzdem weigerte sich Shelly, sich Sorgen zu machen. „Was brauchen wir schon, außer etwas zu essen auf dem Tisch und einer warmen Stube?“, sagte sie regelmäßig.

„Komm, Amy, wir müssen noch Lucy und Sam füttern.“ Beide Pferde verbrachten trotz der winterlichen Kälte ihre Tage im Freien. Ihnen war ein dickes, zotteliges Winterfell gewachsen.

„Aber danach bauen wir einen Schneemann!“, rief Amy. „Das hast du doch versprochen.“

„Stimmt“, gab Ronni zu, obwohl sie todmüde war.

„Und dann stellen wir den Weihnachtsbaum auf.“

„Ja, das machen wir auch noch.“ Ronni beneidete die Kleine um ihre Energie.

Die Pferde waren mit Heu und einer üppig bemessenen Portion Kraftfutter rasch gefüttert. Auch den Schneemann schafften sie ohne größere Probleme. Nachdem er eine Mütze, eine Karottennase und Augen und Mund aus Kieselsteinen bekommen hatte, sah er richtig fröhlich aus.

Weniger rund lief jedoch das Unternehmen Weihnachtsbaum. Gemeinsam kämpften Ronni und Amy mit der widerspenstigen Tanne, die so aufrecht und gerade wie möglich im Christbaumständer stehen sollte.

Ronni musste einen Fluch unterdrücken, als sie die Position der Tanne im Ständer justierte und einige Schritte zurücktrat, um das Ergebnis ihrer Bemühungen zu begutachten. „Als uns Onkel Vic diesen Baum verkauft hat, habe ich ihn für gerade gehalten“, stöhnte sie. „Ich weiß nicht, was inzwischen mit ihm passiert ist.“

Nach einigen weiteren vergeblichen Ausrichtversuchen gab sie schließlich auf und platzierte den Baum so weit wie möglich in der Ecke, wo seine Unzulänglichkeiten noch am wenigsten auffielen.

Bevor sich Ronni und Amy ans Schmücken machten, legten sie eine kurze Erholungspause ein, in der sie sich eine Pizza genehmigten.

Sie fingen mit den Lichterketten an und arbeiteten sich über die rote Glittergirlande bis zu den Kugeln und den von Ronni liebevoll ausgesuchten und über die Jahre hinweg zusammengetragenen Einzelstücken vor.

„Also dann: Bist du bereit?“, kündigte Ronni das große Ereignis an, sobald sie fertig waren.

Amy nickte nur stumm und starrte gebannt auf den Baum.

Ronni verband den Stecker der Lichterkette mit der Steckdose.

„Ohhhh!“, rief Amy begeistert und klatschte vor Freude in die Hände, als unzählige Lichtlein gleichzeitig angingen. „Das ist soooo schön!“

„Ja, finde ich auch“, stimmte ihr ihre Mutter zu. „Das haben wir gut gemacht, was?“

Es klingelte an der Tür, und Ronni fuhr erschrocken zusammen. Wer in aller Welt kam um diese Tageszeit vorbei? Sie schaute zum Fenster hinaus. Auf der Veranda stand Travis Keegan, lässig an den Türrahmen gelehnt und mit einer Tüte in der Hand.

In seinen Haaren und auf den Schultern seiner abgenutzten ledernen Fliegerjacke hatten sich Schneeflocken gesammelt. Seine Miene wirkte grimmig und entschlossen. In seinem Gesicht war nicht die Spur eines Lächelns zu erkennen.

Um Himmels willen, hoffentlich war nichts mit seinem Sohn! Doch dann trafen sich ihre Blicke durch die Glasscheibe, und seine Miene hellte sich etwas auf.

„Wer ist das, Mommy?“

„Ein Mann, den ich am Sonntag kennengelernt habe“, antwortete sie ausweichend. Da war es wieder, dasselbe Gefühl der Energie, das er ihr schon in der Ambulanz vermittelt hatte. Seine männliche Züge und die kleinen Fältchen in den Mundwinkeln legten den Schluss nahe, dass er sich in den vergangenen Jahren zu viele Sorgen gemacht und eine gewisse Härte und Unnahbarkeit entwickelt hatte.

Doch etwas in seinen Augen sagte ihr, dass er im tiefsten Inneren anders war und wieder zu lächeln lernen wollte.

Noch nie seit Hanks Tod hatte sie sich zu einem anderen Mann hingezogen gefühlt. Mit Travis Keegan schien sich das zu ändern.

Der Sitz seiner ausgeblichenen Jeans auf seinen Hüften, die eigensinnige Haarsträhne, die ihm in die Stirn fiel, und die kleine Narbe neben einem Auge übten einen unwiderstehlichen Reiz auf sie aus.

Aber was machte der Mann um diese Zeit vor ihrem Haus?

Es gab nur einen Weg, das herauszufinden. Sie riss sich zusammen und öffnete die Tür. Ein frostig-kalter Wind fegte herein. „Gibt es ein Problem?", fragte sie.

„Ein Problem?", fragte er verdutzt zurück. „Nein."

„Aber …" Sie wusste nicht, was sie sagen sollte. „Was machen Sie dann hier?"

Zum ersten Mal stahl sich etwas in sein Gesicht, das nach einem Lächeln aussah. „Es ist alles in bester Ordnung. Ich wollte mich nur bei Ihnen dafür bedanken, dass Sie Bryan gerettet haben. Alles ging so schnell, dass ich das in der Ambulanz versäumt habe."

Dieser Keegan hatte also tatsächlich auch eine freundliche Seite. Ronni spürte, wie sie rot wurde.

„Aber irgendwie fühle ich mich jetzt wie ein Idiot", sagte er.

„Dann sind wir schon zwei", erwiderte sie schnell. „Um diese Zeit verirrt sich sonst nie jemand hierher, und als ich Sie sah, hatte ich sofort Angst, dass etwas mit Ihrem Sohn passiert ist." Sie lachte verlegen. „Entschuldigen Sie." Sie trat zur Seite und gab den Weg ins Haus frei. „Kommen Sie doch herein. Wir bewundern gerade unser Werk. Und bevor Sie etwas sagen: Der Weihnachtsbaum ist gerade, nur das Haus ist schief."

Amy versteckte sich inzwischen hinter ihrer Mutter und spähte neugierig an ihren Beinen vorbei hervor.

„Nanu, wer bist denn du?“, fragte Travis, der immer noch im Freien stand, und ging in die Knie, um Amy in die Augen schauen zu können.

„Und wer sind Sie?“

„Ich glaube, es ist Zeit für eine offizielle Vorstellungsrunde“, ergriff Ronni die Initiative.

„Mr Keegan, das ist meine Tochter Amy. Amy, das ist Mr Keegan. Sein Sohn Bryan hat sich am Sonntag auf dem Berg verletzt, und ein Kollege und ich haben ihn in die Ambulanz gebracht.“

„Wollen wir uns nicht beim Vornamen nennen?“, schlug er vor. „Ich heiße Travis.“

„In Ordnung“, stimmte Ronni zu. „Ich heiße Veronica, aber meine Freunde nennen mich Ronni.“

Ein weiterer ungemütlicher Windstoß fuhr Ronni und Amy um die Beine.

„Kommen Sie doch herein, bevor wir alle einfrieren.“

Während sich Travis die Schuhe auszog, fiel ihr auf, dass kein Wagen draußen stand. Dafür erkannte sie Fußspuren im Schnee, die nach hinten in den Wald führten.

Plötzlich fürchtete sie sich. Ein praktisch Fremder tauchte spätabends aus dem Wald vor ihrer Haustür auf, und sie bat ihn auch noch herein. Ob das wirklich eine gute Idee war?

„Sind Sie zu Fuß gekommen?“, fragte sie vorsichtig, während sie die Tür hinter ihm schloss. Immerhin wusste sie doch einiges über ihn, versuchte sie sich zu beruhigen: Er hatte einen Sohn, er konnte es sich leisten, in Skiurlaub zu fahren, und sie kannte seinen Namen.

Bestimmt hatte er keine bösen Absichten. Und falls doch, hatte sie immer noch Hanks altes Jagdgewehr. Allerdings war es nicht geladen und auf dem Dachboden in einer Kiste verstaut. Nicht besonders hilfreich also. Aber sie mochte ohnehin keine Waffen.

„Es wäre lächerlich gewesen, die paar Meter zu fahren“, erklärte Travis. Dabei zog er eine gekühlte Flasche Wein aus der Tüte und überreichte sie Ronni. „Hier, ein kleines Dankeschön.

Und außerdem eine Art Willkommensgruß. Schließlich sind wir doch jetzt Nachbarn."

„Nachbarn?", wiederholte Ronni verwirrt. „Ich verstehe nicht ..." Doch noch während sie es sagte, kroch eine Ahnung in ihr hoch.

„Ich habe vor ein paar Wochen das alte Johnson-Haus gekauft. Bryan und ich sind letzte Woche eingezogen."

4. KAPITEL

Travis beobachtete, wie Ronni blass wurde.

„Pfui!", rief das kleine Mädchen, Amy, und starrte ihn mit vor Schreck geweiteten Augen an. „Dort ist es gruselig!"

„Gruselig?" Travis musste ein Grinsen über die klar geäußerte Meinung der Kleinen über sein neues Heim unterdrücken.

„Psst." Ronni, der die Situation schrecklich peinlich war, warf ihrer Tochter einen Blick zu, der sie augenblicklich zum Schweigen bringen sollte. Leider funktionierte es nicht. Das Thema war einfach zu spannend für ihre Tochter.

„Dort gibt es Spinnen und Käfer und Schlangen ...", begann die Kleine.

„Amy! Bitte!" Ronni zwang sich zu einem Lächeln.

„Und bestimmt auch Geister", fuhr Amy unbeirrbar fort.

Travis musste lachen. Plötzlich tat es ihm nicht mehr leid, dass er hergekommen war. Er hatte lange hin und her überlegt, ob er diese faszinierende Frau besuchen sollte, die seinen Sohn gerettet hatte. Am Ende hatte die Neugier über die Vernunft gesiegt. Er wollte einfach mehr über die erste Frau wissen, die seit einer Ewigkeit sein Interesse weckte.

„Geister?", fragte er mit gespieltem Interesse nach.

Zutiefst überzeugt nickte Amy. „Ganz, ganz viele."

Travis zwinkerte ihr zu. „Ich hab noch keine gesehen."

„Sie haben also das Johnson-Anwesen gekauft", stellte Ronni fest.

Er hatte das unbestimmte Gefühl, dass sie davon nicht begeistert war. Aber wahrscheinlich bildete er sich das nur ein.

Amy rollte theatralisch mit den Augen und kündigte an: „Das kommt schon noch."

„Es gibt keine Geister", widersprach ihr Ronni und stellte die Weinflasche auf dem Couchtisch ab.

„Eigentlich ist es sowieso egal, ob es in dem Haus spukt oder nicht", erklärte Travis. „Selbst wenn es ganze Horden von Geistern gibt – Bryan hat sie mit seiner miserablen Laune sicher schon lange vertrieben."

Travis zog die Handschuhe aus, steckte sie in die Taschen und öffnete den Reißverschluss seiner Jacke.

„Mommy hat gesagt, es würde sowieso niemand das alte Haus kaufen, weil es viel zu teuer ist", plapperte Amy munter weiter.

Ronni wollte nur noch, dass sie endlich den Mund hielt, und wechselte schnell das Thema. „Wie haben Sie mich eigentlich gefunden? Ich wüsste nicht, dass ich Ihnen meine Adresse gegeben habe."

Travis grinste. „Ja, das hat allerdings erhebliche detektivische Fähigkeiten von mir gefordert. Ich habe Stunden gebraucht und musste zu drastischen Mitteln greifen." Er legte eine Kunstpause ein, um die Spannung zu erhöhen. „Sie stehen im Telefonbuch."

Ronni musste lachen. „Manchmal denke ich, diese Stadt ist zu klein." Sie band den Gürtel ihres Bademantels enger.

Die Situation war ihr unangenehm, und Travis konnte ihr das nicht verdenken. Wie hatte er nur unangemeldet so spät am Abend im wahrsten Sinne des Wortes bei ihr hereinschneien können? Der Besuch war ein Fehler gewesen. Eine unausgegorene Idee, die sich einfach nicht mehr abschütteln ließ, sosehr er auch versucht hatte, sich selbst davon abzubringen.

Seit dem Moment, in dem er sie in der Ambulanz kennengelernt hatte, hatte er gehofft, sie wiederzusehen. Und er war kein Mensch, der lange abwartete und den Dingen ihren Lauf ließ.

„Ich fürchte, ich muss mich für meine Tochter entschuldigen", sagte Ronni.

„Warum?"

Sie warf einen liebevollen Blick auf Amy, die mit dem Schmuck am Weihnachtsbaum spielte. „Amy ist ... nun ... recht offen, falls es Ihnen entgangen sein sollte."

„Sie ist doch noch ein Kind", meinte er. „Und vergessen Sie nicht: Ich habe einen Sohn im Teenageralter. Da bin ich ganz anderes gewöhnt. Sie können mir ruhig glauben, wenn ich Ihnen sage: Es wird noch schlimmer."

„Im Ernst?“, stöhnte Ronni. „Und ich hatte gedacht, dass das mit zunehmendem Alter besser wird.“

„Irgendwann vielleicht. Aber noch lange nicht.“ Er lächelte sie entwaffnend an. Ihr Haar ringelte sich feucht um ihren Kopf, und ihre Haut war gerötet, als wäre sie gerade aus der Dusche gestiegen. Unwillkürlich stellte er sich ihren nackten Körper unter dem heißen Wasserstrahl vor. Schnell wandte er sich ab, damit sie ihm nicht ansah, was in seinem Kopf vorging.

„Für Amy brauchen Sie sich wirklich nicht zu entschuldigen. Ganz im Gegenteil. Mir sind Kinder lieber, die keine Angst vor Erwachsenen haben und sich trauen, ihre Meinung zu sagen. Mehr Sorgen mache ich mir um die Stillen, die Verschlossenen.“

Amy gähnte, und Ronni ergriff die Gelegenheit beim Schopf.

„Lassen Sie mich Amy rasch zu Bett bringen, und danach trinken wir ein Glas Wein.“

„Aber ich bin gar nicht müde“, wehrte sich Amy, doch ihre schweren Augenlider straften sie Lügen.

„Ja, ja, ich weiß schon“, sagte Ronni lächelnd. „Wir gehen jetzt trotzdem ins Bett. Ich kann dir ja noch eine Geschichte vorlesen.“

„Ich will noch nicht ins Bett!“ Amy verschanzte sich hinter dem Sofa, aber Ronni hob sie hoch und trug sie nach oben, obwohl sie laut protestierte.

Travis plagte das schlechte Gewissen, weil er wusste, dass er das allabendliche Ritual der beiden störte, und weil wahrscheinlich auch Ronni in ihrem weichen Bademantel lieber ins Bett gegangen wäre, als einen Gast empfangen hätte.

Schon nach wenigen Minuten war sie wieder bei ihm. Trotzdem hatte sie sich offensichtlich noch die Zeit genommen, sich schwarze Jeans und einen Pulli überzustreifen.

„Meinetwegen hätten Sie sich nicht umzuziehen brauchen“, sagte er schuldbewusst.

„Kein Problem. Kommen Sie, ich hole uns Gläser, und dann setzen wir uns vor den Kamin und trinken auf gute Nachbarschaft.“

Sie ging zur Küchenzeile, nahm zwei Weingläser aus einem Oberschrank und begann dann in einer Schublade zu kramen. Es dauerte einige Augenblicke, bis sie triumphierend „Ha, da ist er ja!“ ausrief und einen Korkenzieher hochhielt. „Damit habe ich meinen Anteil erledigt. Das Öffnen überlasse ich lieber Ihnen. Ich tue das so selten, ich bin aus der Übung.“

Während Travis die Flasche öffnete – wenn er ehrlich war, hatte er wohl kaum mehr Übung als Ronni, aber manche Dinge verlernte man nie – fragte er sich, welche Signale seines Unterbewusstseins ihn dazu gebracht hatten, beim Einkaufen heute Nachmittag eine Flasche Wein mitzunehmen.

„Vielleicht sollte ich Ihnen noch erklären, was meine Tochter vorher mit ihren vorlauten Bemerkungen gemeint hat“, begann Ronni, während sie die staubigen Gläser ausspülte. „Im vergangenen Sommer bin ich mit Amy zu Ihrem Haus gelaufen, und wir haben uns dort ein bisschen umgesehen. Da muss ihre Fantasie einfach mit ihr durchgegangen sein.“

„Sie hat ja recht“, musste Travis einräumen. „Das Haus ist in einem ziemlich schlechten Zustand. Schlangen und Geister habe ich zwar noch keine gesehen, aber die Spinnen und Käfer, von denen sie gesprochen hat, gibt es leider wirklich.“

„Vielleicht, aber das Haus ist trotzdem ein Traum. Ich kann mich gut an die Zeit erinnern, als die Johnsons noch dort gewohnt haben. Mein Vater hat für sie gearbeitet und sich als eine Art Hausmeister um Haus und Garten gekümmert.“

Hörte er da einen Anflug von Bedauern aus ihren Worten heraus?

„Meine Familie hat in dem kleinen Häuschen auf der Südseite des Sees gewohnt. Es steht, ist aber in noch schlechterer Verfassung als das Haupthaus.“

Sie reichte ihm die ausgespülten und abgetrockneten Gläser. Dabei fiel ihm auf, wie sich ihre hübschen Brüste unter ihrem Pulli abzeichneten und wie gut sie roch. Wahrscheinlich war es das Haarshampoo.

Er schenkte den Wein ein und reichte ihr ein Glas. Dann sahen sie einander in die Augen und stießen an. „Auf gute Nachbarschaft.“

Travis nickte. „Auf gute Nachbarschaft. Und darauf, dass uns weitere Skiunfälle erspart bleiben.“

„Ihr Wort in Gottes Ohr.“

Während sie an ihrem Wein nippten, sah sich Travis unauffällig um. In einer Ecke stand ein wackeliger, aber aufmerksam dekorierter Weihnachtsbaum. Über dem Kamin hingen Weihnachtssocken. Zwei Stück, wie er mit Interesse feststellte. Auch sonst gab es keine Anzeichen dafür, dass Ronni und Amy einen männlichen Mitbewohner hatten: Neben der Tür hingen nur eine große und eine kleine Winterjacke. Dasselbe galt für die zwei Paar Skier, die auf der Veranda standen.

Wenn es einen Mr Walsh gab, dann machte er sich rar.

Travis setzte sich in einen alten Schaukelstuhl, während es sich Ronni auf der Couch gemütlich machte.

„Dann leben Sie also schon lange hier in Cascadia?“, fragte er.

„Ja, ich bin hier geboren und aufgewachsen.“

„Haben Sie noch Familie in der Gegend?“

Falls sie seine Fragen als zu persönlich empfand, ließ sie es sich nicht anmerken. „Nur meine Schwester, Shelly. Sie wohnt mit ihrem Mann Victor und ihren Zwillingen ein paar Kilometer entfernt. Die Jungs sind ein paar Jahre älter als Amy und halten Shelly ganz schön auf Trab.“

Gedankenverloren drehte sie das Weinglas mit der linken Hand, während sie es mit der rechten am Stiel festhielt.

Travis bemerkte, dass sie keinen Ring trug.

„Meine Eltern sind beide tot“, erzählte sie weiter. „Mein Vater hatte vor einigen Jahren einen Herzinfarkt, den er nicht überlebt hat. Meine Mutter hat danach noch einmal geheiratet, ist mit ihrem neuen Mann nach Kalifornien gezogen und einige Jahre später gestorben. Brustkrebs.“

„Das tut mir leid.“

„Mir auch“, sagte sie nachdenklich. „Mir auch.“

„Und was ist mit Amys Vater?“

Ronni machte ein Gesicht, als hätte Travis ihr einen Eimer Eiswasser ins Gesicht geschüttet.

Sofort bereute er die Frage. Er folgte ihrem Blick zu einem gerahmten Foto auf dem Kaminsims, das einen attraktiven, blonden Mann zeigte. Er trug ein einfaches T-Shirt, Jeans und Wanderschuhe und hielt ein Baby auf dem Arm, auf das er voller Vaterstolz hinunterblickte.

„Er ist tot", kam ein Stimmchen vom oberen Ende der Treppe her. Dort stand Amy, die ein undefinierbares schwarz-gelbes Stofftier umklammerte, das wahrscheinlich einmal ein Tiger gewesen war.

„Wieso bist du nicht im Bett?", fragte Ronni streng. Bei Amys Anblick hatte sie sich sofort zusammengerissen. Nichts erinnerte mehr daran, dass sie gerade noch den Tränen nahe gewesen war.

„Er hat nach Daddy gefragt", verteidigte sich die Kleine.

„Ich weiß", antwortete Ronni schnell.

„Mommy vermisst Daddy. Manchmal weint sie."

„Amy! Jetzt reicht es." Unsanft stellte sie ihr Glas auf dem Couchtisch ab und rannte die Treppe hinauf. Trotzdem sah Travis, dass sie sich verstohlen Tränen aus den Augenwinkeln wischte. „Ab mit dir jetzt ins Bett. Es ist schon spät." Sie scheuchte Amy vor sich her in ihr Zimmer.

Travis blieb mit seinem halb leeren Weinglas und dem unguten Gefühl zurück, dass er eine unsichtbare verbotene Linie überschritten hatte.

Er konnte nicht mehr ruhig sitzen, deshalb stand er auf und ging zu dem Weihnachtsbaum hinüber. Erstaunlich, wie sehr sich dieser Baum von denen unterschied, die sie in Seattle gehabt hatten.

Sylvia hatte immer eine Dekorationsfirma mit dem Aufstellen und Schmücken des Baumes beauftragt. Üblicherweise was es eine riesige Nordmanntanne gewesen, für die jedes Jahr ein anderes Farbschema und Thema gewählt wurde. Einmal war der gesamte Schmuck in Gold und Weiß gehalten gewesen, ein anderes Mal in Rot. Am besten erinnerte er sich noch an den mit dunkelblauem und silberfarbenem Schmuck. Der war Bryans Favorit gewesen.

Er hatte mit den Kugeln gespielt, bis einige kaputt gingen. Danach hatten sie den Raum zugesperrt, bis die jährliche Firmenweihnachtsfeier vorbei war, bei der er die gesamte Belegschaft seines Unternehmens zu sich nach Hause eingeladen hatte, um den Baum zu bewundern, aus geliehenen Gläsern Sekt zu schlürfen und sich mit Brötchen vom Partyservice den Bauch vollzuschlagen.

Als Travis sich daran erinnerte, wurde ihm fast schlecht.

Alle Jahre wieder war es pünktlich Weihnachten geworden, doch das Fest hatte ihm nichts bedeutet. Weihnachten war eine Zeit, zu der man viel Geld ausgab und sich und anderen Menschen etwas vorspielte. Zu Silvester hatte man Boni an die Mitarbeiter verteilt und bis spät in die Nacht gefeiert und sich betrunken.

Doch dieses Jahr würde alles anders werden. Ganz anders.

Plötzlich stand Ronni hinter ihm. Er hatte sie gar nicht kommen gehört. „So, geschafft. Jetzt schläft sie wirklich."

„Wahrscheinlich sollte ich auch besser gehen." Er holte sich seine Jacke. „Ich will Bryan nicht zu lange allein lassen."

Sie versuchte nicht, ihn zum Bleiben zu überreden. „Vielen Dank für den Wein", sagte sie, während er in seine Schuhe schlüpfte. „Das wäre wirklich nicht nötig gewesen."

„Ich weiß, aber ich wollte Sie gern wiedersehen."

„Tatsächlich? Warum?"

Ihre Blicke trafen sich, und Ronni schien bis tief in sein Innerstes schauen zu können.

Hilflos zuckte er die Achseln: „Wenn ich das wüsste." Er legte die Hand auf die Türklinke, dann zögerte er. „Kommen Sie doch einmal bei uns vorbei. Und bringen Sie Amy mit. Dann führe ich Sie beide durchs Haus, und Amy kann sich persönlich davon überzeugen, dass es keine Gespenster gibt."

Ronni lachte leise. „Ich glaube nicht, dass das möglich ist."

„Falsch, Ronni." Er stieß die Tür auf. „Haben Sie noch nicht festgestellt, dass alles möglich ist?"

„Keegan? Travis Keegan?“ Shelly schüttelte nachdenklich den Kopf. „Irgendwie kommt mir der Name bekannt vor, aber ich kann im Augenblick nicht sagen, woher.“

Shelly nahm die Kaffeekanne, die auf Ronnis Küchentisch stand, und goss sich noch eine Tasse ein.

Sie hatten den Vormittag damit verbracht, einige in letzter Sekunde noch eingegangene Bestellungen zu verpacken, die unbedingt heute noch zur Post mussten, und gönnten sich nach getaner Arbeit eine Pause.

„Er ist nicht von hier.“ Ronni richtete den Serviettenhalter sowie den Salz- und den Pfefferstreuer – als Tribut an die Feiertage in Form von Weihnachtsengeln – am Muster der Tischdecke aus.

„Oh.“ Shelly warf ihrer Schwester einen skeptischen Blick zu. „Ein Fremder also. Passt das zu dir?“

„Komm nicht auf falsche Gedanken“, wehrte Ronni schnell ab. „Ich habe ihn nur zufällig kennengelernt, und ich vermute, dass er dir früher oder später auch noch über den Weg laufen wird. Er hat nämlich das alte Johnson-Anwesen gekauft.“

„Gekauft?“, fragte Shelly ungläubig. „Ich dachte, du hast dich dafür interessiert?“

„Habe ich auch, aber er war schneller.“

„Sollte dich die Maklerin nicht anrufen, bevor sie es jemand anderem verkauft?“

„Versprochen hatte Taffy es eigentlich, aber sie war natürlich nicht dazu verpflichtet. Und es wäre mir sowieso zu teuer gewesen. Ich hätte niemals die nötigen Mittel aufbringen können.“

„Trotzdem hätte sie dir Bescheid geben sollen. Aber so sind die Leute eben. Und Taffy LeMar ganz besonders. Auf sie war schon in der Schule kein Verlass!“

„Ach, vergiss es. Es war ohnehin nur ein Wunschtraum, der niemals hätte wahr werden können.“

„Ich glaube an Wunschträume“, sagte Shelly trotzig. „Aber das muss ich wohl auch.“ Sie goss etwas Milch in ihre Tasse. „Ich habe nämlich auch Neuigkeiten.“

„Gute oder schlechte?“, fragte Ronni sofort. Ihr war nicht entgangen, dass ihre Schwester schon den ganzen Vormittag irgendwie seltsam gewesen war. Normalerweise war sie fröhlich und lebenslustig und optimistisch. Sie konnte gar nicht anders, als aus jeder Situation das Beste zu machen.

Aber heute wirkte sie gedämpft, wenn nicht sogar bedrückt.

„Das kommt drauf an, ob du Vic oder mich fragst.“

Ronni konnte die Spannung kaum mehr ertragen. „Na, los, sag schon! Spann mich nicht länger auf die Folter!“

Shelly starrte auf die hellbraunen Schlieren, die die Milch in ihrem Kaffee bildete, als wolle sie sie hypnotisieren.

„Oh. Shelly! Sag nur nicht …“

„Ich bin schwanger, ja.“

„Wow.“ Ronni konnte es kaum fassen. Schwanger! Unglaublich. „Aber …“

„Ich weiß, ich weiß, du kannst dir die Gardinenpredigt sparen.“ Shellys Augen füllten sich mit Tränen, und sie blinzelte mehrmals, um sie loszuwerden. „Der Zeitpunkt ist miserabel gewählt, jetzt, wo Vic arbeitslos ist. Aber was soll ich dir sagen, Ronni – ich freue mich trotzdem. Wir wollten immer noch ein weiteres Kind, und jetzt bekommen wir eins.“ Sie lächelte unter Tränen.

Wie sollten sie das nur schaffen? Finanziell war es jetzt schon eng genug. Aber andererseits war der Gedanke an ein Baby motivierend und stärkend. Vielleicht war ein neues Familienmitglied genau das Zeichen der Hoffnung, das sie in diesen trüben Tagen brauchten.

„Das müssen wir feiern“, meinte Ronni, obwohl sie sich noch immer nicht ganz von dieser Überraschung erholt hatte.

Während Vic im Augenblick keine Arbeit hatte, war Shelly völlig überlastet. Sie musste sich um die ganz schön anstrengenden Zwillinge kümmern und arbeitete parallel dazu mit Ronni für ihr gemeinsames Versandunternehmen. Dazwischen blieb ihr kaum eine Minute an Freizeit. Woher sollte sie nur die Zeit für ein Baby nehmen?

„Vic sieht das leider nicht so." Shelly wischte sich mit dem Handrücken über die Augen und verschmierte dabei die Wimperntusche. „Er … nun ja, er ist alles andere als begeistert."

Als sie den erschrockenen Gesichtsausdruck ihrer Schwester sah, bremste sie sich sofort ein. „Nein, nein, versteh mich nicht falsch. Es ist nicht so, dass er eine Abtreibung will."

„Aber er ist nicht glücklich damit."

„Und er gibt mir die Schuld."

„Korrigier mich, wenn ich mich irre, aber gehören zu einer Schwangerschaft nicht immer zwei?"

Shelly musste trotz aller Probleme lachen. Sie nahm eine Serviette, um sich die Augen abzutupfen. „Natürlich weiß er das, aber es fällt ihm einfach schwer, sich an die neue Situation zu gewöhnen."

„Dann muss er sich eben anstrengen." Ronni verspürte einen Anflug von Ärger. Vic war ein liebenswerter Mann, aber er neigte gelegentlich dazu, anderen die Schuld zu geben, wenn die Dinge nicht wie geplant liefen. Trotzdem hatte sie keinerlei Zweifel daran, dass Vic dem Baby ein ebenso guter Vater sein würde wie den Zwillingen.

„Er macht sich eben Sorgen. Irgendwie kann ich ihn schon verstehen", nahm Shelly ihren Mann in Schutz. „Wir haben ja keine Krankenversicherung, und wenn es Komplikationen gibt, so wie letztes Mal bei den Zwillingen mit dem Kaiserschnitt, könnte das sehr schnell sehr teuer werden." Sie richtete sich auf und atmete tief durch. „Aber jetzt lass uns das Thema wechseln. Ich wollte dir schließlich nicht die Laune verderben, sondern dich nur schonend darauf vorbereiten, dass du wieder Tante wirst."

„Und das finde ich wirklich toll!" Ronni stand auf, ging um den Tisch zu ihrer Schwester und nahm sie herzlich in den Arm. „Es gibt nichts Wunderbareres als ein Kind."

„Danke, Ronni, ich wusste, dass du das so sehen würdest." Ihre Augen füllten sich gleich noch einmal mit Tränen, und sie schluchzte auf. „Oh, schau mich an. Hin und her gerissen zwischen Lachen und Weinen – typisch schwanger, eben."

„Wann ist es denn so weit?“, erkundigte sich Ronni neugierig.

„Mitte Juli. Ich hatte schon letzten Monat einen Verdacht. Sogar einen Schwangerschaftstest aus der Apotheke habe ich gemacht. Aber ich wollte nichts sagen, bevor ich nicht beim Arzt war.“

Ronni unterdrückte ihre Enttäuschung. Noch nie in ihrem Leben hatten sie und Shelly Geheimnisse voreinander gehabt. „Das ist schon in Ordnung“, beruhigte sie Shelly trotzdem. „Wenigstens hast du dir eine ideale Zeit für eine Geburt ausgesucht. Im Sommer brauchst du dir keine Sorgen zu machen, ob es die Schneelage zulässt, dass du es rechtzeitig ins Krankenhaus schaffst. So, und jetzt lade ich dich zur Feier des Tages noch schnell zum Hamburgeressen ein, bevor ich Amy abholen muss.“

„Aber wir sollten arbeiten.“

„Die wichtigen Dinge sind erledigt, die Pakete bringe ich am Nachmittag zur Post, und alles andere kann warten. Das läuft uns nicht davon. Komm, wir drei haben uns ein anständiges Mittagessen verdient!“, scherzte sie mit einem Blick auf Shellys Bauch, auch wenn dort noch nichts zu sehen war.

Shellys Miene heiterte sich auf. „Na gut, aber wirklich nur ausnahmsweise. Der Arzt macht sich jetzt schon Sorgen wegen meines Gewichts.“

„Prima“, witzelte Ronni. „Dann bekomme ich deine Pommes.“

Shelly versuchte erfolglos, ihre schlanke Schwester grimmig anzusehen. „Du bist gemein“, sagte sie mit einem Grinsen.

„Ich bemühe mich auch“, sagte Ronni mit einer leichten Verbeugung, als hätte Shelly ihr ein Kompliment gemacht. Sie nahm die Jacke ihrer Schwester vom Haken neben der Tür und warf sie ihr zu. „Weißt du, Shelly, eigentlich ist das die beste Nachricht seit Monaten.“

Ronni zog Jacke und Schuhe an und wickelte sich einen Schal um den Hals, dann stiegen sie gemeinsam in ihren Wagen.

Der Schneemann, den sie mit Amy gebaut hatte, wirkte mit einer neuen Schicht frisch gefallenen Schnees etwas behäbiger als zuvor, und die Spuren, die sie beim Bau im Schnee hinterlassen hatten, waren zugedeckt.

Ronnis alter Ford startete ohne Schwierigkeiten. Als sie auf dem Weg in die Stadt die Abzweigung zum Johnson-Anwesen passierten, biss sie sich unwillkürlich auf die Lippe. Sie musste ihren Traum, in dem wunderschönen alten Haus eine Frühstückspension einzurichten, nun wirklich begraben. Wenn sie es sich eines Tages hätte leisten können, das Haus zu kaufen, hätte sie Shelly und ihrer Familie das Häuschen überlassen, in dem sie aufgewachsen waren. Vic hätte ihr dafür bei der Renovierung mit Rat und Tat zur Seite stehen können.

Doch diese Seifenblase war geplatzt. Und schuld daran war einzig und allein Travis Keegan.

5. KAPITEL

„Mach schon!“, fuhr Travis sein Faxgerät an, das die Unterlagen, die sein Büro angeblich geschickt hatte, einfach nicht empfangen wollte. Doch im Großen und Ganzen funktionierte die Technik nicht schlecht.

Ein Elektriker hatte mit seinen Leuten eine knappe Woche gebraucht, um alle Leitungen zu verlegen, die Travis benötigte.

Mittlerweile verfügte das Haus über eine Verkabelung, die mehr als nur ausreichend war für die zusätzlichen Geräte, die Travis und sein Sohn mitgebracht hatten, darunter Mikrowelle, Satellitenschüssel, drei Fernseher, zwei Telefonanschlüsse, Computer, Modem, Fax, Drucker und einige andere.

Das Schlafzimmer mit Erker im Erdgeschoss hatte Travis sich als Büro ausgesucht. Von hieraus war er elektronisch mit dem Werk und der Verwaltung seines Unternehmens in Seattle verbunden. Sein Vizepräsident Wendall Holmes hatte die Geschäftsführung übernommen.

Als Travis sich entschlossen hatte, nach Oregon zu ziehen, hatten er und Wendall eine Vereinbarung getroffen, die vorsah, dass Wendall mittelfristig zu einem gleichberechtigten Partner aufsteigen würde, der die Verantwortung für das Unternehmen trug, während sich Travis zunehmend ins Privatleben zurückziehen wollte.

Für Wendall war das eine große Chance, während Travis erleichtert war, der ständigen Hektik entflohen zu sein.

Endlich summte das Faxgerät und begann, Seite um Seite Memos, Geschäftsberichte und Quartalszahlen auszuspucken. Zufrieden, dass die elektronische Verbindung klappte, ließ Travis sich in seinen Bürosessel fallen und begann zu lesen: erst die neuesten Vorschläge der Werbeagentur für eine Marketingstrategie zur Ankurbelung des Skateboard-, Snowboard- und Ski-Absatzes, dann die Verkaufszahlen der neuen Bekleidungslinie Rough Riders.

Respekt, Wendall machte einen prima Job. Travis hatte keinen Grund zur Sorge.

Zumindest nicht im Hinblick auf seine Geschäfte. Was jedoch das Haus anging, war die Lage weniger rosig. Vor zwei Tagen war es so kalt gewesen, dass sich auf den Innenseiten der Fenster eine Eisschicht gebildet hatte.

Nächste Woche sollte eine moderne Heizung eingebaut werden. Der Installateur hatte ihm außerdem einen Kostenvoranschlag für den Austausch der alten Rohre und Leitungen und neue Sanitäreinrichtungen gemacht. Einige Wände würden geöffnet und gegebenenfalls erneuert werden müssen.

Keine Spur von den einfachen Renovierungstätigkeiten, die er sich als gemeinsames Projekt mit seinem Sohn vorgestellt hatte. Aber eigentlich war das egal, denn Bryan zog ohnehin nicht mit.

Er war immer noch sauer, weil er seine Freunde aus Seattle vermisste, und böse auf seinen Vater, weil er ihn zum Umzug gezwungen hatte.

Und von seiner fehlenden Motivation einmal ganz abgesehen, humpelte er mühsam auf Krücken durchs Haus.

So wie jetzt. Travis hörte das metallische Klicken der Krücken schon von Weitem, als sich Bryan seinem Büro näherte. Wenig später stand er im Türrahmen.

„Ich habe gerade Marty angerufen, damit er meine neue Nummer hat."

„Gute Idee." Travis ließ sich nicht anmerken, dass er genau das Gegenteil dachte. Er hatte einfach kein gutes Gefühl bei diesem Marty Sinclair. Genau wegen solcher Freunde hatte er Bryan aus Seattle weggeholt.

Marty war ständig in irgendwelchen Schwierigkeiten gewesen, zuletzt, weil er alkoholisiert und ohne Führerschein Auto gefahren war. Davor war es um gestohlene CDs und Vandalismus gegangen. An Letzterem war auch Bryan beteiligt gewesen.

Marty hatte schon alles Mögliche auf dem Kerbholz, und das, obwohl er gerade mal sechzehn Jahre alt war.

Der Jugendarrest war ihm bisher nur erspart geblieben, weil sein Vater genug Geld besaß und sich ein ganzes Heer von

Anwälten darum bemühte, die Vergehen des Jungen herunterzuspielen und in Schubladen und unter Aktenbergen verschwinden zu lassen.

„Und, worüber habt ihr euch unterhalten?“, fragte Travis seinen Sohn scheinheilig.

„Er will, dass ich übers Wochenende zu ihm nach Seattle fliege.“

Jetzt kam der Teil seiner Vaterrolle, den er am meisten hasste: Nein sagen. Kein Kind konnte sich vorstellen, wie schwer Eltern das fiel. Und trotzdem mussten sie es tun. „Du solltest besser hierbleiben“, begann Travis vorsichtig. „Wir haben am Montag wieder einen Arzttermin, und für die Schule sollten wir dich auch bald anmelden.“

„Ja, prima. Ich freue mich schon“, höhnte Bryan. „Was lernt man hier so am Hinterwäldler-Gymnasium? Baumfällen, Schnitzen und Kautabak-Spucken?“

„Das sind nur die Wahlfächer“, gab Travis todernst zurück, doch sein Sohn verzog keine Miene. Offensichtlich war er nicht zum Scherzen aufgelegt.

„Ich verstehe nicht, warum mich ein Arzttermin und die Schulanmeldung daran hindern sollten, das Wochenende mit Marty in Seattle zu verbringen. Es sind ja nur ein paar Tage.“ Bryan ließ sich nicht so einfach abwimmeln.

„Aber du bist jetzt hier zu Hause. Du kannst ja Marty einladen, zu dir auf Besuch zu kommen.“ Travis sandte ein Stoßgebet zum Himmeln, dass die Jungs ihn nur ja nicht beim Wort nehmen würden.

Es wurde erhört.

„Hierher?!“, rief Bryan entrüstet aus und machte eine ausladende Bewegung mit seiner rechten Krücke, die das gesamte Haus mit einschloss.

„Sicher. Das ist praktisch wie Camping.“

„Ist das dein Ernst?“ Bryan konnte es noch immer nicht glauben.

„Natürlich.“

„Aber wir sind hier mitten in der Pampa. Warum sollte Marty hierherkommen wollen?“

„Zum Beispiel, um seinen guten Freund Bryan zu besuchen.“

„Wenn ich ein guter Freund wäre, würde ich zu ihm nach Seattle fliegen.“

„Bryan, die Antwort lautet Nein.“

„Du hasst alle meine Freunde.“

„Das stimmt nicht.“ Travis stand auf, löschte das Licht im Büro und ging an Bryan vorbei ins Wohnzimmer, wo im Kamin ein Feuer brannte. Der Raum mit den hohen Fenstern war wunderschön, aber ungeheuer zugig. Travis würde alle Fenster herausreißen und durch doppelt verglaste ersetzen lassen müssen.

Bryan folgte ihm unbeholfen.

„Ich mag deine Freunde, auch Marty. Ich fürchte nur, dass er im Augenblick keinen besonders guten Einfluss auf dich hat.“

„Nur weil wir erwischt wurden, als wir einen lausigen Mercedes-Stern abmontiert haben.“

„Richtig. Das ist Diebstahl und Sachbeschädigung gleichzeitig. Und außer einem höchst zweifelhaften Vergnügen hattest du noch nicht einmal etwas davon, wenn ich das richtig sehe.“

„Das Auto hat Martys Onkel gehört. Der Typ ist ein Vollidiot.“

„Das muss er wohl sein, weil er keine Anzeige erstattet hat und ihr als Wiedergutmachung nur den entstandenen Schaden bezahlen musstet.“

Bryan hatte vier Wochenenden damit verbracht, in einem Lager der Firma seines Vaters Kisten zu stapeln, um sich das nötige Geld zu verdienen.

„Das hätte auch anders ausgehen können!“, fuhr Travis fort. „Ist dir eigentlich klar, wie froh du sein kannst, dass die ganze Sache nicht zu einer Vorstrafe geführt hat? Die würdest du sonst dein Leben lang mit dir herumschleppen. Wie gesagt: Wenn du willst, kannst du Marty zu uns einladen, aber du fliegst nicht nach Seattle. Ende der Durchsage.“

Travis sah Bryan an, dass er etwas erwidern wollte, doch im letzten Moment überlegte er es sich anders – weil er wohl erkannt hatte, dass er seinen Vater nicht umstimmen würde – und stieß nur ein abfälliges Brummen aus.

Dann drehte er sich um und verzog sich in sein Zimmer, so schnell es die Krücken zuließen. Unnötig zu sagen, dass er die Tür so laut wie nur möglich ins Schloss warf.

Bryans Zimmer, das war im Augenblick ein kleiner Raum im Erdgeschoss. Travis vermutete, dass er früher von Dienstboten bewohnt worden war. Sobald Bryan wieder laufen konnte und die Handwerker die wichtigsten Renovierungsarbeiten erledigt hatten, durfte er sich dann ein Zimmer im Obergeschoss aussuchen, das er nach seinen eigenen Wünschen und Vorstellungen herrichten konnte.

Das Türknallen hallte in den großen, leeren Räumen wider. Travis konnte nicht anders, als sich sehnsüchtig an Ronni Walshs gemütliche kleine Blockhütte zu erinnern.

Mit dem plumpen Schneemann im Garten, der Lichterkette an der Veranda und dem liebevoll dekorierten, warmen Wohnraum, in dem anscheinend auch gekocht und gegessen wurde, entsprach es viel eher seiner Vorstellung von einem Zuhause als dieser riesige, leere Kasten.

Aber im Laufe der Zeit würde sich das ändern, dafür würde er sorgen.

Er überlegte einen Augenblick und ging dann zu Bryans Zimmer. Vor der Tür rief er laut: „Bryan, komm, lass uns essen gehen, und danach suchen wir einen Weihnachtsbaum aus."

Keine Antwort. Nur das rhythmische Hämmern zu laut aufgedrehter Heavy-Metal-Musik.

Travis klopfte an die Tür. Als keine Antwort kam, öffnete er sie einen Spalt und steckte den Kopf in den Raum. „Hast du gehört? Ich finde, wir sollten einen Weihnachtsbaum kaufen gehen."

„Kannst du denn keinen liefern lassen?", fragte Bryan widerwillig. Der Junge lag auf seiner Matratze – das Bett würden sie erst aufstellen, wenn er nach oben zog – und hatte die Arme hinter dem Kopf verschränkt. Er starrte durchs Fenster nach draußen, während die Lautsprecher der Stereoanlage undefinierbare Geräusche von sich gaben, die man nur mit viel gutem Willen als Musik bezeichnen konnte.

„Wahrscheinlich schon, aber wäre es nicht viel schöner, wenn wir uns selbst einen aussuchen würden?"

Bryan zog genervt die Stirn hoch. „Jetzt fehlt nur noch, dass du selbst einen im Wald schlagen willst. Was für ein Pech, dass ich vergessen habe, meine Axt aus Seattle mitzubringen!"

„Sei nicht so frech!" Travis verlor langsam die Geduld.

„Ich bin nicht frech, mir ist nur langweilig."

„Dann wird es höchste Zeit, dass wir das ändern." Travis griff sich einen Pullover von einem Berg an zerknitterten Klamotten, der sich vom Boden auftürmte, und warf ihn seinem Sohn zu. „Gehen wir eine Pizza essen und einen Baum aussuchen. Und während der Weihnachtsfeiertage will ich kein Wort mehr über Seattle hören."

„Du hast ja keine Ahnung", murrte Bryan. „Für dich ist das alles ein einziges großes Abenteuer. Du tauschst Anzug und Krawatte gegen ein Holzfällerhemd und Jeans ein und ziehst nach Oregon, um eine Zeit lang Vater zu spielen."

Er setzte sich auf und zog sich den Pulli über. „Ist dir eigentlich klar, dass ich hier keinen Menschen kenne? Was glaubst du, wie ich mich fühlen werde, wenn ich nach den Weihnachtsferien in die Schule muss, wo alle miteinander aufgewachsen sind und ihren Freundeskreis schon haben? Und das hast du mir alles eingebrockt!"

Ronni war müde. Sie hatte einen langen, harten Tag am Berg hinter sich. Starker Wind und Schneefall hatten ihnen den Job nicht eben einfach gemacht. Es hatte viele Verletzte gegeben, die sicher ins Tal gebracht werden mussten.

Die Anstrengung hatte ihre Spuren hinterlassen. Ronni war todmüde, verspannt und fror. Ein heißes Bad war jetzt das Gebot der Stunde.

Auf dem Weg zu ihrem Auto kramte sie in ihrer Handtasche nach dem Schlüssel, sodass sie Travis Keegan erst sah, als sie direkt vor ihm stand. In seiner speckigen Lederjacke lehnte er so selbstverständlich an ihrem Auto, als wäre es seines.

„Was für ein Zufall, dass wir uns hier treffen."

„Eigentlich nicht. Ich habe Sie gesucht."

Ihr Herz schlug schneller, als sich ihre Blicke trafen. „Ach ja? Warum?"

„Ich brauche Ihre Hilfe." Es klang, als fiele es ihm schwer, das zuzugeben. Und das tat es vermutlich auch. Keegan wirkte nicht wie ein Mann, der oft um Hilfe bat.

Ein Pick-up fuhr hupend vorbei. Ronni winkte Tim und seinem Sohn zu, bevor sie sich wieder Travis zuwandte. Etwas an ihm verunsicherte sie, beschäftigte sie, doch sie wusste nicht, was es war.

Oder vielleicht doch? Er war attraktiv und zielstrebig. Der erste Mann, für den sie sich seit Hank interessierte. Oje. Sie verbannte diesen abwegigen Gedanken in den hintersten, dunkelsten Winkel ihres Kopfes, wo er hingehörte.

„Wie darf ich das verstehen?"

„Sie müssen mir mit Ihrem Fachwissen zur Seite stehen."

„Und wobei? Ich glaube nicht, dass ich viel mehr kann, als einer Vierjährigen die Schnürsenkel zubinden."

„Oh, so schwierig wird es gar nicht", versicherte ihr Travis charmant. „Vielleicht darf ich Sie zu einem Kaffee einladen und Ihnen die Sache erklären?"

Sie sah auf die Uhr, um Zeit zum Überlegen zu gewinnen und es ihm nicht zu einfach zu machen. Na schön, beschloss sie, schaden konnte es nicht, ihn anzuhören.

Schließlich fanden alle Menschen, die es gut mit ihr meinten, sie sollte ihre Vergangenheit hinter sich lassen und wieder mehr unter Leute gehen.

„Warum nicht? Ich muss Amy erst in einer Dreiviertelstunde bei meiner Schwester abholen."

Travis Keegan hatte etwas an sich, das sie anziehend fand, und sie hatte schon seit Ewigkeiten keine Zeit mehr mit einem Mann allein verbracht.

Im Restaurant an der Talstation fanden sie ohne Schwierigkeiten einen freien Ecktisch. Sie setzten sich und bestellten Irish Coffee. Die raumhohen Fenster boten einen beeindruckenden Panoramablick auf die Piste, über die die letzten Skifahrer des Tages ins Tal wedelten.

„Wie lange sind Sie eigentlich schon beim Team?“ Er deutete auf ihre rote Jacke mit dem Schriftzug der Bergwacht.

„Schon seit meinem achtzehnten Lebensjahr.“

„Dann sind Sie sicher eine erstklassige Skiläuferin.“

„Meine Schwester und ich standen auf Skiern, sobald wir laufen konnten“, erinnerte sie sich. „Mein Vater war ein begeisterter Skifahrer, Skilehrer und selbst bei der Bergwacht. Da war es gar keine Frage, dass Shelly und ich auch mitmachten.“

„Verstehen Sie sich gut mit Ihrer Schwester?“, fragte Travis.

„Ja, wir sind die besten Freundinnen.“ Ronni trank einen Schluck Irish Coffee, dann erinnerte sie sich plötzlich an den Grund ihres Hierseins. „Also, womit kann ich Ihnen helfen?“

Vermutlich sollte sie Bryan in die Feinheiten des Skilaufens einweihen. Das konnte auf keinen Fall schaden.

„Ich wollte Sie bitten, mir bei der Weihnachtsdekoration zu helfen. Mir ist klar, dass das eine Zumutung ist, und wenn Sie keine Zeit oder Lust haben, verstehe ich das natürlich. Oh, und selbstverständlich würde ich Sie für Ihre Mühe bezahlen.“

Ronni sah ihn verwirrt an. „Ich verstehe nicht ganz.“

„Nun, Sie wissen schon …“, antwortete Travis verlegen. „Weihnachtsbeleuchtung, Tannenzweige, Weihnachtsbaum, ein paar Kerzen – solche Dinge eben.“

Er fuhr sich durch die Haare. „Ich weiß selbst nicht, was in mich gefahren ist. Normalerweise interessiere ich mich nicht besonders für Weihnachten. Aber seit ich in Ihrem gemütlichen kleinen Haus war, weiß ich, dass bei uns etwas fehlt.“

Ronni hörte ihm staunend zu.

„Das ist Bryans erstes Weihnachtsfest weg von zu Hause und ohne seine Freunde. Seine Mutter ist nicht da, und verletzt ist er auch noch. Ich dachte einfach … ach, ich weiß nicht, was ich dachte."

Er brach ab. „Die Rolle als alleinerziehender Vater ist noch so neu für mich, und Sie machen das so toll mit Ihrer Tochter … Wissen Sie, ich habe versucht, mit Bryan zusammen einen Weihnachtsbaum zu kaufen, aber es hat nicht funktioniert. Er hat sich benommen, als würde ich ihm jeden Zehennagel einzeln ausreißen."

„Sie wollen also, dass ich Ihnen dabei helfe, Ihr Haus weihnachtlich zu dekorieren?"

„Sagte ich das nicht?" Er sah sie an, und sie spürte einen Funken, eine Verbindung, so als würde seine Seele ihre Hand nach ihrer ausstrecken. Aber das war natürlich Unsinn. Was war nur los mit ihr?

Nervös fuhr Travis mit dem Finger um den Rand seines Glases. „Ehrlich gesagt habe ich nicht viel Erfahrung als Vater. Ich habe zu viele Jahre im Büro verbracht, bin von Meeting zu Meeting gehetzt und hatte nur eines im Sinn: Immer noch mehr Geld zu verdienen", erklärte er voller Abscheu in der Stimme. „Ich habe viel verpasst und nicht so viel Zeit mit Bryan verbracht, wie es richtig gewesen wäre, und nun versuche ich eben …"

„… das nachzuholen", vollendete Ronni seinen Satz.

„Sozusagen."

„Glauben Sie wirklich, ein paar Lichterketten und Tannenzweige können wettmachen, was Sie im Laufe von Jahren versäumt haben?"

„Nein, natürlich nicht!", räumte er sofort ein. „Das Vergangene kann ich nicht ungeschehen machen. Leider. Ich habe viele Fehler gemacht, was Bryan angeht – meine Frau übrigens auch – aber ich versuche, mich zu bessern."

„Und endlich ein Vater zu sein, anstatt vor allem durch Abwesenheit zu glänzen." Eigentlich wollte Ronni gar nicht so grob sein, doch die Worte brachen einfach aus ihr heraus. Sie hatte so viele Männer gesehen, die ihre Familien zugunsten ihrer Arbeit, Hobbys oder anderer Frauen vernachlässigten! Auf der anderen Seite gab es Männer wie Hank, der alles für sein Kind getan hätte. Und ausgerechnet er wurde seiner Familie gewaltsam und viel zu früh entrissen.

„Aber Sie können keine Fremde anheuern, um Lichterketten und Mistelzweige aufzuhängen und einen Weihnachtsbaum aufzustellen in der Hoffnung, dass dadurch der Geist von Weihnachten in Ihr Haus einkehrt." Ronni redete sich immer mehr in Rage.

„Das ist mir bewusst. Ich wollte nur möglichst gute Voraussetzungen schaffen", versuchte Travis ihr seine Absicht zu erklären. „Ich hatte einfach gehofft, Sie und Amy würden zu uns kommen und wir würden – keine Ahnung, wie Sie es nennen wollen – vielleicht eine Weihnachtsbaum-Party veranstalten."

„Und Sie würden mich dafür bezahlen?", fragte sie angewidert.

„Selbstverständlich."

Das alles klang so künstlich, so gefühllos, so seelenlos. Eben einfach unweihnachtlich. „Danke, nein." Sie stand auf, griff in ihre Geldbörse und warf einen Geldschein auf den Tisch.

„Ich habe Sie beleidigt", ging Travis schlagartig auf.

„Das kann man so sagen." Ronni stützte sich mit den flachen Händen auf dem Tisch ab und lehnte sich vor, bis ihre Gesichter nur noch einige Zentimeter voneinander entfernt waren. Sie sah tief in seine Augen, in denen sie unterschiedliche Grauschattierungen wahrnahm.

„Ich weiß, Sie sind ein Stadtmensch, und Sie sind es gewohnt, dass andere Leute tun, was Sie ihnen auftragen."

Travis hielt ihrem Blick ohne zu blinzeln stand.

„Sie gehören zu den Menschen, die im Privatjet herumfliegen, nur in Nobelhotels residieren und glauben, dass man mit Geld alles kaufen kann. Und sei es ein schönes Weihnachtsfest. Aber da liegen Sie falsch. Weihnachten, ich meine das *echte* Weihnachten, kommt aus dem Herzen, nicht aus der Geldbörse."

Travis hörte ihr mit einer seltsamen Mischung aus Faszination und Ärger zu.

„Ich gebe Ihnen einen guten Rat, und zwar ganz umsonst: Cascadia ist eine Kleinstadt, in der sich die Menschen kennen und mögen. Sie halten zusammen und helfen einander, weil ihnen das ein Anliegen ist, nicht weil sie müssen oder eine Gegenleistung erwarten! Das ist es, was das Leben hier so besonders macht. Genau deshalb lebe ich hier, und deshalb passen Sie nicht hierher. Guten Tag."

Sie richtete sich auf und wollte gehen, doch Travis war schneller. Er packte sie am Handgelenk und zog sie so nahe an sich, dass ihre Brüste seinen Oberkörper beinahe berührten. „Ronni, bitte, ich wollte Sie wirklich nicht beleidigen."

„Das haben Sie aber."

„Ich ..."

„Tun Sie mir einen Gefallen: Vergessen Sie es!" Ronni riss sich aus seiner Umklammerung los. „Wir sind zwar Nachbarn, aber deswegen müssen wir uns noch lange nicht mögen." Sie drehte sich auf dem Absatz um und stolzierte aus dem Restaurant. Dabei brannte sein Blick in ihrem Rücken.

6. KAPITEL

Was hast du getan?", fragte Shelly, bevor sie von ihrem Burger abbiss.

Sie saßen in dem Imbiss, in dem es die besten Burger der Stadt gab, schon seit sie selbst jung gewesen waren. Am Nebentisch unterhielten sich ihre Kinder darüber, wie es der Weihnachtsmann nur schaffen konnte, am Weihnachtsabend in jeden einzelnen Kamin der Welt zu klettern.

Ronni rührte mit dem Strohhalm in ihrer Cola. „Ich habe ihn zum Teufel geschickt. Vielleicht nicht gerade mit diesen Worten, aber ich war deutlich genug."

„Was hat dich da nur geritten?", fragte Shelly kopfschüttelnd.

„Mir gefiel seine Art nicht."

Shelly zog die Augenbrauen hoch, während sie sich die Finger an der Serviette abwischte. „Der interessanteste Junggeselle, der sich seit Jahren in der Stadt blicken lassen hat – so hat ihn zumindest Taffy LeMar beschrieben – bittet dich um einen kleinen Gefallen, und du sagst Nein? Und das auch noch auf eine ausgesprochen unhöfliche Art, wenn ich dich richtig verstehe."

„Du hast mit Taffy gesprochen?", fragte Ronni neugierig. Sie bedauerte noch immer, dass ihr die Maklerin nicht vorab einen Tipp gegeben hatte, dass das alte Johnson-Anwesen das neue Keegan-Haus werden würde. Obwohl sie nur zu gut wusste, dass sie sich das Haus niemals hätte leisten können.

Wie auch? Sie hatte 25.000 Dollar aus Hanks Lebensversicherung gespart. Aber das Geld war für Amys Ausbildung vorgesehen, und sie hatte noch keinen Cent davon angerührt. Doch selbst wenn: Weit wäre sie damit sicher nicht gekommen.

„Ja, ich habe sie zufällig beim Einkaufen getroffen. Sie war ganz aus dem Häuschen über diesen Keegan. Er soll groß, dunkelhaarig, attraktiv und reich sein. Ach ja, und noch zu haben."

Shelly warf einen mütterlichen Kontrollblick zu den Kindern hinüber, die sich aber noch mustergültig benahmen. Das Schlüsselwort dabei war allerdings *noch*.

Dann fuhr sie fort: „Jedenfalls habe ich Taffy daran erinnert, dass sie versprochen hatte, dir Bescheid zu geben, wenn sich jemand für das Haus interessiert. Da hat sie mir erzählt, dass sie dazu gar keine Gelegenheit hatte. Das ganze Geschäft ging binnen weniger Stunden über die Bühne. Der Typ kam in ihr Büro, erklärte ihr, was er wollte, sie zeigte ihm das Haus und direkt danach unterschrieb er den Kaufvertrag."

„Ja, das kann ich mir lebhaft vorstellen", antwortete Ronni nickend. „Genauso habe ich ihn kennengelernt."

„Männer …", brummte Shelly abfällig. „Manchmal …" Sie brach ab.

„Wie geht es Vic?", fragte Ronni daraufhin.

Shelly seufzte und stützte sich mit den Ellbogen auf dem Tisch auf.

„Er bemüht sich, so gut es geht. Er sagt, er freue sich auf das Kind, aber ich sehe ihm an, dass er sich Sorgen macht. Außerdem hat er angefangen, laut darüber nachzudenken, ob wir nach Kalifornien ziehen sollen. Sein Bruder würde ihn einstellen, aber was weiß Vic denn schon über Computer?"

„Das lässt sich alles lernen", meinte Ronni halbherzig. „Er ist doch erst fünfunddreißig."

„Schon, aber Vic hinter einem Schreibtisch? Unvorstellbar", erklärte Shelly, und Ronni musste ihr recht geben.

Am Kindertisch wurde es plötzlich laut. Zwischen den Jungen war ein Streit ausgebrochen.

„Kurt, Kent, seid ruhig!", befahl Shelly.

„Aber er hat mir ein Chicken Nugget geklaut!", beschwerte sich Kurt.

„Hat nicht jeder von euch seine eigene Portion?"

Der Gedanke daran, dass Shelly und ihre Familie wegziehen könnten, schockierte Ronni. Aber das würde sie niemals zeigen, um Shelly die Entscheidung nicht noch schwerer zu machen.

Sie und ihre Schwester waren ihr ganzes Leben lang beste Freundinnen gewesen.

Bis heute sahen sie sich täglich, und die Zwillinge waren für Amy eher Brüder als nur Cousins.

Bei Hanks Tod hatte Shelly sie nach Kräften unterstützt und ihr wieder auf die Beine geholfen. Undenkbar, dass sie Tausende von Kilometern weit wegziehen sollte.

„Ist es wirklich schon so weit, dass ihr umziehen müsst?", fragte sie niedergeschlagen.

„Hoffentlich nicht." Shellys sorgenvolles Gesicht sagte da etwas anderes. „Aber Vic muss endlich einen Job finden, damit es ihm wieder besser geht."

Sie riss sich zusammen und vertrieb die trüben Gedanken. „Ich sage ihm immer, er soll sich keine Sorgen machen. Irgendwie haben wir noch immer alles geschafft. Aber du kennst doch Victor – wenn er nichts hat, worüber er sich Sorgen machen kann, ist er auch nicht glücklich."

Ronni musste lachen. Ja, das klang genau nach Vic. Erstaunlich, wie es ein Mann, der ständig über die Zukunft grübelte, mit Shelly aushielt, die kaum je weiter plante als bis zum nächsten Wochenende … Aber Gegensätze zogen sich bekanntlich an.

„Shelly, weißt du, wenn alle Stricke reißen – ich habe etwas Geld auf der Seite."

„Das Geld für Amys Ausbildung? Bist du wahnsinnig? Kommt nicht infrage. Und jetzt lass uns zur Abwechslung einmal nicht über mich reden, sondern über deinen neuen Nachbarn."

Sie begann, Geschirr und Essensreste auf dem Tablett zusammenzustellen. „Bei aller Liebe – aber ich verstehe dein Problem nicht. Er hat dich gebeten, ihm bei der Weihnachtsdeko zu helfen, und dir angeboten, dich dafür zu bezahlen. Was soll denn daran so verkehrt sein? Im Gegenteil, nach dem, was ich von dir und Taffy weiß, gehört er nicht gerade zu den Menschen, die andere gern um Hilfe bitten. Umso bemerkenswerter, dass er sich aufgerafft und es trotzdem getan hat."

Shelly sprang abrupt auf und eilte zum Nachbartisch, wo Kurt seinen Bruder gerade in den Schwitzkasten nahm, und Kent schrie wie am Spieß. „Hör damit auf, Kurt, sofort! Höchste Zeit zu gehen. Ronni, ich rufe dich später noch an. So leicht kommst du mir nämlich nicht davon“, drohte sie ihrer Schwester augenzwinkernd. „Auf geht's, Jungs!“ Sie nahm die beiden links und rechts an die Hand und marschierte mit ihnen aus dem Imbiss.

„Komm, Amy, für uns wird es auch Zeit.“

„Warum tun die das?“, fragte Amy, die ihren Cousins durchs Fenster dabei zuschaute, wie sie in Shellys Wagen stiegen.

„Was? Oh, du meinst die Jungs? Warum sie sich streiten? Das ist in ihrem Alter ganz normal. Tante Shelly und ich haben uns auch ständig in den Haaren gelegen.“

„Das glaube ich nicht.“

„Aber natürlich. Wir haben Grandma damit fast wahnsinnig gemacht.“ Auf dem Weg nach draußen stellte Ronni ihre beiden Tabletts in einen der dafür vorgesehenen Wagen. Dann half sie Amy dabei, ihre Jacke anzuziehen.

„Aber jetzt streitet ihr nicht mehr.“

„Nein, jetzt nicht mehr“, bestätigte Ronni. „Kurt und Kent werden irgendwann auch damit aufhören. Nur könnte das noch eine ganze Weile dauern.“

„Es nervt“, stellte Amy fest. „Wenn ich eine Schwester hätte, würde ich bestimmt nicht mit ihr streiten.“

Ronni lachte.

„Warum habe ich keine Schwester?“

„Warum du keine Schwester hast?“ Ronni vergewisserte sich, dass der Autoschlüssel in ihrer Jackentasche war, und hielt ihrer Tochter die schwere Glastür auf. „Ich dachte, du wolltest ein Hundebaby.“

„Will ich auch!“, rief Amy strahlend. Ronni war froh, sie erfolgreich vom schmerzlichen Thema eines Geschwisterchens abgebracht zu haben. Amy stellte diese Frage regelmäßig, und genauso regelmäßig wusste Ronni nicht, was sie antworten sollte.

Eigentlich hatte sie sich aufgrund ihrer engen Beziehung zu ihrer Schwester geschworen, nur ja kein Einzelkind zu haben. Hank war damit einverstanden gewesen, wenngleich aus einem anderen Grund: Er hatte nämlich keine Geschwister gehabt und sich immer welche gewünscht.

Doch dann hatte das Schicksal ihrer Familienplanung einen Strich durch die Rechnung gemacht.

Aber Ronni wollte nicht mehr an die Vergangenheit denken. Sie würde ihr Leben auf die Zukunft hin ausrichten. Das war ihr Vorsatz fürs nächste Jahr.

„Komm, lass uns noch kurz da drüben ins Schaufenster schauen, bevor wir nach Hause fahren", schlug sie vor und deutete auf den Einrichtungsladen an der Ecke von Main Street und Douglas Avenue.

Die Auslage quoll über vor Girlanden, Lichterketten, Kerzen, Christbaumkugeln und unzähligen anderen weihnachtlichen Kleinigkeiten. Hier gab es alles, was man brauchte, um ein Haus zu dekorieren, und sei es auch noch so alt und groß und leer.

Entschlossen nahm sie Amy an die Hand und überquerte die Straße.

Shellys Worte hallten in ihrem Kopf nach: *Was soll daran so verkehrt sein? Im Gegenteil, nach dem, was ich von dir und Taffy weiß, gehört er nicht gerade zu den Menschen, die andere gern um Hilfe bitten. Umso bemerkenswerter, dass er sich aufgerafft und es trotzdem getan hat.*

Mag sein, dass Shelly recht hatte. Vielleicht hatte sie Keegan falsch verstanden und dazu noch überreagiert.

Wie hatte ihre Mutter immer gesagt: Der beste Zeitpunkt, Fehler der Vergangenheit wiedergutzumachen, ist jetzt.

Na gut, dann los.

Sie öffnete die Tür zu dem kleinen Laden, den es schon gab, solange sie denken konnte. Jake, der Papagei der Besitzerin, krächzte: „Komm herein, komm herein."

„Ronni und Amy, was für eine Freude!", begrüßte sie Ada Hampton überschwänglich. Die kleine, rundliche Frau mit der gestärkten roten Schürze stand schon hinter der altmodischen Registrierkasse, seit vor dreißig Jahren ihr Mann gestorben war.

„Was kann ich für euch tun? Brauchst du etwas Bestimmtes, Ronni?"

„Ach, wenn ich das wüsste", seufzte sie. „Im Grunde genommen alles."

Ada griff in eine der riesigen Taschen ihrer Schürze und zog einen knallgrünen Lolli heraus, den sie Amy überreichte. „Der ist für dich", sagte sie freundlich. „Ich habe früher schon deiner Mutter und deiner Tante Lollis geschenkt, wenn deine Grandma mit ihnen herkam."

Ronni hatte inzwischen darüber nachgedacht, was sie brauchte. „Lichterketten, rotes Samtband, Girlanden – das volle Programm."

Sie wusste zwar noch nicht genau, was sie vorhatte, aber irgendwann würde sie wohl mit einer Wagenladung Weihnachtsschmuck vor Travis Keegans Tür stehen.

Hoffentlich wollte er das bis dann überhaupt noch ... Nach ihrem letzten Gespräch konnte es genauso gut sein, dass er ihr die Tür vor der Nase zuwarf. Oder sie gar nicht erst öffnete.

Ronni überlegte, was sie noch an geeignetem Material zu Hause und im Lager hatte. Das Weihnachtsgeschäft war gut gelaufen, und sie hatte den Großteil ihrer Ware verkauft, aber einige Restbestände mussten schon noch übrig sein. Vor allem Engel und Glocken, soweit sie sich erinnerte.

Mistel- und Tannenzweige konnte sie im eigenen Garten abschneiden.

Mit etwas Geld, viel Arbeit und noch mehr Fantasie konnte man aus dem alten Johnson-Anwesen ein weihnachtliches Postkartenmotiv zaubern.

„Es ist nicht mehr viel da, aber was ich habe, bekommst du zum Sonderpreis", kündigte Ada an.

„Ich finde bestimmt, was ich brauche."

Travis glaubte, irgendwo über dem tiefen Bass-Wummern, das aus Bryans Zimmer drang, noch ein anderes, unbekanntes Geräusch gehört zu haben. Er versuchte gerade, die Badezimmertür zu reparieren, die nicht richtig schloss. Jetzt legte er den Schraubenzieher auf den Boden und lauschte angestrengt.

Das Geräusch hörte auf, stattdessen begann ein lautes Klopfen an der Haustür. Natürlich, das Geräusch vorher musste die Türglocke gewesen sein. Irgendetwas damit stimmte nicht, und statt eines angenehmen Klingelns gab sie nur ein merkwürdiges Summen von sich.

Wahrscheinlich war das ein Handwerker, der ein Werkzeug vergessen hatte. Wer sonst sollte ihn hier schon besuchen?

Travis öffnete die Haustür. Draußen standen zu seinem Erstaunen statt eines Handwerkers Ronni Walsh und ihre Tochter. Plötzlich spürte er einen Kloß im Hals. Er wusste nicht, was er sagen sollte.

Ronni hatte Topflappen in der Hand, mit denen sie eine weiße, dampfende Auflaufform festhielt, die mit Alufolie abgedeckt war. Es roch lecker und unverkennbar nach Lasagne.

„Ich glaube, ich muss mich entschuldigen", sagte Ronni rasch, bevor sie der Mut verließ. „Heute Nachmittag habe ich völlig überreagiert, als Sie mich um Hilfe gebeten haben. Irgendwie müssen Sie mich auf dem falschen Fuß erwischt haben. Es gab wirklich keinen Grund, Sie so anzufahren. Deshalb bringe ich hier ein Friedensangebot." Sie hielt die Auflaufform hoch, die weitere appetitliche Düfte verströmte.

„Und was jetzt?", fragte Travis verwirrt.

„Ich dachte, wir sollten vergessen, was am Nachmittag passiert ist. Wenn die Einladung zur Weihnachtsbaum-Party noch steht, könnten wir erst gemeinsam essen und uns anschließend um den Baum kümmern. Ich habe ein paar Kleinigkeiten dafür mitgebracht."

Travis Miene hellte sich zusehends auf.

„Es sei denn, Sie haben schon gegessen oder andere Pläne."

„Nein, wir haben keine anderen Pläne, dafür aber jede Menge

Appetit.“ Er kratzte sich am Kinn. „Ich weiß gar nicht, was ich sagen soll.“

„Wir wäre es zum Beispiel mit: *Kommen Sie herein* oder *In Ordnung, Entschuldigung angenommen* oder meinetwegen auch *Endlich sind Sie da, ich war schon am Verhungern.*“

Travis musste lachen. Wie diese Frau mit von der Kälte rosigen Wangen auf seiner Veranda stand, verspürte er plötzlich nicht nur Hunger auf Lasagne. Aber etwas anderes hatte sie nicht angeboten. „Okay. Dann entscheide ich mich für: *Endlich sind Sie da, ich war schon am Verhungern.*“

„Schon besser.“

Er trat zur Seite und gab den Weg ins Haus frei. Amy trottete hinter ihrer Mutter her. Sie hielt eine riesige Tüte mit Weihnachtsschmuck mit beiden Händen fest umklammert.

„Was kann ich tun?“, fragte Travis, noch immer erstaunt darüber, wie plötzlich sie ihre Meinung geändert hatte. Irgendwie schien ihm, dass er gerade einen wichtigen Sieg errungen hatte.

„Ich hatte schon Angst, Sie würden nie fragen“, scherzte Ronni. „Sie könnten uns helfen, die Sachen aus dem Auto zu tragen.“

„Haben Sie noch mehr mitgebracht?“

„Ein paar Kleinigkeiten“, sagte sie augenzwinkernd. „Wenn Amy und ich ein Haus schmücken wollen, überlassen wir nichts dem Zufall.“

Amy nickte zustimmend, blieb aber immer in Ronnis Nähe und betrachtete aufmerksam den Kamin, die Wände und die hohe Decke, als erwarte sie hinter jeder Ecke und jedem Vorsprung ein Gespenst.

„Sie haben ja schon einiges geschafft“, lobte Ronni mit einem anerkennenden Blick auf den frisch geschliffenen Parkettboden und die sauber geputzte Fensterfront, durch die man den von Tannen und Fichten gesäumten Teich sah, der dunkel und ruhig dalag.

„Vielleicht, aber viel mehr haben wir noch vor uns“, kündigte Travis an. „Ich möchte das Haus so herrichten, dass es dem ursprünglichen Architekten gefallen hätte, aber dabei nicht auf modernen Luxus verzichten. Davon ganz abgesehen müssen natürlich auch die örtlichen Bauvorschriften eingehalten werden. Doch jetzt, wo Bryan für die nächste Zeit ausfällt, werden aus den geplanten Vater-Sohn-Projekten wohl eher Vaterprojekte oder gleich Handwerkeraufträge."

Ronni sah sich genau um. Kein Stein des Kamins und keiner der frei liegenden Balken an der Decke schienen ihr zu entgehen. „Es ist wirklich wunderschön."

Sie stellte die heiße Auflaufform auf dem Tisch ab und legte einen Topflappen als Unterlage darunter.

„Ich erinnere mich noch gut an die Zeit, als die Besitzer hier regelmäßig große Feste veranstalteten." Sie strich über das abgenutzte Holzgeländer an der Treppe zur oberen Etage. „Meine Schwester und ich haben uns draußen im Gebüsch versteckt und zugesehen, wie der Reihe nach teure Wagen vorfuhren und gut gekleidete Leute ausstiegen."

Sie ging zu den Fenstern, um hinauszuschauen. „Meist gab es Musik. Eine Sängerin, einen Pianisten oder eine ganze Kapelle. Und der Weg von hier zum Teich und der ganze Steg bis weit in den Teich hinein wurde mit Laternen geschmückt."

„Der Steg?", fragte Travis verdutzt.

„Den gibt es nicht mehr", erklärt Ronni. „Er muss weggefault sein, weil sich niemand darum gekümmert hat. Aber das sind alte Geschichten." Sie räusperte sich und zwang sich zu einem Lächeln. „Vielleicht sollten wir essen, bevor die Lasagne kalt wird."

„Dann lade ich Ihren Wagen aus, während Sie den Tisch decken", schlug Travis vor. „Alles, was Sie brauchen, finden Sie in den beiden obersten Schubladen der Kommode dort drüben."

Was sie wohl mitgebracht hatte? Anscheinend hatte sie nicht nur Zeit, sondern auch Geld aufgewendet. Dafür würde er sie entschädigen müssen, doch nach ihrer Reaktion am Nachmittag konnte er nicht davon ausgehen, dass sie Geld annehmen würde. Aber irgendwas würde ihm schon einfallen.

Er sah Ronni zu, die in den Schubladen kramte und ihm dabei den Rücken zuwandte. Sie trug enge schwarze Jeans, eine weiße Bluse und eine kurze rote Wolljacke. Um ihren Hals hatte sie lässig einen Schal geschlungen. Ihre Haltung war aufrecht, ihr Gang entschlossen – eine verletzliche junge Frau, die ihr Bestes tat, um genau diese Verletzlichkeit zu verbergen.

Vielleicht war es das, was ihn an ihr so faszinierte.

Ein eisiger Windhauch erinnerte Travis daran, dass er in der offenen Tür stand und diese Frau anstarrte wie ein liebeskranker Teenager.

Er verzichtete auf die Jacke, aber er schlüpfte rasch in seine Stiefel, die neben der Tür standen. Schließlich musste er sich den Weg zu Ronnis Wagen durch tiefen Schnee bahnen.

„Was ist nur los mit dir?“, brummte er sich selbst an, während er durch den Schnee stapfte. Er kannte sich aus mit attraktiven, aggressiven Frauen. Die traf er in seinem Beruf andauernd. Meist schlank, elegant und sexy, und sie wussten alle genau, was sie wollten.

Travis war es gewohnt, von selbstbewussten Frauen umworben zu werden. Doch so attraktiv sie auch gewesen waren, sie hatten ihn weder vor noch nach seiner Scheidung so recht interessiert.

Genauso wenig angesprochen hatten ihn die wenigen Heiratskandidatinnen vom Typ Hausfrau und Mutter, die er über gemeinsame Freunde kennengelernt hatte.

Die hatten ihn meist angesehen und behandelt wie ein Geschenk Gottes: als einen attraktiven, wohlhabenden Mann, der ihnen ein sorgloses Leben ermöglichen konnte, damit sie endlich ihre eintönigen Jobs aufgeben oder aufhören konnten, ihren Exehemännern wegen des Unterhalts für sie und ihre Kinder nachzulaufen.

Travis war niemals auch nur in die geringste Versuchung geraten, sich auf eine dieser Frauen einzulassen. Er wusste auch so, dass das nur Ärger bringen und ein schlechtes Ende nehmen würde. Seit Jahren war er ein überzeugter Junggeselle gewesen.

Bis jetzt.

Bis er gesehen hatte, wie sich Ronni Walsh um seinen verletzten Sohn gekümmert hatte.

Bis er beobachtet hatte, wie gut sie mit ihrer Tochter umzugehen wusste.

Bis er in ihre dunklen, klugen Augen geblickt hatte, mit denen sie bis in sein Herz sehen konnte. Und neben ihrer Stärke und ihrer Verletzlichkeit spürte er da noch eine tiefe Traurigkeit, die ihn anrührte.

Am liebsten hätte er sie hier und jetzt in den Arm genommen und ihr versprochen, dass alles gut werden würde. Weil sie so anders war als alle Frauen, die er kannte, hatte seine Einstellung begonnen, sich zu verändern.

Der Kofferraum von Ronnis Wagen war vollgestopft mit Schachteln und Tüten. Sie musste ein kleines Vermögen für all die Sachen ausgegeben haben. Das schlechte Gewissen begann an ihm zu nagen. Als alleinerziehende Mutter konnte sie es sich bestimmt nicht leisten, soviel Geld auszugeben.

Travis griff sich, so viel er tragen konnte. Er würde ohnehin mindestens zweimal gehen müssen.

Als alles im Haus war, klopfte er kurz an Bryans Tür und steckte den Kopf in sein Zimmer. Wie üblich lag der Junge auf dem Bett und hörte viel zu laute Musik, sodass Klopfen ohnehin vergebliche Liebesmüh war.

Travis ging hinein und drehte die Lautstärke hinunter, damit sie sich unterhalten konnten.

„He!", beschwerte sich Bryan sofort.

„Bei der Lautstärke dauert es nicht lange, und du bist taub."

„Na und? Wen kümmert das?"

Sein Vater ging nicht darauf ein, sondern wechselte das Thema. „Wir haben Besuch."

Bryan versuchte, gelangweilt und uninteressiert zu wirken, doch ganz gelang es ihm nicht, seine Neugier zu verbergen.

„Ronni Walsh und ihre Tochter."

„Die Dreijährige, von der du erzählt hast?" Er zog ein Gesicht.

„Ich glaube, sie ist vier."

„Egal. Ein Kleinkind."

Travis hatte nicht vor, sich auf eine weitere Diskussion mit ihm einzulassen. „Ronni hat etwas zu essen mitgebracht. Zieh dir ein sauberes T-Shirt an, wasch dir die Hände und komm an den Tisch."

„Was macht sie überhaupt hier?"

„Ich habe sie gebeten, uns bei der Weihnachtsdekoration zu helfen."

Bryan starrte ihn an, als hätte er Chinesisch gesprochen. „Du hast was? Das kann nicht dein Ernst sein."

„Mein voller", bestätigte Travis. „Es wird bestimmt Spaß machen."

„Ja, sicher", höhnte Bryan.

Travis gab auf und zog die Tür hinter sich zu. Er konnte nur hoffen, dass Bryans Appetit, der in letzter Zeit enorm gewesen war, ihn aus seinem Zimmer locken würde.

Zurück im Wohnzimmer kitzelte ein verlockender Duft seine Nase. Ronni und Amy saßen schon am Tisch, auf dem zwei brennende Kerzen in leeren Weinflaschen standen.

„Kommt Bryan auch?", fragte Ronni.

„Das sollte er besser, wenn er keinen Hausarrest bis zu seinem achtzehnten Lebensjahr bekommen will", erwiderte Travis knurrend.

„Bin ja schon da." Bryan humpelte herein.

„Schön", sagte Ronni aufrichtig. „Wie geht es dir denn?"

„Kommt drauf an", grummelte Bryan.

„Beschreib es mir auf einer Skala von eins bis zehn", schlug Ronni vor. „Wobei zehn bedeutet: Es geht mir fantastisch, ich könnte Bäume ausreißen, und eins: Ich fühle mich, als hätte mich eine Dampfwalze überrollt, ich möchte mich nur noch hinlegen und sterben."

„Minus sechs", verkündete Bryan.

Travis war anzusehen, wie sehr er sich zusammenreißen musste, um nichts zu sagen.

Ronni tat, als würde sie nichts bemerken. „Interessant, so schlecht siehst du gar nicht aus. Aber es heißt ja immer, dass der äußere Eindruck täuschen kann. Eigentlich wollte ich dich ja fragen, ob du vielleicht zu uns kommen magst, um die Pferde zu reiten, aber wenn es dir gesundheitlich noch so schlecht geht …"

„Pferde?" Bryans Blick verriet zum ersten Mal so etwas wie Interesse.

„Ja, zwei Quarter Horses. Eine Stute und ein Wallach, Lucy und Sam."

Auch Travis stellte fest, dass sich Bryans zuvor so gelangweilter Gesichtsausdruck etwas verändert hatte.

„Amy und ich reiten sie, sooft es geht", fuhr Ronni fort, „nur leider ist das viel zu selten. Mir wäre recht, wenn sie regelmäßig bewegt würden. Aber das muss nicht gleich sein. Es reicht im Frühling, wenn dein Knie verheilt ist und der Arzt sein Okay gibt."

Bryan sah kurz zu seinem Vater.

„Ich habe nichts dagegen", erklärte Travis.

„Selbstverständlich würde ich dich dafür bezahlen", fügte Ronni hinzu. Dabei warf sie Travis einen vielsagenden Blick zu.

Travis konnte kaum glauben, was für eine Verwandlung plötzlich mit seinem Sohn vorgegangen war. Sosehr er es auch versuchte, Bryan konnte sein Interesse nicht verbergen.

Irgendwie hatte Ronni in kürzester Zeit geschafft, was Lehrer, Psychologen und vor allem ihm selbst über Jahre hinweg nicht gelungen war, nämlich zu seinem Sohn vorzudringen.

„Du kannst es dir ja noch überlegen", beendete Ronni das Thema vorerst. „Wir sollten jetzt wirklich essen."

„Mhm, die Lasagne sieht wirklich lecker aus", lobte Travis, als Ronni die Alufolie von der Auflaufform nahm.

„Dann können wir nur hoffen, dass sie auch so gut schmeckt, wie sie aussieht."

Doch Ronni brauchte sich keine Sorgen zu machen. Alle waren hungrig, und mehr als ein Anstandsrest blieb nicht in der Auflaufform zurück, als sie sich alle satt und zufrieden zurücklehnten.

Selbst Bryan, auch wenn er immer noch versuchte, sich möglichst cool und abschätzig zu geben, langte zu, als hätte er seit einer Woche nichts mehr gegessen.

Amy schien vergessen zu haben, dass sie Angst vor dem Geisterhaus voller Spinnen und Schlangen gehabt hatte.

„Bryan und ich kümmern uns um das Geschirr“, verkündete Travis.

Sein Sohn riss entsetzt die Augen auf. „Das ist Frauenarbeit“, murmelte er.

„Meinst du?“, fragte Ronni amüsiert.

„In Seattle hatten wir dafür eine Haushälterin.“

„Ja, und genau deshalb ist es höchste Zeit, dass du – wie viele andere Männer in den vergangenen zwanzig Jahren – lernst, dass es so etwas wie Frauenarbeit nicht gibt“, wies ihn sein Vater zurecht. „Männer können genauso gut Geschirr spülen wie Frauen. Man muss ihnen nur die Möglichkeit dazu geben.“

Bryan rollte mit den Augen. „Vielleicht wollen sie diese Möglichkeit ja gar nicht.“

Ronni schritt ein, bevor der Streit eskalierte. „Ich habe einen Vorschlag, Bryan. Heute übernehme ich ausnahmsweise für dich und helfe deinem Vater dabei, die Küche aufzuräumen. Dafür zeigst du Amy inzwischen euer Haus.“

Sie warf Travis einen Blick zu. Halb erwartete sie Gegenwehr von seiner Seite, doch er schwieg. Bryan ergriff die Gelegenheit zur Flucht und verließ den Raum wesentlich schneller, als man jemandem auf Krücken zugetraut hätte.

Amy, der schnell klar wurde, dass er sie zurücklassen wollte, rannte ihm nach.

„Wenn er glaubt, er wird sie so einfach los, dann hat er sich geschnitten“, sagte Ronni grinsend.

„Wo haben Sie nur gelernt, so gut mit aufsässigen Teenagern umzugehen?“, fragte Travis voll Bewunderung in der Stimme.

„Ich habe jahrelang Skiunterricht gegeben“, erklärte Ronni. „Da ist mir fast alles untergekommen, was es an schwierigen Kindern so gibt.“

Ronni begann, die Teller kurz mit heißem Wasser abzuspülen. „Sie machen sich Sorgen um Bryan, nicht wahr?"

Auf seiner Stirn zeigten sich tiefe Furchen. „Wissen Sie, es gab mal eine Zeit, da hielt ich mich für unbesiegbar. Ich glaubte, alles zu können. Sei es ein Unternehmen zu gründen, Baseball zu spielen oder den Mount Everest zu besteigen. Ich muss damals ein ganz schön arroganter Schnösel gewesen sein."

Bei der Erinnerung daran schüttelte er missbilligend den Kopf. „Aber Bryan hat mich schnell eines Besseren belehrt. Ich hätte mir nie träumen lassen, wie einem ein Teenager auf der Nase herumtanzen kann."

„Sie werden das schon schaffen", versicherte ihm Ronni halbherzig, während sie den Stöpsel ins Spülbecken steckte und heißes Wasser einlaufen ließ.

„Ihr Wort in Gottes Ohr!", seufzte Travis, wenig überzeugt davon, dass sie recht behalten würde.

7. KAPITEL

Und, wie packen wir unser Hausverschönerungsprojekt nun an?", erkundigte sich Travis, während er als Letztes Ronnis Auflaufform abtrocknete.

„Ich dachte, mit dem Baum. Sie hatten ja schon kurz erwähnt, dass Sie einen kaufen wollten und gescheitert sind. Das sollten wir jetzt nachholen."

„Ja, Onkel Vic wird uns helfen." Plötzlich stand Amy wieder da. Hinter ihr tauchte Bryan auf.

„Onkel Vic?" Travis sah das kleine Mädchen fragend an.

„Der Mann meiner Schwester", antwortete Ronni anstelle ihrer Tochter. „Er verkauft im Augenblick Weihnachtsbäume an einem Stand in der Stadt. Ich habe ihm gesagt, dass wir noch vorbeikommen."

„Dann machen wir das doch gleich."

Sie fuhren mit Travis' Jeep in die Stadt.

Wie erwartet, war Bryan nicht mitgekommen.

Weihnachten hatte Cascadia fest im Griff: Überall hing Weihnachtsbeleuchtung und standen Weihnachtsbäume und Krippen.

An dem Weihnachtsbaum-Verkaufsstand, an dem Vic Dienst hatte, herrschte reger Betrieb. Nur mit Mühe fanden sie einen Parkplatz.

Ganze Familien schoben sich durch die langen Reihen von Bäumen. Es duftete angenehm nach Früchtetee und Glühwein, der kostenlos an die Kunden ausgeschenkt wurde.

Vic, in seiner warmen karierten Holzfällerjacke und mit einer Pudelmütze auf dem Kopf, stand bereit, um die Kunden zu beraten, dem ausgewählten Baum unerwünschte Äste abzuschlagen und ihn auf oder in die Autos der Kunden zu verladen.

Er war ein großer, kräftiger Mann, dessen blonde Haare und blaue Augen von den dänischen Wurzeln seiner Familie zeugten. Er war in Molalla geboren und aufgewachsen, einer Holzfällergemeinde am Fuß der Berge.

Nach Cascadia war er gekommen, um zur Highschool zu gehen. Mit siebzehn Jahren hatte er begonnen, im örtlichen Sägewerk zu arbeiten, wo er bis zu dessen plötzlicher Schließung als Mitarbeiter sehr geschätzt worden war.

Seitdem schlug er sich nur noch mit Gelegenheitsjobs durch.

„Ronni!", rief er freudig und klopfte ihr mit seiner mächtigen Pranke auf die Schulter, dass sie beinahe in die Knie ging. „Kommt ihr doch noch! Ich hatte schon gedacht, ihr versetzt mich!"

„Bestimmt nicht", versicherte sie ihm.

Vic hob Amy hoch und wirbelte sie durch die Luft. „Wie geht es meiner Lieblingsnichte?"

Sie kicherte, weil sie genau wusste, dass sie seine einzige Nichte war. Umgekehrt war Vic die einzige Vaterfigur, die sie je gekannt hatte.

Er stellte sie auf den Boden, bevor er sich an Ronni und Travis wandte. „Ich glaube, ich habe genau den richtigen Baum für euch. Kommt mit." Er machte eine einladende Handbewegung, und sie folgten ihm zu einer riesigen Weißtanne.

„Wenn sie euch gefällt, kann ich sie euch nach der Arbeit mit dem Pick-up vorbeibringen", bot er an. „Kostenlos, natürlich."

Travis nickte sofort. „So ein Angebot kann man nicht ablehnen. Dann brauche ich nur noch einen passenden Ständer. Gibt es die hier auch?"

„Selbstverständlich. Dort drüben." Er ging voraus. In einem Zelt zeigte er ihnen eine Auswahl an Ständern, die für den großen Baum geeignet waren.

„Der hier sieht am vertrauenerweckendsten aus, finde ich", entschied Travis nach einer kurzen Beratung durch Vic.

Travis bezahlte den Baum und den Ständer, und die Männer schüttelten sich die Hände.

„Ich brauche hier noch etwa eine halbe Stunde. Danach bringe ich den Baum."

„Darf ich mit dir fahren, Onkel Vic?", bettelte Amy.

„Sicher", stimmte Victor sofort zu. „Wenn es deine Mommy erlaubt."

Ronni sah ihren Schwager unentschlossen an. Amy konnte manchmal ganz schön schwierig sein, wenn es sie gerade überkam, und Vic hatte eigentlich anderes zu tun, als auf sie aufzupassen. „Hast du wirklich Zeit für sie? Musst du nicht arbeiten?"

„Kein Problem", beteuerte Vic. „Wir schließen in ein paar Minuten, und wie oft habe ich schon die Gelegenheit, ein kleines Mädchen bei mir zu haben?"

„Also gut", beschloss Ronni. „Aber du musst brav sein, Amy, und tun, was Onkel Vic dir sagt."

„Versprochen!", rief die Kleine und rannte durch die nächstbeste Baumreihe davon.

„Hoffentlich bekommst du keinen Ärger mit deinem Chef", meinte Ronni besorgt. „Bestimmt nicht", versicherte ihr Vic. „Dem macht das nichts aus. Außerdem weiß er genau, was er an mir hat. Mach dir keine Gedanken. In einer halben Stunde bringe ich sie dir wohlbehalten zurück."

„Scheint ein netter Kerl zu sein", bemerkte Travis, sobald sie wieder in seinem Jeep saßen.

„Vic? Oh, ja, das ist er wirklich."

Auf dem Weg zurück zum alten Johnson-Haus rumpelte der Jeep über Schlaglöcher in der alten, kaum mehr befahrenen Straße.

Ronni versuchte, nicht daran zu denken, dass sie ganz allein mit Travis war, und dass ihr Knie nur wenige Zentimeter von seinem entfernt war. Auch seine Hand am Schalthebel war so nah, dass sie beinahe ihren Oberschenkel berührte.

Unwillkürlich rückte sie näher an die Beifahrertür. Nicht, dass sie Angst vor ihm hatte. Es war nur schon so lange her, dass sie das letzte Mal mit einem Mann allein gewesen war, dass sie überhaupt nicht mehr wusste, wie sie sich verhalten sollte.

Ihr fiel sein Duft auf, eine frische Mischung aus Seife und Leder. Unverkennbar männlich.

„Was tun Sie eigentlich, wenn Sie keine unvorsichtigen Teenager in den Bergen retten?", fragte Travis.

„Ich betreibe zusammen mit meiner Schwester einen kleinen Versandhandel. Die Scheune auf meinem Grundstück ist eigentlich unser Lagerhaus."

„Und was verkaufen Sie?"

„Oh, Geschenke und Dekorationsartikel. Hauptsächlich Kunsthandwerk aus der Gegend. Alles Mögliche. Zum Beispiel indianischen Schmuck und Schnitzereien, Bücher über Oregon und spezielle Marmeladen aus Früchten, die hier angebaut wurden. Eine wilde Mischung."

„Das klingt nach viel Arbeit."

„Ist es auch. Und es wird jedes Jahr mehr. Deshalb hilft mir meine Schwester. Und wenn es mir zu viel wird, hole ich mir Hilfe von einer Zeitarbeitsfirma. Es ist nichts Besonderes, aber immerhin kann ich damit Amys und meinen Lebensunterhalt bestreiten."

„Und trotzdem arbeiten Sie nebenbei noch bei der Pistenwacht", stellte Travis fest. „Dann müssen Sie diesen Job sehr lieben."

Sie seufzte und sah zu ihm. Einen Augenblick lang trafen sich ihre Blicke. Zwar wusste sie nicht viel über ihn, aber sie spürte, dass er vertrauenswürdig war, ein Mensch, dem sie sich öffnen konnte.

„Mein Mann Hank starb vor drei Jahren bei einem Skiunfall am Mount Echo. Das war nur wenige Monate nach Amys Geburt."

Trotz der Dunkelheit bemerkte sie die Betroffenheit in seinem Gesicht und auch in seiner Stimme, als er sagte: „Das wusste ich nicht."

Wieder einmal griff die kalte Hand der Trauer nach ihrem Herz. Es fühlte sich an, als wäre die Temperatur im Wagen mit einem Schlag um 20 Grad gesunken.

„Er und sein Partner Rick führten früh am Morgen Lawinensprengungen durch, bevor die Pisten freigegeben wurden.

Irgendetwas ging schief, und eine Lawine löste sich anders als geplant. Sie versuchten noch, der Lawine davonzufahren, doch Hanks Bindung versagte. Aber vermutlich machte das ohnehin keinen Unterschied. Beide Männer wurden unter den Schneemassen begraben und konnten nur noch tot geborgen werden."

Travis bog in die Zufahrt zu seinem Haus ein und schwieg teilnahmsvoll.

Ronni schloss für einen Moment die Augen, um das grausige Bild von Hank, wie er von der Lawine erfasst wurde, aus ihrem Kopf zu vertreiben. „Und das war noch nicht alles."

Gerade als sie vor dem Haus hielten, begann es wieder leicht zu schneien. Goldenes Licht, das aus den hohen Fenstern fiel, hieß sie willkommen.

„Hank hätte an diesem Tag nicht sterben dürfen", sagte sie mit erstickter Stimme.

„Natürlich nicht." Travis spürte, wie nahe ihr der Tod ihres Mannes auch nach vier Jahren immer noch ging. Sie musste ihn sehr geliebt haben.

„Nein, Sie verstehen nicht. Er hätte keinen Dienst haben sollen an diesem Tag. Eigentlich wäre ich dran gewesen."

Sie fühlte Travis' Bewegung eher, als dass sie sie sah. Als er eine Hand an ihre Wange legte und ihr Gesicht zu sich drehte, wehrte sie sich nicht dagegen, sondern sah in seine aufrichtigen, fürsorglichen Augen.

„All die Jahre haben Sie sich selbst die Schuld gegeben", sagte er leise.

„Nein, nicht nur mir. Ich verteile sie gleichmäßig unter allen möglichen Beteiligten."

„Aber tief in Ihrem Innersten denken Sie, dass es Ihre Schuld war."

„Ja."

„Und Sie glauben, dass Sie da oben hätten sterben müssen."

Sie nickte nur. Seine Hand brannte auf ihrer Haut.

„Sie müssen endlich aufhören, sich deswegen selbst zu zerfleischen." Travis starrte sie durchdringend an. „Ich habe Ihren

Mann nicht gekannt, aber ich bin sicher, er hätte selbst dann mit Ihnen getauscht, wenn er gewusst hätte, was geschieht."

Ronni schloss die Augen, weil sie sich mit Tränen zu füllen begannen. Sie versuchte, nicht an Hank und an den Schmerz zu denken.

„Lassen Sie es heraus", riet ihr Travis.

Als sie die Augen wieder öffnete, war sein Gesicht ihrem ganz nah. Mit einer Hand zog er sie an sich. „Es ist vorbei, Ronni. Hank ist tot, und er hätte nicht gewollt, dass Sie sich Ihr Leben lang schuldig fühlen und um ihn trauern."

Seine Worte fühlten sich an wie Balsam auf ihren alten, vernarbten Wunden.

„Was wissen Sie schon?", fragte sie rau.

Travis antwortete nicht. Stattdessen berührten seine Lippen ihre in einem federleichten Kuss, der ihr eine Gänsehaut verursachte und sich gleichzeitig schwer wie ein Stein auf ihre Brust legte.

Ronni wollte nicht, dass er sie küsste – das redete sie sich zumindest ein – doch wie konnte sie dieser süßen Versuchung widerstehen?

Sie sollte sich losreißen, die Sache beenden, doch als er die Arme um sie legte, gab ihr Körper nach und sie schmiegte sich an Travis.

Wie lange war es schon her? Jahre. Seit Hanks Tod. Ihre Augen brannten, und in ihrem Hals bildete sich ein Kloß.

Nach dem Kuss hob Travis den Kopf und strich ihr eine Strähne aus dem Gesicht. Er wollte etwas sagen, doch dann überlegte er es sich anders.

Ronni tastete nach dem Türgriff. Sie musste Distanz zwischen sich und diesen Mann schaffen. „Wir sollten besser hineingehen. Vic wird schon bald mit dem Baum kommen."

Travis starrte sie einen Moment lang abwesend an, bevor er sich wieder unter Kontrolle hatte: „Stimmt."

Sie stieg aus und ging verwirrt auf das Haus zu. Was war da nur gerade über sie gekommen? Sie hatte seit Hank niemanden mehr geküsst, doch eben in Travis' Jeep hatte sie ein lange vergessenes Verlangen erfasst, von dem sie geglaubt hatte, es mit ihrem Mann begraben zu haben.

Travis holte sie auf der Veranda ein und fasste sie an der Schulter.

„Ronni …"

„Was?" Als sie sich umdrehte, nahm er sie in den Arm. Sie versuchte, sich zu wehren, doch er küsste sie erneut – dieses Mal fordernder.

Ihr Puls raste, und ihre Knie wurden weich.

Mit der Zunge erkundete er ihren geöffneten Mund, und ein verlockender Schauer der Erwartung rieselte durch ihren Körper.

Stöhnend presste er sie an sich, während er mit den Fingern in ihrem Haar spielte. „Ronni", flüsterte er heiser.

„Ich … ich will keine Beziehung", hauchte sie atemlos.

„Ich auch nicht." Er sah ihr Hilfe suchend in die Augen. „Aber wenn …"

„Komm nicht auf dumme Ideen", scherzte Ronni mit gespielter Gleichgültigkeit, während ihre Gedanken vorauseilten. Wie wäre es wohl, diesen Mann zu umarmen, mit ihm ein Bett zu teilen, mit ihm zu schlafen, morgens neben ihm aufzuwachen und seinen Duft zu riechen?

Sie biss sich auf die Lippen. Was war nur mit ihr los?!

Nein, sie hatte absolut kein Interesse an einer Beziehung. Sie hatte sich ganz ihrem Kind verschrieben, und für einen Mann gab es keinen Platz in ihrem Leben.

„Du kannst dir nicht ewig Vorwürfe machen", sagte Travis ernst.

„Warum nicht?"

„Und du kannst dich nicht selbst für etwas bestrafen, an dem du noch nicht einmal Schuld hattest."

„Das tue ich auch nicht", herrschte sie ihn heftiger als gewollt an. Sie war zu vernünftig, zu bodenständig, um in diese Falle zu gehen. „Für wen hältst du dich eigentlich? Sigmund Freud?"

„Das war nur eine gut gemeinte Beobachtung."

„Was kümmert dich das alles überhaupt?"

Die Frage hing lange zwischen ihnen in der Luft, bevor Travis langsam antwortete: „Ich wünschte, ich wüsste es."

In der Ferne tauchten Scheinwerfer auf, und kurz darauf rumpelte Vics Pick-up in die Einfahrt. Ronni, die sich irgendwie ertappt fühlte, obwohl es keinen Grund dafür gab, machte ein paar Schritte weg von Travis.

Sicher war sie sich nicht, aber sie glaubte, gesehen zu haben, wie sich eine der Gardinen bewegt hatte. Doch sie konnte sich auch irren.

Amy sprang aus dem Wagen wie ein Gummiball, während Vic, der seit Jahren unter einer Knieverletzung litt, ihr langsamer folgte.

Ronni schnappte sich den Christbaumständer und trug ihn ins Haus. Inzwischen luden die Männer gemeinsam den Baum ab und schleppten ihn hinein.

Sogar Bryan kam aus seinem Zimmer, um die Aktion zu beobachten, auch wenn es ihm sichtlich schwerfiel, seine Neugier zuzugeben.

Wenig später stand der Baum einigermaßen gerade an der Wand, an der Travis sicherheitshalber die oberen Äste noch mit Angelschnur festgebunden hatte.

Vic nickte anerkennend. „Sieht gut aus. Aber ich sollte jetzt gehen, bevor sich Shelly Sorgen macht."

„Ich würde Ihnen gern etwas für die Mühe geben …", begann Travis, doch das trug ihm einen ablehnenden Blick von Ronnis Schwager ein.

„Das war so ausgemacht."

„Wie wäre es dann mit einem Drink? Oder einer Tasse Kaffee?"

„Ein anderes Mal gern, aber ich muss jetzt wirklich nach Hause, damit ich die Zwillinge noch erwische, bevor sie schlafen gehen."

Er streckte Travis die Hand hin, der sie ergriff und kräftig schüttelte.

„Vielen Dank noch einmal.“

„Gern geschehen.“

„Wir sollten uns besser auch auf den Weg machen“, erklärte Ronni.

„Nein!“, protestierte Amy lauthals. „Wir müssen doch noch den Baum schmücken.“

„Dazu ist es heute schon zu spät, mein Schatz. Du müsstest längst im Bett sein.“ Vor allem brauchte Ronni Abstand von Travis. Bevor sie ihn wiedersah, musste sie sich unbedingt über diese Flut von widersprüchlichen Gefühlen klar werden, die er in ihr auslöste.

„Aber wir müssen …“

„Sie könnte doch in einem der Gästezimmer schlafen“, schlug Travis vor. Seine Stimme klang weich und zärtlich, und Ronni wusste vor Verlegenheit nicht, was sie sagen sollte.

„Ich bin aber gar nicht müde“, krähte Amy.

„Es wäre wirklich besser, wenn wir nach Hause fahren würden.“

Ja, aber besser für wen? Besser für Amy, für Bryan und besonders für sie selbst, redete sie sich ein.

„Dann lässt du uns jetzt einfach in diesem Chaos allein?“ Wie selbstverständlich waren sie nach ihrem Kuss auf der Veranda zum vertrauten „Du“ übergegangen. Es würde bestimmt nicht mehr lange dauern, bis die Kinder das bemerken und unbequeme Fragen stellen würden …

Ronni musste lachen. „Wir kommen zurück und helfen. Versprochen!“

„Wir schaffen das schon allein.“ Bryan starrte sie so feindselig an, als wäre sie der Teufel in Person.

In dem Augenblick, als ihr das bewusst wurde, verstand sie auch, wieso. Offenbar hatte sie sich vorher nicht getäuscht: Die Gardine hatte sich wirklich bewegt. Bryan musste mit angesehen haben, wie sein Vater sie vorher geküsst hatte.

So etwas war für keinen Teenager angenehm, und besonders nicht für Bryan, der ohnehin schon eine schwere Zeit durchmachte.

Travis schien seinen Sohn nicht zu hören oder zumindest nicht zu verstehen. „Wie wäre es morgen Abend?", schlug er vor. „Dieses Mal kochen Bryan und ich."

„Oh, Mann", schnaubte Bryan.

„Können wir?", bettelte Amy.

Ronni zögerte. Doch sosehr sie auch nachdachte, es fiel ihr beim besten Willen kein guter Grund ein, Travis' Angebot abzulehnen.

Bryan, von seinem Vater offensichtlich ins Gebet genommen, benahm sich mustergültig, zumindest nach außen hin. Auch wenn es unter der höflichen Oberfläche sicher noch immer brodelte.

Nach einem herzhaften Abendessen aus gebratenem Fleisch, Salat und Ofenkartoffeln machten sie sich ans Schmücken des Baumes.

Travis hatte am Nachmittag bereits die Lichterketten durch die Zweige gewunden, sodass die schwierigste Aufgabe schon erledigt war.

Nachdem auch das letzte Schmuckstück aufgehängt war, schalteten sie das Licht aus und die Beleuchtung ein, um ihre Arbeit zu begutachten, und waren begeistert.

Mit Ausnahme von Bryan natürlich, der sich verzog, sobald er konnte.

Amy durfte sich im Fernsehen eine Weihnachtssendung ansehen, während sich die Erwachsenen im romantischen Schein der Lichterketten auf die Couch setzten, um sich zu unterhalten.

Bald schlief Amy ein, und Travis gab ihrer Mutter eine Decke für die Kleine zum Zudecken.

„Weißt du was?", sagte Travis plötzlich. „Ich habe eine Idee. Wie wäre es mit einem kleinen Spaziergang rund um den Teich?"

Sie zogen Jacken und Stiefel an und verließen das Haus durch die Hintertür. Große Schneeflocken sanken sanft auf die in der eisigen Kälte glitzernde Landschaft herunter.

Travis nahm Ronni an die Hand und führte sie den vom Schnee unsichtbar gemachten Weg hinunter zum Teich. Unter ihren Sohlen knirschte es leise.

Am Ufer wandte er sich ihr zu, doch es war so dunkel, dass sie nur eine Silhouette seines Gesichts erkennen konnte.

Ronni wurde heiß.

Er zog sie an sich und küsste sie, und sie legte ihre Arme um seinen Hals.

Ein kühles Lüftchen wirbelte ihre Haare durcheinander. Schneeflocken tanzten um sie herum Ballett.

Ronni begann zu zittern, als der Kuss immer tiefer und leidenschaftlicher wurde. Ihr Herz schlug so stark, dass sie Angst hatte, er würde es hören.

Langsam hob er den Kopf und lehnte die Stirn an ihre. „Wer bist du, Ronni Walsh, und was machst du nur mit mir?", flüsterte er.

„Dasselbe wollte ich dich auch fragen", wisperte sie zurück.

Wer bist du – diese Frage hätte eigentlich sie ihm stellen müssen. Was wusste sie denn schon über ihn? Er war ein Fremder. So ganz anders als Hank, den sie ein Leben lang gekannt und mit dem sie mehr oder weniger aufgewachsen war.

Er schob die Hände unter ihren Anorak und weiter unter ihren Pulli und ihr T-Shirt bis auf ihre Haut.

Sie hielt die Luft an, als er ihren BH berührte und sinnlich über ihre Brüste strich.

Alarmglocken schrillten in ihrem Kopf. *Du machst einen Fehler! Du kennst diesen Mann kaum!*

Doch es war schon so unendlich lang her, dass sie zuletzt gespürt hatte, was es hieß, von einem Mann begehrt zu werden.

Travis' Hände glitten abwärts, bis sie auf ihren Hüften ruhten.

Ihre Lippen berührten sich, ihre Zungen spielten miteinander und ein wohliges Gefühl der Wärme breitete sich in ihrem ganzen Körper aus.

Ronni fühlte, wie er ihren Anorak öffnete und abstreifte. Mit einem leisen Rascheln landete das Kleidungsstück hinter ihr im Schnee.

Dann schob Travis mit einer einzigen Bewegung ihr T-Shirt und ihren Pulli nach oben. Willenlos hob sie die Arme und ließ sich die Sachen ausziehen. Ihr langes Haar fiel danach wirr über ihren Rücken und ihre Schultern. Aufreizend langsam öffnete er ihren BH.

Ronni atmete schwer. Ihre Brustspitzen richteten sich so sehr auf, dass es beinahe schmerzte. Ihre Blicke trafen sich, während Travis' Hand zwischen ihren Brüsten abwärts glitt. Geschickt öffnete er den Knopf ihrer Jeans.

„Ronni", flüsterte er so nahe an ihrem Gesicht, dass sie seinen Atem spürte. „Lass uns …"

„Was?", hauchte sie.

„… miteinander schlafen."

Sie presste die Augenlider zu.

„Oh, nein, mein Schatz", protestierte Travis. „Wir tun das entweder mit offenen Augen oder gar nicht."

Ronni schluckte schwer. Dann zwang sie sich, die Augen zu öffnen.

Er umfasste ihre Brüste mit beiden Händen und liebkoste ihre Brustspitzen mit den Daumen. Dabei sah er ihr tief in die Augen, bevor er sich wieder zu ihr niederbeugte, um sie zu küssen.

Sie wehrte sich nicht, als er sich vorsichtig nach hinten auf einen Schneehügel legte und sie mit und auf sich zog.

Eisige Schneeflocken verflüssigten sich auf ihrem Rücken, während er ihr Gesicht, ihre Ohren und ihren Hals mit Küssen bedeckte und sie mit seinen Händen auf ihrem Po noch näher an sich drückte.

Alte und neue Empfindungen und Gefühle stürmten auf sie ein. Im Feuer der Leidenschaft gab sie jede Kontrolle auf. Sie wollte mehr von ihm, mehr von seinen magischen Berührungen. Gib das Denken auf und konzentrier dich nur auf das, was du spürst, rief eine Stimme in ihr.

„Ronni, nein!" Travis ließ sie plötzlich los, und sein ganzer Körper verspannte sich. „Nein", sagte er wieder. Und noch einmal: „Nein."

„Travis?"

Er nahm sie fest in seine muskulösen Arme und drückte sie ein letztes Mal an sich, bevor er ihr half, gemeinsam mit ihm vorsichtig aufzustehen, damit sie nirgends die eisige Schneedecke berührte.

„Ich glaube, wir sollten es langsam angehen."

Ihr Lachen klang erzwungen, brüchig. Was dachte er von ihr? Dass sie so etwas alle paar Tagen oder Wochen machte? Was sollte sie sagen? „Du hast recht. Ich weiß nicht, was in mich gefahren ist."

„In uns", korrigierte sie Travis.

„Mir ist das so unangenehm …"

„Warum?"

„Warum?" Sie starrte ihn verständnislos an und schüttelte den Kopf. „Weil ich, auch wenn das vielleicht für dich schwer vorstellbar ist, noch nie einen Fremden an einem Teich im Schnee verführt habe."

„Wir sind keine Fremden."

„Trotzdem."

„Und verführt habe ich dich, nicht du mich." Seine Stimme klang schuldbewusst. Er warf einen unglücklichen Blick in den düsteren Nachthimmel. „Irgendwie bin ich in deiner Gegenwart nicht mehr Herr meiner selbst."

„Lass uns das Ganze einfach als Fehler betrachten und vergessen", schlug Ronni vor.

„Als Fehler? Denkst du das wirklich?", fragte Travis enttäuscht.

„War es denn keiner?"

„Ganz bestimmt nicht." Er fasste sie am Arm. „Ich weiß nicht genau, was sich zwischen uns abspielt, und wenn ich ehrlich sein soll, macht es mir Angst. Aber ich glaube keine einzige Sekunde, dass es ein Fehler war."

Ronni wollte sich aus seinem Griff winden, doch das ließ er nicht zu. „Ich möchte nicht, dass du einen falschen Eindruck bekommst", erklärte sie.

„Habe ich das denn?“, fragte er erstaunt.

„Ich … nun …“, druckste sie herum. „Nach Hanks Tod bin ich nicht mehr viel ausgegangen. Und ich habe seitdem keinen Mann mehr geküsst.“

Als sie seinen erschrockenen Gesichtsausdruck sah, fügte sie hinzu: „Ich weiß, es klingt merkwürdig, aber ich war nicht … ich meine, ich bin nicht bereit für eine Beziehung. Ich hätte nie erwartet, dass so etwas zwischen uns passiert, und ich würde es für das Beste halten, wenn wir …“

„Wenn wir was?“

„… uns nicht zu sehr aufeinander einlassen würden.“

„Und was genau soll das heißen?“, fragte er mit gerunzelter Stirn. „Dass wir uns nicht mehr sehen sollten?“

„Nun, so weit würde ich nicht gehen, aber …“

„Dass ich dich nicht mehr küssen soll.“

„Möglicherweise.“

Er lachte bitter. „Vor ein paar Minuten warst du kurz davor, …“

„Ich weiß, was vor ein paar Minuten war“, unterbrach sie ihn kurz angebunden. „Aber wir wissen beide, dass es ein Fehler gewesen wäre.“ Ihre Wangen brannten wie Feuer, so peinlich war ihr die Sache. „Aber es ist nichts passiert.“

„Noch nicht“, verbesserte Travis sie.

„Ich glaube, wir sollten wieder hineingehen.“ Sie schlüpfte in ihre Jacke. „Ich packe Amy einfach ins Auto und …“

„Nicht“, bat er leise.

„Was?“

„Geh nicht im Streit.“

„Aber …“ Sie schloss den Mund wieder und zählte in Gedanken bis fünf. „Ich bin nicht böse auf dich.“

„Nein, aber auf dich selbst.“

„Du spielst schon wieder Sigmund Freud.“ Sie machte sich auf den Weg zum Haus.

Halb hatte sie erwartet, dass Travis sie aufhalten würde, doch er ging ihr nur mit langsamen Schritten nach und holte sie erst im Haus ein.

„Wie geht es jetzt weiter?“, fragte er, an den Türrahmen gelehnt.

„Keine Ahnung“, gab sie zu.

Wortlos half er ihr, Amy in die Decke zu wickeln, mit der sie zugedeckt gewesen war, und sie ins Auto zu tragen.

8. KAPITEL

Travis rief nicht an. Weder am nächsten Abend noch am übernächsten noch am darauffolgenden. Aber das hatte Ronni auch gar nicht erwartet. Zumindest redete sie sich das ein.

Sie war gerade dabei, hinter dem Haus auf zwei Sägeböcken, die Hank damals noch gemacht hatte, ihre Skier zu wachsen, als sie durch die offene Tür das Telefon klingeln hörte.

Travis! war ihr erster Gedanke, doch sofort ärgerte sie sich über sich selbst.

Sie lief ins Haus und nahm Amy den Hörer ab.

„Ronni", bat Shelly mit seltsam belegter Stimme und ohne Einleitung, „glaubst du, du könntest heute Nachmittag auf die Zwillinge aufpassen?"

„Aber sicher, Shelly, was ist denn los?", fragte Ronni besorgt.

„Mir geht es nicht so gut. Vic fährt mich in die Klinik."

„In die Klinik?", wiederholte Ronni erschrocken. „Hoffentlich ist alles in Ordnung. Natürlich kümmere ich mich um die Jungs. Ich hole sie sofort ab!"

„Nein, danke, wir bringen sie auf dem Weg in die Klinik vorbei. Vic packt sie gerade ins Auto."

Zehn Minuten später kletterten die Zwillinge, ruhiger als üblich, vor Ronnis Haus aus dem Wagen.

Ronni wechselte ein paar kurze Worte mit ihrer Schwester, bevor Vic und Shelly eilig in die Klinik fuhren.

Als Ronni zurück ins Haus kam, stritten sich die Kinder gerade um die besten Plätze vor dem Fernseher. „Wie wäre es, wenn wir alle zusammen Plätzchen backen würden?"

Amy und die Jungs jubelten vor Begeisterung und vergaßen den Fernseher.

Ronni machte einen Teig aus Butter, Zucker und Mehl und half den Kindern beim Ausrollen. Anschließend verteilte sie Ausstechförmchen, was zu einem riesigen Durcheinander unter den Kindern führte, weil Kurt unbedingt Amys Rentier wollte, während Amy versuchte, Kent sein Tannenbäumchen abzuluchsen.

Ronni versuchte zu schlichten, doch bevor sie Erfolg hatte, klingelte es an der Haustür. Durch das Fenster sah sie Travis draußen stehen, und plötzlich war ihr, als würde ihr eine schwere Last von der Seele genommen.

Sie öffnete, obwohl sie bis zu den Ellbogen voller Mehl war, und winkte ihn herein ins Chaos. Dann wusch sie sich die Hände, legte die Schürze ab, stellte Travis die Zwillinge vor und bot ihm einen Kaffee an.

„Danke, aber ich kann nicht bleiben."

„Oh?"

„Ich bin nur vorbeigekommen, um dich zu fragen, ob du Snowboardunterricht für Bryan organisieren könntest, sobald er wieder auf dem Damm ist. Es könnten Einzelstunden sein, aber gern auch in der Gruppe, damit er so bald wie möglich Anschluss findet."

„Natürlich", versprach Ronni. „Das ist überhaupt kein Problem. Ich weiß schon, wen ich da fragen werde."

„Toll, danke." Unruhig wippte Travis von einem Fuß auf den anderen, als wäre das noch nicht alles gewesen. Er versicherte sich mit einem Blick, dass die Kinder beschäftigt waren, dann nahm er Ronni am Ellbogen und schob sie zur Hintertür hinaus.

Dort herrschten Ruhe und Einsamkeit. Nur die Pferde standen auf der Koppel, und ein einsamer Habicht zog am Himmel seine Kreise.

„Ich … ich wollte mich entschuldigen", begann Travis. „Ich habe alles kaputt gemacht, weil ich zu viel wollte. Ich kann verstehen, dass es dir zu schnell ging." Er wischte sich über die Stirn und machte eine hilflose Handbewegung. „Eigentlich weiß ich gar nicht, was ich hier will. Ich habe einfach nur gehofft, dass wir neu anfangen können."

„Neu anfangen?" Sie betrachtete den schneebedeckten Gemüsegarten, als wüsste er die Antwort auf die existenziellen

Fragen ihres Lebens. „Lass mich raten“, fuhr sie fort. „Wir sollen Freunde bleiben, einander zuwinken, wenn wir uns begegnen, und uns gegenseitig die Pflanzen gießen, wenn wir in Urlaub fahren?“

Travis zog sie ruckartig an sich, und sie wusste, dass sie zu weit gegangen war. „Was ich will“, sagte er grimmig, „ist schlicht und einfach unanständig. Wenn du es wirklich wissen willst: Ich will dich küssen, bis du keinen klaren Gedanken mehr fassen kannst. Und dann will ich dich ins Bett tragen, wo du die ganze Nacht kein Auge zutun wirst. Was ich will, ist eigentlich ganz einfach: dich.“

Ronnis Hals war trocken, und sie versuchte, sich aus Travis' Griff zu befreien. Doch er hielt sie fest und drückte sie gegen die Tür. „Schon seit ich dich zum ersten Mal gesehen habe, will ich dich. Ich habe versucht, den netten Nachbarn zu spielen, aber das bin ich nicht.“

Er starrte sie mit durchdringendem Blick an, und bevor sie antworten konnte, küsste er sie.

Ronni konnte kaum atmen und nicht flüchten. Also gab sie auf und ließ es geschehen. Sie erwiderte seinen hungrigen Kuss und schlang die Arme um seinen Hals, als wolle sie ihn für immer festhalten, während eine wohlige Wärme durch ihren Körper pulsierte.

Irgendwo weit entfernt, in einer anderen Welt, klingelte etwas, doch Ronni kümmerte sich nicht darum.

Es war Travis, der innehielt, den Kopf hob und lauschte. „Erwartest du einen Anruf?“

„Nein“, murmelte Ronni. „Doch!“ Sie raste los. „Shelly!“

Wieder war Amy schneller gewesen und hatte für sie abgehoben. Am anderen Ende der Leitung war Victor, der sich immer noch bei Shelly im Krankenhaus befand. Shelly ging es den Umständen entsprechend einigermaßen gut, doch der Arzt hatte ihr absolute Ruhe verordnet. Sie konnte wieder zurück nach Hause, aber sie sollte viel liegen und durfte sich auf keinen Fall anstrengen oder gar aufregen.

„Alles klar, die Jungs bleiben vorerst hier bei mir", beschloss Ronni nach dieser Ankündigung sofort. „Du kümmerst dich um Shelly und sorgst dafür, dass sie sich auch wirklich ins Bett legt und ruhig verhält, versprich mir das!", schärfte sie ihrem Schwager ein.

„Probleme?", fragte Travis, nachdem sie das Gespräch beendet hatte.

„Das kann man wohl sagen." Plötzlich fror sie, und sie rieb sich die Arme, um die Kälte abzulegen, die aus ihrem Inneren kam. Ronni fasste in kurzen Worten für Travis zusammen, was im Leben ihrer Schwester gerade passierte. Dabei sprach sie mit gedämpfter Stimme, damit es die Zwillinge nicht mitbekamen.

Er hörte ruhig zu. „Vielleicht kann ich helfen", bot er an, als sie fertig war.

„Du? Wie denn?"

„Mit Shellys Gesundheit und dem Baby bin ich natürlich überfordert. Das ist Sache der Ärzte und der Natur. Aber Vic könnte doch für mich arbeiten."

Ronni sah ihn zweifelnd an.

„Warum nicht?"

„Ich habe das Büro gesehen, das du dir eingerichtet hast. Vic kennt nicht einmal den Unterschied zwischen einem Computer und einem Faxgerät, das garantiere ich dir. Er stammt aus einer Holzfällerfamilie und hat sein Leben lang in einem Sägewerk gearbeitet. Ein Bürojob ist nichts für ihn."

„Das habe ich auch gar nicht gemeint", erklärte Travis. „Ich habe eher an die Renovierung des Hauses gedacht. Da ist viel mehr zu tun, als erwartet, und ich bin da kein Fachmann. Ich werde auf alle Fälle für einige Dinge Hilfe brauchen, zumal Bryan, mit dem ich eigentlich gerechnet hatte, erstens wegen seiner Verletzung ausfällt und zweitens ohnehin keine Lust hat."

Ronni nickte langsam, während sie sich Travis' Worte durch den Kopf gehen ließ. Er reichte einem Mann, den er kaum kannte, eine helfende Hand. „Vic ist unheimlich stolz. *Zu* stolz, wenn du mich fragst. Er wird kein Mitleid und keine Almosen wollen, weder von dir noch von sonst jemandem."

„Kein Problem", versprach Travis mit einem gespielt hinterhältigen Grinsen. „Würdest du dich besser fühlen, wenn ich dir garantiere, dass ich ihn so hart arbeiten lasse, dass er jeden Abend nur noch völlig erschöpft ins Bett fällt?"

Trotz der verzwickten Lage musste Ronni lachen. „Ich nicht, aber Vic." Sie überlegte. Warum sollte Travis' Plan nicht funktionieren?

Es war eine Woche vor Weihnachten, und das Geschäft mit den Weihnachtsbäumen war schon deutlich zurückgegangen. Vics Chef hatte ihm bereits angekündigt, dass er nach dem Wochenende nicht mehr gebraucht würde.

„Aber du kennst Vic doch gar nicht richtig."

„Jeden anderen Handwerker, den ich für diesen Job anheuern könnte, kenne ich noch viel weniger", argumentierte Travis dagegen. „Mit Vic habe ich immerhin schon den Weihnachtsbaum aufgestellt, und außerdem weiß ich, dass du ihn kennst und magst. Das ist sehr viel mehr, als ich von jedem anderen potenziellen Kandidaten behaupten kann."

„Ich muss nur eine Sache über diesen Job wissen, den Sie mir da anbieten", sagte Vic. Dabei drehte er den Hut, den er in seinen schwieligen Händen hielt, nervös herum. „Ich arbeite gern für Sie, und ich werde alles tun, was zu tun ist, aber ich muss sicher sein, dass ich diesen Job nicht bekomme, weil Sie etwas von Ronni wollen."

„Unsere Abmachung hat nichts mit ihr zu tun", versicherte ihm Travis. „Das hier ist eine rein geschäftliche Angelegenheit."

Victor zupfte nachdenklich an seiner Unterlippe. „Na gut."

Nachdem das geklärt war, besprachen sie, welche Arbeiten sie der Reihe nach angehen wollten, was für Material sie benötigen würden, welche Arbeitszeiten Vic haben und welchen Lohn Travis ihm zahlen würde.

Als sie fertig waren, lächelte Vic erleichtert. „Vielen Dank, Mr Keegan." Er streckte seinem Auftraggeber die Hand hin.

„Keine Ursache. Ich bin froh, wenn hier endlich etwas weitergeht. Wir sehen uns also morgen um neun. Übrigens sollten wir uns duzen. Schließlich werden wir gemeinsam arbeiten. Ich heiße Travis."

Ronni warf den Pferden zwei große Gabeln Heu in den geräumigen Laufstall. Sam, der schwarze Wallach, versuchte die Schimmelstute Lucy wegzudrängen.

„Sei nicht so gierig", ermahnte sie ihn. Er drehte aufmerksam die Ohren nach vorn und schnaubte, ließ sich aber nicht vom Fressen abhalten. „Typisch Mann", sagte sie kopfschüttelnd.

Sie stellte die Heugabel in eine Ecke, wischte sich die Hände an den Jeans ab und wollte gerade das Licht im Stall löschen, als sie hinter einem Heuballen einen Schatten bemerkte.

Ohne nachzudenken, schnappte sie sich die Heugabel wieder und hielt sie wie eine Waffe vor sich, als Travis aus dem Schatten des Heuballens heraus und ins Licht der Deckenlampe trat.

„Du hast mich zu Tode erschreckt!", rief sie halb ärgerlich, halb erleichtert.

„Entschuldige! Das wollte ich nicht. Ich habe drüben am Haus geklopft, aber niemand hat geöffnet. Dann habe ich hier Licht gesehen und bin rübergekommen, um zu sehen, ob du hier bist."

„Amy hatte einen anstrengenden Tag, deshalb schläft sie schon. Und ich bin vor lauter Weihnachtsvorbereitungen erst jetzt dazu gekommen, auszumisten und die Pferde zu füttern." Weshalb hatte sie eigentlich das Gefühl, Travis Rechenschaft schuldig zu sein? Und warum hielt sein Blick sie so sehr gefangen, dass sie ihre Augen nicht abwenden konnte? Wieso raste das Blut durch ihre Adern?

„Wie geht es deiner Schwester? Aus deinem Schwager war nicht viel herauszubekommen."

„Ihre Nachbarin und ich kümmern uns abwechselnd um die Zwillinge, damit sie Ruhe bekommt. Ansonsten geht es ihr den Umständen entsprechend gut. Die Erleichterung, dass Vic wieder Arbeit hat, ist ihr richtig anzumerken. Bestimmt geht es jetzt rasch aufwärts."

Ronni sah an ihm vorbei durch die offene Stalltür hinaus in die Dunkelheit. „Bist du allein hier?"

Travis nickte. „Ja. Wir haben endlich die Unterlagen von Bryans neuer Schule bekommen, und es hat sich herausgestellt, dass sich der Lehrplan in einigen Punkten von dem seiner alten Schule unterscheidet. Deshalb muss er jetzt einiges nachholen. Er liest gerade Charles Dickens." Travis verzog das Gesicht zu einer hilflos-komischen Grimasse. „Zumindest hoffe ich das."

„Und da hast du beschlossen, einen Spaziergang zu machen?", bohrte Ronni. Sie hoffte nur, dass er das laute Klopfen ihres Herzens nicht hören konnte. Und warum hatte sie eigentlich so feuchte Hände? An der Temperatur im nur von den warmen Pferden geheizten Stall konnte es jedenfalls nicht liegen …

Das Letzte, was sie sah, bevor Travis blitzschnell das Licht ausschaltete, war sein geheimnisvolles Lächeln. „Ich wollte dich sehen", antwortete er leise.

„Sollte ich mich jetzt geschmeichelt fühlen?"

„Unbedingt." Er zog die Stalltür hinter sich zu, und plötzlich waren sie allein.

„Wie das?" Sie versuchte ruhig zu bleiben, doch ihr Herz schlug Purzelbäume.

„Weil ich noch nie eine Frau so anziehend und unwiderstehlich fand wie dich." Er ging langsam auf sie zu. Wenige Zentimeter von ihr entfernt blieb er stehen. Spielerisch wickelte er eine Strähne von Ronnis Haar um seinen Zeigefinger. „Ich habe wirklich alles versucht, um dagegen anzukämpfen", gab er zu. „Aber ich schaffe es einfach nicht."

Ihre Lippen berührten sich, und obwohl Ronni klar war, dass sie sich auf dünnes Eis begab, konnte sie nichts dagegen tun. Es war einfach zu lange her, seit sie sich das letzte Mal als richtige Frau gefühlt hatte. Sie atmete flach, ihr Herz flatterte wie ein verängstigter Vogel. Ohne Zögern erwiderte sie den Kuss.

Die Hände fest und sicher in ihrem Rücken, half er ihr, sich auf einen Heuballen zu legen.

Ronni schloss die Augen und genoss das Gefühl, liebkost und begehrt zu werden.

Mit der Zunge glitt Travis über ihr Ohr. Gleichzeitig öffnete er den Reißverschluss ihrer Jacke. Sie bekam eine Gänsehaut am ganzen Körper, während Travis ihr Jacke und Pulli abstreifte und den Verschluss ihres BHs öffnete.

Mit aufreizender Langsamkeit küsste er jeden Millimeter ihrer linken Brust. Als er endlich zu ihrer Brustspitze kam und erst vorsichtig, dann immer heftiger daran zu spielen begann, wand sie sich vor Erregung.

Sobald sie wieder ruhig war, arbeitete er sich mit den Fingern der rechten Hand auf ihrem Rücken Wirbel für Wirbel sanft streichelnd nach unten.

„Oh", stöhnte sie tief, während er mit der Linken ihre Jeans öffnete. Inzwischen streifte Ronni ihre Schuhe ab. Danach half sie mit, die engen Jeans nach unten zu ziehen, wo sie sie achtlos wegstrampelte.

Nun lag sie nackt im dunklen Stall, brennend vor Begierde.

Travis nahm sich alle Zeit der Welt, um auch noch ihre andere Brust zu liebkosen, nur unterbrochen von Ronnis kleinen Lustschreien.

Danach wanderte er zielstrebig über ihren Bauch abwärts, schob eine Hand zwischen ihre Beine.

Erwartungsvoll hob sie die Hüften, doch er flüsterte: „Langsam, Schatz, ganz langsam. Entspann dich und genieß es."

Ronni wusste, dass sie drauf und dran waren, eine unsichtbare Linie zu überschreiten, nach der es kein Zurück mehr gab. Doch sie war viel zu erfüllt von elektrisierenden körperlichen Empfindungen, um dagegen anzukämpfen.

Ausgehungert, wie sie war, fanden sie rasch einen gemeinsamen Rhythmus. Travis verwöhnte sie nach allen Regeln der Kunst mit Händen und Mund, und sie nahm sein Geschenk dankbar an. Schon bald fühlte sie, wie sie vom Strudel der Lust mitgerissen wurde.

Erst als es vorbei war und er sie liebevoll in seinen Armen wiegte, beruhigte sich ihr Herzschlag langsam wieder.

Woher nahm dieser Mann eine solche Macht über sie? Wie konnte sie es ihm je wieder erlauben, sie zu berühren? Und wie darauf verzichten?

In wenigen kurzen Wochen hatte er sie dazu gebracht, ihm so zu vertrauen wie vorher nur Hank. „Travis, ich …"

„Psst", brachte er sie behutsam zum Schweigen. „Du brauchst nichts zu sagen. Ich habe schon verstanden."

Eine Zeit lang kuschelte sie sich einfach nur an ihn und genoss die Kraft, Sicherheit und Wärme, die von ihm ausgingen.

Doch bald wurde ihr bewusst, dass auch Travis noch Bedürfnisse hatte.

Sie drehte sich um, um ihm ins Gesicht sehen zu können, legte die Hände auf seine Wangen und küsste ihn erst zärtlich, dann immer fordernder.

Mit fliegenden Fingern zog sie ihm Jacke und Sweatshirt aus. Sein Oberkörper war noch viel sehniger und muskulöser, als unter der Jacke zu erahnen gewesen war. Spielerisch fuhr sie ihm mit den Fingern durch das Brusthaar. Dann begann sie ihn genauso langsam und aufreizend zu küssen wie er zuvor sie.

Erst nach Minuten der ständig wachsenden Erregung öffnete sie seinen Reißverschluss. Doch bevor sie sich ihm widmen konnte, hielt er inne.

„Bist du ganz sicher?", fragte er rau.

„Ja", log sie. Wie hätte sie sich auch sicher sein können? Aber sie begehrte ihn. Das musste reichen.

„Wirst du es nicht morgen bereuen?"

FAME RESIDENCE KEMER & SPA
FAME STYLE ALL INCLUSIVE CONCEPT 2023 - 2024 WINTER
01.11.2023 – 31.03.2024

MEALS

√ Breakfast .... 07.00 - 10.00
√ Lunch-open buffet .... 12.30 - 14.00
(With Special Diet and Children Buffet)
√ Café Fame (Coffee and Cake Time) .... 14.30 - 17.00
√ Dinner-open buffet .... 18.00 - 20.00
(With Special Diet and Children Buffet)
√ Late Night Soup .... 23.30 - 00.00
√ A'la Carte Restaurant (with Reservation) .... 18.00 - 20.00
* Fee with supplement (Per Person 20-Euro) and with Reservation
* Turkish Cuisine - Italian Cuisine - Fish restaurant

BARS

√ Lobby Bar .... 24 hours (00.00 - 10.00 extra)
√ Service Bar .... 12.30 - 14.00 ve 18.00 - 20.00
√ Pub Bar .... 10.00 - 00.00
√ Arcade Bar .... 14.00 - 00.00
√ Disco Bar 21.00-00.00

CENTERS

√ SPA & Wellness Center .... 09.00 - 19.30
√ Game Center .... 14.00 - 00.00

ACTIVITIES WITH NO FEE

√ Soft Animation, Mini Club (04–12 age)
√ Chaise Longue, Mattress, Sun Umbrella, Pool & Beach Towels
√ Entrance to Turkish Bath, Sauna and Indoor Pool
√ Fitness Center
√ Mini Bar (Soft Drinks)
√ Safe Box
√ Wireless Internet Connection

KOSTENPFLICHTIGE AKTIVITÄTEN

√ A'la Carte Restaurant Pro Person 20,– Euro (mit Reservierung)
√ Zimmer Service , Disco (Eintritt kostenlos)
√ Import Getränke, Frisch gepresste FruchtSäft
√ Alle Flaschen Getränke in Bars,
√ Alle Essen & Trinken bei Nachfrage nach 00.00 Uhr
√ Babysitting (auf Anspruch)
√ Billiard, Bowling
√ Spielhalle (Kicker, Münzen Spiele, Air Hockey etc.)
√ Telefon, Fax, Wäscherei Service, Arzt
√ Einkaufsmöglichkeiten in den Läden
√ Massagen (Aromatherapie, Cellulit, etc..) Peeling
√ Alle angebote im SPA & WELLNESS Center

√ Für die Flitterwochengäste am ersten Morgen Frühstück und Zeitungsservice auf dem Zimmer

√ In den äußeren Bereich, Service –Abteilungen kann es aus schlechten Wetterbedingen vom Hotel-Management geschlossen oder zeit Änderungen geben.

In Fame Style All Inklusive Konzept ist das Frühstück, Mittagessen und Abendessen im offenen Büffet und mit Selbstbedienung. serviert. Getränke werden an den Tisch

„Nein“, versprach sie.

Travis begann im Dunkeln an seiner Jeans zu nesteln. Er schüttelte seine Brieftasche heraus, in der er rasch fand, was er suchte.

Ronni atmete schwer. Nach einer so langen Zeit des Wartens erschienen ihr die kurzen Momente bis zum Ziel plötzlich wie eine Ewigkeit.

Während er langsam in sie eindrang, sah er ihr unverwandt in die Augen. Wenn sie ihre Meinung ändern sollte, wollte er das auch wissen.

Doch danach sah es nicht aus. Sie hätte niemals gedacht, dass sie so bald nach einem Höhepunkt schon wieder bereit für einen neuen sein könnte, doch sie ließ sich einfach mitreißen. Travis schien eine ungeheure Körperbeherrschung zu haben. Nur langsam erhöhte er das Tempo.

Ronni stöhnte auf und rief leise seinen Namen, während er im selben Moment einen heiseren Schrei ausstieß und erschöpft über ihr zusammensank.

Die Pferde schnaubten zustimmend, und zum ersten Mal seit drei Jahren fühlte sich Ronni für einige Augenblicke so richtig frei und glücklich.

„Du bist wunderschön“, flüsterte Travis. Sie blickten einander in die Augen und erkannten, dass eine Veränderung in ihnen vorgegangen war. Sie hatten eine Nähe zwischen sich zugelassen, die ihr Leben für immer verändern würde.

Travis stützte sich auf einen Ellbogen, um sie besser betrachten zu können.

In Ronnis Hals bildete sich ein Klumpen, als sie bemerkte, wie ernst er plötzlich geworden war.

Er ergriff ihre Hand und hielt sie so fest, als wolle er Ronni am Weglaufen hindern. Dann sagte er die Worte, von denen sie geahnt hatte, dass sie auf seinen Lippen lagen: „Heirate mich.“

„Ich … ich weiß nicht, was ich sagen soll“, stammelte Ronni, während ihr Travis etwas Heu aus den Haaren zupfte.

Trotz der Bedeutung des Augenblicks und der offensichtlichen Anspannung in seinem Gesicht konnte er sich ein kurzes Grinsen nicht verkneifen. „Wie wäre es zum Beispiel mit: *Oh, Travis, ich dachte schon, du würdest nie fragen. Natürlich werde ich nur zu gern deine Frau und die Mutter deiner Kinder, und ich will dich bis ans Ende unserer Tage lieben und ehren und auf Händen tragen.*"

Ronni musste lachen. „Richtig, genau das lag mir auf der Zunge." Sie küsste ihn. „Aber im Ernst jetzt: Ich möchte ja schrecklich gern Ja sagen, ich finde nur, dass wir uns viel zu wenig kennen."

Seine weißen Zähne blitzten im Dunkeln, als er sie anlächelte. „Ich habe das Gefühl, mein ganzes Leben nach dir gesucht zu haben."

„Wirklich?"

„Ja, wirklich. Nach meiner Scheidung war ich mir sicher, dass ich mit der Ehe nichts mehr am Hut habe. Aber seit ich dich kenne, hat sich das geändert."

„Ich weiß nicht, ob ich schon zu diesem Schritt bereit bin." Sie setzte sich auf, um ihren Worten mehr Nachdruck zu verleihen. „Ich glaube, es wäre einfach nicht fair ... dir gegenüber, meine ich."

„Das Risiko gehe ich ein."

„Wir müssen auch an die Kinder denken. Schließlich entscheiden wir beide nicht nur für uns allein. Ich habe Amy ..."

„... die sich sogar vom Weihnachtsmann einen Daddy gewünscht hat", beendete Travis ihren Satz anders, als sie es vorgehabt hatte.

„Ja, Amy wäre ganz bestimmt glücklich mit dir als neuem Daddy", musste Ronni einräumen. „Aber ich als neue Mutter habe Bryan gerade noch gefehlt. Davon, dass du wieder heiraten willst, wäre er mit Sicherheit nicht begeistert, so viel steht fest."

„Kann sein", gab Travis zu. „Aber ich bin überzeugt davon, dass du genau das bist, was er braucht: eine faire, liebevolle Frau und Mutter, die gut mit Kindern umgehen kann und sich von ihnen nicht auf der Nase herumtanzen lässt."

„Also darum geht es? Um eine Mutter für Bryan!?"

„Nein, nein", wehrte Travis erschrocken ab. „Überhaupt nicht. Wenn ich das gewollt hätte – das hätte ich schon länger und einfacher haben können. Aber das ist es wirklich nicht, bitte glaub mir."

Sie begann, ihre Kleidungsstücke zusammenzusuchen. „Ich gehe besser hinein, für den Fall, dass Amy aufwacht."

„Wechsel jetzt nicht das Thema."

„So schnell kann ich eine solche Entscheidung nicht treffen. Du musst mir etwas Zeit geben, mich an den Gedanken zu gewöhnen. Ich meine, ich hatte vor, nie mehr zu heiraten!"

„Weil du noch immer mit dem Heiligen Hank verheiratet bist", ergänzte Travis.

Der Vorwurf schmerzte, doch er war berechtigt. „Als wir uns das Eheversprechen gegeben haben, haben wir das ernst gemeint", verteidigte sie sich, während sie sich anzog.

„Ja, und das ist auch richtig so", stimmte ihr Travis zu. „Aber vergiss nicht, dass es heißt: *Bis dass der Tod euch scheidet.*"

„Also gut, dann lass uns jetzt ins Haus gehen. Ich mache uns Kaffee, und während wir ihn trinken, kannst du mich davon überzeugen, wie gut, richtig und wichtig es ist, dass ich die neue Mrs Keegan werde."

„Ein Hundebaby!", jubelte Amy überwältigt. Alle Geschenke waren geöffnet, und während Amy mit einer neuen Puppe spielte, war Ronni unauffällig hinausgeschlüpft, um das kleine schwarze Wollknäuel aus dem Stall zu holen, wo sie es seit fünf Uhr morgens versteckt hatte.

Nach langem Überlegen hatte sie sich von ihrer Freundin Linda die Telefonnummer ihrer Bekannten geben lassen, die gerade einen Wurf Spanielmischlinge hatte, und war hingefahren, um sich zu informieren. Schließlich war ein Welpe auch eine Verpflichtung.

Ronni hatte sich lange mit der Züchterin unterhalten und schließlich beschlossen, dass sie und Amy in der Lage waren, einem jungen Hund ein gutes Plätzchen zu bieten. Anschließend hatte sie ein lustiges, braun-weiß geflecktes Hundebaby aus dem Wurf ausgesucht, es aber vorläufig noch bei der Züchterin gelassen.

Dort hatte sie es gestern Abend abgeholt. Eigentlich hätte es die ganze Nacht im Stall verbringen sollen, doch das verängstigte Tier hatte so geheult und gewinselt, dass sie es wohl oder übel zu sich ins Haus holen musste.

Amy führte einen ausgelassenen Freudentanz auf und drückte das Hündchen dabei so fest an sich, dass Ronni Angst bekam, es würde ersticken.

„Mommy, Mommy, er ist so süß!"

„Sie. Es ist ein Mädchen."

„Oh, dann kann sie ja irgendwann selbst einmal Babys haben", schlussfolgerte Amy sofort messerscharf.

Ronni lachte. „Langsam, langsam. Uns reicht ein Hund, würde ich sagen."

Der kleine Hund strampelte sich aus Amys Umarmung frei, landete tapsig auf dem Boden und rannte – dicht gefolgt von Amy – ausgelassen im Raum herum.

Inzwischen trank Ronni so ruhig, wie es bei dem Radau eben möglich war, eine Tasse Kaffee. Diese Stunden waren die einzigen, die sie an diesem Weihnachtstag allein mit Amy verbringen würde.

Am Nachmittag würden Travis und Bryan und ihre Schwester mit ihrer ganzen Familie kommen. Wegen Shellys angeschlagener Gesundheit hatte es Ronni entgegen der Tradition übernommen, das Weihnachtsessen auszurichten.

Unglaublich, wie sehr sich ihr Leben in den vergangenen Tagen und Wochen verändert hatte. Unter dem Weihnachtsbaum lagen sogar Geschenke für Travis und Bryan, die sie bereits als Familienmitglieder betrachtete.

„Darf ich sie Snowball nennen?"

„Aber sie ist doch mehr braun als weiß."

„Das ist doch egal."

„Wahrscheinlich hast du recht, mein Schatz. Du darfst sie nennen, wie du willst."

Kurz darauf begann Ronni mit den Vorbereitungen für das Essen. Vor allem der Truthahn musste gefüllt und so bald wie möglich in die Backröhre geschoben werden. Danach musste sie sich um die Salate kümmern.

Als Begleitmusik für die Arbeit legte Ronni ihre liebste Weihnachts-CD ein und sang und summte mit. Ja, es war eine Zeit für neue Traditionen, einen neuen Anfang – mit Familienzuwachs auf allen Ebenen, seien es Travis und Bryan, Amys Hündchen oder Shellys ungeborenes Baby, das sich schon in die Planung der Weihnachtsfeierlichkeiten einmischte, obwohl es noch nicht einmal auf der Welt war.

Erst gegen vier Uhr war sie mit den Vorbereitungen so weit, dass sie sich umziehen konnte. Gerade als sie sich vor dem Spiegel im Bad ihre hübscheste Kette um den Hals legte, klingelte es unten.

Vor der Tür standen Travis und sein Sohn, die Arme voller Geschenke. Ronnis Herz begann schneller zu schlagen, als sie Travis in eleganten schwarzen Wollhosen und cremefarbenem Pullover draußen stehen sah.

Bryan trug schwarze Jeans und ein gebügeltes Hemd, das er ordentlich in den Hosenbund gesteckt hatte. Außerdem hatte er sich das erste Mal, seit sie ihn kannte, von seiner Baseballmütze getrennt. Ronni wollte gar nicht darüber nachdenken, wie viel Zeit, Nerven und Überredungskunst das Travis gekostet haben mochte …

Überrascht stellte sie fest, wie sehr Bryan plötzlich seinem Vater glich. „Kommt herein, kommt herein", lud sie die beiden ein. „Wir möchten euch unser neues Familienmitglied vorstellen."

Wie aufs Stichwort fegte Snowball kläffend auf die Gäste zu.

Travis und Bryan warfen sich einen verstohlenen Blick zu. „Oh", sagte Bryan leise.

„Was ist los?“, fragte Ronni irritiert.

„Kennst du die Redensart *Zwei Seelen – ein Gedanke*?“, fragte Travis sie grinsend.

„Oh, nein.“ Ronni wurde blass, als ihr klar wurde, was ihr Travis zu sagen versuchte.

„In diesem Fall kannst du unsere Überraschung genauso gut gleich holen“, forderte Travis seinen Sohn auf und drückte ihm die Autoschlüssel in die Hand.

„Das glaube ich einfach nicht!“, sagte Ronni und griff sich an den Kopf.

Einige Augenblicke später kehrte Bryan mit einem schwarz-weißen jungen Hund zurück.

„Wow!“ Amys Augen wurden groß und kugelrund.

„Das ist Rex“, erklärte Travis. „Wir haben ihn aus dem Tierheim geholt.“

„Darf ich ihn behalten?“

„Wenn deine Mutter einverstanden ist?“

Ronni warf ihm einen halb belustigten, halb strafenden Blick zu. „Typisch, den Schwarzen Peter schiebt man wieder einmal mir zu.“

„Darf er bei uns bleiben?“, bettelte Amy und sprang dabei an ihrer Mutter auf und ab, als wäre sie selbst ein Hündchen.

„Na schön“, seufzte Ronni gottergeben. „Wahrscheinlich machen zwei Hunde ohnehin nicht viel mehr Arbeit als einer.“

Rex, der schwer danach aussah, als hätte er einen Border Collie in seinem Familienstammbaum, nahm Ronnis Blockhütte so selbstverständlich in Besitz, als wüsste er genau, dass sie seine neue Heimat sein würde, während sich Snowball vorsichtshalber erst einmal schüchtern unter dem Tisch versteckte.

Kurz darauf trudelten auch Shelly, Vic und die Kinder ein. Bevor Ronni sie hereinließ, setzte sie ihrer Schwester einen Kochlöffel, den sie gerade in der Hand hielt, wie einen Revolver auf die Brust und sagte: „Schwörst du, dass ihr keinen Hund mitgebracht habt?“

„Haben wir nicht“, beruhigte sie Shelly mit erhobenen Fingern. „Großes Pfadfinderehrenwort.“

„Gut, dann dürft ihr hereinkommen. Aber nur, wenn du versprichst, dich ruhig aufs Sofa zu setzen und die Beine hochzulegen.“

9. KAPITEL

Als sich die Gäste schließlich verabschiedeten, sah die Blockhütte aus, als wäre ein Hurrikan durchgefegt. Obwohl Ronni müde war, begann sie sofort mit der Trümmerbeseitigung.

Gerade als sie mit den dringendsten Arbeiten fertig war und ihre Schürze aufgehängt hatte, bemerkte sie Travis auf der Veranda. Er winkte sie wortlos zu sich nach draußen.

Sie zog sich rasch eine Jacke über und trat hinaus. „Was machst du denn hier?“, fragte sie überrascht. „Wo ist Bryan?“

„Zu Hause. Er sieht sich die Snowboard-Lehrvideos an, die du ihm geschenkt hast. Er war so darin vertieft, dass er kaum gemerkt hat, wie ich ging.“

„Das beantwortet meine zweite Frage, aber nicht die erste“, stellte Ronni fest.

„Ich habe vergessen, dir dein Geschenk zu geben.“

„Stimmt gar nicht“, widersprach sie. „Ich weiß noch genau, dass du mir eine Leine, Flohpulver und einen Zehnkilosack Hundefutter überreicht hast.“

Travis lachte tief und sexy. „Ach, ja, richtig. Das war mein persönliches, romantisches Geschenk für die Frau, die ich liebe“, witzelte er.

„Vielen Dank“, spielte sie mit.

„Aber dann dachte ich, du solltest auch noch etwas anderes, Praktischeres haben.“

„Wie zum Beispiel eine Schaufel, um die Häufchen im Garten aufzunehmen?“, spottete Ronni.

„Nein, doch nicht so etwas Teures.“

Travis griff in die Innentasche seiner Jacke und zog einen weißen Umschlag heraus, den er ihr reichte.

„Was ist das?“, fragte sie. Doch er zuckte nur mit gespielter Unwissenheit die Achseln und wartete, bis sie den Umschlag öffnete. „Oh, Flugtickets.“ Sie kniff die Augen zusammen, um im Halbdunkel das Ziel lesen zu können.

„Lake Tahoe", half er rasch. „Für dich, mich, Bryan und Amy. Wir fliegen morgen Abend."

„Aber warum?"

Dieses Mal griff er in die Hosentasche und nahm eine kleine, schwarze Samtschachtel heraus.

Ronni verschluckte sich beinahe und wusste nicht, wie sie reagieren sollte. „Das ist aber kein …"

„Nein, bestimmt kein Hund, versprochen." Travis konnte sich den Scherz nicht verkneifen, bevor er wieder ernst wurde. „Sieh selbst."

Sie öffnete die Schatulle vorsichtig. Vor ihr lag ein überwältigend schöner Diamantring, der im Dämmerlicht geheimnisvoll funkelte, wenn sie die Schachtel bewegte. „Ich weiß gar nicht, was ich sagen soll."

Travis nahm ihre Hand. „Sag einfach Ja." Er sah sie fragend an.

Sie biss sich einen Moment lang auf die Unterlippe. „Ich … ich … Ja!"

„Du wirst mich wirklich heiraten?", fragte er überrascht.

„Natürlich werde ich dich heiraten!" Sie flog in seine Arme.

Lachend wirbelte er sie herum und küsste sie auf die Stirn. „Und ich hatte solche Angst, du würdest mir einen Korb geben!"

„Typisch Mann", lästerte sie. „Kein Vertrauen in die Frau an seiner Seite."

„Wir fliegen morgen Abend. Wir bleiben ein paar Tage am Lake Tahoe, heiraten dort und sind zu Silvester wieder zurück."

„Aber … ich kann hier nicht weg. Die Pferde, die Hunde, Shelly, der Versand … Und für ein paar Dienste bei der Bergwacht bin ich auch eingeteilt."

„Das habe ich alles schon geklärt. Die Nachbarin kümmert sich um Shelly und die Zwillinge, Vic um die Pferde und die Hunde. Das Versandgeschäft zwischen Weihnachten und Neujahr läuft sowieso bescheiden, das hast du selbst gesagt. Und deine Dienste bei der Bergwacht übernimmt Tim Sether."

„Haha, von wegen, du hattest Angst, ich würde Nein sagen", meinte Ronni kopfschüttelnd. „Dafür hast du alles ziemlich gründlich organisiert."

„Ich hatte wirklich Angst. Aber ich wusste auch, was ich wollte." Seine Stimme wurde leiser und weicher. „Und das bist du, Ronni Walsh. Für immer und ewig."

Ronni hatte Mühe, nicht in Tränen auszubrechen.

Er steckte ihr den Ring an den Finger und nahm sie an die Hand. Leise, um die schlafende Amy nicht zu wecken, schlichen sie hinauf in Ronnis Schlafzimmer, wo sie ihr ganz privates Weihnachtsfest feierten.

„Sie dürfen die Braut jetzt küssen!", sagte der Standesbeamte.

Travis nahm Ronni in den Arm und gab ihr einen jener atemberaubenden Küsse, bei denen ihr Herz immer schneller zu schlagen begann.

Amy streute aufs Stichwort Rosenblätter, und Bryan bemühte sich um ein Lächeln.

Es wird nicht einfach sein, ihm eine gute Stiefmutter zu werden, dachte Ronni. Doch sie war bereit, die Herausforderung anzunehmen.

Der Organist intonierte den Hochzeitsmarsch, und sie schritten langsam und feierlich den Mittelgang der leeren kleinen Kapelle hinunter.

Draußen ging gerade die Sonne unter, und es herrschte eine wunderschöne Stimmung. Deshalb beschlossen sie, zu Fuß zum Hotel zurückzugehen, einem liebevoll renovierten alten Gebäude, das idyllisch in einer einsamen Bucht am Seeufer gelegen war.

Irgendwie erinnerte es Ronni sogar an das Johnson-Anwesen, das sie nun gemeinsam mit Travis und ihrer neuen Patchwork-Familie bewohnen würde. Dort einzuziehen, war schon immer ihr Traum gewesen, aber dass es so schnell und zusammen mit einem Ehemann und Stiefsohn geschehen würde, kam sehr überraschend.

„Darf ich jetzt Daddy zu dir sagen?“, fragte Amy Travis treuherzig, als sie in der Hotelhalle angekommen waren.

Travis ging in die Knie und lächelte seine Stieftochter an. „Sicher. Warum nicht?“

„Weil du nicht ihr Daddy bist!“, antwortete Bryan, die Lippen wütend zusammengekniffen.

„Aber wir sind jetzt eine Familie.“

„Nein, Travis. Wir sind keine Familie. Und ich habe schon eine Mutter.“ Hasserfüllt starrte er Ronni an, als wäre sie Schneewittchens böse Stiefmutter.

„Ich werde bestimmt niemals versuchen, ihren Platz einzunehmen“, versicherte ihm Ronni.

„Das könntest du auch gar nicht, klar? Niemand kann das.“ Er drehte sich um und stürmte hinaus auf die Sonnenterrasse des Hotels.

„Ich kümmere mich um ihn“, erklärte Travis. „Geht ihr schon mal nach oben. Wir kommen dann später.“

Ronni, die noch immer ihren Brautstrauß in der Hand hielt, sah Bryan und Travis nach und fühlte sich elend. „Komm“, sagte sie zu Amy. „Gehen wir in unser Zimmer und ziehen uns um.“

Als sie zurück in ihrer Suite war, zog sie den elfenbeinfarbenen Hosenanzug aus und dachte dabei an ihre erste Hochzeit zurück – damals noch im langen, weißen Kleid aus Seide, Satin und Spitzen und mit Schleppe und Schleier.

Shelly war ihre Brautjungfer gewesen, und die Kirche in Cascadia war bis zum letzten Platz mit Familienmitgliedern und Freunden gefüllt gewesen. Die anschließende Hochzeitsfeier hatte bis in die frühen Morgenstunden gedauert – komplett mit Reden, Tanz und dem Anschneiden der Hochzeitstorte.

All das hatte bei ihrer heutigen Hochzeit gefehlt, an der nur vier Personen teilgenommen hatten, die noch gar nicht recht wussten, wie sie zusammengehörten.

„Bryan hasst uns“, sagte Amy, als Ronni ihr beim Ausziehen half.

„Nein, Schatz, er ist sich nur noch nicht sicher, was er von all dem halten soll. Es ging einfach zu schnell für ihn. Vielleicht hätten wir mit dem Heiraten besser noch einige Zeit gewartet."

Amy versuchte, eine Spange aus ihren Haaren zu entfernen, und Ronni half ihr dabei. „Ich finde es schön, dass wir nicht gewartet haben. Zu Weihnachten habe ich keinen Daddy bekommen, aber kurz danach. Und wir werden eine große Silvesterparty veranstalten."

„Eine große Silvesterparty? Wie kommst du denn auf die Idee?"

„Travis ... Daddy hat das gesagt!"

„So so."

Das Schloss der Zimmertür summte, als von außen die Schlüsselkarte eingesteckt wurde.

Travis, noch immer im schwarzen Anzug und mit Fliege, kam herein.

Ronnis Herz machte einen Sprung. Dieser attraktive Mann war ab heute ihr Ehemann! Sie war unbeschreiblich glücklich. Bis hinter ihm Bryan mit hängendem Kopf eintrat, die Hände in den Taschen. „Tut mir leid", sagte er kurz und bündig zu Ronni, sah dabei aber seinen Vater an.

„Du brauchst dich nicht dafür zu entschuldigen, dass du deine Meinung gesagt hast", antwortete Ronni.

„Dafür nicht, aber dafür, dass er unhöflich war", mischte sich sein Vater ein. „Das ist eine wichtige Regel, die ab sofort in dieser Familie gilt. Niemand darf böse oder gemein zu jemand anderem sein."

Bei dem Wort *Familie* verzog Bryan das Gesicht, als hätte er Zahnschmerzen.

Ronni bedauerte ihn aus tiefstem Herzen. Sie hatte nicht geahnt, wie schwer ihn diese Heirat treffen würde. Deshalb ergänzte sie schnell: „Aber wir hören uns die Meinungen der anderen an, akzeptieren sie, und jede einzelne zählt."

„Gleich viel?", wollte Bryan wissen.

„Soweit möglich“, erklärte Ronni. „Auf jeden Fall verspreche ich dir, dass dein Vater und ich uns immer in deine Lage versetzen und uns daran erinnern werden, wie wir selbst gedacht und gefühlt haben, als wir in deinem Alter waren.“

„Als ob ihr das könntet“, sagte Bryan verächtlich.

„Es wird vielleicht nicht immer klappen“, gab Ronni zu. „Aber wir geben uns alle Mühe. Mehr kann ich dir nicht anbieten.“

Bryan sah sie an, als wünschte er sich, sie würde sich auf der Stelle in Luft auflösen.

Ronni biss sich innerlich auf die Zunge und bemühte sich, ein freundliches Gesicht zu machen.

Plötzlich hellte sich Bryans Miene auf. „Gilt das Angebot mit den Pferden eigentlich noch? Darf ich sie reiten und pflegen?“

Endlich ein unverfängliches Thema. Ronni war erleichtert. „Klar. Wenn es dein Vater erlaubt, schenke ich dir Sam, den Wallach. Lucy gehört Amy, aber Sam war Hanks Pferd. Jetzt ist er deins.“

„Wirklich?“ Bryan gab sich keine Mühe, seine Überraschung und Freude zu verbergen.

„Sicher.“

„Moment“, versuchte Travis einzuschreiten, doch Ronni winkte ab.

„Er gehört dir, Bryan, aber wenn du ihn haben willst, musst du dich auch um ihn kümmern.“

„Wow.“ Er warf ihr einen prüfenden Blick zu, als müsste er sich davon überzeugen, dass sie nicht den Verstand verloren hatte. Dann zuckte er mit den Achseln, nahm seinen iPod vom Fensterbrett und verzog sich damit auf sein Zimmer.

„Du solltest sein Verhalten nicht auch noch belohnen“, sagte Travis leise.

„Es ist aber wichtig, dass der Junge sich verstanden fühlt und weiß, dass er zu uns gehört. Außerdem braucht Sam mehr Bewegung, als ich ihm bieten kann. Das geht schon in Ordnung.“

„Wollen wir es hoffen“, brummte Travis.

Nach ihrer Rückkehr vom Lake Tahoe besuchte Ronni am nächsten Tag gleich ihre Schwester.

Wie vom Arzt verordnet, gönnte sich Shelly Ruhe und lag im Bett.

„Na, wie geht es dir?“, fragte Ronni vorsichtig.

„Im Prinzip nicht schlecht“, antwortete Shelly zufrieden. „Ich langweile mich zwar schrecklich, und im Haushalt stapelt sich die Arbeit, aber irgendwann werde ich schon wieder fit sein. Das Wichtigste ist, dass Vic dank Travis wieder eine sinnvolle Beschäftigung hat und Geld verdient. Ich kann dir gar nicht sagen, welche Erleichterung das für uns beide ist.“

„Ja, ein Glück, dass das mit den beiden ganz gut zu klappen scheint“, stimmte Ronni zu.

„Stell dir vor, sie haben sogar schon darüber gesprochen, nach dem Haupthaus für euch auch noch das Hausmeisterhaus für uns zu renovieren! Und wenn das erledigt ist, kann sich Vic entweder weiter um die Instandhaltung des ganzen Anwesens kümmern oder sonst in irgendeiner Form für Travis’ Firma arbeiten.“

Ronni staunte. Travis hatte ihr gar nichts von diesen Plänen erzählt.

„Der Vizepräsident von Travis’ Firma hat Vic zur Information sogar schon ein paar Unterlagen geschickt. Da drüben liegen sie, schau!“ Sie deutete auf einen Packen Papier, der auf dem Tisch lag. „Sieht aus, als hättest du einen Millionär geheiratet.“

„Vielleicht.“ Schlagartig wurde Ronni klar, dass sie nicht den Funken einer Ahnung hatte, was Travis’ Finanzen anbelangte. Natürlich konnte er nicht gerade arm sein, wenn er in der Lage war, das Johnson-Haus zu kaufen und herzurichten. Aber sie hatte bisher einfach noch keine Gelegenheit gehabt, darüber nachzudenken. Schließlich war alles so schnell gegangen.

Sie griff sich den Stapel mit Hochglanzbroschüren von TRK. Obenauf lag ein Schreiben des Vizepräsidenten Wendall Holmes.

Ronni blieb beinahe das Herz stehen.

Wendall Holmes!

Sie schluckte und starrte auf die ausladende Unterschrift, die ihr nur zu bekannt war.

Zwar hatte sie den Namen Wendall schon mehrfach aufgeschnappt, wenn Travis telefonierte. Und auch einen Holmes hatte er einmal erwähnt. Doch bis zu diesem Moment hatte sie zwei und zwei einfach nicht zusammengezählt.

„Was ist los?“, fragte Shelly besorgt.

„Ich kenne diesen Wendall Holmes“, sagte sie tonlos.

„Wirklich? Woher?“

„SkiWest.“

„Oh, nein, Ronni!“ Shelly verstand sofort.

„Die Bindungen, mit denen Hank verunglückt ist, das waren SkiWest 450er. Und Wendall Holmes war zuständig für die Kundenbeziehungen. Wir haben nach dem Unfall mehrfach korrespondiert. Er hat jede Mitverantwortung abgelehnt.“

Ronni musste sich setzen. In Ermangelung eines Stuhls sank sie neben ihrer Schwester aufs Bett. „Das fasse ich einfach nicht. Travis' Firma hat Hanks Bindungen hergestellt.“

„Aber das kannst du doch gar nicht sicher wissen.“ Shelly legte tröstend den Arm um sie. „Holmes könnte ja den Job gewechselt haben.“

Ronni schüttelte den Kopf. „Zufällig hat mir Travis erzählt, dass Wendall schon seit zwölf Jahren seine rechte Hand ist.“ Sie hatte Mühe, nicht in Tränen auszubrechen.

„Versuch, es zu vergessen“, riet ihr Shelly.

„Niemals.“

„Du musst.“

„Aber Hank ist tot, Shelly!“ Sie sprang auf und rannte hinaus.

Travis schlug den letzten Nagel in den Bretterboden auf der rückwärtigen Veranda. Bryan arbeitete ein paar Meter weiter daran, die Nägel aus den alten, brüchig gewordenen Brettern zu ziehen, damit sie gefahrlos als Brennholz verwendet werden konnten. In der Garage hatte sich Vic eine kleine Werkstatt eingerichtet, in der er gerade mit kreischender Säge Bretter zuschnitt.

Amy schlief im Haus, während Ronni ihre Schwester besuchte.

„Ist schön geworden, findest du nicht?", fragte Travis seinen Sohn und trat ein paar Schritte zurück, um sein Werk zu begutachten.

„Ganz okay", murmelte Bryan.

„Nur okay? Nicht toll, phänomenal oder fantastisch?"

„Gut, dann ist es eben fantastisch", erwiderte Bryan schnippisch. „Fühlst du dich jetzt besser?"

Wie so oft, wurde Travis' Geduld bis aufs Äußerste strapaziert. Es ging ihm auf die Nerven, in Bryans Gegenwart jedes Wort auf die Goldwaage legen zu müssen. Es war wieder einmal Zeit für ein ernsthaftes Gespräch zwischen Vater und Sohn. „Willst du vielleicht mit mir darüber reden, warum du in letzter Zeit immer so mies drauf bist?"

„Was meinst du damit?", fragte Bryan scheinheilig zurück.

„Seit dem Tag, an dem wir hier angekommen sind, benimmst du dich unmöglich. Zwar gibt es manchmal Momente, in denen ich das Gefühl habe, du gewöhnst dich langsam ein, aber irgendwie scheint mir, dass du für jeden Schritt vorwärts wieder zwei zurück machst."

„Na und?"

Travis seufzte. Das würde nicht leicht werden. Er rieb sich den vom Knien schmerzenden Rücken und warf einen Blick nach oben. Der Wetterbericht hatte Sturm vorhergesagt, und der schien sich nun tatsächlich über ihnen zusammenzubrauen. Sie mussten mit starkem Wind und Schneefall rechnen.

„Du bist nicht gerade sehr nett zu Ronni, obwohl sie sich so um dich bemüht!"

Keine Antwort. Verbissen drosch Bryan auf ein Holzstück ein, dessen Nagel sich nicht lösen wollte.

„Sehe ich das richtig, dass es dir lieber gewesen wäre, wenn wir nicht geheiratet hätten?"

„Seit wann interessierst du dich dafür, was ich will?"

„Immer schon, Bryan."

„Du hast mich nicht einmal gefragt." Er warf das Holzstück in hohem Bogen zur Seite und griff sich ein anderes. „Du heiratest sie und fragst mich nicht."

„Ich wusste nicht, dass ich das muss."

„Wofür brauchen wir sie überhaupt? Sie und das blöde Kind?"

Travis hörte ein Geräusch. Als er sich umdrehte, sah er Amy mit Rex auf dem Arm in der offenen Tür stehen.

„Amy!", rief er erschrocken. Doch sie drehte sich um und rannte ins Haus. „Was hast du dir dabei gedacht?", herrschte er seinen Sohn an.

„Du wolltest doch wissen, was ich denke!", verteidigte sich Bryan. „Ich habe es dir nur gesagt."

„Du hast ihre Gefühle verletzt."

„Du meine auch."

Travis folgte Amy ins Haus, um sie zu trösten. „Amy, Amy!", rief er auf der Suche nach ihr. Nur durch das Winseln des Hundes fand er sie schließlich im Obergeschoss auf dem Boden eines Kleiderschranks.

„Er hasst mich", sagte die Kleine traurig.

„Nein, er hasst dich doch nicht. Er ist nur verwirrt und mag sich im Augenblick selbst nicht. Das ist ganz normal und geht vorbei."

„Er ist gemein."

„Bryan braucht einfach nur etwas Zeit, um sich an die neue Situation zu gewöhnen." Travis nahm seine Stieftochter in den Arm und drückte sie an sich.

„Ich dachte, wir sollen uns mögen." Dicke Tränen kullerten die Wangen des Kindes hinunter, und sie begann zu schluchzen.

„Das tun wir auch. Bryan vergisst es nur manchmal. Aber er meint es nicht böse."

Amy zog geräuschvoll die Nase hoch. Rex sprang auf ihren Schoß und begann, ihr Gesicht abzulecken. Es dauerte nicht lange, bis Amy zu kichern begann.

Travis wurde bei ihrem Anblick ganz warm ums Herz. Wie hatte er nur so lange ohne Kinderlachen leben können?

Plötzlich flackerte das Licht einige Male. Amy erschrak.

Travis legte ihr beruhigend die Hand auf die Schulter. „Alles in Ordnung. Du brauchst keine Angst zu haben."

„Geister!", flüsterte sie zitternd.

„Das ist nur der Wind, Amy. Komm, lass uns ein paar Kerzen und Taschenlampen suchen gehen, damit wir vorbereitet sind, falls der Strom ausfällt."

Amy nahm Rex auf den Arm, und Travis trug beide nach unten ins Wohnzimmer, wo es sich Bryan inzwischen auf der Couch vor dem Fernseher gemütlich gemacht hatte.

„Ich glaube, wir sollten uns besser mit Taschenlampen bewaffnen", sagte Travis, doch sein Sohn reagierte nicht. „Bryan?"

„Ja."

„Weißt du, wo die Taschenlampen sind?"

„Ja."

„Dann besorg dir eine, bevor der Strom weg ist."

Mit Amy und Rex auf dem Arm ging Travis nach draußen zu Vic in die Garage. „Mach besser Feierabend", forderte er ihn auf. „Du solltest zu Hause sein, wenn der Sturm einsetzt, damit sich Shelly keine unnötigen Sorgen zu machen braucht!"

Vic nickte und warf Travis einen dankbaren Blick zu. „Danke. Nett von dir. Ich komme dafür morgen früher."

„Kein Problem. Und wenn der Sturm bis morgen früh nicht vorbei ist, bleibst du zu Hause, damit das klar ist."

Draußen peitschten schon die ersten Windböen ums Haus. Vic stellte seinen Kragen hoch, hielt mit einer Hand seine Mütze fest und rannte zu seinem Pick-up.

Travis warf inzwischen einen besorgten Blick zum Himmel, über den dunkelblaue, bedrohliche Wolken jagten. Ein Glück, dass Ronni heute keinen Dienst bei der Bergwacht hatte. Hoffentlich kam sie bald zurück. Er ging wieder ins Haus.

Bryan hatte inzwischen alle Taschenlampen zusammengetragen, die sie besaßen.

Travis machte sich auf die Suche nach Kerzen und Streichhölzern und zündete ein Feuer im Kamin an. Unruhig sah er alle paar Minuten abwechselnd auf die Uhr und zum Fenster hinaus. Wo blieb Ronni bloß? Gerade als er drauf und dran war, Shelly anzurufen und sich nach ihr zu erkundigen, hörte er ihren Wagen in die Einfahrt rollen.

Erleichtert ging er zur Tür, um sie zu begrüßen, doch statt ihn zu küssen und ihm ein Lächeln zu schenken, rauschte sie an ihm vorbei, ohne ihn eines Blickes zu würdigen.

Oje! Sein erster Gedanke war: Es muss etwas mit Shelly sein. Instinktiv spürte er, dass Ronni in diesem Augenblick weder ausgefragt noch getröstet werden wollte.

Irgendwo in der Ferne hupte ein Auto. Ein Hund bellte. Der Wind nahm merklich an Geschwindigkeit zu.

Wieder flackerte das Licht. Dieses Mal blieb es gleich einige Sekunden dunkel.

„Das wird ein böser Sturm", sagte Travis vorsichtig. „Ich habe ein Feuer gemacht, und Bryan und ich haben unsere gesamten Bestände an Taschenlampen und Kerzen zusammengesucht. Du siehst, wir sind vorbereitet."

Er legte ihr nur leicht den Arm auf die Schulter, doch sie entzog sich seiner Berührung. „Willst du dich nicht setzen? Ich mache dir einen Drink", bot er ihr an. „Ronni?"

„Wendall Holmes."

„Was ist mit ihm?"

Sie schloss die Augen, als müsste sie sich erst sammeln. „Er arbeitet schon lange für dich, oder?"

„Ja, über zwölf Jahre." Bildete er sich das nur ein, oder hatte ihr Gesicht jede Farbe verloren? „Er wird mich auszahlen ..."

Ronni nickte. „Ich weiß." Spätestens als sie sich umdrehte und ihn ansah, war ihm klar, dass es hier nicht nur um Shellys Gesundheit gehen konnte.

„Dann warst du der Gründer und Eigentümer von SkiWest?"

„Das war ich, und das bin ich. Meine Firma TRK ist eine Holding, die viele kleinere Firmen aus der Sport- und Freizeitbranche unter ihrem Dach vereint, darunter auch SkiWest", erklärte er ihr. Doch während er das sagte, fühlte es sich an, als würde er sein eigenes Todesurteil unterschreiben.

„Das habe ich befürchtet."

„Warum? Was ist falsch daran?"

„Hank war mit SkiWest 450er-Bindungen unterwegs, als er den Unfall hatte. Und sie haben sich nicht geöffnet, als ihn die Lawine erfasst hat."

„Gibst du dem Material die Schuld am Tod deines Mannes?", fragte er fassungslos. „Aber du hast doch selbst gesagt, dass du allem und nichts die Schuld gibst und sich wahrscheinlich auch nichts am Ausgang des Unfalls geändert hätte, wenn sich die Bindungen gelöst hätten."

Sie schüttelte erschöpft den Kopf. „Ich weiß es nicht."

Travis war erschüttert. Wie sehr musste sie Amys Vater geliebt haben! Wie sehr hing sie bis heute an ihm. Vermutlich würde es ihm nie gelingen, seinen Platz in ihrem Herzen einzunehmen. „Glaub mir, Ronni, wenn ich die Vergangenheit ändern könnte – ich würde es für dich tun. Aber das ist leider unmöglich."

Sie nickte langsam und bedächtig, und es war, als könne er zusehen, wie sie die Mauer einriss, die sie in den vergangenen Jahren um sich herum gebaut hatte. Als bräche irgendwo in ihr ein Damm, dessen Wasser alle aufgestauten Gefühle wegschwemmte, um endlich Platz zu machen für neue.

Er trat hinter sie und küsste ihr Haar. „Ich bin nicht der Mann, der Hank war." Sie schluchzte auf. „Aber ich schwöre dir, dass ich alles daransetzen werde, der beste Ehemann und Vater zu sein, der in mir steckt. Ich werde dich niemals enttäuschen." Er wiegte sie in seinen Armen wie ein kleines Kind. „Du musst akzeptieren, dass niemand Hank zurückbringen kann."

„Das weiß ich."

„Mommy?"

„Oh, Schätzchen." Von einem Moment zum anderen verwandelte sich Ronni von einer trauernden Witwe in eine besorgte Mutter. „Was hältst du davon, wenn wir ganz viele Kerzen anzünden und eine Schlummerparty veranstalten?"

„Eine Schlummerparty?“ Amy begann zu strahlen, und alle Ängste waren auf einen Schlag vergessen.

Travis hatte recht. Das Leben ging weiter. Sie würde Hank ewig lieben, und er würde immer einen ganz besonderen Platz in ihrem Herzen einnehmen, doch sie war jetzt mit Travis verheiratet und liebte ihn genauso sehr, wenn auch auf eine ganz andere Art. Vielleicht lag es daran, dass sie älter und reifer war. Oder daran, dass ihre Erinnerungen an Hank langsam immer verschwommener wurden.

Auf jeden Fall liebte sie Travis, und Travis liebte sie. Was mehr konnte sie sich wünschen?

Sie war in dieser Gegend geboren und aufgewachsen und hatte reichlich Erfahrung mit Winterstürmen. Deshalb verbannte sie weitere Gedanken dieser Art aus ihrem Kopf, denn jetzt galt es, sich so gut wie möglich auf das bevorstehende Naturereignis vorzubereiten.

Ronni füllte die Badewanne, einige Eimer und die größten Töpfe, die sie in der Küche fand, mit Wasser. Sobald sie einen Stromausfal! hatten, würde nämlich die elektrische Wasserpumpe nicht mehr funktionieren. Deshalb mussten sie dafür sorgen, dass sie reichlich Wasser zum Trinken, Waschen und Spülen der Toiletten hatten.

Travis hörte ihr aufmerksam zu, als sie ihm diese und einige andere Besonderheiten des Landlebens erklärte. Doch Bryan schien sich wie üblich nicht für das zu interessieren, was sie sagte. Er lümmelte auf der Couch, sah fern und drehte nebenbei ohne große Ambitionen an einem Zauberwürfel herum.

Während Ronni einen großen Topf Gemüsesuppe aufwärmte und Brot aufbuk, zündete Travis in dem Kamin in ihrem Schlafzimmer ein weiteres Feuer an. Dieser Raum war im Gegensatz zum zweistöckigen Wohnzimmer sehr viel niedriger und damit leichter warm zu halten. Deshalb planten sie, die Nacht alle gemeinsam dort zu verbringen, falls der Strom wirklich ausfallen sollte.

Und tatsächlich: Sobald sie fertig gegessen hatten, ging das Licht aus. Dieses Mal sogar völlig ohne jegliches Flackern. Wahrscheinlich hatte irgendwo ein Blitz eingeschlagen.

Amy wimmerte leise, und Ronni umarmte sie fest, während der Wind ums Haus heulte, an den Fenstern rüttelte und durch die umstehenden Bäume pfiff.

Travis schaltete eine der Taschenlampen ein. „Wir sollten jetzt besser in unser Schlafzimmer gehen“, schlug er vor.

„Warum?“

„Damit wir nicht frieren.“

Bryan stieß ein empörtes „Phh!“ aus, als hätte er in seinem ganzen Leben noch nie gefroren. „Ich schlafe ganz sicher nicht bei euch im Zimmer.“

„Nur solange, bis der Strom wieder da ist“, versicherte ihm sein Vater.

„Nur über meine Leiche.“

„Wir sollten besser zusammenbleiben“, versuchte es Travis mit Vernunft.

„Niemals. Ich gehe jetzt in mein Zimmer.“

„Dort gibt es aber keinen Kamin. Im Laufe der Nacht könnte es ganz schön kalt werden.“

Doch Bryan schnappte sich eine Taschenlampe, ein paar Extradecken von der Couch und verzog sich in sein Zimmer.

Ronni wollte ihm etwas nachrufen, doch Travis schüttelte schweigend den Kopf. „Lass ihn. Ich werde später noch nach ihm sehen. Außerdem: Wenn er friert, kann er ja nachkommen. Wir sind schließlich nicht aus der Welt.“

Mit Kerzen, Taschenlampen und Decken bewaffnet, gingen Travis, Ronni und Amy zusammen mit den Hunden in ihr Schlafzimmer.

Es dauerte nur Minuten, bis Amy, in ihren dicksten Schlafsack gepackt, friedlich einschlief.

Ronni und Travis kuschelten sich – nicht nur der Wärme wegen – eng aneinander und sahen den goldenen Flammen im Kamin und ihren Schattenspielen an der Wand zu.

Draußen tobte der Sturm, und Schnee fiel in dichten Flocken.

Das Feuer brannte langsam nieder. Irgendwann schliefen sie ein und hörten weder die Schritte vor ihrem Zimmer noch das leise Quietschen der Tür in den Angeln, als sie geöffnet wurde. Sie bemerkten nicht, dass sie einige Augenblicke lang beobachtet wurden, und noch viel weniger, wie sich die Haustür fast geräuschlos öffnete und wieder schloss und Bryan in die eisige Nacht hinaus floh.

10. KAPITEL

Bryan ist weg."

Travis' panische Stimme weckte sie aus dem Tiefschlaf. Langsam schlug Ronni die Augen auf und nahm verschwommen wahr, dass sich Travis hektisch anzog.

Mit einem Ruck richtete sie sich auf. „Was soll das heißen, weg?", fragte sie, noch immer etwas benebelt.

„Genau das. Er muss mitten in der Nacht abgehauen sein."

„Abgehauen? Du meinst, er hat das Haus verlassen?" Schlagartig war sie hellwach.

„Genau das."

„Oh, mein Gott."

„Ich habe schon jeden Quadratmeter abgesucht, vom Dachboden bis zum Keller. Auch die Garage und das Hausmeisterhaus. Er ist nirgends. Sein Rucksack fehlt, außerdem sein iPod, seine Winterstiefel und seine Skijacke. Ich glaube, er ist ausgerissen."

„Aber wie? Und warum?" Sie kämpfte sich unter dem Deckenstapel auf dem Bett hervor. Bevor Travis antworten konnte, tat sie es selbst. „Es ist meinetwegen, oder? Er ist weggelaufen, weil wir geheiratet haben und er das Gefühl hat, dass er keinen Platz in dieser neuen Familie hat."

„Ich weiß nicht, warum er ausgerissen ist. Ich weiß nur, dass er fort ist."

Ronni wurde ganz übel vor Angst um den Jungen. Während sie sich hastig anzog, sah sie zum Fenster hinaus. In der Nacht hatte es mindestens einen halben Meter geschneit, und der Sturm wütete noch immer mit unverminderter Gewalt.

Sie hatten nach wie vor keinen Strom, die Temperatur im Haus war stark gefallen, und in den Kaminen glomm nur noch Glut.

Ihre Handys hatten kein Netz, doch wenigstens funktionierte das Festnetztelefon, und Travis schaffte es, Bryan beim Büro des Sheriffs als vermisst zu melden.

Jeder einzelne Beamte in der Umgebung war bereits im Einsatz, um auf den Straßen für Ordnung zu sorgen und Personen zu evakuieren.

„Wir stellen einen Suchtrupp zusammen“, erklärte er Ronni, während sie den Gasherd anstellte, um Wasser für einen Filterkaffee zu kochen. „Was zum Teufel hat er sich bloß dabei gedacht?“

„Gar nichts.“

Das Telefon klingelte. Travis sprang auf. „Keegan.“ Ronni sah ihm an, wie er sich seelisch auf schlechte Nachrichten vorbereitete. Doch als Nächstes sagte er „Moment“ und reichte Ronni den Hörer. „Hier, deine Schwester.“

„Shelly, wie geht es dir?“, fragte Ronni. Auf einmal hoffte sie gegen jede Wahrscheinlichkeit, dass Shelly wusste, wo Bryan war. Vielleicht hatte er sich ja, von ihr und Travis unbemerkt, mit Vic angefreundet und war zu Fuß zu ihm nach Cascadia gelaufen. Doch als sie ihre Schwester nach Bryan fragte, war diese ahnungslos.

„Leider habe ich nichts von ihm gehört. Ich habe nur angerufen, um auszuprobieren, ob euer und unser Telefon funktionieren.“

„Das habe ich befürchtet. Alles klar. Dann sollten wir jetzt auflegen, damit die Leitung frei bleibt, falls uns das Büro des Sheriffs anruft.“

„Okay. Wenn ihr einen Babysitter für Amy braucht, weil ihr euch auf die Suche nach Bryan macht, bringt sie einfach herüber. Ich bin froh, wenn ich eine Ablenkung habe und auch einen kleinen Beitrag leisten kann. Victor wird euch natürlich bei der Suche helfen. Oh, Gott, ich hoffe nur, der Junge ist bei diesem Wetter nicht irgendwo draußen!“

„Ich auch“, antwortete Ronni düster, bevor sie auflegte.

Weil sie es beide nicht aushielten, still zu sitzen, durchsuchte Travis noch einmal die Gebäude in der Umgebung, während Ronni ihr Glück im Haus versuchte.

Sie begann im Keller und arbeitete sich nach oben. Sie drehte jeden Stein um, in der Hoffnung, dass Travis irgendein Versteck entgangen war: Schränke, Wäsche- und Kohleschächte, Treppenabgänge, Dachschrägen. Als sie auf dem Dachboden ankam, war sie sicher, dass Travis nichts übersehen hatte und Bryan fort war.

Sie kehrte zurück in die Küche. Travis machte sich gerade eine Tasse Kaffee. Sein Gesicht war von der Kälte gerötet, sein Haar nass von geschmolzenem Schnee. „Nichts?“, fragte er mutlos. Sie schüttelte stumm den Kopf.

„Im Windschatten der Garage, wo weniger Schnee liegt als überall sonst, habe ich ein paar Spuren gefunden, die frisch sein könnten. Aber sie verlieren sich nach wenigen Metern. Unmöglich zu sagen, in welche Richtung er gegangen sein könnte.“

Es polterte auf der Treppe, und einen Moment später stand Amy in der Küche. Ihren einäugigen Stofftiger trug sie unter dem Arm, und sie zerrte ihre Lieblingsdecke hinter sich her. Die Hunde folgten ihr ergeben. „Es ist kalt“, beschwerte sie sich.

„Ja, das ist es wirklich. Was hältst du von einer Tasse heißem Kakao zum Aufwärmen?“ Mit einem Blick verständigte sie sich mit Travis, dass sie Amy nichts davon sagen würden, dass Bryan verschwunden war. Es gab keinen Grund, die Kleine zu beunruhigen. „Ich dachte, du würdest heute vielleicht gern deine Cousins besuchen“, schlug sie vor.

„Darf ich die Hunde mitnehmen?“

„Das geht leider nicht, Schatz. In Tante Shellys Haus in der Stadt sind Hunde verboten. Aber beim nächsten Mal kommen die Jungs her, und ihr könnt hier mit ihnen spielen.“

Amy machte ein enttäuschtes Gesicht, aber bevor sie protestieren konnte, reichte ihr Ronni einen Napf mit Trockenfutter für die Hunde, sodass sie zumindest für den Moment abgelenkt war.

Travis hypnotisierte das Telefon, als könnte er es zum Klingeln bringen, wenn er es nur lang genug anstarrte.

Ronni konnte kaum mehr klar denken. Schreckensbilder eines halb erfrorenen Bryan im Tiefschnee, wie er versuchte, sich irgendwie nach Seattle durchzuschlagen, zogen vor ihrem geistigen Auge vorbei. Seltsam, eigentlich war sie für derartige Situationen geschult und ausgebildet. In ihrem Job bei der Bergwacht war sie auch schon oft mit solchen oder ähnlichen Umständen konfrontiert gewesen. Doch wenn es die eigene Familie betraf, war auf einmal alles ganz anders.

„Ich rufe jetzt meinen Kollegen Tim Sether von der Bergwacht an. Die dürften nicht viel zu tun haben, denn die Pisten sind gesperrt, und der Lift steht. Gemeinsam können wir eine Suchmannschaft auf die Beine stellen." Sie wählte Tims Nummer und erklärte ihm die Lage. Danach fuhr sie Amy zu ihrer Schwester.

„Habt ihr irgendwas gehört?", erkundigte sich Shelly schon an der Tür mitfühlend.

„Nein, nichts", antwortete sie niedergeschlagen.

„Trinkst du wenigstens eine Tasse Tee oder Kaffee mit mir?"

„Danke, aber ich habe keine Zeit. Ich muss zurück."

Die Außentemperatur lag ein paar Grad unter null. Wind und Schneefall sollten laut Wetterbericht frühestens morgen abflauen. Zahlreiche Haushalte hatten keinen Strom oder waren aufgrund der Straßenverhältnisse von der Zivilisation abgeschnitten.

„Mach dir keine Sorgen um Amy, ich werde mich gut um sie kümmern. Sie kann so lange hierbleiben, wie es nötig ist."

„Danke. Aber wie geht es dir eigentlich?"

„Alles in Ordnung. Ich bin ziemlich müde, und mir ist gelegentlich übel, aber das geht vorbei. Das Wichtigste ist jetzt, dass ihr den Jungen findet!"

„Das werden wir", versprach Ronni mehr sich selbst als ihrer Schwester. Ach, wenn sie nur wüsste, wo sie suchen sollten.

Auf dem Rückweg fuhr Ronni bei ihrer Blockhütte vorbei. Wenn sie auf die Suche nach Bryan gehen wollten, konnten sie viele der Ausrüstungsgegenstände, die sie durch die Arbeit bei der Bergwacht besaß, gut gebrauchen. Auch von Hank hatte sie Sachen aufbewahrt, die sich vielleicht als praktisch erweisen würden.

Das Leben mit ihrem ersten Mann erschien ihr plötzlich eine Ewigkeit her.

Sie packte drei Taschen mit warmer Kleidung und Skisachen, Campingausrüstung. Außerdem lud sie ihre Schneeschuhe, Ski und einen Erste-Hilfe-Koffer ins Auto.

Dann kämpfte sie sich durch hohe Schneeverwehungen in den Stall, um die Pferde zu füttern und rasch zu misten.

Im Stall war es dunkel, und auch hier gab es heute keinen Strom, doch sie hatte damit gerechnet und eine Taschenlampe mitgebracht. Lucy begrüßte sie mit einem dunklen Wiehern.

„Na, wie geht es euch?“, fragte Ronni mit ruhiger Stimme. „Alles okay bei euch? Ihr friert doch nicht etwa?“ Irgendetwas kam ihr merkwürdig vor, doch sie wusste nicht genau, was es war. Sie leuchtete die Stute, die nervös die Ohren vor und zurück bewegte, mit der Taschenlampe an, aber mit ihr schien alles in Ordnung zu sein.

Ronni holte einen Eimer Kraftfutter aus der Futterkiste und schüttete die Hälfte in Lucys Krippe und die andere in Sams. Lucy begann sofort zu fressen, doch Sam – der sonst immer schon voller Ungeduld an der Krippe stand, bis sie das Futter aus der Kiste geholt hatte – kam nicht.

Ronni wunderte sich und fuhr mit dem kleinen Lichtkegel der Taschenlampe systematisch den gesamten Laufstall ab, bis sie sicher war: Sam fehlte.

Sie lief in die Sattelkammer, wo ihre Vermutung bestätigt wurde. Sam war mit Sicherheit nicht allein weggelaufen, denn auch sein Sattel und sein Zaumzeug fehlten.

Man musste kein Genie sein, um sich auszurechnen, dass Bryan vergangene Nacht den Rappen gesattelt hatte und fortgeritten war.

Aber wohin?

Und warum zum Teufel ausgerechnet im schlimmsten Wintersturm seit Jahren?

Gerade als sie ins Haus gehen wollte, um Travis anzurufen, fiel ihr ein sauber gefaltetes Stück Papier auf, das hinter dem Haken klemmte, auf dem sonst Sams Zaumzeug hing. Sie zog es vorsichtig heraus und faltete es auseinander.

Ihr Herz raste, als sie Bryans schlampige Handschrift erkannte.

Hallo Travis,
ich verschwinde. Ich ertrage es einfach nicht mehr, hier in der Pampa festzusitzen. Du brauchst mich ohnehin nicht. Du hast ja jetzt eine neue Familie.
Sag Mom nichts.
Bryan

„Oh, mein Gott", entfuhr es Ronni. Sie raste aus dem Stall hinüber ins Haus und machte sich nicht einmal die Mühe, ihre Stiefel auszuziehen, die voller Schnee waren. Mit zitternden Fingern wählte sie Travis' Nummer.

Travis hob beim ersten Klingeln ab. „Hallo?", sagte er atemlos.

„Er ist weggelaufen. Oder besser gesagt: geritten. Sam ist samt Sattel und Zaumzeug weg. Dafür ist ein Zettel da …", sprudelte sie los.

„Moment, Moment", unterbrach Travis sie. „Jetzt atme erst einmal tief durch, und dann erzähl noch einmal von vorn. Aber langsam!"

Ronni zwang sich, ruhig zu werden, wiederholte alles langsam und las Travis anschließend den Brief von Bryan vor. Vom anderen Ende der Leitung hörte sie nur ein Stöhnen, als sie fertig war. „In fünf Minuten bin ich zu Hause", fügte sie noch hinzu.

„Ich rufe inzwischen noch einmal beim Büro des Sheriffs an."

Sie legte verzweifelt auf. Es war ihre Schuld, dass Bryan weggelaufen war. Dass er in diesen Minuten vielleicht tot oder sterbend irgendwo auf diesem verdammten Berg war. Sie konnte nur hoffen, dass er nicht schon wieder ein Opfer gefordert hatte.

Bis sie zurück beim Johnson-Anwesen war, hatten sich dort schon die ersten Mitglieder der Suchmannschaft versammelt. Travis, Vic, Tim Sether und einige weitere Kollegen von der Bergwacht hatten sich bereit erklärt, gemeinsam mit weiteren Freiwilligen ein möglichst weites Gebiet in der Umgebung abzusuchen.

Auch der Sheriff fand sich ein, um beim Organisieren der Suche zu helfen.

Travis hörte nur mit halbem Ohr zu. Er las den Brief seines Sohnes einmal, zweimal, dreimal, bevor er ihn wütend zusammenknüllte. Voller Entschlossenheit sagte er zu Ronni: „Ich werde ihn finden. Und wenn es das Letzte ist, was ich tue."

„Wir können nur hoffen, dass er auf den Straßen bleibt", meinte Tim besorgt. „Was trägt er denn?"

„Ich bin nicht sicher", antwortete Travis. „Aber seine dunkelblaue Skijacke und Skihose fehlen. Außerdem seine rote Mütze und sein schwarzer Rucksack."

„Okay, kommt alle mal her." Tim breitete eine Karte der Umgebung auf dem Küchentisch aus, während Ronni Kaffee kochte.

Sie arbeiteten einen Plan aus, wie sie bei der Suche vorgehen wollten. Anschließend rief Tim beim Wetterdienst an, um sich nach den neuesten Prognosen zu erkundigen.

Vorerst würden sich die meisten von ihnen zu Fuß auf die Suche machen, doch sobald der Sturm nachließ, würden sie Unterstützung aus der Luft erhalten. Womöglich konnten auch Schneemobile eingesetzt werden.

Die Umgebung sollte systematisch von Norden nach Süden durchkämmt werden, so rasch es mit den vorhandenen Freiwilligen möglich war.

Da die Mobilfunknetze ausgefallen waren, bekam Ronni die Aufgabe, im Haus zu bleiben und Telefondienst zu machen, um die Suche zu koordinieren. Doch sie protestierte heftig: „Auf keinen Fall bleibe ich hier sitzen. Schließlich kenne ich den Berg besser als jeder andere!"

Aber Travis ließ sich nicht erweichen: „Jemand muss hierbleiben."

„Bryan ist jetzt auch mein Sohn", argumentierte sie.

„Du darfst nicht vergessen, dass du auch noch eine Tochter hast, die dich braucht. Stell dir vor, dir würde etwas passieren! Außerdem würde ich es nicht ertragen, dich auch noch zu verlieren."

„Bitte lasst mich helfen", bettelte sie. „Ihr könnt mich doch nicht dazu zwingen, hierzubleiben."

„Es ist wirklich wichtig, dass jemand hier die Stellung hält", schlug sich Tim auf Travis' Seite. „Was, wenn sich Bryan meldet? Was, wenn ihn eine der Suchmannschaften findet? Was, wenn jemand medizinische Hilfe benötigt? Jemand muss hierbleiben und über Funk und Festnetz unsere Nachrichten weitergeben, solange die Handys nicht funktionieren."

„Sie haben recht, du musst hierbleiben", mischte sich nun auch Vic ein.

Ronni wäre ihm am liebsten ins Gesicht gesprungen. Wie konnte man nur von ihr verlangen, in der warmen Stube sitzen zu bleiben und Däumchen zu drehen? Sie wusste genau, wie das werden würde: Mindestens einmal pro Minute würde sie unruhig auf die Uhr sehen und sich dazwischen zu Tode ängstigen.

„Ronni, tu bitte, was ich sage, nur dieses eine Mal", flehte Travis sie an, und als sie seinen Blick sah, wusste sie, dass sie verloren hatte, und gab auf.

„Wenn es dir so viel bedeutet – na gut."

Er küsste sie so liebevoll auf die Stirn, dass sie schwer schlucken musste.

„Okay, Leute, brechen wir auf!", rief Tim. Jedes Mitglied der Suchmannschaft trug Signalraketen bei sich, viele außerdem GPS- und Funkgeräte.

Nachdem alle fort waren, setzte sich Ronni an den Küchentisch und stützte den schmerzenden Kopf in die Hände.

Als sie Travis dabei beobachtet hatte, wie er das Haus verließ, hatte sie ein unerträgliches Déjà-vu gehabt – die Horrorvision, dass sie ihn und seinen Sohn nie wiedersehen und der Berg einmal mehr den Sieg davontragen würde.

„Bryan!" Travis' Stimme hallte durch den Wald und kam als Echo zu ihm zurück. Nun wusste er wenigstens, woher der Berg seinen Namen hatte. Er blieb ruhig stehen, bemüht, kein Geräusch zu machen, damit er hörte, falls jemand antwortete. Doch da war nichts außer dem heulenden Wind.

Mit jedem Schritt sank sein Mut weiter: Wie sollte jemand in dieser Kälte überleben? Die Sichtweite betrug nur wenige Meter. Theoretisch hätte er direkt an Bryan vorbeilaufen und ihn trotzdem übersehen können! Was für ein aussichtsloses Unterfangen, ihn unter diesen Bedingungen suchen zu wollen.

„Bryan, Bryan, hörst du mich?", rief er und bemühte sich dabei, die aufkeimende Panik zu unterdrücken, wenn er daran dachte, in welcher Verfassung Bryan wohl sein mochte.

„Nein!", schrie er, ohnmächtig vor Panik und Wut auf sich selbst. Und wieder kam nichts zu ihm zurück als seine eigene Stimme.

Verbissen stolperte er weiter vorwärts, und zum ersten Mal seit zwanzig Jahren versuchte er zu beten.

„Ich habe es einfach nicht mehr ausgehalten, nur tatenlos zu Hause herumzusitzen. Also habe ich die Kinder in den Kombi gepackt und bin hergefahren", erklärte Shelly. „Das Auto musste ich vor der letzten Kurve stehen lassen. Wir kamen nicht mehr durch. Der Schnee war einfach zu tief. Deshalb sind wir die letzten paar Schritte gelaufen."

Mit ihren Cousins im Schlepptau rannte Amy ins Haus und direkt zu den Welpen.

„Toll, dass du da bist", sagte Ronni erleichtert. „Jetzt kannst du dich um die Kommunikation und Koordination kümmern."

„Ich?", fragte Shelly erstaunt. „Und was machst du?"

„Was denkst du? Auf die Suche nach Bryan gehen, natürlich. Was sonst?"

Shelly sah zweifelnd zum Fenster hinaus. „Solltest du das nicht besser den Männern überlassen?"

Ronni, die bereits dabei war, sich anzuziehen, warf ihrer Schwester einen Blick zu, der sie augenblicklich verstummen ließ. „Die ‚Männer' – unter ihnen meine erfahrenen Kolleginnen

Beverly Adams, Maude Lindsay und JoAnne Rodgers – brauchen jede Hilfe, die sie kriegen können, klar?", fauchte sie.

„Aber …"

„Alles, was du tun musst, ist Nachrichten weiterzugeben. Die meisten in der Suchmannschaft haben Funkgeräte. Das hier ist deins." Sie zeigte Shelly kurz, wie sie es bedienen musste, gab Amy einen flüchtigen Abschiedskuss und verschwand, bevor Shelly es sich noch anders überlegen konnte.

Sie testete ihr Funkgerät. Alles in Ordnung, sie konnte die anderen hören. Obwohl sie lieber vermieden hätte, dass Travis erfuhr, dass sie draußen war, informierte sie die anderen sicherheitshalber über ihre Pläne.

Nur ein Gebiet hatten die anderen noch nicht abgedeckt. Das wollte sie sich vornehmen. Es war eine alte Holzfällerstraße, die an der Ostseite des Mount Echo ziemlich weit nach oben führte. Da die Straße nicht mehr gebraucht wurde, wurde sie auch nicht mehr instand gehalten und befand sich in einem dementsprechend schlechten Zustand.

Unter normalen Umständen würde niemand dort je entlanggehen oder -reiten, zumal sie nirgendwohin führte und plötzlich im Nichts endete, aber hier hatten sie es mit einem verwirrten Teenager zu tun, der noch dazu aus der Stadt stammte und sich in der Gegend nicht auskannte.

Ronni ging zu Fuß zu ihrem Haus, sattelte die arme Lucy und machte sich auf den Weg zu der alten Holzfällerstraße.

Obwohl sie keine Reit-, sondern ihre wärmste Skikleidung trug, fror sie binnen kürzester Zeit am ganzen Körper. Wenigstens hatte sie Lucy, die sie auf sicheren Hufen tapfer durch den tiefen Schnee trug. „Weiter, du machst das toll", ermutigte sie die brave Stute.

Im dichten Schneetreiben musste sie sich alle paar Minuten den Schnee von der Skibrille wischen, um überhaupt etwas sehen zu können.

Irgendwann fiel ihr auf, dass sie schon länger nichts mehr von den anderen Suchmannschaften gehört hatte. Sie versuchte, mit ihnen Kontakt aufzunehmen, doch das Funkgerät gab nur Rauschen von sich. Achselzuckend steckte sie es ein und konzentrierte sich auf die Suche. „Bryan, Bryan!“, rief sie wieder und wieder.

Nach einiger Zeit kam sie an eine Stelle, an der die Straße schmaler wurde. Früher hatte hier eine alte Holzbrücke über einen Fluss geführt, doch die Brücke war jahrelang vor sich hin gefault und schließlich zusammengebrochen. Zu Pferd konnte man jedoch seitlich davon zum Fluss hinunter und durch das Flussbett reiten, das im Winter kaum Wasser führte.

Der Aufstieg zurück zur Straße war steil und glatt. Prompt stolperte Lucy, doch sie fing sich rasch wieder. „Prima, Lucy“, lobte Ronni ihr Pferd dankbar.

Soweit es der Schneefall zuließ, sah sie sich nach Spuren um. Doch außer einigen unter der schweren Schneelast abgebrochenen Ästen und Zweigen fiel ihr nichts Ungewöhnliches auf.

Bei einer verlassenen, heruntergekommenen Ansammlung von Holzfällerhütten hielt sie. Doch von Bryan war keine Spur zu entdecken, und so ritt sie weiter.

Gegen ein Uhr begann Lucy vom ständigen Aufwärtsgehen so schwer zu atmen, dass Ronni abstieg und ihr eine Pause gönnte. Nach einigen Minuten stieg sie wieder auf, und sie kämpften sich weiter durch den immer dichter verwachsenen Weg.

Der Nachmittag zog sich, und mit jedem Schritt, den Lucy machte, sank Ronnis Hoffnung, Bryan zu finden.

Er war schon seit Stunden fort. Wie sollte er das überleben? Sie schaltete das Funkgerät wieder ein. Tatsächlich! Es gab zwar wieder hauptsächlich ein Rauschen von sich, doch sie schnappte auch einige Durchsagen auf, denen sie entnehmen konnte, dass die anderen bei ihrer Suche genauso wenig Glück gehabt hatten wie sie.

Ronni dachte an Travis und Amy und Bryan. Ach, könnte sie nur die Uhr um ein paar Stunden zurückdrehen. Dann wäre alles anders.

Auf der letzten langen Geraden vor dem Ende der Straße wurde der Wind plötzlich noch stärker als zuvor. „Bryan!", schrie sie verzweifelt gegen den tobenden Sturm an. Antwort hörte sie keine, doch sie sah, dass Lucy plötzlich interessiert die Ohren spitzte und kurz darauf ein gellendes Wiehern ausstieß.

„Bryan!", rief Ronni mit vor Anstrengung schmerzendem Hals noch einmal. „Kannst du mich hören?!"

Lucy schnaubte und fiel trotz ihrer sichtlichen Erschöpfung plötzlich in Trab. Schlagartig schöpfte Ronni Hoffnung.

Pferde waren Herdentiere, die sich nur in der Gesellschaft anderer Pferde so richtig wohlfühlten. Aus Lucys Verhalten ließ sich eindeutig schließen, dass ein anderes Pferd in der Nähe sein musste. Und da heute nicht unbedingt ein Tag war, der sich für einen Vergnügungsritt anbot, war es höchstwahrscheinlich Sam, den sie witterte.

Ronni gab der Stute die Zügel frei und ließ sie laufen, so schnell sie wollte. Tatsächlich tauchte nach kurzer Zeit eine große, dunkle Form im Schneegestöber auf.

Sie hätte jubeln können, als sie sah, dass es wirklich Sam war. Doch ihre Freude war nur von kurzer Dauer, da sie beim Näherkommen feststellte, dass der Sattel des Rappen leer war und die Zügel auf den Boden hingen.

Verdammt! Insgeheim hatte sie geglaubt und gehofft, der erfahrene Sam würde auf seinen dummen, jungen Reiter aufpassen. Doch irgendwie waren die beiden getrennt worden und irrten nun allein umher.

Ronni glitt aus dem Sattel. Sam wirkte nicht erschöpft. Sie würde ihn eine Zeit lang reiten, um Lucy zu schonen. Also stieg sie auf Sam und ließ Lucy am Zügel neben sich hergehen. Ihr Plan war, so lange wie möglich Sams Spuren im Schnee zurückzuverfolgen. Vielleicht stieß sie ja bald auf Bryan. Wenn sie Sams Spur allerdings vorher verlor, konnte nur noch Glück helfen.

„Wir müssen die Suche abblasen, bis der Sturm abflaut“, gab der Sheriff über Funk bekannt.

Travis biss sich auf die Zunge. „Niemals. Ich suche, bis ich Bryan gefunden habe.“

„Ich kann das Leben der Suchmannschaft nicht aufs Spiel setzen“, erklärte der Sheriff bestimmt. „Es ist schon fast dunkel, wir müssen zurückgehen. Morgen soll der Sturm abnehmen. Dann werden wir die Suche wieder aufnehmen.“

Morgen? Das war viel zu lange. Diese Stunden konnten zwischen Leben und Tod seines Sohnes entscheiden. „Ich werde weitermachen!“, sagte er in sein Funkgerät. „Richtet Ronni aus, dass ich zurückkomme, sobald ich ihn habe.“

In Travis’ Funkgerät zischte und krachte es, dann hörte er wieder die Stimme des Sheriffs. „Haben Sie es nicht gehört? Ronni ist auch draußen. Das hat sie vor Stunden über Funk gemeldet. Aber ihr Funkgerät muss defekt sein, denn wir haben sie jedenfalls danach nicht mehr erreicht. Wir versuchen die ganze Zeit, mit ihr Kontakt aufzunehmen, doch sie antwortet nicht.“

Travis’ Herz setzte einige Schläge lang aus. Das durfte einfach nicht wahr sein! Wie konnte sie das nur tun! Jetzt würde er vielleicht nicht nur Bryan, sondern auch sie verlieren. Hoffentlich waren die beiden am Leben!

„Bryan!“ Eine Sekunde lang dachte Ronni, sie sehe Gespenster – eine Fata Morgana ihres Stiefsohns, der mit dem Rücken an einen Baum gelehnt im Schnee saß.

Doch dann begann sich der in Dunkelblau gekleidete Körper zu bewegen, und Ronni hielt den Atem an.

„Bryan? Bist du das? Geht es dir gut?“

„Hier!“, rief Bryan und winkte wie ein Verrückter. „Ich bin hier!“

„Oh, Bryan!“ Ronni sprang aus dem Sattel und lief die letzten Meter zu ihm.

Er schien halb erfroren zu sein und sah sie kleinlaut an. „Ich habe mir den Knöchel verletzt, als Sam gescheut hat und ich heruntergefallen bin“, gab er zu. „Ich kann nicht mehr gehen und habe es auch nicht geschafft, wieder aufzusteigen. Deshalb habe ich mich hingesetzt, und dann ist mir Sam abgehauen. Ich bin wohl kein besonders guter Cowboy.“ Seine Lippen zitterten, aber Ronni war nicht klar, ob vor Kälte oder vor Erleichterung.

„Mach dir keine Sorgen“, tröstete sie ihn. „Das wird schon. Die Hauptsache ist, dass wir dich gefunden haben und dir nichts Schlimmeres passiert ist.“

Bryan sah sie ungläubig an. Obwohl sie beide dicke Handschuhe trugen, nahm sie seine Hände in ihre. „Ich weiß, dass du eine schlimme Zeit hattest. Dein Dad und ich waren so aufeinander fixiert, dass wir dich viel zu wenig beachtet haben. Das tut mir schrecklich leid. Aber du musst wissen, dass wir dich beide über alles lieben. Dein Dad kommt fast um vor Sorge …“

Sie sah ihm gerade in die Augen. „Ich bin sicher, wir bekommen das hin. Wir alle, als Familie. Aber wenn du unglücklich bist und findest, dass Amy und ich euch stören, dann werden wir eine Lösung finden. Das verspreche ich dir.“

„Was soll das heißen?“, fragte Bryan misstrauisch.

„Dass ich bereit bin, wieder auszuziehen. Zumindest vorläufig, bis du und dein Dad zueinandergefunden habt.“

„Ehrlich?“ In seiner Stimme schwang Hoffnung mit, aber auch, dass es ihm schwerfiel, ihr zu glauben.

„Ja“, sagte sie fest, obwohl sein hoffnungsvoller Ton ihr fast das Herz brach. Dann klopfte sie ihm freundschaftlich auf die Schulter. „Aber das klären wir später. Jetzt müssen wir dich erst mal so schnell wie möglich hinunter von diesem elenden Berg und ins Warme bringen! Glaubst du, du kannst reiten, wenn ich dir aufs Pferd helfe?“

Bryan nickte.

„Gut. Wir müssen uns auf den Weg machen. Es wird nicht mehr lange hell sein.“

Sie versuchte, über das Funkgerät mit den anderen Kontakt aufzunehmen, doch der Akku war leer.

Weil man ihnen das in den Weiterbildungskursen der Bergwacht beigebracht hatte, schoss sie, bevor sie losritten, noch eine Signalrakete ab. Nur der Ordnung halber, viel versprach sie sich davon nicht. Wer sollte die bei diesem Wetter und diesen Sichtverhältnissen heute schon sehen …

Travis traute seinen Augen kaum. Das zischende, spuckende orange Licht der Signalrakete wies ihm den Weg. Er schrie, was seine Lungen hergaben, und lief und stolperte quer durch das Unterholz, so schnell er nur konnte.

Plötzlich stieß er auf frische Pferdespuren. „Bryan, Ronni!"

„Travis?" Ronnis Stimme war leise, aber er war ganz sicher, dass er sie gehört hatte. Er rannte weiter wie ein Verrückter. Und auf einmal sah er sie vor sich: zwei Pferde samt Reiter.

Ronni sprang vom Pferd, raste ihm entgegen und fiel ihm in die Arme, schluchzend vor Erleichterung.

„Es ist alles in Ordnung", versicherte sie ihrem Mann wieder und wieder.

Mit Tränen in den Augen wandte sich Travis an seinen Sohn. „Jag mir nie wieder eine solche Angst ein, versprich mir das", sagte er mit brüchiger Stimme.

Auch Bryan verlor den Kampf gegen seine Tränen.

„Weißt du denn nicht, dass ich dich liebe?", fuhr Travis fort. „Dass ich alles tun würde, damit es dir gut geht?"

Ronni löste sich vorsichtig aus Travis' Umarmung.

„Dad …" Bryans Stimme versagte. Er glitt aus dem Sattel in Travis' Arme, der ihn festhielt, als würde er ihn nie wieder loslassen wollen.

„Wir sind eine Familie, mein Sohn. Wir alle. Nur weil ich Ronni und Amy liebe, heißt das nicht, dass ich dich deshalb weniger liebe. Wenn du wüsstest, welche Angst ich heute um dich hatte, könntest du nicht den geringsten Zweifel mehr daran haben, wie sehr du mir am Herzen liegst."

„Es tut mir leid."

„Psst. Alles wird gut." Travis sah über die Schulter seines Sohnes zu Ronni. „Für uns alle."

Bryan nickte und drehte sich zu seiner Stiefmutter um. Unter Tränen lächelte er ihr zu. „Danke“, sagte er mit belegter Stimme. „Ich … ich habe mich blöd benommen.“

Sie antwortete nur: „Ich liebe dich. Wie meinen eigenen Sohn. Aber ich werde niemals deiner Beziehung zu deinem Dad oder zu deiner leiblichen Mutter im Wege stehen. Niemals.“

Bryan nickte und umarmte Ronni spontan. „Alles, was ich gesagt und getan habe – es tut mir leid.“

EPILOG

Die große Party war vorbei. Die Gäste der kombinierten Hochzeits- und Silvesterfeier, die Ronni und Travis veranstaltet hatten, waren schon lange gegangen, doch eine Flasche Champagner auf Eis war noch übrig.

Travis schenkte zwei Gläser ein und reichte seiner Frau eines davon. Sie stießen an. „Auf uns", sagte er. „Uns vier."

„Auf uns vier." Sie tranken einen Schluck.

Die vergangenen Tage waren wie im Flug vergangen. Der Sturm war Geschichte, und sie waren endlich eine Familie.

Bryan hatte sich seinen Knöchel nur verstaucht und brauchte nicht einmal Krücken zum Gehen. Er hatte nicht nur Ronni akzeptiert, sondern auch Amy, die sein größter Fan war und ihrem großen Bruder auf Schritt und Tritt folgte, was ihn nicht zu stören schien.

Außerdem hatte er aufgehört, ständig von Seattle zu sprechen und so zu tun, als wäre dort alles besser gewesen.

Travis legte ihr den Arm um die Hüfte. „Und, wie lautet dein Neujahrsvorsatz?", fragte er lächelnd.

„Amy hat sich vorgenommen, immer brav zu sein, damit sie ihren neuen Daddy behalten darf." Sie griff in ihre Hosentasche und zog ein Stück rotes Papier heraus, das sie ihm reichte. „Ich glaube, Bryan hat ihr dabei geholfen."

„Wie süß", sagte Travis gerührt. „Von beiden, meine ich."

„Und Bryan hat gesagt, er will reiten, Snowboard fahren und E-Gitarre spielen lernen."

„E-Gitarre?", Travis fasste sich mit gespielter Verzweiflung an den Kopf. „Warum nicht Akustikgitarre? Aber lenk nicht vom Thema ab: Was hast du für Vorsätze?"

„Nun ja, ich habe mir gedacht, man sollte vielleicht dafür sorgen, dass Shellys Baby einen in etwa gleichaltrigen Spielkameraden bekommt."

Lachend trank Travis einen Schluck Champagner und prostete ihr zu. „Wenn du das wirklich für nötig hältst, dann sollten wir uns wohl am besten gleich darum kümmern."

– ENDE –

Norwood, Colorado

Jules Trehan stieg aus ihrem gemieteten Jeep und schaute sich wachsam um. In der abgelegenen Hütte, in der sie seit einer Woche wohnte, war sie ungestört gewesen – bis jetzt. Doch sie gab sich keinerlei Illusionen hin, dass das noch lange andauern würde. Northstar würde sie finden. Es wurde Zeit, zu verschwinden.

Sie warf die Wagentür zu und lehnte sich an das kalte Metall. Rings um sie herum spendete ihr die schroffe Schönheit der Berge ein kleines bisschen Trost, ohne den sie schon so lange hatte auskommen müssen. Traurigkeit überfiel sie, weil sie gezwungen war, bald weiterzuziehen, und löste einen unerbittlichen Schmerz in ihrer Brust aus.

Sie schloss die Augen und atmete tief die nach Kiefern duftende Luft ein. Hier in diesem ungezähmten Land war die Illusion von Freiheit sehr ausgeprägt. Dennoch war sie für Jules nicht mehr als ein Zaubertrick – erfreulich, allerdings nicht real.

Obwohl sie wusste, dass sie sich beeilen musste, gestattete sie sich einen weiteren Moment, die Schönheit des Himmels über Colorado zu genießen. Sie empfand einen Anflug von Bedauern, schließlich riss sie sich zusammen und konzentrierte sich auf das, was jetzt zählte. Überleben.

Entschlossen lief sie die Stufen zur Hütte hinauf, von der aus man einen Blick auf das Miramonte Reservoir hatte, und öffnete die Tür. Sie huschte hinein, in der Absicht, ihre paar Habseligkeiten einzusammeln und gleich aufzubrechen.

Da war nicht viel zum Packen. Sie warf ein paar Sachen zum Wechseln und einige Rationen Trockennahrung in eine Reisetasche. Sämtliche ihrer Waffen, mit Ausnahme der Pistole, die sie bei sich trug, waren sicher im Kofferraum ihres Jeeps verstaut. Der Rest ihrer Ausrüstung befand sich in einem Schließfach in Denver. Dort würde sie als Nächstes hinfahren und alles abholen. Danach würde sie irgendwo im Ausland untertauchen und ein neues Leben beginnen. Und wenn sie richtig Glück hatte, würde sie der Person entfliehen können, zu der sie geworden war.

Das Geräusch von knirschend über Kies rollenden Autoreifen lenkte ihre Aufmerksamkeit auf das Fenster. Sie zog die Waffe aus dem Hosenbund am Rücken und durchquerte rasch das Wohnzimmer, um sich flach an die Wand neben dem Fenster zu pressen. Mit einem Finger schob sie den Vorhang ein Stückchen zur Seite und spähte hinaus. Eine helle Limousine, offenbar ein Mietwagen, hielt gerade neben ihrem Jeep.

Sie umklammerte das Griffstück ihrer Pistole und strich mit dem Finger über den Abzug. Adrenalin wurde durch ihre Adern gepumpt, während sie darauf wartete, dass die Leute ausstiegen. Und plötzlich hätte sie vor Schreck beinah die Waffe fallen lassen. Schmerz und so viel Sehnsucht erwachten urplötzlich in ihr. Wie hatten Mom und Pop sie finden können?

Hastig wich sie vom Fenster zurück und lehnte den Kopf gegen die Wand. Es war ein Trick. Es musste einer sein. Doppelgänger, die Northstar angeheuert hatte.

Auf den Stufen waren Schritte zu hören, und Jules schlich mit erhobener Pistole zur Tür. Sie atmete schnell und gepresst, da sie die drohenden Schluchzer unterdrückte.

Ein leises Klopfen durchdrang die Stille. „Jules?“ Auf der anderen Seite der massiven Holztür war die bebende Stimme ihrer Mutter zu hören.

Verdammt, wenn es nicht ihre Mom war, hatte jemand sehr gute Arbeit geleistet. Angst packte sie. War den Trehans etwas zugestoßen? Hatte Northstar seine Drohungen wahr gemacht?

Sie öffnete die Tür einen Spaltbreit und richtete den Lauf der Waffe auf das ältere Paar. „Wer sind Sie?“, verlangte sie zu wissen. „Was wollen Sie?“

„Nimm das Ding da runter“, beschwerte Marshall Trehan sich. „Ist das vielleicht eine Art, uns nach drei Jahren zu begrüßen?“

Jules schob die Pistole wieder in den Hosenbund und machte die Tür ganz auf. Im nächsten Moment lag sie in den Armen ihrer Mutter.

„Jules, meine Güte, du bist es wirklich.“ Ihre Mom zog sie fest an sich.

Jules schloss die Augen und atmete den tröstenden Duft ihrer Mutter ein. Nach all der Zeit hatte sich an der Mischung aus Vanille und Butter nichts geändert.

„Hast du auch eine Umarmung für deinen alten Herrn?“

Sie ließ ihre Mom los und ließ sich nur allzu gern in die Arme ihres Dads sinken. Seine ansonsten stets kräftige Umarmung schien schwächer zu sein als früher, doch er roch noch immer nach Old-Spice-Aftershave. Er klopfte ihr auf den Rücken und gab ihr einen Kuss auf den Kopf. „Du hast eine Menge zu erklären, Mädchen.“

Die Realität dämpfte rasch ihre Begeisterung. Sie löste sich von ihrem Vater und winkte ihre Eltern hinein. Als die beiden an ihr vorbeigingen, ließ sie den Blick prüfend über die nähere Umgebung wandern.

Ihr Handy vibrierte in ihrer Tasche. Erneut erwachte die Furcht. Northstar.

„Ich bin gleich wieder da, Pop. Macht es euch bequem.“

„Beeil dich. Du willst deine Mom schließlich nicht warten lassen“, meinte ihr Vater brummend.

Sie sperrte die Tür hinter sich zu und zerrte ihr Telefon aus der Tasche. „Was willst du?“ Während sie auf eine Antwort wartete, schritt sie auf ihren Jeep zu.

„Du kommst immer gleich zur Sache. Das bewundere ich an dir.“

„Solltest du auch mal probieren“, konterte sie.

„Genießt du den Besuch der Trehans?“

Sie erstarrte. „Steckst du dahinter?“

„Ich hätte gedacht, du würdest mir dankbar sein.“

Sie schwieg, allerdings arbeitete ihr Verstand auf Hochtouren. Northstar tat nichts, was ihm nicht selbst unmittelbar nützte. Wenn er für den Besuch ihrer Eltern verantwortlich war, musste sie den Grund dafür herausfinden.

„Warum?“, fragte sie.

„Ganz einfach, Magalie. Ich will dich zurückhaben."

„Mein Name ist Jules", stieß sie hervor.

„Wie du dich nennst, ist völlig belanglos", erwiderte er unbekümmert. „Ich will dich wieder reinbringen. Ich weiß, wo du bist. Deine erbärmlichen Versuche, dich zu verstecken, machen deiner Ausbildung nicht gerade Ehre. Ich habe dir eine kleine Auszeit gegönnt. Jetzt wird es Zeit, zurückzukehren."

„Nein."

„Was?"

„Ich sagte Nein."

„Ich hatte wirklich gehofft, du würdest das nicht sagen", meinte er bedauernd. „Es ist eine Schande, dass die Trehans den ganzen Weg umsonst auf sich genommen haben."

Sie ließ das Telefon fallen und rannte auf die Hütte zu. „Mom! Pop!", schrie sie.

Sie hatte fast die Veranda erreicht, als die ganze Welt um sie herum explodierte. Ein Feuerball blendete sie, bevor sie von einer brutalen Kraft rückwärts durch die Luft geschleudert wurde.

Jules landete hart auf dem Boden, und rings um sie herum prasselten Holzsplitter und Trümmerteile wie ein Hagelschauer auf sie nieder. Ihr ganzer Körper schien nur noch aus Schmerz zu bestehen, und alles vor ihren Augen verschwamm. Über ihr drehte sich der Himmel.

Tränen liefen ihr über die Wangen. „Mom, Pop", krächzte sie. Dann wurde alles schwarz.

Montrose, Colorado

Manuel Ramirez stieg aus dem Flugzeug und hängte sich die Reisetasche über die Schulter. Er marschierte selbstbewusst an den Sicherheitskontrollen vorbei und nahm die Warteschlangen davor wahr. Es war Hauptsaison. Sein Partner hatte ein Auto besorgt, und er hoffte, zügig durchzukommen, um sich gleich auf den Weg machen zu können. Zu Jules.

Drei lange Jahre hatte er sie gesucht. Er hatte sämtliche Beziehungen spielen lassen und alles versucht, um herauszufinden, weshalb sie verschwunden war. Doch selbst seine Position bei der CIA hatte ihm nicht weiterhelfen können.

Dann war sie ebenso plötzlich wieder aufgetaucht. Er hatte alles stehen und liegen lassen und war nach Colorado geflogen, in der Hoffnung, dass sich die Spur nicht als weitere enttäuschende Sackgasse entpuppte.

Er holte die nötigen Papiere vom Mietwagenschalter ab und schritt nach draußen. Er konnte es kaum erwarten, die Fahrt nach Norwood anzutreten.

Bei der Vorstellung, Jules zum ersten Mal nach drei Jahren wiederzusehen, zog sich etwas in ihm zusammen. Ging es ihr gut? War sie verletzt? Tausend Fragen schwirrten in seinem Kopf herum.

Während zahlloser Missionen in den vergangenen Jahren hatten seine Gedanken in erster Linie ihr gegolten. Er hatte sich gefragt, ob sie hungrig war, verwundet, einsam, verängstigt, während er seine Pflichten mechanisch absolvierte.

Besuche zu Hause waren immer schwieriger geworden, da er den Trehans jedes Mal unter die Augen treten musste, ohne Antworten auf ihre Fragen zu haben. Mitzuerleben, wie sie immer verzweifelter wurden, weil sie befürchtete, ihre Adoptivtochter wäre tot, war unerträglich für ihn.

Wie würde sie darauf reagieren, ihn wiederzusehen? Wenn sie sich in Norwood aufhielt, warum hatte sie ihn nicht angerufen? Schwebte sie in Gefahr?

Er holte tief Luft und setzte sich ans Steuer des Wagens. So viele Fragen, und keine echten Antworten. Zumindest noch nicht.

Als er den Motor anließ, klingelte sein abhörsicheres Handy. Er klappte es auf und wusste gleich, dass es Tony war. „Rede“, forderte er ihn auf.

Zunächst folgte langes Schweigen. „Manuel.“

„Was ist?“

„Ich habe keine Ahnung, wie ich es sagen soll, Mann." Tony klang unendlich traurig. Sofort beschleunigte sich Manuels Puls. „Es geht um die Trehans."

„Mom und Pop?" Manuel entspannte sich wieder. „Haben sie sich gemeldet? Du hast ihnen nicht von Jules erzählt, oder? Ich will ihnen nicht unnötig Hoffnung machen, wenn es am Ende nur wieder ein weiterer Fehlschlag ist."

„Manuel, sie waren da."

„Wo?", presste er verwirrt hervor.

Tony seufzte. „Sie sind zu Jules' Hütte in Norwood gefahren. Ich habe keinen Schimmer, wie sie davon erfahren haben. Vielleicht hat Jules sie angerufen."

„Nein, dann hätten sie mich informiert." Aber sie hatten ihn nicht darüber informiert, dass sie zu ihr fahren würden. Wieso nicht? Woher kannten sie ihren Aufenthaltsort?

„Manuel, das war noch nicht alles."

Furcht packte ihn, während er darauf wartete, dass Tony weitersprach.

„Es gab eine Explosion. Die ganze Hütte flog in die Luft. Die Trehans befanden sich drinnen."

„Was?" Seine Atmung beschleunigte sich, Tränen stiegen ihm in die Augen, sodass seine Sicht verschwamm. Es konnte nicht wahr sein. Das musste ein Missverständnis sein. Dann schoss ihm ein anderer Gedanke, der drängender war als alles andere, durch den Kopf. „Und Jules?" Er brachte kaum ihren Namen heraus. „Was ist mit Jules?"

„Sie lebt."

Vor Erleichterung war er ganz benommen. Sie war alles, was er noch hatte. Er durfte sie nicht verlieren.

„Sie ist im Krankenhaus in Grand Junction. Man hat sie per Hubschrauber aus Norwood hingeflogen."

„Wie schlimm ist es denn?", erkundigte er sich besorgt.

„Keine Ahnung, Mann. Sie ist am Leben, das ist alles, was ich dir sagen kann. Du musst dich schnellstmöglich auf den Weg nach Grand Junction machen. Ich habe keinen Schimmer, was da vor sich geht, aber ich versuche es von hier aus herauszufinden. Deine Freundin hat ein paar ziemlich üble Feinde, und sie ist nicht in Sicherheit. Sanderson und ich arbeiten an einer Verlegung, sobald ihr Zustand stabil ist."

„Danke, Tony", flüsterte er. „Richte dem Boss aus, dass ich seine Hilfe zu schätzen weiß."

„Da ist noch etwas, Manny", erklärte Tony und nannte ihn bei dem Spitznamen, den sonst nur Jules benutzte.

Manuel hörte, wie Tony am anderen Ende der Leitung in Unterlagen blätterte. Im Hintergrund nahm er eine weitere Stimme wahr. Sanderson?

Dann meldete sich Tony wieder. „In Jules' Jeep befand sich ein beachtliches Waffenarsenal. Lauter Hightech-Zeug, nicht das übliche zur Selbstverteidigung, das der Durchschnittsbürger sich so zulegt. Hauptsächlich russische Fabrikate. Sanderson glaubt, dass dein Mädchen in ziemlichen Schwierigkeiten steckt."

Manuel schloss die Augen und versuchte, einen klaren Kopf zu behalten. „Ich rufe dich an, sobald ich in Grand Junction bin." Er klappte sein Handy zu und sammelte sich. Seine Hände zitterten, während er langsam die Faust ballte.

Jules lebte, das freute ihn unendlich. Doch die Menschen, die ihm so viel bedeuteten, waren tot. Er war mit zehn Jahren in ihr Leben getreten. Ein wütender, trotziger kleiner Junge, dessen Mutter auftauchte und verschwand, wie es ihr gerade passte. Nachdem es bei ihm zu Hause unerträglich geworden war, hatte er Unterschlupf bei ihnen gesucht. Bei ihnen hatte er die einzige Normalität erfahren, die er in seinen jungen Jahren kannte.

Und jetzt waren sie tot. Höllische Qualen wühlten ihn auf, es fühlte sich an wie ein rot glühendes Messer in der Brust. Er umklammerte das Lenkrad und biss die Zähne zusammen. Wer auch immer Jules das angetan hatte – seiner Familie –, würde dafür bezahlen.

„In Touch“ mit MIRA!
Das Verlagsprogramm elektronisch abrufbar
Interaktiv dabei sein: Buchbesprechungen, Gewinnspiele, Aktionen, Leseproben und vieles mehr.
Folgen Sie uns auf Twitter, Facebook, Instagram, Pinterest und google+
www.mira-taschenbuch.de
mtb
MIRA
TASCHENBUCH

Lesen Sie auch von Lisa Jackson:

Lisa Jackson
In der Glut der Nacht / Verhängnisvolle Geheimnisse

Band-Nr. 25774
9,99 € (D)
ISBN: 978-3-95649-051-4
512 Seiten

In der Glut der Nacht:

Ein schrecklicher Verdacht keimt in Sheila auf, als das Weingut ihrer Familie niederbrennt und ihr Vater in den Flammen umkommt. Hat womöglich ihr Kreditgeber Noah Wilder etwas mit dem Feuer zu tun? Denn wenn die Versicherung nicht zahlt, geht der gesamte Besitz an ihn. Entschlossen will Sheila den Unternehmer zur Rede stellen – und fühlt sich gegen jede Vernunft zu Noah hingezogen!

Verhängnisvolle Geheimnisse:

Fange nie was mit den Vätern deiner Patienten an! Diese Lektion hat die Kinderpsychologin Stacey Monroe bitter lernen müssen – weshalb sie fest entschlossen ist, sich an diesen Grundsatz zu halten. Bis Nathan Sloane ihr seine Tochter anvertraut. Fast auf den ersten Blick verliebt Stacey sich in ihn. Doch Nathan ist ein Mann mit Geheimnissen – Geheimnisse, die Stacey in Gefahr bringen …

„Lisa Jackson schreibt atemberaubend."
New York Times-Bestsellerautorin Linda Lael Miller

„Die perfekte Mischung aus berührender Liebesgeschichte und einer guten Dosis Spannung."

A Romance Review

Suzanne Brockmann
Mörderische Umarmung

Ein schnelles Dinner, danach spontaner Sex in einer Stretch-Limousine: Ellens erstes Date mit Sam Schaefer ist kurz und heiß – und ganz sicher ihr einziges! Denn auch wenn der junge, sexy Detective mehr will, ist Ellen nach einer gescheiterten Ehe noch nicht bereit für einen neuen Mann. Doch als sie von einem mysteriösen Stalker verfolgt wird, braucht sie ab sofort Tag und Nacht einen Bodyguard, und das ist ausgerechnet Sam! Gegen jede Vernunft wird sie bald wieder schwach in seinen Armen. Bis der Wahnsinnige erneut zuschlägt – und ihre leidenschaftliche Affäre plötzlich zur tödlichen Bedrohung wird …

Band-Nr. 25796
9,99 € (D)
ISBN: 978-3-95649-083-5
304 Seiten

„Suzanne Brockmann ist einfach die Beste ihres Fachs!"

Romantic Times Book Review